中國晚明與歐洲文學

—— 明末耶穌會古典型證道故事考詮

李奭學　著

中央研究院
聯經出版公司

自序

　　熟悉比較文學的人一定知道，本書書題靈感得自柯隄士（Ernst Robert Curtius）的《歐洲文學與拉丁中世紀》（*European Literature and the Latin Middle Ages*）。從我初識學問開始，柯隄士一直是我尊敬的學者，他的名著也是我案頭上經常翻閱的書籍。不過我也得指出，不論研究對象或方法，本書和柯隄士的經典都迥不相同。我的興趣乃中國明清之際的西學東漸。如果約而再言，則我藉本書所擬一問的問題是：在西學東漸的過程中，所謂「西學」的內容是否包括「文學」？此一問題的答案倘可肯定，我繼而想問的是：這所謂「文學」的內容又是什麼，這種內容是否還可構成某種布道詩學或傳教譯學？

　　這些問題我曾反覆自問，原因不僅在中西比較文學是我的研究重點，更重要的是我覺得學界過去對晚明天主教耶穌會的貢獻認識有偏，若非以科技器物的傳播爲其定位，就是視同宗教布達的運動，很少想到文學教化在其中扮演的角色，也乏人體知傳教本身和西方定義下的修辭學每有關聯。教士爲勸化群眾，詩賦詞章經常隨手拈來，宣教之際也要出以動人的言辭。這種「動人的言辭」若屬「錦心繡口」，還會演變成爲「大塊文章」，使文學和傳教結爲一體 [1]。

1　明末耶穌會文典的著作權向來是個複雜的問題，因為會士著書每有筆受、
　　筆削或校訂者，而各自的「手筆」，我們查考不易。但是如同本書中我偶

　　所謂「大塊文章」，我當然有誇張之嫌，對明末入華的歐洲耶穌會士更是如此。但我們如果回顧利瑪竇等人筆下「徵引」的「證道故事」——這種文類的西洋古典型正是本書論述的對象——把問題拉回宗教修辭的層面看，我想離事實大概就不遠了。耶穌會的證道故事是西方修辭學的產物，尤其關乎歐洲中世紀三大修辭學之一的「證道的藝術」。幾年以前，我曾撰博士論文試予析論，本書有部分也是在這個基礎上改寫而成。近幾年來——感謝行政院國家科學發展委員會、中央研究院與中研院中國文哲研究所的支持——我數度奔走於梵帝岡圖書館、耶穌會羅馬檔案館、巴黎法國國家圖書館和北京、上海、芝加哥與大紐約地區的重要圖書館 [2]，出入於各種明清間在華耶穌會士著譯的原典與歐籍原文之中，知識與眼界都增長、開闊了不少，乃援筆就前述問題試予再答。在導論與結論之外，我並按文類就寓言、世說、神話與傳說分為四章，在本書中重加申論。研究這些次文類之際，我另在漢譯佛《藏》中看到不少譬喻故事，居然和出身歐洲的天主教比喻「有關」，於是提筆又寫成外一章〈另類古典〉，希望以系統的方式呈現耶穌會西洋古典型證道故事的中文圖貌。我著墨尤深的乃文本與相關文化語境的析證，文學性強過歷史性。

（續）

　　　會一提的，通常我們只能援南北朝佛教譯經的前例稱某書或某故事為某會
　　　士所「譯」或所「寫」。儘管如此，上述問題我仍感多餘，因為就算有筆
　　　受、筆削或校訂的問題，除非不經會士寓目，否則以他們通曉中文的情況
　　　衡之，他們還是要為「所書」負責。現代人的版權或翻譯觀，一部分不宜
　　　使用於明末。

　2　本書第三章的初稿係為中央研究院明清研究會舉辦的一場例行性演講而
　　　作，時在一九九八年冬。除了第三章，本書各章皆為國科會專題研究計畫
　　　的成果，計畫編號為NSC89-2411-H-001-097；NSC90-2411-H-001-024；以
　　　及NSC91-2411-H-001-033。各章的內容，多數也曾在臺灣翻譯學會、臺灣
　　　師範大學、北京大學、東吳大學、北京理工大學、中山大學、中央大學、
　　　輔仁大學、政治大學、東華大學、臺灣大學，以及中央研究院中國文哲研
　　　究所演講過。謹此向各單位的負責人致謝。

　　入華耶穌會的證道故事洋洋大觀，本書由寓言著手研究，因為「寓言」——尤其是所謂「伊索式寓言」——每每寄意幽微，不僅在歐洲中古，在明末也是入華耶穌會士首發的比喻體裁，有開山之功。我的研究分就「故事新詮」與「故事新編」下手，蓋這些寓言每如釋迦生經，都是耶穌會士證道時的方便善巧，會因中國情境所需而發生變化。不過修辭學在明末證道故事上最大的貢獻，我以為是我譯為「世說」的另一文類「克雷亞」（chreia）。世說是一種短小精練的歷史軼事，所涉以希臘上古名人為主。故事中人講話或許嬉笑怒罵，但機智雋永，每寓啟示於諷諫之中。這種文類羅馬人承而受之，又透過修辭學而傳布於歐洲中古。在明末中國，耶穌會士如利瑪竇、龐迪我、高一志與衛匡國等人或譯或寫，也曾大量引介入華。但由於研究世說的西方學者不多，所以明清之際的研究界大多也懵懂於這種特殊的西洋軼事在晚明入華的史實。我的研究從語言行為出發，強調這些「歷史事件」本身的「虛構性」。

　　寓言與世說之外，我另又發現早在晚明，耶穌會士嘗因注解《聖經》及護教所需，引介了廿條左右的希臘羅馬神話入華。本書第四章討論的就是這批中文世界最早的歐洲神話。我的論述以陽瑪諾在《聖經直解》中所用者為主，以利瑪竇或高一志等人在《畸人十篇》或《十慰》裡徵引的為輔。除了耶穌會神話和明清之際該會中國經解象徵論的聯繫外，第四章的重點另在分析會士所用神話的類型，並將之聯繫到《聖經》傳統的四義解經法去，讓讀者了解歐洲中世紀文學批評上盛行的託喻詮解明末已可一見。

　　神話和傳說很難分開，兩者間的差別或在傳說的歷史性格較強，缺乏神通變化一類超自然的幻想。我在耶穌會士的著作中也讀到許多證據性比歷史軼事弱的西洋上古傳說，於是從民俗學的角度試解這些傳說背後隱藏的意識形態。由於晚明頗有中國文人注意到耶穌會的西洋上古傳說，所以第五章取了三條故事試析「西學」或「天學」和儒

家思想之間的分合，李贄的弟子張萱或時儒焦竑等人都是我取資比較的對象。總之，傳說一旦用作證道故事，就會由「傳而說之」變成意識形態的現象，再非「神乎其說」可以囿限。

證道故事本為口述文學，本書首章分析此一文類入華後由「口述」變「筆傳」的原因。我的看法是中西語情之異乃箇中最深層的緣由。對天主教而言，拉丁文係普世語言，歐洲中世紀尤然。不過耶穌會士入華之後，唯有在「文言文」這種「書面語」中才能覓得效力彷彿的語言。他們在晚明特重寫作，每以書本布教，我相信這是原因之一，而證道故事也因此由口頭講述變成以筆傳行。此外，由於文字不是人人能懂，文言文更非人人能讀，耶穌會士傳教，主要對象就非得是士大夫一類的識字階層不可了 [3]。本書第六章承襲首章這個基調，續而再談「書籍」對明末耶穌會士的意義。書籍係文學的載體，證道故事入華後，同因此故而化為印刷文化的一部分。歐洲中古晚期，證道故事其實已呈頹勢，教會禁止講述，入華耶穌會士何以好用，值得深思。所以第六章再從會士和柏拉圖思想的關係下手，就《共和國》裡的文學觀念立論，為此刻會士重振證道故事覓一合理的內在原因。會士在華廣用其古典型布道，並非突然之舉，而明清之際西學東漸，科技與曆算之外，「文學」當然也是內容。

本書的研究，說來從二十年前就已開始。那時我猶在輔仁大學當研究生，無意中在圖書館窺得李之藻編印的《天學初函》。因為師長中不乏天主教各會的會士，好奇下遂翻閱其中利瑪竇的《畸人十篇》與龐迪我的《七克》。不料一讀下去，我馬上為其中的寓言與世說吸引，同時發現這些證道故事頗合我在比較文學上的興趣。研究工作繼

3　最近有學者也開始提出類似的說法，見Jonathan Benda, "The French Invention of Chinese Rhetoric?" paper presented in the "Conference on East-West Identities: Globalisation, Localisation, and Hybridisation "（Hong Kong Baptist University, Feb 26-27, 2004）, p. 11。

之斷續展開，數年後我乃有第一篇專文的發表 [4]。一旦開了頭，我似乎不由自主便沉迷下去，迄今二十載歲月猶未歇止，包括我在芝加哥大學求學的階段。所以除了國科會、中央研究院、文哲所與前述各圖書館的館員外，我還要感謝輔大的康士林（Nicholas Koss）、白行健（Stephen Berkowitz）兩教授與芝大的余國藩、繆倫（Michael Murrin）、蔣生（Ralph Johnson）三位教授。在我研究的起步階段，他們鼎力支持，鼓勵有加。余國藩教授惠我尤多，在文學與宗教的跨學科研究上幾乎形塑了我今天的學術道路，我永懷感激。撰寫各章之際，下列師友也曾拔刀相助，不吝賜教，我同樣銘感於心：孫康宜、黃進興、鄭樹森、王德威、陳蒲清、陳萬益、劉述先、熊秉真、張淑香、柯慶明、梁鳳清、廖炳惠、馬泰來、張谷銘、楊建章、吳叡人、吳豪人、林開世、吳信鳳、邱漢平、徐東風、周佚群、王崗、祝平一、呂妙芬、黃一農、王文顏、林耀椿、楊晉龍、廖肇亨、張季琳、李豐楙、劉苑如、胡曉真、李明輝、林月惠、彭小妍、林慶彰、王璦玲、蔣秋華、楊貞德、陳瑋芬、嚴志雄、江日新、紀元文、金春峰、楊瑞松、高彥頤、林皎宏、金文京、藤井省三、柴田篤、馬遠程（Michel Masson）、韋車西（Bruno Vercesi）、沈安德（James St. André）、梅歐金（Eugenio Menegon）、房志榮、王國良、康來新、何澤恆、蔡英俊、張西平、余東、吳小新、李天綱、韓琦、張先清、張錯與朱榮貴。

　　本書各章都曾——或即將——刊出，發表情形如下：第一章原題〈中國晚明與西方中世紀——論明末耶穌會古典型證道故事的時空與文化背景〉，刊載於李豐楙、劉苑如編：《空間、地域與文化——中國文化空間的書寫與闡釋》（台北：中央研究院中國文哲研究所，

4　見李奭學：〈伊索寓言與明末天主教東傳〉，《中外文學》第19卷第1期（1990年6月），頁131-157。此文另見李奭學：《中西文學因緣》（臺北：聯經出版公司，1991），頁1-36。

2002），2: 885-936。第二章由兩篇論文組成，分別是〈故事新詮——論明末耶穌會士所譯介的伊索式證道故事〉，發表於《中外文學》第29卷第5期（2000年10月），頁238-277；以及〈故事新編——論明末耶穌會士所譯介的伊索式寓言〉，發表於輔仁大學中國文學系及中國古典文學研究會編：《建構與反思——中國文學史的探索學術研討會論文集》（台北：台灣學生書局，2002），2: 885-936[5]。第三章原題〈歷史・虛構・文本性——明末耶穌會「世說」修辭學初探〉，發表於中央研究院《中國文哲研究集刊》第15期（1999年9月），頁43-106。第四章原題〈從「解經」到「經解」——明末耶穌會神話型證道故事初探〉，發表於王璦玲主編：《明清文學與思想中之主體意識與社會——文學篇》，上冊（台北：中央研究院中國文哲研究所，2004），1: 323-384。第五章原題〈言道・友道・天道——從明末耶穌會傳說型證道故事看天儒異同〉，即將發表於《世界漢學》第12期（2005年3月）。第六章原題〈詩與哲學的宿怨——試論晚明耶穌會證道故事與柏拉圖文學思想的關係〉，國立中興大學中文系主編：《通俗文學與雅正文學：第四屆文學與宗教全國學術研討會論文集》（台北：新文豐出版公司，2003），頁1-44。外一章原題〈如來佛的手掌心——論明末耶穌會證道故事裡的佛教色彩〉，發表於中央研究院《中國文哲研究集刊》第19期（2001年9月），頁451-498。我感謝這些刊物或論文集的編者與審查人。

　　本書各章雖然都以單篇論文的形式獨立發表，但成書之前，我除了統一用法，逐篇逐字從頭耙梳，增補新見與資料之外，章與章之間也按原擬的計畫做了必要的聯繫。完稿之後，余淑慧小姐、羅位育兄

---

[5]　此文後來稍事修改，以〈誤讀的藝術——論明末耶穌會士所譯介的伊索式證道故事〉為題另發表於卓新平主編：《相遇與對話——明末清初中西文化交流國際學術研討會論文集》（北京：宗教文化出版社，2004），頁295-333。

和陳美桂老師曾斧正錯誤，代為潤飾全稿，高誼可感。書前書末的書目部分，我則完成於表妹黃心怡、黃心恬在紐澤西州的寓所，感謝那段時間她們和心怡的先生張振緯的照顧。此外，本書能夠如期出版，在中央研究院這方面，幸賴王靖獻所長與鍾彩鈞、華瑋、李孝悌三博士和本書的兩位審查人促成，還有院、所出版單位的趙婉伶和詹巧燕兩位小姐也應併此申謝。聯經出版公司的發行人林載爵教授和學術主編沙淑芬小姐又費心費力，總司本書各項繁瑣的編務，謹此再表謝忱。

從我投身治學的行列以來，生活變得緊湊不已，感謝家嚴家慈和岳父岳母對我百般的寬容，從未以人子應盡的孝道見責。從本書構思的階段開始，內人嘉彤、小女蝶衣和犬子沁騰始終和我浮沉在各章之中。寫得得意的時候，他們陪我開懷暢笑，寫得蹭蹬之際，他們也幫我加油打氣。我不覺得本書寫來特別辛苦，有時我還苦中作樂，甚至自得其樂。但過去數年來確實也是我健康上最為艱困的時期，我「黽勉從公」，只為了斷一樁學術公案，而這方面，知我之深，不辭辛苦，似乎也唯有家人。希望本書的出版在有益士林之外，也能使他們稍感安慰。

李奭學 謹誌

二〇〇五年春・南港

目次

常用書目代稱

《人物傳》　方豪：《中國天主教史人物傳》，3冊（香港：公教真理學會；臺中：光啓出版社，1967）。本書正文中所引第一個數字依序表示第一、二、三等或上、中、下之冊數。其他書之有分冊者，同。

《三編》　吳相湘編：《天主教東傳文獻三編》，6冊（臺北：臺灣學生書局，1984）。

《大正藏》　高楠順次郎、渡邉海旭主編：《大正新脩大藏經》（東京：一切經刊行會，1934）。

戈著　《中外文學因緣──戈寶權比較文學論文集》（北京：北京出版社，1992）。

《古言》　〔明〕高一志，《勵學古言》，崇禎5年（1632年）刻本，梵帝岡圖書館藏書，編號：R. G. Oreiente III 223（7）。

朱本　朱維錚編：《利瑪竇中文著譯集》，上海：復旦大學出版社，2001。

朱編　〔宋〕朱熹編：《四書集注》（臺北：世界書局，1997）。

《全集》　劉俊餘等譯：《利瑪竇全集》，4冊（臺北：輔仁大學與光啓出版社，1986）。

《自定稿》　方豪：《方豪六十自定稿》，2冊（臺北：作者自印，1969）。

吳編	吳相湘編：《天主教東傳文獻》（臺北：臺灣學生書局，1965）。
李編	〔明〕李之藻編：《天學初函》，6冊，1629（臺北：臺灣學生書局重印，1965）。
阮刻	〔清〕阮元校刻：《十三經注疏》，2冊（北京：中華書局影印，1983）。
周注	周振甫注：《文心雕龍注釋》（臺北：里仁書局，1998）。
周編	周駬方編校：《明末清初天主教史文獻叢編》，5冊（北京：北京圖書館出版社，2001）。
《始末》	〔明〕龍精華（華民）譯：《聖若撒法始末》，約1602；南明隆武元年（1645年）閩中天主堂刊本。
《耶檔館》	鐘鳴旦（Nicholas Standaert）與杜鼎克（Adrian Dudink）編：《耶穌會羅馬檔案館明清天主教文獻》，12冊（臺北：利氏學社，2002）。
《徐家匯》	鐘鳴旦等編：《徐家匯藏書樓明清天主教文獻》，5冊（臺北：方濟出版社，1996）。
《粹抄》	〔清〕李九功編：《文行粹抄》，5卷，康熙年間榕城刻本，耶穌會羅馬檔案館藏本，編號：Jap.Sin.I.34.a。
鄭編	鄭安德編：《明末清初耶穌會思想及文獻彙編》，5卷（北京：北京大學宗教研究所，2003）。
《續編》	吳相湘編：《天主教東傳文獻續編》，3冊（臺北：臺灣學生書局，1966）。
AP	Alan of Lille, *The Art of Preaching*, trans. Gillian R. Evans (Lalamazoo: Cistercian Publications, INC., 1981).
AR	George A. Kennedy, trans., *Aristotle on Rhetoric: A Theory of Civic Discourse* (New York and Oxford: Oxford University Press, 1991).

AT   Mary Macleod Banks, ed., *An Alphabet Tales*, 2 vols.
            (London: Published for the Early English Text Society by
            Kegan Paul, Trench, Trübner, 1904).

BI   St. John Damascene, *Barlaam and Ioasaph*, trans. G. R.
            Woodward, et al. (Cambridge: Harvard University Press,
            1983).

BP   Ben Edwin Perry, ed. and trans., *Babrius and Phaedrus*
            (Cambridge: Harvard University Press, 1965).

CAR   Ronald F. Hock, and Edward N. O'Neil, eds., *The Chreia in
            Ancient Rhetoric*, vol 1: The *Progymnasmata* (Atlanta:
            Scholars Press, 1986).

CMAS   Valerius Maximus, *Collections of the Memorable Acts and
            Sayings of the Ancient Romans and Other Foreign Nations*,
            trans. Samuel Speed (London: Printed for Benjamin Crayle
            at the Lamb, 1684).

CRDM   John. A. Herbert and Harry Ward, eds., *Catalogue of
            Romances in the Department of Manuscripts in the British
            Museum*, vol 3 (London: Printed by Order of the Trustees,
            1910).

CWA   Jonathan Barnes, ed., *The Complete Works of Aristotle*.
            Revised Oxford Translation, 2 vols (Princeton: Princeton
            University Press, 1984).

DAR   Cypriano Soarez, *De Arte Rhetorica*, in Lawrence J. Flynn,
            S.J., "The *De Arte Rhetorica* (1568) by Cyprian Soarez,
            S.J.: A Translation with Introduction and Notes," pp.
            93-429, Ph.D. dissertation (University of Florida, 1955).

DC   Gregory Kratzmann and Elizabeth Gee, eds., *Dialogus*

	Creaturarum: A Critical Edition (Leiden: E. J. Brill, 1988).
DO	Cicero, *Cicero XXI: De Officiis*, trans. Walter Miller (Cambridge: Harvard University Press, 1990).
Exempla	Thomas F. Crane, ed., *The Exempla or Illustrative Stories from the Seromons Vulgares of Jacques de Vitry* (London: The Folk-lore Society, 1890).
FL	Léopold Hervieux, ed., *Les Fabulistes latins despuis le siècle d'Auguste jusqua'à la fin du moyen âge*, 5 vols (Paris Librairie de Firmin-Didot, 1884).
FM	Siegfried Wenzel, ed. and trans., *Fasiculus Morum: A Fourteen-Century Preacher's Handbook* (University Park: Pennsylvania State University Press, 1989).
FR	Pasquale M., D'Elia, S. I., ed., *Fonti Ricciane*, 3 vols (Rome: La Libreria dello stato, 1942).
GR	Charles Swan, trans., *Gesta Romanorum or Entertaining Moral Stories* (London: George Bell and Sons, 1891).
IE	Frederic C. Tubach, ed., *Index Exemplorum: A Handbook of Medieval Religious Tales* (Helsinki: Academia Scientiarum Fennica, 1969).
IO	Quintillian, *Institutio oratoria*, trans. H. E. Butler (Cambridge: Harvard University Press, 1996).
LA	Jocobi a Voragine, *Legenda aurea*, edited by Th. Graesse (Vratislaviae: Apud Guilemum Koebnner, 1890).
LEP	Diogenes Laertius, *Lives of Eminent Philosophers*, trans. R. D. Hicks, 2 vols (Cambridge: Harvard University Press, 1995).
LS	Plutarch, *Lives*, trans. John Dryden, 2 vols (New York:

Modern Library, 1992）.

PCD   Edith Hamilton and Huntington Cairns, eds., *Plato: The Collected Dialogues*（Princeton: Princeton University Press, 1961）.

PL   J.-P., Migne, ed., *Patrologia cursus completes*, *Series Latina*, 222 vols（Paris: J.-P. Migne, 1844-1864）.

PT   James R. Butts, "The *Progymnasmata* of Theon: A New Text with Translation and Commentary," Ph.D. dissertation（Claremont Graduate School, 1986）.

SC   Marie-Anne Polo de Beaulieu, ed., *La Scala Coeli de Jean Gobi*（Paris: Édition du Centre Nationale de la Recherche Scientifique, 1991）.

SG   Pedro Alfonso, *The Scholar's Guide*（*Disciplina Clericalis*）, trans. Joseph Ramon Keller and John Esten（Toronto: The Pontifical Institute of Mediaeval Studies, 1969）.

SL   J.-Th. Welter, ed., *Le Speculum laicorum*（Paris: Libraire des Archives Nationales et de la Société de l'Ecole des Chartes, 1914）.

TE   J- Th. Welter, ed., *La Tabula exemplorum*（Paris: Occitania, 1926）.

除非另有說明，否則本書所用《聖經》概據思高聖經學會譯釋：《千禧版聖經》（臺北：思高聖經學會出版社，2000），亦稱「思高本」。英譯則指*The New American Bible*（New York: Catholic Book, 1970）。

第一章
導論：從語言問題談起

歷史偏見

　　明末(1583-1662)天主教傳教士大舉入華，耶穌會扮演關鍵角色[1]。學界認爲他們除了宗教活動以外，另又功在中西文化的交流，乃西學東漸的號角先鋒。古來對這段歷史略知一二的學者——尤其像清代的阮元(1764-1849)等傳統士子——大多認爲此際部分中國人之所以改宗天主，歐洲科技凌駕中土係其主因[2]。當代法國學者謝和耐(Jacques Gernet)亦持類似見解，所著《中國與天主教的影響》(*China and the Christian Impact*)強調耶穌會士得以「誘拐」(seduced)中國，全拜歐

1　所謂「晚明」，我斷自萬曆十一年，止於永曆十五年，包括通稱的「南明」(1644-1662)。如此斷代，我除了著眼於此一時期乃利瑪竇初抵肇慶及衛匡國《逑友篇》刊就的時間外，另亦考慮到南明在文化與政治上實爲明室正統之延續的歷史實情。南明的歷史地位，即使是清朝的乾隆皇帝也不曾否認。參見何冠彪：〈清高宗對南明歷史地位的處理〉，《新史學》，第7卷第1期(1996年3月)，頁2-25。有關南明與明室之間的法統與文化問題，參閱Lynn A. Struve, *The Southern Ming, 1644-1662* (New Haven: Yale University Press, 1984)。

2　見〔清〕阮元：《疇人傳》(上海：商務印書館，1953)，頁549-610(卷43-46)。另請參較王川：〈西洋望遠鏡與阮元望月歌〉，《學術研究》，4(2000)，頁82-90。

洲「數學、地圖學、天文學、工程學與醫學」之賜[3]。阮元與謝氏之見根深柢固,過去學者大多堅信不疑[4],即使西元二〇〇一年鐘鳴旦(Nicholas Standaert)主編的《中國天主教手冊》(*Handbook of Christianity in China*)也蕭規曹隨,彷彿暗示阮、謝所言不虛[5]。儘管如此,翻案文章亦偶有所見,許理和(Erik Zürcher)與白佐良(Giulianon Berutuccioli)等人即曾多方質疑[6]。加以宗教乃屬靈事業,物質文化縱

3 Jacques Gernet, *China and the Christian Impact*, trans., Janet Lloyd (Cambridge: Cambridge University Press, 1985), pp. 15-24.

4 相關的中文論述見王萍:《西方曆算學之輸入》,增訂版(臺北:中央研究院近代史研究所,1980);白莉民:《西學東漸與明清之際教育思潮》(北京:教育科學出版社,1989),頁10-58;樊洪業:《耶穌會士與中國科學》(北京:中國人民大學出版社,1992);俞力濤:〈西學東漸與明清之際的經世實學〉,在葛榮晉編:《中國實學思想史》(北京:首都師範大學出版社,1994),2: 241-291;祝平一:〈身體、靈魂與天主:明末清初西學中的人體生理知識〉,《新史學》,第7卷第2期(1996年6月),頁47-97;張鎧:《龐迪我與中國》(北京:北京圖書館出版社,1997),頁300-317, 414-422及431-450;陳衛平:《第一頁與胚胎——明清之際的中西文化比較》(上海:人民出版社,1992),頁92-180;江曉原、鈕衛星:《天文西學東漸集》(上海:上海書店出版社,2001),頁259-413;以及張錯:〈傳承與影響——明清時期天主教文明的入華策略〉,在所著《利瑪竇入華及其他》(香港:城市大學出版社,2002),頁3-28。用西方文字寫成的相關論述,見Erik Zürcher, et al., eds., *Bibliography of the Jesuit Mission in China (ca. 1580-ca. 1680)* (Leiden: Center of Non-Western Studies, Leiden University, 1991), pp. 101-124中所列的書目。另請參較Benjamin A. Elman, *From Philosophy to Philology* (Cambridge: Cambridge University Press, 1990), pp. 62-63 and 75-76。

5 Nicholas Standaert, *Handbook of Christianity in China*, vol I: 635-180 (Leiden: Brill, 2001).這本厚達千頁的鉅著鉅細靡遺,但是沒有專節縷述下文我關心的「西方文學入華」的問題。不過諷刺的是,此書倒列有"China in European Literature"一節,介紹中國文學西譯的經過,見頁891-892。有關此書的姸疵,參見拙評,刊《中國文哲研究集刊》,第23期(2003年9月),頁384-387。

6 參見Erik Zürcher, "Renaissance Rhetoric in Late Ming China: Alfonso Vagnoni's Introduction to His *Science of Comparison*," in Federico Masini, ed., *Western Humanistic Culture Presented to China by Jesuit Missionaries (XVII-XVIII Centuries): Proceedings of the Conference Held in Rome, October*

可得逞一時，未必也能長時主宰信仰的形塑，更不可能是信仰決定的唯一因素[7]。

改宗是個十分微妙的精神變化，勸化每每是過程之一。「勸化」一詞有宗教意涵，中性說法應該是「說服」。我們如果回顧希臘古典，會發現「說服」其實是亞里士多德（Aristotle, 384-322 BCE）《修辭術》（*Tekhne rhetorike*）所標舉的主要修辭目的（*AR*, chaps 1-3）。傳教本係口語活動，如果因故而必須出以書面語言，則「說服」或「勸化」可能得涵容大量的文字策略，修辭因此就會化為本質內蘊。在這層意義下，傳教的「文學性」可能不亞於其「宗教性」。不論東方或西方傳統，修辭往往就是文學的張本。我近年來的研究又發現，明末耶穌會士的中文著作中包含大量的文學材料，舉凡詩詞、講堂剳記、對話錄、聖徒傳記、格言、寓言、歷史軼事、神話與傳說等文類或專著俱可一見。在這些表面上是宣教或護教的著作之中，有一種文類尤顯突出，此即西方人所謂的「證道故事」（*exemplum*）。

中文神職界多將「證道故事」譯為「喻道故事」，但是後一名詞「比喻」的聯想恐怕高於「喻說」，我覺得涵意不如「證道」寬廣。且不談下面我會提及的天主教用法，單就語源來講，證道故事也有「示範」（example）之意，歷史久遠，可以上溯古希臘與古羅馬。在使用上，證道故事的流傳亦廣，從中世紀的喬叟（Geoffrey Chaucer, *c.*

（續）

25-27, 1993（Rome: Institutum Historicum S. I., 1996），pp. 331-359；以及白佐良（Giulianon Berutuccioli）：〈衛匡國的《述友篇》及其他〉，在德馬爾基及施禮嘉編：《衛匡國：一位在十七世紀中國的人文學家和科學家》（義大利特蘭托：特蘭托大學，1996），頁187-197。

7　參閱Willard J. Peterson, "Why Did They Become Christians? Yang T'ing-yün, Li Chih-tsao, and Hsü Kuang-ch'i," in Charles E. Ronan, S.J. and Bonnie B. C. Oh, eds., *East Meets West: The Jesuits in China, 1582-1773*（Chicago: Loyola University Press, 1988）, pp. 129-152; and N. Standaert, *Yang Tingyun, Confucian and Christian in Late Ming China: His Life and Thought*（Leiden: E. J. Brill, 1988）, pp. 53-69。

1340-1400）、高鄂（John Gower, 1330?-1408）到文藝復興時代的薄伽丘
（Giovani Boccacio, 1313-1375）、莎士比亞（William Shakespeare,
1564-1616）等人的著作中俱可一見[8]。儘管如此，學界於證道或示範
故事的研究仍處於起步的階段，十九世紀以還，累積的成果寥若晨
星。方諸流傳，頗不成比。

　　「證道故事」究竟何指？倘據法國學者勒高夫（Jacques Le Goff）
的說法，這是「一種短小精練的敘述文體，內容每具真理色彩，往往
穿插在尤為證道辭的講稿之中，以便藉其道德教訓說服聽眾。」[9]好
的故事每有其內在的價值與趣味，好的證道故事也是如此。然而和多
數好故事不同的是，證道故事因為必須扮演「比喻」與「說明」的角
色，訓誡與勛勉的功能兼而有之，而且係其存在的主因，所以本身乃
「權威」的化身。加以這種故事往往典出神學或外學的代表作家與學
者，在內蘊和外力交相激盪下也會幻形變成真理的形式。倘自時空背
景及其源流再看，證道故事大體上可以分為古典型與天主教自身所出
者兩大類。三世紀北非沙漠聖父（desert fathers）是後者的代表，為後
世留下不少感人的傳記與傳奇。有人廣事蒐羅，彙而編成浩繁卷帙，
聖傑魯姆（St. Jerome, 340?-420）稱之為《沙漠聖父傳》（*Vitae patrum*）。

8　參見下書相關論述：Larry Scanlon, *Narrative, Authority, and Power: The Medieval Exemplum and the Chaucerian Tradition* (Cambridge: Cambridge University Press, 1994), pp. 137-297；以及 Fritz Kemmler, *"Exempla" in Context: A Historical and Critical Study of Robert Mannyng of Brunne's "Handlyng Synne"* (Tübingen: Gunter Narr Verlag, 1984), pp. 60ff。

9　原文為"un récit bref donné comme véridique et destiné à être inséré dans un discours（en général un sermon）pour convaincre un auditoire par une leçon salutaire"。見 Jacques Le Goff and Jean-Claude Schmitt, *L' "exemplum"* (Turnhout: Berpols, 1996), pp. 37-38。另請參閱 Joan Young Gregg, "Introduction" to her *Devils, Women, and Jews: Reflections of the Other in Medieval Sermon Stories* (Albany: State University of New York Press, 1997), pp. 11-16。

十三世紀時，佛拉津的亞可伯（Jacobus de Voragine, c.1229-1298）又從中擷精取華，副以他說，輯成《聖傳金庫》（Legenda aurea）一書，爲傳統踵事增華。《沙漠聖父傳》乃天主教型證道故事取材的寶藏，堂奧深杳，取之不竭。《聖傳金庫》則風行全歐，歷數百年而不衰，所傳故事更是天主教型中的典型[10]。至於希臘和羅馬所出的證道故事亦枝衍蔓延，系譜更雜，而原初所證之「道」當然不是基督之道，「示而範之」的意味反而重過其他，否則就是某種道德意義上的警世通言。凡此種種，要之皆以所謂「寓言」、「歷史軼事」和「神話」或「傳說」爲文類大宗，也是後世分類上的線索主脈[11]。

上述幾種古典型的證道故事，明末耶穌會士嘗在所著或所譯中多方挪用。我之所以興趣盎然，原因有三。首先是在歷史方面，蓋不論直接或間接，耶穌會士譯介這些故事都標誌著中國和西方古典文學的接觸之始。其次，儘管天主教挪用這些異教文類的歷史可以溯至第二或第三世紀[12]，但是就其在歐洲以外地區的瀰散而言，耶穌會士用「中文」所做的努力乃史無前例。第三個原因和名家軼事中的特殊文類「世說」（chreia）關係尤大。這種文類用於聖壇證道，耶穌會絕非源頭先

10 見Herbert Rosweyd, ed., *Vitae patrum sive historiae eremiticae libri decem.*, in *PL*, vol 73; Helen Waddell, *The Desert Fathers*（London: Constable, 1987）; and Jacobus de Voragine, *The Golden Legend: Readings on the Saints*, trans. William Granger Ryan（Princeton: Princeton University Press, 1993）, 2 vols。依納爵所以創立耶穌會，據稱乃因後書影響所致，見Joseph N. Tylenda, trans., *A Pilgrim's Journey: The Autobiography of Ignatius of Loyola*（Collegeville: Liturgical Press, 1985）, p. 12。

11 見Hanna Wanda Kaufmann, "The *Exemplum*: Its Morphology, Function, Evolution and Transmission," Ph.D. dissertation（University of Texas, 1994）, pp. 66-93；另請參較Minnie Luella Carter有關*Scala celi*的分類，在所著 "Studies in the *Scala celi* of Johannes Gobii Junior," Ph.D. dissertation（University of Chicago, 1928）, pp. 7-8。

12 見Wayne A. Meeks, *The Origins of Christian Morality: The First Two Centuries*（New Haven: Yale University Press, 1993）, pp. 189ff。

覺。然而他們在明代所用的頻率之高,卻是天主教布道史上僅見。這三個緣由交關歷史,各有重量;合而觀之,則重要性倍增。只要關心中西文學與文化交流的人,相信都難以忽略明末耶穌會士重述的古典型證道故事。

上文一再強調證道故事古典型的特殊意義,然而我也得指出在這種故事跨越地域與文化空間再新生命的過程中,歐洲中世紀精神(medievalism)位居肇因樞紐。古典型證道故事開始見用,可以從教宗額我略(Gregory the Great, *c.* 560-604)算起,甚至可以上推二世紀末的拉丁教父特圖良(Tertullian)。但是倘就其天主教化的程度而言,則歐洲中世紀顯然一枝獨秀。因為不論以宗教或就文學衡之,此時天主教都是強勢文化,主控全歐。古典世界裡的人或非人角色,在故事中都刻畫得普世如一。即使羅馬類書瓦勒流(Valerius Maximus,一世紀)的《嘉言懿行錄》(*Facta et dicta memorabilia*),中世紀的基督徒依然讀得津津有味,廣受影響 [13]。該書中人雖然出身異教,中古時人卻視同己教,而其正統性雖未經過教會認可,但謂之亦真主光源所在,相信反對者也不多。

據杜巴哈(Frederic C. Tubach)的研究,證道故事在中古晚期頹勢已顯,原因是教會濫用。本屬精神層次的靈性敘述,此刻講故事的人多半融之於俗世的生活,以笑談諧趣娛人悅己,所以靈性盡失 [14]。證道故事的濫風一颺,十三世紀但丁(Dante)忿怒難抑,在《神曲》(*Divine Commedy*)中詬病有加,嚴辭貶抑,抑且將證道僧的作為比如「僧帽中棲鳥」,蓋「群眾若得一見/當知如此赦得之罪並無任何神聖可言」[15]。

13　見L. D. Reynolds and N. G. Wilson, *Scribes and Scholars: A Guide to the Transmission of Latin Literature* (Oxford: Clarendon Press, 1974), pp. 101-105, and p. 113。

14　Frederic C. Tubach, "Exempla in the Decline," *Traditio: Studies in Ancient and Medieval History, Thought and Religion* 18 (1962): 407-417.

15　Dante Alighieri, *Paradiso*, XXIX, 118-120, in John Ciardi, trans., *The Divine Comedy* (New York: W. W. Norton, 1970), p. 575.

十六世紀中葉以次，證道僧非但積習不改，講故事時猶變本加厲，葷素不拘，幾個宗教會議遂嚴加譴責，議決禁講[16]。儘管歷史條件已失，明末耶穌會士仍鍾情於證道故事，在華大肆使用。他們何以無睹禁令，公然開講？箇中原因費解，恐怕要由他們的教育背景深入細究[17]。這裡我可以說的是耶穌會士所傳不僅有天主教型的故事，另又包含大量的古典型，形成希臘羅馬傳統的二度天主教化，而且是在跨越語系與文化的環境中完成，殊意再增。要為上述「教育背景」開說因由，我想我們得回溯文前提到的歐洲「中世紀精神」。

普通話

「中世紀精神」的涵意包羅萬象，從建築學上的哥德式風格到柏拉圖式的宮廷愛情皆屬之。不過此處和宗教聯繫最緊，和本書關係最

16　見H. J. Schroeder, O.P., ed., *Canons and Decrees of the Council of Trent: Original Text with English Translation* (St. Louis: B. Herder, 1941), pp. 26-29 and 195-196。另見Peter Bayley, *French Pulpit Oratory, 1598-1650* (Cambridge: Cambridge University Press, 1980), pp. 44, 65, 67-68, and 92。不過我急待指出來的是，教會棄證道故事不用，早在一三八六年的沙爾茲堡會議(Council of Salzburg)即可見端倪：「這些偽先知〔案指講道僧〕盡在證道辭中講些怪力亂神的故事(fables)，常誤導聽眾的靈魂。」見Joseph Albert Mosher, *The Exemplum in the Early Religious and Didactic Literature of England* (New York: Columbia University Press, 1911), p. 18。另請參考Thomas F. Crane, "Introduction" to *Exempla*, pp. lxviii-lxx; J.-Th. Welter, *L'Exemplum dans la litterature religieuse et didactique du moyen age* (Paris: Occitania, 1927), pp. 69ff；以及Siegfried Wenzel, "The Joyous Art of Preaching, or the Preacher and the Fabliau," *Anglia* 97 (1979): 304-325。

17　事實上，十五世紀以後歐洲幾可謂僅得兩本大型證道故事集，而且都是耶穌會士所纂，其中最重要的是：Johann Major (1543-1608), *Magnum specvlvm exemplorum* (Douai, 1603)。儘管H. Verhaeren, C.M., ed., *Catalogue de la Bibliothèque du Pè-T'ang* (Beijing: Imprimerie des Lazaristes, 1949), 631: 2165 著錄了一本一六三三年版的此書，但我認為利瑪竇、龐迪我和高一志等明末會士不可能據此寫成他們的中文證道故事。

大的應該是西方教會以拉丁文為普世語言（*lingua franca*）的現象。這點牽連甚廣，細案下可能得由羅馬立國後的帝國心態說起。早在奧古斯都時代，魏吉爾（Virgil, 70-19 BCE）在《羅馬建國錄》（*The Aeneid*）裡就透過天后朱諾（Juno）的話，希望拉丁民族將愛琴思潮轉化為國家的文化主體[18]。往後文人遂藉語言自主化的過程將這點表現出來。從西賽羅（Marcus Tullius Cicero, 106-43 BCE）到馬修爾（Marcus Valerius Martial, *c*. 40-*c*. 104），一時間大家矻矻專心，無不希望將拉丁文推廣到跨越洲際的帝國版圖去。《變形記》（*Metamorphosis*）中，奧維德（Ovid, 43 BCE-AD 18）甚至信心滿滿地說：他的書終究會「傳唱到羅馬鐵騎所至之處」[19]。事實確實也是如此，吉朋（Edward Gibbon, 1734-1794）的《羅馬帝國衰亡史》（*The History of the Decline and Fall of the Roman Empire*）因謂：羅馬軍興之後，「從非洲、西班牙、高盧、不列顛到盤諾尼亞，魏吉爾與西賽羅等人的語言都經廣採汎用」[20]。

　　羅馬帝國國勢日蹙之後，這種情況略有改變，因為中世紀方始之際，蠻族早已入侵，帶來大量古典拉丁文以外的語言勢力，頗有分庭抗禮之勢。不過前此天主教興起已久，雖然其聖典並非用羅馬人的語言寫下，但自紀元一八〇年以來，西方教會的主要著作卻都用拉丁文寫成，而且一路挺進，終於走進了歐洲中世紀。法蘭克人（Franks）在帝國末期氣焰高漲，他們因為和拉丁化了的高盧人（Gauls）混居一地，時而也以羅馬人自居，從而振興了羅馬傳統，使拉丁文再度躍上政治檯面。在文化上，此時許多顯要出自德語民族，然而他們贊助的

18　12.823-836, in Rushton Fairclough trans., *Aeneid*, rev. ed., 2 vols（Cambridge: Harvard University Press, 1986）, 2: 354-357.

19　Ovid, *Metamorphosis*, with an English translation by Frank Justus Miller, 2 vols（Cambridge: Harvard University Press, 1976-1977）, 2: 426-427.

20　Edward Gibbon, *The History of the Decline and Fall of the Roman Empire*, ed. J. B. Bury（London and New York: H. Frowde and Oxford University Press, 1906-1914）, 15.877.

文人卻一心嚮往羅馬文化,拉丁文和俗語的勢力因而互有消長。待普瓦主教佛圖那圖(Venatius Fortunatus, c. 540-600)出,在一股使命感下借力使力,隨即用尤以德語為主的俗語提昇了拉丁文的地位,使之在中世紀初期便和修辭學二度合流。到了十二世紀,拉丁文已經變成西方教會轄下各地的「普通話」(common language)了[21]。

中古前期,法蘭克人勢力強大,社會上各行各業也軋進了一腳,所以方之古典拉丁文,此刻的語言已摻入俗語語彙與語法,純度產生了變化。但數世紀之後,不列顛神學家亞爾昆(Alcuin, 735-804)有鑑於此,在查理曼大帝的宮中起而改革,要求剔除俗語雜質,恢復拉丁文的古典原貌。從茲以還,「文法家」這個行業再興,而遵行語法所得的結果是一種帶有上古質地的「中世紀拉丁文」(Medieval Latin),共用於查理曼之後全歐的神、學、政三界。因係雅語之屬,中世紀拉丁文有別於地域性的俗語,亦有別於階級性的「通俗拉丁文」(Vulgate Latin)。大公教會組織嚴密,中世紀拉丁文因而勢力益盛,影響下逮文藝復興前期。但丁站在中世紀與新時代交會的門檻上,所著《論俗語的雄辯力量》(On Eloquence in the Vernacular)廣受重視,可見中世紀拉丁文對他及當時社會所造成的壓力有多大[22]。

在某種意義上,羅馬教會在中世紀得以一統歐洲全境,基本原因在於繼承了帝國的語言,具有溝通至少是識字階層的能力,連下層社會也因濡染之故而能互通有無。中世紀拉丁文的維繫之功,我們從文藝復興人文學者如佩多拉克(Francesco Petrarch, 1304-1374)等人一再

---

21 Charles Homer Haskins, *The Renaissance of the Twelfth Century* (Rpt. Cambridge: Harvard University Press, 1993), pp. 127ff.

22 以上簡述的拉丁文在上古及中古社會的發展,參見Joseph Farrell, *Latin Language and Latin Culture: From Ancient to Modern Times* (Cambridge: Cambridge University Press, 2001), pp. 1-27。

強調其西賽羅式的純度復可窺斑見豹[23]。因爲此時拉丁文再度由雅轉俗，在俗語的輪迴影響下開啓了地域色彩，依舊見用於各國與各界，所以稱之爲天主教時代西方教會的「普通話」仍不爲過[24]。這個現象向經學界公認，而我認爲耶穌會士之所以在中國晚明復興證道故事，上述「語言一統」這種中古幽情應負責任。

眾所周知，明末耶穌會士在宗教教學上獨樹一幟，和他們在美洲或非洲的會內弟兄有一大異，亦即他們特別擅長所謂「書教」或「書本布道」(*Apostolat der Presse*)[25]。這種勸化或宗教上的說服之術，同代異地的會士能力罕及，也乏人嘗試。據費賴之(Louis Pfister)所錄，明清之際百餘年間，耶穌會士或譯或著的中文書籍共約四百五十種，數量上不可謂少，重要者且多鑴版於明末[26]。對中國主流精英而言，這數百種書籍挾信仰所生的力量咄咄逼人，在十七世紀結束前儼然就是某種文化威脅。此所以其時史家萬斯同(1638-1702)在所著《明樂府》裡嘆道：「天主設教何妄怪，著書直欲欺愚昧。」[27]

23　參見Alan Bullock著，董樂山譯：《西方人文主義傳統》(*The Humanist Tradition in the West*；臺北：究竟出版公司，2000)，頁61。

24　F. A. C. Mantello and A. G. Rigg, eds., *Medieval Latin: An Introduction and Bibliographical Guide* (Washington, D. C.: Catholic University of America Press, 1996), pp. 3-5.

25　有關「書教」或「書本證道法」等概念，參見本書頁330-344。

26　Louis Pfister, *Notices biographiques et bibliographiques sur les Jésuites de L'ancienne mission de Chine, 1552-1773* (Shanghai: Imprimerie de la Mission catholique, 1932-1934), 2 vols.另見Henri Bernard, "Les adaptation chinoises d'ouvrages europeens, 1514-1688," *Monumenta Serica* 10 (1945): 1-57 and 309-388。不過馬祖毅：《中國翻譯史》，上冊(長沙：湖北教育出版社，1999)，頁238僅列出三百種。

27　見〔清〕全祖望編：《續甬上耆舊詩》(出版地不詳：四明文獻社，1918)，頁6: 21乙，另參考〔清〕張廷玉：《明史》，卷326〈意大里亞傳〉(北京：中華書局，1962)，28: 8461；以及〔清〕趙翼：《廿二史劄記》，卷34(臺北：華世出版社，1977)，頁791。萬氏之詩，我乃得悉自陳垣：〈從教外典籍見明末清初之天主教〉，在陳垣等編：《民元以來天主教史論集》(1943；

萬斯同句中所謂的「書」究竟何指，他不曾細陳。不過既已言明是天主所設之教的影響源頭，我們若以現代人的文本觀念抽象衡之，或可謂證道故事也應涵括其中。從天主教內的立場看，萬氏詩中的「欺」字實可作「修辭」讀，遙引謝和耐三百年後所用的「誘拐」一詞，也直指書籍的傳播力量與「說服的能力」乃會士所行宗教勸化最為重要的門道。由是觀之，證道故事在明末的流布，書籍當然是載體上的主力。

研究天主教東傳的專家學者曾經指出：明清之際的耶穌會士之所以用書本布道，原因在他們深知中國人對白紙黑字和士人學子特別敬重。一五八三年，羅明堅（Michele Ruggieri, 1543-1607）和利瑪竇（Matteo Ricci, 1552-1610）率先進入中國內地。他們落髮剃鬚，身披袈裟，自稱天竺來僧。繼而又蓄髮留鬚，身著儒衫，儼然文士。利、羅二人之所以易容改裝，原因在發現儒門盛行，也認識到知識在中國每每就是權力的化身[28]。專家之見當然有理，因為利瑪竇的《中國傳教史》（Storia dell'Introduzione del Cristianesimo in Cina）內也有類似的表白，而且還從西方觀點予以月旦（FR, 1: 42-50）。不過我懷疑學者和利氏所言是否屬實。他們於真理之鼎似乎僅嚐得一臠，因為倘由癥結再看，以書布道之所以蔚為風氣，所涉其實是中西語言文化之異。而以書布道若指證道故事的二度啟用，尤其會涉及「普世語言」或「普通話」這種中世紀的語言觀及其社會實踐。書本畢竟是用文字寫成，脫

（續）────────────────

　　　新莊：輔仁大學重印，1985）。有關《明樂府》的版本問題，見陳訓慈及方祖猷：《萬斯同年譜》（香港：中文大學出版社，1991），頁296-297；及方祖猷：《萬斯同傳》（臺北：允晨出版公司，1998），頁138-141。

28　見Lionel M. Jensen, Manufacturing Confucianism: Chinese Traditions and Universal Civilization（Durham: Duke University Press, 1997）, p. 182。另參較同書頁48-59。但是這方面的一般性論述，最佳的近著係Mark Edward Lewis, Writing and Authority in Early China（Albany: State University of New York Press, 1999）一書。

離文字就難以成書。如此一來，有人或許會問道：中國和歐洲到底有什麼內在的語言文化差異，逼得耶穌會士換了個地理環境就非得用書本「說」教不可，媒介方式大異其趣？

這個問題，容我從有關利瑪竇的一個小故事先行答起。學者堅信，早期耶穌會士和明末清流東林黨一向交好[29]。這點可能性甚高，不過東林黨的成員並非每一位都敬重會士。以鄒維璉（1636年歿）爲例，他在十七世紀前期就曾在《闢邪管見錄》裡攻擊過利瑪竇：「若乎利妖，電光之舌，波濤之辯，真一儀秦。」（周編，3: 198甲）利氏辯才無礙，中文造詣高，李贄、謝肇淛等同代或先後的中國士子早已指證歷歷[30]。不過因爲口才好而稱之爲「妖」，呼之爲「邪」，鄒維璉則可能是中國史上第一人。我另感興趣的是：鄒維璉對利瑪竇的批評和《三國演義》第四十三回若有呼應，也有鑿枘。其中諸葛亮舌戰群儒，在孫權幕下和江東英俊爲對魏降戰反覆辯駁。座中步騭此時亦方孔明於蘇秦和張儀，詰其鼓如簧之舌於東吳，是否爲遊說而來。步騭之問，意下另在譏刺或醜詆孔明，心中所存或爲「巧言鮮仁」的儒家古訓。不料孔明回道：「步子山以蘇秦、張儀爲辯士，不知蘇秦、張儀亦豪傑也。」

孔明答來狀似自得，並不以該比非人而有受辱之感。小說中他繼而申說道：「蘇秦佩六國相印，張儀兩次相秦，皆有匡扶人國之謀，非比畏強凌弱，懼刀避劍之人也。君等聞曹操發詐僞之詞，便畏懼請

29 見Henri Bernard, "Whence the Philosophic Movement at the Close of the Ming?" *Bulletin of the Catholic University of Peking* 8（December 1931）: 67-73。另參考Heinrich Busch, "The Tunglin Academy and Its Political and Philosophical Significance," *Monumenta Serica* 14（1949-1955）: 156-163。

30 見〔明〕謝肇淛：《五雜俎》，卷4（北京：中華書局，1959），1: 120。有關鄒維璉的生平，見〔清〕陳鼎編：《東林列傳》，卷18，在周駿富編：《明代傳記叢刊》（臺北：明文出版社，1991），6: 231。

降，敢笑蘇秦、張儀乎？」[31] 孔明這些話顯然在捍衛辯才，而他的話本身實則也是雄辯。後面一點，我們從步騭聞後無言以對可得佐證。我們倘再從孔明顯然已經佔得上風的上述《三國演義》的價值觀來看，則鄒維璉以「妖」或「邪」字抨擊利瑪竇，諷刺地似乎反會變成是對利氏的正面肯定，因為抨擊的重點係他的「電光之舌」與「波濤之辯」，正是蘇秦與張儀獨步歷史的能力特質。何況諸葛亮又稱美其人，譽之為「豪傑」！

　　話說回來，我之所以轉述利瑪竇的故事及其與歷史說部的聯繫，真正用意乃在指出一個當代學者罕察的問題：利瑪竇由澳門而南京而北京，一路逢人詰難，反覆答辯，所用的語言究竟為何？即使放在《三國演義》的架構裡，我也想問一聲：孔明和孫權的謀士大展辯舌，雙方究竟是用什麼話作為溝通的基礎？就我所知，孔明雖曾高臥隆中，出身卻是山東萊陽。他順江東下孫吳，所遇步騭等人雖然未必個個出身南國，但座中文武多達廿餘人，問難者中倘有不擅北語之人，那麼這場舌戰究竟要如何開打？

　　這不是一個無謂的問題，因為這個問題觸及中國語言國情這個人所共知的複雜現象。耶穌會的創始人是聖依納爵（St. Ignatius of Loyola, 1491-1556），他在《耶穌會會規》（*Constitutions of the Society of Jesus*）內明文寫道：凡赴外地傳教的會中同志，都得學習該地或該國的語言[32]。這條內規看似簡單，但不用多想，中國人一定了解要在大明帝國實現並非易事。《呂氏春秋‧慎勢篇》謂：「凡冠帶之國，舟車之所通，不用象譯狄鞮。」這裡的「冠帶之國」僅指古史上的中原一帶，而〈慎勢篇〉接下所謂「古之王者」所處的時間，也不過戰國

31　〔元/明〕羅貫中：《三國演義》（臺北：聯經出版公司，1980），頁349。

32　George E. Ganss, S.J., *Ignatius of Loyola: The Spiritual Exercises and Selected Works* (New York: Paulist Press, 1991), p. 297.

以前，因爲「象譯狄鞮」俱爲周制，七國沿用者幾乎唯「譯」一名而已 [33]。此一區域所用俗語，載籍有闕，然而在教育上，《論語》中明陳有「雅言」一種，《詩》、《書》，執《禮》都用之（朱編，頁105）。後人訓《爾雅》一名，有《釋名·釋典藝》中「近正」一說，亦即指「各國近於王都之正言」。近人黃侃復從此見，申論「雅」乃「夏」之借字，也就是《爾雅》所載均係「諸夏之公言」之意 [34]。以此類推，則孔子所謂的「雅言」應屬西周王畿所在地的方言，其時士大夫借爲盟會聘問之用，而採獲之詩與所執之禮亦經其加工而後一統，可視爲某種相對於諸侯國俗語的通語。然而倘據《詩經·國風》，則「雅言」所通之地頂多北上汝水，南下江漢。這方圓「三千里」其實並不大。出了此地，諸戎所居的山西、甘肅和陝北諸地，《左傳》就指其「言語不達」了 [35]。即使「冠帶之國」所處的中原地帶，同樣也有語言差異，蓋有「通語」，就表示各地「俗語」的力量不弱，況且「通語」只有士大夫能通，一般百姓交談所用應爲「俗語」。《戰國策》上應候所謂「鄭人謂玉未理者璞，周人謂鼠未腊者朴」，指的正是不同俗語之別或各地語音之異 [36]。

從歐洲拼音文字的觀點看，「語音之別」就意味著「語言有異」。許慎謂春秋末期，「諸侯力政，不統於王」，所以戰國伊始，各國「言語異聲，文字異形」，甚至連「雅言」這種範圍有限的「通語」也都不復存在 [37]。七國以外固有《孟子》中的「夷言」或「南蠻」之語，

33 〔秦〕呂不韋：《呂氏春秋〔今註今譯〕》，林品石註譯（臺北：臺灣商務，1985），頁534。有關「象譯狄鞮」的討論，見馬祖毅：《中國翻譯史》，上冊頁2-3。

34 馬重奇：《爾雅漫談》（臺北：頂淵文化公司，1997），頁1-2。

35 〈襄公十四年〉，見James Legge, *The Chinese Classics*, vol 5 (Rpt. Taipei: Southern Materials Center, 1985), p. 460。

36 《戰國策》，《四部備要》版（臺北：臺灣中華書局，1981），卷5，秦3，頁8甲。

37 〔漢〕許慎：《說文解字》（北京：中華書局，1981），頁315。

七國以內，齊境或其鄰近地區也有「齊東野人之語」。〈滕文公下〉
更視齊語和楚語爲截然不同的兩種語言，孟子從而有此一問：「有楚
大夫於此，欲其子之齊語也，則使齊人傳諸，使楚人傳諸？」（朱編，
頁291）《左傳・宣公四年》和《公羊傳・隱公五年》同樣有類似之問，
可見先秦之際，中國語情——我指的是口語的使用情況——確實形同
「戰國」。如此五方異聲，四位錯調之狀，對利瑪竇等歐洲耶穌會士
而言，確實可能意味著「語言」眾多。

　　就算到了諸葛亮所處的三國時代，語言駁雜的程度也相去不遠。
且不談北朝顏之推猶謂「九州之人，言語不同，生民已來，固常然矣」
[38]，秦代一統後所形成的「書同文」在三國之際也沒辦法改變「聲異
音」的事實，何況後者可能還是前者的肇因。漢世疆域日廣，方言日
增，漢成帝之際，揚雄(53 BCE-AD 18)因有《方言》之作。儘管揚氏
之書志在辨解各地詞彙的不同，「但是我們可以想見」，所舉詞彙在
「語音方面也會有差別」[39]。因此之故，胡適《白話文學史》才特別
標出《方言》第十二節，說是從東齊經秦晉到楚燕均「語不失其方」，
而揚雄以「今或同」所稱的「通語」，恐怕也不出其時的帝都一帶。
正因其「究竟只限於一小部分」，故此「『國語統一』自然是做不到
的」[40]。我們還可推想，在今天的華南併入帝國政治或文化版圖之後，
「中文」這個概念必然日趨複雜。華南地廣族繁，漢武帝之時就已拓
展到了交阯一帶，其中所涵容的語言甚多，不加「翻譯」，不僅北人，
即使南方人士也無由認識。

　　此一問題的複雜與嚴重，揚雄稍前的劉向(c. 77 BCE-6 BCE)已經

38　〔北朝〕顏之推著，程小銘譯注：《顏氏家訓全譯》（貴陽：人民出版社，1993），
　　頁318及323。

39　王力：《漢語語音史》（北京：中國社會科學出版社，1985），頁11。

40　胡適：《白話文學史》（臺北：文光圖書公司，1974），頁2-3。

深有體會。《說苑》著錄〈越人歌〉楚譯的經過[41]，我相信劉向非特
意在春秋時代的榜枻越人之語，更因越音詳載其中，故而也有昭告差
異在漢世猶存之意。此外，我認為最具意義的另有一點，亦即中國版
圖內的語言交換，劉向似乎也以「翻譯」視之。在《說苑》的文脈中，
鄂君子皙央人為其「楚說」越語，因此便有如在境內推行類似歐洲德、
法語言互換的活動。顏之推說「生民以來」的「著述之人，楚夏各異」；
其實兩漢之際，南方語言和北方主流早已歧出。即令同處南方，《世
說新語》於楚語與吳語之異，也昭然若有感知，不以為同[42]。由此看
來，只有在下面三種情況下，《三國演義》裡的孔明才有可能和江東
英俊激辯對魏降戰的問題。其一是這場辯論不過小說修辭，元、明之
際的說書人根本無視於語言史上的條件與實況；其二是步騭等廿來位
座中文武湊巧都和孔明出身自同一語區；最後是兩造珪彰特達，可以
在短期間內就習得或習慣對方的語言。

　　語言學家告訴我們，早在明室繼統之前近千年，華南語言即已獨
立成局，並未因沈括（1031-1095）所謂「北人音」在北宋確立而告消
弭。這條脈絡，宋金以來規模再具，浩然淹有粵語、客語，以及吳語
和閩語的分枝系統，深入影響了尋常百姓的生活。乾嘉之際，沈三白
隨父遊於邗江幕府。沈父嘗倩三白返鄉覓僕，「庶語音相合」，即為
一例[43]。在近代政治力量還沒有介入之前，亦即在某種統一而明確的
「國語」尚未出現之前，中國歷朝只能聽任語言各自發展，各行其是
[44]。利瑪竇在華南的時候，曾和明僧蓮池藕益（雲棲袾宏，1535-1615）

---

41 〔漢〕劉向著：《說苑〔今註今譯〕》，盧元駿註譯，陳貽鈺訂正（臺北：臺灣
　　商務印書館，1995），頁365。
42 〔晉〕劉義慶著，余嘉錫注；《世說新語〔箋疏〕》（臺北：華正書局，1989），
　　頁595、792及848。
43 〔清〕沈復：《浮生六記》，呂自揚編（高雄：河畔出版社，2000），頁99。
44 周振鶴、游汝杰著：《方言與中國文化》（臺北：南天出版社，1990），頁
　　85以下。

激辯。蓮池所著《竹窗三筆》於南北語言之異亦心知肚明，其中占有「北人語」一詞[45]。

　　「北語」或「北人音」就是官話或其前身，乃由北京識字階層的語音發展而成，元代前後已經具備「普通話」的態勢，京官和地方官大多隨聲附和，許多士人也能通其大概。然而在這個時代之前，北方同樣「音韻鋒出，各有土風」。因此之故，南北朝乃循雅言先例，再「以帝王都邑參校方俗」，藉以尋找一種折衷的語言，最後「獨金陵與洛下」雀屏中選[46]。儘管如此，兩地語言絕非今人眼中的「標準」，因為南北朝代變頻仍，所謂帝都時有遞嬗，甚至共存，而多標準根本就等於沒有標準。除了北魏孝文帝以外，此時也沒有帝王下詔，沒有人舉朝中正韻為國中正音[47]。據周振鶴和游汝杰的研究，當時連韻書的編纂也不都是為「制定通行全國的標準雅言」，因為編者編書，頂多只能「以所在國的方言為標準」[48]。

　　周振鶴等人之所以得此結論，原因在他們心中有一把臺灣今天稱為「國語」的尺，或者說他們是以類似「中世紀拉丁文」的心態在繩墨，視「普通話」為具有政治強迫性的合法語言。官話形成於唐後，和雅言一樣都是為因應士子、官吏與跨地經商者的需要而出現，以便溝通不同的方言[49]。但即使是唐後所形成的這種「較為普通」的「普通話」，本身也不是一套固定的系統。據王力的了解，後來的發展至

45　〔明〕蓮池袾益：《竹窗三筆》，見《蓮池大師全集》（《雲棲法彙》），第7冊（出版時地不詳），頁3994。

46　顏之推：《顏氏家訓》，頁318。

47　就管見所知，民國以前，似乎唯北魏孝文帝曾用政治力量統一過語言。不過他統一的僅止於境內所轄的北方語言，而且有年齡之限。《魏書‧咸陽王禧傳》載：「孝文引見朝臣，詔斷北語，一從正音……，於是詔：年三十以上，習性已久，容或不可卒革。三十以下，見在朝廷之人，語音不聽仍舊。若有故違，當降爵黜官。」

48　周振鶴、游汝杰：《方言與中國文化》，頁86。

49　參見竺家寧：《中國的語言和文字》（臺北：臺灣書局，1988），頁200以下。

少可以分成「北方」、「西南」與「下江」官話三種，而且各有語音、詞彙，甚至是語法上或大或小的差別[50]。「分」就是「異」，而口音既異，咫尺天涯並非不可能。逮及清代雍正年間，高宗有鑑於此，終於下令在廣州成立正音書院，負責「校正」尤其是要赴京上任的南人口語[51]。在一九一九年國語統一籌備會出現之前，這是中國史上罕見的以政治干涉語言的例子之一，雖然影響力可能連北魏孝文帝的前例都不如。

今天的中國人每以爲「方言」和「國語」乃對立的概念，然而因爲「官話」──尤其是「國語」前身的「北京官話」──實則爲北方「方言」之一，所以其他「方言」就不能稱爲「方言」[52]。藍賽(Robert Ramsey)研究中國話時，發現從「語言學的角度看，中國人的各種方言其實可作不同的語言觀，就如同法文有別於義大利文一樣」。藍賽所見，言之成理，蓋類似論調亦可見諸中國古代的官方文獻，可以比附發明：「在明清兩代，不論高麗、日本、蒙古、滿州或安南之語，四譯或四夷館員一律稱之爲『方言』。」[53] 所以──且讓我話說從頭──我們倘以這些史實衡量，那麼孔明在三世紀的「舌戰」和利瑪竇在十六、七世紀的「辯論」，本質上就應該不會有太大的不同，亦即除非辯論的雙方都來自同一語區或才智過人，可以霎時解得或習得對

---

50 王力：《漢語語音史》，頁12。倘據詹伯慧和李榮之見，「北方官話」還可分成「華北官話」和「西北官話」兩種。而各大官話區可以再行細分成中原官話、蘭銀官話和皖南方言等多種。詹氏文見《中國大百科全書‧語言文字》，上冊(北京：中國大百科全書出版社，1988)，頁112-115。李榮所作見〈官話方言的分區〉，《方言》，第1期(1985)，頁2-5。另請參閱袁家驊等著：《漢語方言概要》，第2版(北京：文字改革出版社，1983)一書。

51 有關中國語言史的討論，見S. Robert Ramsey, *The Languages of China* (Princeton: Princeton University Press, 1987), pp. 3-40，或見王力書。有關「正音書院」，見《中國大百科全書‧語言文字》，上冊，頁517。

52 在語言學上，「官話」早已正名爲「官話方言」，見詹伯慧文。

53 Ramsey, *The Languages of China*, p. 7 and p. 32.

方的口音或語言，否則他們縱然可以理解彼此，這種理解力必然也會低於操同一語言或口音者。在歐洲人的觀念中，辯論應如唇槍舌劍，演講必須滔滔不絕，但是這類狀況在中國古代就算可能，一旦跨出語區，速度若非變緩，就是得依賴手勢或紙筆爲其輔佐。

即使用官話溝通，利瑪竇發覺這也和用歐語辯論大異其趣。首先，官話的同音字太多，沒有語境而僅憑聲音，誰也不知所指爲何。縱然交談者口齒清晰而又腹笥便便，「講話的時候」也必需「一再問對方說的是什麼」，甚至要比手劃腳「寫出」心中所思所想才行。利瑪竇言下之意是：「中國文字比語音清楚。」官話次則聲分五調，對利氏而言，亦即「每個音節」中國人都有「五種發音方式，分指五種不同的東西」。其間的微妙，不但外地或外國人區別不易，就連講官話的本地或本國人也難以馬上辨知。五聲雖有「補救音素不足」之力，不過達意的迅捷效果似乎遠遜於歐語。中國古來「不重說話的能力」，利瑪竇認爲原因在此。他言下另有所指的一點是：若用官話辯論，效果不佳；若以方言從事，中國可能亂成一團[54]。

中國語言的這種殊性，耶穌會士中，羅明堅首先恭逢其盛。一五八○年他初抵中國，馬上在當時耶穌會遠東巡按史范里安（Alexandre Valignani, 1539-1606）的指示下學習「中文」[55]。羅氏雖然由官話入門，可是他充分了解所謂「中文」的口語形式並不單純。他由澳門登陸（*FR*,

---

54　上引利瑪竇的話據《全集》，頁22，不過我略加修改。利氏原文見*FR*, 37。崇禎三年，艾儒略在閩中布道。上引利瑪竇所提中西語言之異，他似乎也有同感，故對其時聆聽其言者曰：「中邦字多而音少，其音多同。大西字少而音多，其音多異，故大西雖奧衍之文，一人誦之，眾未有不解者。若中邦，則必取而讀之，始盡其義，以字多混音故也。」此外，艾氏對中國古來「不重說話的能力」亦有新解，也值得思考：「子等如知音少而字多，尚其多讀書而少出話，即孔子不云乎『君子欲訥于言』？」艾儒略語見李九標記：《口鐸日抄》，在《耶檔館》，7: 81。

55　見 Donald F. Lach, *China in the Eyes of Europe: The Sixteenth Century* (Chicago: University of Chicago Press, 1968), p. 799。

1: 140-154)，該地係粵語區，官話難以下達市井小民，遑論引車賣漿者流[56]。某次東訪紹興，羅明堅甚至發現官話在此根本行不通，因為紹興是吳語區。逢人聞問，羅氏只好仰賴「譯員」臂助(*FR*, 1: 229)[57]，就像二千年前身在越境的鄂君子一樣。如果再從歐洲──尤其是羅馬教會──的觀點來看，羅明堅此刻所遇到的問題，其實就是中國缺乏一套歐洲定義下的「普通話」的國家現象。羅明堅和隨後入華的利瑪竇確實都學會了官話，然而如上所述，這種官場上的「普通話」對常人而言並非標準的語言，故此兩人時常處於半聾半啞的情況中[58]。傳教士來華，首要任務是傳教。傳教基本上是口語活動，如今中國卻沒有統一的國語可以方便行事，而所謂「方言」又學不勝學，腔調也換不勝換，是以會士入華的首要任務恐非布道，而是要找出一種舉國通行的證道媒介。此一媒介不但要放諸四海皆準，而且權威性也應該像拉丁文之於此際的羅馬教會一般。乏此工具，傳教就難以遍布中國，

---

56 見羅明堅一五八三年的信，見M. Howard Rienstra, ed. and trans., *Jesuit Letters from China, 1584-85* (Minneapolis: University of Minnesota Press, 1986), p. 15。

57 這點有論者也發現到了，參閱潘鳳娟：〈文化交流史的一個新觀點：從晚明天主教士人李九功論天人關係談起〉，見林治平編：《歷史、文化與詮釋學：中原大學宗教學術研討會論文集(二)》(臺北：宇宙光全人類關懷機構，2001)，頁285注6。

58 一五八九年九月九日利瑪竇從廣東韶州致書范里安，提到韶州佛僧的官話他「聽懂很多」，但鄰近肇州人「即使講官話」他「也聽不懂」。見〈利瑪竇致范里安的一封信〉，《文化雜誌》，第50期(2004年春)，頁56。另請參較陸志韋：〈金尼閣西儒耳目資所記的音〉，《燕京學報》，第33期(1947)，頁115-128。中國語言的分歧，即使到了康熙年間的禮儀之爭還是困擾著入華天主教士。其時福建代牧主教閻當(Charles Maigrot, 1562-1730)晉見康熙皇帝，因為只懂「福建土話，不會官話」，所以惹得皇帝「勃然大怒」。兩人溝通上的障礙，最後仍得依賴康熙親信巴多明(Dominique Parrenin, 1665-1741)居中翻譯才告解決。不過巴多明的譯入語可能不是官話，而是滿語。見李天綱：《中國禮儀之爭》(上海：古籍出版社，1998)，頁64-65；另參見陳垣編：《康熙與羅馬使節關係文書》(臺北：臺灣學生書局重印，1986)，頁34-35。

頂多只能在小地區以不同的「方言」分別施行。

　　儘管如此，前面對中國古代語言問題的淺析，並非意味著這一大段歷史時間內中國沒有自己的「國語」。那麼，對晚明耶穌會士而言，這種「語言」到底是什麼？沙勿略（St. François Xavier, 1506-1552）係天主教的「東方使徒」，也是最早深入東亞地帶開疆拓土，最早進入日本的耶穌會士之一。他在扶桑之地傳教的經驗，可為入華會士提供上述問題的答案線索。和日本外道辯論時，沙勿略發現他們每逢理屈，往往「援引中國人以為權威」[59]。沙勿略的觀察，其實隱含著某種歷史事實，亦即日本文化的主要成分乃由中國典籍薰陶而成。而最重要的是，日本人只要認得某種程度的「漢字」，就可以閱讀中國經籍，了無罣礙。

　　沙勿略的發現，在東亞的語言文化史上是個老生常譚，尤指中國口語和書面語不必一致這個獨特的現象。然而對歐洲來客而言，此一發現無異當頭棒喝，可謂語言問題的一大啟發。傅科（Michel Foucault）為西方拼音文字定位時，嘗說這是一種「重複的話語」（repeated speech），因為「書寫」複製了「口說」[60]。傅科的定義，當然不適用於古代中「文」，因為中國文字由象形衍生，本身就是表意的過程（signification），符徵與符旨間鮮見索緒爾（Ferdinand de Saussure, 1857-1913）所謂拼音文字的「武斷」[61]，致令上古以還，「口說」和

<hr />

59　*FR*, 1: 137-138。耶穌會稍後向中國傳教，也和此際日本人每奉中國人為知識權威有關。

60　Michel Foucault, "Language to Infinity," in Donald F. Bouchard, ed., *Language, Counter-memory, Practice: Selected Essays and Interviews by Michel Foucault* (Ithaca: Cornell University Press, 1977), p. 56.　Also see Jacques Derrida, *Of Grammatology*, trans. Gayatri Chakravorty Spivak (Baltimore: Johns Hipkins University Press, 1976), pp. 142-144.傅科之見，我得悉自下書：Zhang Longxi, *Mighty Opposites: From Dichotomies to Differences in the Comparative Study of China* (Stanford: Stanford University Press, 1998), pp. 43ff。

61　索氏的看法見於所著《通用語言學教程》（*Course in General Linguistics,*

「書寫」可以殊途。所以「語言」不同，並不代表「文字」在中國便
得生變。或因此故，明末耶穌會士不曾在中國各種語言中覓得功能一
如拉丁文的「普通話」。他們稱頌官話，但即使是這種語言也非標準；
如此一來，所謂通用的語言，耶穌會士反而得求之於中國的「文字」。
這種「語言」的性格，法蘭德斯耶穌會士金尼閣（Nicholas Trigault,
1577-1628）所見最為精闢[62]，以為大致「屬目」，而非「屬耳」。後
世劉師培（1884-1919）比較梵漢之異，嘗謂「漢字主形，梵字主音」，
其旨近似[63]，蓋歐語和印度語言系出同源，眾所周知。金尼閣於漢歐
之別既有體認若此，乃題其北方或下江官話的音韻學專書為《西儒耳
目資》（1625）[64]。

　　金尼閣所稱中文的「屬目」性格，羅明堅和利瑪竇馬上見證其然。
他們常在自己的義大利或拉丁文著作中指出：在東亞一帶，不但日本
人解得中國的書寫系統，就連高麗和安南人也一無問題（《全集》，
3: 32）。這些「外國人」當時頂多只能稱為「藩屬」，他們居然可以
不用會「講」任何一種「中文」，即可「書寫」或「閱讀」這種語言
的書面形式。審之以歐洲觀點，這種現象匪夷所思。由是再思，如果
中國或──擴而大之──整個東亞確有一種放諸四海皆準的「普通

（續）
　　　1916），此處我引自Terry Eagleton, *Literary Theory: An Introduction* (Oxford:
　　　Basil Blackwell, 1983), pp. 96-97。

62　有關金尼閣的生平，除《人物傳》，1: 179-184之外，另見Liam M. Brockey,
　　　"Covering the Shame: The Death and Disappearance of Nicolas Trigault, SJ,"
　　　paper presented in "Colonial and Imperial Histories Colloquium," Princeton
　　　University (November 20, 2002)。

63　引自楊牧（王靖獻）：〈詩關涉與翻譯問題〉，在所著《隱喻與實現》（臺北：
　　　洪範書店，2001），頁24。

64　金尼閣：《西儒耳目資》（北京：北京大學和北平圖書館，1933），1: 34甲。
　　　在文藝復興時期，歐洲人尋找普世語言也不遺餘力，相關論述見D. E.
　　　Mungello, *Curious Land: Jesuit Accommodation and the Origins of Sinology*
　　　(Honolulu: University of Hawaii Press, 1985), pp. 34-36。

話」，那麼這種「話」必然非「文」莫屬，尤指所謂的「文言文」。
弔詭的是，這種「語言」不以「音聲」爲組成上的唯一條件，「形」
或「字」才是那不可或缺者。

　　文言文並非通俗拉丁文之屬，因爲如前所示，後者乃「羅馬士兵、
殖民在外者和農人所講的俗語」。然而文言文卻可比諸中世紀拉丁
文，因爲這種語言係「古典時期淵博的拉丁雅語的嫡傳」[65]。有鑑於
此，明末耶穌會士莫不捨方言而勤學文言，希望藉此行走中華帝國，
不受語區的干擾。他們傳教初期的努力，遂由證道轉而變成是在異域
重溫歐洲中古的語言常情：方言形同俗語，可以用之於口，但有地域
之隔；文言雖於文法有異，而且口布畸形，但在知識圈內舉國共用，
可以像拉丁文一樣通行無阻。

　　了解及此，我想我們可以說語言上的「中世紀精神」乃耶穌會士
體貼中國的文化推力。他們從而有志於書寫，也因此而開始著書布
道。他們以士大夫或至少是「讀過書的人」爲傳教的對象，未必全因
這些人乃孔門之後或儒家信徒，廣受尊敬，而是因爲這些人才是中國
的識字階層，是那群可以用「普通話」或「文言文」溝通的人。所以
在進入下一節之前，請容我二度強調：如果沒有萬斯同憂慮不已的耶
穌會「著書運動」，歐洲中古的證道故事不可能在有明一代即已現身
於中文世界。

勒鐸里加

　　證道故事在歐洲向來以口語講述，是口述文學之一，然而在中國
反倒變成了書本文化。癥結所在，除了上述「普通話」的問題之外，
我以爲另又涉及中西修辭學觀念的歧異，而這實際上又是個攸關語言

65　Mantello, et al., eds., *Medieval Latin*, p. 3.

的問題。耶穌會士體認到中國沒有標準的口語——即使明末已臻成熟的白話通俗小說也沒有固定的表達形式——我們可以想見他們馬上得調整自己歐洲修辭學的定義了[66]。利瑪竇確懂官話,然而在這種較為通用的語言中,他所體察到的也只有書寫文化,於口說者有關,亦即他只體認到語言中那可「看」而非可「聽」或可「說」的部分。這就構成了差異:對西方人來講,後者這口耳相承的語言文化才是傳統修辭學的根本。

羅明堅和利瑪竇颺航東來之前,修辭學在歐洲早呈高度發展,不但在俗世與教會綿延千年,耶穌會書院興起之際,還變成他們課程表上的一大支柱[67]。不過在和晚明呼應的歐洲歷史時段中,耶穌會士所接受的修辭學倒不完全是文藝復興盛行的神聖雄辯術(sacred oratory)。就議論和福音論述而言,神聖雄辯術都將羅馬奉為正統,相當遵從教廷的意思,攻擊異己的力道也強[68]。倘以會士的中文著作證之,我們發現利瑪竇和同會弟兄所受的修辭學訓練——不管是得自羅馬的羅馬學院(Roman College)或是葡萄牙的高因伯大學(Coimbra University)者——其實大多是歐洲中世紀「證道的藝術」(*ars praedicandi*)的流風遺緒或根本就是復辟重來。

66　白話小說(包括戲曲)雖大致以北方官話為基礎寫成,然而也有方音之別,地域之異。參見周振鶴、游汝杰著:《方言與中國文化》,頁164-190。

67　Ganss, ed., *Constitutions*, p. 296; and E. A. Fitzpatrick, ed., *St. Ignatius and the Ratio Studiorum* (New York: McGraw-Hill, 1933), pp. 208-216.當代人的相關討論,見Paul F. Grendler, *Schooling in Renaissance Italy: Literacy and Learning, 1300-1600* (Baltimore: Johns Hopkins University Press, 1989), pp. 377-381;以及Robert T. Lang, "The Teaching of Rhetoric in French Jesuit Colleges, 1556-1762," *Speech Monographs* 19/4 (November 1952): 286-298。

68　見 Frederick J. McGinness, *Right Thinking and Sacred Oratory in Counter-Reformation Rome* (Princeton: Princeton University Press, 1995), pp. 3-8;另參考Debora, Shuger, "Sacred Rhetoric in the Renaissance," in Heinrich F. Plett, ed., *Renaissance-Rhetorick* (Berlin: Walter de Gruyter, 1993), pp. 121-142。

　　我之所以堅持上面的說法，一因天特會議（Council of Trent, 1545-1563）以來，證道故事已遭摒斥，另一面則因這種故事乃十一世紀里耳的亞蘭（Alan of Lille, d. 1202）立下的講道文化的根基。本章關心的古典型證道故事在華挪用的背景，在亞蘭一本題爲《講道的藝術》（De arte praedicatoria, c. 1199）的專著中，尤可見到使用上最爲堅強的理論發微，而且是置諸亞里士多德「例證修辭學」的架構下來談的。亞蘭身處中古全盛時期，其證道學理垂諸久遠，縱使文藝復興晚期也不免陶染[69]，很可能經由直、間接的管道主宰了耶穌會聖壇修辭學的形塑[70]。

　　在歐洲，尤其在希臘上古，修辭學的觀念奠定於蘇格拉底之前。最早形諸載籍者，則可遠溯柏拉圖的《高吉亞》（Gorgias）。至於全盛的時代，我們則得俟諸亞里士多德。他的《修辭術》論述完備，對後世影響之大唯西賽羅可比，雖則西氏的貢獻幾乎也僅限於闡發亞氏而已。不過不論對亞氏或對西氏而言，修辭學都是一種「技術」（techne/ars），和雄辯術互爲表裡。

　　希臘人重視修辭學，除了前面我曾提及的口語和拼音等原因外，背後另有文化基底。對早期的希臘人來講，生命的價值取決於個人和城邦（polis）之間的關係，其完美的形式在博人讚賞，贏得喝彩。所以在中國人猶講聖王的時代，希臘人早已發展出對英雄與戰士的崇拜。英雄不畏艱險，戰士保家衛國，荷馬（Homer）史詩中多的是這類人物，毋庸申說[71]。蘇格拉底在世之日，希臘傳統雖因蘇氏有其獨立思

69　見P. G. Walsh, "Alan of Lille as a Renaissance Figure," in Derek Baker, ed., *Renaissance and Renewal in Christian History* (Oxford: Published for the Ecclesiastical History Society by Basil Blackwell, 1977), pp. 117-136；及 Michael Wilks, "Alan of Lille and the New Man, " in Baker, ed., pp. 137-157。

70　John W. O'Malley, *The First Jesuits* (Cambridge: Harvard University Press, 1993), pp. 94-95.

71　請參考法朗士（Peter France）著，梁永安譯：《隱士：透視孤獨》（*Hermits: The Insight of Solitude*；臺北：立緒文化方司，2001），頁12-17。

考的人格傾向而致內容歧出，但是社會主流價值不變，個人的生命依然和城邦息息相關。觀乎派瑞克里士（Pericles, *c.* 495-429 BCE）主政的雅典全盛時期，自由民必須透過民主程序參與城邦的運作，而參政的首要條件乃議事的能力，也就是要能為公共政策辯論或辯護，講話的能力由是益發重要。生活上，希臘人時而還得面對對簿公堂的情況，是以滔滔雄辯，以理服人，同樣化為修辭學的內容與目的。凡此種種，繼起的羅馬人可謂深得三昧。從共和時代開始，他們論政議事多半就以元老院為主，法庭上也講究辯論的技巧，迫使大眾不得不重視雄辯的能力，而修辭學遂發展成為羅馬不可或缺的教育重點。

中國人因為重視社會倫理，古來只有位高者才有演講的權力。《尚書》中不乏講稿之屬，但是〈甘誓〉以次，沒有一篇出自升斗小民之口。爾後的訴狀表奏也因多用文言寫成，致使「辭令之學」依舊操在知識分子手中，和尋常百姓幾無關涉。即使宗教演說如佛門的俗講等，仍有專業知識上的層級與程度之分[72]。倘不論近似詭辯學派的縱橫家和其它戰國諸子，中國傳統和希臘羅馬的確相去甚遠。其中果有雷同，則在技術問題外，唯「誠」字及其衍生的意義而已。中國人講究「修辭立其誠」，宋代以來早有明訓，劉勰進而要求「時利而義貞」，因忠信而「披肝膽以獻主」[73]。在西方，柏拉圖將修辭學視為哲學的仇敵，亞里士多德的《修辭術》卻有不少篇章處理到倫理學的關聯，和來日聖奧古斯丁（Augustine of Hippo, 354-430）《論天主教義》（*Doctrina christiana*）發展出來的「證道的藝術」有同工之妙。奧氏之「術」係建立在信望愛等神學道德上，在精神層次呼應了「修辭立其

---

72 參見宋嗣廉、黃毓文著：《中國古代演說史》（長春：東北師範大學出版社，1991）一書。

73 朱維煥：《周易經傳象義闡釋》（臺北：臺灣學生書局，1986），頁13（乾上）。另見〔齊〕劉勰：〈論說〉，在周注，頁349。

誠」的「誠」字[74]。

　　談到「證道的藝術」，歐洲中古所為和古典修辭學並無大異，基本上也以「技術」目之，講究宗教辭令的口語而非書面語的傳達技巧，頂多添加宗教目的，標示技術以外的信仰要求罷了[75]。文藝復興晚期，歐洲耶穌會教育機構通行蘇瑞芝（Cypriano Soarez, 1524-1593）所編的《修辭的藝術》（De arte rhetorica）[76]。我們只消一探此書的內容，便可了解上面我所言不虛。

　　蘇瑞芝也是耶穌會士，奉長上的指示編纂《修辭的藝術》，目的在「幫助」青年閱讀亞里士多德、西賽羅和昆第良（Marcus Fabius Quintilianus, c. 35-c. 95）等人「高深的著作」。三人所論的「滔滔雄辯之術」，其「淵泉與源井」，蘇氏不僅認為畢集於己編，同時又稱「雄辯」乃方便善巧，可「助人在地上修得進入天國所需的德行，為來生那個更美好的世界打造一把入門的鑰匙」。所以「要從雄辯術裡獲益」，我們就得「戒慎恐懼，用基督垂教予以淨化」（DAR, 108-113）。如前所述，西賽羅轉化了亞里士多德的《修辭術》。西氏體系裡位居

74　上文有關中西修辭學在文化背景上的差異，參見Xing Lu, *Rhetoric in Ancient China, Fifth to Third Century BCE: A Comparison with Classical Greek Rhetoric* （Columbia: University of South Carolina Press, 1998）；以及拙作〈子不語〉，《聯合報・聯合副刊》（2000年8月7日）。

75　中世紀證道藝術的重要原始材料大多已彙集在Joseph M. Miller, et al., eds., *Readings in Medieval Rhetoric* （Bloomington: Indiana University Press, 1974）一書中。概論性的佳作可見James J. Murphy, *Rhetoric in the Middle Ages: A History of Rhetorical Theory from Saint Augustine to the Renaissance* （Berkeley and Los Angeles: University of California Press, 1974）, pp. 269-355。

76　見Thomas M. Conley, *Rhetoric in the European Tradition* （Chicago: University of Chicago Press, 1990）, pp. 152-155；及Bayley, *French Pulpit Oratory, 1598-1650*, pp. 23-31。有關蘇瑞芝在十七世紀的影響力，見Bernard Crampé, "*De Arte Rhetorica*: The Gestation of French Classicism in Renaissance Rhetoric," in Philip Desan, ed., *Humanism in Crisis: The Decline of the French Renaissance* （Ann Arbor: University of Michigan Press, 1991）, pp. 259-278。

靈魂的修辭五步驟,基於上述概念,逐一一化爲蘇瑞芝《修辭的藝術》
的結構大要。這五大步驟在文藝復興時代風行全歐,分別是「題材」
(*inventio*)、「布局」(*dispositio*)、「文體」(*elocutio*)、「記憶」(*memoria*)
和「誦說」(*actio*)。

　　從歐洲中古到文藝復興結束,所謂「雄辯」這種說話的藝術都是
建立在拉丁文這種共語上,至少對知識階層是如此。由於明代沒有一
套類似中世紀拉丁文的「普通話」,中國的象形文字在目視上又可自
行表意,所以臨到中國,語言與書寫文化的空間一轉,西賽羅的修辭
五法就注定要面對修正的變局。一六二三年,艾儒略(Giulio Aleni,
1582-1649)刊行《西學凡》。學者咸信上述修辭五法,艾氏書中所舉
「議論五端」係其引渡首筏[77]。然而我的研究卻發現此乃嚴重的歷史
舛謬,因爲早在一六一一年,高一志(Alfonso Vagnoni, 1566-1640)《童
幼教育‧西學》一章就已縷述過《西學凡》的主旨。後書有部分文字,
甚至一句不漏襲取〈西學〉[78]。此外,我們倘回到高一志的教育背景
深入再探,還可發現他所闡述的西氏五法乃祖述蘇瑞芝《修辭的藝
術》。兩人互涉的部分,從筆法到意象一脈相承。茲抄錄高氏重述的
五法綱要如次:

　　　〔此五法者〕先究事物人時之勢,而思具所當言之道理,以
　　　發明其美意焉。次貴乎先後布置有序,如帥之智者節制行
　　　伍:勇者置於軍之前後,而懦者屯之於中。次以古語美言潤

77　這個問題的相關討論,見 Pasquale D'Elia, *"Le Generalita sulle Scienze
　　Occidentali di Giulio Aleni," Rivista degli Studi Orientali* 25/1-4 (1950):
　　58-76。艾儒略的《西學凡》見李編,1: 27-60。
78　《童幼教育‧西學第五》的章名下,高一志自述道:「此稿脫于十七年前,
　　未及灾木,同志見而不迁,業已約略加減刻行矣。」這裡的「同志」,指
　　的是艾儒略。見《徐家匯》,1: 370。

飾之。次以所成議論嫻習成誦，默識心胸，終至公堂或諸智
者之前辯誦之。（《徐家匯》，1: 371-372）[79]

　　這段話乃中國最早闡釋西賽羅修辭學思想的文字，在某一意義上
把耶穌會士的努力又拉回歐洲中古去，因爲此刻歐洲修辭學幾乎都奉
西賽羅的思想爲首[80]。由於西氏和亞里士多德間有修辭學上的共生結
構，亞氏的意見當然也隱含在上述五法相關的論述中，高一志或十數
年後的艾儒略都會詳加發明。例如《修辭術》有所謂「修辭三型」（AR,
1358b），高、艾二氏即曾用中文予以衍譯：首先是「議事演說」
（deliberative speaking），意在私人或公共場合行勸說或勸阻之實，「或
防國家之災而杜將來之亂」，或「立論匡扶」，於「眾前剖析……事
理」以「群疑釋盡」；其次乃「展示演說」（epideictic oratory），目的
在讚頌或譴責，其使用時機「或當誦說聖賢之功德，或當譏彈不肖之
惡行」；至於「法庭演說」（forensic speaking）——這也是亞里士多德
的第三型——則可以「致於用決」，使「枉者伸，詐者服，凶頑者罪」

79　迄今爲止，對《西學凡》討論最力的是Bernard Hung-kay Luk（陸鴻基），"Thus
　　the Twain Did Meet? The Two Worlds of Giulio Aleni, " Ph.D. dissertation
　　(Indiana University, 1977)。遺憾的是陸氏不曾注意到艾儒略本於高一志之
　　說，當然也就無從知道《西學凡》論「勒鐸里加」部分和蘇瑞芝有關。陸
　　氏甚至因西賽羅的《論雄辯》（De oratore）風行於文藝復興時代的歐洲而誤
　　以爲耶穌會所傳的修辭五法直接源出該書。見陸氏論文，頁70。我想我們
　　頂多只能說蘇瑞芝這方面的見解出自De oratore, 1.31及142-143，而高一志
　　係取材自《修辭的藝術》。明顯的內證是，高一志和蘇瑞芝都用將帥與部
　　隊的關係來比喻布局。後面這一點，Flynn的英譯如下："The calibre of a
　　distinguished commander is not better discerned from his selection of the brave
　　and the spirited soldiers for war, than from posting an army for battle"（DAR,
　　209）。蘇氏其他地方也重複過這個比喻，不過和本章論旨關係不大："The
　　army that has a wise commander is governed more satisfactorily in all respects
　　than one ordered by some rash and stupid person."見DAR, 240。
80　見Harry Caplan, "Classical Rhetoric and the Medieval Theory of Preaching,"
　　Classical Philology 28/2（April 1933）: 73-96。

（《西學凡》，見李編，1: 30；另見《童幼教育》，在《徐家匯》，
1: 371-372）。由於艾儒略與高一志深知這些演說都是口語活動，所以
各自文中都用到「辯」與「誦」等概念。艾氏還深化「記憶」之說，
謂修辭學之修習者若「靈悟善記，則有『溫養之法』」，而其人果「善
忘難記，則有『習記之法』。」三十三年前，利瑪竇即曾因此而有《西
國記法》之作 [81]。儘管這樣，弔詭而又有趣的是，西賽羅這些「口語」
步驟所求得的結果，高一志或艾儒略都稱之為「文」，說是「太西之
文」而非其「辭令」或「辭辯」之始（《童幼教育》，在《徐家匯》，
1: 371；《西學凡》，見李編，1: 28）。

　　高、艾二氏於「文」之「命名」也，其實洩露了兩人有意涵容或
懷柔中國「文學」之心，使之與歐洲古來修辭學的實踐並行不悖。我
相信他們由「語」到「文」的演化，必因有感於明人並無統一的國「語」
而發，也就是因「文言文」乃舉國唯一國「語」的現象使然。我的揣
測，尤可於艾儒略的《西學凡》證得。修辭學一門，艾儒略不但稱之
為泰西「文科」，以「文藝之學」名之，也借其拉丁音而譯為「勒鐸
里加」（rhetorica），用以闢淆。隨後又舉細目四則，用表內容：「一
古賢名訓，一各國史書，一各種詩文，一自撰文章議論」等等（李編，
1: 28）。所謂「古賢名訓」自然多以口語出之，而文藝復興之前，「史
書」和「詩文」一向是修辭學的產品或課堂衍體。至於「文章議論」，
那更是「講稿」的代名詞，在在和修辭學的訓練有關。歐洲史上的「口
語之學」，如今在艾氏筆下顯然已經「翻譯」成為中國人熟悉的「文
語之學」，書面意義強過其口說的本源。

　　研究者如果眼尖，還可以在利瑪竇的中國印象記裡看到「勒鐸里

81　吳編，頁1-70。中古記憶術與亞里士多德修辭學的關係見Mary Carruthers,
　　The Book of Memory: A Study of Memory in Medieval Culture（Cambridge:
　　Cambridge University Press, 1996）, pp. 51-60。

加」的內涵不得不變的初期徵候，比艾儒略足足提前了二十年左右。
《中國傳教史》中，利瑪竇說中國人所有的「修辭學和雄辯術」
（*rettorica et eloquentia*）僅可窺諸「他們的書寫而非口語」。就此而
言，中國人「比較像伊索克里茨〔（Isocrates, 436-338 BCE）〕，因為這
位演說家係以書面上的雄辯著稱於希臘人之中」（*FR*, 1: 37）。正因利
瑪竇於中國語言文化有此入木三分的認識，所以入華以後他才會大
力強調「文字」的重要。一六〇九年程大約出版《程氏墨苑》，利
瑪竇在其〈述文贈程子〉裡就說過這樣的話：「廣哉文字之功於宇
內耶。……百步之遠，聲不相聞，而寓書以通，即兩人者暌居幾萬
里之外，且相問答談論，如對坐焉。」[82] 這段話，《西學凡》裡艾儒
略非僅回應得劍及履及，而且申述包括高一志在內的會中先哲的意
思道：「語言止可覿面相接，而文字則包古今，接聖賢，通意胎於
遠方，遺心產於後世。」（李編，1: 28）後世歐洲哲人如叔本華（Arthur
Schopenhauer, 1788-1860）雖然也有類似之見 [83]，但文字在中國尤受
重視乃不爭的歷史和文化事實，耶穌會士如何能不調整其西方古傳
的修辭學之見？艾儒略說諸學「必先以『文』闢」其「大路」；〈述
文贈程子〉裡，利瑪竇則有「能著書，功大夫立言者也」的大哉嘆[84]。
凡此種種，殆西方修辭學適應中國國情的表現，也是「著書運動」
興起的緣由之一。

　　話說回來，中國人果然沒有歐洲式的「勒鐸里加」？我看未必，否
則挪轉自《易經》的所謂「修辭立其誠」就不會和希臘傳統有倫理學上

82　利瑪竇：〈述文贈程子〉，在〔明〕程大約編：《程氏墨苑》（1609；芝加哥
　　大學圖書館藏微卷），卷3，頁1甲-1乙。

83　參見Arthur Schopenhauer, "On Language and Words," trans. Peter Mollenhauer,
　　in Rainer Schulte and John Biguenet, eds., *Theories of Translation: An Anthology
　　of Essays from Dryden to Derrida* (Chicago: University of Chicago Press, 1992),
　　p. 32。

84　利瑪竇：〈述文贈程子〉，在程大約編：《程氏墨苑》，頁4甲。

的交集。古人論及「勒鐸里加」，實則可以上溯《荀子》和《韓非子》，下逮《文心雕龍》或更後面的《文則》等等[85]。我們知道，先秦諸子——包括《詩經》與《楚辭》等許多官方與民間詩人——出身不同，而列國不僅「律令異法，衣冠異制」，抑且「言語異聲，文字異形」[86]。是以諸子各自對「勒鐸里加」當然也有大小不等的歧見。他們或稱之以「辯」，或呼之以「對」，或名之以「議」，或陳之以「說」，或顏之以「論」，或叩之以「駁」，林林總總，不一而足。這些說法倘以歐洲為準衡之，則漢人劉向恐怕最得精義，蓋《說苑‧善說》開篇即引孫卿之言而以「修辭學」為「談說之術」，進而明指係辭令之道，於文、語殊途似乎了然於胸[87]。南北朝的劉勰就令人更加佩服。《文心雕龍》一書沿襲中國古義，由《典論‧論文》的舊章概述歷代體裁，對書面語情有獨鍾。然而劉勰也有其眼光獨到之處，顯然不廢口語藝術，由是又觸及了「說」、「議」與「對」等關涉到「勒鐸里加」的體裁。《文心雕龍》中，〈論說〉與〈議對〉都獨立成篇，劉

---

85 見〔戰國〕荀子：〈非相〉，在李滌生注：《荀子集解》（臺北：臺灣學生書局，1979），頁73-91；〔戰國〕韓非：〈問辯〉與〈說難〉，在邵增樺注譯：《韓非子今註今譯》，2冊（臺北：臺灣商務印書館，1992），1: 76-80及1: 281-291；劉勰：〈論說〉及〈議對〉，在周注，頁347-370及頁461-482。談說之術在中國的發展，除了前引宋嗣廉及黃毓文書外，另可見袁暉及宗廷虎編：《漢語修辭學史》（合肥：安徽教育出版社，1990），頁9以下；Robert T. Oliver, *Communication and Culture in Ancient India and China* (Syracuse: Syracuse University Press, 1971), pp. 84-257; Christopher Harbsmeier, "Chinese Rhetoric," *T'oung Pao* 85 (1999): 114-26；以及Mary M. Garrett, "Classical Chinese Conceptions of Argumentations and Persuasion," *Argument and Advocacy* 29 (1933): 105-115。

86 許慎：《說文解字》，頁315。

87 當然，中國史上也有人強調言文一家，如〔漢〕王充《論衡‧自紀篇》，《四部備要版》，頁5甲所提倡的「文字與言同趨」一說等。清末黃遵憲所謂「我手寫我口」，則是這個傳統在清末最出名的例子。有關王充之見的短論，參見張岱年編：《中華思想大辭典》（長春：吉林人民出版社，1991），頁1134-1135，或見袁暉及宗廷虎編，頁45。

觝舉之與詩、騷等傳統重視的文類並置。其中縱有等級次第，劉氏論文敘筆仍然嚴肅以對。較之歷朝忽視語體的態度，劉勰似有提升之意，至少有納爲文學傳統的傾向。果然如此，則他便如當時的伊索克里茨，丰采與氣度都值得我們敬重。再就上述《文心雕龍》二篇所強調的「銓貫有敘」與「屬辭枝繁」而言，或就其「辭忌枝碎」，「說貴撫會，弛張相隨」觀之，那麼當代學者所謂辯說體每每文采有闕，論恐非是。至於甘乃迪（George A. Kennedy）批評的中國說服術缺乏「藝術結構與文體之美」，更無論矣 [88]。

　　話再說回來，我們若以亞里士多德《修辭術》和亞蘭《講道的藝術》爲準，認爲「勒鐸里加」必得建立在某一普通話或共同語之上，則不論《韓非子》或《荀子》的談說之術都不足以用這個拉丁概念予以框限，因爲中國人的堅持已經是另一個層次的言談觀了。談到這裡，甘乃迪有一論點倒直指東西理念之異，足以迫使「勒鐸里加」和「談說之術」分家。他說：「不論是孔子或先秦諸子，他們都不尊重百姓的智慧。他們強調話語、說服與修辭學的其他層面，目的僅在朝覲、議奏或哲理辯難。如何對群黎說話？這種技巧他們連想都不想。」[89] 《左傳》中，孔子確實說過「言之無文，行之不遠」；《論語》裡的孔門四教也有「言語」一科，但夫子口中所謂「行」或「言語」，指的卻是「遊說諸侯」的「周遊列國」，不是針對常人的策杖遠邁而言 [90]。況且在「巧言令色，鮮矣仁」之外，孔子還曾強調「民可使由

88　見褚斌杰：《中國古代文體概論》（北京：北京大學出版社，1990），頁347；
　　及George A. Kennedy, *Comparative Rhetoric: An Historical and Cross-Cultural Introduction* (Oxford: Oxford University Press, 1998), p. 143. 劉勰對「說」的看法，周振甫解釋得頗似亞里士多德，見周注，頁364-365。

89　Kennedy, *Comparative Rhetoric: An Historical and Cross-Cultural Introduction*, p.143.

90　《左傳》，襄公25年，原文及疏注見Stephen Owen, *Readings in Chinese Literary Thought* (Cambridge: Harvard University Press, 1992), pp. 29-30。「孔

之，不可使知之」。荀子的「談說之術」和尋常百姓因此毫無瓜葛可
言，又因孟子有「予豈好辯哉」之問而在後世失去學術上的優勢。

　　科舉之開，隋代是濫觴。但士人音聲各異，科場不可能採用今人
常見的口試。取士故而唯紙筆是賴，也就是只能仰仗書面語，尤其是
已經定形的文言文[91]。「士」非但意味著功名，也可以導向富貴，所
以文言這種獨特的普通話在漢世以後逐黃袍加身，地位逐漸高漲，終
於演變成為知識與權力的象徵。口語既然不具說服之力，也罕見跨地
域與跨階層的言談功效，那麼從利瑪竇、高一志到艾儒略，哪有可能
在中國強調歐洲修辭學的技術細節[92]？縱使是誦說所需的記憶之
術，利瑪竇也難以引其於「公所主事者之前」，更難以令其「登高座」
而用於「與諸智者辯論」上（李編，1: 29）。他只能因勢利導，在華化
之為舉業準備的工具（參較 *FR*, 1: 359ff），說來諷刺。口語不見重於明
代社會，利瑪竇心知肚明，也了解由此發展而出的白話文根本不值得
研習（*FR*, 1: 37）。

　　在這種特殊的語情下，明末耶穌會士要用口語將亞蘭的講道藝術
付諸實踐，只有在特定的地域才行，否則就得看講話的對象擇而為
之。多數時候，他們仍得借「書寫」來「講」道。倘就證道故事觀之，
那更要重新打造文化脈絡，把口述文學轉為書寫文學，讓「講」道變
成了「寫」道。一六二五年，金尼閣在這種機緣下為中國譯得第一部

（續）─────────

　　　門四教」見《論語・先進篇》，在朱編，頁129。另請參考張岱年編，《中
　　　華思想大辭典》，頁49-50。
91　文言文的底定，參見周光慶、劉瑋著：《漢語與中國新文化啟蒙》（臺北：
　　　東大圖書公司，1996），頁459。另請參見胡適，頁3-4。科舉制度的沿革，
　　　見鄧嗣禹：《中國考試制度史》（臺北：臺灣學生書局，1967）一書。
92　唯一的例外是高一志的《譬學・自引》（1624年刻就），見《三編》，2: 575-586。
　　　《三編》中僅見《譬學》上冊，下冊現藏於義大利國立羅馬中央圖書館及
　　　梵帝岡圖書館（Biblioteca Apostolica Vaticana）。〈自引〉的研究，參見注6
　　　引 Zürcher 的文章。

寓言式證道故事集《況義》。清軍尚未入關前，高一志又步武其人，在一六三六年譯出《達道紀言》，是爲中國最早的西洋古典軼事集之一。我們在陽瑪諾（Emmanuel Diaz, Jr., 1574-1695）的《聖經直解》或利瑪竇的《畸人十篇》（1608）裡，甚至還可找到神話和各種傳說[93]。在他們之前或稍後，龐迪我（Diego de Pantoja, 1571-1618）和艾儒略更伺機在各自的教義問答或護教著作中引述證道故事，其中源出希臘羅馬者亦所在多有，從而在中國晚明形成某種中世紀式的證道復興運動。這些耶穌會士來自文藝復興時期的歐洲，個個卻是「今之古人」。他們在華不但以故事證道，而且——容我再複述一遍——是用文言文在「講」，形成一種跨時越地而又超文化的特殊「中世紀作風」。

　　走筆至此，有人或許會問道：中世紀的歐洲乃天主教世界，何以其時的證道藝術會重視本屬異教的古典故事？章前提過，歐洲中古乃希羅傳統天主教化得最爲密集的時代。證道故事多數的轉化工作都是方濟會（Franciscans）與道明會士（Dominicans）所爲[94]。不論直接或間

93　《達道紀言》並非中國首見的西洋古典軼事集。一六三二年，高一志早已譯有《勵學古言》一書，其中也收錄了許多希臘羅馬的歷史軼事。《勵學古言》有崇禎五年的明刻本，現藏於梵帝岡圖書館，編號：R. G. Oriente III 223（7）。《況義》目前僅見抄本，現代人的排印本則可見於戈著，頁409-417。《達道紀言》見《三編》，2: 657-754。《聖經直解》見《三編》，3-6冊。耶穌會羅馬檔案館（Archivum Romanum Societatis Iesu）另藏有後人題爲《通俗故事》（*Exempla vulgaria*）的抄本一（編號：Jap.Sin. 59a），顯然也是個證道故事集。其中的故事是中西合璧，又用白話寫成，相當有趣，我疑爲清初——甚至是更晚——的抄本。

94　見 William A. Hinnebusch, *The Early English Friars Preachers* (Rome: Institutum Historicum FF. Praedicatorum, 1951), pp. 279-312; Louis-Jacques Bataillon, "Simitudines et exempla dans les sermons du XIIIe siècle," in Katherine Walsh and Diana Wood, ed., *The Bible in the Medieval World: Essays in Memory of Beryl Smalley* (Oxford: Published for the Ecclesiastical History Society by Basil Blackwell, 1985), pp. 191-205；以及 T. F. Crane, "Medieval Sermon-Books and Stories, " *Proceedings of the American Philosophical Society* 21/114 (1983): 49-78。

接，兩會會士所講也都是耶穌會士在華所說者的源頭。儘管如此，方濟和道明會士卻也不過是證道故事的實踐者，只是「說故事的人」，如果要談中古在這方面的理論源頭或基礎，我想我們還是得回歸前面一再提到的亞蘭。

《講道的藝術》裡，亞蘭爲「證道」下了西方教會史上第一個定義，大力強調「權威」這個概念。據亞蘭所述，「權威」多因「引述」(quotation)而成就。這種引述可以化演說者或作家的主張爲莊子筆下的「重言」，功能堪比「佐證文本」(*AP*, 16-22.)。亞蘭又強調，各種「權威」乃證道取材的寶藏。經此立場的左右，十世紀以來的中世紀聖壇遂興起了兩種不同類型的布道方式，亦即所謂「修院證道辭」(monastic sermon)與「主題證道辭」(thematic sermon)。亞蘭本人係熙篤隱修會士(Cistercian)，上述理論他當然是實踐者，而前代或同代的靈修僧如聖伯爾納(St. Bernard of Clairvaux, *c.* 1090-1153)或謝里登的奧朵(Odo of Cheriton, *c.* 1185-*c.* 1247)亦復如是。他們心誠志明，肝膽可鑑，講道時經常手捧《聖經》，隨手翻引，視爲見證上最高的權威。所講故而往往就從經文的章節推衍，或疏論，或發明，不一而足 [95]。倘非所講大多以議論爲主，他們演義經文的結果或可作微型的敦煌變文觀。

和權威觀平行發展的乃修院證道辭。這種證道方式說來有點「雜亂無章」，通常是擇節講「經」──這裡所指當然是《聖經》──沒有嚴謹的章法結構 [96]。方濟會士和道明會士都是遊方僧。中古之際，

95　參較Brian Patrick McGuire, "The Cistercians and the Rise of the Exemplum in Early Thirteenth Century France: A Reevaluation of *Paris BN Ms lat.* 1592," *Classica et Mediaevalia* 34 (1983): 211-267. 熙篤隱修僧的證道故事用例，見Pauline Matarasso, trans. and ed., *The Cistercian World: Monastic Writings of the Twelfth Century* (Harmondsworth: Penguin, 1993), pp. 295-304。

96　修院證道辭的範例見Matarasso, trans. and ed., *The Cistercian World: Monastic Writings of the Twelfth Century*, pp. 65-82。

他們周遊全歐，聚眾講道：或在市集，或在郊會，只要登高一呼，百
姓蜂擁。一二二○年代，二會會士已經攀爬上各自在教會史上的地位
高峰，儼然證道文化的代表。其時大學興起，他們也走進課堂，深造
研習，接受完整的神學教育，爲來日的證道生涯再作準備，奧朵就是
最好的例子 97。由於經院背景完備，所以方濟和道明會士繼之又發展
出形式周延的證道辭新體，其中最重要的莫過於今天證道學家通稱的
「主題證道辭」。證道學家有所不知的是，這種形式的證道辭對晚明
耶穌會士的中文著作貢獻卓著，利瑪竇的《畸人十篇》就可能就深受
影響。至於龐迪我的《七克》(1614)，那更是主題證道辭的枝衍蔓延，
雖然修院證道辭的影子也可一見(參閱李編，2: 689-1126及1: 93-282)。

　　方之修院證道辭，主題證道辭和古典型證道故事在華的挪用關係
更大，通常是名正言順的收編。每一篇主題證道辭都有一個總主題，
教牧在聖壇上依此證道，其他言談也繞此出之，並在這個基礎上推論
演繹。總主題一經提出，證道者繼而會將之區隔成若干相關的部分，
其下再細分成許多子題。亞蘭的權威觀介入證道辭的時機，往往就在
子題形成之際。每一支節的主題，基本上都是由權威撐持而起，或是
擴大權威後豐富而來。此時作爲解說之用的權威已經不限於《聖經》
章句，也涵攝證道故事在內了 98。這種作爲，無異明示昔日權威的觀

---

97 Daniel R. Lesnick, *Preaching in Medieval Florence: The Social World of Franciscan and Dominican Spirituality* (Athens: University of Georgia Press, 1989), pp. 94-95. 有關奧朵的宗教教育問題，參見 John C. Jacobs, "Introduction" to his trans. and ed., *The Fables of Odo of Cheriton* (Syracuse: Syracuse Univesity Press, 1985), pp. 10-62。

98 我在主題證道辭上的認識，主要得力於下文D. L. D'Avray, "Philosophy in Preaching: The Case of a Franciscan Based in Thirteenth-Century Florence (Servasanto da Faenza)," in Richard G. Newhauser and John A. Alford, eds., *Literature and Religion in the Late Middle Ages: Philological Studies in Honor of Siegfried Wenzel* (Binghamton: Center for Medieval and Renaissance Texts and Studies, State University of New York at Binghamton, 1995), pp. 263-273。

念此刻已生變化，已從證道辭的主題轉而變成是這個主題的「例證」或「解說」。就在此一轉換的空際，《聖經》以外的材料趁機而入，變成主題證道辭的主題，而且個個都師出有名。

　　這些具有解說身分的權威，我們倘問亞蘭所從何來，《講道的藝術》中，他的標準答案必定如下：首先——也是最重要的——是要從《聖經》各卷取出，其次應該汲自古教父的著作(*AP*, 20)，而證道者若兩皆有礙，最後也可以援引「異教作家的名言」(*AP*, 22)。這裡的「異教」，指的當然是希臘和羅馬上古。倘換成方濟會士和道明會士的實踐，上述亞蘭最後的一點必然會經轉釋，演變成爲「古典型證道故事」，從而關涉到本書的論旨。

　　在歐洲中古，社會上出現過許多不同類型的證道參考書和教牧手冊，目的都在幫助天主教神父擬寫證道辭。這些書絕大部分用拉丁文撰就，尤其有助於主題證道辭的備稿之用[99]。這些著作種類繁多，但有兩種攸關本章的關懷，值得再案。第一種是申論德行的證道辭範文集，美德與惡德都在其探討之列；第二是依主題按字母編排的證道故事集，往往卷帙浩繁，內容駁雜[100]。前者之犖犖大者如《道德集說》(*Fasiculus morum*，十四世紀)，乃淵井浩泉，明末耶穌會士每從相關類書取材糅塑，藉以用中文文言建構和自己論旨近似或相同的證道「文」，甚至是「書籍」。後者則爲中世紀的「例證百科全書」，種

---

99 當然也有用俗語講述者，但爲數甚少，見Crane, "Introduction " to *Exempla*, pp. cii-cxvi。

100 有關此際證道辭的範文的討論。見L. J. Bataillon, "Approuches to the Study of Medieval Sermons, " *Leeds Studies in English*, new series 11（1980）: 19ff。有關「按字母順序所排列的證道故事集」之討論，見H. G. Pfander, "The Mediæval Friars and Some Alphabetical Reference-Books for Sermons," *Medium Ævum* 3（1934）: 19-29。另請參較Christina von Nolcken, "Some Alphabetical Compendia and How Preachers Used Them in Fourteenth-Century England," *Viator: Medieval and Renaissance Studies* 12（1981）: 271-284。

類之多，難以勝數[101]，尤爲耶穌會古典型證道故事取之不竭的寶藏，可引來以爲主題解說之用，亦爲其人「文字證道辭」所擬解釋或強調的重點。不過若就此刻耶穌會使用歷史軼聞的實際作爲觀之，上述之外，我還得再添加一種，亦即蒐羅古典傳記和基礎修辭學教科書用例的「世說集」[102]。此一文類的定義與來龍去脈，第三章會詳加論列，述其原委。這裡我應該強調的是，我的興趣之一是從語言到語形（morphology）的比較，亦即比較耶穌會士的中文故事及其在上述三種助講書籍中可能的對應形態。此外，只要情況許可，我也會上溯這些故事可以覓得的希臘羅馬「原典」，藉以探討這整個橫跨歐亞，縱貫歐洲中古與中國晚明的證道故事「話語體系」的建立之道。

所謂「話語體系」，我乃擴大宇文所安（Stephen Owen）之見，指跨越歷史、地理與文化空間的文本生產與再生產所涉及的經驗總體，當然也關聯到閱讀與接受、傳播與再傳播的過程[103]。其中原始空間和接受空間的互動，我尤會著墨。以《七克》爲例，這本書在形式與內容上雖然直承歐洲中古傳統，和中國固有無關，但是因爲寫在明末，巧逢勸善書與省過文殷盛之際[104]，所以龐迪我從歐洲教會所汲，實則已非純書寫或純翻譯的過程，也可能呼應了中國本身的文化語境，本書〈結論〉會再詳談。再以寓言式證道故事爲例，由於明代本身就是中國傳統寓言的復興時代，耶穌會士轉駁中古西方寓言以爲證

---

101 比較方便的書目可見Le Goff and Schmitt, *L' "exemplum,"* pp. 83ff。

102 有關這類集子或選集的討論，見Jan Fredrik Kindstrand, "Diogenes Laertius and the Chreia Tradition, " *Elenchos* 71-72（1986）: 226-242；及John S. Kloppenborg, *The Formation of Q: Trajectories in Ancient Wisdom Collections*（Philadelphia: Fortress Press, 1987）, pp. 306-315。

103 宇文所安（Stephen Owen）著，田曉菲譯，〈瓠落的文學史〉，《中國學術》，第3期（2000年秋季號），頁241。

104 有關省過文在晚明的發展，參見王汎森：〈明末清初的人譜與省過會〉，《中央研究院歷史語言研究所集刊》，第63本第3分（1993年7月），頁679-712。

道之用，當然也考量到了文化時局。在察與不察之間，他們甚至和教
外的譬喻教學或翻譯修辭也互有典涉[105]，使得東西雙方在某種意義
上殊途同歸。有趣的是，上述殊同的對應早已跳脫時空常序，所含納
的話語體系因此不會只限於地域性的對話，同時也會跳接歷史與文化
空間，形成一種中西文學史上相當獨特的融通景觀。

證道體裁及其他

由於寓言一類的古典型證道故事乃證道辭內的例解或例證之
一，就起源來講，當然和古典例證修辭學有關，此所以在本章伊始我
就提到亞里士多德的《修辭術》，此亦所以在轉入下一章之前，我似
乎也應就晚明耶穌會所用的中古證道體裁再贅數語。十二世紀之前，
亞里士多德多數著作的原本——包括《修辭術》在內——確實已佚，
對歐洲中古的直接影響有限。儘管如此，亞氏對亞蘭講道藝術的生成
仍然卓有貢獻。這句話我當然是間接言之。眾所周知，中世紀聖壇深
受聖奧古斯丁的啟發，因為《論天主教義》第四卷專論講道的藝術，
教士常據以習得滔滔雄辯的技巧[106]。我們若深入再探，當會發現《論
天主教義》對聖壇雄辯術的認識實因西賽羅的修辭學淪啟而來，而西
氏的修辭五法章前已及，乃亞里士多德《修辭述》的發明比附。高一
志與艾儒略接受的是這套教育，利瑪竇、龐迪我和金尼閣等人當不例
外。西賽羅又重視演說的「輕重疾徐」（艾儒略，見李編，1:29），聖
奧古斯丁嘗據以發明講道上的高級、中級和低級文體[107]。凡此種種，

---

105 本書外一章於此有就佛教所做的闡發與詳說。

106 見Roxanne Denise Mountford, "The Feminization of the *Ars Praedicandi*," Ph.D. dissertation（Ohio State University, 1991）, pp. 27-53。

107 St. Augustine, *On Christian Doctrine*, trans. D. W. Roberston, Jr.（New York: Macmillan, 1958）, pp. 69 and 100-101.

亞里士多德的《修辭術》雖未備陳，其衍發卻仍深植其中 [108]。職是之故，儘管中古結束前亞里士多德缺席已久，要待所謂「十二世紀文藝復興」起才會借譯本由中東登「陸」，再度「返鄉」，但是他仍然透過西賽羅而影響到整個歐洲的世俗教育，又因西氏的修辭學係中古權威，也是其時辭令之學的靈感總樞，遂經轉化與激發而二度滲透到教會的證道藝術去 [109]。晚明耶穌會士嫻熟中世紀的修辭學，可能早就透過證道的藝術觸及根源於亞里士多德的論證邏輯學，進而重啟證道故事這種已趨式微的「文」類。何況在南歐的歷史時空中，明末適值文藝復興晚期，亞里士多德不僅已經人文主義者再度考掘而重現於人世，連蘇瑞芝《修辭的藝術》也以他為全書結構上的支柱之一，在華耶穌會士當然不會視而不見。

從書籍證道法到證道故事所涉及的種種語言——以及隨之而來的文學——問題，謝和耐應該體會最深，所著《中國與天主教的影響》最後一章，重點在中西語言的歧異造成的世界觀之別。謝氏深入印歐語系的鼻祖如梵文的深層結構，繼而析論從希臘文到拉丁文的語言哲學，發現歐洲人於語言常存本體與現象上的對立之見，是以歐語有其先驗而不變的「存有」（être）概念，也有其因此而產生的種種語形變化。柏拉圖的觀念與現象界對立的思維模式，便是受此啟迪而來，而天主教發展出超驗上帝與紛擾人世的宇宙觀，亦因印歐文化的影響而加深 [110]。中古身體與靈魂的辯論等文學性課題，同樣由此衍發，可謂步武上古而益形強調上帝之「道」與人世語言分歧的天主教成見 [111]。「道」

---

108 見George A. Kennedy, *A New History of Classical Rhetoric* (Princeton: Princeton University Press, 1994), pp. 141ff。

109 見Harry Caplan, "Classical Rhetoric and the Medieval Theory of Preaching," *Classical Philology* 28/2 (April 1933): 73-96。

110 Gernet, *China and the Christian Impact*, pp. 238-247.

111 Jaroslav Pelikan, *The Christian Tradition: A History of the Development of Doctrine*, vol 1: *The Emergence of the Catholic Tradition (100-600)* (Chicago:

乃口語動作，也是超驗形式，從柏拉圖到天主教的傳統都視爲真理的唯一憑藉[112]。此所以近人德希達（Jacques Derrida）從反傳統出發，認爲非予以剷除不可[113]。可惜謝和耐沒有從語言哲學的異同繼續申論，否則書籍傳教和證道故事的「書寫」現象必然也可以在本章之外，再加上一個語言本體上的文化與空間思考。在這當中，中世紀所堅持的變與不變的宇宙觀也會加入辯論，形成批評論述上的混聲合唱。中國文字源出象形，所謂「麗天之象，山川煥綺」，所謂「地理之形」等等，劉勰認爲無一不是「道之文也」（周注，頁1），都是六合或宇宙真理的外化。所以相對於多變的語音與語種，中國人反而認定「文字」才能承載真理，或者根本就是那不變的真理。文字不僅代表封閉的宇宙，本身也涵容在這個宇宙當中。

　　語言哲學茲事體大，這裡我野人獻曝，也只能點到爲止。詳說細論，恐怕還得在本書以外，另俟專著。不過就如同我在本章開頭指出來的，我關心的乃傳統錯謬，積非成是。中國學者如阮元或西方學者如謝和耐每以爲明人改宗，耶穌會所傳的歐洲科技係其主因，至少相對而言，是他們對中國文化主要的貢獻。傳統容易深入人心，前人的成見從而變成後世的定見，自此埋下學術偏見，破除不易。傳統學者的解釋，其實又和中國古來的優越感與中心心態有關。乾隆朝所修《四庫全書》的提要撰者率皆類此之屬，而且是偏見的始作俑者之一[114]。

（續）————————
　　　　University of Chicago Press, 1971), pp. 27-41.
　112 這方面較詳細的論著可見張子元：〈《約翰福音》引言的「道」與中國之
　　　　「道」〉，在劉小楓編：《道與言——華夏文化與基督文化相遇》（上海：
　　　　上海三聯書店，1995），頁411-449。相關比較另見Paul W. Gooch, *Reflections*
　　　　on Jesus and Socrates: Word and Silence (New Haven: Yale University Press,
　　　　1996), pp. 47ff。
　113 Michael Payne, *Reading Theory: An Introduction to Lacan, Derrida, and*
　　　　Kristeva (Oxford: Blackwell, 1993), pp. 139-141.
　114 見清代學者在《四庫全書總目・雜家類存目二》（臺北：藝文印書館，1979），
　　　　4: 2506中對耶穌會著作的批評。另請參較王任光：〈《四庫提要》之論西

清代中葉以前，中國學者非但難以相信歐洲在火器之外另有文化高明，主流中人更是矢口否認基督文明也有卓越的文學成就[115]。耶穌會士在明末布道八十年，我們如果仔細研究他們的「書教」或書本傳教法，深入細探他們或著或譯多達數百種的中文書籍，尤其是他們筆傳的西洋古典型證道故事，則不難發現傳統之偏與學界之謬。宗教的本質屬靈，物質文化或可解釋一時的傳教成就，卻非長時而唯一的改宗緣由。

　　堤瑟兒（Sallie McFague TeSelle）研究《聖經・新約》裡耶穌的比喻，指出「基督信仰恆為一向『信』靠攏的過程，而且這個過程本身就有如『故事』一般」[116]。此一解說與比喻十分生動，得力於堤瑟兒對耶穌行實與布教傳統的深刻了解。除此之外，堤氏的觀察恐怕也隱含著一個新的認識，亦即證道故事如耶穌的比喻等往往就是信仰形成的動力之一。《四福音書》中，此乃如假包換的「歷史事實」，而以此類推，我們就不應低估明末耶穌會士傳進中國的同類故事，因為這些故事「貨真價實」，也是「歷史事實」。伊索式寓言與西洋古典軼事神話乃晚明證道故事的主力之一，早經中世紀證道藝術的催發而演變成為入華耶穌會士的傳教媒介。由是回頭再看，則本書接下來的剖析若可破除物質與科技興教的前人偏見，若能為明末西學東漸再賦新義，那麼在西方古來的修辭學家中，我得再讚一聲：「偉哉，亞里士

（續）————————————————

　　　學〉，《上智編譯館館刊》，第3卷第1期（1948年1月），頁25-30。

115 當然有例外，見〔清〕梁廷枏（1796-1861）：《海國四說》（北京：中華書局，1993），頁7。另請參較Edward T. Ch'ien, *Chiao Hung and the Restructuring of Neo-Confucianism in the Late Ming* (New York: Columbia University Press, 1986), p. 237。

116 Sallie McFague TeSelle, *Speaking in Parables: A Study in Metaphor and Theology* (Philadelphia: Fortress Press, 1975), p. 3. 有關堤瑟兒的看法，可參考Ted Peters為此書所寫的書評，在 *The Journal of Religion* 56/4 (Oct. 1976): 404-405。相關論點，亦可參考Dan O. Via, Jr. "Religion and Story: Of Time and Reality," *The Journal of Religion* 56/4 (Oct. 1976): 392-399。

多德！」這位希臘先哲不但是歐洲中世紀證道藝術的異教宏基，也是
明末耶穌會古典型證道故事刨根究底的理論本源。

第二章

寓言：誤讀的藝術

閱讀本體

　　韓德森（Arnold Clayton Henderson）研究歐洲中世紀的動物寓言，曾經指出此時作家「但以堆砌意義為能事，而且樂此不疲」[1]。韓氏此見雖不完全符合明末耶穌會士的寓言譯學，在某一意義上卻可反映他們處理伊索式故事的方法。有明之世，耶穌會士在華或譯或講，總共留下了近五十則的伊索寓言[2]。此一數量並不可謂多，但因會士有其「個人」的詮釋心得，所以早已發展出某種「歐洲故事，中文新詮」的譯述風流。韓德森論歐洲寓言，有一點倒顯得諱莫如深，亦即中世紀寓言多半出自西方的古典傳統，中古作家所堆砌的意義究竟何指，他們憑什麼又可以肆無忌憚地加以堆砌？這個問題也可挪來一問利

1　Arnold Clayton Henderson, "Medieval Beasts and Modern Cages: The Making of Meaning in Fables and Bestiaries," *PMLA* 97/1 (1982): 40.

2　這個數字，我係依孫紅梅的統計加減而得，見所撰《伊索寓言在中國》，碩士論文（北京大學，2001），頁2-4。這裡我之所以用「加減」二字，一因孫著納入其中的《況義·附補》多非出自《伊索寓言》，二因孫著和其他的研究者一樣，並沒有注意到高一志和艾儒略的著作中也譯出或講述了將近十條的伊索寓言。相關問題，本章會隨機指出。

瑪竇以降的耶穌會士，藉以了解他們在華用寓言證道的來龍去脈[3]，
更可一探他們因翻譯而重詮或新編古典的手法特色。

「寓言」(*fabula*)乃賽維爾的伊希朵(Isidore of Seville)所謂「虛
構的言談」(*loquendae fictae*)[4]，而寓言之所以爲「虛構」，原因在這
種故事係憑空捏造而得。伊希朵以「言談」稱之，因爲寓言源出口語，
在後世也不完全藉書寫以延續生命。伊希朵生當六、七世紀，然而早
在五世紀之時，馬克羅比(Ambrosius Theodosius Marcrobius)對寓言就
有一套系統之見。《〈西比歐之夢〉疏》(*Commentary on the "Dream
of Scipio"*)裡說道：唯有引人立「行」(good works)與立「德」的寓
言，才值得我們稱道。這類寓言，馬氏分之爲二：一係「伊索」所寫，
其次則是所謂的「狂想故事」(*narratio fabulosa*)。不論是哪一種，寓

---

3 歷來學者注意到晚明耶穌會士好用伊索寓言證道者不少，參見周作人：〈明
   譯伊索寓言〉，在所著《自己的園地》(臺北：里仁書局，1982)，頁194-197；
   方豪：〈拉丁文傳入中國考〉，在《自定稿》，1:28；楊揚：〈伊索寓言
   的明代譯義抄本——《況義》〉，《文獻》，第24期(1985)，頁266-284；
   張鎧：《龐迪我與中國——耶穌會「適應」策略研究》(北京：北京圖書館
   出版社，1997)，頁281、284及423-428；張錯(張振翱)：《利瑪竇入華及
   其他》(香港：城市大學出版社，2002)，頁59-85；Jonathan D. Spence, *The
   Memory Palace of Matteo Ricci* (London and Boston: Faber and Faber, 1984), p.
   141；以及——尤其重要的是——戈著，頁409-417。上引周作人文曾提到新
   村初的《南蠻廣記》；這本書可能是最早注意到《況義》的近代著作，可
   惜我迄今緣慳一面。另外可惜的一點是：上面所提諸氏都沒注意到耶穌會
   之使用伊索故事，原因在本書重點之一的中古證道故事的傳統。此外，拙
   作〈希臘寓言與明末天主教東傳初探〉，在拙著《中西文學因緣》(臺北：
   聯經出版公司，1991)，頁10；和Erik Zürcher, "Renaissance Rhetoric in Late
   Ming China: Alfonso Vagnoni's Introduction to His *Science of Comparison*," in
   Frederico Masini, ed., *Western Humanistic Culture Presented to China by Jesuit
   Missionaries (XVII-XVIII Centuries)*(Rome: Institutum Historicum S.I., 1966),
   pp. 333雖曾提到「證道故事」或「示範故事」一詞，但是我們撰作當時都
   不曾詳述過這種文類的淵源及其與耶穌會寓言的互動。許理和(Zürcher)文
   所稱的「證道故事」，甚至僅指「國王、聖人和賢士」所組成的歷史軼事，
   沒有考慮到「伊索式寓言」也曾大量出現在聖壇之上。

4 Isidore of Seville, *Etymologiae siver Origines*, in *PL*, 82:121.

言俱因假作而得，差別唯在伊索所撰乃「出以細緻的想像」，情節與時空背景都經精心構設，至於「狂想」之作，則大抵建立在「強固的事實基礎」上，本質略異[5]。

寓言之所以用在證道場合，其實和這種文類的修辭學身分有關。我們今天所知最早的伊索故事集，乃紀元前四世紀德墨催（Demetrius of Phalerum）的散文本《伊索寓言》。培理（Ben Edwin Perry）的研究顯示，這本寓言集乃當時雄辯家的參考手冊，專供舉證與取材之用（*BP*, xiii）。寓言和修辭學的淵源，因此可以回溯到亞里士多德的《修辭術》。後一書中，亞氏又強調「證據」（*pisteis*）的重要，以為係「說服」不可或缺的基本邏輯工具。證據的形式之一是「例證」（*paradeigmata*），而我們從文類加以區分，所謂「例證」乃包括「軼事」與「寓言」（*logos*; *AR*, 2.20.2）兩種[6]。上一章還曾指出，亞里士多德的修辭學經西賽羅轉駁與聖奧古斯丁轉化，在歐洲中古早已蔚為「證道的藝術」，而「例證」一說也經此而變化為教士證道時的邏輯和說明性「證道故事」。無獨有偶，上述「軼事」與「寓言」正是中世紀歐洲證道故事的主要內容。由於亞里士多德在《修辭術》裡列舉的寓言分屬伊索所作和利比亞（Lybia）所出（*AR*, 2.20.2），我們另可確定他筆下的「寓言」乃「動物寓言」或「狂想」之屬，和馬克羅比所稱若有重疊。

亞里士多德又指出，無論教學或辯論，寓言都是遠比其他例證來

5　Ambrosius Aurelius Macrobius, *Commentary on the "Dream of Scipio,"* trans. William Harris Stahl（New York: Columbia University Press, 1952）, p. 85.

6　劉勰也有類似之見。《文心雕龍・論說篇》以「喻巧而理至」稱美「鄒陽之說吳梁」，見周注，頁349。宋嗣廉、黃毓文以為這裡的「喻」指「運用寓言故事比喻事理」，見所著《中國古代演講史》，（長春：東北師範大學，1991），頁131。〔唐〕劉知己：《史通》（臺北：里仁書局，1980），頁149更有「利口者以寓言為主」之說。這裡的「寓言」，應該含括「動物寓言」這種虛構之作。

得方便的類比，所以在修辭例證的發展上佔有長時的優勢(*AR*, 2.20.5-7)。西賽羅《論題材》(*De inventione*)進一步指出：演說若啓之以寓言，則效果必有可觀之處，「不會一無作用」(*non inutile*)[7]。西氏的論調大有可能因《致賀仁寧》(*Ad Herennium*)影響而來，蓋後書所臚列的八種「笑料」之中，寓言適居其一[8]。寓言既可作「笑料」看，便意味著在教學上也大有妙用：引人發噱之餘，機智與啓示並出。然而西賽羅雖看重寓言如此「請君入甕」的修辭力量，中世紀晚期與文藝復興時代的聖壇雄辯家卻因寓言每和笑話混爲一談而開始質疑寓言在證道修辭學上的地位。他們頻頻發問：「聽眾的注意力是應該放在證道家的笑話上，還是應該放在上帝的『話語』(*logos*)上？」證道家是在「推銷自已，還是推銷基督？」[9]這類問題同時又引出另一個嚴肅的問題：「好的證道辭到底是在賺人熱淚，還是在引人發噱？」[10]

　　正因寓言在證道效果上鑿枘若此，其使用與否，文藝復興時代的證道家常持負面態度[11]。耶穌會士來華之際，南歐文藝復興其實已屆尾聲，然而會士對寓言仍然趨之若鶩，每每視爲度化中國的仙丹妙藥。當時中國人對於天主教理可謂一無所知，寓言似可「寓『教』於樂」，引人心向天主，若經適時與適當解說，還可消解低眉小道之譏。古典異教寓言，至此馮婦再作，儼然福音勸化的教學工具。明代耶穌會士的著作中，伊索「所寫」的寓言爲數遠多於「狂想故事」，可以

7　Cicero, *De inventione*, I. Xvii.25.我用的本子如下：H. M. Hubbell, ed. and trans., *Cicero II* (Cambridge: Harvard University Press, 1996)。

8　Cicero, *Ad Herennium*, I.vi.10。我用的本子如下：H. Caplan, trans., *Ad Herennium* (Cambridge: Harvard University Press, 1989)。

9　*Exempla*, pp. lxviii-ix; J.-Th. Welter, *L'Exemplum dans la littérature religieuse et didactique du moyen Âge* (Paris: Occitania, 1927), pp. 69ff and 102-103.

10　Peter Bayley, *French Pulpit Oratory, 1598-1650* (Cambridge: Cambridge University Press, 1980).此外，〈格林多後書〉4:5已經問過這些問題。聖傑魯姆的《致尼普提阿》(*Ad Nepotianum*)也有類似之問，見*PL*, 22:535。

11　Bayley, *French Pulpit Oratory, 1598-1650,* pp. 44, 65, 67-68 and 92.

想見。

　　有關伊索的記載，歐洲史書與詩文中不少，不過文學史上似乎仍
有一宛如「荷馬問題」(Homeric question)的「伊索問題」存在[12]。希
臘上古的伊索故事集如今蕩然無存，我們可見的早期伊索寓言都是羅
馬人演義德墨催的結果，包括一世紀費卓士(Phaedrus)的拉丁文本《伊
索寓言書》(*Phaedri Avgvsti Liberti Fabvlarvm Aesoptarvm*)與巴柏里
(Babrius)的希臘文詩體《伊索寓言詩》(*Aesopic Fable of Babrius in
Iambic Verse*)。四世紀時，亞維奴(Avianus)又用拉丁牧歌體重寫巴柏
里，費本也經人重編而形成風行一時的羅穆斯本《伊索》(*Romulus*)。
後世的各種《伊索寓言》——包括利瑪竇等耶穌會士在歐洲教育機構
中所接受者——大多便由費卓士/羅穆斯與巴柏里/亞維奴這兩條《伊
索》祖脈演化形成。話雖如此，上古晚期仍有第三條《伊索》線脈可
尋，此即現代學界所謂的奧古斯都本《伊索寓言》(Augustana)。這
個本子多數用希臘文散體寫成，祖本難考，或為某二世紀之作[13]。奧
古斯都本雖然罕用於上古，上述《伊索》三脈一經匯通，倒也形成中
古動物寓言型證道故事的主要泉源。三脈直接所生，文藝復興時代的
教士目為證道故事專集者亦所在多有。耶穌會士在中國的改寫，據我
所知，部分即本源於此。

　　羅馬三脈以外，歐洲另有為數不少的動物寓言，是以用「伊索」
指稱所有的寓言並不恰當。儘管如此，若把三脈以外的寓言都排除在
《伊索》之外，也不盡持平，因為德墨催本的《伊索》已佚，其組成
我們難以確定。再者，即使是費卓士和巴柏里這兩部公認的羅馬祖

12　Ben Edwin Perry, ed., *Aesopica*, vol 1 (Urbana: University of Illinois Press,
　　1952), pp. 211-242.

13　Léopold Hervieux, *Notice historique et critique sur les fables latines de Phedre et
　　de ses anciens imitateurs directs et indirects* (Paris: Librairie de Firmin Didot,
　　1884), pp. 9-68.

本，其內容也時見牛馬不合，顯示兩人的《伊索》依然齟齬不斷。德本的原貌既然如此難以確定，坦白說，我們又怎麼可能斷定得了原始《伊索》的細目？職是之故，入華耶穌會士使用的古典寓言倘有羅馬三脈所闕者，只要情況合理，本章中我仍然會權宜處理，以「伊索」之名稱之。此外，我雖然相信會士所寫或譯的寓言應有其證道故事集上的底本，但是一因歐洲中古所傳這類集子超過二千種[14]，稽考不易，二因證道故事的傳統容許講者隨意改編，因境發揮，所以在翻譯上，原文的觀念已成神話，勉強求取無異膠柱鼓瑟。本章目的之一因而在「故」事如何「新」詮，要了解的是耶穌會用中文收編希羅異教文學的大要。由於此故，除了證道故事集這個天主教本身的大傳統外，我也會把上述古典寓言的羅馬三脈視同論證上大略可用的試金石。

羅馬三脈在內容上的分歧，本身甚為弔詭，暗示寓言的形態無從捉摸。明代耶穌會士好用的古典寓言中，有亞維奴稱為〈風與太陽〉（"De Vento et Sole"）的一篇（戈著，頁410）[15]，可借來說明這種形式上的不定性。此一寓言的完整中「譯」，僅見於一六二五年金尼閣的《況義》之中。寓言裡兩雄相爭，各以偽英雄體（mock-heroic）互逞口舌之勇。不過亞本中的「太陽」，金本易為「南風」，新譯因此便得改題為〈南北風相爭〉，可見耶穌會士在寓言語法上適應中國國情的典型。

14　F. Whitesell, "Fables in Mediaeval Exempla," *Journal of English and Germanic Philology* 46（1974）: 348-366.

15　明代耶穌會士所熟稔者不僅金尼閣本的〈風與太陽〉，也包括其歐洲「原作」在內。以高一志為例，他在《齊家西學》中就曾提過這個寓言的「歐洲版」情節，見《徐家匯》，2: 513。但在《譬學〔警語〕》中，高氏又用到金尼閣本的〈南北風相爭〉，見《三編》，2: 649。《伊索寓言》的兩個羅馬源頭裡，〈風與太陽〉僅見於巴柏里的希臘文本，見*BP*, 28-29。亞維奴所繼承者顯然是巴柏里一脈的故事，見J. Wight Duff and Arnold M. Duff, trans., *Minor Latin Poets*, 2 vols（Cambridge: Harvard University Press, 1982），2: 689。

中國傳統中，方位每具意義，例如聖人「南面」而聽天下，王者向來
也以「南面」稱之[16]。至於「敗北」，則係軍事潰退的狀辭，早已是
語言文化上的常識。由於南尊北卑之故，所以「南風」在金本中才敢
向「北風」吆喝道：「我乃南面，不朝不讓，是謂亂常。」（同上頁）
這句話實為意義加碼，在寓言修辭上可進一步化為「陰陽」的消長。
天主教神學中，南風本有貶意，乃「毀滅」的代稱[17]。《況義》雖出
於晉中，北方文人卻因所處方位故而獨重南風，使之變成唯一能和太
陽相提並論的力量。就中國人好講對稱的觀念再言，南、北之爭的修
辭力量也遠勝屬性不同的風、日較量。金尼閣對亞維奴的傳統的調
整，絕非任意為之。話說回來，類此情節與角色的變化，適足以顯示
「寓言」這種民俗文類在本質上並無定性，其結構會因地制宜，隨機
變化。

　　〈風與太陽〉這篇寓言，金尼閣並非史上藉翻譯而予以重寫的始
作俑者。亞維奴自己就曾改編過巴柏里。他為巴本別置情境，最大的
更動是讓許多希臘神祇加入故事，深化了其中雙雄競秀的內涵：「在
眾星和朱彼特（Jupiter）座前，狂暴的北風（Boreas）和溫煦的太陽
（Phoebus）〔擬〕一較短長。」亞維奴的改寫看似簡單，卻顯示在兩雄
的爭鬥中，政治色彩已經加入，係亞氏說故事時最高的考量。亞氏又
把祖本裡的「村夫」易為身分較難確定的「行旅」（viator）[18]，從而
憑添一股「天地不仁」之感。金尼閣亦因此而得一師法的傳統，他的
明譯本故有「行人」一詞出現。

　　寓言的本體之所以如此不定，另可從伊索與費卓士兩人的生平再
得暗示。據傳奇本《伊索傳》（Vita Aesopi）載，伊索嘗為人奴，後因

16　參較《韓非·南面》，在邵增樺註釋：《韓非子今註今釋·南面》，修訂
　　本，上冊（臺北：臺灣商務印書館，1992），頁120-127。
17　參見〔明〕陽瑪諾：《聖經直解》，在《三編》，4: 2822-2824; 以及AP, 54。
18　Duff, et al., trans., *Minor Latin Poets*, 2: 688-689.

慧巧善言而見重於主人，竟釋之[19]。此一經過，利瑪竇的《畸人十篇》
嘗加引述（李編，1: 187-188），視同中世紀的證道故事[20]，而歐洲中
古確實也曾如此用過[21]。在費卓士身上，伊索的生命過程還曾重複
（*BP*, 255）。費氏對寓言的興趣，故而應非偶然。不過反過來深一層看，
費卓士與伊索的出身卻也有如在暗示寓言往日的文類命運。正如奴隸
之於主人，寓言通常也有其從屬的對象，若非納入較長的文類如「演
說辭」之中，就是放在較為複雜者如「對話錄」的名下。換言之，寓
言缺乏主體性；就形態觀之，於自主性又有虧。

　　人類「說寓言」的歷史悠渺，然而從鴻濛初判那一刻開始，寓言
似乎就不曾以固定或確切不移的面貌在時間中漂移。「變」乃寓言的
常態，也是本然。即使乍看形態穩定的寓言，在歷史長河中同樣滿布
暗礁。亞里士多德的《修辭術》指出：希臘詩人史太西可魯士
（Stesichorus, fl. 485 BCE）有個演講用的寓言，道是有匹野馬曾因小不
忍而自由盡失，終為獵人所役（*AR*, 2.20.5）。這當然是個典型的伊索式
故事，非但可見於古典修辭學的例證論述，連中世紀教會聖壇上也頻
頻聞得（如*Exempla*, 51），利瑪竇的《畸人十篇》還曾在晚明引之（李
編，1: 280）。然而上面我所謂的「變」，此一故事卻似未曾經歷。以
利瑪竇的〈馬與人〉為例，馬唯恐水草盡失於鹿，乃「脊不離鞍，口
不脫銜」，終致為人所「乘」。就此衡之，利「作」似乎和史太西可
魯士所傳者無殊，和羅穆斯或中古傳統亦若合符節，但我們如審之以

19　雖然一世紀本的《伊索傳》中可能沒有伊索獲釋的情節，但據中古本子所
　　譯的現代版卻編述歷歷，例如Keller and L. Clark Keating, trans., *Aesop's
　　Fables, with A Life of Aesop* (Lexington: University Press of Kentucky, 1993),
　　pp. 7-38。培理相信伊索確實曾為人奴，見*BP*, xxxv。上述Keller等人所譯，
　　原本乃中世紀某西班牙文本的《伊索傳》。

20　見本書頁248-265的討論。

21　Thomas Wright, ed., *A Selection of Latin Stories from Manuscripts of the
　　Thirteenth and Fourteenth Centuries* (London: Richards, 1843), # XLII.

費卓士一脈，卻會發現利氏所說者判然有別，至少費氏讓「野豬」取代「雄鹿」，而利氏承襲自演說家口中的「人」這個泛稱，寓言家也曾改之爲詳示，變成了「騎士」(*BP*, 304-305)。古典寓言的形式，布道家或寓言家都難以護之於不變，況且寓言有內外語境之別，說者回收之際還可能犯下無心之「變」，使再現和原本產生牴牾。

　　不論翻譯或改寫，講故事的人倘更動了「原本」的意圖，本章一概會以「新編」視之。換句話說，對我而言，所謂「故事新編」僅就情節更動在詮釋上的影響而言。譯寫本的寓旨若一仍舊貫，那麼縱然情節變化再大，這裡我仍不擬強名以「新」。再以〈馬與人〉爲例，前面提到的史上諸本無一偏離費卓士的文末寓意(epimythium)，都以「因小失大」稱其內容，所以我並不擬以「新編」視之[22]。即使利瑪竇所講於羅馬古典已有增損，但因所變實無新意可言，寓旨依舊爲史上的舊套，所以明本〈馬與人〉我仍認爲不是新編。〈馬與人〉並非歐洲中世紀證道場合裡的稀客[23]，不過就管見所及，在明末中國，耶穌會著作中卻也只有利瑪竇用到，故而不能說是會士在中世紀影響下仍能以古典詮釋爲尚的典型。〈南北風相爭〉則相反，此一故事雖非歐洲教牧的最愛[24]，明末卻屢屢見寵於耶穌會士，除了金尼閣譯有足本，高一志和艾儒略也曾在各自的著作中提到，代表性十足。儘管如此，〈南北風相爭〉依舊不是耶穌會「故事新編」的代表，因爲不論高氏或艾氏，他們的借用都沒有更動情節，也沒有因此而改寫了詮解。奧古斯都本對巴柏里《伊索》寓義的續貂，會士更是奉爲圭臬，兩雄相爭所蘊涵者故此都是暴力不敵婉言的道德教訓(*BP*, 339)。如前

22　另見*Romulus*, 4:9, in *FL*, 2:223。

23　Whitesell, "Fables in Mediaeval Exempla," p. 360.除了德維崔的證道辭外，這個寓言也出現在其他兩個中古較流行的證道故事集中，見*CRDM*, 9:39。

24　在歐洲中古，收錄過這則寓言的證道故事集可能只有一種，見Whitesell, "Fables in Mediaeval Exempla," p. 361。

所示,金尼閣的本子業已剝離希臘羅馬的原型,然其結尾用佛偈演示的寓意卻仍滿布巴柏里的色彩[25],道是「治人以刑,無如用德」(戈著,頁410)。這兩句話中的政治意涵,不言可喻,金尼閣或他承襲的歐洲中古傳統,故此帶有亞維奴的影子。亞氏重述的風日寓言,故事係建立在奧林帕斯的神權政治上。太陽擊敗北風那一刻,據說「眾神」同時也上了一課,紛紛體知武力與威嚇不僅「不能防範未然」,也不能「據之以致勝」[26]。

上文所述其實也在暗示寓言演化的真如之一,亦即文化性的語辭調整或形態改寫確非本體生變的主因。下一節中,我故此不擬討論〈馬與人〉和〈南北風相爭〉這類的耶穌會伊索式證道故事;我所關心者,反而是那些在譯寫之際迭經天主教化的寓言。這也就是說,情節已變而其詮釋也生變者我固會詳論;情節未變,只要寓意業經調整或有所重塑者,我當然也會加以細剖。所謂「意義重塑」——我再隨韓德森強調一遍——明末耶穌會士早已習以為常,總是透過中世紀「託喻閱讀」(allegoresis)的手法或所謂「靈性詮解」(spiritual interpretation)來成就,上古奧利根(Origen, *c.* 185-*c.* 254)以來天主教解經學的意味濃郁。

故事新詮

晚明耶穌會士譯寫的伊索寓言,形式上以維持原狀者居多,但重

---

25 周作人和新村出都認為《況義》的文體單調乏味(見周作人:《自己的園地》,頁195),但我覺得他們的批評並不公允。他們沒注意到《況義》刻意傚效佛教的翻譯文體,其大費周章的程度甚至有一爭長短的企圖。金尼閣及其筆受者尤其好用四字格,而這是《百喻經》一類譬喻故事集在中譯體裁上的一大特色。參見本書外一章第二節。

26 Duff, et al., trans., *Minor Latin Poets*, 2: 689.

詮古典的情形也不少。雖然如此，耶穌會士的作法和上述希臘羅馬寓言家仍然大異其趣，蓋其人所作所為，完全是在「證道故事」的文類觀念下推動形成。會士所回返者，因此是歐洲中古的寓言詮釋傳統，天主教義的傳布係其關懷所在。韓德森所謂「堆砌意義」，這是肇因樞紐。

　　我再說明一點，凡屬故事新詮的耶穌會寓言，其形態和傳統應無差別。我這樣說，並非強調會士筆下的情節發展泥守古人。他們的譯寫仍然享有結構上的重組空間，詮釋新意經常緣此而來。劉勰曾謂：「隱語諧辭」和「謠諺」聲氣相通（周注，頁275）。寓言係「隱語諧辭」的一部分，故而也應側身謠諺之列。培理的寓言研究顯示：劉勰的看法正確，直指這種文類和格言間有某種連體關係[27]。耶穌會士譯介的寓言，有部分即有如改寫自智慧珠璣，頂多加裝敘述性的框架便罷。舉例試論。希臘羅馬寓言史的初期，有兩篇故事涉及了孔雀這種禽類：一為費卓士所寫，謂某隻孔雀因聲音粗嘎而屢向朱諾（Juno）抱怨（*BP*, 288-289）；一為巴柏里的傑作，筆下的孔雀和白鶴爭奇鬥妍（*BP*, 80-83）。不論費卓士或巴柏里，他們的故事所寄盡在孔雀外強中乾，徒具表相。英國俗諺中有一句話，便似在撮評這些古典寓言對孔雀的看法：「孔雀的羽毛雖美，足下卻醜陋不堪。」[28] 這條英諺形成的時間甚晚，我們倘要為費、巴另覓最近的古典之見，則四世紀人稱「異端獵者」的愛卑發尼（Epiphanius）綜括的孔雀習性，庶幾近之：「有隻孔雀低頭看到自己的腳，悚然驚叫，以為竟然不配身體其餘。」[29] 愛

27　Ben Edwin Perry, "Fable," in Pack Carnes, ed., *Proverbia in Fabula: Essays on the Relationship of the Proverb and the Fable* (New York: Peter Lang, 1988), pp. 68-69.

28　T. H. White, trans. *The Book of Beasts* (New York: Dover, 1984), p. 194n.

29　Ad de Vries, *Dictionary of Symbols and Imagery* (Amsterdam and London: North-Holland, 1974), p. 360.

卑發尼的觀察或他人的類似之見，西方中世紀的天主教士耳熟能詳，
大多目之爲古典遺澤[30]。十四世紀的《道德集說》不僅兩度提到這隻
孔雀，而且引《羅馬人事蹟》（Gesta romanorum）證之，轉爲羅馬覆
亡神話裡的一個小環節[31]。

《道德集說》和《羅馬人事蹟》中有關孔雀的話，其實都是用綜
論性的「陳述」（statement）表出的，不是有其上下文的敘述體寓言。
同類作爲也可見於明末耶穌會的中文著作，龐迪我的《七克》即有一
例，而且可能出自愛卑發尼一脈的傳統：「孔雀，文鳥也，人視之輒
自喜。展翅尾示人，忽見其趾醜，則厭然自廢，斂其采矣。」（李編，
2: 784）高一志的《譬學警語》有一譯例，明白得更以對比性的格言出
之，似乎又重返昔日歐陸格言的傳統：「孔雀美羽毛，以足之醜，不
敢傲。智者恒視己短，省己過，以爲克傲之資。」[32] 孔雀在費卓士與
巴柏里筆下只是一隻徒具外貌的笨鳥，然而在《譬學警語》中形象已
變，某種意義上可謂「智者」的喻詞。

這裡我所謂的「智者」有其衍義，也有其殊義，可以見諸利瑪竇
——這也是耶穌會著作中最早譯出——的孔雀論述。不過這是後話，

---

30 就我所知，中古類似的說法至少可見諸十三世紀的 *Summa virtutum de
remediisanime*, ed. Siegfried Wenzel（Athens: University of Georgia Press,
1984), pp. 86-87; J.-Th., Welter, ed., *Le Speculum laicorum*（Paris: Libraire des
Archives nationales et de la Société de l'école des Chartes, 1914), p. 389；以及
John Trevis, trans., *Mediaeval Lore from Bartholomew Anglicus*（New York:
Cooper Square, 1966), p. 132。

31 見*FM*, 613-615。遺憾的是，此一神話不見於*GR*之中。《道德集說》的作者
可能混淆了*GR*第四十二條的故事與羅馬隕滅的民俗舊說，因後一故事所述
乃一有關羅馬覆亡的預言，見頁76-77。《道德集說》雖有此誤，但羅馬將
頹，書中所述卻非無稽空談，仍有中世紀證道故事傳統上的基礎，見*IE,* 316:
4123。

32 見《三編》，2: 631-632。《譬學警語》中亦有相關箴言一條，談的也是孔
雀和驕傲的關係，見《三編》，2: 593。這兩條之外，高氏《童幼教育》中
另述及一孔雀故事，情節和利瑪竇所說者大同小異，見《徐家匯》，1:394。

請由形式切入先談。培理所謂寓言乃格言的敘述化這個結論，利瑪竇
《畸人十篇》有最佳的說明：

> 孔雀鳥，其羽五彩，至美也，而惟足醜。嘗對日張尾，日光
> 晃耀，成五彩輪。顧而自喜，倨敖（傲）不已，忽俯下視足，
> 則斂其輪而折意退矣。（李編，1: 165）

「足醜」之前的上引文，應屬諺語或格言的形式範疇，因其本身係一
陳述，故事性薄弱。然而隨後的發展卻有出人意表者，硬把諺語格言
轉成敘述性的寓言，而變形的關鍵所在，自是利瑪竇對歐洲原典所增
添的副詞「嘗」字。陳述標榜真理，時態上應屬現在式，利瑪竇的副
詞卻化之爲過去的「故」事，使之變成一則敘述。這裡我特別強調時
態，因爲時態的變化乃此一文本經「加權」（empower）而質變，繼之
由陳述轉爲敘述的根本原因。「足醜」之前的事實陳述引發敘述，本
身因此也是某種費卓士式的「篇前提挈」（promythium），乃寓意的提
示先導。由於陳述已經轉爲寓言，利瑪竇筆下的孔雀因非泛稱，而是
特有所指。

　　這種情況，前引《七克》內文差可比擬，而其樞紐關鍵仍爲副詞。
蓋龐迪我所用的「忽」字有時間性的暗示，把「孔雀，文鳥也」這個
陳述也轉爲敘述，讓格言似乎就變成寓言了。

　　懷舍爾（F. Whitesell）曾經指出，在歐洲中世紀的教堂裡，愛卑發尼
的陳述早已經人引爲證道故事，係教牧可以即席發揮的新寓言[33]。當
然，以「新」字論定此一故事或有爭議，不過我們倘用「伊索式」一
詞界定至少是利瑪竇所譯的中文文本，則應屬貼切。就像龐迪我一
樣，利瑪竇似乎早已有意要用筆下的禽鳥強調天主教謙虛的美德。所

33　Whitesell, "Fables in Mediaeval Exempla," p. 365.

以寓言結束之前，利氏為呼應自己的篇前提挈，乃回頭祭出兩個修辭反問：「敖（傲）者何不效〔此〕鳥乎？何不顧若足乎？」利氏問之不足，隨後又追加了一句話，頗能表達內心真正的思慮：「足也，人之末，乃死之候矣。當死時，身之美貌，衣之鮮華，……皆安在乎？何不收汝輕妄之輪乎哉？」（李編，1: 164）這些問句不啻說：死亡一旦介入故事，孔雀雙足旋即產生變化，在修辭上揚升成為玄學式的曲喻（metaphysical conceit）。其力健遒，足以讓故事脫胎換骨，再添新意。

我得指出：就在類此伊索式和其他寓言的新意塑造過程中，利瑪竇和會內同志已轉喻了三個其時歐洲聖壇上的主題常譚：「死候之念」（memoria mortis）、「虛實之辨」和「最後的審判」[34]。在耶穌會士的中文著作裡，三者時而單獨出現，時而匯合演現，我們不妨循線分述。

《畸人十篇》何以舉孔雀為喻？這和收錄其說的篇旨有關。利瑪竇深知凡人懼死，中國人尤其諱言死亡（李編，1: 135）。但是從宗教的立場來看，他也知道唯有究竟死亡的真相，人類才能免於死亡的恐懼。欲達此一目的，最好的方法是強調俗世的虛幻，而孔雀的文尾適可借以為喻。不論人世有多絢燦，不論我們是否出身簪纓之族，但要黃泉一遊，一切頓成轉眼。孔雀的尾巴五彩成輪，然而下顧足趾，彩輪的榮光頓轉，美麗盡褪。變化之速若是，原因在足乃「人之末」也，利瑪竇方之於生命「盡頭」的「死亡」，而死亡可是面目可憎，凡人避之唯恐不及的。「死亡」因此也是「醜陋」，又夥同「脅迫」而交混之，變成倏忽之美的刺股之錐。羽毛絢矣美矣，卻難以共天地而長存，猶如今生今世也是夢幻泡影。有鑑於此，利瑪竇或會問道：「我們不是應該未雨綢繆，為轉眼人世與苦短人生培養一正確的看待之道？」

《羅馬人事蹟》一類的歐洲中古文本裡，「生命如死亡之旅」這種

---

34 Bayley, *French Pulpit Oratory, 1598-1650*, pp. 122-123.

母題尋常得很（如GR, 69-70）。《羅馬人事蹟》成書於十三世紀末，在十六世紀以前卻已數經迻譯，可見於歐陸主要語言中，對其他證道故事集和教牧手冊也有極大的滲透力[35]。利瑪竇的孔雀或許懵懂於人世轉眼，然而從修辭學的角度看，孔雀懼死卻是人世苦短的反諷。《羅馬人事蹟》故事的道德教訓是虛榮心的危險與無住。除了這兩點，利瑪竇的孔雀猶知己短，似乎也在教人中世紀「死亡的藝術」（ars moriendi）。聖傑魯姆有一句名言，委婉曲盡「輕世」（contemptus mundi）的重要：「有人不會把俗務看得太重，因爲他深知自己不免一死。」[36] 這句話正如稍前我曾暗示過的，其實也是孔雀寓言的另一主題。據傳利瑪竇寫《畸人十篇》時，參考過西班牙神聖修辭學家伊斯迪拉（Diego de Estella, 1524-1578年）的《浮世論》（Tratado de la Vanidad del Mundo）[37]。此說雖仍待考，伊氏對死亡的剖析卻不可能是利瑪竇中文著作裡類似言談的思想基礎[38]。利氏生前數世紀，「死亡之舞」（danse macabre）舞遍全歐，十六世紀時人記憶猶新，對來生的渴望愈益強烈。從宗教的角度再看，這種渴望有一前提，也就是不能爲死亡掣肘。要做到這一點，就如利瑪竇的孔雀所示，任何人都應心存死亡。用證道學上的術語再談，這也就是說世人要常懷「死候之念」。由是觀之，利氏所譯的寓言似乎強

---

35 Catherine Velay-Vallantin, "*Gesta Romanorum*," in Jacques Berlioz and Marie Anne Polo de Beaulieu, eds., *Les Exempla médiévaux*（Paris: Gare/Hesiode, 1992）, pp. 245-261.

36 St. Jerome, *Epistle* 53, in W. H. Fremantle, trans., *The Principle Works of St. Jerome*（Rpt. Peabody: Hendrickson, 1995）, p. 102.

37 Henri Bernard, *Le P. Matteo Ricci et la société chinoise de son temps (1552-1610)*, 2 vols（Tianjin: n.p., 1937）, 2:170n.

38 伊斯迪拉這本書原用西班牙文寫成，一五七三和一五八五年有意大利文與拉丁文譯本。這點參見Cyprian J. Lynch, "A Bio-bibliographical Study of Diego de Estella, O.F.M.（1524-1578）," MA thesis（St. Bonaventure College, 1949）, pp. 56-65。不過利瑪竇所據的本子待考。伊氏此書亦有英譯，見F. Diego de Stella, *The Contempte of the VVorld, and the Vanitie Thereof*（Douai, 1584; microfilm kept in Center for Research Library）。

烈在暗示一點:「活著的藝術」(*ars vivendi*)和「死亡的藝術」乃五
十步和百步之別而已。

　　《畸人十篇》是對話體寫成的教義專著,利瑪竇之所以用到孔雀
寓言,目的在詮解生命「最後的審判」。不論從俗世或從宗教的角度
觀之,「最後的審判」都和死亡的威脅有關。心存死亡,謙念自生,
凡人自會如《西遊記》首回所謂「道心開發」[39]。塵網本然,一念頓開。
這個主題又導向文藝復興時代常可聞得的第二個證道主題「虛實之
辨」。不過要證得虛實,世人宜先「克傲」,因為這是明末士子王徵
所謂的「西學第一義」[40]。「西學」者,「天學」或「神學」也。孔雀
寓言曾經微涉傲舉,不過耶穌會新詮的故事中,費卓士《伊索寓言書》
裡首見的〈狐與烏〉("Vvlpis et Corvvs")才可稱為此一課題的典型(*BP*,
206-209)。法國中古證道大師德維崔(Jacques de Vitry, *c*.1180-*c*.1240)與
西班牙中古另一證道大師尚碓(Clemente Sánchez)嘗借此辨虛證實[41]。
數世紀過後,我們卻看到龐迪我《七克》中機杼另出:

> 烏栖樹啄肉,狐巧獸也,欲得其肉,詭諛烏曰:「人言黑如
> 烏,乃濯濯如雪,殆可為百鳥王乎!特未聞和鳴聲耳。」烏
> 大喜,啞然而鳴,肉則墜矣。狐得肉,視烏而笑,笑其黑,
> 且笑其愚也。(李編,2: 752-753)

　　《七克》表出寓依之後,龐迪我繼之以寓義:人「惟有求於爾不

39　〔明〕吳承恩:《西遊記》,2冊(臺北:河洛圖書出版社,1981),1:6。

40　金尼閣:《西儒耳目資》(北京:北京大學和北平圖書館重印,1933),頁5
　　乙。

41　*Exempla,* 42; Clemente Sánchez, *The Book of Tales by A. B. C.* (*Libro de los
　　enxienplos por a.b.c.*), trans. John E. Keller, L. Clark Keating, and Eric M. Furr
　　(New York: Peter Lang, 1992), p. 21.其他的例子有*DC,* 151-152; Vincent of
　　Beauvais, *Speculum historiale,* in *FL,* 2:237;以及*SC,* 177。

得，且意爾爲愚可欺，乃面譽以增爾愚，而得所欲得焉。一已得，且
譏爾傲，笑爾愚也」（同上頁）。這是從生活著眼譏刺烏鴉或人不辨面
譽真僞之愚，當然寓有以虛爲實的諷刺，猶如十餘年後金尼閣《況義》
中所譯同一故事的寓義一般：「人面諛己，必有以也。匪受其諛，必
受其愚。」（戈著，頁413）但是細心再看，我們發覺龐迪我和金尼閣
衍繹的道德教訓似實還虛。龐氏所推者尤然，因爲「虛實」在他而言
係手段，不是寓言衷心所寄。他把故事放在《七克》首要的〈伏傲〉
項下，就已經清楚表明了這一點。用王徵所謂「西學」來講，「克傲」
當從「耳目」入手，因爲這是感官和外界接觸之始，當然也是俗妄攻
心的最佳管道。金尼閣以《西儒耳目資》名其語言學之作，因此不僅
具有語形與聲韻學上的意義，同時也蘊有於他更屬緊要的神學內涵。
龐迪我同樣體得「耳目」失守乃傲門之啓，故謂「伏傲」首重「戒聽
譽」。他的說法不脫中古教牧手冊的陳見，甚至暗合十二世紀法國的
瑪麗（Marie de France）所體察的寓言大旨 [42]。費卓士筆下的貪婪故
事，於此已變成亞當和夏娃原該慎防的「傲念」。

　　「伏傲」和「虛實之辨」實乃表裡。金尼閣的〈狐與烏〉雖未如
龐迪我之立意克傲，《況義》中的另一典型伊索式故事卻大異其趣。
方之古典前本，這篇或可題爲〈叨肉之犬〉的金氏佳作妙思巧托，虛
實之辨幾乎寓於無形，值得細談譜系，詳爲疏論：

　　　一犬嗤肉而跑，緣木樑渡河，下顧水中肉影，又復云：「肉
　　也。」急貪屬啖，口不能噤，而嗤者倏墜。河上群兒爲之撫
　　掌大笑。義曰：其欲逐逐，喪所懷來，尨也可使忘影哉？（戈

42 瑪麗的新詮是：這個故事「教人有關驕傲的道理」（Ceo est essample des orguillus），見Marie de France, Fables, ed. and trans., Harriet Spiegel（Toronto: University of Toronto Press, 1987）, pp. 64-65。

著，頁412）

　　寓言中的狗內心顯然有一衝突，我們之所以得悉乃因水中肉影難
得而這條狗又癡心妄想所致。就形態觀之，這個故事本身蘊蓄張力，
躍躍然如欲破之繭。十二世紀納舍亞拉（Abu al-Maali Nasr Allah
Munshi)的《卡里拉和丁那》（Kalila wa Dimna)向有波斯「資治通鑑」
之稱，據說譯自六世紀毘斯奴（Visnu Śarma）的《五卷書》
（Pañćatantra）。而早在納舍亞拉將〈叼肉之犬〉的基型納入自己的「譯
作」之前[43]，費卓士、巴柏里與羅馬晚期各種伊索寓言集即已數見此
一故事。納舍亞拉所「譯」值得回顧，因爲《卡里拉和丁那》成書之
後，〈叼肉之犬〉回流歐陸，變成中世紀證道專著中的敘述傳統之一。
盛名最著的一篇乃謝里登的奧朵在十三世紀所傳的拉丁文本[44]。緣此
之故，在一六二五年金尼閣譯就《況義》之前，〈叼肉之犬〉早已細
水長流，蔚爲詮釋傳統。

　　對金尼閣來講，這個寓言的證道潛力含藏於水中肉影的詮釋可能
上。若要詳究此點，我們有必要再探此一肉影及其象徵意涵的來龍去
脈。費卓士的〈叼肉之犬〉可能是這個故事可見最早的版本（BP,
196-197），然而其中對肉影並無實寫，若非用「類似之物」籠統稱之，
就是用那條狗「自己的影子」（simulacrum suum）加以暗示。我們還沒有
讀到下一行之前，根本弄不清楚狗在水面上看到的究係何物。可想而

43　Ion G. N. Keith-Falconer, trans., *Kalilah and Dimna or the Fables of Bidpai*
　　（Amsterdam: Philo Press, 1970), pp. xiii-lxxxvi.
44　*FL*, 4:232 and 418。據Whitesell, "Fables in Mediaeval Exempla," p. 358，〈叼
　　肉之犬〉在中世紀聖壇上使用的頻率排行第五。此時使用此一故事的證道
　　家中，除了奧朵所寫之外，德維崔本最受推崇，見*Exempla,* 6。上述二人以
　　外，我所見的本子包括羅穆斯本，在*FL*, 2:179; Vincent of Beauvais, *Speculum*
　　historiale, in *FL*, 2:236; *DC*, 207；以及*SC*, 211。培理謂：《伊索寓言》曾影
　　響到《五卷書》及其衍本的內容，見*BP*, xix。

知，這條狗因爲「貪婪」(*aviditas*)而致口中噬「肉」(*carnem*)掉落水中。
我們不要忘記，貪婪乃天主教七宗罪(Seven Deadly Sins)之一，在歐洲
中古大受撻伐。費卓士之後數十年，貪婪也變成巴柏里希臘文本同一
故事的寓旨，唯一的不同是巴本在情節上略事添加，指出這片肉係狗
由某廚房竊得(*BP*, 99)。金尼閣的「中譯」本並無此一情節，蓋《況義》
所循係〈叼肉之犬〉的拉丁文系統[45]。羅穆斯本《伊索》係此一系統
最佳的散體代表，中古以來，讀者最夥。不過兩種羅馬前本儘管關係
密切，羅穆斯本卻別出心裁，細述了費本中的影子所指爲何。我們在
羅本中所見因此是這條狗棄實就「影」(*umbra*)，要的不是真正的肉，
反而是「虛假」。金尼閣的寓言寫於明熹宗天啓年間，此刻西歐歷史
已屆啓蒙時代，但是就水中肉影而言，金尼閣倒和羅本一脈相傳。

　　早在納舍亞拉之時，〈叼肉之犬〉即已化爲某框架故事的一部分，
旨在從宗教的角度說明人在世間的處境。在《卡里拉和丁那》的大架
構裡，這個寓言中的寓言有一主角。「他」一人而身兼寓言家和故事
主人公這雙重身分，嘗謂寓言裡水中狗所叼的──這回是──「骨
頭」，乃「浮世及其安逸」的比喻[46]。顯而易見，此刻貪婪已非故事
強調的主旨，而寓言中「狗」乃「人類」的比喻這點亦彰明較著。整
個故事因此暗示「狗」和「人」都昧於真假與虛實之別。方之前述羅
馬的兩位寓言大家，上述解釋差異甚大，可見此一表面上淵源自印度
的寓言其實曾經託喻閱讀的程序而改寫了舊旨[47]，在波斯文本中故已
賦有宗教上的新義。嚴格一點說，納舍亞拉所寫已非上古約定俗成的

45　方豪：〈拉丁文傳入中國考〉，《自定稿》，1:28；戈寶權：〈談周啓明、
　　羅念生等人據古希臘原文翻譯的伊索寓言〉，《中國比較文學》，第15期
　　(1992)，頁219。

46　Jill Sanchia Cowen, trans., *Kalila wa dimna: An Animal Allegory of the Mongol
　　Court* (New York and Oxford: Oxford University Press, 1989), p. 50.

47　就我所知，梵文本的《五卷書》並未收此一寓言。

所謂「伊索」寓言,甚至用「伊索式」一詞形容也嫌勉強。

　　類似納舍亞拉的宗教挪用,我們可以再見於奧朵〈叼肉之犬〉的天主教語境裡(尤見 *FL*, 4: 232-233)。毋庸贅言,奧朵此一中古寓言的詮釋力量仍然存在於水中肉影上面。故事正式開鑼之前,奧朵說他講述此一寓言是要警告「所有貪慕虛榮而拋棄實相的人」(*diligentes uana et derelinquentes uera*)。就像狐狸對烏鴉所說的甜言蜜語,這肉影也是俗世虛榮的神學隱喻。奧朵對整個寓言的解讀,目的當然在勸人棄絕俗樂,忘卻虛榮。他長篇大論說道:儘管不少人「確已獲得上帝的恩寵」,他們卻像寓言中的狗失去了保祿在〈哥羅森書〉第二章第十七節裡所說的兩樣至寶,亦即所謂「未來事的陰影」與基督的「實體」(*corpus*)[48]。因此之故,〈叼肉之犬〉這個本屬《伊索》的寓言,在十三世紀時遂花開三度,經人三詮。波斯譯家意之所在的俗世本質,如今已有《聖經》的暗示在內。

　　拉丁文「文布拉」(*umbra*)一詞,明末耶穌會士每以中文「影」字對譯,而且用得相當廣泛。例如《七克》常以此字對比於「真」(如李編,2: 759, 983, 994和1068),取其內涵差異故也。衛匡國同樣好使此字,南明永曆初年完稿的《逑友篇》耳提面命,便常以「德之影」與「愛之影」點醒幻世欺人的本質[49]。然而「影」字的殺傷力最生動的說明,依舊推利瑪竇《畸人十篇》中所謂「惚見之影」。其力蔽人,足為「心之大傷」,更可擬諸「恍聞之音」(李編,1: 266)。和「影」字比較起來,「實」(*corpus*)字就「真實」得多了,吾人理應寶之愛之。如是之見,就〈叼肉之犬〉的天主教語境而言,倒引出了一個和這裡頗有關聯的問題:如果那條狗口中的肉在神學上確比水中幻影更

48　保祿在〈哥羅森書〉裡的教訓,我得悉自 John C. Jacobs, trans., *The Fables of Odo of Cheriton* (Syracuse: Syracuse University Press, 1985), p. 43。

49　見《三編》,1:58 and 73。《逑友篇》刊刻於一六六一年,然而據方豪考證,全書應寫成於一六四七年。其時南明猶存。見《人物傳》,2:118。

「真」，那麼我們可否以上帝「恩寵」的象徵視之？在《論第一原理》
（*On First Principles*）的神祕思想中，奧利根曾受到保祿〈羅馬書〉（14:
1-3）和《舊約‧出谷記》（12:1）的啓示，以「屬靈之肉」比喻解經學
上最後的階段，亦即人和上帝冥契的詮釋昇華（exegetic ascension to
God）。難不成那叼肉之犬的口中肉也是這種昇華的寓言性意符[50]？

　　這個問題，金尼閣在《況義》中未曾正面作答，但是〈叼肉之犬〉
旁敲側擊，項莊之意清楚不過。自其形態觀之，奧朵筆下的「影子」
乃由受格及單位名詞的所有格組合而成，故而寓有「爲那一塊」肉「所
有」（*umbram frusti*）之意。金尼閣以中文譯述〈叼肉之犬〉時，用的
是以字句精鍊著稱的文言文，理論上應可如實再現奧朵的中世紀拉丁
用語。這一點，他確實也用中文複合詞「肉影」做到了。他如果想在
文本中避免名詞的再三複述，還可借助中文的各種代名詞。然而〈叼
肉之犬〉卻幾番用到「肉」字，所以我們知道這點金尼閣功敗垂成。
即使如此，我也不覺得他的冗贅是敗筆，不覺得他犯下了任何不用母
語敘事者可能產生的文體缺失。我之所以有此愚見，是因爲我相信這
種筆法乃金尼閣的修辭策略，目的在聲東擊西，也就是藉肉「影」與
「實」肉的模糊以強調其間的大異。金本中的狗看到水中肉影，「又
復云：『肉也。』」此地的「復」意在強調，而所「云」應爲該犬內
心之所思，蓋此時口未張，肉猶未墜也。拉丁作家處理這一景，多以
陳述代引述，並無刻意強調。但金本的改寫卻斧痕可見。也就在這種
譯而兼寫的過程中，上述「影」與「實」之別才分外明顯。當犬之「復

50　明末耶穌會士是否熟悉奧利根的神學？答案待考。不過我得指出，即使會
　　士對於「肉」的認識不是出自奧利根，兩者間也有雷同之處。東方教父的
　　神學，明代耶穌會士並不陌生。《大秦景教流行中國碑》出土的時候，金
　　尼閣人在晉中，曾偕同其他會士勘定其中的聶派神學，見王漪：《明清之
　　際中學之西漸》（臺北：臺灣商務印書館，1979），頁56-59。奧利根的「神
　　學昇華」之說，所著《論第一原理》有詳論。見Origen, *On First Principles*,
　　trans. G. W. Butterworth（Gloucester: Peter Smith, 1973）, pp. 275-277。

云肉也」,「真」與「實」實已遭到扭曲,而虛假也在故事中佔盡了
上風。

　　這條狗心裡才嘀咕著,口中的肉隨即掉到水中。文本裡雖布有情
節迷陣,故事繼之帶出的喜感卻可防止我們走失於其中。寓言裡不可
捉摸的影乃可觸可及的肉的倒影,在另一層意義上可謂柏拉圖《理想
國》式「實體」或「理式」的模仿。明代的中國人對天主教的恩寵說
闇昧無知,就算聽到也未必省得,所以金尼閣〈叼肉之犬〉的旨趣應
該是利瑪竇《畸人十篇》中早就極力推廣的所謂「天鄉」與「俗世」
的對比(李編,1: 230以下),宗教意味深濃。中世紀的證道故事群中,
〈智慧書〉所指俗世的一切向為眾矢之的(5: 9),教牧每勸人鄙視輕
忽(參閱*Exempla,* xcix),而奧朵和金尼閣或會以肉影擬之。然而奧朵
雖轉筆下的「肉塊」(*frust*〔*r*〕*um carnis*)為隱喻,指「上帝恩寵的實體」
(*soliditatem gracie. . . ipsum Deum*),金尼閣卻可能在如法炮製之際,
再度將之轉為基督徒虔誠求取的另一個世界。在走向這個世界的旅途
中,我們如果迷戀那「世界的投影」(*umbra istius mundi*),則可能會
像叼肉之犬一樣,最後淪為「河上群兒」撫掌取笑的對象。

　　〈叼肉之犬〉有古典也有中古衍本,我所參閱過的本子無一含有群
兒訕笑的情節。由於傳統中國寓言每有人物穿插於動物故事之中[51],金
本中此一情節極有可能便是金氏有感於此所作的調適或策略性加
工。因此,在結構上,河上群兒一會兒既是故事中人,一會兒又站在
這條刻畫得真而又真的狗的故事之外。他們身分弔詭,可作故事的評
論者看,彷彿催促讀者細味倒影及其實體之間的不同。另一方面,群
兒也可視為金尼閣的化身,因為金氏身為靈命之「父」──所謂「神
父」是也──當然負有化育世間「小兒」的重責大任,可以透過叼肉
之犬的故事導正他們的俗見。〈叼肉之犬〉既為寓言,自有其所以為

51　譚達先:《中國民間寓言研究》(臺北:臺灣商務印書館,1988),頁17-94。

寓言的微言大義，而這正是金尼閣所要教給芸芸眾生的生命道理：「其欲逐逐，喪所懷來。尨也可使忘影哉？」（戈著，頁412）[52]

　　平心而論，上引語意含混，但清初寓言家李世熊（1602-1686）曾仿《況義》作《物感》一書，其中曾就文脈思考而對這段「義曰」略有澄清：「世之為肉影而喪所懷來者，豈但此尨哉？」[53] 話說回來，如果從託喻的角度看，金尼閣原作中的模稜處反可能更饒深意，足以使寓言跳脫「人論」（anthropology）的苑圍，提昇到「神學」（theology）的層次。「逐逐」一詞功在強調，其受詞雖祕而不宣，在比喻的層次上卻可能指西人所謂的「影子大地」（shadow-land），亦即「幻境」或「變域」是也，相對於「不變勝境」或那「永恆的世界」。借利瑪竇寫俗世之詞，前者實為後者的「印之蹟」：後一名詞，天主教沿用已久，指涉到上帝運其聖靈以「無中生有」（*ex nihilo*）的創世作為（創1-3）。世人所居之處誠屬佳地，畢竟不是造物者本身或利瑪竇《天主實義》所謂的「原印」（李編，1: 473）[54]。執迷於「印蹟」而忘其本然，不啻遺忘或拒絕那影子或蹟象所出的絕對之真或原印。吾人若僅知競逐「影」和「蹟」，終必在象徵的層次上喪失創世之際我們「所懷來者」，也就是失去了某種類似奧利根所謂「屬靈之肉」的東西，從而無能與造物主在靈祕中合而為一。覆水難收，金尼閣於此可是十分了然，所以才會用一力道十足的修辭反問總結他的寓言：「尨也可使忘影哉？」

　　在二世紀通行的《自然史》（*Physiologus*）中，天主教已經開始其

52　這句話費解，內涵或見下文李世熊的重寫本。「尨」字在戈著作「尨」（頁412），我疑原本筆誤，這裡據李世熊本訂正。

53　李世熊：《物感》，在所著《史感物感》（寧化：寧化縣志局重印，1918），頁9。

54　明代有關「原印」的討論，還可參較尚祐卿為利安當（Antonio a Sancta Maria Caballera, 1602-1669）《天儒印》所撰的序文，見《續編》，2: 989。

託喻化動物世界的舉措。金尼閣及其教內先驅如奧朵等人,當然也把寓言放在業經託喻化的自然史的脈絡中看。我們倘可借芝歐可斯基(Jan M. Ziolkowski)的話來形容,他們所寫「在結構上其實都具一般的類似性:寓言在敘述中固然帶有道德寓意,《自然史》也希望在觀察自然時能夠發現道德教訓」[55]。職是之故,證道壇上所講的寓言難免就會加添屬靈的訊息,方便教士開演大法,啓迪民謨。這些寓言都是「論證之一」[56];倘就教學的角度觀之,無疑呼應了《四福音書》中耶穌說過的比喻(parables)。這些寓言又饒富詮釋潛能,除了字面意義外,倘從金尼閣筆下那隻狗及其所叼之肉的關係來看,同時還具有比喻與神秘意涵,更呼應了《福音書》譬喻中的託喻。

〈訓道篇〉問過:「在虛空,消逝如影的人生歲月內,有誰知道什麼事對人有益?」(6.12)。句中的明喻「影」字,可能是影響金尼閣「誤讀」——這個動詞,我指的是布魯姆(Harold Bloom)《誤讀的圖示》(A Map of Misreading)裡的用法——〈叼肉之犬〉的《聖經》意象之一[57]。生命既然虛幻不實,明末耶穌會士所參考的教牧手冊或證道故事集可能就會如伊斯迪拉的書中意而進一步勸人「輕世」。伊著乃基督訓誨的教義南針,在文藝復興時代流傳甚廣。不過書中概念極可能淵源自里耳的亞蘭的《講道的藝術》。就「輕世」與「輕身」等思想而言,尤其可能如此。亞蘭勉人克制肉欲,以西尼加(Seneca, c. 3 BCE-AD c. 65)的理性為經,再以輕「身」為緯,避免罪惡相尋而來(AP, 26-30)。這種思想,讓人想起聖奧古斯丁以人體為「縲絏」的比

55　Jan M. Ziolkowski, *Talking Animals: Medieval Latin Beast Poetry, 750-1150* (Philadelphia: University of Pennsylvania Press, 1993), p. 34.

56　Herbert Thompson Archibald, *The Fable as a Stylistic Test in Classical Greek Literature* (Baltimore: J. H. Furst, 1912), p. 8.

57　Harold Bloom, *A Map of Misreading* (Oxford: Oxford University Press, 1975), pp. 3-6.

喻[58]，也讓人想起艾儒略《五十言餘》裡同類的說法（《三編》，1：895）。

　　亞蘭又教導道：處世之道，唯常懷「輕視自己」的念頭而已。「輕視」之道有二，首先要拒絕財富的誘惑，其次不戀妻，不恃子。這種超塵出世之思，《舊約・約伯傳》可以覓得基礎（1.21），〈訓道篇〉第五章第十四節也有類似之見：人「赤身出離母胎，也照樣赤身歸去。」明代耶穌會士中，利瑪竇和金尼閣最長於用文學再現天主教這個教義常譚。利瑪竇先由講堂雜錄做起，也就是把伊比推圖（Epictetus, c. 50-c. 138）《手冊》（Encheiridion）的拉丁本「譯寫」（transwrite）成自己的《二十五言》（1604）。後書開卷數節中，利瑪竇勸人辨別虛實，不可將財富和家人視同己有。蓋「物無非假也」，有其所自出，非吾人所能掌握。故「妻死」，我們應曰「已還之」；「兒女死」，亦應曰「已還之」（李編，1：338以下）[59]死期一到，縱有萬貫家財也帶不進土墳，因爲這一切也不過是俗世的虛榮，當不得真。一六〇八年利瑪竇譯《西琴曲意》時，爲強化上引之見，似乎從〈約伯傳〉又變化出以下兩句歌詞：「吾赤身且來，赤身且去。」（李編，1：228；另參同書頁538）[60]在塵世，我們來去皆空，憑什麼可以「自視甚高」，把世事嚴肅看

58　Saint Augustine, *On Christian Doctrine*, trans. D. W. Robertson, Jr. (New York: Macmillan, 1958), p. 18.

59　有關利瑪竇中譯《手冊》的情形，參見Christopher Spalatin, S.I., *Matteo Ricci's Use of Epictetus* (Waegwan: Pontificia Universitas Gregoriana, 1975)。《手冊》一書的英譯，我用的版本是W. A. Oldfather, trans., *Epictetus*, vol 2 (Cambridge: Harvard University Press, 1996), pp. 483-537。

60　《西琴曲意》乃最早用中文譯寫而成的歐洲「詞」集，內容部分取材自西方古典傳統，部分源出中世紀的證道故事，另亦可能援引自〈約伯傳〉，見拙作〈天主教精神與歐洲古典傳統的合流——利瑪竇《西琴曲意八章》初探〉，在初安民編：《詩與聲音——二〇〇一年臺北國際詩歌節詩學研討會論文集》（臺北：臺北市政府文化局，2001），頁27-57。另請參考Jonathan Spence, *Chinese Roundabout: Essays in History and Culture* (New York: W. W. Norton, 1992), p. 49; Pasquale M. D'Elia, "Musica e canti italiani a Pechino," *Rivisita degli Studi Orientali* 30 (1955): 142n2。

待？塵世之外，有待正視者其實更多。

利瑪竇和金尼閣把上述觀念形諸文學之際，各自都用中文譯寫過一則著名的「古典型」證道故事，其中意之所託層巒疊嶂，明代耶穌會幾乎僅見。在歐洲傳統中，此一「寓言」向稱〈三友〉（"Three Friends"）。其形式接近馬克羅比所謂「狂想」的字面意涵，但從《聖經》的角度看，則稱之「比喻故事」其實更妥。下面我的討論以利瑪竇的本子為主，金尼閣的譯本也會一併論及。利本乃瑪竇自己和徐光啟在《畸人十篇》裡對談死亡之際所說，正是言談上名副其實的例證。從歐洲「祖本」的立場觀之，不但情節較為完整，在詮釋上也匠心獨運，秀出班行。請通篇鈔錄如次：

> 昔有一士，交三友而情待不等。其一愛重之深于己，其一愛重之如己，其一甚菲薄，希覯面焉！忽遇事變，國主怒逮訊之，詔獄。士聞之，急走其上友，訴己窘急，幸念夙昔，冀援手焉。其友曰：「今日特不暇救汝，政與他友有嬉遊之約。當候於此，不得動移。秖能送汝衣一襲，輿一兩（輛）耳。」士悵然歎息則走其中友，愈益悲泣，訴己患：「祈勿襲前友，特脫我於厄也。」友曰：「今日適遠行，不暇，唯得偕汝行於中途，遠則至公府門耳。訊獄在內，吾不得與聞也。」則益窘而悔曩昔擇友之誤也。既而思彼小友，素忠實，或能救我乎未可知？至其所，無奈愧怍，不得已先告以二友相負狀，又自〔懺悔道〕：「曩之菲薄，請勿介意也。唯幸念一日之雅，願微（唯）大德無棄我矣。」友曰：「吾故（固）寡交，恒念汝。汝今勿憂，此等事惟我能任之。便相拯濟，為好我者勸也。」言畢，即先行趨王所。此友之寵于王也，異甚，則一言而釋士，竟無虞矣。（李編，1: 160-162）

　　此一寓言乃歐洲中世紀人物型證道故事的典型，其中角色帶有強烈的道德訊息。情節讀來尤令人感到震懾，因為稍加比對，我們發現故事和十五世紀英國或荷蘭道德劇《凡人》(*Everyman/Elckerlijc*)若合符節[61]。可惜其情節並非建立在「堅固的事實基礎」上，否則馬克羅比的「狂想寓言」可副其內容。對金尼閣而言，這個故事或可以「伊索式」形容，因為他的譯寫本係收入《況義》之中，而《況義》所收者殆為伊索寓言[62]。此外，賈可伯士(Joseph Jacobs)指出，德國譯家史坦豪(Heinrich Steinhöwel, 1412-1482)在一四七四年編就的德文、拉丁文對照本《伊索寓言》也曾把〈三友〉網羅在內，視為伊索直接所出[63]。當然，就我在本章中的關懷而言，最值得重視的應是七世紀左右，也就是早在天主教收編〈叼肉之犬〉前的數百年，〈三友〉就已經以宗教上道德故事的面貌在歐洲史上現身。利瑪竇和金尼閣之前的本子，我所看過的有收於《巴拉法里亞尼》(*Balavariani*)而用古喬治

61　Karl Goedeke, *Every-Man, Homulus und Hekastus* (Hanover: Rümpler, 1865), p. 7; *Exempla*, pp. 185-186; Geoffrey Copper, and Christopher Wortham, eds., *The Summoning of Everyman* (Nedlands: University of Western Australia Press, 1980), pp. xviii-xix.

62　戈寶權在法國國家圖書館(Bibliothèque Nationale)所見兩種《況義》，其一有拉丁文書目《伊索寓言選集》(*Selectae Esopi Fabulae*)，封面上又書「金尼閣神父所譯的某些伊索寓言」(*Quaedam Aesopi Fabulae a Patre Trigault*)。見戈著，頁407-409。另參見Bernard, *Le P. Matteo Ricci et la société chinoise de son temps (1552-1610)*, 2: 255。

63　Joseph Jacobs, trans., *Barlaam and Josaphat: English Lives of Buddha* (London: David Nutt, 1896), p. lxxix.金尼閣譯〈三友〉，或耶穌會本的伊索寓言包含此一故事，我疑其受史坦豪衍之影響。儘管如此，〈三友〉並未見於Herausgegeben von Hermann Osterley, ed., *Steinhöwel's Äsop* (Tübingen: Gedruckt von L. F. Fues, 1873)。此一現代刊本中，有關友情的寓言也僅見兩條："Prima hortatio ad sapientiam et veram amicitiam" (pp. 294-297)和"De fide trium sociorum aut potius fraude panis (p. 311)。這兩條都和〈三友〉無關，亦無傳承，顯然淵源自亞丰索的《教牧的養成》，見*SG*, 37-45。

亞文寫於中古早期者 [64]，也有據傳是大馬士革的聖約翰(St. John
Damascene, *c.* 676-749)用希臘文寫出而收於《巴蘭與約撒法》
(*Barlaam and Ioasaph*)之中者 [65]。至於中古稍後與文藝復興時期的本
子，則可見諸亞丰索(Pedro Alfonso)《智慧的教誨》(*SG*, 36-42)、《羅
馬人事蹟》(*GR*, 233-234)、奧朵的證道辭(*FL*, 4: 318)、《道德集說》
(*FM*, 378-381)、尚確的《字母序列證道故事集》(*The Book of Tales by
A. B. C.*)和梅耶(Johann Major, 1543-1608)的《證道故事大觀》
(*Magnum speculum exemplorum*)等書 [66]。

　　這些本子萬變不離其宗，所述〈三友〉的主題殆為「友誼」及其
在宗教上的意義。利瑪竇筆下的「士」必需詣國「主」審訊，而他所
求的第一位朋友只能助其以「衣一襲，輿一兩」。然而除了「輿一兩」
以外 [67]，中世紀與文藝復興諸本所供給者都一樣。利氏筆下這位「上
友」有一點更糟糕，他滿心牽掛的是和他人的嬉遊之約，於「士」之
窘境一無聲援之意。這位「上友」當然是「酒肉朋友」的託喻，但知

---

64 David Marshall Lang, trans., *The Balavariani: A Tale from the Christian East
Translated from the Old Georgia* (Berkeley and Los Angeles: University of
California Press, 1966), pp. 78-80.

65 *BI*, 191-199.另請參見本書外一章，以及李奭學：〈翻譯的政治──龍華民
譯《聖若撒法始末》析論〉，東華大學中文系編：《文學研究的新進路──
──傳播與接受》(臺北：洪葉文化公司，2004)，頁411-464。

66 John Tolan, *Petrus Alfonsi and His Medieval Readers* (Gainesville: University
Press of Florida, 1993), p. 132指出：亞丰索的〈三友〉乃「類似西尼加和伊
索的異教文本」。尚確的本子，見Sánchez, *The Book of Tales by A. B. C.*, pp.
23-24。《證道故事大觀》中的本子，見Johann Major, *Magnum specvlvm
exemplorvm* (Douai, 1608; microfilm, Ohio State University Library), pp.
22-23。除了這裡所述的這些本子外，下面這些證道故事集亦收〈三友〉：
Exempla, 55; *SC*, 186-187; Welter, ed., *Le Speculum laicorum*, pp. 12-13; Mary
Macleod Banks, ed., *An Alphabet Tales*, 2 vols (London: Published for the Early
English Text Society by Kegan Paul, Trench, Trübner, 1904), 1:42-43。

67 利瑪竇之所以會在歐洲的本子中加入「輿」字，我懷疑是受到子路「願車
馬衣裘與朋友共」一語的影響。見朱編，頁92。

聲色之娛，和我們在人世攢得的蠅頭小利一樣不可靠。他代表「世富」，正是亞蘭的輕世論中請人務必棄絕的第一個誘惑。利瑪竇的第二個朋友就比第一位好多了，因爲「他」至少願意陪那「士」走一程路，「遠則」甚至「公府門耳」。可惜「他」力也僅能盡於此，因爲仍有要事待辦，歉難卒德。這位「中友」確實「較夠朋友」，但也不過凡人妻小之流。命終之際，頂多哀送蒿里，終難共赴黃泉。「他」故而變成「她」或複數形的「她們」。我們嬌之寵之，一至於情命繫之，卻仍非性命之所依，和那「上友」又有什麼分別？「她」或「她們」故爲亞蘭勸人抵擋的第二個誘惑。第三位朋友利瑪竇稱之「下友」，寓言中的「士」幾乎已經忘懷其人。雖然如此，這位「下友」卻也有可能是幻覺中的「上友」之誤，因爲他後來證明自己是「患難之交」，可以不計前嫌代「士」求情於故事中的國「主」。從《巴拉法里亞尼》經《羅馬人事蹟》到《證道故事大觀》，在託喻的層次上，這位「下友」若非「肉身神子」（Incarnate Son of God），就是凡人「善行」（good deeds）的化身。耶穌會士對三友的詮釋，始則因循傳統，用利瑪竇的託喻讀法來講，就是「三友者，一財貨，一親戚，一德行矣」（李編，1: 162）。實情呢？有甚於此。

　　利瑪竇省文省句，是〈三友〉傳統在詮解上標準的託喻筆法。金尼閣對這三友的內涵則以繁詞分辯：「世人之所急愛厚密，貨財金寶等也。次者，妻子親朋也。最輕薄而交疏，則德功是矣。」（戈著，頁411）第三友所寓的生命大旨，金尼閣以中文「德功」稱之。這個詞一經反轉便成佛語「功德」，乃淨土思想的重要概念，金尼閣隨後也跟著這樣用。他拿佛旨傳釋天主教的善行或德行，我們其實不用驚訝。他和筆受者張賡（閩人，1597年中舉）每有連類之舉，歐洲寓言故而常以佛教譬喻的形態出現[68]。不過「德功」一詞用來確實不同凡響，

68　《況義》和張賡的關係，見戈寶權：〈談牛津大學所藏《況義》手抄本及

足以讓明代讀者往宗教上尋繹〈三友〉的教訓。「德功」乃義中義，〈三友〉通篇的天主教精神繫此。人世變幻莫測，坦白說，中國人早因道家哲學而感之彌深，不必非從宗教的角度看待不可。

　　像「功德」或「德功」這一類的語言調適，金尼閣及其筆受者興趣盎然。從歐洲天主教的傳統來看，他的〈三友〉和〈南北風相爭〉一樣，在語言上都極具新意。〈三友〉這個「故」事得以「新」詮，這種「新意」乃原因總樞。打一開頭，金尼閣便琢磨再三，希望自己的小品有異於利瑪竇近二十年前所作。他在細節上用功，利氏舊本中「士」所遇之「事變」多以具體意象舖陳，說是「此人行貪穢，事主不忠」，故「上詔逮之」。文本上多增一字，寓義上即豐富一分。所謂「事變」或指際遇無常，但「事主不忠」倘自天主教的架構再看，我們奔到腦海的應該是米爾頓（John Milton, 1608-1674）四十餘年後所要吟唱的「人類背叛之始」[69]。金尼閣譯出〈三友〉的一六二五年，「主」這個字早經利瑪竇等會士的努力而變成拉丁文「陡斯」（*Deus*）的中譯。金本中這位罪犯所以「事主不忠」，便因為他在就逮前犯下貪穢之罪，有褻瀆上帝或乖違律法之嫌，也就是犯了七宗罪首的「驕傲之罪」（Pride）。如此解讀果能成理，那麼金本中接下來的故事應該就在強化某「罪人的寓言」。這裡的「罪」非關人理，而是人神關係上的「滔天罪過」（sin）。因此之故，寓言中「善行」的化身──亦即那第三個朋友──最後才會化身變成基督式的人物。他不僅是「罪人」

（續）──────────

其筆傳者張賡〉，《中國比較文學》，第5期（1988），頁104-109。明代中國人認為金尼閣的文采為入華教士第一，費賴之（Louis Pfister）故此寫道：”Les Chinois disaient que parmi lies prêtres européens, nul ne s'exprimait plus facilement.” 見所著 *Notices biographiques et bibliographiques sur les jésuites de l'ancienne mission de Chine, 1552-1773*, 2 vols（Shanghai: Imprimerie de la mission Catholique, 1932-1934）, 1: 116。

69　John Milton, *Paradise Lost*, in Merritt Y. Hughes, ed., *John Milton: Complete Poems and Major Prose*（New York: Odyssey Press, 1957）, p. 211.

與「主」的中保，也可以消災解厄，助人「復若舊寵」。即使迄今，基督徒猶借「寵」字稱呼神的「恩典」。中世紀與文藝復興對利瑪竇這位「下友」的詮釋，遂因金尼閣的託喻而交集在他所選用的中國文字上面。

金尼閣筆下的「人」因「事主不忠」而「獲罪於天」。後面這句話，金氏其實借自《論語》（朱編，頁76），這個「人」也因此而失去樂園。就像「主」字一樣，「獲罪於天」的「天」字可以代表「陡斯」，出典當係先秦經籍如《尚書》或《詩經》。然而早在一五八一年羅明堅完成《新編天竺國天主實錄》時，「天」與「主」早已結為一體，變成「神」的標準中文稱號之一[70]。道明會士入華的時間晚於耶穌會士，對他們和中國教徒而言，即使「獲罪於天」這句《論語》上的話，也都和伊甸園的神話有關，指「得罪於天主也」，或謂「得罪於此天主也」[71]。金尼閣寓言裡的「上」字，是下令拘提該「人」的力量。這個字在中文裡雖為臣屬對皇帝的尊稱，但即使是「天主」兩字中的任何一個，在金尼閣的觀念裡也有可能是簡稱，指天主教的「上帝」而言[72]。奧朵的〈叼肉之犬〉裡，「肉塊」係「聖寵」的隱喻。同理，在上述金尼閣的天主教語境裡，「義曰」所謂的「德功」縱非聖寵本

70　羅著《新編天竺國天主實錄》鏤版於一五八四年，為入華耶穌會士第一部的中文著作。不過《續編》，2: 755-838所收乃改寫本，大約梓行於一六三四至一六四一年間，見方豪：〈影印天主聖教實錄序〉，見《續編》，1: 25。

71　「得罪於天主也」為利安當語，見《續編》，2: 14；「得罪於此天主也」出自費隱通容，見養鸕徹定編，《闢邪集》（京都：中文出版社，出版時間不詳），2: 9。韓霖《鐸書》也曾強調此語，見《徐家匯》，2: 844。另見艾儒略等述，李九標記：《口鐸日抄》，在《耶檔館》，7: 278-279。

72　「上帝」的問題，明清之際的天主教內已廣事討論，如利瑪竇：《天主實義》，李編，2: 414以下；以及嚴保祿：《帝天考》，《續編》，1: 49-92等等。此外，參見黃一農：〈明末清初天主教的帝天說及其所引發的論爭〉，《故宮學術季刊》，第14卷第2期（1996年夏），頁43-75；Spence, *Chinese Roundabout*, pp. 34-35；以及李申：《上帝——儒教的至上神》（臺北：東大圖書公司，2004）一書。

身，似乎也已經轉義而變成聖寵的叩門磚。「德功」因此是真理之鑰，是金尼閣故事新詮的那條狗口中叼著的真正的肉。

天主教認爲「死亡」乃進入天堂的必經之路[73]。這種意義下的「死亡」，當然是以善行行世者的「善終」。倘從利瑪竇的託喻閱讀觀之，現世的財貨就如「上友」所說的，僅能在臨終之際供人壽衣一襲和棺木一具。利氏的「中友」象徵妻子親人，也只能在殯葬當天陪伴亡魂走到墳場，再對著木棺三叩其首罷了。能代該「士」向「王」求情者，唯有那位平日慘遭冷對的「下友」或「善行」，也唯有他才能確保該「士」死後得以昇天。談到這裡，或許有人會問道：那位「下友」代爲向之求情的「主」又是誰？用利瑪竇的話回答，這位「主」應該就是「上帝」（李編，1: 162）。因此之故，《西琴曲意》引過〈約伯傳〉後，才會唱出一聯對句：「惟德殉我身之後也／他物誰可久與共？」這兩句話放在〈三友〉的語境中絲絲入扣，正可爲其託喻主旨收梢。

《凡人》這齣戲的天主教精神簡單明瞭：凡人垂死之際，「天上的王」（heven Kinge）必然會清算他的「總帳」（a generall rekeninge）[74]。在神學上，這個待算的「總帳」乃出以「最後的審判」的形式。自利瑪竇和金尼閣的〈三友〉觀之，這場審判顯然和〈若望默示錄〉上的末世神話有所不同，是針對個人而發，「按照你的行爲」在審（7: 8），誰也逃脫不了。〈若望默示錄〉上的「審判」則出現在世界末日（20: 11-15），是集體受審，遙指人類從失去樂園以來的命運。對利瑪竇和金尼閣而言，人類的行爲中唯一可以助人逃避天主忿怒的是善行，此所以在各自的〈三友〉中，那位「第一友」的身分都很特殊。經此觀

---

73 在《聖經》兩《約》中，有幾個「升天」的例子倒非因死亡所致，例如〈列王紀‧下〉的厄里亞(2.11-18)，又如〈若望默示錄〉裡看到天上種種異象的聖若望。

74 David Bevington, ed., *Medieval Drama* (Boston: Houghton Mifflin Company, 1975), p. 941.

照，「士」或那「人」和這三友的交往，就會變成一程朝著天主的審判而行的宗教之旅。在利瑪竇完成《畸人十篇》之前，如是之見已在尚確同一故事的寓言中發酵。《字母序列證道故事集》中〈三友〉的前言道：「迷戀俗世享樂而忘記精神價值的人」，和故事中那位可以作爲他們「鏡鑑」的道德惡「例」是一丘之貉[75]。如此類比的宗教寄意，利瑪竇和金尼閣在故事開頭也都各自點到，謂某人得罪「國主」（指「天主」），即將應詔「受審」。利瑪竇和金尼閣的故事結束時，著力所在也分毫無殊。不過利氏的話較具代表性，因爲他話中雖有隱喻，對故事意涵的掌握卻清晰無比：「士遇世變即人至死候，上帝將審判我一生不善行」（李編，1: 162）。語言國情的調適，耶穌會最稱擅長。利、金二公也是箇中高手，筆下的審判逐生質變，雙雙由「個案」變成世間罪人的「會審」，把一般神學拉抬到〈若望默示錄〉的特殊層次去。

從〈三友〉故事已知的發展看來，對審判著墨若金尼閣和——尤其是——利瑪竇之深者，史上未曾之見。管見所及，中世紀或文藝復興歐洲各本中，最後的審判頂多一語帶過，「友情」（amicus）才是證道家立意或對全篇真正的興趣所在。利瑪竇和金尼閣把〈三友〉放在新的詮釋架構中，主題一旦從一般倫理轉爲人類在俗世的終極關懷，所擬藉此以布教的目的也就達到了。

《畸人十篇》講到〈三友〉寓言，時間亦值利瑪竇和徐光啓對談死亡的本質。其時利氏問了一個蘇格拉底式的問題，而徐氏乃順著語境追問天主教的死亡觀（李編，1: 185）。最後的審判出現在死亡與我們對永生的渴望纏鬥之際，而這正是利瑪竇此時答覆的一部分。其時徐光啓對死亡也頻感焦慮，同時又反映出人類對生命的普遍迷執。利氏進入中國傳教的時候，法國聖壇上盛行某種死亡觀，貝利（Peter

---

75 Sánchez, *The Book of Tales by A. B. C.*, p. 23.

Bayley)述之如次:「死亡有兩種功能」,首先在表現「塵世倏忽不實這個真相,但是如此一來反而會迫使死亡產生質變,變成某種用途明顯的砥礪,要求大家不得悖德而活」[76]。顯而易見,利瑪竇深諳死亡的這兩種功能。〈三友〉的部分寓意便在回應法國教堂宣揚的死亡觀:「死候之念導人以明世物之虛實矣。能隨我者乃我事也,實也。不隨我者,非我事也,虛也。」(李編,1: 162-163)利瑪竇也知道,唯待徐光啓認清死亡的本質,否則心頭的恐懼不易禳除。徐氏生平廉潔有德,毫無爲死亡所苦的道理。按照天主教的觀點,有德者必積——用金尼閣的譯詞來講——「德功」,必能通過天主最後的審判,安然進入利瑪竇所指的「天鄉」。

閱讀新詮

上節申論耶穌會士在華重詮的幾篇寓言,篇篇都觸及利瑪竇最後對〈三友〉的詮解。孔雀寓言顯示,在死神叩門之前,人人都應培養「死候之念」。〈狐與烏〉和〈叼肉之犬〉教人的天主教真理,則涉及克傲的方法與真假之辨,爲世人樹立價值與行爲的指標。世人唯有認清自己所應寶貴者何,身體力行,面對最後的審判時才不會驚惶失措,也才可以無愧無懼通過天主的考驗。這點屬靈的訊息,利瑪竇和金尼閣都借〈三友〉表出。

換個角度看,我們可以說人人都害怕不得永生,害怕那最後的審判裁定我們不得超生。好的基督徒應該引叼肉之犬爲戒,睜眼看破人世的虛幻,同時費心思量超越之道。最後的審判故此是一面道德的防火牆,可以防微杜漸,阻絕孔雀寓言和——尤其是——龐迪我〈狐與烏〉中的驕傲之罪,也是籲請我們「不得悖德而活」的不二法門,來

---

76 Bayley, *French Pulpit Oratory, 1598-1650*, p. 133.

生因此才有可能。

　　寓言係大眾文類，人人得借以明志，所以詮釋上變化無窮。寓言
的改編更可跨越文化與國界，形成形式與詮釋的互典。這種現象古今
一理，中外皆然。〈叼肉之犬〉本爲伊索寓言，如今耶穌會士用於中
國晚明，等於從西方的角度在說明上述的道理，一如〈三友〉這篇類
似狂想的比喻一般。當然，我們還可以在耶穌會士的中文著作裡覓得
更多性質近似的例子[77]。不過這裡無需多加贅述，我倒覺得有個問題
應先一問：耶穌會所重詮的西洋古典寓言是否曾爲明清文人所用，
程度又有多大？這個問題牽連甚廣，倘要簡略答之，或可謂我所知
道的明清士子對於會士的詮解幾乎視若無睹，非教徒尤其如此。儘
管這樣，這種「視若無睹」在某一意義上也反映了耶穌會寓言或已
經人「三度挪用」，因爲明清之際的中國寓言家就像會士化異教爲
己教的「翻譯」或「番易」工夫一樣，也是以意逆志，強借西洋，
用副己意。

　　孔雀自以爲是，烏鴉驕傲，河上之犬貪婪，而〈三友〉中的「士」
則昏瞶不堪。他們的故事如果說於歐洲中古，耶穌會士的宗教關懷可
能化爲辛辣的社會批評。這點韓德森的研究已經指證歷歷。中世紀的
遊方僧經常巡迴歐洲各城，鼓其如簧之舌爲信仰見證，德維崔與尙確
等大師級教士更是萬眾景仰，證道故事俱屬所長，尤常借爲政治與社
會針砭之用[78]。前面說過，史上的伊索和費卓士嘗爲人奴。他們主體
既失，借寓言以警世醒人，當然可能[79]，本質上頗類劉勰所理解的諧

77　例如金尼閣處理過的〈屋鼠與野鼠〉，見戈著，頁414；以及艾儒略重寫的
　　〈螞蟻與冬蟬〉，《五十言餘》，見《三編》，1: 374-375。

78　Arnold Clayton Henderson, "Animal Fables as Vehicles of Social Protest and
　　Satire: Twelfth Century to Henryson," in Jan Goossens and Timothy Sodmann,
　　eds., *Third International Beast Epic, Fable and Fabliau Colloquium, Münster
　　1979: Proceedings* (Köln: Böhlau, 1981), pp. 160-173.

79　費卓士在所著第三卷的序言裡指出：寓言這種文類之所以會出現，是因爲

隱中人或滑稽傳主。中世紀的歐洲教會腐敗，買賣聖職和兜售赦罪券早經文學偉構如《神曲》、《十日譚》與《坎特伯利故事集》連聲諷刺。寓言的社會功用於此再經確認，轉用上的合理性又得一證。我們於是看到法國的瑪麗舊事重唱，《熱那狐》(*Renard the Fox*)和喬叟的香啼可利(Chauntecleer)跟著明嘲暗諷。明末北京風氣侈靡，利瑪竇的《中國傳教史》大表不滿[80]。雖然這樣，此刻在華的耶穌會士心繫使命卻也毋庸贅言。歐洲寓言的砲聲再大，他們下筆仍然罔顧其傳統的社會功能。

在中國，歐洲中古的挪用反而要由本土寓言家來延續，文前提到的李世熊就是例子。一九九八年和一九九○年，祝善文和陳蒲清分別撰文評述李氏的成就[81]。在此之前，這位傳統寓言大師可謂沒沒無聞，幾乎為文學史遺忘。明清鼎革，《物感》既成，金尼閣的努力再續，中國士子對西方散文虛構正式表示興趣，也標誌著希羅文學的影響力已經開始蒸騰華廈。李世熊閱讀或「誤讀」西洋古典的方法，因此值得注意。不過此刻我尤應指出來的是：李世熊其實偏離了金尼閣的宗教精神，反而轉向歐洲中古，而著眼所在乃《伊索寓言》的社會或——更精確地說——政治潛能。《物感》中〈禮驢〉一篇，《況義》收在第十六則(戈著，頁415)，李世熊縫之補之，易金尼閣「佛相」

(續)————————————

奴隸「不敢直言所擬訴說者，只好把個人情感化為寓言，用虛構的故事在笑話的偽裝下逃避檢查」。見*BP*, 255，另參較 Joyce E. Salisbury, *The Beast Within: Animals in the Middle Ages* (New York and London: Routledge, 1994), pp. 106-107。

80 參見*FR*, 1:76, 79, 98, 101及125；另見Spence, *The Memory Palace of Matteo Ricci*, pp. 212-222 and 226。不過這裡我也得指出：在衛匡國譯述《逑友篇》之前，中國人對寓言的社會功能其實一點也不陌生。政治隳敗，生民荼毒之際尤然。參見陳蒲清：《中國古代寓言史》，增訂版(長沙：湖南教育出版社，1996)，頁181以下。

81 祝善文：〈從《物感》一書看《伊索寓言》對中國寓言的影響〉，《文獻》，第36期 (1988): 265-271；陳蒲清：《中國古代寓言史》，頁411-412。

一語為「物象」[82]。他雖然不自覺還原了《伊索》的原貌，卻是自覺地在抗拒金尼閣的宗教政治。上面所稱的「偏離」，這是明證之一[83]。李世熊以遺民自居，堅拒清人威脅利誘，但是他對明廷也不無微辭，諷之詆之不遺餘力[84]。金尼閣所譯的伊索寓言中，李氏挪用得最為顯然的，多數攸關碩鼠之恨。文前略及的〈狐與烏〉一條寓言，龐迪我寄意「伏傲」，金尼閣或待之如〈叼肉之犬〉，俱在印證天主之道。類此宗教攻防，《物感》則一無所感，但是李世熊對實際政治卻有戚戚之情，所以把〈狐與烏〉推向社會寓言去，視之為明代國政兩大惡勢力的反映。金尼閣的「義曰」，李世熊用對白改寫，《況義》的「原文」之末遂見敘述與戲劇交織的這麼一段話：

> 文雉遇狐而叱之曰：「反黑為白，割肉之賊。」
> 孔雀遇烏而笑曰：「飽人之詼，味不自濡。」[85]

這段話互典的情況分明，而文雉與孔雀所言亦句句雙關，筆法可謂高明之至。文雉叱狐，有實寫，有隱喻，所喻之重點當然在「割肉之賊」。這個成語不僅遙指自西舶來的那隻其舌滑溜的狐狸，謂之「反黑為白」，而且也典射漢武帝跟前的滑稽之雄東方朔（154-93 BCE）。

---

82 〈禮驢〉見李世熊：《物感》，頁11。《況義》有兩種抄本，互有些許的異文。〈禮驢〉一篇的《況義》原文，我從戈寶權所錄的第一抄本，在戈著，頁415。

83 啓蒙時代以前的伊索傳統裡，這個故事僅見於某散文本的巴柏里寓言，如 *BP*, 182。奧古斯都本中，亦可一見，詳Perry, ed., *Aesopica*, vol 1, p. 393。後文藝復興的本子，最重要者是拉芳登（Jean de la Fontaine）所作，見Jean de la Fontaine, *The Complete Fables of Jean de la Fontaine*, edited with an English translation by Norman B. Spector（Evanston: Northwestern University Press, 1988）, p. 227。

84 趙爾巽編：《清史稿》（北京：清史館，1928），卷122，頁11甲-12甲。

85 李世熊：《物感》，頁10。

《漢書》所述後者的故事大致如下：

> 伏日，詔賜從官肉。大官丞日晏不來，朔獨拔劍割肉，謂其
> 同官曰：「伏日當蚤歸，請受賜。」即懷肉去。太官奏之。
> 朔入，上曰：「昨賜肉，不待詔，以劍割肉而去之，何也？」
> 朔免冠謝。上曰：「先生起自責也。」朔曰：「朔來！朔來！
> 受賜不待詔，何無禮也！拔劍割肉，壹何壯也！割之不多，
> 又何廉也！歸遺細君，又何仁也！」上笑曰：「使先生自責，
> 乃反自譽。」復賜酒一石，肉百斤，歸遺細君。（9: 2846）

此事揚雄的〈解嘲〉也曾提到，比之於司馬相如（179-118 BCE）的「竊
貲於卓氏」[86]，重點都在相如與東方朔的巧言詭辯，陰化非法爲合法
的黠慧。文雉以「反黑爲白」痛批諛狐，良有以也。至於孔雀刺烏時
所用的「咮不自濡」一語，雖有肉墮而其喙不濕的篇中實寫，同樣也
有古典可溯，蓋《詩經》嘗假之以喻小人負義，於人之恩遇視若無睹
[87]。烏鴉的身分，因此再得新解。爲諛言所愚一事，故而也在轉喻明
代宮廷政爭與社會群丑的亂象。

　　有明隳敗，朝政與社會墮落都是原因，是以李世熊的兩喻一經結
合，「伊索」已非《伊索》，寓言家實則別有懷抱。陳蒲清論《物感》，
因而有如下鞭辟入裡的見解：此書的「成功之處並不在於亦步亦趨的
模仿，而是借鑑西方寓言的藝術手法，描寫中國的題材，反映中國現
實，表達作者自己的社會人生見解。」[88]

　　我重提李世熊其實另有用意。他閱讀金尼閣的〈狐與烏〉，看似

86　〔梁〕蕭統編：《文選》（臺北：文津出版公司，1987），卷45，頁2012。
87　朱熹編：《詩集傳》，上冊（北京：文學古籍出版社，1955），7: 13乙-14乙。
88　陳蒲清：《中國古代寓言史》，頁330。

吻合歐洲中古寓言的用法。但李氏於歐洲傳統其實所知有限，所作所爲倘以耶穌會衡之，反而像在借鑑中國傳統以形成某種詮釋上的「逆向創作」一般，去金尼閣遠矣。話說回來，不論李世熊的中文收編或耶穌會士對希羅傳統的挪用，他們的寓言反映者若非社會關懷，便是宗教寄托，在在都是故事新詮的典型，甚至是新詮的故事的再詮。用口頭講述也好，用文字傳述也罷，這些寓言都是特定論述的修辭例證。有謂耶穌會士在歐洲的語言教育乃其人挾寓言入華傳教的主因，然而本章首節早已指出，在中古證道故事的傳統中，寓意隨文化局勢更新乃普遍現象，隨用者意圖再變更是屢見不鮮，所以我們不能拿文藝復興時期意大利的人文教育作解[89]，反應深入探討事涉宗教教育的證道修辭學的傳統，亦即證道故事直接所源的中古證道的藝術。歐洲耶穌會書院裡的修士或學員，早就隨著中古聖壇上的證道大師在起舞。他們不但學會了「曲解」古典，還要用以明志，借寓言一澆胸中的信仰塊壘。寓言的確是宗教修辭的研習工具，不過也是了解此一修辭寄意所在最爲簡便的方法，直可視爲某種神學譬喻上的方便善巧。

　　這種「寓言理論」或「證道故事新詮的原理」雖有簡化之嫌，在明代中國卻非空談。早在一五八三年羅明堅和利瑪竇抵達廣東之際，「以寓言爲教」（*fabula docet*）就已交付日課，布道時故而多的是以寓言爲喻的情形[90]。李嗣玄（fl. 1645年）所記福州傳教時期的艾儒略，金尼閣的《況義》似乎隨手一冊。爲了闡述教理，〈南北風相爭〉這個

89　文藝復興時代的耶穌會教育機構曾以《伊索》爲識字教材，見Paul F. Grendler, *Schooling in Renaissance Italy: Literacy and Learning, 1300-1600* (Baltimore: Johns Hopkins University Press, 1989), p. 379。古羅馬亦然，見*IO*, I.9.2-3。

90　*FR*, 1:106-107. 羅明堅另撰有寓言詩，其中〈冤命不饒譬喻〉尤其值得注意，因爲這是一首中國傳統罕見的動物故事詩，見Albert Chan, "Michele Ruggieri, S.J. (1543-1607) and His Chinese Poems," *Monumenta Serica* 41 (1993): 145, 154 and 155。

故事，艾氏掛在口頭上就有多次[91]。高一志的《譬學警語》也引過兩
風之爭（《三編》，2: 649），但他以格言的形式譯出或表述，似乎有
回歸培理主張的傾向，目的當在方便記憶與講誦（另參《徐家匯》，
2: 513和569-570）。以書寫的形式「講」或「譯」出來的寓言更多，
散見於耶穌會士用中文寫的各類書籍。《況義》或爲介紹西學而譯，
但明清交替時類如兩風的用法不勝枚舉，此書故而儼然有「證道故事
集」的況味。此所以明人對耶穌會著作的回響——倘借李之藻的話來
講——乃會士「警喻博證」的能力高明。寓言可使「迷者豁，貪者醒，
傲者愧，妒若平，悍者涕」（《三編》，2: 104）。而所「喻」與所「證」
者若非伊索或伊索式證道故事之屬，就是改頭換面的狂想故事，既寓
修辭意，亦含教理心。說明末耶穌會士是證道故事在歐洲文藝復興時
代的隔海祭酒，應不爲過。

　　高一志的《譬學警語》可能有其歐語原本，但高氏的譯寫或因徐
元太編的《喻林》啓發而成。《喻林》纂集古來經籍中的格言佳句，
成帙於一五七九年。郭子章爲此書作序，嘗引《禮記》數語以究明警
喻及其使用者之間的關係[92]。半世紀後韓霖（1621-c. 1647年）爲《譬學
警語》作序，又借郭引稱美一志：「能博喻，然後能爲師，先生之謂
夫？」（《三編》，2: 571）這裡的「喻」若可轉爲「寓言」解[93]，有如
序中繼之所論的中國「寓言」一般，則韓語所指豈止高氏一人？在他
之外，我們另得加上多數入華耶穌會士。李之藻所謂的「警喻博證」，
包含了不少大致合乎馬克羅比分類的寓言，所以利瑪竇迄艾儒略的耶

91　例見〔明〕李嗣玄：《思及艾先生行蹟》，見《徐家匯》，2: 927-928。

92　郭子章：〈喻林序〉，在徐元太編：《喻林》，2冊（臺北：新興出版社重
　　印，1972），2:5。

93　「博喻」乃修辭學的取喻手法之一，源出〔宋〕陳騤著《文則》，指譬喻上
　　的連珠格式的結合，詳見鄭奠、譚全基編：《古漢語修辭學資料彙編》（臺
　　北：明文書局，1984），頁213，或參閱蔡宗陽：《陳騤文則新論》（臺北：
　　文史哲出版社，1993），頁220-223。

穌會士皆可謂精通「博喻」之道。艾氏《五十言餘》一書，甚至以「西
賢」稱呼會士的「博喻」宗師，亦即伊索或「厄斯玻氏」也（《三編》，
1: 374-375）。據張賡所詮，《五十言餘》的「言餘」係「言外之意」（《三
編》，1: 366），在耶穌會寓言的文本語境中當指今人所謂故事的「寓
義」而言。這種「言餘」或「寓義」，其實才是會士希望中國人聽完
或讀畢他們的故事時一探究竟的地方。《聖經》中的撒落滿王曾「以
蟻爲師」。艾儒略寫畢〈螞蟻和冬蟬〉這條典型的伊索證道故事時，
或曾冀望明人效法撒落滿，以免「審判之日」來臨時驚惶失措。由是
觀之，郭子章《喻林・序》接下來的一段話或可視爲十餘年後耶穌會
「寓言證道法」的理論基礎，也是他們「故事新詮」必備的「譯學」
前提：「夫立言者必喻，而後其言至；知言者必喻，而後其理徹。」[94]

理論與轉折

　　本章伊始，我曾指出伊索故事的原貌，明末耶穌會士或會予以保
留，或曾稍加更動，但大致而言，他們幾乎斧鑿不施。在寓義上，會
士則擺脫西洋傳統的羈絆，從天主教的角度試爲再剖，從而在中國別
創某種故事新詮的證道詩學。如此所形成的「伊索寓言」，在某一意
義上乃歐洲中古證道故事的流風遺緒，結果通常演爲文學史的正面貢
獻。儘管如此，由於這些伊索寓言在布道文化上身段柔軟──而我們
倘就這一點再論──卻也會發現所謂寓言實則並無本體可言，結構特
性往往就表現在其不具定性這一點上。借爲宗教文類時，尤其如此。
上文我又曾指出，金尼閣的〈南北風相爭〉業經華化，如果我們仍以
「伊索寓言」稱之，那麼寓言果真就毫無原形可言。「變」反而才是
寓言歷久不「變」的結構特色。職是之故，寓言當然會因地因時甚或

---

94 郭子章：〈喻林序〉，在徐元太編：《喻林》，2: 5。

因人而制宜。利瑪竇〈馬與人〉的結構即受制於他個人在華的發聲位置，寓義上也受制於他攜帶入華的歐洲教牧文學的內涵。由是亦可知，金尼閣的兩風爭雄固可見是時耶穌會文化適應的傳教策略，但寓言結構之所以生變同樣也因所處的晚明社會而有以致之。在這種情況下，「伊索寓言」每每就演變成爲「伊索式寓言」，和西洋古典的關係若即若離。傅科嘗謂敘事體會因其「聲明」（énoncé）位置改變而致形變或義變 [95]。證之明末耶穌會的證道寓言，這話不虛。

明末耶穌會寓言雖有不少在情節上和希臘羅馬一致，此時取爲證道故事者卻有更多係重塑了古典的傳統，而且程度不小，引人側目。這部分的寓言，我們可藉布魯姆有關文學影響的理論再予解讀，或可因此而得一立場有異的詮釋角度。布氏探討英美浪漫詩人時，嘗因佛洛依德的啓發而有所謂「影響的焦慮」（anxiety of influence）之說，以爲文學的發展乃後浪對前浪的擠壓所致，係後人對前人恒存的「反叛」心理使然。類此「反叛」，內容無他，殆爲「文本之間的各種關係」而已。這些「關係」必然會導致「某種批評行爲，某種誤讀或瀆職」。傳統定義下的「影響」，因此就會越位而用指某種「調整」、「新見」或「重估」的行爲。繼之而起的乃是一種新的「修訂的動作」或——在另一個層次上說——是某種「誤寫」的行爲。其態度積極，結果更見創意 [96]。

我在上文也說過，西洋傳統對古典寓言的詮釋，從利瑪竇到艾儒略的耶穌會士多持異議，尤其罕採上古的釋義之法。繇是觀之，會士選擇寓言以布道，本身就是某種批評的行爲。這種行爲就算稱不上布魯姆所謂「瀆職」，至少也會是他煞有介事稱之爲「誤讀」的過程。

95　Michel Foucault, *The Archaeology of Knowledge and the Discourse on Language*, trans. A. M. Sheridan Smith（New York: Pantheon, 1972）, pp. 79-87.

96　Bloom, *A Map of Misreading*, pp. 3-6.　Cf. his *Agon: Towards a Theory of Revision*（New York: Oxford University Press, 1982）, pp. 3-51.

其間差異僅存於一：布氏理論中的詩人，每因個人某種艾迪帕斯式的情結而反出前人，但明代耶穌會士則是為了某種崇高不朽的宗教真理而「誤讀」。會士絕不相信自己所釋有瀆其職，因為柏拉圖和天主教式的寓言讀家恆以真理為重。只要於此有所裨益，再怎麼「誤讀」，耶穌會士都會覺得「於法有據」。所謂「文本之間的關係」，接下來反映的當係某種強烈的詮解修正論，是一種《誤讀的圖示》所謂「重下標的，重新回省」的行為 [97]，可因宗教或神學上的正確性而為情造文。

　　在歷史長河中，《伊索寓言》迭經演變，從今人所知最早的本子開始就屢見「誤讀」或「錯寫」的情形。詩人的「誤讀」，布魯姆已如上述發展出一套心理說詞；這裡我或許可借以為耶穌會挪用古典寓言的情形再進一言：會士「誤讀」──從而「錯寫」──的程度，往往和他們新詮古典的情形相埒。我們甚至可謂他們在華所講的伊索寓言常具新編的傾向。較諸古本，雖然我所謂「新編」多含形態變化，但是我必須指出：本章接下來，我著墨尤深的會是耶穌會士徹頭徹尾重述的故事。他們若非因古典寓言的引導而重編之，就是在希臘羅馬文化裡擷取合乎天主教精神者鋪展成文 [98]。儘管在相當程度上，新詮的寓言仍可維持傳統的故事形態，但舊有的寓言一經明末耶穌會士新編，結構上便見實質變化，原作的形式已如羚羊掛角。在這種情況下，

97　Bloom, *A Map of Misreading*, p. 3.

98　有關天主教挪用希臘羅馬思想的討論，參見Elizabeth A. Clark, *Clement's Use of Aristotle* (New York: Edwin Mellen Press, 1977), pp.1-88; Dennis Ronald MacDonald, *Christianizing Homer* (Oxford: Oxford University Press, 1994), pp. 3-34；尤請參Edwin Hatch, *The Influence of Greek Ideas and Usages upon the Christian Church*, 5th ed. (Rpt. Peabody: Hendrickson, 1995); Jaroslav Pelikan, *Christianity and Classical Culture: The Metamorphosis of Natural Theology in the Christian Encounter with Hellenism* (New Haven: Yale University Press, 1993)等二書。

所謂「新編」也不過委婉其說，因爲故事幾乎已經新構或重寫，變成
了全新的寓言。

　　明末耶穌會史上，故事新編的現象出現得遠較《伊索寓言》的如
實複述爲早。會士自編喻道新戲目的在說明教義或開示教眾，利瑪竇
的《天主實義》便是這種風氣的「始作俑者」，徐𤊹（1570-1645）《筆
精》稱「人傳誦之」[99]。在這本晚明耶穌會最重要的教義要理中，利
氏曾自創一「儒喻」，爲上文提供最佳的說明。此喻頗堪玩味，利氏
用來曉喻人世轉眼，謂之不過世人言行的試煉罷了。說喻之前，利氏
指出該年大明帝國適逢「大比」，繼而再予以推衍道：「今大比選試。
是日，士子似勞，徒隸似逸。」[100] 然而這種勞逸的分配僅屬表象，
實情當然反是。因爲「試畢」之後兩造各歸其位，「則尊自尊，卑自
卑」矣。喻中細節，利瑪竇講完後首先指向俗世意義，用了個修辭反
問便將之盡括而出：「有司豈厚徒隸而薄士子乎？」

　　在論證上，這個問題當然是障眼法，利瑪竇取以掩護他的宗教目

---

99 〔明〕徐𤊹：《筆精》（福州：福建人民出版社，1997），頁288。《天主實義》
　　中，利瑪竇最早採用的兩個證道故事都是天主教型。首例出現於李編，1:
　　394-395，本章注126會加以撮引。第二例爲奧古斯丁的故事，述其有關三
　　位一體的沉思，見李編：2:395。有關第一個故事在中世紀的用例，見*CRDM*,
　　480: 17。至於第二例，見*CRDM*, 404: 549, 421: 93, and 479: 1; Sánchez, *The
　　Book of Tales by A. B. C.*, p. 277；以及Theodor Erbe, ed., *Mirk's Festial:
　　Collection of Homilies* (London: K. Paul, Trench, Trubner, 1905), p. 167。耶穌
　　會的使用，另見〔明〕羅明堅：《天主聖教實錄》，在《續編》，2:770。此
　　外，亦請參較後藤基巳譯，《天主實義》（東京：明德出版社，1971），頁
　　59。

100 Douglas Lancashire and Peter Hu Kuo-chen, S.J., trans., *The True Meaning of the
　　Lord of Heaven* (St. Louis: The Institute of Jesuit Sources, in cooperation with
　　Taipei: The Ricci Institute, 1985), pp. 141-142將「今大比選試」譯爲「目今
　　可以比爲選試之日」(The present can be compared with the day of
　　examination.)，愚意以爲有誤。《天主實義》初稿於一五九五年，適逢明廷
　　會試；所謂「今」，故而應指該年。明代舉國應試的情況，利瑪竇曾記錄
　　之於《中國傳教史》中，見*FR*, 1: 36-50。

的。所以俗義表過之後，結論自然轉向精神層次：「吾觀天主亦置人
於本世，以試其心而定德行之等也。」（李編，1: 427-428）利瑪竇的
「儒喻」裡，「大比」乃喻中之喻，利氏借以二度凸顯「人世為試煉」
這個宗教常譚。然而試煉有其旨歸，目的當在為世人的靈命預作準
備，係昇天後我們在他界更美好的生活的發端。利瑪竇此一新創之
喻，顯然是章前討論過的〈叼肉之犬〉及〈三友〉的先聲。而且喻涉
時事，有臨即之感，就一般證道故事而言誠屬難能。我視之為故事新
編，原因在利瑪竇寫作之時，內心可能存有上述天主教「說寓言」的
傳統裡的這兩個故事。故事新編可以重賦道德寓義，不過就像《天主
實義》裡的「儒喻」，多數情況下耶穌會新編的行為僅在申述某些天
主教常譚，或在闡發其中的思想而已。因此之故，故事新詮志之所在
的布教關懷，新編的故事往往難以遁脫。而新詮和新編一旦匯合，發
展而出的就會是一種迥異以往的敘述局面，值得細味。

　　由於前提已如上述，本章接下來我會舉以為例而加以討論者，便
可謂布魯姆定義下「文學影響」的結果。儘管如此，我們心中若再存
我迄今之所論，那麼我要指出這裡所謂的「影響」，下文不完全用指
意象或情節結構上的傳承。我所擬論述的寓言，反而和「影響」一詞
的心理層面關係較大。這也就是說，這些寓言的口度或譯寫者在心理
上都有超越古典寓言的想望。這種「想望」，當然又是建立在信仰的
基礎上，目的都在把天主教強而有力的推展出去，以便重繪中國宗教
勢力的版圖。下面我的討論，會啟之以明末耶穌會士在寓言形態上的
「誤讀」，繼之以緊隨其後的各種詮釋問題。

故事新編

　　文學敘述不一定藉新編來重詮，然而凡屬新編者，泰半會涉及重
詮的活動。「故事新詮」一節中，我曾提及十五世紀英國與荷蘭的道

德劇《凡人》，道是此劇一般論者咸以爲源出〈三友〉，而利瑪竇亦
嘗藉寓言或曲詞撮述其中部分的寓義。上文提及的問題，且讓我從〈三
友〉再行談起。此一故事實乃僞伊索寓言；《畸人十篇》中，利瑪竇
化之爲言談例證，在結尾處除講了一條法蘭克人沙辣丁的軼事外[101]，
還曾引一動物寓言以強化其旨意，培理編譯巴柏里的《伊索寓言詩》
時稱之〈瘦身之必要〉（*BP*, 106-107）。耐人尋味的是，利瑪竇重述後
者的手法堪稱特殊，很難讓人聯想到所出或許就是巴柏里的傳統：

> 野狐曠日飢餓，身瘦膔。就雞棲竊食，門閉，無由入。逡巡
> 間，忽睹一隙，僅容其身。饞甚，則伏而入。數日，飽飫欲
> 歸，而身已肥，腹幹張甚，隙不足容。恐主人見之也，不得
> 已，又數日不食，則身瘦膔如初入時，方出矣。（李編，1: 163）

　　這隻狐狸大快朵頤前，巴柏里的版本實有一伏筆，和利瑪竇上面
所述的〈野狐喻〉差異極大。巴氏如此寫道：「某參天古橡根部有一
洞，內置牧羊人所遺破舊袋子一隻，其中裝滿了隔日的麵包與肉類。」
（*BP*, 107）方之利瑪竇的故事，巴柏里的寓言頭開得十分平淡，而利
「作」之所以曲折有致，原因在他下筆就是懸疑，把故事的張力拉到
了極致。由於野狐飢餓已久，我們知道故事必有下文，否則懸疑所致
的張力便無由消解。果然，寓言的主句隨即登場：野狐瘦身成功，終
而得以由隙縫脫身而出。
　　如此敘寫，我們可想利氏於「原本」必定有所添改，所作方能變
成首尾俱全的有機體。他重點所在是這隻野狐的內心戲，三言兩語表
出其想盼，接下來才寫活了飢不擇食的饞亟。故事的深度早已超越了
巴柏里。寓言中的食物本爲牧羊人無意中所遺，但利瑪竇轉之爲雞

---

101 詳見本書第五章第一節。

食。此一情節上的新編不無深意，野狐正是因此才由「拾遺者」轉爲人類所謂的「竊食者」。這隻狡獸之所以不能自雞棲脫困，非因大啖佳餚後「腹幹張甚」——就像巴柏里筆下同一隻動物一般——而是因爲滯留雞棲「數日」而「飽飫」所致。儘管巴柏里筆下的狐狸蠢極，需賴同類語帶嘲弄的獻策方能脫困，耶穌會故事中的動物卻是自謀其計，以智慧逃過一劫。《畸人十篇》和《況義》裡的明代〈三友〉情節略異，不過這點並未導致故事生變。利瑪竇和巴柏里因野狐故事所形成的差別則不然，其細節已經深具意義，足以令利「作」跳出〈瘦身之必要〉的希臘羅馬框架。

雖然如此，我仍然要指出利瑪竇的〈野狐喻〉——或其所遵循的證道故事傳統——走的仍屬巴柏里一脈的《伊索寓言》。我之所以堅持此見，原因在〈瘦身之必要〉後出的本子多循巴本。歐洲證道故事的傳統中，就管見所及，此一寓言僅見於德維崔寫於中世紀的證道文集。然而即使是德氏所講，本源應該也是巴本的相關傳本。克萊恩（Thomas Frederic Crane）嘗爲德著鉤沉，重構而出的拉丁故事因謂此一狐狸爲倉儲內的食物故，緊隨某一狐狸鑽入孔隙，終致進退維谷（*Exempla,* 74; cf. 205）。德維崔講來半帶戲劇性，口中的狐狸也是兩隻，結構和巴本中的寓言頗爲類似。

利瑪竇的〈野狐喻〉則純屬獨角戲，顛覆了古典「原本」的情節。由於利氏完全改寫了前人的本子，他的寓言就《伊索》的傳統而言，顯然便具德希達所謂「推遲的意義」（deferred meaning）[102]。〈野狐喻〉義解的首句，巴柏里讀來尤其會大吃一驚，或許還會有點兒困惑：「智哉此狐！」（李編，1: 163）巴柏里筆下其實是隻「笨狐」，身陷危境後，惶惶然有如喪家之犬，徒然令同類譏罵訕笑。但同一隻動物

---

102 Jacques Derrida, *Positions*, trans. Alan Bass（London: Athlone Press, 1981）, pp. 8-9.

在利瑪竇筆下則有如英雄一般，可以易「笨狐」的傳統形象爲「智狐」。
如此新編，其實也可能令天主教《新約》或《自然史》的讀者瞠目結
舌 [103]，因爲野狐在利氏的文本中非但不具負面的聯想，反而變成了
行爲足式的人類典範，吾人應該「習以自淑」（同上頁）。《畸人十篇》
乃入華耶穌會早期的護教文本 [104]，我們觀其內容而聯想及利瑪竇的
野狐故事，繼而就可能問道：我們從這隻狐狸的經驗或故事中，到底
能學到什麼教訓或智慧？這種「智慧」又如何能讓我們「習以自淑」？
凡此問題的答案，應該是利瑪竇講〈野狐喻〉的首要目的。

　　德爾菲(Delphi)的阿波羅(Apollo)神殿上刻「知己」($\gamma\nu\hat{\omega}\theta\iota\ \sigma\varepsilon\alpha\upsilon\tau$-
$\acute{o}\nu$)一語，史上認爲是雅典七智者的名言 [105]。上面的兩個問題，實則

---

103 《聖經》中提到「狐狸」的地方不少。例如路13: 32中，耶穌即曾將黑落德
　　(Herold)比為「狐狸」；在瑪8: 20中，寫經人也聽耶穌說過：「狐狸有穴，
　　天上的飛鳥有巢，但是人子卻沒有枕頭的地方。」Michael, J. Curley, trans.,
　　Physiologus (Austin: University of Texas Press, 1979), p. 27則斷言狐狸「全然
　　是狡獸，會設計要人」，所以可以方之「鬼魔之屬」。此說亦可見諸十二
　　世紀的拉丁百獸書的傳統，如T. H. White, trans., *The Book of Beasts* (New
　　York: Dover, 1984), pp. 53-54，或十三世紀謝里登的奧朵的《寓言集》，在
　　FL, 4: 220 and 303；及*Exempla,* 127。十四世紀時，馬努爾(Don Juan Manuel)
　　的著作中也有類似之說，見John Keller, L. Clark Keating, and Barbara E.
　　Gaddy, trans., *The Book of Count Lucanor and Patronio* (*El Conde Lucanor*;
　　New York: Peter Lang, 1993), pp. 147-149。儘管《畸人十篇》中利瑪竇對他
　　的「野狐」不無好感，在稍早的《天主實義》中(李編, 1: 500-501)，他卻
　　比「狐狸」於「盜賊」，謂之「秉百巧以盡其情」。後一形容，可擬諸法
　　國傳統中的「巧狐」故事，尤其可比《熱那狐的傳奇》中那隻狐狸，參見
　　D. D. R. Owen, trans., *The Romance of Reynard the Fox* (Oxford: Oxford
　　University Press, 1994)。

104 這方面相關的討論見Bernard, *Le P. Matteo Ricci et la société chinoise de son
　　temps (1552-1610)*, 2: 170-171; Pasquale D'Elia, "Sunto poetico-ritmico di *I
　　Deici Paradossi* di Matteo Ricci S. I.," *Rivisita degli Studi Orientali* 27 (1952):
　　111-138，以及佐伯好郎：『支那天主教の研究』，第3卷(東京：春秋社，
　　1943)，頁198-201。

105 見Plato, *Protagoras*, 343b。全本見*PCD*, 308-352。有關「知己」一詞的中文
　　簡論，見劉潼福、鄭樂平著：《古希臘的智慧》(臺北：國際村文庫書店，

可借「知己」這句話回答。其中的差異，唯利瑪竇〈野狐喻〉的教訓早已天主教化，情形一如肯皮斯的湯馬士（Thomas à Kempis, 1138-1471）《遵主聖範》（*Imitatione christi*, 1418?）中對同一概念的處理。後書係天主教名著，中譯本早於《畸人十篇》刊刻後不久的一六三六或一六四〇年就已出現，譯者陽瑪諾改題爲中古常用的《輕世金書》（*Contemptus mundi*）[106]。雖然如此，在陽譯問世前數年，高一志的《童幼教育》（*c.* 1628)已藉文化拼貼點出「知己」一題。高氏是書介紹雅典教育時，有如下的描述：

> 亞得納（案指雅典）上古爲總學之市，四海志學者咸集其中，立上下二堂。上堂題曰：「必從天主」，下堂題曰：「必知己。」[107]

<hr>

（續）

　　1996)，頁50-54；有關此詞的後現代討論，見Christopher Collins, *Authority Figures: Metaphors of Mastery from the Iliad to the Apocalypse*（Lanham: Rowman and Littlefield, 1996), pp. 87-113。

106 Thomas à Kempis, *The Imitation of Christ*, trans. Leo Sherley-Price（New York: Dorset Press, 1952), pp. 73-74.陽瑪諾的《輕世金書》據傳譯自西班牙文本的 *Libro del Menosprecio del Mundo, y de sequir a Christo*，見郭慕天：〈輕世金書原本考〉，《上智編譯館館刊》，第2卷第1期（1947年1月及2月），頁37-38。更細的討論見方豪：〈《遵主聖範》之中文譯本及其註疏〉，在《自定稿》，2:1871-1883。

107 高一志：《童幼教育》，在《徐家匯》，1:296。另參見〔明〕畢方濟（Franciscus Sambiasi, 1582-1649)：〈靈言蠡勺引〉，李編，2: 1127。畢方濟的傳記可見《人物傳》，1: 198-207。我相信這裡所引高一志的話也是出自證道故事的傳統，因爲中世紀這類故事中不乏見此一古典睿智，例子請見Arthur Brandeis, ed., *Jacob's Well, An Englisht Treatise on the Cleansing of Man's Conscience*（*c.* 1440; London: Paul, Trench, Trübner, 1900), pp. 9-11；以及*GR*, 64。另請參較 Joan Young Gregg, "The Narrative Exempla of *Jacob's Well*: A Source Study with an Index for *Jacob's Well* to *Index Exemplorum*," Ph.D. dissertation（New York University, 1973), pp. 253-257。有關《童幼教育》的討論，見馬良：〈《童幼教育》‧跋〉，在〈馬相伯先生遺文抄〉，《上智編譯館館刊》，第3卷第6期（1948年6月），頁247。有關亞得納或雅典「總

　　這段話出典待考，不過「知己」一詞中國傳統並不陌生。視之為名詞，此詞可與「知音」互換，殆西方人所謂「另一個我」(alter ego)，利瑪竇《交友論》(1595)開書已申其說(李編，1: 300)。在高一志的用法中，希臘與天主教精神結合為一，職責與人在宇宙中的地位也已縮為一體[108]。高一志的穿鑿附會更具意義：在中國語言的象徵系統中，「上堂」與「下堂」本具高下與先後的次序之分，上舉「知己」於是便意味著人得「知」道自「己」在宇宙秩序中的地位，得了解自己在所謂「存在之鍊」(chain of being)中的處境。由是反觀，利瑪竇〈野狐喻〉中暗示的「知己」，指的似乎是這隻狐狸所體「知」的自「己」在故事中的處境。巴柏里的狐狸因為巧合而得食物，利瑪竇的智狐或狡獸則是對雞食覬覦已久。這種後本對前本的大幅更動，倘由上文所陳看來，其實又深具宗教意義。利瑪竇的野狐取非應得，意在「竊食」，所以勢必禁食瘦身，方能脫困。在非寫實的宗教意義上，這是「璧還」的喻示。人生在世，從天主教的觀點看，一切均非個己原有，駕返瑤池前當然要「璧還」塵世所得。所謂「塵世」，在野狐寓言的文脈中，其非利瑪竇筆下的「雞棲」者何？

　　如此閱讀倘非野狐說禪，則利瑪竇的〈野狐喻〉或可再加一解，亦即人類乃天主所造，我們理當對祂心懷敬畏。此話在〈野狐喻〉的上下文裡又從何說起？細翫利瑪竇的故事新編，他筆下這隻狐狸的瘦身工作當然勉強，可是「恐主人見之也」，這隻狐狸依然聰明得知道

(續)

　　學之市」的地位，高一志早在一六三二年的《勵學古言》中就借藉一歷史軼事予以凸顯：「亞得納府古為諸學之市。其中天下之書籍備焉。鄰王征而強服之，將焚諸書而絕其學。大臣進諫曰：『斯民備斯書者必其好也，使之攻學，必不生亂而叛命矣。』王唯唯，終不敢焚。仍令從學。」見《古言》，頁22甲。

108 中國文化中有大量的「知己」與「知音」之論，相關簡論可見Anthony C. Yu, *Rereading the Stone: Desire and the Making of Fiction in Dream of the Red Chamber* (Princeton: Princeton University Press, 1997), pp. 236-237。

要借挨餓以象徵性的「璧還贓物」。如果連動物都明白這層道理，那麼人類——尤其是「富人」——這種受造物在天主的正義前豈非更該睿智，更該機警，更得把自己在塵世間的不當所得「物歸原主」？在我們「從天主」前，我們必先敬畏天主。這種「敬畏」，其實和世人所由或世人在宇宙間的身分有關，所以「從天主」的先決條件乃「知己」。

　　「野狐」一喻深寓此意，上引《西琴曲意》的話至是綸音再聞：「吾赤身且來，赤身且去」（李編，1: 258），人世於我豈有增損於萬一？此一慧見，利瑪竇合以〈野狐喻〉，而其間的聯繫，我想應該是他在《畸人十篇》中所「誤讀」——這也是「創造性的誤讀」——的中國成語：「白駒過隙。」（李編，1: 119）[109] 世事浮漚，年命如「白駒過隙」。利瑪竇把這個世俗明喻轉成宗教隱喻：凡人入世每如狐入雞棲，都是空乏腹笥而由「僅容其身」的門下「縫隙」擠入。此所以利氏說：「夫人子入生之際，空空無所有也。」人子既入，隨即又像野狐竊食一樣要「聚財貨」而「富厚」其生（李編，1: 163）。問題是他本赤身而來，財貨非其固有。〈三友〉的部分母題於此遂又得見。人世所得之財貨，這裡隱喻的是曩前那第一友，至少在託喻閱讀上確可作如是解。這第一友在〈三友〉中拒絕隨「士」共赴審判，因為人「及至將死，所聚財貨不得與我偕出也」。利瑪竇深諳此理，所以才有下面一問，將他重編〈野狐喻〉的目的盡括而出：「何不習彼狐之計，自折閱財貨，乃易出乎哉？」（李編，1: 163-164）對利氏而言，

---

109 「白駒過隙」原指人由孔隙窺見白駒疾馳而過，或以「白駒」為「日」之隱喻，指其移照孔隙的時間不過俄頃。〔清〕王先謙注《莊子‧知北遊》便謂：「白駒，駿馬也，亦言日也。隙，孔也。夫人處世，俄頃之間，其為追促，如馳駒之過孔隙，欻忽而已，何曾足云也！」見郭慶藩輯，王孝魚校正：《莊子集釋》（臺北：華正書局，1980），頁747。就〈野狐喻〉的上下文觀之，利瑪竇於「白駒過隙」的理解，似乎是「白駒穿孔隙而過」。

此一「野狐」係一「智狐」,「知己」這一經天主教收編而來的古典
智慧殆集其身。

巴柏里的〈瘦身之必要〉,中世紀的聖壇上頗有人說,但就其與
利瑪竇在中國所述者的關係而言,淺見所及,僅《道德集說》有之,
而且同質性有限。《道德集說》的野狐故事用拉丁文講,其語法結構
實為一「陳述句」(statement),既乏「敘述」,也沒有「戲劇」性的
推衍。下引係原文,中譯僅供參考,因為重現不了拉丁文由類如英語
關係代名詞與連接詞拉長的句構:

> Set certe, sicut vulpes furtive in lardario et superflue carnibus
> repletus non valens pre nimia ventris replecione per foramen
> exire per quod intravit, aut necessario evomere compellitur quod
> comedit aut a canibus capi, dilacerari, et occidi. (*FM*, 338)
> 〔但有隻狐狸私自溜進一座糧倉,吃下比自己能吃的還多〔的
> 食物〕。因為飽飫脹甚,這隻狐狸無法從進來的小洞鑽出,
> 所以勢必吐出所食,否則只有等狗來結束自己的生命,把自
> 己給撕成碎片。〕

這個拉丁「故事」係不列顛某方濟會士講的,看了之後,我想誰也難
以否認此一遊方僧心中存有相關寓言的傳統形態。他或許受到《伊索
寓言》的影響,或許間接轉自之前中古證道故事的傳統,如德維崔在
《證道文集》內為之加工者。但是方濟會士所述顯然已經濃縮成為「陳
述」,和利瑪竇的「敘述」的關係僅見於故事中所涉的狐狸數目而已,
而這隻動物也是自行潛入糧倉的。中古之世,方濟會僧在歐陸的影響
力大,但由於「陳述」的特色就是缺乏動態情節,所以我仍難斷言利
瑪竇所講和《道德集說》絕對有關。即使這個關聯得以證成,其中仍
有一個問題待決,亦即「孔洞」(*forāmen*)意象和「狗」(*canis*)的出

現難以「托喻」解之，尤難傳達利氏「浮世短暫」和「人有主宰」或「造物有主」的寓言。

　　易言之，利瑪竇〈野狐喻〉的「創作性」指導原則，仍然是天主教借自希臘古典的常譚「知己」。就其虛構化的過程而言，利瑪竇的方法恰好和我在「故事新詮」裡所論者相反，因爲他本擬藉異教以說明本教，而這種「說明」實則卻由本教轉向異教發展。兩者既處疑似之間，又是背道而馳。巴柏里或其拉丁衍本乃利瑪竇的寓言建構之所由，不過後者的想像力更富，出奇得可以「翻異」原本，使之成爲一個新的故事，而不僅止於「番易」或「翻譯」而已。類此故事在顯義上千姿百態，意涵深邃，韓德森的另一觀察或可引來再作說明：「只要寓言引申出來的意義好，方法佳」，說故事的人「可因寓言而孳生出許多意義來」[110]。在這個見解之外，我們其實還可逆向再加上一句話，亦即明末入華的耶穌會士每可因哲思而讓「舊瓶裝新酒」。只要寓言有足夠的空間發展相關聯想，會士故事新編的現象就可能層出不窮。

　　〈野狐喻〉中，這些「相關聯想」最後都以某種斯多葛哲學作結。在利瑪竇完成《畸人十篇》之前近千年，天主教就已將此一上古哲學據爲己有。〈野狐喻〉裡利氏所強調的斯多葛常譚，所收篇章的篇題最可一見：「人於今世惟僑寓耳。」（李編，1: 125）世人以「僑」字狀擬處境，乃因所「寓」者非「家」也。此所以天主教思想史上會有「僑寓」和「家園」的辯證性對立[111]。「故事新詮」一節中我討論

---

110 Henderson, "Medieval Beasts and Modern Cages," p. 46. Cf. St. Augustine, *On Christian Doctrines*, pp. 101-102.

111 此亦所以下文我會引艾儒略的《五十言餘》而談到「生寄死歸」的思想。有趣的是，李九功閱《五十言餘》，嘗謂「人世僑寓」和「生寄死歸」之見早已見諸中國，乃發自大禹，揭於鄒孟，雖然「天教」論之更精。見所著《慎思錄》，在《耶檔館》，9:165-166。

過的寓言裡，有一些早已如此寄意。不過利瑪竇的寄託更幽微，更深遠。他不僅藉〈野狐喻〉或《畸人十篇》討論是類思想，還借中譯伊比推圖的《手冊》先予闡述。《二十五言》中，伊氏不但教人要棄財富和妻子如敝屣，又擬之為旅人和旅邸的關係（李編，1: 321-349）。要言之，重點就是「僑寓」一詞。

「僑寓」和「家園」的辯證，《畸人十篇》寓言化得生動而風趣，而其最稱顯著者莫過於或為利瑪竇機杼自出的一個馬克羅比式的「實人故事」，讀來還有一點「狂想」的味道在。話說義大利有隱士名曰「雅哥般」[112]，曾受所知囑托，攜四雞歸「家」。待其人返抵宅門，卻發現失其所托。「他日，遇諸塗」，乃就此詰問雅哥般，詎料後者回道所置正是其宅第。繼而引歸，不意這所謂的「家」居然是其人的「生壙」。其中四雞赫然在焉。所知訝然，問曰：「吾托汝攜歸家，曷置之塚乎？」雅哥般則對曰：「彼汝寓，此汝家也。」（李編，1: 139-140）

雅哥般以「塚」為「家」，不無深意，乃從生命哲學省思人類在塵世中的存在問題。這個省思具體化的表現，俱見於他以「寓」字定義凡人觀念中自以為是的「家」。和後面這個字比較起來，「寓」字因有「僑」字為前提，所以在雅哥般的觀念中有「短暫」、「可變性」、「無歸屬感」、「不能依賴」、「缺乏主體性」，甚至是「沒有自主性」等意涵。雅哥般所謂的「家」，相形之下反具有一切反面的特質，尤其具有「恒久」與「實體」之感。從這點看，由於人會腐朽，除了「壙」或「塚」外，人世其實已經沒有地方可以稱得上是「永恆的家」。

112 我從凝溪之見，認為雅哥般的故事是利瑪竇自創，見凝溪：《中國寓言文學史》（昆明：雲南人民出版社，1992），頁209-230。在 D'Elia, *"I Deici Paradossi,"* p. 129中，「雅哥般」一名「還原」為"Giacomo"這個義大利名字，但我推想利瑪竇所從或為歐語中的另一形式："Jacobo"。至於上文所提伊比推圖的觀念，見Oldfather, trans., *Epictetus*, vol 2, p. 491。

雅哥般的故事因此和〈三友〉這個比喻一樣，說明的都是證道常譚上所謂「死候之念」。權借利瑪竇的話再說，這也就是指「人之在世，不過暫次寄居也」（李編，1: 130）。在世的生活，因此就得「轉喻」成我們對「永恆的家」的渴求。然而諷刺的是，如此「返家」的「大道」，就天主教義而言，居然是「死亡」一途。

我們若將雅哥般和野狐的故事並置而觀，所得必然是《道德集說》在野狐「陳述」後所講的「富者如竊賊，數盡而物終將回歸原主」這種結論（FM, 339）。下面我不擬就《道德集說》再加申述，蓋艾儒略仿《二十五言》所撰的《五十言餘》已引《聖經》經文如此再喻：「昔有富人，乃積乃倉。一夕寢際，私自謂曰：『吾軀乎，隨爾飲食飫飽，舒泰逸樂，庫藏足多年之用矣。』忽聞聲曰：『狂乎哉，今夕爾將還爾命矣，庫藏非爾矣。』」（《三編》，頁369）

艾儒略說罷上引故事後，還有感嘆待發，有如在呼應《道德集說》的結論：「嗚呼，人間之事莫定于死，又莫不定于死。……我軀原生乎土，終必歸乎土。」（《三編》，頁369-370）有關「土」的最後兩句話係化自〈創世紀〉，而喻義所暗示者除「及時行善」這個通俗教義外，無非又是伊比推圖的堅忍哲學。伊比推圖既經天主教化[113]，前述「返家」和「死路」的矛盾遂又展開辯證，最後統一而化為天主教的證道常譚。艾儒略的《五十言餘》有「生寄死歸」一語（《三編》，頁894），其中亦含上述辯證的真諦：「寄」者，「寄寓」也，「歸」者，「歸家」也，而媒介雙方者說來諷刺兼弔詭，居然又是「死亡」一途。艾儒略的箴言頗得斯多葛的三昧，《五十言餘》說是出諸某一古人。伊比推圖主靜，其哲學以內心之靜制身外之動，我們可以推想

---

113 見Hatch, *The Influence of Greek Ideas and Usages upon the Christian Church*, pp. 142ff。西洋上古和斯多葛位處對立的伊比鳩魯思想（Epicurianism），明末耶穌會士亦曾提及，而且從天主教之見加以貶抑，見利瑪竇：《天主實義》，李編，1: 534-535；以及高一志：《齊家西學》，在《徐家匯》，2: 574。

艾氏筆下的古人或許就是這位羅馬先哲。

除了「家」這個觀念，伊比推圖《手冊》中還有兩個觀念在利瑪竇《二十五言》中俱經天主教化，而且同因「翻異」與「番易」而中國化了。其一為「生命如筵席」，其次是「人生如夢」（李編，1: 338-339 及343-344）[114]。這兩個觀念都是當然之論，蓋曲終人散，歡宴還能不結束？幕落戲散，演員可能賴在舞臺上不走嗎？不論宴會或歌臺舞榭，這些都短暫而倏忽，絕非世人永恆的「家」。所以我們應導欲以御，再以堅忍之心處世。臻此化境，那麼即使面對的是妻子財貨兩失，我們也會節哀順變，視如上蒼已經收回。我們生而為人，既非人世這座舞臺的創造者，當然更不是那永恆的歡宴的主人，則人生豈非如夢，生命難道不是必散的筵席？明乎此，堅忍不難；能如此，伊比推圖說我們便「值得為天上的諸神所宴請」[115]。

《二十五言》鐫版後四年，利瑪竇在《畸人十篇》中把「妻子」和「財貨」解為〈三友〉中的前二友。他如此「誤讀」，等於在為雅哥般的故事做一主題上的聯繫，而伊比推圖口中「諸神所宴請」的貴客，此刻也會再經天主教轉化，變成是「為天主所客，宴諸天上」（李編，1: 339）。由於《二十五言》推演下來的結果如此，我們在《畸人十篇》裡才會看到「寓」和「家」展開矛與盾的衝突與對立。甚至在「誤讀」雅哥般之前，此一對立就形變而改以「陳述」的面貌出現了。利瑪竇說：

---

114 「人生如戲」的概念，利瑪竇：《天主實義》另有幾乎逐字的發微（李編，1:537-538）。《天主實義》中這段話，利氏指係某「師」所言，此人顯然就是伊比推圖。《天主實義》此處，是利氏不論中文、拉丁文、義大利文或葡萄牙文的著作中，唯一在隱約中坦承《二十五言》非其所作而有其原本之處。至於伊比推圖之名，得俟諸高一志譯《勵學古言》才能見之。高譯作「厄比德篤」，見《古言》，頁30甲。

115 Oldfather, trans., *Epictetus*, vol 2, p. 495.

見世者，吾所僑寓，非長久居也。吾本家室不在今世，在後世……。當于彼創本業焉。今世也，禽獸之世也。故鳥獸各類之像俯向于地，人為天民，則昂首向順于天。以今世為本處所者，是欲與禽獸同群也。（李編，1: 131）

這段話裡「人為天民，則昂首向順于天」二句，利瑪竇稍早在《西琴曲意》中的說法是「人之根本向乎天，而自天承育其幹枝垂下」（李編，1: 284）。不論前者或後者，利瑪竇的話都不止是提喻，其中寫實的成分更重，而且蘊有深刻的神學意涵。因為在天主教的救贖史裡，「向上仰望」的姿態早已變成象徵，是人類這種「天民」希望回歸於「天」的表示[116]。然而詭異的是，我們要擺脫「禽獸之世」，回歸於天或回歸「本家」，反而得先「下沉於地」，像雅哥般所示進入墳塚才成。雅哥般的理論，當然隱含某種宗教詭見，認為「家」就等於「死」。如其如此，我們每天「回家」的儀式不就是一場象徵性的「死亡之旅」，是日復一日在演練如何「就死」？這點如果結合中世紀盛行的「善終書籍」再看，倒非夸夸之言，而是歷史實情。既然如此，那麼我們怎能大剌剌地說今世有別於彼世，彼世又好過於今世？

　　如同謝和耐在《中國與天主教的影響》一書中的暗示，中國文化缺乏一套靈智論（Gnosticism），又欠缺某種柏拉圖式的超越哲學，所以明清之際的中國人實難理解天主教的天堂觀[117]。另一方面，利瑪竇和耶穌會內的同志承襲羅馬正統，認為上帝賦給人類足夠的理性，可以體知天外還有一個先驗性的「天」。為了強調人類具有如此推理

---

116 參見傑佛瑞・波頓・羅素（Jeffrey Burton Russell）著，張瑞林譯：《天堂的歷史》（*A History of Heaven: The Singing Silence*；臺北：新新聞文化公司，2001），頁38-40。

117 Gernet, *China and the Christian Impact*, pp. 204-208. 另見孫尚揚：《明末天主教與儒學的交流和衝突》（臺北：文津出版社，1992），頁246-251。

的能力,《天主實義》相關的章節裡,利瑪竇從柏拉圖和士林哲學的角度論道:「智者不必以肉眼所見之事方信其有理。理之所見者,真于肉眼。夫耳目之覺或常有差,理之所是,必無謬也。」(李編,1:546-547)[118]在《天主實義》這部在華護教的開山之作中,利氏因而講了一個半屬寓言的「比喻」(similitudo),將那重點再強調:

> 吾輩拘於目所恒睹,不明未見之理。比如囚婦懷胎,產子暗獄。其子至長,而未知日月之光,山水人物之嘉,只以大燭為日,小燭為月,以獄內人物為齊整,無以尚也。則不覺獄中之苦,殆以為樂,不思出矣。(李編,1: 561)

衡諸文脈或利瑪竇當時歐洲的常情,此一〈暗獄喻〉中的「暗獄」應指「地牢」(dungeon)一類的處所。利瑪竇的講法是陳述中帶有敘述,把天主教「以生爲縲絏,以死爲出獄」這種典型思想比況而出[119]。中國史上,如此虛構的故事未曾之見,有之,則得俟諸民國以後魯迅的「鐵屋」意象,雖然後者意之所在並非屬靈的世界[120]。〈暗獄喻〉令人動容,稍後天主教著作如《醒迷篇》嘗加引用[121],暗示的正是

---

118 李天綱:〈孟子字義疏證與《天主實義》〉,在王元化編:《學術集林》,第2卷(上海:上海遠東出版社,1994),頁200-222論道:《天主實義》的寫作深受中世紀士林哲學的影響,而後者又因此書而影響及清代大儒戴震(1723-1777)的《孟子字義疏證》。參較Lancashire and Hu, trans., *The True Meaning of the Lord of Heaven*, p. 84n;以及Gernet, *China and the Christian Impact*, p. 243。另請參較葛榮晉編:《中國實學思想史》,第2冊(北京:首都師範大學出版社,1995),頁246。

119 這是明代反教人士黃貞的語句,見所著〈尊儒亟鏡〉,《破邪集》,卷3,見周編,頁153乙。

120 魯迅:〈自序〉,見所著《吶喊》,在《魯迅全集》,卷1(北京:人民文學出版社,1981),頁419。參見李歐梵:〈來自鐵屋子的聲音〉,在所著《現代性的追求》(臺北:麥田出版,1996),頁35-54。

121 無名氏:《醒迷篇》,在《耶檔館》,9:263。《醒迷篇》所引乃「重述」:

眼見未必爲眞，目睹未必是實，所以肉眼未見者就不一定必無其事。
喻中所擬「證」的基督或天堂大「道」，重點故而趕回前引利瑪竇所
謂「耳目之覺或常有差，理之所是，必無謬也」這句老話。

　　就形式而言，〈暗獄喻〉奇巧，可比馬克羅比的狂想故事，本身
當然也一語雙關，一面在隱喻天主教的今世和來世之別，一面則又係
金尼閣〈叼肉之犬〉的異形同體。德維崔嘗因《巴蘭與約撒法》或《沙
漠聖父傳》而在中古聖壇上講了一個證道故事，說是印度某王子打出
生起便爲人匿居穴洞之中。除了哺育他的奶婦之外，外界人事這位王
子是一概懵懂，而如是者凡十易寒暑 [122]。利瑪竇的〈暗獄喻〉形似
此一寓言，但於神似一點卻難講，因爲柏拉圖《理想國》第七卷裡的
〈洞穴喻〉顯然才是利氏的主題借爲基礎的根本。

　　有關柏拉圖的聯繫，史景遷在《利瑪竇的記憶之宮》內曾經提及，
但他未曾在各自所喻的異同上多作發揮，說來可惜 [123]。柏拉圖或他
筆下的蘇格拉底和利瑪竇一樣，開喻實則就點明所述乃《理想國》相
關卷目的精神主旨，意味著所說在邏輯上不必合情入理。〈洞穴喻〉
寫一群囚犯；柏拉圖略過他們所犯何罪的分疏，也不談他們究竟是何
人的階下之囚。就像《天主實義》中囚婦所產之子，柏拉圖只交代穴

（續）

　　「人但見眼前之景，豈知天堂之眞福？譬昔者一囚婦，帶娠下監，禁於黑
　　獄。後產一兒，及至長大，只以燈爲光，豈知獄外有日月？刑具稱爲器皿，
　　豈知器皿是刑具？同獄者稱爲家屬，豈知獄外有親故？」《醒迷篇》這裡
　　亦稱「世界如牢獄」。

122 *Exempla,* 39 and pp. 169-170.另見St. John Damascene, *Barlaam and Iosaph,*
　　 trans. G. R. Woodward, H. Mattingly, and D. M. Lang（Cambridge: Harvard
　　 University Press, 1983）, pp. 451ff；以及*Vitae patrum*, cap. xxx, in *PL,* 73:152。
　　 或見龍華民（精華）譯《聖若撒法始末》（1602；南明隆武元年〔1645〕閩中天
　　 主堂梓行，現藏巴黎法國國家圖書館，古朗氏〔M. Courant〕編號：6857），
　　 頁19乙-20甲；以及艾儒略口述，李九標記：《口鐸日抄》，《耶檔館》，
　　 7:405。

123 Spence, *The Memory Palace of Matteo Ricci*, p. 159.

居者在地底洞穴長大。除了「身後遠處火光」投射在牆上的影子之外
(514b)[124]，這些人對世事可謂一無所知。牆上的投影是「幻」，這
些地穴囚犯卻以爲是「實」。我們若把投影視爲人世的「仿象」，其
實也未必是穿鑿附會[125]。眾囚以虛爲實，金尼閣筆下的狗則把「肉
影」視爲「實質」之肉。這兩個故事除了一爲「牆上投影」，一爲「水
中倒影」外，所寓竟有同工之妙。

利瑪竇的「暗獄」意象因有邏輯論證類此，所以新意再開，變成
是柏拉圖筆下「洞穴」的投「影」。如此推論的基礎，說穿了又無他，
乃源出本章中我一再強調的「文本誤讀」，含有強烈的超勝之意。從
字面上看，蘇格拉底口中的「地穴」未必指「地牢」，不過我們讀來
必須如此認定，因爲穴居其間的人「自童騃歲月起就帶有頭枷腳鐐」
(514a)。「童騃歲月」的著墨，利瑪竇的耶穌會寓言中更濃：囚婦之
子不僅長於暗獄，而且生於此。柏拉圖無意中讓「地穴」演爲「地牢」
(517b)；利氏的「暗獄」之所出，我揣測這是首要的聯繫。天主教好
將今世比爲「暗獄」，我則疑其爲次之。囚婦之子「以大燭爲日，小
燭爲月」，恰和地穴中人枹鼓相應，因爲這些囚犯也把石壁倒影比爲
「星光」，或是分屬「日月」(516b)。柏拉圖的穴居者是「人類」泛
稱，利瑪竇的暗獄之子也是「凡人」的代喻。獄中燭火和包括此子母
親在內的他人，從而構成他所知道的世界。這個世界以外的人間諸
事，他則顯得茫然。柏拉圖的穴中「倒影」係宇宙「實體」的反諷，
而利瑪竇的獄中「實情」又是外在世界所投射之「影」，兩者滲透昭
然。柏氏或利氏的意象都具雙重意涵，其中尤以利喻爲然，而且用來
駕輕就熟，適可成就某種宗教修辭，把那「假」中之「真」或「虛構」

---

124 〈洞穴喻〉的全文見 *PCD*, 747-750。

125 Cf. Colin Strang, "Plato's Analogy of the Cave," *Oxford Studies in Ancient
Philosophy* 4 (1968): 19-34. 這部分的中文疏論，見劉若韶：《柏拉圖〈理想
國〉導讀》（臺北：臺灣書店，1998），頁176-209。

裡的「真理」給彰顯出來。〈暗獄喻〉這一層意義，利瑪竇嘗借《天主實義》的序言預爲說明，可窺見重之一斑：「愚者以目所不睹之爲無也，猶瞽者不見天，不信天有日也。然而日光實在目，自不見，何患無日？」（李編，1: 368）

文前提過，歐洲古典寓言每有「篇前提挈」，利瑪竇的〈暗獄喻〉雖爲古典變體，上引明喻卻也可作某種說明性的提示觀。「故事新詮」一節裡我又提到，明末耶穌會士常把拉丁文的「陡斯」譯爲「天」。利瑪竇在上引爲「天」的存在所做的辯護，因此便有如在爲他信仰的天主再展辯舌。〈暗獄喻〉精緻無比，利瑪竇當然「舌燦蓮花」。尤有甚者，他又強調「天」中有「日」，而這「日」或「太陽」所發之「光」在天主教傳統的基督論裡乃常見的象徵，通常指天主三個位格（*personae*）中的前兩個，亦即「天父」和「聖子」。柯羅植（Henri Crouzel）爲奧利根《論第一原理》作疏時有如下之說，可引來說明：

> 「天父」就是那反射「聖子」之光的「光」。此光又以「聖子」之「光」爲傳媒，因之而行動。對奧利根而言，「我們在您的光中看到光」便意味著：「我們在『聖子』之『光』中會看到『天父』」的『光』。」[126]

在這種「光照」之下，我們可以確定在利瑪竇的推論中，「天父」

---

126 Henri Crouzel, *Origen: The Life and Thought of the First Theologian* (San Francisco: Harper and Row, 1989), p. 126.柯羅植另又説道:「很少人會以『光』稱呼『聖靈』，不過『聖靈』也有燭照而爲人啓蒙之意。」換言之，在比喻的層面上「光」也是「聖三」（Trinity）這一體的三面。從早期拉丁與希臘教父如特土良（Tertullian）與奧利根以來，「太陽」及「陽光」就是天主教上古現成的意象，多用來比喻「聖三」之間的關係。見Richard A. Norris, Jr., "Introduction" to his trans. and ed., *The Christological Controversy* (Philadelphia: Fortress Press, 1980), p. 14。

或「天主」會變成一切的重心。《天主實義》又強調「理」字，認爲
是超乎現象的實體(如李編，1: 380)，可取自然界的光或日光以「理
喻」之。有鑑於這種中國人罕見的修辭模式，我們可推知上帝在《天
主實義》中的地位至高無上。如果僅因肉眼難睹，我們就否定聖父與
聖子，利瑪竇以爲愚不可及。再因上述「光照」故，上文自《天主實
義》引出來的利氏的「提挈」，甚至也可視爲就是那義所從來的寓言
的等體。如此一來，〈暗獄喻〉乃變成一種虛構性的方便善巧，可借
以說明那也匿藏在巧製而出的類比中的天主教理。

　　這一切無非雙重虛構，係經妙手打造而成，充分顯示出〈暗獄喻〉
中利瑪竇真正的意圖爲何。對柏拉圖而言，真理當然不存在於「人工
製品的陰影」中(515c)，因爲後者也不過是實體的仿象。明末耶穌會
士罕用柏氏的「模仿」(*mimesis*)一詞，然而他們從天主教的傳統出發，
好把人世比爲天主或上帝的「印跡」，文前已明。由於天主的懷抱是
我們應該回歸之處，是以我們也應該超越今世或「印跡」，把眼光投
向來世，一心仰望天主所在那意義更高的處所。在〈暗獄喻〉裡，此
一處所係由囚婦之子居住的暗獄託喻而出。我們由是可知，囚婦之子
果然看到獄外真正的陽光，必然會像柏拉圖筆下某穴囚挺身站起，向
那光的來處迎面走去。暗獄中的蠟燭，至此不復具有意義，再也不會
有人加以理會。囚婦之子一旦爲光芒所照，可能一時睜不開眼，就像
《神曲》中肅立在天主面前的但丁一樣 [127]。利瑪竇的寓言裡，陽光
所到之處無非好山好水，其中人物之嘉，可以期之。柏拉圖的故事中，

---

[127] *Paradiso* XXV.118-123, in Dante Alighieri, *The Divine Comedy*, trans. John Ciardi
(New York: W. W. Norton, 1970), p. 551.在《天主實義》首篇，利瑪竇爲強調
神聖的真理蘊藏豐富，永存不朽，又從他處引證道故事一，而其中凝視「太
陽」或「天主」的母題再度出現。故事中的主角認爲「〔天主〕道理無窮，……
思〔之〕日深，而理日微，亦猶瞪目仰瞻太陽，益觀益昏」。見李編，1:394-395。
此一故事另見羅明堅：《天主聖教實錄》，在《續編》，2:769-770。

這也是人類「可感悟」或「可感知」之地，「善」就存在於其中。後一觀念，《理想國》形容是「真」與「美」的「萬事萬物之所由」(517b-c)，但是對利瑪竇而言，這個世界我們應先視如「人世」，不過是天主所遺之「跡」，繼而才能由此再造新境，使之位移而變成天堂的所在。利氏故用一個保祿式的觀點曰：「夫欲度天堂光景，且當縱目觀茲天地萬物。」（李編，1: 561）

囚婦之子若能體貼此意，必然會翹首「全福之處」，企盼至美之土。如此敘寫，利瑪竇又冶世俗與神祕於一爐，把〈若望默示錄〉的天堂觀(21: 9-22: 5)與柏拉圖的可知境域攏合為一。因此之故，那暗獄的獄外世界遂也變成人類的「本家」（參較《七克》，李編，2: 1090)，而這又可取來解釋利瑪竇何以信心滿滿地說：囚婦若語其子「以日月之光輝，貴顯之粧飾」與「天地境界之文章」，則其子必然會知道所在的「容光之細，桎梏之苦」與「囹圄之窄穢」，而「不願復安為家矣」（李編，1: 561)。既知天鄉或本家可愛，我們幾可確定人世中的此子便願「裹糧」而歸之。

上文強調過一點：天主教的超越論，明清之際的中國人恐難理解。這個觀察妍媸互見。自其妍者而觀之，中國傳統於基督徒特重的屬靈世界確實有隔，但於利瑪竇的論證倒也不盡然不解。雍正年間，吳震生(1695-1769)和程瓊夫婦曾起出〈暗獄喻〉，借為湯顯祖(1550-1616)《牡丹亭》一劇批語的「引證」。在此之前，利瑪竇的著作已經《詩經》經解挪用[128]，而吳、程二人的《才子牡丹亭》再度徵引，則為曲論家中首見。二人引〈暗獄喻〉所評點者，係湯曲中最著名的〈驚夢〉一折，尤借以說明杜麗娘性情之所鍾，亦即劇中「可知我常一生兒愛好是天然」一句。杜氏道出此語之前，方才讚賞過花簪翠裙，對人間至美念念不捨，引文中的「好」字故指她喜歡的美妍

---

128 參見本書第三章第三節。

之物，而她雅好此道確實也因生性所致，乃「自然」流露而成。就在杜麗娘遊園之際，這種天性也表現在面對一片錦繡時她心中懷有的浪漫遐想上：「裊晴絲吹來閒庭院，搖漾春如線。」在吳震生與程瓊眼中，這一切其實和情色有關：《牡丹亭》一劇，他們視爲性愛的託喻，而〈驚夢〉初唱，二人不但審之以情色之美，抑且把「恁今春關情似去年」一句直接判爲人事已曉的少女心境。待杜麗娘錦繡得見，在情景交映下，整個人遂春情忽慕，對自然界是特有所感了。所謂「晴絲」縷縷，說來便是她心中的「情思」裊裊。

可惜杜麗娘此刻折桂乏人，縱有沉魚落雁之貌或羞花閉月之姿也枉然。折中她所唱「恰三春好處無人見」一句，充分顯示心中的驚促與無奈，又讓外在美景化成內心慕情的客觀投影。曲文唱來聲聲急切，可見杜麗娘心旌搖蕩。入夢前，她因此痛自哀嘆：「顏色如花，豈料命如一葉。」吳震生和程瓊爲說明此刻杜麗娘對人爲與自然美的喜愛合理，對人欲的想盼合情，在〈驚夢〉的批語中乃由佛經一路引到西學，希望能夠得證所見。華瑋嘗就吳氏夫婦的批語撰文巧加分析，認爲當中關目在杜麗娘「愛好」之心即「人獸關」，而這「人獸關」又關乎利瑪竇的《天主實義》，蓋後書所強調的人獸之分完全根植在人爲萬物之「靈」這個神學基礎上 [129]。華瑋之見，我以爲是，因爲利瑪竇的看法承襲自士林神學，而後者早已自亞里士多德發展出〈野狐喻〉中我指出來的「存在之鍊」說。在這種宇宙層級論中，人之所以位居草木與禽獸之上，原因全在「生」、「覺」二魂之外，另有「靈魂」賦居其中。利瑪竇筆下的「靈魂」，指亞里士多德所稱的「亞尼瑪」（*anima*），箇中旨趣，可見天啓年間畢方濟（Franciscus Sambiasi,

---

129 華瑋：《明清婦女之戲曲創作與批評》（臺北：中央研究院中國文哲研究所，2003），頁444-447。

1582-1649）中譯的評注本亞著《靈言蠡勺》（De anima）[130]。利瑪竇或《靈言蠡勺》所稱之「靈」，係理性的「靈知」，可以上通「天」意，正是〈創世紀〉中人類得自神授的異秉。有趣的是，吳震生和程瓊識得的「人獸關」卻不此之圖。在兩人看來，所謂「靈心」不過別美醜，分妍媸的知識能力，功能性強，而世事之「好」，率由啓知。

　　再就吳震生和程瓊言，人之所「好」者唯美妍之「好」而已；仙佛之所以為人羨與不羨，亦繫於所具容姿之「好」。即使他們是「聚氣成形，在天趣者視之亦有覺」。是以引到利瑪竇時，兩人便謂：「西士謂天神了無花色者，恐不然。」杜麗娘自謂「顏色如花」，比仙佛更美更妍，怎可能不得人鍾愛？她的怨嘆，因此一面是轉入「驚夢」──夢見自己和柳夢梅一夕繾綣──的前奏，一面──若就此刻吳氏夫婦研墨細參的荀子式情觀而言──卻也是在「說欲」，說的是「人欲」[131]。〈暗獄喻〉繼之登場，我們可以推知在批語中會作何解。果然，利瑪竇所謂「欲度天堂光景，且當縱目觀茲天地萬物」這個邏輯，隱約間便已為吳氏夫婦挪用，而且是挪來反將利氏一軍。蓋欲解天堂若得先知人世，則欲得人世或色相之「好」，我們能不由感知此「好」的「情欲」發端嗎？利瑪竇以表相凸顯真相，吳震生和程瓊深知其然，不過他們視為反證，所重者遂由靈轉肉，或謂借肉說靈。他們的手法

---

130 畢方濟口授，〔明〕徐光啓筆錄：《靈言蠡勺》，在李編，2:1127-1268。此書的底本乃亞著的高因伯評注本（Coimbra Commentaries on Aristotle），全書不但已經天主教化，連中譯本也都耶穌會化，神學意味濃郁。

131 有關荀子以「欲」為「情」的文本，可見《荀子》中〈正論〉與〈榮辱〉諸篇，或參見余國藩著，李奭學譯：〈釋情〉，《中國文哲研究通訊》，第11卷第3期（2001年9月），頁1-52。我用的《荀子》，係梁啓雄：《荀子簡釋》，收於嚴靈峰編：《無求備齋荀子集成》，第25冊（臺北：成文出版社，1977）。有關湯顯祖對「情」的看法，可見鄭培凱：〈解到多情情盡處──從湯顯祖到曹雪芹〉，在所著：《湯顯祖與晚明文化》（臺北：允晨出版公司，1995），頁328-345。

有如撒落滿的〈詩篇〉，但目的卻是華瑋意有所指的「情色審美」[132]。
由是再觀，吳氏夫婦之所以重表相，實因真相已經隱藏於其間。此所
以《才子牡丹亭》引〈暗獄喻〉畢，批語中才又說道：「不知婆娑之
難脫，實以有好可愛。」吳震生和程瓊甚至告誡我們看人世之情或色
界之好，「不可如〔利瑪竇〕是譬」[133]。

吳氏夫婦深諳利氏的邏輯，所以「引證」本為論證，此刻卻是批
中帶批，或是任其演成批中之批。儘管如此，他們的辯解並非無懈可
擊：百密中我看猶有二疏。首先如上所陳，是利瑪竇「靈」的定義和
他們不同。這種理性能力志在直觀天人之際，不完全是有情無情的分
界點。由是則《牡丹亭》所謂杜麗娘「因情還魂」的「魂」，利瑪竇
可能認為界於三魂中的「覺魂」與「靈魂」之間。其次，利瑪竇的表
相與真相雖然形似，在「神」似一點上卻和前者有別，蓋「印跡」固
然出諸「印」，本身卻不可謂等同於「印」，其間且有高下之分。是
以人世誠可愛，然而較諸天鄉或本家之美，其間的層次差距直不可以
道里計。囚婦之子果真願意「『裹糧』而歸之」，這裡所謂的「差距」
是主因。

「『裹糧』而歸之」這個假說，其實不是我所設，而是利瑪竇個
人的意思。不過出現的地方並非《天主實義》，而是《畸人十篇》（李
編，1: 224）。在後書的文脈中，有一點意義別具，亦即利瑪竇雖然用

---

132 華瑋：《明清婦女之戲曲創作與批評》，頁447-462。另參考商偉：〈評注、
百科全書與情色表述：讀《才子牡丹亭》〉，paper presented in the
"International Conference: Poetic Thought and Hermeneutics in Traditional
China——A Cross-Cultural Perspective," Council on East Asian Studies, Yale
University, May 1-4, 2003。

133 以上所引《牡丹亭》和吳震生、程瓊的批文，出自〔清〕阿傍：《才子牡丹
亭》（柏克萊加州大學圖書館藏影本），頁80-83（據柏克萊本所標頁碼）。華
瑋認為阿傍就是程瓊，《才子牡丹亭》應為她和吳震生合批，詳見所著《明
清婦女之戲曲創作與批評》，頁363-399。

議論在修辭，論述的重點卻又出以證道故事的形式。更精確地說，他藉以證成上述之「道」的，「或許」就是一則古典伊索寓言。「或許」二字，這裡我用引號凸顯之，因爲讀者只要細心一點，閱讀利喻時應可判明他和巴柏里等人也有某種距離。這種「距離」頗似荷雷斯（Horace, 65-8 BCE）在《詩信集》（*Epistles*）中之所爲[134]，幾乎是「斷章取義」以成文，彷彿讀者於故事內容早已耳熟能詳，所以理所當然可以省文重述：「狐最智，偶入獅窟。未至也，輒驚而走。彼見洉中百獸跡，有入者，無出者故也。」（李編，1: 224）

　　這個故事顯非加工而成，而是改作，新意再賦，是以我視猶故事新編。在巴柏里的希臘「原文」中，寓言裡的獅子因年老力衰，無法狩獵，故以智取爲策，走進窟中裝病，誘捕前來探視的群獸。他數售其計得逞，最後仍然功敗垂成，因爲群獸中有狐狸識破詭計，「見洉中百獸跡，有入者，無出者」，從而驚走之。這隻狐狸精明機智，給巴柏里上了一課：「首揭義舉而未曾馬失前蹄的人有福了。他眼見他人之難，早已從中記取教訓。」（*BP*, 132-133）雖然如此，利瑪竇新編故事，從中讀到的訊息卻是我們物故後榮登天鄉的天主教靈見。

　　利瑪竇之所以能夠證成上述聯繫，原因在他「力可通天」，把寓言自其傳統的文脈中抽離出來。這位耶穌會的善說者不說狐狸前去探病，只用了一個「偶」字便把此獸進入獅窟的過程全部道出。同樣一個「偶」字，也除破了巴柏里及其從者所設的寓言背景，亦即病獅售計的細節全遭抹除。新醅因此就由舊瓶流出，雖然利瑪竇的〈智狐喻〉遠比巴柏里的簡單多了。蒲洛普（Vladimir Propp）研究民俗故事，嘗謂此類故事中的「任何環節」都可「經演義而變成另一個獨立的故事」，

---

134 I.i., in Casper J. Kraemer, Jr., ed., *The Complete Works of Horace* (New York: Modern Library, 1936), p. 308.

至不濟也「可引出另一個故事來」[135]。他言下之意十分清楚,而在《畸人十篇》的語境中莫非便指類如上引〈智狐喻〉的故事?何以獅窟內的獸跡中有入而無出者,這點利氏的寓言不曾交代,也是所述在結構上唯一的敗筆,不過,不管這是有意之舉或無心之過,讀者閱讀時大概都不會在意。我們所佩服者,反而是狐狸眼觀四面,深知或有大難臨頭的謹言慎行。利瑪竇也因此而迅即將〈智狐喻〉的焦點轉移。他打了個比,馬上就引入和「大難臨頭」相關的「死亡」去,終而取爲整個故事的篇末寓義:「夫死,亦人之獅子远矣」。

如同章前討論過的孔雀寓言,「精神道德」這種屬靈意義可謂〈智狐喻〉擬舉以示人的第一個警訊。那麼其次爲何?我從利瑪竇的論證方式接下再談,因爲其中的邏輯似是而非,頗爲詭譎。利氏講完〈智狐喻〉後說了一段話:「懼死,則願生,何疑焉?仁人君子信有天堂,自不懼死戀生,惡人應入地獄,則懼死戀生,自其分也。」(李編,1: 224)[136] 這段話包含一個因果關係,和人類在世行爲的末世賞罰有關。前謂利瑪竇弔詭,原因正在上引故事中利氏顛覆了自己智狐寓言所擬傳遞的第一個警訊。倘由上述篇末寓義再看,〈智狐喻〉的重點其實非關死亡,而是關乎冥路這條幽徑所通之處。利瑪竇知道古來從黯域還陽者可謂絕無僅有,也沒有人還魂後猶可明示亡後的世界。面對幽途絕域,我們既然懵懂若此,誰肯願意從容就死?緣此邏輯,在《畸人十篇》中,利瑪竇一意所擬說服和他對談的龔大參的是:如果我們知道死後所到之處,如果我們知道天堂福樂,那麼除了作惡多端者外,恐怕沒有人會畏懼死亡或迷戀今生了。

《畸人十篇》中,利瑪竇此一結論及其所從的邏輯之所以能夠成

---

135 V. Propp, *Morphology of the Folktale*, trans. Laurence Scott, 2nd ed. (Austin: University of Texas Press, 1996), p. 78.

136 參較龐迪我的話:「天堂正為眾人之本鄉,永命之所,天神及聖賢之境界。人昇之,能見天主之本體,定於善,不受害。」見李編,2:1090。

形，說來全拜對話之後有一架構更大的比喻所賜。善惡有報，其報俗人卻是罔知，所以利氏回龔大參之問時才會說道：「譬如人情戀土，若有人從他鄉還，明知彼處利樂，便願裹糧從之。若去者自古及今無一人還，非萬不得已，誰欣然肯行哉？」（李編，1: 224）我們可以想像，這個比喻在《畸人十篇》中還會經過一層敘述化的轉換，變成那馬上就要登場的智狐喻的寓言。問題是：〈智狐喻〉這篇新編的故事中到底有哪一點是在回應前引那「架構更大的比喻」？

如同智狐所看到的，獸跡入窟都是有去無回，所以也沒有人可以活著由幽界冥域還陽。〈智狐喻〉中，「冥域」或「死亡」乃由獅窟託喻，不過弔詭的是，不管利瑪竇怎麼「誤讀」，窟中獸跡最後仍然阻止不了智狐「入洞」。何以言之？首先，按生命發展的法則，這頭狡獸儘管有前獸的教訓可鑑，最後仍然難免死亡，逃不開幽黯國度的召喚，所以在託喻的層次上非得入窟不可。其次，就算窟中獸跡阻止得了一時，按這隻狐狸的聰明才智，這種「阻止」也應該是「一時失察」所致。依利瑪竇的邏輯，狐狸最後似應回省到入窟並非壞事。何以見得？利瑪竇以獸中「智」者稱呼這隻狐狸，所以比之於人世的「智者」或前及的「仁人君子」。像這類人一樣，狐狸應可因其宗教嗅覺而在獸跡中讀出篇中利氏所稱的「聖城」來。「仁人君子」這四個字後面，利瑪竇不是曾接上「信有天堂」一句話嗎？（李編，1: 231）這隻狐狸既然有「智」，當然判別得了「死亡」的重要，也應該了解這才是進入聖城或天鄉唯一的坦途。仁人君子「不懼死戀生」，則智狐也應無所懼，怎可能在寓言中得了恐死症？在利瑪竇或他所承襲的象徵系統中，「聖城」或「天鄉」都是人的「本家」，都是天主教所謂的「天堂」，其間聯繫可是昭然若揭！

綜上所論，〈智狐喻〉中的獅窟就算不是天堂本身，至少在本喻所處的語境或在利瑪竇的潛意識裡也是通往天堂的路。利氏此一寓言因此重寫了所據「原本」的道德寓義，使之變成一則地道的故事新編。

在這篇新作裡，群獸或許曾經淪爲獅子的祭品，但在四義解經法的神秘意義上，這點或許也可解爲對萬獸之王的臣服。天主教的傳統中，「獅子」經常是百獸書（bestiary books）裡萬王之王耶穌的代喻[137]。《聖經》裡也這樣用過，〈若望默示錄〉中聖若望就曾在天國見過「猶大支派中的獅子」，並稱之爲「達味的苗裔」，可以展開天主寶座右手方的「書卷」，揭開上面嚴蠟密封的「七個印」。天主寶座的「右手方」，端坐的正是三位一體中的聖子耶穌（5:1-5）。縱然我們不循《聖經》求解，淪爲祭品後的群獸仍可因死亡而得新生，蓋獅窟此刻業已變成天堂或天堂之路的代喻了。如此參究，《伊索寓言集》中此一故事確實已教《畸人十篇》給「誤讀」了，巴柏里所謂「他人之難」可因此而重下標的，修訂爲因難而得救贖的宗教性試煉。〈智狐喻〉由是也得以回省其文本的傳統，在收場時將寓言轉化爲對人類——尤其是基督徒——「返鄉」的正確大道的思考。利瑪竇話鋒一轉，揮毫一就，故事新編出焉，強化了我們對人類「本家」的本質了解。此一新編細緻而譎怪，由不得人不掩卷深思。

　　上文所謂「正確大道」者何？其實不勞費神，我們也可想見其然，指的必定是以德淑世，以愛化人，而且不因無常而懼，要勇於面對大限，認識死亡。倘要人不懼死，不畏亡，則利瑪竇新編的寓言就得將前提說個明白。由《天主實義》的〈暗獄喻〉觀之，我們要體認世爲縲紲，生爲逆旅，似乎唯有超乎其上，進入天鄉方可。而僑寓於世的人間行旅要變成天上尊客，享有永生，保有至福，也要依賴這種超越論來取得。《畸人十篇》中的對話者一旦體察及此，便會展懷開始溯

---

137 見Michael J. Curley, trans., pp. 3-4，另見T. H. White, trans., pp. 3-14及Hanneke Wirtjes, ed., *The Middle English Physiologus* (Oxford: Oxford University Press, 1991), p. 5. 另參較*IE*, 240:3054, 3066, and 241:3072中所提到的證道故事。或見Louis Charbonneau-Lassay, *The Bestiary of Christ*, trans. D. M. Dooling (New York: Arkana Books, 1992), pp. 6-14。

其由來。他可能得回溯章前已加廣論的〈野狐喻〉，甚至得走回〈智狐喻〉的內容去。

　　晚明耶穌會的寓言果然有母題若是，則會士幾可謂在中國教導某種「善終」的哲學。《新約·希伯來書》曾經縷述亞伯爾到亞巴郎一脈的義人，深為敬重其人生命歷程與信仰的堅定。這些人的死亡因此就變成某種教義典範。晚明耶穌會寓言——以本章所論的利瑪竇所述者為例——幾乎個個環鉤扣結，形成一幕幕象徵性的連環道德劇。而饒富意義的是，這一幕幕的戲又仿如在虛構或敘述化〈希伯來書〉中上述諸人之死所引申出來的屬靈教訓：

> 這些人都懷著信德死了，沒有獲得所恩許的，只由遠處觀望，表示歡迎，明認自己在世上只是外方人和旅客。的確，那些說這樣話的人，表示自己是在尋求一個家鄉。如果他們是懷念所離開的家鄉，他們還有回返的機會；其實，他們如今所渴念的，實是一個更美的家鄉，即天上的家鄉。為此，天主自稱為他們的天主，不以他們為羞恥，因為他已給他們預備了一座城。（11: 13-16）

這座「城」，從耶穌會的寓言譯學或寓言詩學看來，當然就是利瑪竇在《天主實義》或《畸人十篇》中屢屢強調的「聖城」、「本鄉」或「本家」。

重讀本體

　　耶穌會寓言和《新約》在此已生聯繫。有鑑於此，有人或許會再

問道：除了陽瑪諾夾敘夾「譯」的《聖經直解》和艾儒略口述的《口
鐸日抄》（1630-1640）以外[138]，明末耶穌會士——尤其是本章中我經
常提到的利瑪竇等人——何以會捨《聖經》上耶穌的比喻不用，反而
寧取異教上古的伊索式寓言來布教？不論是從宗教或從修辭學的觀
點看，在歐洲證道故事廣義的大家庭中，比喻故事無疑都是《聖經》
中耶穌教誨的最佳說明性工具。然而耶穌會士不僅罕用耶穌的比喻，
而且除了直引中世紀傳統中的伊索式證道故事外，甚至還會舊瓶裝新
酒，在布魯姆式的「誤讀」心理下，乾脆推陳出新，由形構到意義就
讓自己重新編造起來。會士罕用耶穌的比喻布教，這個問題令人好
奇，而其答案不能僅由教史來回答，不能說前福音時代萬民懵然，故
而不能引耶穌所述「超驗」的故事為喻[139]，因為即使到了後福音時
代的中世紀，伊索式寓言仍為聖壇證道故事的大宗，在歐洲廣事講
述。耶穌會士如利瑪竇和金尼閣在華之所為，因此在本書第一章所論
者外，必然另有原因。就本章的關懷看，這個「原因」應會涉及我曾
論及的「影響」觀，尤會涉及某種布魯姆式的認識。

　　不論為護教或為布教，明末耶穌會之所以罕用耶穌的比喻，實際
上都和比喻及寓言的本質有關。這兩者不但內涵有別，即使敘述技巧
也呈逆向發展。從現代的觀點看，比喻固然教的是天國的消息，可是
故事卻可能發生在現實的世界，角色故而多屬凡間的人類。寓言則反

---

138 例如陽瑪諾：《聖經直解》，《三編》，4:2702及2729。有關《口鐸日抄》
　　中艾儒略講過的比喻，見 Nicholas Standaert, "The Bible in Early
　　Seventeenth-Century China," in Iren Eber, et al., eds., *Bible in Modern China:
　　The Literary and Intellectual Impact* (Sankt Augustin: Institut Monumenta
　　Serica, 1999), p. 49。此外，龍華民譯，《聖若撒法始末》，頁10乙-11甲也
　　譯有〈撒種的比喻〉。

139 參見康士林(Nicholas Koss)：〈講評意見〉，在輔仁大學中國文學系、中
　　國古典文學研究會編：《建構與反思——中國文學史的探索學術研討會論
　　文集》，（臺北：臺灣學生書局，2002），2: 938。

其道而行，因為故事多半超乎自然，角色因此多屬動物或植物，這些
角色若非扮演人類的表率，便在警示人類的愚行[140]。不過比喻和寓
言雖然有此大異，我卻不認為這是耶穌會決定以伊索式寓言證道的關
鍵。就我在本章中分析過的寓言來看，我認為主因有二。首先，比喻
乃〈聖詠集〉籠統言之的「暗語」（dark sayings），其中雖有「古代謎
語」之意（78: 2）[141]，說來卻是為解明〈瑪竇福音〉所稱「天國的奧
妙」（13: 10）。這些「奧妙」，耶穌用比喻加以說明，目的在曉諭「群
眾」（13: 2-3）。弔詭的是，我們在〈福音書〉裡也發現，耶穌說喻常
常志非讓人明白。〈馬爾谷福音〉中祂對十二門徒說道：比喻只對「外
人」講，目的在「使他們看是看，卻看不見；聽是聽，卻聽不明白」
（4: 10-12）。如果不細說詳解，群眾根本無由得悉耶穌比喻的堂奧。
這點或可解釋〈福音書〉中何以耶穌用喻的頻率極高，何以祂每說完
一喻就得當眾解釋一遍（如竇13: 18-23及36-43）。後人意猶未盡，時常
還得在耶穌的基礎上再予發微，因而在歷史上累積了大量的「比喻解
釋學」[142]。

　　我們還得了解一點，〈福音書〉中聽耶穌講道的群眾，其實多數

---

140 J. A. Cuddon, *A Dictionary of Literary Terms* (Garden City: Doubleday, 1977),
　　pp. 251 and 469.

141 這裡「暗語」（dark sayings）一詞，我從欽定本（King James Version）譯為中
　　文，見*The Holy Bible* (New York: American Bible Society, 1984), p. 556 (Old
　　Testament)。「暗語」在希伯來原文中的意涵，參看Raymond E. Brown, S.S.,
　　et al., eds., *The New Jerome Biblical Commentary* (Englewood: Prentice Hall,
　　1990), p. 539。另請參較瑪13:35中耶穌預表論式的援引：「我要開口說比
　　喻，要說出由創世以來的隱密事。」

142 歐洲中古時人，常常混淆耶穌用喻的目的，見下文的討論：Stephen L. Wailes,
　　"Why Did Jesus Use Parables? The Medieval Discussion," in Paul Maurice
　　Clogan, ed., *Medievalia et Humanistica*, new series 13 (Totowa: Rowman and
　　Allanheld, 1985), pp. 43-64。另參較Stephen L. Wailes, *Medieval Allegories of
　　Jesus' Parables* (Berkeley and Los Angeles: University of California Press,
　　1987)一書。

是祂自己的族人，彼此非特文化背景相同，也深受當時猶太傳統的薰陶。如果連這些同代同族的猶太群眾都體會不出耶穌喻中的意義，那麼明末的耶穌會士又怎能期待中國民眾了解箇中「天國的奧妙」？從文化到宇宙觀，中國人幾乎和猶太人全然左違。耶穌會士倘要保證在華傳教成功，當然就得採取一套和耶穌在巴勒斯坦不同的宣教方式，也就是要改造己教的傳統，藉「本土化」以適應中國的國情。耶穌的影響，入華耶穌會士因此得以遁脫，有時——在我看來——甚至是刻意的逃避。比喻故事既然不適用，當然要割捨，另覓力量或許等同的證道工具。

在中國，寓言本是先秦諸子的看家本領，從莊子到韓非子都能說善道。七國既亡，寓言在中國有江河日頹之勢，迄有明一代方才重振，是以鄭振鐸稱明世為「寓言的復興」[143]。此時作家輩出，從開國重臣劉基(1311-1375)到國之將傾的文壇才子如趙南星(1550-1627)與馮夢龍(1574-1646)都著有寓言專集。他們「超儒趕道又越佛」，在傳統寓言的基礎上精進用功，造就了一批批心裁別具的新故事，不但為文壇生色，同時也嘉惠讀者[144]。耶穌會士趕在此刻入華，難免濡染時代的文風。近人在羅明堅和時人唱和往還的詩作中，因而發現羼有寓言或類寓言之作[145]。時尚助長下，可想晚明耶穌會士也會回歸昔日

---

143 鄭振鐸：〈寓言的復興〉，見所著《中國文學研究》（臺北：明倫出版社，1973），頁1207-1243。有關先秦諸子使用寓言的問題，參見楊玉成：〈戰國讀者——語言的爆炸與閱讀理論〉，東華大學中文系編：《文學研究的新進路——傳播與接受》（臺北：洪業文化公司，2004），頁159-166。

144 中國傳統宗教寓言和市井結合甚深，相關簡論見鄧智賢：〈導言〉，在所編《儒道佛鑑賞辭典》（長沙：岳麓書社，1994），頁1-13。有關寓言在明代的發展與流行的狀況，見陳蒲清：《中國古代寓言史》，頁257-333。

145 〈冤命不饒譬喻〉中，羅明堅就有如下四句：「烏鴉拿獲一蜈蚣，喙食蜈蚣入腹中。豈料蜈蚣身有毒，即傷烏鴉死相同。」見Chan, "Michele Ruggieri, S.J. (1543-1607) and His Chinese Poems," p. 153。有關羅明堅和時人的唱和，除上文外，另請參見Albert Chan, S.J., "Two Chinese Poems Written by Hsü

歐洲聖壇上講述的寓言式證道故事，何況這些故事還是他們熟悉的
「證道的藝術」的邏輯論證工具。此外，有一點和我目前的關懷也有
聯繫，應予一提：《伊索寓言》和馬克羅比的狂想故事在內容上都屬
無稽之談，可藉以「演」生命之「大荒」，一如《紅樓夢》之藉「小
說」所示範者 [146]。在這種情況下，耶穌的比喻在理解方面當然比不
上寓言，因爲前者有其認識上必備的文化背景，明代的中國人難以輕
易求得，而後者言簡意賅，卻是不用認識前題而婦孺都解。易言之，
我相信伊索式證道故事之所以見重於明末耶穌會士，寓言的普世性格
應爲關鍵之一。就我所知，從費卓士開始，西方古典寓言在形式上即
具備「篇前提挈」和「篇末寓義」這兩個範疇。晚出的《伊索寓言》
中，兩者都由最後的「道德教訓」（moralitas）代爲綰合。寓言沒有比
喻故事那麼「晦澀」（dark），上文已詳爲說明，其中的「道德教訓」
本身又是寓義解說，故事可因之而變得更加透明，即使是明代讀者，
相信接受上也不會有太大的困難。

　　耶穌會士固可從中古證道文學取材，從上古伊索一脈的寓言中擇
取布教所需，但是我們仍得了解晚明既非西方上古，亦非歐洲中世
紀，兩者間仍有不同之處。文化背景變，時空轉，耶穌會士非但得懸
置耶穌的比喻，同時也要調整伊索原來的面貌。此一改變所涉，正是
寓言與比喻的第二個差異。無論就形式或意義言，寓言都具開放性，
所以也有其不定性，而所謂寓言的「原本」往往也就缺乏自主性。職
是之故，古典寓言方能經人再三詮解，幾無限制。由於寓言定性闕如，
所以結構上隨時都可因外力而改變。長久以來，耶穌會士向以文化上
的適應力著稱，尤其能「合儒」，調和中國的國情，使文化扞格無從

（續）───────────

　　Wei 徐渭（1521-1593）on Michele Ruggieri, S.J.（1543-1607)," *Monumenta
　　Serica* 44（1996）: 317-337。

146 Yu, *Rereading the Stone: Desire and the Making of Fiction in Dream of the Red
　　Chamber*, pp. 3-52.

發生 [147]。在某一意義上，這種能力也表現在會士新編歐洲寓言的文學能力上。無論形構或寓義，他們的寓言都可因時因地因人之需要而調整。「故事新詮」一節中我討論過的〈南北風相爭〉早已呈「華化」之勢，而「故事新編」舉以為例的兩個狐狸故事更屬形變的極致，確實也「天主教化」得可以充分為耶穌會宣教所用。

　　寓言在形式上的彈性，不可能發生在耶穌的比喻故事上。在天主教的信仰裡，耶穌乃聖子，是〈若望福音〉所謂「成了血肉」的「聖言」或我們一般所謂的「道」(1: 14) [148]。在〈創世紀〉裡，此一「聖言」或「道」是人世形成的動力(1: 1-31)，在〈出谷記〉中則化為猶太及天主教倫理中所謂「十誡」的立法者(34: 10-28)。一言以蔽之，「道」乃宇宙中超越一切的力量，是天主可藉以顯現自身的權威。就此而言，若望為耶穌和「道」所作的聯繫，也正是前者何以在天主教的存在之鏈裡位階居首的原因。不過倘由天主在〈創世紀〉所「道」者亦含括耶穌在〈福音書〉中所「道」者這一點觀之，這種「邏各斯基督論」(logos-Christology)就顯得有點弔詭了，因為在神學上，〈福音書〉中耶穌的話不必然是人世形成的推力。弔詭更甚的是，由於耶穌的話在天主教神譜上位居高位，威權等同於天主，而耶穌的比喻因屬〈福音書〉諸多的言談之一，所以在文化上位階亦高，在神學上更是超越一切，所以凡人豈能輕易加以「新編」？易言之，這裡我想強調的是：上帝或天主可以「降世為人」，轉化為耶穌，但是「人」豈

---

147 參見下舉各書中的相關討論：D. E. Mungello, *Curious Land: Jesuit Accommodation and the Origins of Sinology* (Honolulu: University of Hawaii Press, 1985), pp. 44ff; George H. Dunne, S.J., *Generation of Giants: The Stories of Jesuits in China in the Last Decades of the Ming Dynasty* (Notre Dame: University of Notre Dame Press, 1960), pp. 269-302，以及 Gernet, *China and the Christian Impact*, pp. 24-30。

148 Cf. William Barclay, *Introduction to John and the Acts of the Apostles* (Philadelphia: Westminster Press, 1976), pp. 70ff.

有能力或膽量，可以在形構上「轉化」或「新編」耶穌的比喻？

　　如果可以的話，那麼《聖經》解經史上恐怕就不會出現我們今天所謂的「比喻解釋學」了 [149]。我甚至可以說耶穌的比喻就算不是全部，也是西方「『道』體中心論」(logo-centrism)的一大成份。這種中心論，廿世紀六〇年代以來德希達業已撻伐有加 [150]，正可見其百代難移的地位。因此之故，比喻故事遂變成一先驗的結構，是神的權威部分基奠之所在。不論情況如何轉換，歷史上都由不得人變易其貌。比喻的詮釋者可以有意義上的新見或異見，他們卻沒有明代耶穌會士處理上古寓言在形構上的自由，不能任意加以新編 [151]。

　　解經學家有權重詮耶穌的比喻，這點誰都不能否認。不過這裡我應再予說明的是：明末耶穌會士重詮古典寓言的活動，立足點和歐洲

---

149 自古以來，這方面的專著不勝枚舉，我比較熟悉的現代專著除前述Wailes 的著作外，另有Amos N. Wilder, *Jesus' Parables and the War of Myths* (London: SPCK, 1982); and Robert T. W. Funk, *Parables and Presence* (Philadelphia: Fortress, 1982)等書。

150 Jacques Derrida, *Of Grammatology*, trans. Gayatri Chakravorty Spivak (Baltimore: Johns Hopkins University Press, 1976), pp. 74ff. Cf. Jonathan Culler, *On Deconstruction: Theory and Criticism after Structuralism* (Ithaca: Cornell University Press, 1982), pp. 92ff; and Michael Payne, *Reading Theory: An Introduction to Lacan, Derrida, and Kristeva* (Oxford: Blackwell, 1993), pp. 139ff.

151 〈民長記〉9: 8-15有世人通稱〈膏樹為王〉的一條伊索式故事，《舊約》之前即已廣泛流傳，中世紀亦曾引為證道故事。龐迪我《七克》中引用時，顯然也視之為證道故事。龐氏所引雖於原文有異，但他卻不敢以「寓言曰」述之，只能用「經曰」取代，原因或許便在上述《聖經》經文的「不可重塑性」。龐引見李編，2: 365。〈膏樹為王〉作為中古為證道故事的例子甚多，見Odo of Cheriton, in *FL*, 4: 176，或Jacobs, trans., *The Fables of Odo of Cheriton*, pp. 68-70。另見Beryl Smalley, "Exempla in the Commentaries of Stephen Langton," *Bulletin of the John Rylands Library, Manchester* 17/1 (January 1933): 126。至於〈膏樹為王〉併入《舊約》前在中亞流行的狀況，見Theodor H. Gaster, *Myth, Legend, and Custom in the Old Testament*, vol 2 (Gloucester: Peter Smith, 1981), p. 423。

解經學家大不相同。從中世紀初期以來，在某個意義上，歐洲的比喻詮釋者解經的努力確實類似入華耶穌會士的作為。這些詮釋者並不著眼於文本的流動性，而是在某種基本立場上加以發揮。他們所解不能左違耶穌的立意，所以充其量乃耶穌自我詮釋的發微或澄清，是一種後設性的「詮釋的詮釋」。這些詮釋者甚至也不是從布魯姆的定義出發，不是針對某一新的語境在做「重新瞄準」(re-aiming)的動作。我們從「故事新編」所論那兩隻狐狸的故事可以看出，明末耶穌會士在「故事新詮」這方面早已迥異於《聖經》解經學者。他們在華因新編歐洲寓言而致力的新詮，確實是一種布魯姆式「重新瞄準」的動作。我之所以這樣說，還因他們所作所為於故事的傳統形式已經有變，又因故事所處的語境也大異於從前所致。就後者而言，傳統語境在晚明確實已經遭人重寫。對寓言來說是合法者，對比喻故事而言卻可能是非法的。

　　入華耶穌會士何以好用希臘羅馬或伊索式寓言作為證道文類？這個問題的答案不一，不過耶穌的比喻所含攝的權威感及其因此而生的不可塑性，我想可以是部分的原因。從本章所述，晚明耶穌會新編與新詮寓言的原旨，我們或可窺斑見豹。這些寓言有從柏拉圖〈洞穴喻〉發展出來的類狂想故事，也有業經天主教化的新詮伊索寓言。不過不論新編或新詮，其基礎當然都是某種「誤讀」的行為，志在結構與主題上的雙重革命。所謂「革命」，我指「心理上」是善意的「扭曲」或「曲解」。新編的寓言和伊索的古典「原貌」，因此發生了形態之別。除了修辭作用外，這些寓言的編造也各有目的，和原來的意圖不一，所以「新詮」趁虛而入，終於造就出一則則晚明耶穌會「自己的」故事。

　　保祿有次說他希望世人能──下面且引利瑪竇在《畸人十篇》裡的譯文──「以瞬息之輕勞，致吾無窮之重樂」，但利瑪竇這位天主教中的後輩在明末中國卻擅自予以更動，幾個字內輕易就把保祿的希

望轉爲屬靈意味更重的忠告。我們故而得見《畸人十篇》勸人切莫「以
瞬息之輕樂，致吾無涯之重苦」（李編，1: 254）。利瑪竇在耍弄上述
文字遊戲時，用了個老練而不失虔遜的中文習語暗示自己的手法：「敢
轉其語。」（同上頁）我們倘以本章中我所論者爲鑑，其實不難發現利
氏及其耶穌會兄弟在中國明末「敢轉之語」並不止於上引保祿的話，
其中還應該包括〈三友〉及〈暗獄喻〉這類擬狂想故事和有關狐狸或
〈叼肉之犬〉的幾條「伊索式寓言」。這些故事都是經過新詮或新編
而得，正是耶穌會「轉義學」或「轉喻學」(tropics)的創造性結果。

第三章

世說：歷史・虛構・文本性

文本特質

在寓言這種「杜撰性」的故事以外，亞里士多德的《修辭術》另又提到一種修辭例證，亦即「曾經發生過之事」。放在歐洲中世紀證道藝術的語境中看，所謂「曾經發生過之事」當指《修辭術》曾力加強調的「史例」而言(2.20.1)。亞里士多德稱，「在議論文中，史例的用處較大」，因為「未來的事」會發生得像「過去的事」一般(2.20.8)。亞氏此處所指當為西方傳統史觀中的鏡論，深合中國人「以史為鑑」之說。不過倘從中古天主教的證道傳統再看，證道故事裡的第二型——亦即籍隸史例的軼事——當然也是從此衍生而出。由於軼事重要若此，所以歷來呼籲深加探究的聲音時而可聞[1]。我們若置之於明末耶穌會的證道傳統三而顧之，則軼事扮演的角色甚至會比寓言還重要。因為據我保守估算，此一文類經耶穌會士重述或中譯者，為數至少在七百五十條以上，遠非寓言能及。這些軼事分別見於利瑪竇、龐迪我、高一志

---

[1]　例如Harry Caplan, "Classical Rhetoric and the Mediaeval Theory of Preaching," *Classical Philology* 28/2（April 1933）: 89。

與衛匡國等人的著作中[2]。

軼事多因歷史形成，但耶穌會士筆下的史例型證道故事當真和杜撰而成的寓言有天壤之別？利瑪竇《天主實義》有「遮日光而持燈燭」以「覓物」一語(李編，1: 380)，可能取典乎希臘犬儒哲學家戴奧吉尼士(Diogenes of Sinope, *c.* 400-325 BCE)的故事。他曾在白天打著燈籠，人問其故，對曰：「欲尋誠實之人。」對三世紀的史家迪莪吉倪(Diogenes Laertius)來講，這個故事真而又真，是個典型的歷史軼事，可以視同傳記(*LEP*, 6.41)。然而在羅馬作家費卓士筆下，同一「史事」卻經改編，搖身變成了個伊索式的寓言，連原來的傳主都改為伊索本人[3]。這種現象顯示，即使我們可以不論寓言的本質為何，我們似乎也應該一探軼事蘊含的歷史性。易言之，我們在面對軼事型的證道故事時，或許會想再問一次：「講史」和「說寓言」當真沒有區別，乃一體之兩面？

我們有此一問，當然是因為一九七〇年代以前，我們對歷史的本質有高度共識使然。不論是從中國或從西方的觀點來看，「史」之所以為「史」，殆因其「信而有徵」或──稍改上引亞里士多德的話來講──「曾經發生過」之故。是以從大部頭的史學撰述到小範圍的軼

2　西方上古軼事的數目，單是高一志的《勵學古言》就收錄了約二百條，而《達道紀言》內所收者更高達三百五十條左右，見《三編》，2: 657-754。此外，下列諸作中也引介了不少：利瑪竇：《畸人十篇》，在李編，1: 93-282；《交友論》，在李編，1: 291-320；龐迪我：《七克》，在李編，2: 689-1126；高一志：《齊家西學》，在《徐家匯》，2: 491-598；《童幼教育》，在《徐家匯》，1: 239-422；以及衛匡國：《述友篇》，在《三編》，1: 1-88。

3　*BP*, 290-291.類似的情況還可見諸奧古斯都本《伊索》；其中〈戴奧吉尼士和禿頭者〉與〈旅行中的戴奧吉尼士〉兩條，論者從來都以史實視之，見*Fabvlae Graecae*, in Ben Edwin Perry, ed., *Aesopica*, vol 1 (Urbana: University of Illinois Press, 1952), pp. 417-418, 或見Olivia and Robert Temple, trans., *Aesop: The Complete Fables* (Harmondsworth: Penguin, 1998), pp. 76n and 77n。

事書寫，歷史都應該有其特殊的言談規範[4]。中國人一向以爲班固
(32-92 BCE)論司馬遷(*c.* 145 BCE-?)時所謂「實錄」乃史學撰述的首
要之務，故此史家在「文直」與「事賅」之外，務必「不虛美，不隱
惡」[5]。在西方上古，這種觀念卻非必然，因爲修西地底斯(Thucydides,
*c.*460-*c.*399 BCE)或李維(Livy, 59 BCE-AD 17)等史家本來就不分史
實與修辭，馴至文藝復興結束以前，歷史在西方乃屬某種意義下的文
學形式[6]。李維坦承，他在《羅馬史》(*Ab Urbe condita libri*)中所述並
非嚴格的史實，而修西地底斯的名篇——亦即派瑞克里士(Pericles, *c.*
495-429 BCE)〈陣亡將士悼詞〉——根本就是自己構設而成[7]。儘管
如此，我們仍得注意：西方古人以想像入史，意在彌補記憶或史料不
足，不在美學。希羅多德(Herodotus, *c.* 490-*c.* 425 BCE)的《歷史》(*The
History*)語多無稽，人所共知，修西地底斯抑且訕笑之，可見十九世
紀蘭克(Leopold von Ranke)所謂「鋪陳往事的真相」仍爲修氏高山仰

4　儘管後現代史學如今已蔚爲風氣，當代嚴肅的史家仍然堅持歷史是「經驗」，不是「理論」，至少不完全是可以任意「誤讀」的文本。這方面最精闢的討論見黃進興：〈「文本」與「眞實」的概念——試論德希達對傳統史學的沖擊〉，《新史學》，第13卷第3期（2002年9月），頁43-77。另見杜維運：〈後現代主義的弔詭〉，《漢學研究通訊》，第20卷第1期（2001年2月），頁1-5。

5　〔東漢〕班固：《漢書‧司馬遷傳》（北京：中華書局，1962），卷62，頁2738。另見〔唐〕劉知幾撰，〔清〕浦起龍釋：《史通通釋》（臺北：里仁書店，1980），頁160、199和205。雖然中國傳統史家多以「實錄」爲史傳最高的理想，但我相信「修辭」在中國史學上仍佔重要地位。參見David Schaberg, *A Patterned Past: Form and Thought in Early Chinese Historiography* (Cambridge: Harvard University Press, 1001), pp. 21-56。

6　Beryl Smalley, *Historians in the Middle Ages* (New York: Thames and Hudson, 1974), p. 15; also cf. Michael Grant, *Greek & Roman Historians: Information and Misinformation* (London: Routledge, 1995), pp. 30-33.

7　Thucydides, *The Peloponnesian Wars*, 2.34.8-2.46.我用的是Richard Crawley的英譯本，收於Robert B. Strassler, ed., *The Landmark Thucydides: A Comprehensive Guide to "The Peloponnesian War"* (New York: Free Press, 1996)。

止的史學境界[8]。即使是《歷史》開頭所用的「意斯多利亞」(ίστορίηα)
一詞，本意亦爲「研究」或「探索」等實證性的活動，終極目的當在
「事實」[9]。我們故可想見，上古史家倘有現代人的時間與研究優勢，
勢必減少他們對想像力的依賴[10]。

　　不論在西方或在中國，軼事乃史學撰述中最爲尷尬的文體之一。
因爲軼事固可反映過往的事實，卻會因著錄者多屬個人瑣事，時間與
人事資料保存不易，而容許虛構或想像力參雜其間。在耶穌會士用中
文重製而事涉西洋古典的西方軼事型證道故事中，我們最能感受到虛
構毫不留情向史實挑戰者，應推軼事中的次文類「克雷亞」(Gk: χρεία;
Ltn: *chria*; Eng: chreia)。此一文類發源於希臘遠古[11]，其結構特色下
文會再詳談，這裡我應該先行指出來的是：「克雷亞」行世之初即以
「記言」爲主，以「記事」爲輔。我們倘借唐人劉知幾(661-721)《史
通》中的話再加形容，其內容可謂「多同於古也」[12]，或者根本就是
裁古而來。或因此故，晚明首部的「克雷亞」專集，高一志名之曰《勵

8　Leopold von Ranke, "Preface" to *Histories of the Latin and Germanic Nations
　　from 1494-1535*, in Fritz Stern, *The Varieties of History: From Voltaire to the
　　Present* (New York: Meridian Books, 1956), p. 57.

9　Herodotus, *The History*, trans. David Grene (Chicago: University of Chicago
　　Press, 1987), 1:1. Cf. M. C. Howatson, ed., *The Oxford Companion to Classical
　　Literature*, new ed. (Oxford: Oxford University Press, 1989), p. 274.

10　中西史觀的比較研究，我頗得益於楊周翰：〈歷史敘述中的虛構——作為
　　文學的歷史敘述〉，在所著《鏡子和七巧板》(北京：中國社會科學出版社，
　　1990)，頁33-59；杜維運：《中西古代史學比較》(臺北：東大圖書公司，
　　1988)；Sheldon Hsiao-peng Lu, *From Historicity to Fictionality: The Chinese
　　Poetics of Narrative* (Stanford: Stanford University Press, 1994), pp. 13-92；及
　　Anthony C. Yu, *Rereading the Stone: Desire and the Making of Fiction in Dream
　　of the Red Chamber* (Princeton: Princeton University Press, 1997), pp. 29-52。

11　有關「克雷亞」在希臘遠古及上古的發展，最簡扼的研究見：Jan Fedrik
　　Kindstrand, "Diogenes Laertius and the Chreia Tradition," *Elenchos* 71-72
　　(1986): 229-233。

12　劉知幾撰，浦起龍釋：《史通通釋》，頁152。

學古言》，次者他亦逕自稱之《達道紀言》。

　　由於「克雷亞」類屬「記言」，可想在敘述上必省字約文，理皆要害，而其言近旨遠，固無論矣。再因同屬「記事」，所以「克雷亞」亦可以劉知幾所謂「小說」名之。表面上，「克雷亞」甚至可用《史通》拈出的「瑣言」一詞通括，蓋其「多載當時辨對」，亦可見「流俗嘲謔」於其中 [13]。儘管如此，我覺得「瑣言」的範圍仍然過大，「克雷亞」強調的「雅言」或「金言」的本質容易失焦。況且此一文類本意在矜古賢，美名士，實發人深省。本章中，我故而寧取中國人因劉義慶（403-444）《世說新語》而演繹出來的「世說」一體以名之 [14]，並借以展現「克雷亞」哲思常寓，每能裨益風規與發揚名教的文類特色。章前提到的戴奧吉尼士的傳說意在言外，道德性強，就是這種西洋世說典型中的典型。

　　明末來華的耶穌會士多以史實看待戴奧吉尼士一類的歐洲世說，此乃不爭的事實。陽瑪諾《聖經直解》用到亞歷山大大帝（Alexander the Great, 356-323 BCE）的世說時，往往就以「史記」二字前導之（《三編》，6: 2702和272）。章前又提過：高一志以「紀言」或「古言」冠其所譯或所寫。其中「史」雖不言，而「意」已顯然矣。至少「左史記言」的說法，《漢書・藝文志》以來盛極一時 [15]。

　　在史家之外，世說另得歐洲修辭學家所寶愛，古來即視為希臘或拉丁文「修辭初階」（*progymnasmata*）重要的教學利器，和「寓言」及「神話」鼎足而三 [16]。其影響之廣泛，最後連《新約・福音書》的

13　劉知幾撰，浦起龍釋：《史通通釋》，頁275。

14　「世說」之為文體也，參見下書之討論：寧稼雨：《中國志人小說史》（瀋陽：遼寧人民出版社，1991），頁219-235, 290-302, 311-334及382-387。

15　班固：《漢書・藝文志》，卷30，頁1715。

16　世說在希臘和羅馬教育中的應用，見R. A. Pack, *The Greek and Latin Literary Texts from Greco-Roman Egypt*, 2nd ed. (Ann Arbor: University of Michigan Press, 1965), p. 2287; Stanley F. Bonner, *Education in Ancient Rome* (Berkeley:

編次也迭經滲透[17]。世說既爲修辭學家所宗，我們可以想見其文學性
必強；連《福音書》上都有跡可尋，則必然也可以爲教會中人所用。
湊巧的是，不論《福音書》中的耶穌或明末的耶穌會士，他們在人世
的活動都和世說或傳教有關。上文所稱的「文學性」，部分涵意實爲
「虛構性」，往往有賴修辭來促成。倘用現代術語更精確地說，明末
耶穌會所傳世說的虛構性每每即見於會士爲歷史編造情節（emplot）
的文本特質（textuality）中，語言遊戲或遊戲語言經常是構成要素之
一，而某種源自西洋古典修辭學的定型書寫策略又是這一切的基礎。
在入華耶穌會士所處的文藝復興晚期，四世紀修辭學家亞普通尼士
（Aphthonius of Antioch）的《修辭初階》乃通行最廣的拉丁文初級寫作
課本之一[18]。我們不妨從是書對世說所下的定義舉例分析，看看耶穌
會中文世說的文本特質或文本性爲何，又如何彰顯出來。

歷史語法

　　亞普通尼士的世說論述中，下面這句話最得後世文法學者或修辭

（續）————————————

17　見 Vernon K. Robbins, "The Chreia," in David E. Aune, ed., *Greco-Roman Literature and the New Testament: Selected Forms and Genres* (Atlanta: Scholars Press, 1988), pp. 1-23; Aune, "Pronouncement Stories and Jesus' Blessing of the Children: A Rhetorical Approach," *Semeia: An Experimental Journal for Biblical Criticism* 29 (1983): 109-115; Martin Dibelius, *From Tradition to Gospel* (New York: Charles Scribner's Sons, 1935), pp. 152-168; and John S. Kloppenborg, *The Formation of Q: Trajectories in Ancient Wisdom Collections* (Philadelphia: The Fortress Press, 1987), pp. 306-315。

18　Francis R. Johnson, "Two Renaissance Textbooks of Rhetoric: Aphthonius' *Progymnasmata* and *Rainolde's A booke called the Foundacion of Rhetorike*," *Huntington Library Quarterly* 6 (1943): 427-444.本章中有關耶穌會世說的語法及其操作的討論，我深受下文的啓發：Ronald F. Hock, "General Introduction," *CAR*, 3-47。

學家——甚至是當代論者如哈克（Ronald F. Hock）——所認同：「世說
者，短小精煉之追記也，〔其中言行〕必恰如其分的依托於某人」[19]。
這個定義的第一個重點是「短小精煉」（σύντομος），前及有關戴奧吉
尼士的故事可見其端緒，而《勵學古言》中所收者尤多，如下有關亞
里士多德的一條即屬之：「或問於亞里斯多：『有學者何以異於無學
者？』答曰：『如生與死。』」（《古言》，頁11甲）此一「故事」追
記簡短，其重點除「依托於」亞里士多德以外，另又意涵深遠，啓人
深思。高一志〈《勵學古言》自引〉中，太乙陳子所稱「輕撥冷刺，
取勝機鋒，數語未終而下汗解頤者」，可謂其最佳之旌褒。當然，若
以語句之豐美而論，明末經中文重寫後的世說裡，下引《達道紀言》
所收的一條尤可稱風華的典型：

> 歐里彼德，古名詩士，甚敬慕一賢而長者。或問其故，答曰：
> 「幼之春多發美花，猶未結實。惟老之秋多垂美果，豈可不
> 敬？」（《三編》，2: 713）

我特別強調上引這條世說，原因在這是「歐里彼德」（Euripides,
c.485-c.406 BCE）一名及其詩行首度見諸中文世界，極富歷史價值，
另因歐洲世說的傳統中，這位古希臘悲劇作家也是緹翁（Aelius Theon
of Alexandria，一世紀）所謂「金言世說」（λογική χρεία）常見的主人
公之一[20]。從中文的句構看，歐氏的故事僅由兩個完整的句子組成。
第一句是因，第二句是果，堪稱簡潔。而他的答覆雖然可以拆成兩句
話，實則係一文法上所謂的從屬子句，乃依附在歐氏「答曰」這個主

19　Aphthonius, "On the Chreia," in *CAR*, 224-225; Hock, "General Introduction,"
　　CAR, 23-27.

20　比較著名的是緹翁《修辭初階》中所載的一條：「詩人歐里彼德說每個人
　　心中都有一位神。」見*PT*, 212-213。

要子句中，尤可以簡約稱之。至於第一句話裡的「古名詩士」，則係
「歐里彼德」這個名字的同位語，雙雙都是「敬慕」的主詞，並非另
一句話。所以這條世說乍看複雜，其實又可以「短小精煉」稱之。同
位語的限定用法在中文裡雖然少見，卻是西方人精簡文字的重要手
段。因此高氏用來雖有突兀之嫌，卻也顯示他擬在中文裡重現世說「簡
扼性」的企圖。

細而翫之，高作靈魂所在其實是第二句話裡的一問一答。其中的
發問者就像《勵學古言》中有關亞里士多德的一條一樣，已經模糊成
「或」這個代名詞了。如此寫來，敘述者「高一志」一來呼應了古典
世說的傳統組織成規[21]，二則表示他的世說所擬彰顯者乃歐里彼德這
個人和他的智慧珠璣。即使是第一句這個全文的「因」，也可能是修
辭策略使然，是爲了完成下一句的「果」才添加進來的。金言世說之
得名，係因其論點乃「用語言而非動作來凸顯」所致。然而本故事係
歐里彼德有鑑於他人的問題而形成，所以答覆中的金言並非作者有感
而發的結果。如此形成的問答結構，緹翁寧可再加細分，以「回答型
世說」稱之（*PT*, 188-189）。於此同時，由於歐里彼德的回答寓有爲人
解疑之意，他的世說也是緹翁三度分類時所謂的「解釋性回答型金言
世說」（*PT*, 190-193）。

歐里彼德的話既非自發形成，表示人爲的情節已經加入歷史實錄
之中。而句構上的精簡與緹翁層層的區分，則顯示這條世說係經過重
重的編輯作業而寫就，其深層結構正是海登懷特（Hayden White）所謂
「詩學的過程」（poetic process），和史實早有距離[22]。話說回來，世
說中的金言若「自發形成」，難道就表示合乎歷史實況？我看未必。

21　高一志所本的材料倘為希臘文，這裡的「或問」可能作ἐρωτηθείς或
　　πυθομένου τινός，因為這是多數世說定型的提問方法，見 *CAR*, 29。

22　Hayden White, *Tropics of Discourse: Essays in Cultural Criticism*（Baltimore:
　　Johns Hopkins University Press, 1978）, pp. 123-125.

《達道紀言》或其本源曾引西賽羅語而成世說一條，這裡可以引來再作說明：「格羅曰：『友之忌與仇之計，均宜防之。』」[23] 這個「故事」中有主講的角色，動詞顯然也是過去式，所以主角格羅的話雖屬警語，全句卻非習見的箴言，而是一條地道的敘述[24]，絕對當得起世說甚或軼事之名。中國舊版書罕見標點，不過這條世說因爲有引導句「格羅曰」，所以在另一個層次上類屬伏羅希洛夫（V. N. Vološinov）所謂線性的「直接引語」（direct discourse），政治性格強烈，乃權威式教條主義的產物。直接引語不僅是中國傳統的言談風格，也是歐洲中世紀引言法中的典型[25]。如果「目的性」也是「政治性」的涵意之一，那麼用「政治」一詞來概括上述「格羅曰」的功能，那就貼切無比。

　　「格羅」的話顯然出自《論友誼》（De Amicitia），但高一志略去原作的上下文，似乎也無意建構語境以約制句意。他的人物不經提示，只是自然而然講出一句話。讀者固可遵照引語自行思考交友之道，也可自定生活上的使用情境。由於類此修辭目的顯然，高氏的角色倘非歷史因素下中國人熟悉的人名，若不能因此而如昆第良所謂「增強引文的份量」[26]，則其權威感必然逆向而行，反得有賴引文的力量來促成。故此高氏筆下西賽羅的中文強而有力，非特「友」與「仇」形成反面對照，「忌」與「計」的同音結構也跟著出爐。中文修辭學

23　見Falconer, trans., *Cicero XX*, p. 723。「格羅」乃西賽羅拉丁名的縮音省字。
24　「箴言」與世說「敘述」的分野，緹翁有更詳細的說明，見*PT*, 187-190。此外，亦可參閱下文：John Dominic Crossan, "Kingdom and Children: A Study in the Aphoristic Tradition," *Semeia: An Experimental Journal for Biblical Criticism* 29（1983）: 79-80。
25　V. N. Vološinov, *Marxism and the Philosophy of Language*, trans. Ladislav Matejka and I. R. Titunik（Cambridge: Harvard University Press, 1973）, pp. 115-123.
26　*IO.* 8.5.8. 昆氏這個「人名政治學」還引申道：「有誰會容忍青年或幼年人把道德警語硬塞進我們的耳朵中，話講得駟馬難追，像法官一樣？」

裡的兩大巧技，高一志網羅無遺。

　　有趣的是，我們倘把上引世說裡西賽羅的話譯回拉丁文，則《論友誼》中幾乎找不到對應的原典，頂多只能在第十六節看到幾句大意近似的話，而且說話人不是「格羅」，乃西賽羅的敘述者在友道上佩服得五體投地的歷史實人西比歐（Scipio Africanus, 236-183 BCE）[27]。這種轉換顯示，高一志志不在「譯」或「譯寫」原作，他心中所存根本就是世說這種體裁，所以緊扣原文與否非關宏旨，重要的是詞句本身是否合乎世說的修辭規範，而如此修辭又是否能夠打動人心。歷史或原典，在世說裡已經向修辭俯首而稱臣。

　　金言世說之外，緹翁分類的第二型是「動作世說」（πρακτκή χρεία）。顧名思義，「其表現思想的方式」不是「話語」而是「動作」（*PT*, 194-195）。這一型的世說並非耶穌會士的最愛，中文著作裡例證有限[28]，但是如果懸而不論會士的加油添醋，歐洲修辭學教材中最常見的一條早經援用，而且係經高一志一引再引。《齊家西學》謂：「的阿日搦（案即戴奧吉尼士），古學名賢，適遇小童恣慢於途，則以杖叩其父。」（《徐家匯》，2: 551）故事中人一言不發，只見「杖叩其父」這個出人意表的動作，甚至連爲人父者所應負的教育重責也都吝於指陳，僅由動作予以暗示。所以動作在此就變成了隱喻，是全文意義的畫龍點睛。其中容或沒有禪宗哲思性的「當頭棒喝」──因爲戴奧吉尼士表面上意在懲罰，並非開示──但讀者仍然會因其中的肢體語言而感受到開示的效果。

---

27 Falconer, trans., *Cicero XX*, p. 171.

28 高一志《齊家西學》有一條世說約略近似，但動作沒有那麼強：「歷山王始學於數師。略泥大（Leonides）誠博學之士也，但跛碍不能正行，歷山不覺法之，而終身多見跛碍之狀。」見《徐家匯》，2:563。中古《證道故事大全》亦收此一世說，見 J. Th. Welter, ed., *La Tabula Exemplorum* (Paris: Occitania, 1926), p. 10。

　　戴奧吉尼士杖人一條，有趣的是《勵學古言》中有全然不同的說法，變成戴氏因故而挨杖受責：「弟阿日搦（案亦指戴奧吉尼士）初始游學，謁拜名師。師卻不容，幼再三哀乞。師厭，即以所携杖將擊逐之。幼者挺身迎杖，因告曰：『夫子惟有設教，弟子沒齒不敢失也。』師奇而受之，卒成大器。」（《古言》，頁15甲-15乙）此一故事倘若屬實，那麼在古希臘人的教育體制中，「教師」的地位似乎高甚，責任更是重大。幼童如其無教，教師看來得負全責，這點昆第良的《修辭指南》（*Institutio oratoria*）中有掌故可以佐證：「克里茨（Crates）見一幼童無教，杖責其師。」（*IO*, 1.9.5）故事裡的幼童並非行為不檢，僅屬「無教」（*indoctum*），而教師便難逃不教之罪。可以想見，這幼童若是言行無狀或嗜好不良，教師的責任更大。如此所形成的動作世說，可見於緹翁與中古梵帝岡文法家（Vatican Grammarian）的著作中 [29]。至於戴奧吉尼士「杖人」一條，用者更廣，哈克與歐尼爾（Edward N. O'Neil）在修辭學家中所見就多達十四例（*CAR*, 316-317）。緹翁所寫與哈克所見的兩類狀況中，懲戒教師的都是戴奧吉尼士，而這才是「歷史」的重點。普魯塔克（Plutarch, *c.* 46-*c.* 120）於此且曾特加月旦：戴奧吉尼士「懲罰不教之師而非不學之子，確該如此」 [30]。杖責一事，普氏顯然認為史上確曾發生，而這或許和傳說中戴氏幼年曾遭蒙師杖責有關。

　　上述兩種情況下的同一世說的「劇情」，哈克與歐尼爾以為發生在不同處，但我認為這只是修辭現象，並非像他們所謂的「古人以為有異」（*CAR*, 316），因為情境換成了中國，發生地不僅已非尼可拉（Nicolaus of Myra，五世紀）所稱的「某個市場」或梵帝岡文法家指明

29　*PT*, 194-195.梵帝岡文法家的身分不詳，疑為四世紀人，所著拉丁文本《論世說》（*De Chria*）的殘卷已編入*CAR*, 300-301。

30　Plutarch, "Can Virtue Be Taught?" in his *Moralia VI*, trans. W. C. Helmbold（Cambridge: Harvard University Press, 1993）, 439D.

的「吃飯場合」，而是變成了「路途之中」（*CAR*, 256-257）。連懲戒的對象也隨著中國國情而轉變成爲童子之父，以合乎《三字經》中所謂「養不教，父之過」的古訓[31]。儘管如此，高一志時而也徬徨在中西文化的差異中，定見難持。同一世說，他在《齊家西學》裡二度引到之時便有異文，不但親與師雙雙有罪，懲罰者中連和戴奧吉尼士頗有時距的蘇格拉底也加入了：「束格辣德及弟阿日搦皆上古名士也。遇幼者溺於邪，即杖其親，掌其師。」（《徐家匯》，2: 567）

上引話中的語意含混，因爲我們已有戴氏杖父的了解在先。儘管如此，戴氏和蘇格拉底乃第二句中「遇」、「杖」及「掌」的動作者亦昭然若揭。整條世說因此結構丕變，向讀者開放後面的動詞與受詞。讀者可以自行揣摹，組合「杖親」與「掌師」的主詞，也可以因主詞而自行設想其動詞與受詞。這種結構上的「五鬼搬運」或「流動性」——再加上歷史時間的齟齬——緣何發生？嚴格說來，答案並非高一志史識不足或混陳史實所致，而是他以世說的撰述成規爲準使然。一個最根本的解釋是：高氏處身文化有異的中國，不知不覺間就把世說操作上的「修辭擴張法」給施展出來了。

操作歷史

「擴張」（ἐπεκτείνωσις)乃世說的「申述」（ἐργασία)八法之一[32]，緹翁認爲學生可由「問題」及其「答覆」的改寫下手，也可以由角色

31　《三字經》，見上海古籍出版社編：《中國古代蒙書精粹》（上海：古籍出版社，1996），頁10。

32　這八種係緹翁的意見，除「鋪陳」外，另包括「背誦」(ἀπαγγελία)、「格變」(κλισίς)、「論述」(ἐπιφωνησλς)、「反議」(ἀντιλογία)、「節縮」(σνστολή)、「駁斥」(ἀνασκενή)與「確認」(κατασκενή)。此處所提之八法，係據*CAR*, 94-107。*PT.*僅區分為六法，見頁204-223。

的「行為」與「經驗」切入（*PT*, 214-215）。蘇格拉底與戴奧吉尼士的例子顯然屬於後者。倘從文藝復興後期的通用修辭學如耶穌會士所嫻熟的《修辭的藝術》來看，這種技巧近似蘇瑞芝所謂的「類比舉隅擴張法」（*DAR*, 176-178）。所稍異者是高一志的人物都是歷史實人，而蘇氏所引殆西賽羅與魏吉爾等人筆卜的神話角色。就修辭學的原則而言，高氏與西氏的寫法無疑都合法，但這種合法性無形中也牽動了一個詮釋上的悖論，因為我們發現前面探究的人物「異」中似乎也有「同」，亦即「歷史實人」也可作「神話角色」看，甚至可以神話意涵中的虛構手法來處理。果然如此，那麼世說裡的「歷史實錄」和「文學想像」又有何差異？

　　差異就算有，看來也不大。在緹翁與梵帝岡文法家之外，從亞普通尼士、賀蒙吉（Hermogenius of Tarsus，二世紀）到普里辛（Priscian，五世紀）等修辭學家也都曾在各自的《修辭初階》中用到高一志所引的〈杖師〉世說[33]。他們在緹翁的「正史」中另添枝蔓，讓戴奧吉尼士在動作後脫口問了一句話：「何以教此？」這一問，緹翁的動作世說身分稍變，略帶他所謂「混合世說」（μικτὴ χρεία）的味道，而這也是古典修辭學家所認可的最後一型的世說。蓋其中有話語也有動作，雖則意義主要由後者導出。無獨有偶，高一志和上面後一組人一樣，也曾用引文強化他的動作世說，使之轉變成為混合型。語境既經改寫，則戴奧吉尼士所講當然也會有異於西方的傳統。賀蒙吉等人的問句，在他的第一則世說裡遂變成肯定的責備，其內涵中國人想來都可心領神會：「夫爾子慢也，惟爾之罪。」（《徐家匯》，2: 551）至於蘇格拉底所捲入的第二條世說，則除了「惟爾之罪」外，高氏另因後一組人的影響而增添了一句分析性的責難，對象應為童子之師：「若

33　賀蒙吉所用者，見*CAR*, 172-173；亞普通尼士所用者，見同書頁224-225，普里辛所用者，見同書頁194-195。

初教以正，豈至此乎？」（《徐家匯》，2: 567）

在技巧上，高一志的修辭擴充——尤其是涉及蘇格拉底一條——固可能因為亞普通尼士與尼可拉等人的影響所致，但是毫無疑問，其思想內涵業已華化，當然是受中國傳統蒙書如前面提到的《三字經》啟發而來，蓋「養不教，父之過」之後，書中登場的便是「教不嚴，師之惰」。這種中國化的過程，世說所界其實是種移花接木的想像力，而且巧手銜接，不會出現荷雷斯《詩信集》中所謂「人頭接馬頸」的情形 [34]。這更惟修辭上的想像力是賴。所以文化背景的遷移，不但會引得耶穌會士遐想連翩，也會改變他們對史實的認定，使歷史再度淪為文化修辭。

不同耶穌會士在擴充世說時，當然會有不同的做法。有時候這種擴充反由「申述」促成，緹翁申述八法最後一類「確認」的運用就很常見。世說的演練者致力於「確認」時，既可藉角色與情境的「介紹」與「刻畫」、金言的「敘述」、「論證」，甚至是「申述」來發揮，還可以「離題」另闢蹊徑，將原先的世說改編成為血肉更為完整的短文，以便造成不同的文體效果（*PT*, 220-223）。當然，如果不完全按照——甚至是打亂了——這些步驟來改編，理論上也行得通，因為世說原本就允許撰作與接受上的違法和瀆職。

我在明末耶穌會世說中另有發現，值得玩味，亦即世說的「申述」時而並非由某會士獨力完成，而是由其他會士逆向接力以竟全功。顯例出現在高一志與龐迪我共同使用過的有關波斯古王薛西斯（Xerxes, 486-465 BCE在位）的一條軼事中。《達道紀言》裡的本子應該較近歐洲「原本」，茲抄錄如次：「實爾瑟（案即薛西斯）大王統百萬軍。一日，從高望之，泣數行下。王叔問故，答曰：『此眾不百年，無一在

34　Horace, *Epistles*, 2.3.2-3. 我用的本子見Smith Palmer Bovie, trans., *Satires and Epistles of Horace* (Chicago: University of Chicago Press, 1959), pp. 157-291。

矣。』乃王者，反以其民之眾而傲之？」（《三編》，2: 679）

　　薛西斯和所部間這種生死問答首見於希羅多德，發生在波斯大軍行將攻擊希臘之前 [35]。這件史事另見於德維崔等人常用的證道故事中，形態或有差異，卻可能都據高一志世說的歐洲原本改編而成 [36]。所謂「王叔」，史有其人，指波斯土大流士（Darius, 521-486 BCE在位）之弟阿爾塔巴諾斯（Artabanus）。高氏所據之歐文原本中可能作「或」，也可能直道其名。但高本最後敘述者的反問縱非一志所增，應該也是挪轉這條古典世說的天主教先賢所加，代表這則世說不僅對歷史也是對原本的擴張初階。龐迪我的《七克》「再接再厲」，其中擴充後的文本已經是「申述」的結果了：

　　　昔有國王，統百萬眾征行。布陣原野，登高望之，輒生雄心。
　　　私念：「百萬之眾，誰能禦之？我為其主，尊矣，大矣。」
　　　忽覺為傲，反念曰：「不然，不然。不及百年，被（彼）百萬
　　　皆死，我亦死，以一死為眾死主，何足矜矣？」（李編，2: 758）

一望可知，這條新編是前引高本的「逆向接力」之作。因為《達道紀言》在華刊刻的時間較《七克》為遲，達二十二年之久，所以「實瑟爾」世說不可能節縮自《七克》的本子。雖然我目前查考不出這條世說在歐洲修辭學中的本源，但如前所述，世說每涉歷史實人，主角之名正是這種文類不可或缺的構成要素，所以高本只宜在前，不可能在

35　Herodotus, *The History*, 486: 44-46.

36　見*Exempla*, 66:148; J.-Th. Welter, ed., *Le Speculum Laicorum* (Paris: Auguste Picard, 1914), 64-65: 314; and *CRDM*, 13: 76。不過薛西斯因部眾而認知生命短暫這個母題，更可能和L. Katona, ed., *Temesvari Pelbart Pelldai* (Budapest: Kiadja a Tagyar Tudomanyos Akademia, 1902), #392的故事有關。可惜後面這個中古集子我迄今緣慳一面；其故事大要可見於*IE*, 408: 5399。

後。即使從龐迪我所寫看來，世說中的金言也不可能是自發性的直接引語，薛西斯必經旁人提示才會口吐那句對世相深有體會的話，而「王叔」於此自是位居關鍵，扮演一般情況下「或」的角色。龐本對原本──亦即高一志後來或譯或寫的本子──曲予「申述」，殆無疑問[37]。

　　話說回來，龐本雖然略去「實爾瑟」之名，乍看模糊了高本或原本，但從高本未曾介紹薛西斯這種情況反觀，姑隱其名或許正可收親切之效，未嘗不是修辭上策。第二句話裡多出來的「征行」，用英文文法術語來說是個現在分詞，有動作意涵，把高本裡的靜態意象轉為動態。「布陣原野」一句繼而乘勝追擊，強化了動感，最後在「登高望之」的動作高潮中復歸於靜。龐迪我或他所據以中譯者臨摹至此，似乎再難滿足於世說的原始情境。或者說他或他們已經打算突破歷史的拘囿，別創新局。「或問」的公式遭到摒棄，可能因此而有以致之。我們更可以說歷史在此已經竄點，是以敘述者隨即改口而讓國王心有所感，發出一句獨白；此亦所以他的「私念」崛起。敘述者再就國王的心理衝突「申述」，因而「不然」疊現。此其間，宗教──在《七克》的語境中當然指天主教──關懷驀然叩關，登堂進入波斯古史矣：人皆有死，死後萬事皆空，則「以一死為眾死主」，無異以「無」統「無」，雖「百萬眾」亦「何足矜矣？」

　　從龐迪我這個中文申述版中，我們可見耶穌會世說和晚明耶穌會

<hr>

37　但是《達道紀言》所收的下面這一條「箴規」（《三編》，2:679）──因其一來缺乏主講的角色，二來文句本身乃由現在式寫出，故為一體適用的陳述，非史事之屬──很可能便節縮並改寫自普魯塔克有關斯巴達名將亞日西勞（Agesilaus）的一條世說：「人立奇功者，是人之像，何須不言之像以旌之？」普氏之故事見所著 *Sayings of Kings and Commanders*, in F. C. Babbitt, trans., *Plutarch's Moralia III* (Cambridge: Harvard University Press, 1989), 191D。龐迪我：《七克‧伏傲》項下有「加當」（Cato, 239-149 BCE）之回答型世說一條，含意類似：「加當者，功最大，未立像。或問故，對曰：『我願人問加當何故不立像，不願人問加當何故立像。』」見李編，2:768。

士所接受的歐洲傳統修辭技巧之間的互動[38]。他們所寫的許多類似世說因此轉型，蟬蛻而成為另類的歷史——或虛構。非特此也，會士所長亦在別創世說，筆下許多軼事型示範故事因此帶有這種文類的色彩。來華之前，他們固已嫻熟世說在十六、七世紀拉丁文作文課堂上的形態和應用[39]，和中華文化融通之後，「確認」這種修辭技巧的重要性倍增。「介紹」首先乘文化與國情之易與異而入，形成新型世說中相當搶眼的情節特色。歐里彼德在西方不算陌生，一般世說不用多加介紹，進入中國就得添上「古名詩士」這個頭銜。戴奧吉尼士與蘇格拉底亦然，非得用「上古名士」描述不可。這類介紹在軼事型世說中再經擴大，多半寫成內容更加豐富的背景說明。我們一直在高一志和龐迪我的作品中打轉，不妨從利瑪竇的《畸人十篇》舉例說明。〈君子希言而欲無言〉一章有蘇格拉底「痛恨巧言」的故實一篇，在西賽羅、迪裁吉倪、昆第良等古典本源中，其情節上的對話部分乃不折不扣的金言世說，但經利氏彩筆渲染後，整條世說擴大，「介紹」變成申述上的主打技巧：

38　以「申述」來擴充世說的情形，龐迪我的薛西斯故事並非孤例。利瑪竇的《交友論》（李編，1:318）亦有一例：「歷山王未得總位時，國庫凡獲財，厚頒給與人也。有敵國王富盛，惟事務充庫，譏之曰：『足下之庫在於何處？』曰：『在於友心也。』」方豪：〈利瑪竇《交友論》新研〉，《自定稿》，2: 1869和Pasquale M. D'Elia, S.I., "Il Trattato sull'Amicizia: Primo Libro Lcritto in cinese da Matteo Ricci S.I. (1595)," *Studia Missionalia* 7 (1952): 505n1俱以為這是某拉丁「原本」的繁化，而不知其為世說而有擴充之特權也。此一故事，修辭學家裡首見者為緹翁。在他的寫法中，這是個以動作為重的混合型世說，茲中譯如下：「歷山者，馬其頓王也。或問其財物置之何處，則遙指友人而答曰：『在此。』」見*PT*, 200-201。但據*CAR*, 302-303，其他修辭學家也有用動作或用金言加以處理者。利瑪竇的寫法是以金言世說為本，經「介紹」與情節上的添加後而成。

39　Cf. Donald Lemen Clark, "The Rise and Fall of Progymnasmata in Sixteenth and Seventeenth Century Grammar Schools," *Speech Monographs* 19/2 （March 1952）: 259-263. Also cf. Robert A. Lang, "The Teaching of Rhetoric in French Jesuit Colleges, 1556-1762," *Speech Monographs* 19/4 （Nov 1952）: 286-294.

束格剌得氏〔生〕當亂世，卓立自好，正言不屈，奸人謀而陷
之於罪，被拘囚以誅焉。其門人弟子大憂之，獨己至死不變
色。于時有一名士大雄辨（辯），論理無對，則代之慟而作一
文字，剖析事理，申雪枉抑，使束格剌得持於公堂。庭辨之，
必免刑也。躬詣獄，致之束格剌得。讀畢曰：「不對，不堪
用。」士曰：「此文文言切中夫子之事，奚云『不對，不堪
用也』？」曰：「婦人屢稱我足，我亦不著矣！男子氣雖斷，
于殃，不取于卑陋巧言，而汝安取之以自敗其德乎哉？」（李
編，1: 185）

　　最早收錄這則軼事的——這時應該稱之——「示範故事集」，是
一世紀瓦勒流(Valerius Maximus)的《嘉言懿行錄》（*CMAS*, 6.4.F2）。
但是如前所示，這個故事原先可能出現在西賽羅的《論雄辯》（*De
Oratore*）之中。利瑪竇的中文本所據極可能便是後書之傳統，因為「婦
人」和「男子」的類似對照，西氏的強調最早，也最重，而如此回答
所形成的利語伶言正是許多世說答覆部分的特徵。然而《論雄辯》雖
也提到「卓立自好，正言不屈」這些人格特質[40]，蘇氏生「當亂世」
與身繫囹圄的原因則兩兩俱闕。至於「其門人弟子大憂之，獨己至死
不變色」這兩句添寫，顯然又是人格兼背景的雙重介紹，一以強化蘇
氏的正直無畏，二則引導故事結尾他所表現的道德與原則堅持。繼之
上場的「名士」，史上確有其人，乃雅典雄辯家李西斯(Lysias,
c.458-*c*.380 BCE)[41]。這更是一個中國人生疏的名字，不過利瑪竇可
以憑藉成規而省略之，因為他立傳的焦點乃蘇格拉底的金言。李氏的

40　Cicero, *De Oratore*, 1.54.231, in E. W. Sutton and H. Rackham, trans., *Cicero III*
　　(Cambridge: Harvard University Press, 1996), pp. 164-167.

41　R. C. Jebb, *The Attic Orators from Antiphon to Isaeos*, vol 1 (London:
　　Macmillan, 1876), pp. 153-154.

功能不過如常態世說中的「或」。

在中國，上述添寫介紹確有文化溝通上的必要。介紹乃描述，就蘇格拉底軼事而言，一面也在對人物行揚揄之實，而從緹翁到亞普通尼士，「褒辭」性的介紹添寫即屬「申述」的手法之一[42]。可惜再自緹翁到亞普通尼士，幾乎也沒有一位古典修辭學家或文法學者詳述過這種褒辭的規則。所以要探討耶穌會士的介紹詞語法，仍然有賴蘇瑞芝的理論之助。利瑪竇等人推衍世說時，幾乎亦步亦趨，隨著《修辭的藝術》起舞。蘇氏的基本看法是，讚揚應以稱美人格為主，「蓋人格的形成係以德行為基礎」（*DAR*, 186）。他又暗示道：稱頌學問與智慧不如記述對方的「正義感」、「勇氣」與「克己的能力」，因為有「正義感」的人敬神，有「勇氣」者不辭苦難，而能自制者可以理性克服天性上的衝動。下文尤關緊要：「勇敢無畏的人，我們最該讚美。他們行事若不為利益與報酬計，尤然。艱苦卓絕，不顧生命危險者，同樣值得我們多方頌揚。」（*DAR*, 187-190）稍加推想，這些話簡直是介紹蘇格拉底的理論基礎。他因「正言」而受人誣陷，利瑪竇轉述這點為的是凸顯其「正義感」。蘇氏又言所當言，不為勢屈，必然也是「行事不為利益與報酬計」的典型。至於門人憂而「獨己至死不變色」，則非有過人的「勇氣」不可，更得「不顧生命危險」，由相關的「克己的能力」來促成。利瑪竇的刻畫中夾插了不少西賽羅原文所無的修飾語。蘇格拉底音容宛在，人格深切著明。我們為軼事動容，未必因為史上曾經如是發生，而是受到類似的修辭感召所致[43]。

42　例見賀蒙吉，在 *CAR*, 177。另見普里辛與亞普通尼士，在 *CAR*, 195 and 225。

43　「擴張」其實等同於「申述」。《達道紀言》有如下世說一則，其歷史本源係 *LEP*, 6.54：「有問弟阿搦者：『結婚何時而利？』答曰：『幼者與老者未嘗利也。』」見《三編》，2:718。然而迪莪吉倪的希臘文原本中的回答並非如此單純，而是意涵頗深的機鋒，權譯如次：「幼者未足以言結婚，老者不可輕言結婚。」高一志的寫法或因記憶失誤所致，但《齊家西學》中他二度用到這條世說時，便有可能為「擴張」故而以較平庸的筆調來突

　　每當申述付諸實踐，入華耶穌會士或會堅持主題句的意義及形式，但筆下世說的人物乃至事件的發生時間則非一成不變。後一點，現代論者疑慮頻見。以人物為例，利瑪竇《交友論》即有故實惑人，蓋其後出的本子又見異文：

　　　　墨臥皮(利氏原注：古聞士者)折開大石榴。人或問之曰：「夫子
　　　　何物願獲如其子之多耶？」曰：「忠友也。」(李編，1: 320)[44]

在《達道紀言》收錄的同一世說中，高一志不僅省略「墨臥皮」其名，而且模糊易之為「西亞國名王」；答句裡的「忠友」也經改為「忠臣」(《三編》，2: 685)。方豪考利瑪竇所寫，師老而無功。德禮賢(Pasquale M. D'Elia)倒從某故事大全中查到了「原典」，以為利氏筆下「墨臥皮」一名「有誤」，係利瑪竇皂白不分，混淆其人所致。德氏鐵口直言，指出其人應為「墨加巴若」(Megabaros)[45]。但實情果如所斷，則《達道紀言》所稱的「西亞國名王」豈非混陳之尤[46]？

(續)————

　　　顯後文中用尖銳的警語寫下來的「申述」：「古譬曰：『幼配老，猶榫樹
　　　依朽木，匪久俱敗耳。』」見《徐家匯》，2:499。
　44　這裡的「人或」二字，李編作「或人」，不通。葉德祿纂：《合校本交友
　　　論》(北平：上智編譯館，1948)，頁17指出《鬱岡齋筆塵》刪去人字，通。
　　　但依我淺見，「或人」和《圖書集成》本所謂「西域文法，辭多費解」應
　　　該無關，因為兩字對調即可讀通。「或人」一詞，故而仍為刻工誤刻。
　45　《自定稿》，2:1870；D'Elia, "Il Trattato sull'Amicizia: Primo Libro scritto in
　　　cinese da Matteo Ricci S.I. (1595)," p. 511n1. 另參戴維揚：〈從《交友論》
　　　看中西思想文化交流史上的一個範例：利瑪竇與徐光啓〉，在紀念利瑪竇
　　　來華四百週年中西文化交流國際學術會議秘書處編：《紀念利瑪竇來華四
　　　百週年中西文化交流國際學術會議論文集》(新莊：輔仁大學，1983年)，
　　　頁187。
　46　高一志此一世說全文如下：「西亞國名王几席，偶有柘榴露其房。寵臣問
　　　曰：『王欲何寶物如此榴子之多？』答曰：『忠臣而已。』」見《三編》，
　　　2: 685。

　　表面如此，其實不然。從考證的角度來看，德禮賢講對了一半，
因爲他雖然咬定「墨臥皮」乃「墨加巴若」，卻不知道故事淵源所出
乃希羅多德的《歷史》，而「折開大石榴」者實大流士也。至於「墨
加巴若」，他是大流士觀念中「忠友」的典範。高一志又以「臣」代
「友」，不過西方古典思想中臣、友不分，故而所寫不能算錯[47]。高
氏筆下的「西亞國名王」更有某種程度的歷史正確性，因爲「西亞」
者，「伯西亞」（波斯）之省文也。「友」與「臣」的「混淆」，史上
另有前例：普魯塔克《名王名將嘉言錄》（*Regum et imperatorum
apophtegmata*）所收同一世說中，「墨加巴若」即化爲「左皮魯」
（Zopyrus），而左氏不但是大流士麾下的「忠臣」，也是他的「摯友」[48]。

　　耶穌會士也好，普魯塔克也罷，這種變換是史家誤記，道聽塗說
而得，還是別有他故使然？戴奧吉尼士乃明末耶穌會士偏愛的上古哲
學家之一，《七克》中另有相關世說一條，其中人物在世說史上之變
化則有甚於〈墨臥皮〉者。以歷史時序的「變動」而言，後者更難比
擬，值得借來例示史實與修辭申述之間另一種層次上的互動，並爲上
述問題求解：

> 弟阿熱搦，西國賢士，早年慕道，絕世富而喜貧。一日，向
> 水濱自浣蔬，亞利斯弟見之曰：「子有大德大智，能與我事
> 王，可大富貴，何至自浣蔬？」對曰：「子能與我知足，一
> 試匱乏之樂，可大貧賤，何至以詼言欺王？」（李編，2: 864）

這個故事在西方流傳極廣，耶穌會中文著作中亦二見（《三編》，5:

47　Herodotus, *The History*, 4.143.「友」與「臣」的概念在中國雖截然不同，但
　　是如果從亞里士多德的觀念來看，應無差異。參見本書第五章第二節。

48　Plutarch, *Sayings of Kings and Commanders*, 173.3.左皮魯事蹟見Herodotus,
　　The History, 3.153-160。

2357），因爲是由「兩位有名有姓的古人所說的話構成，每一位也都口吐金言一句」，緹翁故稱之「雙重世說」，以別於〈墨臥皮〉之爲單一型。另一方面，由於這類世說正如薩地斯的約翰（John of Sardis，九世紀）所說的「有互斥的語句出現」，所以梵帝岡文法家認爲宜以「對駁型世說」（chreia "refutativa"）稱之（CAR, 288-289）。

在龐迪我筆下，上引世說中對駁的人物乃戴奧吉尼士和蘇格拉底的學生亞利斯弟（Aristippus of Cyrene）。這種組合雖見於迪莪吉倪，但《名哲列傳》（Vita philosophorum）他處卻又把亞利斯弟換成柏拉圖，甚至代之以克蘭尼學派的第二代傳人西奧朵（Cyrenaean Theodorus）和犬儒學者梅錯克（Metrocles; LEP, 2.102; 6.58 and 2.68）。修辭學家當中，用到這個世說的只有梵帝岡文法家。他的故事中，柏拉圖甚至是由另一犬儒哲人安弟斯尼（Antisthenes, c. 445-c. 360 BCE）入替（CAR, 288-289）。就我所知，以修辭性的例證而言，戴奧吉尼士浣蔬的情節變奏首見於荷雷斯的《詩信集》，而作爲道德範例且收入這類故事集中，瓦勒流的《嘉言懿行錄》則是濫觴（CMAS, 4.3.F4）。至於中世紀證道故事集中的刊載，《證道故事大全》（La Tabula Exemplorum）仍然拔得頭籌。後者中和戴奧吉尼士對駁者已三易其人，變成是丘米的暴君亞利斯多德慕（Aristodemus, fl. 524 BCE）[49]。荷雷斯和瓦勒流所寫和龐迪我的中文版一樣，主角都是戴奧吉尼士和亞利斯弟。不過最值得玩味的仍然是：荷雷斯和迪莪吉倪都讓戴奧吉尼士開口抨擊亞利斯弟諂媚當權，然後亞利斯弟再反唇相稽，可是從瓦勒流到《證道故事大全》則反是，變成戴奧吉尼士迎擊亞利斯弟的譏誚。

---

49 Horace, *Epistles*, 1.17.13-32; *CMAS*, 4.3.4; and *TE*, 42:144。《證道故事大全》所收可能受到瓦勒流的影響，因爲「蔬」字在此已變爲意思更爲寬廣的「草蔬」（herbas）。

　　因與果即時間的次序，向來為歷史自然主義者所重。無如上述兩組戴奧吉尼士軼聞的「記錄者」──包括用中文寫作的龐迪我──卻互為鑿枘。如果這兩組時序史家都能接受，對錯不論，那麼這是否意味著世說語法於人物與史序亦機杼獨出，不為史實所掣肘？顯而易見，在人物與事件的次序上，龐迪我的世說走的是瓦勒流的傳統。他的故事中所稱的「王」，實指入華耶穌會士熟悉的戴奧尼西斯（Dionysius of Syracuse, *c.* 430-367 BCE）[50]。據稱柏拉圖和亞利斯弟都曾從遊於這位雪城的暴君，而這或許是兩人在浣蔬故事中彼此可以置換的原因[51]。然而就歷史時序的安排再言，龐迪我仍然拒從古典詩人與史家，而這是否又意味著他別有史觀？

　　答案可以說「是」，也可以說「不是」。原因是晚明耶穌會的浣蔬或石榴故事根本就是在同一修辭學觀念的規範下寫就，擁抱史實的意願或有，查核的精神則無。這裡所謂的「修辭學規範」，簡言之，就是修辭初階的實務中最受人重視的課堂練習「背誦」。

　　顧名思義，背誦應如哈克所指，要背得跟老師所出的題目一模一樣，而不是用不同的文字予以表述（*CAR,* 37）。然而即使在世說發展的初期，這個傳統共識也和修辭初階的課堂實情有所不合。緹翁曾說過：學生有權「盡力把規定的世說用……『其他的話』清楚道出」（*PT,* 204-205，雙引號的著墨為我所加）。普里辛的《修辭初習》（*De*

50　戴奧尼西斯乃中古證道故事中常見的反派英雄，明末耶穌會中文著作中凡數見，所引在歐洲最膾炙人口者有二：一為利瑪竇《畸人十篇》中的〈達瑪可士之劍〉（李編，2: 217-218），一為衛匡國《逑友篇》中的〈大漫與比帝亞〉（《續編》，1: 51）。詳見本書第五章第二及第三節。

51　有關兩人和戴奧尼西斯的關係，見*LEP,* 2.102; 6.58 and 2.68, 2.66ff和3.18ff。相關的現代論述見Brian Caven, *Dionysius I: War-Lord of Sicily*（New Haven: Yale University Press, 1990）, pp. 179-180 and pp. 180-183。世說的傳統中，柏拉圖也曾在幾個故事中和戴奧吉尼士對駁，見Alice Swift Riginos, *Platonica: The Anecdotes Concerning the Life and Writings of Plato*（Leiden: E. J. Brill, 1976）, pp. 111-117。

Praeexercitamentis)則更大膽地強調：學生背誦世說的時候，「不該如數背出，應以更完整的方式說出」(*CAR*, 196-197)。《修辭初習》其實是賀蒙吉《修辭初階》的拉丁文譯本，所述之背誦方式雖略異於原作，但歐洲中世紀以還，影響頗鉅(*CAR*, 187)。普里辛的話著重「更完整」(*latius*)這個概念；他的意思有兩層，第一是世說短小精煉，僅具史事之骨架，背誦者可以在這個基礎上藤蔓再添，使歷史變得「更完整」。也因為這層意義之故，普里辛的話又產生了另一意義：文勝於質，可也。易言之，「史事」一旦用於作文的練習，學生就不應再以「精確」為繩墨，反應視同文本而讓位給修辭或創作。

　　如此改寫或再製，結果通常就是一篇經過擴張或申述的短文，其中包含對「主角」的褒揚，如前引利瑪竇故事中對蘇格拉底的介紹。若據賀蒙吉的說法，這種擴張還應包括申述或衍釋世說本身，例如龐迪我的薛西斯的故事。一切就緒之後，學生還得用「原理的說明」(rationale)來總結所作的擴充(*CAR*, 177)。高一志「譯」畢薛西斯世說最早的形態後，隨手補上的「乃王者，反以其民之眾而傲之」一句，就是例子。這三者所構成的書寫不僅已非詹明信(Fredric Jameson)所謂「原狀歷史」(unmediated history)，也不會是傅科區別出來的「史學撰述」[52]，甚至不完全像中國人觀念中的「論贊」[53]。我們如果把史實比為柏拉圖式的本體，那麼教師寫下來的題目——這裡我指的是世說最原始的形式——應該是本體的二度模仿。推而想之，學生假背誦所形成的「擴張」或「申述」，毋乃詩人對本體的第三度模仿？倘

52　見Fredric Jameson, *The Political Unconscious* (Ithaca: Cornell University Press, 1981), p. 82; and Michel Foucault, *The Order of Things: An Archaeology of the Human Sciences* (New York: Vintage Books, 1994), pp. 367-373。

53　參見劉知幾撰，浦起龍釋：《史通通釋》，頁81-83；張新科：《史記與中國文學》(西安：陝西人民教育出版社，1995)，頁212-217；以及王錦貴：《中國紀傳體文獻研究》(北京：北京大學出版社，1996)，頁170-180。

使這背誦所成之文還要譯成拉丁文以外的語言如中文，那麼我們又該稱之為第幾度的模仿？譯者易也，本非原作之屬，如果「譯」出來的中文又是夾敘夾「譯」的結果，那麼歷史和文本之間的轇轕愈趨複雜，恐非以「史記」為意的明末耶穌會士所能想像。

　　為了鼓勵學生朝擴張或申述的方向走去，世說在西方的背誦自由大到了極限。緹翁所謂「其他的話」，其實不止於歷史時序的逆反，也包括人名上的張冠李戴。利瑪竇易「大流士」為「墨臥皮」，又把「名王」改為「聞士」與「夫子」，就是這種理論的正常發揮。《交友論》多數內容譯自萊申特（André de Resende, 1498-1573）的拉丁本《金言與示範故事集》（Sententiae et exempla, 1590）。一五九八年，利氏又據自己的中文本將之「回譯」成意大利文，其中「墨臥皮」一名仍未還原，即表示他深知所寫的中文故事實為世說，人名不必泥守底本，「張冠李戴」可也[54]。理論既已言之鑿鑿，則後世所謂「混淆」之說確可休矣。

　　對明清之際的中國人來講，研究者所謂的「混淆」更非問題。這不僅因為耶穌會士不曾教時人以今日所稱的歐洲史，更因其相關之修辭成規俱以「應用」為目標有以致之。再舉〈墨臥皮〉為例。清初朱日濬的《朱氏訓蒙‧詩門》嘗引此一世說，說明〈小雅‧伐木〉一詩的旨趣[55]。朱氏言語間，有如中國人早已偵悉世說在蒙學上的功效一

54　唯一「差別」在意大利文本中墨氏之名的拼法為"Magapito"，見D'Elia, "Il Trattato sull'Amicizia: Primo Libro scritto in cinese da Matteo Ricci S.I. (1595)," p. 511。不過《交友論》最後包括〈墨臥皮〉在內的數條世說並非譯自《金言與示範故事集》。有關二書淵源之討論，德禮賢所著最為重要，方豪的〈利瑪竇《交友論》新研〉僅是祖述而已。兩人的論戰，除注38所引二氏之文外，另見Maurus Fang Hao, "Notes on Matteo Ricci's De Amicitia," *Monumenta Serica* 14（1949-1955）: 574-583; and Pasquale M. D'Elia, S.J., "Further Notes on Matteo Ricci's De Amicitia," *Monumenta Serica* 15/2（1956）: 356-377。

55　朱日濬：《朱氏訓蒙‧詩門》（1643；中央研究院中國文哲研究所圖書館藏微卷，原本現藏東京淺草文庫），卷16，〈伐木〉第1章。下引《朱氏訓蒙》，

般。他使用之際,於利瑪竇和高一志間的種種歧異其實充耳不聞,但求借而一用。他的用法滿載弔詭,不僅重寫了耶穌會士的原意,甚至也混淆了所欲闡釋的中文經典的傳統旨意。〈伐木〉以丁丁斧聲和嚶嚶鳥鳴起興,指出鳥類猶知求友,「矧伊人矣,不求友生?」《交友論》訓「友」字,自《說文解字》入門,以為從雙「又」,「即兩手也」(李編,1: 309)。這點《朱氏訓蒙》其實照搬,利瑪竇的影響昭然可見。利氏復因亞里士多德《倫理學》有「鳥之同類者比翼而飛」一句(CWA, 1155a),故殿之以「朋」字訓詁,從「情理自然」的角度以為指鳥之雙「羽」。利氏此說,朱日濬略過不表,然而這並非他有所唐突,因為〈墨臥皮〉所擬疏論的〈伐木〉本來就是一首「以鳥喻友」的詩,和利氏所訓義同理同,不必疊床架屋,絮叨再引。不論「雙手」或「雙羽」,其實都是一體,此所以朱日濬接下來的疏論引的也是《交友論》開篇的格言:「友即我之半,乃第二我也。」(李編,1: 300)

《交友論》中的這句話,當然出自亞里士多德的傳統[56]。朱日濬以引論引,接下來必因利瑪竇故而從西賽羅的《論友誼》再取數語以釋慎交。但朱氏稍異於利氏;他主要的目的在藉此導出有關亞里士多德再傳弟子竇法德(Theophrastus, c. 370-288/5 BCE)的一條世說,內涵是:知交密友不可能貧富懸殊。不過《朱氏訓蒙》引論至此,筆鋒陡地一轉,居然撿出西俗一條,謂:「北方是的亞國俗,獨以得友多者稱之為富。」坦白說,這句話才是朱日濬引證上的關鍵樞紐,因為句中的「富」不一定是精神層次的比,反可能是物質面的修辭,蓋以朋友比諸財庫,《倫理學》以來蔚成西俗。待諸般就序,朱日濬才在疏

(續)————————————

概據此版,因原書並無頁碼,故不另添注。《朱氏訓蒙》之使用《交友論》,我乃承楊晉龍博士賜知,謹此再謝。

56 方豪:〈利瑪竇《交友論》新研〉,《自定稿》,2: 1857。有關中國人接受「友即我之半,乃第二我也」的狀況,見方豪:〈半我與二我〉,《自定稿》,2: 1270;以及本書第五章第三節。

注中讓〈墨臥皮〉這條主喻登場。不過此際語境已變，可想新版〈墨臥皮〉的意涵當然不復當初。朱日濬似乎想說：「忠友」果然多如「石榴子」，則墨氏所暴增者乃物質上的財富。

上面的推測，朱日濬之前，徐𤊻其實已加申說。《交友論》全書，徐氏獨重竇法德的知交之見，嘗因此而謂利作「尤切中人情」，並引以合法化中國傳統友論中的「通財之義」，藉以痛批子貢與公西華不能分財於顏回與原憲，致使貧而乏絕 [57]。對照上文所論的〈默臥皮〉在朱疏中可能的衍義，徐氏的引論令人莞爾：兩者確有「同工」之妙。由是再推，那麼《朱氏訓蒙》中，朱日濬所重寫者非惟〈墨臥皮〉這條世說的旨趣，似乎連〈伐木〉的傳統意蘊也要改觀。《毛詩・序》認為此詩係「燕朋友故舊」之樂歌，陳奐(1786-1863)《毛詩傳疏》繼而以為「出自幽谷，遷於喬木」都在興「君子居高位而不忘下位之朋友」。有趣的是：我們若展讀朱日濬——尤其是從徐𤊻的發明比附來讀——對《交友論》所作的詮釋性調整，難免會想問他一句：「丁丁」與「嚶嚶」所興所賦究竟是哪一種朋友？這種「知交密友」所生的情誼，是否又有可能變成亞里士多德和西賽羅都曾致意的圖利彼此的政治友誼 [58] ？

世說有其隨成規而產生的形式與內容變化，故而可見跨文化挪用上的編輯性調整。使用者如朱日濬等乃以「應用」為目的，哪理會得了是否強姦了入華耶穌會士的原意，而會士於歐洲傳統的扭曲也在百步間，自可和中國人等量齊觀。後一點，下節回到天主教的脈絡中我會詳論，此處應該回頭強調的是：類如〈墨臥皮〉——甚至是〈浣蔬〉——之變化的世說在歐洲傳統中早已層出不窮，而修辭學家種種放任

57　徐𤊻：《筆精》(福州：福建人民文學出版社，1997)，頁288-289。

58　陳奐的看法，見程俊英、蔣見元：《詩經注析》，下冊(北京：中華書局，1991)，頁453-454；亞里士多德的看法，見 *Nicomachean Ethics*, 1160a-1161b, and *Politics*, 1278bff。西氏之見見 *De Amicitia*, 10.33-34。

下來，影響所及已經超越課堂。其結果誠如哈克所言：「身懷巧技與信心的作家」會比學生所爲「出人意表」，因爲他們可以「放膽背誦世說，曲盡變化之能事」（*CAR*, 37）。寫作上一旦發展至此，同一世說在同一作家處理下也會以不同的面貌現身，就像迪莪吉倪想像〈浣蔬〉故事時，至少換了三組人物，而高一志的〈杖師〉一條則是連責打的對象都可添加。歷史時序同樣不成問題：荷雷斯的世俗性重，《詩信集》中早就認同了亞利斯弟，以爲係「行爲的典範」[59]，當然讓他駁斥戴奧吉尼士。龐迪我係教士，主張清貧的靈性生活，所以調整了詩人的「史實」，哲學家因而佔據了對話上的優勢[60]。這樣看來，章前所提世說事件的歷史先後次序，其實端看使用者所需決定，而其中歷史人物似乎也該正名爲「歷史虛構」的「角色」（*dramatis personae*）了。荷雷斯和迪莪吉倪等人固然都在緹翁和亞普通尼士所承襲的世說修辭學中寫作，龐迪我與高一志等入華耶穌會士何嘗不然，何嘗又不能畫歸同一傳統中那些「身懷巧技與信心的作家」之林？

人物形象

上節中我所強調的「放任」，當然不是指毫無遊戲規則可言。再怎麼變化，再怎麼乖離歷史人物「原來的話」（*ipsissima verba*），世說

59　W. R. Johnson, *Horace and the Dialectic of Freedom: Readings in "Epistles 1"* (Ithaca: Cornell University Press, 1993), p. 100.

60　龐迪我的世說，重心是第二句金言，代表他使用的目的：他顯然偏好戴奧吉尼士一方，而這種偏好乃因天主教義反對「貪」，也反對因貪而容易淪入的「奢」所致。浣蔬的動作，於此化爲象徵，乃相對於「國王」及其聯想的安貧樂道的隱喻。經此挪用，此一世說似乎也變成天主教對世俗物欲的批駁，難怪撰寫或譯寫教義手冊的龐迪我會青睞有加。陽瑪諾顯然也認同於戴奧吉尼士，《聖經直解》同一故事略亞利斯弟之名而改稱之爲「佞人」，可以爲證，見《三編》，5: 2357。

作家多仍維持金言或動作最初設計的精神與模式。其次，不論「角色」
（πρόσωπον）怎麼換，他或他們也必須搭配得上世說中所看重的金言
或動作。亞普通尼士的世說定義中所謂的「恰如其分」（εὐστόχως），
就是角色和世說金言或動作關係的指導原則。蘇格拉底和戴奧吉尼士
都是一代宗師，當然夠格在眾生當中杖他人之父，責他人之師。墨臥
皮是先生名士，大有學問之人也，以石榴子喻求友心切，也合乎身分。
亞利斯弟嘗遊西西里，龐迪我或他所沿襲的傳統就讓他取代柏拉圖。
戴奧吉尼士還怪癖成習，中文世說中每出言刻薄，又何須驚怪？由是
觀之，「恰如其分」和耶穌會中文世說裡的「人物形象」（*imago virtutis*）
當然有密切的關係。

此處我所謂的「形象」，其實源出「示範」或「證道故事」的拉
丁原文在字義上的另一觀念，亦即柯隄士（Ernest Robert Curtius）論中
世紀歐洲文學時所稱的「示範人物」（exemplary figure）。這種人乃品
質的化身，值得我們憲章步武[61]，明末耶穌會世說中人大多屬之。他
們可能是歐里彼德一類的詩士[62]，講話睿智而帶有詩意。他們也可能
是上古名王名將，如斯巴達的里古我（Lycurgus, fl. 775 BCE）、亞日西
老（Agesilaus, *c.* 443-*c.* 358）和羅馬的凱撒（Gaius Julius Caesar, 100-44
BCE）等人，各以典章制度與事功動業著稱於世。他們更可能是戴奧
吉尼士、蘇格拉底一類的哲學家，或馬其頓的亞歷山大等雄才霸主，
各有生活原則、行事態度和處世精神。戴氏一組古人尤其值得注意，

---

61 Ernst Robert Curtius, *European Literature and the Latin Middle Ages*, trans.
Willard R. Trask (Princeton: Princeton University Press, 1973), pp. 60-61.

62 例如利瑪竇《西國記法》（1595）中提到的「西末尼德」（Simonides of Ceos,
556-468 BCE），或《西琴曲意》所引的「默尼氏」（Parmenides, *c.* 515-*c.* 450
BCE）等人。前者見吳編，頁14；後者見李編，1: 289。西末尼德的軼事，
Jonathan Spence, *The Memory Palace of Matteo Ricci* (London: Faber and
Faber, 1985), pp. 2-5以為取自上古史家或修辭學家，但更近事實的應該是文
藝復興晚期的蘇瑞芝，見*DAR*, 417-418。

因為不論直接或間接，史上咸認為他們互有淵源或──在某個意義上──簡直就是師承一脈[63]。這類關係──尤其是師承的問題──中國人一向看重，耶穌會士如艾儒略等人的著作也同表重視，常見強調（見李編，1: 42）。

　　對天主教來講，戴奧吉尼士等人當然是異教徒。儘管如此，他們在明末耶穌會士筆下卻像《伊索寓言》裡的動物一樣，紛紛化身成為中古教中讚美的品質或德行。有所不同的是，伊索式動物如本書第二章所示，多因託喻而成其天主教身分，而世說裡的歷史人物則除了少數例外之外，大多卻因其生命氣質而經天主教化。我所謂的「生命氣質」，係由世說人物的性格（ethos）與思想（logos）構成，最終目的是要作用在聽眾的反應（pathos）上，以形成一完整的修辭情境（rhetorical situation）[64]。這個情境當然不等於歷史實況，就連其中美德的化身──也就是世說人物──往往也因其話語和行動都有一定的修辭方式而帶有強烈的文本性。耶穌會士傳入的動作世說絕無僅有，我們要深入角色或示範人物本身的這種文本性，其人金言是唯一的憑藉。

　　章前引到的西方古人中，戴奧吉尼士和世說生成的關係最深。他

63　戴奧吉尼士係安提西尼（Antisthenes, c. 455-c. 360 BCE）的學生，而安氏和柏拉圖一樣，乃蘇格拉底的門徒。犬儒學派和蘇門的學術道統因此密不可分，詳見彼得・法朗士（Peter France）著，梁永安譯：《隱士：透視孤獨》（Hermits: The Insights of Solitude；新店：立緒文化公司，2001），頁22-39。此外，亞歷山大大帝雖未直接受教於蘇格拉底，不過他一向以蘇氏再傳弟子亞里士多德的門生自居。

64　相關的古典修辭學疏論見AR, 1-2, esp. 1.2.3-6; Cicero, De Oratore, trans. E. W. Sutton and H. Rackham (Cambridge: Harvard University Press, 1996), 2.27.114-115。近人的討論見Donald Lemen Clark, Rhetoric in Greco-Roman Education (New York: Columbia University Press, 1957), pp. 52-58, 74-75, and 80; and Christopher Carey, "Rhetorical Means of Persuasion," in Amelie Oksenberg Rorty, ed., Essays on Aristotle's Rhetoric (Berkeley and Los Angeles: University of California Press, 1996), pp. 399-415.

不僅在歷史上開創用世說性金言教學的傳統 [65]，並且投身變成此一文
類最主要的角色之一。高一志對他情有獨鍾 [66]，《勵學古言》和《達
道紀言》收錄的相關世說不少。後書且有片斷述及其人癖性與犬儒稱
號之由來：「是士嘲詼而善爲詼，故眾以犬稱之。或問故，答曰：『凡
有與我者，我媚之；不與我者，我吠之；不善者，我亦齚之。』」（《三
編》，2: 737）這一段話的原本或許改寫自迪莪吉倪〈戴奧吉尼士傳〉
中的相關章節（LEP, 6.60-61; cf., 2.66），直指這位犬儒宗師好以動物爲
師的憤世性格 [67]，甚至連杖父責師的暴力傾向也隱含在「我亦齚之」
這句話裡。古典世說的語言尖銳犀利，有關戴氏之引可以概括其餘。

引文中高一志的語言當然是中文，但其句構卻是地道的希臘或拉
丁並列句法（parataxis）。這種句法和古典與聖經修辭學關係匪淺，指
「一個大句中有數小句並列，彼此且呈獨立態勢，其間並無銜接用的
慣見連接詞」 [68]。並列句法雖非古典世說金言語法的常態，但是不言
可喻，誘發高作中戴奧吉尼士答覆的「或問故」是典型世說的提問法。

65　犬儒學派與世說關係之簡述，見Kloppenborg, p. 306。迪莪吉倪曾指出戴奧
　　吉尼士在教學上是文、武並重，而且峻如斯巴達人，嚴如堅忍學派，令人
　　生畏，見LEP, 6.30。

66　高一志在歐洲曾任修辭學教師，可能因此而深諳記載戴氏言行的世說。高
　　氏的修辭學家身分見Louis Pfister, Notices biographiques et bibliographiques
　　sur les Jesuites de l'ancienne mission de Chine, vol I（Shanghai: Imprimerie de la
　　mission Catholique, 1932），p. 85。另參見Erik Zürcher, "Renaissance Rhetoric in
　　Late Ming China: Alfonso Vagnoni's Introduction to His Science of
　　Comparison," in Federico Masini, ed., Western Humanistic Culture Presented to
　　China by Jesuit Missionaries (XVII-XVIII Centuries): Proceedings of the
　　Conference Held in Rome, October 25-27, 1993, pp. 331-360。

67　犬儒中人寧過動物生活的討論，見M.-O. Goulet-Cazé, "Religion and the Early
　　Cynics," in R. Bracht Branham and Marie-Odile Goulet-Cazé, eds., The Cynics:
　　The Cynic Movement in Antiquity and Its Legacy（Berkeley and Los Angeles:
　　University of California Press, 1996），pp. 61-65。

68　Richard A. Lanham, ed., A Handlist of Rhetorical Terms, 2nd ed.（Berkeley:
　　University of California Press, 1991），p. 108.

在迪莪吉倪的希臘文語境中，「或」字之前係亞歷山大和戴氏對答，所以這個代名詞應指後面這位出身馬其頓的征服者。無如高一志固執「原作」，而他在明人已經數見「歷山」一名的情況下依然採用代名詞，顯示他確實有意將這一則軼事世說化。和所有缺乏前置詞的代名詞一樣，「或」字隱晦，不會是句意總樞，所以戴奧吉尼士的並列句就變成吸引力的中心，猶如一般世說中的答覆。那麼戴語帶來什麼樣的修辭效果，亦即用這個答覆所刻畫的戴奧吉尼士是個什麼樣子的人呢？

在西方歷史上，最著名的並列句首推凱撒大帝的「我來，我看，我征服」（Veni, vidi, vici）[69]。「這句話」基本上是霍夫洛克(Eric Havelock)所謂的口語句法，有別於主從格(hypotaxis)的文語結構[70]，所以移為戴奧吉尼士答語中的形式，我以為銖兩悉稱。口語的意蘊是「非經雕鑿而成」，歷史臨場感重。然而高一志所寫乃是經中文文言改裝過後的口語，或許不如希臘原文那麼活潑，但至少保存了某種程度的逼真感。戴奧吉尼士脫口而出，「不假修辭」，甚至到了把自己比擬為狗的地步。狗以直覺待人，則戴氏莫非也以直覺處世？奧爾巴哈(Erich Auerbach)在分析奧古斯丁的《懺悔錄》(Confessions)時評論道：並列句法可以表達內心的「衝動和戲劇性」[71]。證諸戴氏，此語洵然。

並列句的這種效果，高一志想來早已料到，所以徵引之前就已預設前提，用「是士嘲誚而善為誄」一句把衝動和戲劇性轉成反語。他

---

69 引自 N. G. L. Hamond and H. H. Sullard, eds., *The Oxford Classical Dictionary*, 2nd ed. (Oxford: Oxford University Press, 1970), p. 189。

70 Eric A. Havelock, *The Liberal Temper in Greek Politics* (New Haven: Yale University Press, 1957), p. 31.

71 Erich Auerbach, *Mimesis: The Representation of Reality in Western Literature*, trans. Willard R. Trask (Princeton: Princeton University Press, 1953), p. 71.

不啻在說：戴奧吉尼士的言行不能和內心所思相提並論。另一層意思
是，他的話語看似信口而出，不假思索，實則充滿了深思熟慮或急智
下的修辭。以犬自比，目的絕非以犬自居，而是暗示於生命另有觀點，
不隨流俗而轉。論者謂世說中的戴奧吉尼士每有「喜劇性的自我戲劇
化」（comic self-dramatization）傾向[72]，以犬自比的驚人之論把黑色幽
默反施於己，便是絕佳的例子。然而「戲劇化」有弦外之音，行為者
意識中早已把旁人設為觀眾，甚至希望他們觀後品頭論足，思索自己
的言外之意。再證之戴奧吉尼士，這不啻說他話中每含深刻的「表演
性」或「述行性」（performative），具有一切文學或想像性語言的轉義
潛能[73]。

　　在高一志筆下，戴奧吉尼士的犬儒精神泰半表現在教育及其相關
情事上。〈杖父責師〉一條所強調者是長輩對於子女的責任，《齊家
西學》則窮追猛打，祭出普魯塔克曾經致意，歐洲文法與修辭學者亦
再三徵引的一條世說[74]：「古者第阿日搦見一童狂癡，曰：『其親必
於迷酒時生此兒。不然，何狂癡乃爾？』」（《徐家匯》，2: 544）為
人父母而有所失職，固然難逃戴氏的議論；為人子女而浮誇自矜，戴
氏對之亦頗有微辭。高一志另著《童幼教育》中故有言曰：「第阿日
搦遇童子富而愚，譏曰：『飾文羊乎？』」（《徐家匯》，1: 358）這些
例子倘合而觀之，我們會進一步發現，戴奧吉尼士不僅以言行教化，
也在示範一種世說慣見──前文也一再提到──的教學現象，亦即以

---

72 R. Bracht Branham, "Defacing the Currency: Diogenes' Rhetoric and the Invention of Cynicism," in Branham and Goulet-Cazé, eds., *The Cynics: The Cynic Movement in Antiquity and Its Legacy*, pp. 87 and 91.

73 參見 Henry Sayre, "Performance," in Frank Lentricchia and Thomas McLaughlin, eds., *Critical Terms for Literary Study*, 2nd ed.（Chicago: University of Chicago Press, 1995），pp. 91-104。

74 Plutarch, "The Education of Children," in his *Moralia I*, trans. Frank Cole Babbitt（Cambridge: Harvard University Press, 1986), 1.3.

令人錯愕的語言暴力作為啟蒙的工具。這種暴力其實是某種甚具思辯性的機鋒，近似禪門公案[75]，前引太乙陳子之言已加暗示。然而類此機鋒緣何形成，解者乏人。究竟其實，緹翁仍然是叩門磚。他檢閱傳統世說的金言，歸納其形式為十二法門，除了最常見的「箴言」外，另含「笑話」、「省略之三段論法」（enthymeme）、「喻詞」、「雙關語」和這些方法的混用等等[76]。以〈癡童〉一條為例，戴奧吉尼士在下達結論之前，早已預設了一個先驗性的普遍定理，亦即酗酒之親必生癡狂之子。有了這個遺傳學上的「共識」作為基礎，他的修辭反問就具備了某種引人深思的合理性：「不然，何狂癡乃爾？」這種邏輯屬於省略之三段論法；但因所涉是酗酒與愚騃之間似是而非的必然性，這種邏輯同時也導出了某種鬧劇性的喜感，可以讓聽者在笑聲中陷入沉思，體會到「上樑不正下樑歪」的中外至理。邏輯與笑話結合，教育功能出，而戴奧吉尼士之旨達矣：小子癡狂，罪不在己，在親[77]。

同樣的論述模式幾乎也出現在〈富童〉一條之中，不過其間有一差異：「羊」字在戴奧吉尼士的答覆中是喻詞。高一志所寫，本源應該是迪我吉倪的中古嫡傳，因為多數的修辭學家都把〈富童〉託歸蘇

---

75 Peter Sloterdijk, *Critique of Cynical Reason*, trans. Michael Eldred （Minneapolis: University of Minnesota Press, 1997）, p. 157認為犬儒學派近似「日本禪師」。不過禪門——尤其是狂禪——的答非所問更近《世說新語》排調門「旨不至」的戲謔作風。參見大矢根文次郎：《世說新語と六朝文學》（東京：早稻田大學出版部，1983），頁43-54，及王能憲：《世說新語研究》（南京：江蘇古籍出版社，1992），頁209-211。

76 其他法門是「詮說」、「三段論法」（syllogism）、「舉例」、「許願」、「示意」和「主詞變換」等。見*PT*, 198-203。

77 當然，高一志最後的動機是要拈出一個行為準則：「吾西俗大家，多設聖人賢女像於室，欲夫婦目擊而心思之，以正其性。」這裡的「聖人賢女」，從王徵（1571-1644）所錄《崇一堂日記隨筆》的內容與語彙看來，當指天主教的男女「聖徒」。懸像目的在設教，以防「妄說邪俗」，以導正生育之功。高語見《齊家西學》，在《徐家匯》，2: 544-545。王徵所著見《三編》，2: 755-837。

格拉底，唯迪氏或因戴氏說過「幼而不教」有如「鍍銀於污穢」而認為此說之所有權應屬這位犬儒哲人[78]。迪氏的原作中，兒童的喻符乃「金毛之羊」。此一名詞西方人當然耳熟能詳，然而此羊卻非阿果號（Argo）傳說中傑森（Jason）在尋找的那隻羊。況且對中國人而言，「羊」——尤其是山羊——係孝親與陽氣的表徵[79]，更難以和「愚昧」這個喻旨畫上等號。高一志要讓人懂得喻詞正義，就得揣摹古來史家與文法家之意而解釋道：「羊，畜中之至愚，獨利其氄耳。」（《徐家匯》，1:358）他這一說明，倒是令人噴飯，因為以人比羊已帶揶揄，何況羊毛還要飾以五彩斑斕，當真是《勵學古言》所謂「外潔內穢，外芳內臭」了（《古言》，頁9甲）[80]。

　　除了喻詞所帶來的喜感外，高一志有層樓更上處，世說中的殊相非其本意。以人生情境而論，即使童子也是比，正蚩蚩群氓的提喻，因為天主教的象徵系統中，羊這種溫馴無邪的動物乃基督牧領下人群的隱喻[81]。世說中的人群既可比於愚羊或癡童，當然也就凸顯出戴奧吉尼士的「智者」金身，力可洞徹人世的黯昧。他的身分二轉至此，實已分身三變，同時晉至「牧者」的地位，因為他語帶教訓，有領袖

78 認為是蘇格拉底所講者有司徒拜烏（Johannes Stobaeus，五世紀）等人，見 *CAR*, 314。迪莪吉倪的記錄見*LEP*, 6.47。「鍍銀於污穢」條見*PT*, 188-191。

79 Wolfram Eberhard, *A Dictionary of Chinese Symbols*, trans. G. L. Campbell (London: Routledge, 1983), p. 264.

80 「文羊」一詞，想係套自「文禽」、「文馬」與「文豹」等中文習語。

81 羊在古典與天主教時代的象徵意義，參見J. E. Cirlot, *A Dictionary of Symbols*, trans. Jack Sage (New York: Philosophical Library, 1962), p. 115（Golden Fleece）; Ad de Vries, *Dictionary of Symbols and Imagery*（Amsterdam: North-Holland, 1974）, pp. 220 and 418; and J. C. J. Metford, *Dictionary of Christian Lore and Legend*（London: Thames and Hudson, 1983）, p. 157。耶穌會文獻中另有中國最早的天主教詮說，見《三編》，4:1936和5:2097-2105。〔清〕吳歷：《三餘集‧牧羊詞》則有早期詩文的典用，見周康燮編：《吳漁山（歷）研究論集》（香港：崇文書店，1971），頁86。另參方豪：《中西交通史》，第5冊（臺北：華岡出版公司，1977），頁177-178。

群黎之意。牧者其實是基督的教中形象,羊同時也變成了雙關語,既取代亦變易童子之衍義而像《聖經》一樣在隱喻世人。此所以高氏講完〈富童〉的故事後類比道:「智者居於小民中,如牧居羊中。去牧者于羊,〔如〕去智者於民,無所歸矣。」(《徐家匯》,1: 358) [82] 智者與牧者都可指宗教家,差別在前者是寫實,後者是喻詞。

如此解讀強烈顯示:戴奧吉尼士身分的種種轉變,在在都是耶穌會世說修辭運作下的產物。如果史上的戴氏並非如此 [83],那麼世說——甚至是一般的史學撰述——應當有其目的,是在為李維史陀(Claude Levi-Strauss)所謂撰者的意識形態或特定的社會集團服務的 [84]。我們如就耶穌會修辭所製造出來的中文文本再看,當會發現戴氏還有許多人格特質都會讓會士引為同類。在世說型的證道故事中,世人知之最詳者,當推戴奧吉尼士要求亞歷山大大帝不可遮蔽所在的陽光之說 [85]。此一故事雖不見引於明末耶穌會的著作中,但戴氏怪癖所寓清心

---

82 從所涉世說的語境看來,戴奧吉尼士能別表裡,正真偽,而這正是中古神學家如阿奎那(St. Thomas Aquinas, 1227-1274)等人汲汲強調的上帝賜予人的秉賦。世說之旨意詮解至此已經極其顯然:戴奧吉尼士不僅是「智者」,也不僅是個基督一般的「宗教導師」,他更是神學上人類的應然。值得注意的是,總結戴奧吉尼士這個世說時,高一志回想到蘇格拉底,還將他天主教化,讓他感謝「天主生我即賦我以性靈,不投於畜中」之恩。見《徐家匯》,2: 358。

83 Kurt von Fritz, *Quel-lenuntersuchungen zu Leben und Philosophie des Diogenes von Sinope* (Leipzig: Dieterich'sche, 1926), pp. 41-47稽考有關戴氏的世說,認為內容多非史實。入華耶穌會所譯或寫乃多手傳譯或傳寫,更無論矣。

84 Claude Levi-Strauss, *The Savage Mind* (Chicago: University of Chicago Press, 1966), pp. 257-262. Cf. White, *Tropics of Discourse: Essays in Cultural Criticism*, pp. 101-104.

85 詳見*IE*, 137: 1673;另見*FM*, 390-391。相關論述見George Cary, *The Medieval Alexander*, ed. D. J. A. Ross (Cambridge: Cambridge University Press, 1967), pp. 83-91, 146-149, 253-256 and 275-279。上古著作中,我所見者如下:Richard Stoneman, trans., *The Greek Alexander Romance* (Harmondsworth: Penguin, 1991), pp. 60-61及*LEP*, 6.38; *LS*, 2: 149; and Sencea, *De Beneficiis*, in J. W. Basore, ed. and trans., *Seneca: Moral Essays*, vol 3 (Cambridge: Harvard

寡欲的思想早已令明代人稱「歷山」的王者爲之心折不已。《勵學古言》故有世説曰：

> 歷山王親謁弟阿日搦名士。士甚自得，無求無望于人，乃簡王駕，不起，不言。左右大臣不悦，怒詈之。王責臣曰：「且勿怒，是得實學者也。使我非爲歷山王，必欲爲弟阿日搦也。」（《古言》，頁19乙）

戴奥吉尼士此一「清流」形象，在亞歷山大大帝的謙卑中可謂一覽無遺。「使我非爲歷山王，必欲爲弟阿日搦也」一句，尤可能令高一志等在華耶穌會士不勝嚮往。即使不論上引世説，戴氏的淡泊名利早已見諸《七克》裡他和亞利斯弟的對駁中。對駁一條我引在上節，但其中戴氏的浣蔬自給確可呼應這裡他目無王者的自得，而其行爲動機當非釣譽沽名，而是不與強權同流[86]。是以耳聆「歷山王」之語後，我們看到奥氏又對以「使我非爲弟阿日搦，必欲爲弟阿日搦，而不欲爲歷山王」一句（《古言》，頁19乙），充分顯示自己特立獨行的處世態度。

　　正因戴奥吉尼士有此體認，他的生活中才不乏以逆爲進的苦行自持。勸人修身之外，自己也朝著這個方向在做。所以《達道紀言》引史傳與修辭學的傳統繼而説道：「弟阿日搦曰：『凡欲脩身者，非得真友以勸之，必須一仇以警之。無彼無此，而脩難立。』」（《三編》，2: 726）[87]「以仇自警」乃反向修行，可以如此，當然也就可以把逆境當砥礪，

University Press, 1989), 5.4.4。

86　《達道紀言》故有戴氏之比「巧媚之言」於「柔索」一條，見《三編》，2:737。

87　Plutarch, "How to Tell a Flatterer," in *Moralia I*, 74D; and "Progress in Virtue," in *Moralia I*, 82A-B.

進而不爲俗見所惑搖。《名哲列傳》第六章第五十八節嘗有世說敘述化
這一點,《七克》的譯寫如下:「弟阿熱,一人譏之,答曰:『爾譏我,
我不任爾譏。』」對此,龐迪我的解釋不同於以往,採取的是「以毒攻
毒」的策略,亦即取西尼加的斯多葛思想詮解之:「君子特以罪惡爲正
辱。舍此,非辱也。」(李編,2: 909)如此直接引語的意義非凡,至少
總結了耶穌會士所見的兩個戴奧吉尼士的面貌:他之所以不憚人辱,原
因在他以正派人物自居;其次,他也是「堅忍」的代表,呼應了犬儒學
派乃斯多葛前身的現代史觀[88]。《七克》引《名哲列傳》中戴氏世說以
資「熄忿」,不是沒有原因,而利瑪竇繼《交友論》後所譯乃斯多葛宗
師伊比推圖的《手冊》(《二十五言》),更非偶然。

　　從世說的強調看來,戴奧吉尼士的堅忍和他的癖性其實相輔相
成,乃玲瓏機變與辛辣尖酸所構成的一體之兩面。他固然快人快語,
不過金言中也滿布修辭機括,可謂字挾風霜,語帶刀劍,句句所至無
非以教化天下爲己任。而如同上文所示,戴氏所教所化者俱涉安貧樂
道與嚴以自律的天主教美德,深合耶穌會士或整個天主教所宣誓的生
命原則[89]。他們下筆故含深意,方塊字重詮的戴氏早已擺脫了異教色
彩,中文世說裡的哲人故可以基督形象俯仰在明代的中國人之間。戴
奧吉尼士的「堅忍」一面預示了中世紀歐洲遊方僧的苦行精神,某種
意義上同爲高一志等人在華的實況寫照。

　　提到「堅忍」二字,我們每每聯想到常和戴奧吉尼士一起現身——
甚至互相混淆——的蘇格拉底。耶穌會士對他志節的尊重一點也不讓
戴奧吉尼士專美於「後」,但兩人的「忍」在會士世說中的理解大有

88　參見Paul Elmer More, *Hellenistic Philosophies* (Princeton: Princeton University
　　Press, 1923), pp. 65-93; and Donald R. Dudley, *A History of Cynicism: From
　　Diogenes to the 6th Century A.D.* (Hildesheim: Georg Olms Verlagsbuchhandlung,
　　1967), pp. 99-103 and 187-199。
89　參較法朗士:《隱士:透視孤獨》,頁40-42。

出入，值得一探。我們已經看過利瑪竇把蘇氏的威武不屈改寫成一則
證道故事型的擴大性世說，而他寧爲「義」碎的刻畫則反映在龐迪我
《七克》中的一條故事裡：

> 瑣加德，古名士也，國王忌之甚，命殺之。將死，或嘆曰：
> 「無罪而被殺，正可悲！」瑣加德聞之曰：「我被殺不足乎？
> 尚願以罪殺我乎？」（李編，2: 919）

　　倘自緹翁《修辭初階》所收同一故事看來，上引敘述中的「或」
係指蘇氏的門生亞普羅德士（Apollodorus），而「國王」乃龐迪我爲適
應中國民情而更動，應以「雅典的民眾」正之（PT, 198-201）。就我考
悉，此一世說的始作俑者應該是希臘史家冉諾芬（Xenophon,
c.428-c.354 BCE）[90]。不過不論其中的對話者是誰，修辭學家與史家
的重點都在表彰蘇格拉底的氣節與雅典人的不義。
　　上述這點在利瑪竇的「李西斯事件」或龐迪我上引世說裡份量也
不輕。然而對利瑪竇來講，蘇氏反對巧言詭辯才是故事的重心，由此
把他塑造成《聖經》「慎言」與中古天主教美德「緘默」的代表──
有如上古後期哲人謝昆篤（Secundus）在中古的遭遇一般──也就理所
當然了，儘管這種種恐怕已經有違柏拉圖《對話錄》裡對蘇氏生平的
實寫或虛構。最啓人深思的是，如此反對巧言的蘇格拉底卻言多而
「巧」。李西斯故事中，他是對比強調的修辭學的實踐者，而上引世
說中，他的拿手策略是省略之三段論法，因爲讀罷之後，我們「必須

90　Xenophon, "Apology," in E. C. Marchant and O. J. Todd, trans., *Xenophon IV*
　　(Cambridge: Harvard University Press, 1992), p. 28.　Also see Seneca, *De
　　Constantia*, in John W. Basore, ed. and trans., *Seneca: Moral Essays*, vol 1, 7.3;
　　and Aulus Gellius, *The Attic Nights*, trans. John C. Rolfe（Cambridge: Harvard
　　University Press, 1982), 12.9.6.

進一步推論道：無罪受冤當然比因罪被殺來得好」(*PT*, 201)。究其實，蘇格拉底所反對者乃詭辯性的巧言。那是指鹿爲馬，反黑爲白。他本人絕非木訥，世說中反而雄辯滔滔，修辭技巧可謂運用自如。我們禁不住想問一句：這是歷史實情，還是耶穌會世說作家筆巧[91]？

龐迪我的蘇格拉底世說重點在一「忍」字，而且是置諸《七克》「以忍熄忿」這個架構下引的。但「正義」和「屈死」間的衝突如何又和「忍」的觀念扯上關係，何況自古以來這條世說的使用從未經人如此詮解過？聯繫的關鍵應當不在字面，而是在龐迪我的想像中，在其對蘇格拉底講這句話時神情的思考上。此一世說之前，龐迪我所引係聖奧古斯丁視「無罪受難」爲「上帝之大恩」的軼事，其後則爲「多鳴」以手足受磔「爲上帝久忍痛苦」的傳說(李編，2: 919)。如此則吾人可以想像，此際蘇格拉底雖蒙不白之冤，必然寧爲理想而以平常心忍之，而龐迪我也會認爲蘇氏發出「我被殺不足乎？尚願以罪殺我乎？」這兩個問句時，口氣必然平和，不慍不火，像天主教聖徒臨難時的甘之如飴。這也就是說，對龐迪我而言，蘇格拉底爲義而忍的意義在這個「忍」字顯現出殉道者的本色。

在天主教對抗罪宗七端的大架構裡，上述心平氣和是抗拒忿憤與

---

91 《聖經》中最強調「愼言」的章節是〈雅各伯書〉3: 1-12，陽瑪諾《聖經直解》於此章節有中國最早的箋注，見《三編》，4: 1767-1768。有關謝昆篤的故事及其流變，見 Ben Edwin Perry, *Secundus the Silent Philosopher* (Ithaca: Cornell University Press, 1964), pp. 69-100。《畸人十篇》有一弔詭卻又不失情理的故事，我雖不知其本源，想來也是蛻變自古典世說：「中古西陬一大賢瑣格剌得氏，其教也，以默爲宗。惟下弟子，每七年不言。則出其門者，多知言之偉人也。」由此利瑪竇得出一個結論：「是默也，養言之根矣」。見李編，1: 177。高一志《童幼教育》亦重「緘默」，所用古例在「亞毘波」與「比達臥辣」以外，另舉上引蘇氏默教以爲強調：「蓋未以多聞學言，焉能知言乎？」見《徐家匯》，2: 337。相關之討論，另見本書第五章第二節。

怠惰的力量來源[92]。《舊約‧依撒意亞》謂：「強者的工作猶如火花。」
（1: 31）然而火花會耗盡，如此所成之強者係外強中乾，並非精神上
的堅韌，不能爲信仰或爲救贖而承受苦難。相形之下，《新約‧格
林多後書》所謂「我幾時軟弱，正是我有能力的時候」，反倒弔詭
的變成真正的力量，因爲保祿這句話乃從信仰發出，所以可爲基督
故，以「在軟弱中，在凌辱中，在艱難中，在迫害中，在困苦中」
爲可喜（12: 10）。蘇格拉底不懼死，正示範了類似信念所形成的力
量，人格特質也必然包括「大度」、「耐性」與「堅忍」三者。蘇
格拉底口中的「我被殺不足乎」，實際上是婉轉在表明他堅持理念，
置生死於度外。如此道德力量，《道德集說》解爲「豁豁大度」
（magnanimum; FM, 618-619），《七克》則用世說從側面分疏道：「或
問亞利斯多曰：『大有容之人，何自識之？』答曰：『能以平心愉
色忍受大難者是也。』」（李編，2: 911）所謂「大難」，審之奧古斯
丁與多鳴，乃「殉道」之謂也。蘇格拉底的堅忍之異於戴奧吉尼士
者，何啻天壤！

　　唯有豁豁大度才能不計生，蹈九死而無悔。這種忍德必從生活上
的心平氣和做起。再按《道德集說》的說法，其分有四：「一能忍他
人之口業，二不因長年之病痛而生無明，三能寬宥他人的傷害，四以
仁心責人之過錯。」（FM, 620-621）不論哪一方面，蘇格拉底都是忍
的極致代表。龐迪我說他「愈怒，言愈寡，聲愈微」（李編，2: 891），
有如門下柏拉圖一般[93]。遇到無禮之徒，蘇格拉底也會以悲憫的心情

92　參閱下書中的討論：Solomon Schimmel, *The Seven Deadly Sins: Jewish, Christian, and Classical Reflections on Human Nature* (New York: The Free Press, 1992), pp. 83-110 and 191-216。

93　《七克》頁891：「拔辣多怒其僕，曰：『我不怒，必責爾。』」這是一個廣泛爲耶穌會士和中古教士引爲證道故事的世說，原典可能出自 *CMAS*, 4.1. ext. 2，或 Seneca, *De Ira*, in John W. Basore, ed. and trans., *Seneca: Moral Essays*, vol 1, 3.12.6; Plutarch, "The Children," in his *Moralia I*, 10D; *LEP*,

看待[94]。不過種種忍德之中，入華耶穌會士最重者乃蘇氏不輕易因他人的口業而動怒一事。高一志於此尤感戚戚，蓋傳教事業本身就常暴露在口舌是非中。《達道紀言》收中國最早的蘇氏懼內故事之一，可見典型的口業之忍：

> 束格辣德賢而妻不賢，每嘲喧不可當。一日多言多怨，賢以忍德出，妻愈激，登樓以水灌之。賢者嘆曰：「雷後固知有雨。」（《三編》，2: 718）

據傳戴奧吉尼士也曾飽受內囂之苦，時間長達三十餘年[95]，然而他的惡妻世說似乎就沒有蘇格拉底的這麼富於戲劇性了。蘇氏的故事確比常見的世說長，但收梢的妙比令人解頤，文體上則緹翁的笑話、機智與箴言並出。在天主教古典與中古教牧手冊或相關著作中，此一世說曾以證道故事的形態多次出現[96]。有趣的是，《達道紀言》裡，高一志把這個故事擺在五倫中的「夫婦」項下，似乎和中國人舉案齊眉、相敬如賓的理想有所出入[97]，也不可能在例示正常的西方夫妻關

（續）————————————————————

3.38。另見*FM*, 623。相關之討論則請見Riginos, *Platonica: The Anecdotes Concerning the Life and Writings of Plato*, p. 155。

94 龐迪我《七克》曾舉一軼事曰：「所加德，西國名士。途遇一人，禮敬之。其人不答，從者怒，欲責讓之。所加德止之曰：『若有身病於我者過此，爾怒之否乎？此人之心病於我心，何怒為？』」此一故事見李編，2: 887，其中古用例見*AT*, 141: 203; and *PL*, 49: 905。

95 《達道紀言》收了兩條性質相同的戴氏世說，其一謂：戴氏「或請一友坐，妻內囂，客大不安，且欲辭退。主留，謂之曰：『吾三十餘戴忍之，爾乃一時，弗能忍乎？』客服，妻嘆後致改矣。」見《三編》，2: 718-719。《齊家西學》也引到此條，但略戴氏之名，見《徐家匯》，2: 510。據Gustav Gerhard and Kurt von Fritz的研究，戴氏此一世說的內容全屬無稽，見*CAR*, 42。

96 例如Jerome, *Against Jovinianus*, I.48, in W. H. Fremantle, trans., *The Principle Works of St. Jerome* (Rpt. Peabody: Hendrickson, 1995), p. 384; and *FM*, 137。

97 這點另請參較本書第五章第三節。

係，頗有引喻失義之嫌。我想除了從反面來提示家有怨偶的應對之道外，此一故事或在聚照蘇格拉底能忍的本領。悍婦當前，他泰然處之，抑且不失風趣幽默，猶勝面對冤屈與死亡。

　　《齊家西學》利用〈齊夫婦・全和〉的架構另又影射到同一故事，但比起歷來的證道家，高一志的確技高一籌，因爲他像原典所出的《名哲列傳》一樣，以「多重世說」的形式表現出蘇格拉底的忍德[98]，旨意已經跳脫閨內笑譚的窠臼，請容再引之如次：

> 束格辣德，上世大賢也。妻山弟伯性悍，或問：「何以忍之？」
> 賢答曰：「水車之輪，無時不囂，曾無怨者。吾于妻，亦作
> 是觀耳。」他日，一友請問，賢答曰：「子室中育雞鵝否？」
> 友曰：「育矣。」曰：「子何聞其喧聒而不怒也？」友曰：
> 「雞生卵矣。」曰：「妻亦生子。」他日又問，答曰：「吾
> 欲甘忍外逆，先習忍內逆耳。」（《徐家匯》，2: 511）

在金言的形成法上，緹翁的「示意」、「喻詞」、「省略之三段論法」、「機智」與「笑話」俱可見於此一故事的答語中。不過在世說的形式上，最不尋常者仍推構成長度的多重形態，亦即整條世說係由數則分立的小型世說綴集而成。以倒數第二答語爲例，《道德集說》中即獨立成篇（*PT*, 620-621, and 625），其典故直接所出的《哲學家瑣談》（*De nugis philosophorum*）亦然。不過這整條世說的倫理特點在其中隱含了男性優越的性別偏見，不僅有違高一志和龐迪我好引的《白虎通》式「妻者，齊也」的倫理觀，而且等而下之，直以同書卷九「婦者，服

98　*LEP*, 2.36-37.迪莪吉倪寫的是蘇傳，所以連〈灌水〉也加在此一世說前，並
　　藉以引導整條多重世說。

也」的工具觀看待女人[99]。所謂的「全和」並非從男女平權出發，反而是在強調蘇格拉底有容乃大，高（女？）人一等[100]。高一志果然取材乎迪莪吉倪，他要彰顯心目中事件的真正意義，看來還得經過編輯上再三的斟酌才成。蓋蘇格拉底的朋友曾經建議哲人反擊山弟伯（Xanthippe），然而高一志大筆一揮，把這點悉數砍除。高氏既而順勢勾沉，世說的寓義終於浮現：蘇格拉底「欲甘忍外逆」，故「先習忍內逆耳。」這種人格修持也遠非戴奧吉尼士可比，因為「巧言」與「屈殺」二條已經顯示：蘇格拉底的外逆總是關係著性命與理想，層次高矣。

讀者倘夠細心，還會發現蘇氏的「內憂外患」每涉語言。他悍拒「巧言」，同時又不為山弟伯的「怒言」所動。堅忍自持，強詞詈議於他不過馬耳東風，襯托出來的自是人格的完整。能忍若此，蘇格拉底自然鶴立於古人群中，足以作為耶穌會風雷不能動的信仰表率。若謂戴奧吉尼士的堅忍乃天主教苦修精神的代表，則蘇格拉底毫不苟且的生命態度就直追十字架上的耶穌，至少表露出危難下信仰應有的抉擇。不論戴氏或蘇氏，其人所具現的天主教品質，明末耶穌會世說中一個「忍」字盡可道得。

文前說過，蘇格拉底的學生柏拉圖也以忍德名世，《七克》中則連再傳弟子亞里士多德也不乏此德（李編，2: 910）。不過亞氏的學生亞歷山大似乎就遜色多了，《七克》中龐迪我引用了兩條前者的金言

---

99 《齊家西學》，見《徐家匯》，2: 505及511；《七克》，在李編，2: 1046 及1051。有關「妻者齊也」的流布，見〔清〕阮元等編：《經籍纂詁》（臺北：宏業書局，1980年），第8卷，頁132。「妻者齊也」的精確論述，則請見本書第五章第三節。

100 和〈灌水〉一樣，這一長串世說頂多也是在教人夫妻關係失衡時男方應有的處身之道。河東獅吼，高一志在《齊家西學》中甚至不經意指出「束格辣悔恨結婚」：「他日，或以婚問，答曰：『魚欲入笥易，欲出笥難』。」見《徐家匯》，2: 496。《齊家西學》中這條世說可能改寫自 *CMAS*, 7.2.F1。

世說，目的都在規勸後者克己自制的重要（李編，2: 888-889及891）。
儘管如此，這位上古名王卻非毫無理性，他的天主教美德遠勝其他耶
穌會用過的古人，而且矛盾絕少 [101]。類此天主教化的情況，歐洲雖
有《歷山王天堂遊記》（*Alexandri Magni iter ad paradisum*）等中古傳奇
的前例 [102]，最近者卻是爲密扎奇士（K. Mitsakis）所見拜占庭文獻中的
亞歷山大。當地人早已視之爲基督宗教的聖徒，欽崇有加 [103]。

　　在拉丁中世紀，收錄歷山世說的證道故事集重視的倒不一定是亞
歷山大本人，往往反而是和他對話者的意見，亞氏的形象因而頗爲分
歧 [104]。不過這種情形在晚明耶穌會世說型證道故事中早已有變，亞
歷山大的造形近似希臘中古的地方更甚於拉丁中世紀。高一志《齊家
西學》有擴大型世說可以爲證：

> 斐里伯往爲西國智王，初聞世子生，曰：「天主賜我子。」
> 喜其可以承祧，又有亞里斯多名賢可師，喜更甚矣。其子歷
> 山學既成，有臣問曰：「斐里伯，王父也。亞里斯多，王師
> 也。二恩孰大？」王曰：「父使我嗣國爲王，師使我爲國明
> 王。彼傳性，此傳學，則善師之助親多矣。」（《徐家匯》，

---

101 就我所知，晚明耶穌會著作很少批評亞歷山大大帝，有之，亦多集中於他
　　易怒和領土之貪這兩點上。前者例見李編，2: 888-889及891，後者例見李
　　編，1: 165，及《三編》，4: 1610-1612。

102 見Dennis M. Kratz, trans., *The Romances of Alexander* (New York: Garland,
　　1991), pp. 127-134; and R. S. Loomis, trans., "The Youth of Alexander the
　　Great," in Roger Sherman Loomis and Laura Hibbard Loomis, eds., *Medieval
　　Romances* (New York: Modern Library, 1957), pp. 235-241。

103 K. Mitsakis, *Der Byzantinische Alexanderroman nach dem Code Vindob*
　　(Munich: Institut für byzantinische und neugriechische Philologie der
　　Universität Munchen, 1967), p. 18.

104 Richard Stoneman, "Introduction" to his trans., *Legends of Alexander the Great*
　　(Harmondsworth: Penguin, 1994), pp. xxxiv-xxxvi; Cary, *The Medieval
　　Alexander*, p. 144.

2: 554-555）

　　這條世說另可見於《勵學古言》（《古言》，頁16乙，另參頁12
甲），字句稍異，其靈感或許得自普魯塔克的《希臘羅馬名人傳》，
而其本源若非套用緹翁筆下的希臘修辭學家伊索克里茨，就可能是出
自東方教會的證道故事集《常譚寶典》（*Loci communes*）[105]。我舉上
引世說爲例，當然有源流以外的用意。亞歷山大師事過的學者不少，
但喬治・卡里（George Cary）指出，以亞里士多德爲師中最尊的作法，
在歐洲上古之外，恐怕還要加上中古東方的影響。所謂「上古」，卡
里指的是僞托亞里士多德的《秘中秘》（*Secretum seaetorum*），「中古」
則爲西班牙亞丰索的《智慧的教誨》。後書所收的故事，據考泰半傳
自阿拉伯[106]。

　　故事本源和泛希臘文化糾纏不清，可以說明上引亞歷山大遺文和
古典世說修辭學確曾在歷史上交鋒。高一志所譯係其中文結晶，而
且是精品中的精品。他一破題就是虛筆，先藉「天主」明指馬其頓
皇室已經天主教化，同時又用「斐里伯」（菲立蒲）與「亞里斯多」（亞
里士多德）兩事作爲下面既存世說的前奏。篇中連故事都從天主教發
軔，而後文要和宗教分離也難。這裡我所謂「宗教」，一如中文字
面所示，含義多端。以耶穌會中文世說整體衡之，各種倫理是所宗

---

105 普魯塔克見*LS*, 2: 144-145。緹翁的世說譯之如次：「雄辯家依索格茨曾經
　　如此告誡學生：師比親尊，因爲親是生命的來源，而師卻是活得高尚的原
　　因。」見*PT*, pp. 198-199。另參較Aune, ed., *Greco-Roman Literature and the New
　　Testament: Selected Forms and Genres*, p. 13。《常譚寶典》見Antonios Melissa,
　　Loci communes, 2.11, quoted in W. J. Aerts, "Alexander the Great in 'Exempla'
　　and 'Similitudines' in Byzantine Literature," in W. J. Aerts and M. Gosman, eds.,
　　*Exemplum et Similitudo: Alexander the Great and Other Heroes as Points of
　　Reference in Medieval Literature* (Groningen: Egbert Forsten, 1988), p. 5。

106 參見John Tolan, *Petrus Alfonsi and His Medieval Readers* (Gainesville: University
　　of Florida Press, 1993), pp. 74-81；Cary, *The Medieval Alexander*, pp.105-110。

所教之犖犖大者，尤指《達道紀言》歸類用的五倫而言。《達道紀言》的書題鏤字出自《中庸》[107]，然而「道」字可能亦蘊〈若望福音〉開頭所宣上帝的「聖言」或「道」。果然如此，「達道」就兼指書中世說皆可用爲天梯，以通達上帝之「道」。當然，這個「道」就像《聖經》一樣，係由人手所寫，係由人間的語言來表述。從〈十誡〉和《福音書》中上帝與天主教學的多數內容看來，中國人所關懷的倫理必然也是這個「天道」的重要組成[108]。《達道紀言》用了一條出自瓦勒流的世說，略謂亞歷山大嗣位以前，「好以小惠結民心」，而菲立蒲詬之，乃修書箋以「禮義」（《三編》，2: 670）[109]。故事表面看來是世俗性的，然而由於瓦勒流的拉丁本中菲立蒲教子所用的「禮義」原作「愛」（*amorem*）字，而「愛德」誠如聖奧古斯丁所說的，係天主教的「眾德之根」[110]，所以高氏語境中的「禮義」就不能用尋常定義理解，何況《聖經直解》早以「義」爲「信望愛等德之聚」（《三編》，5: 2301）。即使就中文訓之，《達道紀言》所譯亦非在易，因爲「義」字原本就有「情義」、「恩義」等「愛的契約」的意思。〈小惠〉世說置於「君臣」項下，不過五倫的架構於此無非「中學爲體，西學爲用」。此一「西學」係以天主教義

---

107 所謂君臣等「五者，天下之達道也」。見朱編，頁26。另參較〔明〕韓霖：《鐸書》，在《徐家匯》，2: 629。

108 天主和耶穌──甚至包括〈若望福音〉中的「聖言」，亦即〈創世紀〉所稱「天主的神」（1: 2）──天主教的解釋是一體的三個位格。不過此一問題當然遠比我此處的撮述複雜，早期教會論戰的選文，簡便者可見William G. Rusch, ed., *The Trinitarian Controversy*（Philadelphia: Fortress Press, 1980）一書。

109 此一世說在中世紀的使用情形，見*CRDM*, 129: 84。瓦勒流的拉丁原典見*CMAS*, 7.2.F10。菲立蒲的話出自*DO*, 2.15.53ff。

110 聖奧古斯丁語，見《聖經直解》，在《三編》，4: 1981。同書頁2273另引頡我略解奧氏之語曰：「根生百枝，愛生百德。枝無結根以吸土脂，則枯。德無結愛以取善美，則死。」

或基督倫理爲內容。

　　如同多數襲自古典的中古亞歷山大傳奇所述，上古史傳記載的菲立蒲與亞歷山大父子失和[111]。不過在天主教證道故事的歷史想像中，亞氏多半敬謹受教，不但仰慕父親，連父親的朋友也尊敬有加(*IE*, 15: 99)。唐恩(W. W. Tan)另有怨言，認爲上古史傳對亞氏不公，最離譜的說法是他好淫成性，因而攻之詰之，無所不用其極，連中世紀的著作都大受影響[112]。耶穌會世說同樣反是，不但不見羅馬史家柯體士(Quintus Curtius Rufus，一世紀)一類的毀謗，亞氏甚至變成天主教戒色美德的代表。他擊敗大流士之後，這種特質顯現得更清楚，下面《達道紀言》中這條著名世說遂水到渠成：

> 歷山既服伯西亞國，或請妮其女王，辭曰：「吾幸以勇服三十萬男子之強，茲乃被勝服于女子之色乎？」(《三編》，2: 674-675)

所謂「女王」係大流士的皇后，而波斯「三十萬男子」亦誇大之辭，普魯塔克《希臘羅馬名人傳》所載不過「十一萬有餘」而已(*LS*, 2: 154)。如此浮誇之詞，目的自然在強調亞歷山大的神勇，或申說他流行於中古以寡擊眾的本事(*FM*, 501)。後一能力一旦和悍拒美色——而且是出身高貴的美人姿色——形成對比，反襯出來的乃歷山對生命價值的堅持，以及他爲悍衛這種堅持表露出來的一種「節制和克己之美」。

　　上文所稱「節制和克己」，同樣出自普魯塔克，因爲〈伯西亞女王〉的歷史本源正是《希臘羅馬名人傳》裡的〈亞歷山大傳〉。普魯

---

111 例如*LS*, 2: 145。高一志於此亦略有所知，不過他用來強調內宮之和好攸關國政，見《達道紀言》，在《三編》，2: 670-671。

112 W. W. Tarn, *Alexander the Great*, vol 2 (Cambridge: Cambridge University Press, 1948), pp. 319-326.

塔克在傳文中又謂：馬其頓擄獲的波斯女子個個貌美，亞歷山大曾讚嘆不迭(*LS*, 2: 155-156)。所幸他不曾因此而方寸大亂，中古以來遂衍生另一證道故事，主題在他遣返某業已許身他人的絕色女俘[113]。入華耶穌會的世說傳統中，高一志也把這個故事改譯成爲中文，依舊收入《達道紀言》中，謂：「是王(案指亞氏)他日〔在眾俘中〕忽視國色之女，甚以爲奇。媚臣曰：『是宜配王。』王責之曰：『王法重僇諸奸，而汝反計，溺我于奸耶？』」(《三編》，2: 675)有所不同於〈伯西亞女王〉的是，此地戒色不再是亞歷山大英勇的表襯，而是王法與君臣之道的凸顯津樑。這位媚臣極可能是《希臘羅馬名人傳》裡的地中海部隊司令費洛克森納斯(Philoxenus)——雖然他在傳記中慫恿主帥買的是孌童。費氏不責過，反以色誘，於臣於友，亞氏俱惡之[114]。《希臘羅馬名人傳》更說道：亞氏「不知自己卑劣何似，居然會讓費洛克森納斯進此人神共忿的建議」(*LS*, 2: 156)。這段歷史果然由入華耶穌會士搬來演義，極可能會說歷山王非但人品毫無卑劣可言，而且性格中還具有「不爲色誘」的本事，正是克服七宗罪中「淫邪」惡德最理想的示範人物。

　　較之普魯塔克有關女俘的片斷，可知「王法重僇諸奸，而汝反計」是高一志——借用修西地底斯的話——「揣摹當時情境」所作的添

---

113 例子見Ioannis Saresberiensis episcopi Carnotensis, *Policratici*, vol 1 (Frankfurt: Univerënderter Nachdruck, 1965), 5.7; *CRDM*, 173: 75; Gregory Kratzmann and Elizabeth Gee, eds., *The Dialogues of Creatures Moralysed: A Critical Edition* (*Dialogus creaturarum*; Leiden: E. J. Brill, 1988), pp. 239-240: 121; and *FM*, 653。相關研究見Cary, *The Medieval Alexander*, pp. 99-100。

114 這一點，利瑪竇和龐迪我俱引同一軼事以證之。《七克》的故事較完整，見李編，2: 833：「亞歷山，西國大王也。聞一士有盛德大智，結爲密友。同居數月，無所勸責，王謂曰：『我人耳，豈無罪過，爾不見，不智；見而不我責，阿矣！非我所望也。』遽遣之。」利瑪竇《交友論》中的同一故事略去了亞氏之名，其餘同，見李編，1: 319。另比較衛匡國《述友篇》，在《三編》，1: 48。

加 [115]。普氏原作謂亞歷山大「回了費洛克森納斯一封很嚴厲的信」
(*LS*, 2: 156)，如是而已。而我們如果不把高一志的添寫視同他個人對
史實的詮釋，這種添寫其實連柯靈烏(R. G. Collingwood)所說的「建
設性的想像力」都談不上 [116]，因爲《達道紀言》裡，「當時情境」
已遭置換而變成「目前的語境」，亦即五倫居首的君臣之義。後者普
魯塔克可是興趣缺缺。高一志的「揣摹」故而應該正名爲「挪用」，
是一種化異爲己的詩學過程，歷史真相的重要性遠低於人倫或宗教上
的真理。更切合本章目前的關懷的講法或許是：對高一志而言，唯有
經挪用的需求所撩撥，「曾經發生過之事」才會奔來筆底。伽達瑪
(Hans-Georg Gadamer)以爲了解歷史就是要能夠應用歷史 [117]，其說者
此之謂也歟？

　　《希臘羅馬名人傳》還有一關聯，可以讓我們切入亞歷山大在耶穌
會世說中最重要的天主教形象，亦即中文所謂的「慷慨」。〈亞歷山大
傳〉載，亞氏征服了波斯之後，一概以舊禮對待大流士的妻女，准許她
們享有王室的待遇(*LS*, 2: 155)。這點亦可見諸其他古典史家如柯體士和
亞氏傳家中最重要的亞里恩(Arrian of Nicomedia, *c.* 95-175) [118]，而且他

---

115 Thucydides, *The Peloponnesian Wars*, 1.22.

116 R. G. Collingwood, *The Idea of History*, trans. Jan van der Dussen（Oxford:
　　Oxford University Press, 1993），pp. 239-245。另參考White, *Tropics of*
　　Discourse: Essays in Cultural Criticism, pp. 59-60的討論。

117 Hans-Georg Gadamer, *Truth and Method*, trans. William Glen-Doepel（New
　　York: Continuum, 1975），pp. 275 and 289.伽達瑪的論點，Timothy Hampton,
　　Writing from History: The Rhetoric of Exemplarity in Renaissance Literature
　　（Ithaca: Cornell University Press, 1990），pp. 8-19有分疏。

118 Quintus Curtius, *History of Alexander I*, trans. John C. Rolfe（Cambridge: Harvard
　　University Press, 1992），3.12.22-23; Arrian, *History of Alexander and Indica*,
　　trans. P. A. Brunt, vol 1（Cambridge: Harvard University Press, 1989），2.12.3, and
　　4.19.6-20.3. Cf. Philip A. Stadter, *Arrian of Nicomedia*（Chapel Hill: University of
　　North Carolina Press, 1980），p. 113; and John Maxwell O'Brien, *Alexander the*
　　Great: The Invisible Enemy（London: Routledge, 1992），pp. 78-79.

們都讚嘆不已，以為最可表現亞氏的「慷慨」大方。晚明耶穌會士於此盛道尤甚，《達道紀言》謂：「歷山戰勝敵國，終以王禮厚遇之。君子曰：『歷山始以兵勝，再以情勝，勝而又勝矣。』」（《三編》，2: 672）

《達道紀言》中此一世說的故事性弱，然而其中有兩點仍然應予注意。首先是「情」字。這個字有「仁慈」之意，是道德性王者的人格特質之一。在《希臘羅馬名人傳》中，亞歷山大「以王禮厚遇」波斯被俘的王眷，因為不忍她們哀慟逾恆，以為大流士戰死。用普魯塔克的話來說，此時亞氏「深為她們的深情所動，惻隱之心比戰勝的得意更強」（LS, 2: 155）。這種不忍人之心當可和文、武等中國聖王並置而論，而天主教無疑也以類似的精神期待於人世之王者，因為天上的王本來就胸懷慈悲（參見瑪18: 23-27）。其次，故事中的「君子」身分曖昧。他應該是世說的一部分，是緹翁論擴張之法時所謂「評論」的發話者，然而這位君子所述近似箴言，因此又代表金言十二法中的第一法。從另外一個角度看，這位君子更可能是天主教神父高一志的化身，以《春秋》、《左傳》式的全知觀點在反省歷史，「以辨疑惑，釋凝滯」[119]。歷史當然不會發聲，「慷慨」或「情」都是君子這位代庖者的意見。他的身分既能如此循序漸進，在讀者的認知中不正意味著「慷慨」也可以由俗世胸懷提昇為宗教美德？果真如此，亞歷山大的天主教性格乃策略所形成，修辭係其根本大法。

「慷慨」的本意當然與財物有關，《希臘羅馬名人傳》有不少篇幅記錄亞歷山大不吝餽贈（LS, 2: 170ff）。普魯塔克另作《名王名將嘉言錄》也有類似的記載，亞氏為結友而「重金賜芝諾」（Xenocrates, 339-314 BCE）一條尤見重於利瑪竇和高一志。耐人尋味的是，這個故事或經世說「張冠李戴修辭學」催發，主角在《希臘羅馬名人傳》中

---

119 劉知幾撰，浦起龍釋：《史通通釋》，頁81。

變成了雅典名將缶欣(Phocion)，衛匡國曾省略其名而改譯於《逑友篇》中：

> 亞歷山常饋其國之賢者，賢者問致饋之人曰：「一國之人甚重，何為獨饋我？」曰：「以汝為賢者。」曰：「既以我為賢，則無以饋視我矣！」（《三編》，1: 77）[120]

至於利瑪竇和高一志本的主角與故事類型雖同，結尾卻迥異。《達道紀言》說「實諾加德士」受金後「僅拜少許，餘返而謝曰：『吾所須者寡，即易育也。大王所供者眾，即其所需者多矣。』」（《三編》，2: 694-695）他一派善體人意，彷彿以上為尊。如此寫法除非另外有本，否則贈金的史傳只是骨架，內容應已調整為有利於君臣之道的倫理論述了，歷史可信度至此大打折扣。《交友論》所引則較近《名王名將嘉言錄》，但「善諾」推卻贈金，隨後所說的主題金言卻又走回《希臘羅馬名人傳》，亦即從《名王名將嘉言錄》裡的「大流士的財富也抵不過朋友」變成了「釋義」：「然則當容我為廉。已矣，而麾（揮）之不受。」（李編，1: 317）

不論利瑪竇或衛匡國，他們的強調都有異於高一志，所述重點由體貼他人變成要人體己，也就是由利他變成以自我為中心，連「賢者」

---

120 此一世說的源流見Plutarch, *Sayings of Kings and Commanders*, 181: 30；以及 *LS*, 2: 256-257。據德禮賢所考，利瑪竇條係引自Marcus Anthony Coccius Sabellius, *Exemplorum libris*，見D'Elia, S.I., "Il Trattato sull'Amicizia: Primo Libro scritto in cinese da Matteo Ricci S.I. (1595)," p. 506。德氏以為「善諾」係"Zeno"，應誤，蓋耶穌會士音譯西方專有名詞每有縮音的現象，而且《畸人十篇》中，"Zeno"利氏係音譯以「責媛」，見李編，1: 79-80。至於衛匡國一條的出典，我得悉自Giuliano Bertuccioli, "*Il Trattato sull'Amicizia* di Martino Martini (1614-1661)," *Rivista degli Studi Orientali* 66/3-4 (1993): 344:30n1。

定義亦已重疊：人之所以為賢，是因為不接受他人的餽贈使然。這種
賢者倘以《述友篇》的語境為限，實指「真正的朋友」而言，而衛匡
國借屍還魂的言下意是：「錢買不了真正的朋友」。亞歷山大的慷慨，
一時間似乎在耶穌會的中文世說中受挫。儘管如此，他贈金畢竟是白
紙黑字的事實，即使芝諾不受或少受，亦然。所以亞氏出手大方，自
是無疑，可疑的是心態：贈金為市友，如此而稱之「慷慨」，可乎？

　　這個問題入華耶穌會士自有解答，但古來反面論者匪尠。下面一
條擴大型世說係龐迪我《七克》中所寫，其「原作」曾為歐洲證道家
所用（IE, 15: 100），上古以還，異議悖論亦多鎖在「慷慨」的定義上，
或可借來和上引一併討論：

> 亞立山（案指亞歷山大）亦西國大王，恒謂我樂為王，正樂得
> 與人也。或求以少物，王厚賜之。是人辭，王曰：「我不視
> 爾所求，惟視我所當予。」或問曰：「所得盡予人，己所留
> 何物手？」王曰：「留予人之樂耳。」國人俱愛服之。（李
> 編，2: 872）

　　在西尼加眼中，此一世說所要傳遞的訊息問題重重，首先是亞歷
山大強加自己的慷慨，不顧他人的感覺。西氏因此認為亞氏的「慷慨」
是虛榮心的表現，並非建立在利他的原則上。準此，他進一步又把亞
氏的「慷慨」定位為「傲慢」（ὕβρις），係他目空一切所致[121]。西賽
羅的砲聲較弱，但《論職責》仍引菲立蒲訓子書──也就是前引〈歷
山小惠〉中這位父親示子的話──責備道：亞歷山大的慷慨政治目的
重，出發點就有偏差，最後更可能招來反效果，實乃青年人少不更事
的「魯莽草率」（DO, 2.15.53ff）。

---

121 Seneca, *De Beneficiis*, 2.16.

「慷慨」的本質，中古法國哲學家康其斯的威廉（William of Conches, *c.* 1080-*c.* 1154）分之爲二：一是施者自然流露的仁人之心（*affectus*），二爲施予的客觀行爲（*effectus*）[122]。對西尼加和西賽羅這兩位上古哲學家來講，亞歷山大顯然空有行爲而缺乏仁心，至少是仁心不足，於真正的義行有虧。西尼加的詬病，龐迪我嘗引在《七克》他處（李編，2: 873），顯示古來對亞歷山大的譏評，他心知肚明。但威廉所謂的「仁心」，龐氏顯然不認爲亞氏缺乏。《七克》另有亞歷山大拒因母命而傷及無辜一條（李編，2: 893），多少便在反映這位少年人傑心中有愛，何況他照顧波斯王室處處都見仁者心腸。至於上引〈賜物〉世說，歐洲傳統中的受者乃一退伍老兵，亞歷山大所施則係城池一座，功賞並不成比，夸示之心央央。龐迪我的本子易以籠統的「厚賜」，不能說沒有淡化原作之心，因爲「城池」的政治意涵確重。在所「寫」之前，龐迪我又複述了聖逸羅尼（St. Eloi, *c.* 588-*c.* 658）的施捨觀，強調「人求爾，爾能予，則予」（李編，2: 871），亦暗示他雖重正史，從而讓亞歷山大強加自己的意志於他人之上，但在價值的賦予上已極盡修飾之能事。中文本第二句話「我樂爲王，正樂得與人也」，歐籍闕，語意亦顯模糊，或可解爲「我爲王之樂，乃因我『樂得與人』所致」。如此倘爲正解，則可見龐迪我的改寫係針對西尼加的傳統而發，希望軟化虛榮與政治動機論的譏誚。

詭異的是，這種翻案繼而以犧牲「傳統」——就算不完全是「史實」——爲代價，蓋世說修辭所求者不過尖銳而出人意表之語，龐迪我的故事按理止於亞歷山大充滿個人主義的回答即可。但他或許覺得第二句話的增寫不足以表現亞氏的仁心，遂藉擴張之術再度拉長故

---

122 Hildebert of Lavardin, *Liber moralium dogmatis philosophorum*, in *PL*, 171: 1015。上文所論西尼加與西賽羅對亞歷山大的看法，我乃受卡里的啓發而寫就，見Cary, *The Medieval Alexander*, p. 87。

事，從「或問曰」起乃開始竄改歷史。「所得盡予人」表明了亞歷山大一無私念，有私念的反而是問者，所以才會以己度人而代問道：「己所留何物乎？」接下來的「王曰」更是修辭高潮，充分呼應了龐迪我開篇爲亞氏所設的天主教形象：「留予人之樂耳。」慷慨的極致是施捨，施捨的基礎是憐憫，而「憐憫人的人是有福的」，《聖經》已有明示（瑪5: 7）。接下來順理成章，亞歷山大的故事收梢於「國人俱愛服」這句典型的史評裡。

　　龐迪我的改作，大可以讓我們把亞歷山大的慷慨看作聖寵的託喻。在〈羅馬書〉中，保祿從上帝揀選雅各伯而棄絕厄撒烏獲得靈感，聲稱惟有「藉恩許所生的子女，纔算爲」天主的「真後裔」（9: 8）。這種猶太式的選民觀，促使保祿大力強調天主對梅瑟的指示：「我要恩待的，就恩待；我要憐憫的，就憐憫。」（9: 15）。換句話說，聖寵不是受者要不要或要多少的問題，而是取決於施者的意志。在亞歷山大的世說中，這位歐亞非三洲的征服者彷彿就是天主教的上帝，握有絕對的權柄。向他求物的那位「或」是否有所得或求而能得多少，完全沒有討價還價的餘地，因爲「王……不視爾所求，惟視」他「所當予」，態勢有如保祿筆下那獨斷獨行的「仁慈」的天主（9: 16）。聖寵的預定論雖主張有功不一定得賞，但更強調「無功可以受祿」這種反常的因果觀，所以龐迪我的「或」不必因功即可從亞歷山大獲頒厚賜。顯而易見，龐迪我從挪開西尼加那一刻起就有了重寫歷史的打算，目的正是要挪用亞歷山大的故事。對他來講，那位「或」和「王」之間一無強加意志的問題，因爲天秤的兩端根本不等重。

　　在華耶穌會世說裡的「歷山王」慷慨大度。他和天主教的聯繫當然不一定要藉託喻來建立；利瑪竇、高一志與龐迪我等人所繪的畫像就已經夠明白。不過聖逸羅尼的出現確實也饒富深意。這位天主教聖

徒乃工匠出身，因爲巧手爲皇家打造金器而致富，隨後又經擢拔而榮膺首相之職。他的人格特色是富而不吝，一生樂善好施，有求必應[123]。「亞立山」或「歷山王」呢？龐迪我的歷史補苴剷除了西尼加和西賽羅的疑慮，如今的「歷山王」以施捨自娛，以娛人或「漁人」爲樂。他就算不是聖奧古斯丁所謂「天主全善」的化身，早也已修得拜占庭證道故事家眼中「基督聖徒」的金身。龐迪我稱之「西邦最尊，最盛德人也」（李編，2: 902），誠哉斯言[124]。

「有用」試剖

　　本章抽樣析論戴奧吉尼士、蘇格拉底和亞歷山大三位互有淵源的西方上古名人。在耶穌會中文世說中，他們的言行已經和其多數歐洲對應版有所不同。此一差異有時是語境變革造成，有時是刪節所致，有時則爲增添使然。不論是哪一種情況，有一點萬變不離其宗：這些人物的金言——包括新增和刪改的——大多和他們的歷史身分浹洽無間，形成某種史學撰述上的「適宜性」（decorum）。此即亞普通尼士世說定義中所謂「恰如其分」。不過由於這種適宜性係修辭的結果，有如十八世紀新古典主義刻畫人物的原則，因此所形成的文本性比一般的史學撰述便強了許多。更因人物的金言都如尼可拉所稱「目標明確」（εὐστόχως; *CAR*, 254），是以只要時機得當，常人也可以應景套用。就耶穌會士的的天主教用法觀之，這種套用通常連世說情境也一

---

123 Alison Jones, *The Wordsworth Dictionary of Saints*（Ware: Wordsworth Editions, 1995），p. 103。
124 講這句話時，龐迪我又引了一條亞氏軼事，雖非世說，卻也可見他「愛仇」或「以德報怨」的天主教最高的慷慨精神(仁與施)：「一人大竊其（案指亞氏）金器物以逃。他日，此人爲敵國所擄。亞立山厚資贖之。他凡有害之者，必厚恩以報之。」故事中所寫已近耶穌的精神，參見《聖經直解》，在《三編》，5: 2283-2284。

併含括，而這就涉及了亞普通尼士定義中最後的鑰詞：「追記」
（ἀπομνημόνευμα）。

　　若依緹翁，「追記」的內容不僅在追記動作或言談，還必須「於
生活有用」（βιωφελής)才行（*PT*, 187-188）。賀蒙吉的強調更甚，認
爲整條世說本身就必須是「有用的」（χρήσιμος, *CAR*, 172-173）。他
言下有如說：世說原本就可經耶穌會士改寫，「有用」於在華傳教。
從傳教士──在本章的語境中，也就是從耶穌會世說作家──的觀點
來看，傳教或其媒介之一的世說，因此更可如尼可拉指出來的「促進
生命之福祉」（*CAR*, 254-255）。後面一語，純就屬靈而言。

　　「有用性」在「追記」的認識上之所以舉足輕重，其實應該回溯
世說的語源。「克雷亞」所出的希臘文指「需要」（ἡ χρεία）[125]，亦
即世說之所以「有用」，是因爲我們於其有「需」之故。這點不辯自
明，但有三層相關涵意宜再說明。第一是世說常帶箴言，用之於學童
教育，可以提供見解、陳述與觀念，方便記憶，更可投合他們來日在
各行各業營生之所「需」。其次，哲學觀在宣明而演變成爲教學內容
之前，通常亦「需」世說之助，此亦所以世說有其「用途」，可以「服
務」人群。第三，以中國國情衡量，明代人士於天主教一無所悉，面
對傳教士因此懵懂有如學童，更「需」世說來啓迪教義中的倫理與神
學內涵。上述「需要」的前兩條線脈，因此最後都會交集在「傳教」
這個概念上。耶穌會士以世說爲宗教上的啓蒙工具，其來有自。

　　自修辭學的角度再看，世說在宗教傳播上的「有用性」也建立在
兩個關乎歷史的概念上。第一是歷史的時間性本質，其次是史學撰述
首要的書寫內涵。在入華耶穌會士的實踐上，這兩者都涉及我們今天
所稱的文本性，正可提示章前所謂「講史」與「說寓言」的辯證統一。

---

125 Henry George Liddell and Robert Scott, eds., *Greek-English Lexicon*, with a
　　revised supplement（Oxford: Oxford University Press, 1996）, p. 2002.

在世俗的層次上，耶穌會在華的活動除了宗教與自然科學教育外，另
又包含了不少文化與西方國情的傳授。然而他們最得許理和一類學者
詬病的是：他們幾乎沒有「歐洲史」的觀念，更不提區別過「異教上
古」與「天主教時代」。證據之一是「保祿」與「束格辣得」時常隔
代共存，在耶穌會中文著作中造成時間與文化空間上的錯置[126]。當
然，若就艾儒略《職方外紀》(1623)或《西方答問》(1637)的內容觀
之，許理和的責難並非空穴來風。不過我們若以耶穌會士使用戴奧吉
尼士、蘇格拉底與亞歷山大等人世說的情形衡量，許氏的詬病當因未
及一究會士的歷史觀使然。

歷史觀的問題複雜，一個簡便的解釋是：明末耶穌會士和現代人
大異，對歷史的看法一如希羅多德與蘭克的出入。會士所持乃《聖經》
史觀，認為地不分東西，人不論南北，一律都因天主之「道」而生成，
再經亞當厄娃而後流傳至今。高一志介紹西方古人時，常見上、中、
下的三古之分。《聖經直解》解耶穌〈僱工的比喻〉之際，亦曾提出
三古與五時說的歷史分期。凡此之基礎，率皆上述人類一體，休戚與
共的觀念，含括了亞當迄「今世之末」的人類線性沿革[127]。所以「束
格辣得」與「歷山王」雖生當耶穌之前，卻仍為「聖父」的受造物，
是《聖經》整個歷史大敘述的一部分。俗世所謂「異教古典」和「天
主教時代」的分野，對入華耶穌會士因此毫無意義。所可詬病於其人

---

126 Zürcher, "Renaissance Rhetoric in Late Ming China: Alfonso Vagnoni's
　　Introduction to His *Science of Comparison*," in Masini, ed., *Western Humanistic
　　Culture Presented to China by Jesuit Missionaries (XVII-XVIII Centuries)*:
　　Proceedings of the Conference Held in Rome, October 25-27, 1993, p. 333.

127 《聖經直解》，在《三編》，4: 1729-1731。五時指「亞黨」至「諾阨洪水」；
　　「諾阨至亞巴浪」；「亞巴浪至每瑟」；「每瑟至吾主降生」；以及「自
　　吾主降生以至今世之末」。這種分期觀大有可能改寫或誤寫自聖奧古斯丁
　　在《天主之城》(*De Civitate Dei*)裡的「七時觀」，詳見Saint Augustine, *The
　　City of God*, trans. John Healey (London: J. M. Dent and Sons, 1962), 2:
　　407-408。三古則指耶穌降生之前的三個時期。

者或許是在實踐上，蓋會士的三古時限混疊，而其內容正如許理和所說的「是西方傳統的一團亂局」，充斥著不同的「範型與軼聞」[128]。不加深究，令人莫知所云或所從。

　　儘管如此，我們不要忘了對啓蒙時代以前的歐洲人來講，這些「範型與軼聞」確實就是「歷史」[129]。即使是對非基督徒的上古人士如李維而言，歷史也是由包括軼事在內的「好範例」(*bonis exemplis*)所組成[130]。李維所稱的「範例」不一定是柯隈士所說的「示範人物」，反而含有更強的文類感。在《羅馬史》中，這些「範例」主要指軼事而言，但誠如海特(Elizabeth Hazelton Haight)指出來的，也包括李維自己都拒信其然的神話與奧蹟等傳奇故事(*novella*)。像修西地底斯一樣，李維曾揣摹過情境與人物，以虛擬史上但聞其名，不見傳世的演說詞。他也追隨過史詩詩人，在序說中乞靈於眾神，冀能一舉而成就筆下的史構[131]。對李維來講，只要有益於世道人心，任何範例皆可入史，虛構與否非關緊要。「寓言」的拉丁語義乃「虛構」(*fabula*)[132]，本身除了動物寓言外，兼指神話與一般虛擬性的故事，所以何嘗

---

128 Zürcher, "Renaissance Rhetoric in Late Ming China: Alfonso Vagnoni's Introduction to His *Science of Comparison*," in Masini, ed., *Western Humanistic Culture Presented to China by Jesuit Missionaries (XVII-XVIII Centuries): Proceedings of the Conference Held in Rome, October 25-27, 1993*, p. 333.

129 K. H. Stierle, "L'Histoire comme Exemple, l'Exemple comme Histoire: Contribution à la pragmatique et à la poètique des textes narratifs," *Poètique* 10 (1972): 176-198. Cf. *PT*, 98-99.

130 Livy, "Preface" to Book I of *Ab Urbe condita*, in B. O. Foster, trans., *Livy I* (Cambridge: Harvard University Press, 1988), p. 6.

131 有關李維以軼事為歷史之組成觀，詳見Elizabeth Hazelton Haight, *The Roman Use of Anecdotes in Cicero, Livy, and the Satirists* (New York: Lomans, Green and Co., 1940), pp. 37-78。

132 見Varro, *De Lingua Latina*, trans. Roland G. Kent, vol 1 (Cambridge: Harvard University Press, 1977), 6.55; and Isidore, *Etymologiæ sive Origines*, in *PL*, 82: 121。

不可入史？對李維或教外人士而言，《聖經》歷史當然是神話。其中的時間進程井然，類型又前呼後應於兩《約》之間，亦可見創作或詮釋上迸發的想像力，是以文本性之強不言可喻。宗教上客觀存在的史序，這裡已墮落成說部上的時間。這種情形，耶穌會中文世說庶幾近之。章前說過，世說有歷史之名，故陽瑪諾用到亞歷山大的故事，每以「史記」爲其正源。然而世說的修辭特質與宗教上的挪借又判然可見，所提示者當爲本身的虛構或寓言性。若謂「講史」與「說寓言」於晚明耶穌會世說中已然合而爲一，毋乃事實？

歷史範例不全然由示範人物擔綱，其中也有「壞人」，所以傳統史觀以爲歷史的責任在「懲惡揚善」。從天主教的立場來看，懲惡揚善乃天主意志或正義的表現，當然是個神學或道德問題[133]。而其施加於歷史的結果，是讓歷史轉喻，變成「鏡鑑」，可以誡示後。歷史名人和史例因此每具道德上的影響力，其言其行已經化成傅科所謂的「論述」（discourse）[134]。歷史故而不是個「唯一的故事」，而是無數具有複製能力的「人的故事」。由於具有複製能力，所以歷史必然也有規則可言，可讓前車成爲來者之鑑。「借鑑」又必有兩造，其間的類同不可能分毫不爽。我們視若無睹，是因爲想像力敉平了差異。想像力正是歷史複製力的憑藉，反過來說也表示歷史有其運作成規，可以像文本一樣歸納分析，人爲的成分大過有機生成。所謂歷史的複製，其實就是軼事形態——在本章中特指世說的修辭形態——的往復循環。歷史的功能，因此也是軼事或世說的功能，非特可以教忠教孝，也可以懲惡揚善。所以世說的歷史力量——或謂其「有用性」——實

133 D. W. Bebbington, *Patterns in History: A Christian View* (Downers Grove: InterVarsity Press, 1979), pp. 43-67.

134 Michel Foucault, "The Discourse on Language," in his *The Archaeology of Knowledge and the Discourse on Language*, trans. A. M. Sheridan Smith (New York: Pantheon Books, 1971), pp. 215-237.

際上是由歷史的文本性催促形成。史家或作家處理得好，其鏡鑑功能
甚至會強過其他的軼事形式，更非那不可能重建得了的「原狀歷史」
可比。緹翁因此再下定義：「世說之所以叫做世說，係因其秀異使然。
比起〔《修辭初階》中〕其他〔的演練來〕，世說大有益於人生百態。」
（*PT*, 188-189）

　　古典修辭學家另有一個共識：戴奧吉尼士乃世說最早的關涉人。
這可見於緹翁到亞普通尼士的《修辭初階》的例證，而我們還可進一
步說明道，這位犬儒宗師也是最早讓世說具有宗教性格的歷史演員。
這話聽來似有扞格，因為戴奧吉尼士之所以以「犬」自比，係因動物
不具有人類信神的理性之故 [135]。雖然如此，後一論調也不一定是歷
史的必然，因為解釋不了伊比推圖稱戴氏乃「神的斥候」的事實 [136]。
姑且不論宗教傾向，戴奧吉尼士在世說裡的言談與動作形象實和任何傳
教士或佈道家相去不遠。首先，他淡泊名利，與自然合一，行乞四方，
不依權勢而又堅忍內斂。這種原始主義和苦修精神——如前所示——正
是托缽僧或傳教士師法的對象。其次，他坐言中有機鋒，起行處露靈明，
雖然是巴克丁（M. M. Bakhtin）所謂「深度小說化的人物」[137]，渾身卻也
因此而充滿了表演性，舉手投足自然又屬身教與言教的典範，根本就在
預告「傳教」這個來世的行業。再者，天主教的證道辭常就特定的題目
發揮，柯爾森（F. H. Colson）以為頗似世說就題申說的背誦方式 [138]。如

---

135 Goulet-Cazé, "Religion and the Early Cynics," in Branham and Goulet-Cazé,
　　eds., *The Cynics: The Cynic Movement in Antiquity and Its Legacy*, pp. 61-64.

136 Epictetus, *The Discourses*, 3.22.24-25, in W. A. Oldfather, trans., *Epictetus II*
　　（Cambridge: Harvard University Press, 1996），pp.138-139.

137 M. M. Bakhtin, *The Dialogic Imagination: Four Essays*, ed. Michael Holquist,
　　trans. Caryl Emerson and Michael Holquist（Austin: University of Texas Press,
　　1981），p. 38.

138 F. H. Colson, "Quintilian I. 9 and the 'Chria' in Ancient Education," *The
　　Classical Review* 35/7-8（1921）: 150-154.

此則戴奧吉尼士的金言一定也啓發過天主教的神職人員，因爲其中的言教旨意了然，而且幽默中常見冷奇，實堪任證道課題之楷模。但丁在《神曲》中虛擬魏吉爾十分成功；其實只要願意，入華耶穌會士要把戴奧吉尼士附會到天主教的論述去也不難。

在耶穌會的中文世說中，和戴奧吉尼士一樣天主教化了的古典人物其實還有許多，但限於篇幅，本章中我只另行討論了蘇格拉底和亞歷山大這對隔代的師徒。他們一以寡言與忍德稱，一以尊師、戒色和慷慨著，在在回應了從《輕世金書》以來對好教徒的要求。入華耶穌會士在世說的成規內揮灑，修辭情境的說服力強，是以儘可「倒黑爲白」，點石成金。冷石生在明末讀罷蘇格拉底等人的世說，斷道他們「欽惟天主」，就是一例（李編，1: 96）。我們還可以肯定，明代中國人得悉「歷山王」的傳奇之後，必然也會以「達味」或「撒落滿」一類的「古聖王」視之，而且引爲同類。

上述異教人物一旦天主教化，其實便意味著歷史已經經人「賦予特權」，足以化客觀爲主觀。這些人物又滿口金言，語帶機巧，史上果有其事，無疑亦經編輯或情節化後而得，充滿了向人展示的演出欲。其人世說再經明末耶穌會士挪用，變成天主教的證道故事時，證道故事之所以能起證道或示範作用的真理性格也會同步變化。這種性格倘指「歷史性」，變化尤大。從反方向看，證道故事旨在示範，故而本身亦具強烈的表演性 [139]。而其之援引世說以爲部分內容，無疑二度強化了世說的修辭性，至少是在爲這種文類提供另一個演出的舞臺。如此一來，世說的歷史性豈非雙重失落，一失落於自己的修辭性格中，二失落於身兼示範故事——或擴而大之是「傳教」或「證道」

---

139 Cf. Alexander Gelley, "The Pragmatics of Exemplary Narrative," in his ed., *Unruly Examples: On the Rhetoric of Exemplarity* (Stanford: Stanford University Press, 1995), pp. 142-161.

——的過程中？

　　弔詭的是，我們讀者從世說中領受到的真理，並未因其歷史性有此雙重失落而稍減。此一真理之感反而會增強，一因世說金言有其普世性，即使所含並非箴言之屬，往往也會有醍醐灌頂的作用。二因世說人物若非哲人，就是帝王將相，正是權威的化身。伽達瑪說過，我們不會因為盲從而承認權威，但是會因理性思考而肯定之[140]。戴奧吉尼士、蘇格拉底和亞歷山大每每在世說中行我們所不能行，言我們所不能言。我們一旦體認及此，理智上自覺或不自覺就會師之法之，奉為圭臬。問題是：這些人雖然是歷史實人，他們在世說中的言行卻是經過明末耶穌會士「假捏而得」，正是修辭的開花結果。如此一來，則我們的師法是在向實人交心，還是在向謊言納貢？這個問題除了以另類形式在訴說歷史與真理確難畫上等號外，是否也有可能在暗示我們必須重釐權威的定義？如果是，那麼就像不合史實的「歷史」也可以傳達真理一樣，權威似乎也不一定要跟著時間的理性走，因為只要經過修辭上的收編，我們自然會放棄或修正理性的某些層面，轉而向異常的歷史繳械。從在華耶穌會士的觀點來看，這更在暗示世說的文本性可以讓權威彎腰，使其服務於宗教而非向歷史稱臣。這種「服務性」或「有用性」，亞普通尼士的世說觀未曾言明，但是我相信本章的析論應該可以為他──至少在明末中國──再進一解。

---

140 Gadamer, *Truth and Method*, p. 248.

第四章
神話：從解經到經解

由象徵論出發

本書第二章中，我曾指出「寓言」是亞里士多德的修辭例證之一。在亞氏的用法中，此一文類多指動物寓言而言。然而倘就其希臘語源考之，我們當會發現在本質上，「寓言」和一般所謂「神話」（*mythos*）實可交涉互通，要之都經「杜撰」而成[1]，有別於常態觀念下的史傳。我在本書第三章討論古典修辭初階時，無獨有偶，也曾指出從希臘上古到歐洲中世紀，修辭學課程在世說與寓言之外，最基本的演練對象另又包含神話在內。有趣的是，文藝復興以前「自由民教育」的這兩條線脈，到了晚明耶穌會士手中紛紛開花結果，而且匯為一流，變成證道的藝術的部分憑藉，而其首要表現便在「神話」之借為證道故事。像世說和寓言一樣，耶穌會士的中文著作裡不乏希臘羅馬神話。其總數雖然遠遜上述兩種文類，可能連二十條都不到[2]，但是就重要性來講，

1　這一點參見孫紅梅：《伊索寓言在中國》，碩士論文（北京大學，2001），頁23。

2　這個數目同樣是我保守的估計。晚明耶穌會用到的希羅古典神話多見於利瑪竇的《畸人十篇》、高一志：《十慰》（閩中天主堂梓行明刊本，現藏羅馬中央圖書館，編號：NBR72B.305），和——尤其是——陽瑪諾的《聖經直解》之中。

這些神話卻獨樹一幟,因爲明末耶穌會士——尤其是從葡萄牙颺航東來的陽瑪諾——每用之於《聖經》經文及其他相關教義的詮解上,而且總攬古來的各種類型,使之變成晚明耶穌會證道故事裡頗爲奇特的一種。

　　不過在深入探討明末耶穌會所用的神話型證道故事之前,我想我們有必要跳出晚明這個時間框架,先就清初該會盛極一時的「象徵論」(figurism)及其歐洲本源談起。清初文治武功顯赫,文化會通頻繁殷盛,入華耶穌會士俱曾與聞其事。不過就後者而言,會士尤可謂風氣先開,在兩洋之間的成就也最大。他們於儒家經籍曾深入研究,從中發現了許多特殊事例,足以和《聖經》歷史或本教奧義相提並論,相互發明,從而銜接東西,舉爲天主教在華「古已有之」的明證。甚至力量再添,由東徂西而影響到其時義大利哲學家維柯(Giambattista Vico, 1669-1774)對中國文字的看法[3]。這套特殊的「經解之學」——這個名詞我係沿用其明清之際的語意——大盛於康熙一朝,法國會士白晉(Joachim Bouvet, 1656-1730)與馬若瑟(Joseph de Prémare, 1666-1736)等人都是其時的代表。他們所解讀者以《易經》、《書經》或《詩經》等中國古籍爲主,神祕色彩或神話性重。加以方法上他們每由廣義的託喻詮釋著手,當時歐洲學界多以爲和《舊約》寓言學有關,故稱之「象徵論者」,而耶穌會內以此自居者也不乏其人[4]。

3　參見Philip Vanhaelemeersch, "The Figurists, and G. B. Vico on the Chinese: Esoteric Wisdom vs. Poetic Wisdom",未刊稿,宣讀於「第七屆中國天主教傳教史——中國教理講授史國際學術研討會」(輔仁大學天主教史研究中心及魯汶大學南懷仁文化協會主辦,2001年9月7-9日)。

4　有關象徵論的中文論述,方豪:〈十七、八世紀來華西人對我國經籍之研究〉,在《自定稿》,2: 185-202可能是首開風氣者。外文論著則較多,重要的專書見Kund Lundbæk, *Joseph de Prémare (1666-1736), S.J.: Chinese Philology and Figurism* (Aarhus: Aarhus University Press, 1991)及Claudia von Collani, *Die Figuristen in der Chinamission* (Frankfurt and Bern: Peter Lang, 1981)等。綜合性的說明見Michael Lackner, "Jesuit Figurism," in Thomas H. C.

在某個意義上，象徵論者側重的象徵論就是古來《聖經》預表論（typology）的分身，著重《新約》於《舊約》的應驗，也喜歡釐清《舊約》預表（prefigure）《新約》裡耶穌臨世的能力，所以和傳統《聖經》「解經學」（biblical exegesis）——本章中我權且用這個譯詞稱呼《聖經》詮釋學——中的四義讀法關係密切。就《新約》經文本身來看，預表論的創始者其實是耶穌，或謂記載其人言行的《福音書》的四位使徒。奧利根《論第一原理》嘗就此一詮釋法再作耕耘，結合了一世紀猶太教神學家費羅（Philo）之見，形成一套體系嚴整的《聖經》解經學[5]。西元四、五世紀之交，卡西安（John Cassian, 365-435）《會談篇》（*Conferences*）中又整合前人之見，新出機杼，四義解經法從而大備，而且大盛於歐洲中世紀。《聖經》中的經句自此多可作「歷史」（historical/literal）、「託喻」（allegorical）、「倫理」（tropological）與「神祕」（anagogical）四個層面看[6]。其條貫分明，影響所及甚至包括神學與文學上的認識，阿奎那《神學大全》（*Summa theologiae*）和但丁〈致斯加拉親王康・格蘭德書〉（"Letter to Can Grande della Scala"）中就曾予以發微，詳加申述[7]。在歐洲多數的實例裡，《舊約》象徵論便交織在四義法尤屬「託喻」的層次中。

（續）————————————————

  Lee, ed., *China and Europe: Images and Influences in Sixteenth to Eighteenth Centuries*（Hong Kong: Chinese University Press, 1991）, pp. 129-149；以及 Nicolas Standaert, ed., *Handbook of Christianity in China*, vol 1: 635-1800（Leiden: E. J. Brill, 2001）, pp. 668-679。除白晉和馬若瑟以外，清初具有代表性的中國經解象徵論者還有傅聖澤（Jean-François Foucquet, 1663-1741）一人。本章略過傅氏不提並非因為他不重要，而是在使用西洋古典神話這方面，他的貢獻有限。

5 Origen, *On First Principles*, trans. G. W. Butterworth（Gloucester: Peter Smith, 1973）, pp. 267-277.

6 John Cassian, *Conferences*, trans. Colm Luibheid（New York: Paulist Press, 1985）, pp. 160-161.

7 阿奎那和但丁之見俱收於Hazard Adams, *Critical Theory Since Plato*（New York: Harcourt Brace Jovanovich, 1971）, pp. 116-121。

　　天主教創教伊始，和希臘秘教的關係似解還結。這點歷來論者眾
議僉同 [8]。撰寫《福音書》的四位使徒又生當泛希臘化的時代，而稍
後奧利根的神學亦乞靈於希臘人的理性哲學，是以上述《聖經》的四
義解經法烙有深刻的雅典痕跡。就奧利根而言，他借用希臘智慧的用
意在於澄清或豐富天主教的奧義。至於著重預表論的解經家，則因託
喻故而廣借象徵論以收編《舊約》，把猶太教的大法挪爲己有 [9]。後
世象徵論當然還帶有猶太教晚出的卡巴拉（Kabbalah）神祕主義的色
彩，不過就其收編他者，化異爲己的性格來看，託喻解經法基奠所在
的預表論恐怕滲透最深。明清之際的耶穌會士移之以詮釋《易經》、
《書經》或《詩經》，志之所在亦如使徒與亞歷山大學派對兩《約》
或希臘古典的興趣一般，都在指出中國先秦典籍中所含攝的「上古神
學」（*prisca theologia*），並化爲道德渡筏，使之和自己所宗的天主教
產生聯繫 [10]。

　　職是之故，本章中我不會否認尤屬《詩經》的象徵論和《舊約》
寓言學之間的關聯，但是由於耶穌會象徵論者在詮解中國古籍時特重
上古神話的天主教面向，我覺得他們的「經解」之學其實已超越天主
教尋常的「解經」之道，反而和希臘羅馬上古的荷馬詮釋關係較大。
希臘人對神話研究的興趣發生甚早，但系統性的詮解可能遲至紀元前
二世紀的波里比爾士（Polybius），最早也早不過時間稍前的僞亞里士多

8　Robin Lane Fox, *Pagans and Christianity* (New York: Alfred A. Knopf, 1987),
　　pp. 11-23.

9　Robert M. Grant, *Greek Apologists of the Second Century* (Philadelphia:
　　Westminster Press, 1988), pp. 9ff; Grant and David Tracy, *A Short History of the
　　Interpretation of the Bible*, 2nd ed. (New York: Fortress Press, 1989), pp. 3-62.

10　有關「上古神學」的研究，可見Daniel P. Walker, *The Ancient Theology: Studies
　　in Christian Platonism from the 15th to the 18th Century* (Ithaca: Cornell
　　University Press; and London: Druckworth, 1972)一書。

德的《論尼羅河的洪汜》（*On the Flooding of the Nile*）[11]。羅馬時代開始，斯多葛學派踵繼斯學，以科學態度深入荷馬和其他神話詩人，開發出許多託喻類型，包括「道德寓言」（moral allegory）、「自然寓言」（etiology）和「字源託喻法」（etymology），甚至連非其所創的「英雄化神說」（euhemerism）也都關注有加。這些分析神話的模式中，道德寓言乃荷馬經解之始，幾乎也可說是所有託喻讀法的根本，有其類如羅蘭・巴特（Roland Barthes）所稱歷史的意識形態面向[12]。天主教上古猶未結束前，道德寓言復因斯時神話詮釋學者興起，應運而化生出歐洲中古的「神話書寫」或「神話詮釋學」（mythography），其間聯繫除了斯多葛學派以外，羅馬學者馬克羅比亦居關鍵。馬氏生當紀元五世紀，本書第二章已加介紹，而他本人係新柏拉圖主義的信徒，所著《西比歐之夢疏》和柏拉圖的看法一樣，都主張神話背後另有道德依托，不必因為事屬子虛即廢棄不論。馬氏並非基督徒，然而其睿見慧知對天主教接受希羅異教卻有啟發之功。十二世紀開始，馬氏之說又滲入是時的教育界，為神話詮釋學者收編荷馬提供最佳的理論基礎[13]。

　　天主教神話詮釋學的閱讀方法巧妙而多姿，始則淹有上述荷馬詮釋的各種門路，繼而延展為中世紀對荷馬及其羅馬苗裔如魏吉爾和奧維德的解讀，並且在馬克羅比的影響下刊行了多種注疏。十二世紀前後，梵帝岡有三位神話學者——此即通稱的「梵帝岡神話學者」（Vatican Mythographers）——受惠於上述傳統，乃應運再起，開創了另一脈的神

11　這方面的討論及希臘文原典如今多已收集於下書：Robert L. Fowler, ed., *Early Greek Mythography*, vol 1: *Text and Introduction*（Oxford: Oxford University Press, 2000）。

12　Roland Barthes, *Mythologies*, trans. Annette Lavers（New York: Hill and Wang, 1972）, p. 112.

13　Jane Chance, "The Medieval 'Apology for Poetry: Fabulous Narrative and Stories of the Gods,'" in her ed., *Classical Fable and the Rise of the Vernacular in Early France and England*（Gainesville: University of Florida Press, 1990）, pp.4-6.

話詮釋學。到了文藝復興時代，種種法門又風靡一時，終而促成是時「神話辭典編纂家」的崛起，不但蔚為學界與文壇風潮，對時人創作更有啟迪之功[14]，連當代耶穌會的教育機構亦廣受影響[15]。一六○八年，就在明神宗萬曆卅一年歲將云暮之際，這套由斯多葛學派發展至「神話詞典編纂家」的荷馬詮釋學即因利瑪竇刊有《畸人十篇》而搶先一步在白晉等人挪用前傳播入華，歷史意義自是非比尋常。再因一六三六年陽瑪諾「譯」出了《聖經直解》而益發完備，終而「正式入華」。其時高一志也有所「作」，散見於所著或所譯的各種中文書籍之內，可謂錦上添花。這三位明末耶穌會士所處理的荷馬神話，說來正可例示其歐洲先驅的古典神話詮釋學。

利瑪竇和高一志所用的神話意在凸顯天主教義，而陽瑪諾的「翻譯」和《聖經》詮釋學的關係尤大。儘管如此，我們若想一問他們使用荷馬──尤其是陽瑪諾以神話解經──在神話詮釋學以外的理論背景，我想歐洲中世紀的證道故事仍然會是答案的關鍵，因為這些神話都是證道修辭上的邏輯和說明性例證，關乎亞里士多德的《修辭術》，也關乎上古的修辭初階，所以同為歐洲中世紀證道的藝術不可或缺的古典環節。如前所述，利瑪竇、高一志和陽瑪諾以上古神話證道解經的例子並不多，但是他們用來確成系統，而且是全方位出擊，幾乎一網打盡天主教神話詮釋學的各種形式。從某個角度來說，饒富意義。由是深入再看，則利瑪竇、高一志與陽瑪諾等人所傳顯然就非單純的荷馬神話，另又包括神話詮釋學這門在西方流行已垂千年的人文顯學。他們在神話上之所為，因此文學意義別具，絕不輸寓言與世

---

14 參見 Jane Chance, *Medieval Mythography* (Gainesville: University Press of Florida, 1994) 一書。

15 Jean Seznec, *The Survival of the Pagan Gods: The Mythological Tradition and Its Place in Renaissance Humanism and Art*, trans. Barbara F. Sessions (Princeton: Princeton University Press, 1972), pp. 275-277.

說等我們前此業加論述的證道文類。

「寓」與「實」

　　前面說過，從西方上古到文藝復興時期，道德寓言都是各種神話
詮釋學的先聲。這種解讀法乃因事類比（analogy）之學，柏拉圖之前其
說已發，希臘人從者甚夥，包括畢達哥拉斯（Pythagoras of Samos, *c.*
592-*c.* 507 BCE）與蘇格拉底等上古哲人在內。其後英雄化神說釐定人
神關係，而斯多葛學派則進一步加以衍申，又自「宇宙生成論」立論，
把奧林帕斯眾神視為天地元素或自然力量的代喻[16]。賀西德（Hesiod,
fl. 8th cent.? BCE）和──尤其是──荷馬經此轉讀，所吟所頌的天神地
祇──包括羅馬之世奧維德和魏吉爾所重述者──宗教色彩便淡化
了許多。對使徒時代以還的天主教思想家而言，荷馬神話本屬難以抗
拒的往古遺澤，自殉道者游斯丁（Justin Martyr，二世紀）到亞歷山大
的克萊蒙（Clement of Alexandra，三世紀）等人，無不在違拗之際又正
視有加[17]。如今天主教神話詮釋學順勢興起，荷馬等人的神話文化更
非禁忌，遂由五、六世紀之交的傅均夏（Fabius Planciades Fulgentius）
領軍，一路走進歐洲中世紀[18]。

16　Philip Rollinson, *Classical Theories of Allegory and Christian Culture*
　　(Pittsburgh: Duquesne University Press; Brighton: Harvester Press, 1981), pp.
　　3-28.
17　Dennis Ronald MacDonald, *Christianizing Homer: The Odyssey, Plato, and The
　　Acts of Andrew* (Oxford: Oxford University Press, 1994), pp. 21-24. Cf. Jaroslav
　　Pelikan, *The Christian Tradition: A History of the Development of Doctrine*, vol
　　1: *The Emergence of the Catholic Tradition (100-600)* (Chicago: University of
　　Chicago Press, 1971), pp. 32-65.
18　Leslie George Whitbread, "Introduction" to his trans., *Fulgentius the
　　Mythographer* (Athens: Ohio State University Press, 1971), pp. 3-11; and Martin
　　Irvine, *The Making of Textual Culture: "Grammatica" and Literary Theory,*

　　荷馬神話當然不是篇篇都由荷馬——不論「他」是真有其人或爲是時詩家的總稱——吟就，希羅時代其他的詩人與神話作家也屢有貢獻。對利瑪竇等系出南歐的明末天主教士而言，魏吉爾和奧維德的啓示可能更大，箇中當然也有中古或上古證道故事集的編纂者如瓦勒流等人的提示[19]。談到中國史上首度聞悉的西洋古典神話，我認爲即可能由上述兩條文學線脈凝聚而成。不過中國人最早聽聞到的神話並非道德寓言，而是斯多葛式的自然寓言。講故事者也不是別人，正是耶穌會的入華先驅利瑪竇。他刊刻的《畸人十篇》，篇篇都是教義——當然是《聖經》上強調的教義——的證道辭。此書第五篇篇題係〈君子希言而欲無言〉，利氏所重者乃「慎言」這種處世之道，呼應了《聖經》中相關的論點[20]。利氏又長篇大論，對耳聆其道的曹于汴（1558-1634）說了一條彌大（Mida/Midas）變耳的證道故事，而這應該就是中國首見的西洋古典神話：

　　　誌載：昔非里雅國王彌大氏生而廣長，其耳翌然如驢，恒以
　　　耳璫蔽之，人莫知焉。顧其方俗，男子不蓄髮，月髠之。恐
　　　其髠工露之，則使髠之後，一一殺之矣。殺已眾，心不忍，
　　　則擇一謹厚者，令髠髮畢，語以前諸工之被殺狀：「若爾能
　　　抱含所見，絕不言，則宥爾。」工大誓願曰：「寧死不言！」
　　　遂出之。數年抱蓄，不勝其勞，如腹腫而欲裂焉。乃之野外
　　　屏處，四顧無人，獨自穴地作一坎。向坎俛首，小聲言曰：
　　　「彌大王有驢耳。」如是者三，即塡土而去，乃安矣。（李

350-1100 (Cambridge: Cambridge University Press, 1994), pp. 155-160.

19　瓦勒流的*CMAS*, 1.6.F3便提過下面我會論及的彌大故事，不過不是他變耳一事，而是襁褓時螞蟻在他口中留下穀粒，顯示將來會功成名就的神話。

20　如瑪5.33-37; 7.1-6及15.1-20。在天主教意義之外，這裡利氏對「慎言」的強調也有俗義，參見本書第五章第二節。

編，1: 182-183）

　　此一「驢耳彌大」的故事倘說到這裡便罷，那麼利瑪竇所傳係希臘上古廣為人知的一則神話，如是而已。不過事有不然，利氏所述不但略過彌大的生平，就連他系出神譜，變耳一節又涉及阿波羅（Apollo）復仇的傳說也不提[21]，下筆逕自就聲言其耳如驢，乃天生使然。凡此說詞，在在令人懷疑引文中所謂「誌載」的「誌」究竟何指。非但如此，利瑪竇接下還快筆切入彌大和髡工之間的互動，而他的重點亦隨之轉變，化為後者的心理狀態。凡此種種，又令人不得不懷疑其說別有懷抱。果然。在「抱言禁語之難」外，亦即在「嗚呼！禁言之難乃至此歟」這個人情喟嘆之外（李編，1: 183），利瑪竇的故事弦音未竟，而其中最有趣的一點是方才講罷，利氏就像一般重道德寓言的神話詮釋者一樣，將整個敘述帶向上文提及的自然寓言，使之再非一般古典型證道故事可比：

> 後王耳之怪，傳播多方。或遂神其說曰：「此坎中從此忽生怪竹，以製簫管，吹便發聲如人言曰：『彌大王有驢耳。』」
> （李編，1: 183）

　　自然寓言乃斯多葛學派從希臘神話淬煉而出的諸多讀法之一。之所以以「自然」命名，原因在類此神話的強調通常非關超自然，而是在解釋自然界中可見的各種現象[22]。利瑪竇上引故事裡的「坎中怪竹」

21　Hyginus, *Fabulae*, in *The Myths of Hyginus*, trans. Mary Grant（Lawrence: University of Kansas Press, 1960）, p. 274; Ovid, *Metamorphoses*, trans., Frank Justus Miller, 2nd ed., 2 vols（Cambridge: Harvard University Press, 1984）, 11.92-93.

22　H. David Brumble, *Classical Myths and Legends in the Middle Ages and*

一語，實則同屬利氏爲適應中國國情而做的情節改編，因爲從奧維德到海吉那士（Hyginus, fl. 207 AD）等神話學家，「竹」字概作「蘆葦」（reed），而且亦乏隨後的「簫管」之製。易言之，「彌大王有驢耳」一事，歐洲的神話詮釋學者無不取來解釋風吹草「鳴」的自然現象，超自然的情節不過喻依而已。如此一來，這條故事裡的道德寓言係「虛」，自然寓言才是說者希望聽眾或讀者從神話習得之「實」。就《畸人十篇》引證的目的而言，如此解讀或有違利瑪竇的初衷，不過他在轉述同一神話之際，確實在無意中也演示了斯多葛學派詮釋「驢耳彌大」的閱讀之法。這點說來巧甚，應當也不無東西文學交流史上的意義。

上文所謂「巧」，我另有所指。終利瑪竇在華近卅年的歲月，他引用的神話型證道故事並不多[23]。然而彌大神話解來有趣，由原先可能形成的道德寓言走向自然寓言去，可見利氏受天主教神話詮釋學影響之一般。倘移之以就中國先秦典籍中的神話，利瑪竇——甚至包括後來的白晉——當然也有其一貫的經解之道。自然寓言含攝的邏輯，他們稍加曲解，便可變成《書經》或《詩經》等經籍的詮釋利器。《畸人十篇》之前，利瑪竇撰有《天主實義》一書。以是書爲例，利瑪竇便曾在其中援引六經經文以證明《聖經》中的造物主早已存在於中國人的觀念之中。是書所引，有《書經·湯誥》「維皇上帝，降衷于下民」一語[24]。利氏認爲其中的「上帝」即本教的「天主」，而白晉更從康熙欽定《日講》，在所著《古今敬天鑑》（1703?）中賦全句以天主教人論的精神，視同人秉上帝之「靈」而得「善性」的自然神學（鄭

（續）————————————

Renaissance: A Dictionary of Allegorical Meanings（Westport: Greenwood Press, 1998）, p. xx.

23　彌大神話之外，我所見者另有但大落（Tantalus）一條，見《畸人十篇》，頁182-183。

24　利瑪竇：《天主實義》，在李編，1:416。

編，2: 235）。人與「神」之間的接榫，不論白晉或是利瑪竇，殆以爲
繫於句中的「降衷」二字。「天」生萬物，唯人得「靈」，秉至善之
性。如此「自然現象」何以形成，自然需要解釋。「衷」之爲詞中鑰
字，白晉爲利瑪竇訓爲「至正」[25]，說明「善良」這種靈性乃因天主
「降」而後得。如此詮解《書經》，某種意義上當然具有自然寓言的
精神，何況「維皇上帝」本身就出自中國神話，而「上帝」又係利瑪
竇舉以中譯天主教「陡斯」（*Deus*）的名詞之一！

　　類似斯多葛自然寓言的詮釋手法，《天主實義》中利瑪竇反覆者
再，《書經》或《詩經》和歐洲神學不僅因此而聯繫有加，記載上帝
或天主名號的中國古典更是因此而令耶穌會士取爲己教在華的明證。
由此我們一可窺見利瑪竇運用神話詮釋學之妙，同時亦可看到中國經
解象徵論在明末即已發端的事實。利瑪竇之後，耶穌會士覆案其說者
所在多有，即使是中國教徒如清初的嚴謨等人，也曾力爲分疏[26]。不
過這方面在論證上最稱完備者，我以爲仍推清人劉凝（*c.* 1625-*c.*
1715）。所著《覺斯錄》志在攻佛，由《易經》、《左傳》、《穀梁
傳》及漢初經學家入手，詳述「天主之名」在華早已「定於一尊」，
可見於三代與孔孟論述，「非由晚近，亦非專見於遠方四譯也」[27]。

　　劉凝等中國教徒言之鑿鑿，或因「老子化胡」等傳統宗教言說的
影響所致，不過他們也有眼界未逮之處，蓋就上述天主教的「西學東

25　此所以李九功子奕芬面對其他宗教而有辨惑之需時，復從「人」的立場出
　　發而有如下一問：「天帝賦人靈明，受衷以來，原自烱烱，何從得惑？」
　　李氏係清初名教徒李九功之子，這裡的引文出自所寫〈辨惑引〉一文，見
　　《粹抄》，5: 1甲。

26　參見鐘鳴旦（Nicholas Standaert）著，何麗霞譯：《可親的天主：清初基督徒
　　論「帝」談「天」》（臺北：光啓出版社，1998），頁48及頁53。

27　〔清〕劉凝：〈天主之名非創自西域泰西〉，在所著《覺斯錄》（巴黎法國國
　　家圖書館藏本，古朗氏編號：7172），頁2-3。劉著亦已收入《耶檔館》，
　　9: 520-590。相關論述，參鄭安德：《明末清初天主教和佛教的護教辯論》
　　（高雄：佛光山文教基金會，2001），頁20-23。

源」論的根本觀之，倘非明末耶穌會士於歐洲託喻讀法知之甚稔，其
說恐怕難成。若就耶穌會象徵論的神話本源再加論證，我想示範得最
為周延者，當推崇禎九年陽瑪諾「譯」的《聖經直解》。今日可見的
《聖經直解》，書首直言該書乃陽瑪諾「譯」得。有道是「原本」乃
巴拉達（Sebastian Barradas, S.J., 1542-1615）的《福音史義箋注》
（*Commentaria in Concordiam et Historiam Evangelicam*），不過這點頗
具爭議性。據我翻閱巴著所知，裡頭幾乎也沒有陽瑪諾憲章譯得的神
話，即使是陽瑪諾本人，他在所「譯」書後亦稱經文之外，箋注部分
乃「祖述舊聞」而成（《三編》，6: 2954）。換言之，全書實為各家意
見的整合[28]。下文為方便故，凡提到《聖經直解》的「箋注」部分，
我因以「陽瑪諾」權稱「作者」。此外，《聖經直解》成書的目的在
依禮儀年提供主日及各節日所用的經文，是以狹義上雖非解經專著，
但因箋注中陽瑪諾的祖述不乏個人之見和選擇，所以在我看來，所
「著」對明代《聖經》經義的瞭解仍然貢獻卓著，我們宜以「解經之
作」視之。

　　在《聖經直解》中，荷馬神話雖非出以口語，和一般歐洲證道故
事的言說性質不同，但因其援引的目的俱在解經或為解經之例證，在
一般中古證道故事集內也不難覓得，所以彼此系出同源，應無疑義。
坦白說，《聖經直解》使用神話的頻率並不高，不過以晚明那麼早的
時間而論，近乎十條的總數其實已稱不惡。我們知道，荷馬神話主要

28　另請參見Standaert, ed., *Handbook of Christianity in China*, p. 623，及氏另著
　　"The Bible in Early Seventeenth-Century China," in Irene Eber, et al., eds., *Bible
　　in Modern China: The Literary and Intellectual Impact*（Sankt Augustin: Institut
　　Monumenta Serica, 1999）, pp. 44-45n42；或陳占山：〈葡籍耶穌會士陽瑪諾
　　在華事蹟考述〉，《文化雜誌》，第38期（1999年春季），頁92。《福音史
　　義箋注》共四冊，首版刊行於一五九九年，不過其後版數甚多，我用的是
　　巴黎耶穌會瑟勿賀神學院（Centre Sevres）圖書館所度藏者，而瑟勿賀本已是
　　一六一一年的版本了。

見於《伊里亞德》(*Iliad*)與《奧德賽》(*Odyssey*)兩部史詩。倘以後書所述為準，則《聖經直解》開書不過數卷，我們即可索得有關「西臘」(Scylla)的神話一條（《三編》，5: 2291）[29]。陽瑪諾在此抑且夸夸其言，為其精義闡幽發微，詳情請容稍後再談。此刻我急於指出來的是，若就神話詮釋學特重託喻的本質先予考察，那麼《聖經直解》於此發揮之詳，絕對在利瑪竇或高一志的著作之上。這方面最為顯著的說明，卷十四的經文箋注尤可見之。

此卷引神話的目的在解釋〈若望福音〉第五章，陽瑪諾中譯的經文直指該章第十九節以次，係先人瞻禮日應該翻查的片段。在這相關的諸節中，耶穌聲色俱厲，頻頻曉喻猶太人祂「天主子」的身分，並謂自己擁有「父」審判眾生的權柄，所以可令「善者復活以享嘗（長）生，惡者復活以受永苦」（《三編》，6: 2888）。由於先人瞻禮日設節的意義在「勸我加勤以助〔己〕」，因「各靈恒存不滅」，所以一經「審判」，「後世有天堂以賞，地獄以罰，煉處以補」（《三編》，6: 2881），經文的箋注因此便側重天主教所謂的「四末論」。四末第四描寫地獄之醜，著墨所在乃「惡者復活以受永苦」。為申其說，為證其道，陽瑪諾引一神話云：

> 古賢欲警嚚人，設寓言曰：「有咎人心腸不憐，既亡，下地獄。罰應其咎，鷹立胸上，剖裂心腸，抓啄無已。異矣，鷹僅叫盡，心腸又萌，鷹始再吃，如是于無窮也。」（《三編》，6: 2947）[30]

---

29 A. T. Murray, trans., *Odyssey* (Cambridge: Harvard University Press, 1995), 12.73-126 and 12.222-259.

30 高一志《童幼教育》亦有一喻，性質近似這裡陽瑪諾所傳，亦即希臘上古著名的唐納絲姊妹(Danaids)的神話，見《徐家匯》，1: 339：「先知者假喻曰：『陰司萬刑中，有恒盛水，罅瓮而不息者，常勞而無益。』」如同

神話中的「吝人」苦盡還來，周而復始，所受確爲「永苦」。諷
刺的是我們一詳故事內容，卻發現陽瑪諾的「翻譯」——如果當真是
「譯」——並不太準確，似乎是「譯」自記憶，而且把兩條神話混爲
一談。所「引」稱那亡而下地獄者「心腸不憐」，指的應該是薛西佛
斯（Sisyphus）的故事。薛氏曾誘姦姪女，再殺所生雙子，剝其肉以饗
久爲寇讎的兄弟。此一故事形態，從賀西德以來，希臘上古傳說已久。
不過矛盾的是在陽瑪諾筆下，薛西佛斯受罰的方式並非神話學家記載
的推石上山，而是普羅米修斯（Prometheus）結怨於宙斯（Zeus），因而
慘遭懲罰的神話。因此之故，陽瑪諾的結尾才會轉成「鷹立胸上，剖
裂心腸，抓啄無已」。更矛盾的還在後頭：倘據亞波羅德（Apollodorus）
或菩薩尼阿士（Pausanias）的記載，普羅米修斯爲拯救人類而「盜火」，
在凡人眼中係一英雄，負面的刻畫幾無，故而他理非陽瑪諾筆下所述
的「吝人」或「嗇人」。後面兩個名詞，普氏果然可以當之，唯有從
宙斯的立場看才有可能。蓋普氏深知宙斯有龍陽之好，所以造人後拒
絕獻上其中俊秀，又嘗逞巧，計藏牲禮的膏腴部位，反代之以價值最
差的骨頭與內臟[31]。

當然，以我在本章中的關懷而言，《聖經直解》這條神話的主角

（續）————————————————————

　下文中我對但大落神話的申論，高一志的故事亦視唐氏姊妹為一道德寓
　言。西方古典著作中，有關唐納絲姊妹的神話，參見Apollodorus, *The Library*,
　2 vols（Cambridge: Harvard University Press, 1982）, 2.1.4-2.2.1。此外，希臘
　悲劇中也有戲專演她們的故事，見Aeschylus, *The Suppliant Maidens*, in David
　Grene and Richmond Lattimore, eds., *Aeschylus II: Four Plays*（Chicago:
　University of Chicago Press, 1956）, pp. 7-42。

31 Hesiod, *Theogony*（Cambridge: Harvard University Press, 1982）, 507-616; and
　his *Works and Days*, in Apostolos N. Athanassakis, trans., *Hesiod: Theogony,
　Works and Days, Shield*（Baltimore: Johns Hopkins University Press, 1983）,
　lines 47-105; Apollodorus, *The Library*, 1.3.6; 1.7.1-2; 2.5.4; 2.5.11; and 3.13.5;
　Pausanias, *Description of Greece*, 5 vols（Cambridge: Harvard University Press,
　1982）, 1.30.2; 2.19.5; and 2.19.8.

究竟是薛西佛斯或普羅米修斯並不重要，重要的是陽瑪諾一下筆便明白以中文詞彙「寓言」稱之，亦即希臘或拉丁傳統所謂的「託喻」（*allegoria/hyponoia*）。在後面這一脈相傳的文學道統中，「託喻」或「寓言」俱有僞赫拉克里特（Pseudo-Heraclitus，一世紀）所謂「言此指彼」之意[32]，係有意欲託之喻，故其內容可以是虛，不必屬實。陽瑪諾開喻又以動詞「設」字稱之，充分表示他知道筆下故事的幻設或虛構本質。希羅宗教的「超性說」（supernaturalism）和天主教有異，一至於此。不過在先人瞻禮日的解經語境中，耐人尋味的還是陽瑪諾明知「寓言」係幻設而成，卻又希望讀者或演經臺下的聽眾信以爲真。寫畢神話之後，他故而讚嘆道：「真哉，實哉，賢之寓言！」爲了強調此見，《聖經直解》還抬出「解經」二字主其動作（《三編》，6: 2947），從而加重了上引異教神話在天主教內的權威之感，尤其強化了此一故事解釋〈若望福音〉第五章的能力。

　　以虛爲實本屬宗教忌諱，奉異教爲本教尤爲天主教難容，何以陽瑪諾於此卻一無忌憚，抑且大加申說，道是「彼謂之寓，吾謂之實」？（同上頁）箇中關鍵，我以爲有二，一是馬克羅比的影響。《西比歐之夢疏》探討寓言的功用，力主只要「論點是『實』」，即使「形式爲『虛』」（cum veritas argumento subset solaque fit narratio fabulosa）[33]，也是無妨。所謂「虛」者，馬克羅比的原文本指「狂想」或「幻設的故事」而言，則其非屬「神話」或一般所謂「寓言」者何？虛實之間，重點在「義」，不在「形式」。這點馬克羅比與陽瑪諾的互通又極其顯然。其次，陽瑪諾以虛爲實的邏輯另又潛藏於上文提

---

32 Heraclitus, *Allégories d'Homère*, ed. Félix Buffière（Paris: Société d'édtion, 1962）, pp. ix-x; also see Rollinson, *Classical Theories of Allegory and Christian Culture*, p. 5.

33 Macrobii Ambrosii Theodosii, *Opera*, ed. Ludovicus Ianus（Quedlinburgi et Lipsiae: Typis et Sumptibus Godofredi Bassii, 1848）, 1.2.10.

及的「言此指彼」。對他而言，普羅米修斯或薛西佛斯的磨難適足
以解釋四末最後的「地獄之醜」(《三編》，6: 2939)，對應了「惡
者復活以受永苦」這句《聖經》經文。如此則神話所言雖爲「彼」，
其意卻在於「此」，讀者或聽眾故而不必斤斤計較於敘述上的真假
或他我之別。柏拉圖《理想國》中，蘇格拉底痛恨表相的摹仿，但
是倘能傳遞真理，虛構依然可以博其讚賞，神話故而也具有在理性
上「攻錯」或「示而範之」(exemplary)的能力 34。這一點，中世紀
的神話詮釋學者如博納篤(Bernardus Silvestris)等人也予以採納，視
爲看待「理想國」這類「神話」的依據 35。在《聖經直解》中，陽瑪
諾的瀟灑尤甚於博納篤，早於薛西佛斯或普羅米修斯的故事中看到
了「真理」或「真實」，從而掙脫了「寓言」與「神話」的真假枷
鎖，悠遊在詮釋的汪洋大海裡。

　　非但如此，陽瑪諾的神話型證道故事還喻中有喻，箋注起來頭頭
是道，意涵深遠。引畢上述地獄神話之後，《聖經直解》乃箋之曰：
「永禍之身，入水而溺若死，未幾再浮，以得再溺，再苦也。」(《三
編》，6: 2947)這些話顯然又是喻中喻或「虛構中的假設」，其具體
實踐有如下文我會談到的但大落(Tantalus)神話一般。縱使我們回頭
再看，這些話同樣也可以凸顯薛西佛斯或普羅米修斯的困境，所以小
覷不得。箋文中既有明顯若此的雙重對應，顯示只要意義的聯繫夠緊
夠密，陽瑪諾確實可以不以希羅異教爲意，至不濟也可以讓「虛構」
或「神話」變成「寓言」，假其中的普遍性詮釋天主教特殊的真理。
甚至兼容並蓄，共存共榮。神話的地位因此扶搖直上，荷馬及其前後

---

34 Cf. G. S. Kirk, *The Nature of Greek Myths* (Harmondsworth: Penguin, 1980), pp.
　289-293.

35 參見Bernardus Silvestris, *Commentary on the First Six Books of Virgil's Aeneid*,
　trans. Earl G. Schreiber and Thomas E. Maresca (Lincoln: University of
　Nebraska Press, 1979), p. 51。

的西洋古典詩人在明末耶穌會的《聖經》解經學中遂佔得一席之地，可供日後同會的中國經解象徵論之用。

再談詮釋的類型

　　所謂「用」者，其實全拜託喻讀法的歐洲傳統所賜，尤其是傅均夏等人在紀元五、六世紀開啓的天主教神話詮釋學。有趣的是，傅均夏是否爲基督徒，學界眾說紛紜，莫衷一是。懷布雷（Leslie George Whitbread）非但以爲是，抑且認爲係北非一帶的高級神職人員[36]。證據之一是傅氏的《神話學》（*Mitologiae*）好將荷馬故事附會到天主教理去。職是之故，傅氏各種相關著作如《魏吉爾意蘊發微》（*Expositio continentiae Virgilii*），於歐洲中古神話詮釋學便有基奠之功[37]。《神話學》的詮釋方法不拘一格，陽瑪諾的《聖經》箋注用到薛西佛斯或普羅米修斯的神話，原因便在傅氏專擅的因事類比之學用來稱便，可令道德寓言得一發揮的空間。

　　「因事類比之學」乃植基於物事的類似性之上。白晉的象徵論最著名的成果之一是他對《詩經・生民》的解讀，其中有姜嫄「履帝武敏歆」後「載生載育」一句。然而白晉的詮解罔視古來中國注家之見，不但拒絕視爲初民宗教儀式或「男女野合」的託辭，更不以儒家傳統的德行或政治寓言視之[38]，反而認定是歷史事實，乃所謂「不婚受孕」

36　Whitbread, trans., *Fulgentius the Mythographer*, p. 1.

37　Whitbread, trans., *Fulgentius the Mythographer*, pp. 39-102.

38　參見聞一多：〈姜嫄履大人跡考〉，在所著《神話與詩》（臺中：藍燈文化公司，1975），頁73-80。有關《詩經》的儒家寓言，見Stephen J. van Zoeren, *Poetry and Personality: Reading Exegesis, and Hermeneutics in Traditional China*（Stanford: Stanford University Press, 1991）一書，或見Sze-Kar Wan, "Allegorical Interpretation East and West: A Methodological Enquiry into Comparative Hermeneutics," in Daniel Smith-Christopher, ed., *Text and*

的東方典型。由於姜嫄受孕和《福音書》中聖母懷孕的故事十分近似，她遂由周人的母系始祖變成白晉筆下的馬利亞「化身」（figura），堪稱世人或生民之母。假此「智慧之光」，白晉認爲姜嫄便可「恢復」其「神聖和真正的意義」。亦即在象徵論的詮解之下，姜嫄已經天主教化，根本就是馬利亞的東方分身[39]。如此推論，無非又因上文所謂「因事類比」的「託喻」或「寓言」之學而來。

用這種方式解讀神話——不論是中國或西洋古典神話——詮釋者通常不會在字義上大作文章，反而會以簡潔之筆構設出自以爲是的神話意涵，有如《聖經》四義法的實踐。《聖經直解》用到的荷馬或希羅神話，多數在華均具傳播首功，而因事類比之學係其慣用技法，道德寓言尤常採行，我們可以文前提到的「西臘」故事再加剖析。此一神話如今早已因《奧德賽》而馳名東西，陽瑪諾在明末首倡時卻將之巧妙穿鑿，附會到賽妊(Sirens)傳奇之中（12.39-54; 12. 158-200）。

（續）————————————

Experience: Towards a Cultural Exegesis of the Bible（Sheffield: Academic Press, 1995）, pp. 154-179; Pauline Yu, "Alienation Effects: Comparative Literature and Chinese Tradition," in Clayton Koelb and Susan Noakes, eds., The Comparative Perspective on Literature: Approaches to Theory and Practice（Ithaca: Cornell University Press, 1988）, pp. 172-173；以及Zhang Longxi, "The Letter and the Spirit: The Song of Songs, Allegoresis, and the Book of Poetry," Comparative Literature 39/3（1987）: 193-217。

39 白晉解讀〈生民〉的資料，見Genévier Javary,〔trans.〕, "Hou Ji, Prince Millet, l'agriculteur divin: Interprétation du mythe chinois par le R. P. Joachim Bouvet s.j.," Neue Zeitschrift für Missionswissenschaft 39（1983）: 16-41 and 107-119。下引白晉相關之說，概出自此一譯本。此一譯本之外，白晉〈生民〉經解的部分相關拉丁文原稿，亦已重印於Albert Chan, S.J., Chinese Books and Documents in the Jesuit Archives in Rome: A Descriptive Catalogue, Japonica-Sinica 1-IV（New York: M. E. Sharpe, 2002）, pp. 525-526, and pp. 532-533。至於有關白晉的研究書目，一九七四年以前者請見Janette Gatty, "Les Recherches de Joachim Bouvet（1656-1730)," Actes du Colloque international de Sinologie: La Mission française de Pekin aux XVIIᵉ et XVIIIᵉ siècles, Centre de Rechereches interdisciplinare de Chantilly（Paris: Les Belles Lettres, 1976）, pp. 141-162。

所以西臘在《聖經直解》裡已非海岬上的女怪，而是一座海嶼之名，其上「多女，美聲絕唱」（《三編》，5: 2291）。陽瑪諾這般敘寫，倘非誤譯或誤記所致，目的當在形容「美聲絕唱」的誘惑，兼及嶼勢之危或海流湍險。他的詮釋不著傅均夏之名，反而說是引自「聖熱落」或「聖傑魯姆」的解釋。饒富興味的是：聖傑魯姆航經麥錫那海峽（Straits of Messina）之際，並不曾將上述神話牛馬混合，反而顯示他對《奧德賽》深有所知[40]。所以問題所在似乎是陽瑪諾本人的記憶。揆度所解的西臘寓義，我看靈感若非得自卡洛琳基時代渥登的阿諾里（Honorius of Autun），就是直承自傅均夏的道德寓言。《聖經直解》謂：

> 海，今世也。嶼，吾身也。女，心慾也。欲避其害，勿近而順心慾，勿聾耳而聞其聲。近而聞，難不溺也。（《三編》，5: 2291-2292）

對阿諾里而言，「海」亦為「今世」或「塵世」之比，會因人事紛爭而波瀾時起。然而他對「嶼」字卻不作陽瑪諾的「吾身」觀，而是視之為等同於賽妊的「世樂」[41]。和陽瑪諾上引文一樣，阿諾里的闡釋係地道的道德寓言。不過陽氏的中文版若方之傅均夏的同一故事，在精神上似乎更近。傅氏沿傳統之見視西臘為女身，《神話學》謂其因瑟西（Circe）構陷，終而變成世間淫婦，所代表的自然就是凡人身心兩俱的欲火。頗富諷意的是，不管在荷馬或在奧維德的史詩裡，西臘絕不以歌聲名世。欲合這種敘寫，賽妊才是[42]。在陽瑪諾筆下，

40　S. Eusebii Hieronymi, *Apologia adversus libros Rufini*, 22, in *PL,* 23: 473.

41　Honorii Augustodun, *Speculum Ecclesiae*, in *PL,* 172: 855.

42　Ovid, *Metamorphoses*, 13.730-741; and 13.898-14.74.有關「西臘」神話的歷史流變，參見J. Rendel Harris, "Scylla and Charybdis," *Bulletin of the John Rylands*

賽妊顯然已經嫁接而變成西臘島上的眾女，故有「美聲絕唱」一說。眾女所唱還是致命的魔音，「舟人」若「欲避身害」，必需「引舟離嶼」。倘「無奈近涯」，則應像奧德修斯一樣，「各皆塞耳，力務速過」，才能免去「如醉忘危」之險，甚至是舟毀人亡的悲劇。陽瑪諾有此一見，顯然借自《奧德賽》。不過他在情節上每有曲附，卻也讓荷馬故事原旨盡失。《聖經直解》話鋒所到，西臘故事往往轉爲人世警曲，天主教神話詮釋學的影子重，傅均夏所傳更重，因爲《神話學》嘗謂「愛的誘惑」有三，其一就是陽瑪諾筆下的「美聲絕唱」。西臘所在之「嶼」或「海岬」果有生物，本該是怪犬數頭，和「美聲絕唱」的賽妊了無關涉。無如陽瑪諾卻將女怪變海嶼，又將眾女化女妖，遙指傅均夏以爲是「淫樂」之屬的「希臘神話」。

　　如此一來，陽瑪諾的盛世危言便也轉爲「古賢」設以「戒淫」的「道德寓言」（《三編》，5: 2291）。如此解讀之際，陽氏並未申論筆下寓義緣何形成，但他自以爲是的類比手法，我則以爲深得證道故事如伊索式寓言的技法精髓。伊索所行，其實僅在道德化所述故事，而明末耶穌會士借以爲喻，早已見於利瑪竇的《畸人十篇》或龐迪我的《七克》等書。在象徵論的應用上，白晉解《詩》亦可見類似的蹤跡，因爲他稍作聯想就把這部中國經典看作天主教的道德寓言。再以〈生民〉爲例。第四章寫后稷長成，「克岐克嶷」，於是「蓺之荏菽」，終而「禾役穟穟」，「麻麥幪幪」。這一派莊稼景象，白晉道是虛筆，其中實具精神意蘊，指「其人內心的耕耘」（la culture même du cœur）而言。白晉復因此刻的姜嫄已和馬利亞結合爲一，所以讓后稷這位「內心的耕耘者」搖身二變，變成《聖經》裡的「天父」或三位一體的天主觀中的聖子耶穌[43]。如此附會成解的結論，白晉分析《詩經》時幾

（續）────────────────

　　　　Library 9（1925）: 87-118。

　43 Javary,〔trans.〕, "Hou Ji, Prince Millet, l'agriculteur divin: Interprétation du

乎隨處可見。姜嫄與后稷的故事，由是轉爲另一種形式的天主教神話。如果擴大放在「傳教」與「證道」這兩個在晚明更具時代意義的架構中看，〈生民〉——甚至是《詩經》中其他的神話性敘述——此刻恐怕也已經白晉這位象徵論大師給證道故事化了，具有高度屬靈的價值。

　　在歐洲證道文學史上，證道故事因中世紀博維的文笙（Vincent of Beauvais）故而得以和神話詮釋學結爲一體[44]，在華則可因西臘故事或利瑪竇的彌大自然寓言而窺見兩者間的關係。誠如我在本書第一章裡指出來的，里耳的亞蘭認爲證道詮解上「權威」的徵引必不可少。不過陽瑪諾在這方面的做法稍有不同；他援引權威，是乾脆引之爲神話寓義的墊腳石或入門磚。白晉斷言后稷的莊稼事業爲「內心的耕耘」時，曾引《禮記》以爲權威，證明所釋無訛[45]。在某種意義與程度上，白晉「引經據典」的行爲已經涉及神話詮釋學的修辭學背景。但是倘就此一學問和權威援引間在實踐上的互動再言，那麼傅鈞夏之外，我認爲仍可上溯至前此我曾不斷提及的馬克羅比。馬氏年長傅氏達百年之久，然而他擅長解說神話，而且每好援引權威以強化所見，或因權威而索得寓義。天主教神話詮釋學於馬氏乃蕭規曹隨，而權威援引和道德寓言一旦鸞鶯並駕，希臘羅馬神話必生質變，駸駸然自古典昇華，從而抽離自其原來的歷史語境而行再詮之實。這種「再詮」，梵帝岡神話學者因爲所寫若非資料彙編，就是他人意見的轉述，參與的程度似乎不深[46]。然而是時的魏吉爾及奧維德解說家卻是佼佼其手，

(續)————————————————————————

mythe chinois par le R. P. Joachim Bouvet s.j.," p. 28.

44　John Dantel Cooke, "Euhemerism: A Mediaeval Interpretation of Classical Paganism," *Spectrum* 2 (1927): 398ff.

45　Javary, 〔trans.〕, "Hou Ji, Prince Millet, l'agriculteur divin: Interprétation du mythe chinois par le R. P. Joachim Bouvet s.j.," p. 24.

46　三位梵帝岡神話學者中，前兩位的著作俱收於Péter Kulcsár, ed., *Mythographi Vaticani I et II* (Turnhout: Brepols, 1987)之中。由於他們所寫多屬神話內容

不容忽視 [47]。到了神話辭典編纂家興起，則詮釋的廣度與深度化境再臻，作家使用起神話來已經不容我們漠視。所謂「神話辭典編纂家」，文藝復興時人又稱「繆思解讀家」（*mystagogus poeticus*）[48]，個個俱為神話分析上的翹楚，對陽瑪諾等東來耶穌會士的影響甚大。

第二節舉普羅米修斯或薛西佛斯的道德寓言以明「地獄之醜」，下文謹就因事類比及權威援引兩相結合的託喻讀法再引陽箋取為呼應的另一荷馬神話為例，看看《聖經直解》如何因繆思解讀家的影響而解之，又如何因之以解《聖經》：

古賢設喻曰：「有人貪甚，名但大落。逝世下地獄，獄王定

（續）————————————————

的重述，係資料彙編一類的手冊，我懷疑入華耶穌會士會因之而得詮釋上的靈感。至於第三位梵帝岡神話學者的成就，部分可見於D. W. Robertson, Jr., *The Literature of Medieval England* (New York: McGraw-Hill, 1970), p. 288 and p. 290。但據近人的研究，第三位梵帝岡神話學者之見多為馬克羅比和傅鈞夏等前行代學者的拼湊，自抒機杼的成分不多，所以我們目前似乎也可懸而不論。有關三位梵帝岡神話學者的研究，見Kathleen O. Elliott, "Text, Authorship and Use of the First Vatican Mythographer," Ph. D. dissertation (Radcliffe College, 1942); Richard M. Krill, "The Vatican Mythographers: Their Place in Ancient Mythography," *Manuscripta* 23/3 (November 1979): 173-177; Kathleen O. Elliott and J. P. Elder, "A Critical Edition of Vatican Mythographers," *Transactions of the American Philological Association* 78 (1947): 189-207，以及Charles S. F. Burnett, "A Note on the Origins of the Third Vatican Mythographer," *Journal of the Warburg and Courtauld Institutes* 44 (1981): 160-166。

47 Cf. Lester K. Born, "Ovid and Allegory," *Spectrum* 9/4 (Oct. 1934): 362-379; and Julian Ward Jones, Jr., "The So-Called Silvestris Commentary on the *Aeneid* and Two Other Interpretations," *Spectrum* 64/4 (Oct. 1989): 835-848.

48 有關神話辭典編纂家的論述見DeWitt T. Starnes and Ernest William Tabert, *Classical Myth and Legend in Renaissance Dictionary: A Study of Renaissance Dictionaries in Their Relation to the Classical Learning of Contemporary English Writers* (Chapel Hill: University of North Carolina Press, 1955), pp. 3-28。另請參較Seznec, *The Survival of the Pagan Gods: The Mythological Tradition and Its Place in Renaissance Humanism and Art*, pp. 279-323。

罪曰：『貪哉，在世財盛而饑，庫充而渴，當以永饑渴罰之。』
急呼獄卒，命置河濱茂樹之間。樹枝多實，皆孕近口。但大
落口渴，腹餒欲飲，低頭河退，口仍乾枯。欲食伸手，枝實
皆上，腹仍空楞。」嗟夫，近河而渴，近食而饑，貪人正像
也，貪人之正罰也。敝鄉欺貪人，皆曰：「某人，但大落也。」
（《三編》，5: 2322）

由於《聖經直解》的文脈明指西方，這裡開篇所稱「古賢」，中國人
不可能誤解爲傳統中人。這個名詞陽瑪諾寫來狀似輕鬆，從歷史的角
度看卻可能指上古的荷雷斯或北方文藝復興時代的伊拉斯瑪士
（Desiderius Erasmus, c. 1466-1536）。和《聖經直解》一樣，這些詩人
或學者都視但大落爲「貪婪」的化身，而他們的影響源頭——尤其是
伊拉斯瑪士所襲——正是其時的神話辭典編纂家或所謂「繆思解讀
家」[49]。

　　有趣的是，在荷馬的《奧德賽》或奧維德的《變形記》中，「但
大落」一名並無「貪婪」的寓義，本身實爲陽瑪諾形容薛西佛斯時所
謂「心腸不憐」之人，因爲他也曾殺子以饗諸神，造下人倫悲劇與欺
神大罪。明末耶穌會士未必個個嫻熟伊拉斯瑪士，但荷雷斯的某些歌
謠則多半讀過[50]，馬克羅比和傅均夏傳下來的神話詮釋學更是在行，
所以不可能不知道繆思解讀家在各自的辭典中所定調的神話寓意。陽
瑪諾稱但大落「貪甚」；這種解釋，利瑪竇的《畸人十篇》在華已首
揭其說（李編，1: 278），《聖經直解》不過步其後塵而已。神話詮釋

49　Brumble, *Classical Myths and Legends in the Middle Ages and Renaissance: A Dictionary of Allegorical Meanings*, pp. 317-318.

50　參見拙作〈天主教精神與歐洲古典傳統的合流——利瑪竇《西琴曲意八章》
　　初探〉，在初安民編：《詩與聲音：二〇〇一年臺北國際詩歌節詩學研討
　　會論文集》（臺北：臺北市政府文化局，2001年12月），頁27-57。

學與證道故事之間的互動,由是也可窺斑見豹。《畸人十篇》裡,「貪婪」有口腹之欲的弦音在,因爲利瑪竇的用詞是「饕惏而吝」(李編,1: 278)。然而書中相關篇章的重點卻如篇題所示,係就「富而貪吝」所作之狀摹而言。利氏在篇中因而引申道:人而如此,終究會「苦于貧屢」(李編,1: 273)。由於財富之欲與口腹之欲每可並比,利瑪竇挖苦富人時,才會回頭重提口腹問題,謂財富之貪者若「未暢」,則可能得「節食」以「補之」(李編,1: 278)。

陽瑪諾的情形稍有不同:他引但大落神話的目的完全在解經,有其《聖經》文脈上的特殊意指,故此乃從字面上的「口腹之欲」詮釋但大落。是喻所箋係聖神降臨後第十六個主日,是時所用的經文又係〈路加福音〉第十四章,而其中「耶穌赴司教宴」的「宴」字,名副其實正是一場餐飲之會。由於此一餐宴在經中乃一引導母題(*leitmotif*),稍後會擴編爲耶穌的「宴席的比喻」(路14: 15-24),所以深具神祕意涵的「餐宴」,在箋注中便得加以實體化,轉而化成一場名實相符的餐宴,說來曲折又複雜。

「耶穌赴司教宴」時值安息日,抵達之際適逢一「病蠱者」求治(5: 2316)。按猶太教規,安息日「不許治病」(路14: 3),耶穌卻罔顧傳統而加以診治。此一「病蠱者」在《聖經直解》中乃一典中典,應該譯自某種修訂版的《通俗本拉丁文聖經》(Vulgate)[51]。在常見的中文和合本裡,此詞雖譯爲「臌脹之人」,有因食量過大而致罹病的聯想,不過天主教的《千禧版》則譯爲「患水臌症的人」,正合通俗本「爲水腫所苦」(*hydropicus*)的原意[52]。通俗本的用詞本和「口腹之

---

51 陽瑪諾所處之世,天主教徒的標準本《聖經》應該是某種修訂後的《通俗本拉丁文聖經》,參見Standaert, "The Bible in Early Seventeenth-Century China," in Eber, et al., eds., *Bible in Modern China: The Literary and Intellectual Impact*, p. 34。

52 和合本我用的是《新標點和合本聖經》(香港:聯合聖經公會,1988)。聖

欲」無關，是以陽瑪諾的「病蠱者」原也不宜和「宴飲」多作聯想。
然而陽瑪諾箋注時或因民俗影響，居然認為水臌症乃因蠱蟲「蠱身滿
水而渴」所致（《三編》，5: 2321）。如此一來，這「病蠱」一症就難
以和宴飲等口腹之欲脫鉤。陽瑪諾從而再效解經常規，以「貪傲二情
之像」為耶穌面前那位「病蠱者」定位。貪與傲這兩種惡行，無非因
欲念太過使然，當然是一丘之貉，可以並置而論。陽瑪諾在箋注中引
到的兩家權威，繼而就扣住「飲」字，大行其貪念的詮釋。其中聖俗
並出，陽瑪諾引來有如連珠砲發：

> 聖奧斯丁（案即聖奧古斯丁）曰：「多飲而渴，可憐其病。多
> 有而貪，可憐其貪。」聖額我略曰：「異哉貪病！以藥為毒，
> 安得瘥？貪人貪財，以療其病。得之再貪，又得又貪，于愈
> 飲愈渴，何異？」（同上頁）

　　聖奧古斯丁和聖額我略在這裡的評論重點，我們其實稍改一句中
文成語即得：「貪人無厭」。兩人打比，率由「口入」，在在都回應
了「渴」及「飲」這兩個動作意象的正面消長，因此又呼應了〈路加
福音〉中耶穌所處的宴飲場合。陽瑪諾的箋注本已曲折，如今峰迴中
再見路轉，把「貪」字的心理意涵盡情披露。倘由一般神學再看，貪
者，愛之尤也，傲者則屬出位之思的極致，率皆踰矩的行為[53]。經注
以貪傲同像，因此不難想像。正因陽瑪諾於「貪」字認識若此，《聖
經直解》中才會再引「古人詩」一首以為「權威」，重申己說：「財、

（續）───────────────
　　　傑魯姆通俗本《聖經》的拉丁文原文，可自下列網站覓得：
　　　http://www.fourmilab.ch/etexts/www/Vulgate。
53　Cf. Solomon Schimmel, *The Seven Deadly Sins: Jewish, Christian and Classical Reflections on Human Nature*（New York: Free Press, 1992）, pp. 27-54 and pp. 165-190.

貪並行，財薄貪微，財增貪加，正似月於潮並長，並消，並應。」（同上頁）

這首「古人詩」的出處待考，不過陽瑪諾有如下解釋，可以令其絪合但大落神話：「已得之財，月也。未得之貪，潮也。」（同上頁）這裡「月」與「潮」的互動，俱繫於眾「權威」所解的「貪」這個關鍵字。我們如果稍加注意，此一關鍵字得來的策略十分清楚：〈路加福音〉的文脈乃由宴飲啓之，陽瑪諾順此將經文的解釋推衍到聖奧古斯丁和額我略的「口腹論述」去，繼之再依「古人詩」推及這論述必然會涉及的飢渴和人心貪念的正比與反比。但大落欺神，干犯天條，這是出位之思，是傲念，而傲與貪既如上述可以合一，那麼但大落和充飢之果、止渴之水的兩不相交不也就是貪心傲念難以飽飫的寓言嗎？

陽瑪諾的修辭乃從因事類比出發，而不論馬克羅比或傅均夏確實也曾因此而把但大落神話視同「貪婪」的託喻。如果由傅均夏的《神話學》再看，傲與貪之間的連類還有異教文本可以引爲權威，據以解釋。如此作爲，頗似白晉把〈生民〉「還原」爲「天主教」文本後，又抬出《禮記》這頂儒家文本的大帽子，強解一番。異教權威一出現，陽瑪諾所箋注的病蠱者就會脫離《聖經》字義，經由託喻聚照而在倫理詮解的意義上發展成一般爲富不仁者的意指。《神話學》說完但大落的故事後，故此調出皮綽尼士（Petronius Arbiter，一世紀）的《撒陀誌》（*Satyricon*）加以評論，「有詩爲證」云云：

> 可嘆那但大落，他雖飢雖渴，
> 卻難以汲得周遭水，又攀不得那樹上果。
> 所謂偉而富者亦作如是觀，……。[54]

54　見Whitbread, trans., *Fulgentius the Mythographer*, p. 80。

　　上引最後一行詩中的「亦作如是觀」，我所據的英譯本原作「長相」或「嘴臉」（image）[55]，皮綽尼士有諷意在焉。職是之故，那「偉而富者」便指永難饜足的「貪婪之徒」。上文我一再強調傅均夏乃天主教神話詮釋學的鼻祖，由上所引也可見陽瑪諾為〈路加福音〉作注，引經據典繞了一個圈子後，不論是對荷馬或對希羅神話的看法，依然不出古來天主教神話詮釋學之見，尤其不脫傅均夏「因事類比」與「援引權威」的解讀方式。

　　這裡我的論斷倘嫌牽強，我們其實可引文藝復興神話辭典編纂家再予補強，因為他們和傅氏的詮釋手法一脈相傳，而陽瑪諾解經是彷彿其然，彼此間共鳴甚強。一六四七年，英國繆思詮釋者羅斯（Alexander Ross）編纂了一部書名就題為《繆思詮釋者》的神話辭典。上引聖奧古斯丁和傅鈞夏的話，羅氏即有如下「詮釋」呼應之：「在但大落身上，我們看到為富不仁者的下場」；他「在豐饒中饑饉，又在擁有中匱乏」[56]。

　　解經學乃天主教的神聖之學，異教神話基本上卻是旁門左道，異教文本也稱不上是文化正統，所以有心挪用異教的疏家必須在託喻中另覓託喻，在詮釋中再尋詮釋，有如白晉之解〈生民〉一般，否則左道的褻瀆絕對難以變成本門的神聖。天主教的神話詮釋學家因為有此通權達變的認識，是以古典神話才能為解經所用。耶穌會的象徵論者也因有神話詮釋學這塊後盾，故此收編《詩經》，挪用《易經》，才能面不紅，耳不赤。陽瑪諾《聖經直解》用起荷馬來，那就益發理直氣壯，毫不以異教或左道為意。陽瑪諾尤其清楚神話的善巧為的原是

55　Petronius Arbiter, *Satyricon* 82，見 Whitbread, trans., *Fulgentius the Mythographer*, p. 81。

56　John R. Glenn, ed., *A Critical Edition of Alexander Ross's 1647 Mystagogus Poeticus, or the Muses Interpreter*（New York: Garland, 1987）, p. 536.

己教的方便，所以《聖經直解》中的權變有時更勝前賢。傅均夏以降
的神話詮釋學家在因事類比之外，尤長於字源託喻法，而這方面，陽
瑪諾於前賢似乎也不遑多讓。

　　不過在轉入陽氏此一託喻手法的討論之前，請容我回頭重審白晉
的《詩經》經解。還是用〈生民〉爲例。此一詩組首章述姜嫄，對白
晉而言，除了前及不婚受孕所衍生的馬利亞形象之外，「姜嫄」一名
另有重大意義。「姜」字係由「羊」及「女」字合組而成，而第二章
寫后稷降世時，又謂之「先生如達」。這裡的「達」字果如鄭玄所訓，
係「羍」的轉字[57]，那麼姜嫄和后稷之間的關係便是「母羊生小羊」。
對相信鄭箋的人而言，如此詩法不過顯示「羊」乃「羌」或其後周人
的民族圖騰罷了，淵源自岐山以羊爲山神的周人神話[58]。但是白晉得
其所奉天主的啓示，對此另表異見。他的基礎是《聖經》，因爲經中
屢屢比人爲「羊」，又把耶穌比爲「牧羊人」。經文既然有此明示，
姜嫄又是馬利亞的化身，則上文所謂「母羊生小羊」若從字源託喻的
角度看，不就指后稷乃「天主的羔羊」嗎？〈若望默示錄〉中有分教：
天主座前的羔羊無他，正是聖子耶穌(5: 6-6.17)[59]。《說文解字》訓
「羌」，謂羌人自西徂東，而「西」字在白晉的認知中無如又指「泰
西」之地。后稷爲耶穌的「事實」，因此再得一文字學式的象徵論佐
證。即使〈生民〉第三章稚子后稷的哭聲，白晉也有不同的看法。他

57　Bernard Kalgren（高本漢）, "Glosses on Ta-ya and Sung Odes," *Bulletin of the Museum of Far Eastern Antiquities* 18（1944）: 62.不過高氏不同意鄭玄的看法。他反而從一般疏家，認爲「達」指「容易生出來」而言。後一看法另可參見：〔漢〕鄭玄箋，〔唐〕孔穎達疏：《毛詩正義》，在阮刻，2:529-530。

58　赤塚忠：《中國古代の宗教と文化──殷王朝の祭祀》（東京：角川書店，1977），頁99-100。

59　另請參較思高本《聖經》中有關這些章節的箋注，在頁1955-1957，或見《聖經直解》，《三編》，4: 1936-1937所謂「聖羔，吾主是也」一句及其他箋文。

以東來許慎自居，而聯想力一發，就將「呱」字解爲「啼」也。「啼」字從「口」，附以「帝」字，是以白晉相信〈生民〉打一開頭，歌詠的就是「道成肉身的聖子的哭聲」（les cris infantiles du Verbe incarné），也就是降世爲人的「上帝的哭聲」[60]。

白晉如此解釋〈生民〉，從現代人的觀點看未免有穿鑿附會之嫌，然而「穿鑿附會」不就是天主教神話詮釋學看待荷馬的一貫技法？就其分枝「字源託喻法」衡之，曲爲解說的情況益熾，表現上尤其令人嘆爲觀止。在希臘或拉丁文本中，以字源託喻猶非難事，純就中文所做的託喻也相去不遠，然而西方神話若用中文寫出──不論是翻譯或花樣翻新的改寫──則可謂大不易也。字源託喻法乃文字遊戲，本來就是語言互換上的盲點，迻爲中文時要耍得一如拼音文字之得體，在神來之筆外通常還得靠運氣。《聖經直解》援用時，陽瑪諾時而便廢神話詮釋學不用，改由中文本身的字形與字意曲予再證。章前討論過的神話角色大致犯有貪傲之罪，尤其是狹義的驕傲之罪[61]。《聖經直解》裡另有神話要角也因曾造有貪念而干犯天條，其人其事在歐洲上古家喻戶曉，進入中世紀後復因神話詮釋學故而常見討論，在《聖經直解》或高一志的《十慰》中（1630？）遂化身變成經義與教義上的佐證[62]。這就是著名的意加落（Icarus）神話[63]。

60　Javary, 〔trans.〕, "Hou Ji, Prince Millet, l'agriculteur divin: Interprétation du mythe chinois par le R. P. Joachim Bouvet s.j.," p.28.

61　他們冒犯到的不僅有諸神，以普羅米修斯爲例，還包括衆神之王宙斯。歷來的神話詮釋學家都知道，普羅米修斯之名指「先知」（forethought）。就天主教的神品位階而言，這不啻說普氏生來就犯有瀆「神」之罪，因爲「先」神而「知」就是越位，而「越位」幾乎也就是「驕傲」的代名詞。

62　誠如注2所述，《十慰》我用的乃閩中刊本，但該本未著初刻時間。據我所知，《十慰》首布於山西絳州，所以著述時間應該介於高一志司鐸該地的一六二四至一六四〇年間。但就書中高氏所用格言的形式看，我認爲成書時間或在一六三〇年前後，比陽瑪諾的《聖經直解》早約六年左右。相關資料參見〔清〕費賴之著，〔民國〕馮承鈞譯：《在華耶穌會士列傳及書目》，

　　高一志本的意加落故事，同爲神話詮釋學的典型之一，不過因其類屬道德寓言[64]，所以下文我打算從陽瑪諾三度再談。《聖經直解》所引的意加落神話，陽氏重講或翻譯之際不僅情節有斷章取義之嫌，而且恣意發揮，大作其字源託喻學的文章。陽氏所述，字形字義和神話、解經之間的互動昭然可見：

> 古賢勸人貴中，設寓曰：「曾有愚子貪飛于空，謂父曰：『欲
> 飛。』求父插翼。父擬子更愚，不忍子憂，將鳥翎粘以黃蠟，
> 織翼插之，曰：『子若欲飛，必不可高，必不可低，必于中。
> 高則日化蠟，翎散子落。低則觸山林而掛叢樹，翎敗子危
> 也。』」（《三編》，5: 2076）

引文中的「愚子」當然指意加落，但其父戴德拉斯（Daedalus）在神話背景中卻不曾如陽氏所謂「擬子更愚」，反而因助克里特的麥諾斯（Minos）王建造迷宮（Labyrinth）而聲名大噪，素有「巧匠」之譽，而且還以「智」名世[65]。陽瑪諾敘此神話所用的文字遊戲，首先涉及「貪」與「傲」字的共犯結構，因爲以「貪」狀擬「飛」的想盼，指的已經不止是對物質的渴望，而是包括僭越人類能力的非份之想。在寓言或神話的篇前提挈裡，古賢勸人應貴之「中」本指類如儒家強調的「中庸之道」，而這也是希羅思想與猶太天主教文明共通的神聖真理。不過意加落和中道之間的辯證，陽瑪諾卻以「空間」擬之，創意之新，

（續）————————
　　下冊（北京：中華書局，1995），頁95；以及《人物傳》，1: 150-151。
63　陽瑪諾的神話見下文的討論。高一志本見所著《十慰》，頁33甲-33乙。由
　　於陽瑪諾本的主角闕名，這裡「意加落」一譯，我從高本。
64　因此，高本將寓義類推如下：「夫順吉者，日也，凶逆者，海也。人性者，
　　臘也。以人性之弱而灼于順光，必將被鑠。汨於道苦，亦必將被沒。惟彼
　　此之間不鑠於順，不沒於逆，方可免耳。」頁碼同注64。
65　Apollodorus, *The Library*, 3.1.4; 3.15.8; and Ovid, *Metamorphoses*, 8.183-262.

令人嘖嘖稱奇。「中」者介於「上」與「下」之間，本身就位居「不上不下」的「中間」地帶。引申而言，這正是戴德拉斯告誡意加落要恪守的行事正軌，其實也是荷馬詩人對於意氏神話最早的認識。

荷馬之後，奧維德步武其志，意加落神話在《變形記》中廣事敷衍。羅馬之世及中古以還，荷馬和奧維德又都是歐洲教育的課程基礎，也是天主教神話詮釋學正視有加的古典文本。學者看待意加落悲劇的方式，大抵不出荷馬或奧維德之見。然而他們在援引奧氏所述以外，經常還會附會以《聖經》的章旨。柏丘利（Petrus Berchorius）於一三四〇年所演的《奧維德心傳》（*Ovidius moralizatus*），便曾引〈出谷記〉第十八章第十八節梅瑟岳父的話抨擊意加落，斥其「想飛」乃愚不可及的欲望：「這事超過你的力量，你獨自一人是不能勝任的。」柏丘利接下又由梅瑟及其岳父的關係類推意加落和戴德拉斯父子，然後比之於〈列王記上〉第十二章第十節勒哈貝罕鄙視其父撒羅滿的行為。前者妄自尊大，以為自己的「小指頭」比「父親的腰還要粗」，結果自貽伊戚，反而失去了權力[66]。陽瑪諾用中文重述的明代故事中，意加落同樣也不顧父親的勸阻而自毀身亡。戴德拉斯所勸係「必于中」，意加落的悲劇遂由「空間」神話轉為「中庸」的寓言。

陽瑪諾作此詮解時，基礎始則並非柏丘利，亦非同代的奧維德詮疏家如山迪士（George Sandys, 1578-1644）[67]。柏丘利與山迪士二人——尤其是前者——的詮釋，都以內德（interior virtues）與世俗權力（worldly

---

66　William Donald Reynolds, "The *Ovidius Moralizatus* of Petrus Berchorius: An Introduction and Translation," Ph.D. dissertation（University of Illinois at Urbana, 1971）, p. 309.柏丘利在此標示的《聖經》章節和現代版不同，我悉據思高本改之。

67　另見George Sandys, trans., *Ovid's Metamorphosis Englished, Mythologized and Represented in Figures*, ed. Karl K. Hulley and Stanley T. Vandersall（Lincoln: University of Nebraska, 1970）, pp. 384-385。

power)的互動爲主 [68]，而陽瑪諾所致力者卻是章前我再三強調的字源託喻法，而且係中文的字源寓言學。陽瑪諾引意加落神話所箋，係〈路加福音〉第廿四章第卅六節的首行：「維時耶穌焂現立徒中。」(5: 2073)這句話也是耶穌復活後第二副瞻禮日所用經文的首句。耶穌出現之後，經中謂門人此時在厄瑪烏附近的席次間認出是祂，回到耶路撒冷便向十一位使徒報告。門人的話才說了一半，耶穌便又「立在他們中間」說：「願你們平安！」後面這段祈福經文，我引用的是白話文的思高本，然而不管是陽瑪諾的明譯或現代天主教的《聖經》，「中」字在此刻的文脈中都含糊其辭，既可如上述空間寓言之指「中央」而言，亦可如和合本之譯爲「當中」(among)解。那麼原文所指爲何？我們若據《通俗本拉丁文聖經》，「耶穌焂現立徒中」(Iesus stetit in medio eorum)的「中」(medio)，確可指「正中」或「中央」而言，一如我們在相關的聖畫上之所見。

　　啓人興味的是陽瑪諾繼而加注的一句話：「主現于宗徒之中，非偶也。」(《三編》，5: 2075)這裡的「偶」字可指「二」，因爲是時在場者不止二人。但最大的可能當然是作「偶然」解，指耶穌「立於中」係「故意」之舉，而且是「適時」的行爲。如其如此，「非偶也」的強調實則已將「中」字在和合本裡的副詞用法轉換成思高本的名詞，而所謂的「中」在時間之外，當然也兼具空間之指。質而言之，陽瑪諾的箋注不僅把耶穌「立於中」由記實轉向託喻，而且──在我看來──這「託喻」還涉及字源託喻法這種特殊的神話詮釋學。從《聖經直解》的語境觀之，陽譯本的「中」字首先隱喻時間，指耶穌出現得深合時措之宜，就像清人李元音《十三經西學通義》引楊龜山就「中」

68　Reynolds, "The *Ovidius Moralizatus* of Petrus Berchorius: An Introduction and Translation," p. 310.

字所做的詮釋一般[69]。其次，這裡的「中」更指其後陽瑪諾會引以爲證的意加落飛行的途徑，而這當然又是個空間的概念。意加落得疾飛於日與山林的「中」距，而且上下相等，「必不可高，必不可低」。如此距離重要無比，因爲倘不能得飛行空間之「中」，那麼陽瑪諾接下來就不能將——這也是他借意加落神話最想說明的一點——這個「中」字移作人體器官的代喻。經中耶穌此時的門徒共計十一人，環繞下祂當然位居「人群的中央」。在陽瑪諾的象徵系統中，這表示耶穌「必愛『人中』以居，弗喜他處」。這個詮釋堪稱千古絕唱，果爲陽瑪諾個人的發明，則他的想像力絕對在尋常《聖經》的解經學家之上。蓋「人中」二字，陽瑪諾更深一層的解釋是：「『人心』是也。」（同上頁，雙引號的強調爲我所加）

　　陽瑪諾以「心」解「中」，當然有中文字源與慣用語上的基礎，蓋「五內」或「五中」之說，我們早已習以爲常。陽瑪諾的靈感，依我淺見還可能因許慎而得。《說文解字》係清初耶穌會象徵論的中文寶典，從白晉到馬若瑟，都常在其中看到耶穌的神啟[70]。書中訓「中」，謂之「內也，從口，上下通」[71]。這句話看似尋常，「通」字卻是天主教託喻的捷徑。就意加落神話觀之，他飛行時所處的日與山川的界圍肖「口」，而那「必不可高，必不可低」的飛行方式猶如橫倒的「中」字中間那一豎。再自器官隱喻的方向看，「心」處人身之「內」，適可因「內外之通」而令耶穌所處的位置由寫實變魔幻，由人身之外騰躍而轉居軀體之「中」。換言之，陽瑪諾在此效「五內」或「五中」

69　〔清〕李元音：《十三經西學通義》（光緒32年刻本），在《四庫未收書輯刊》第4輯第10冊（北京：北京出版社，1997），《尚書》部分，頁1甲。

70　參見Lackner, "Jesuit Figurism," in Thomas H. C. Lee, ed., *China and Europe: Images and Influences in Sixteenth to Eighteenth Centuries*, p. 141; Lunbæk, *Joseph de Prémare (1666-1736), S.J.: Chinese Philology and Figurism*, p. 141-142; and Standaert, ed., *Handbook of Christianity in China*, p. 675。

71　〔漢〕許慎：《說文解字》（北京：中華書局，1963），頁14。

之說，以為「中心」即「內心」，或謂「中心」亦「心中」，兩者一也。意加落的神話，在字源託喻法的燭照之下，因此不僅已自我寓言化，我看也將《聖經》經文化作寓言了。

　　陽瑪諾對意落加神話的解讀——如果我對陽氏的解讀也說得通——當然有點兒詭辯，聯想力未免豐富了些。但因其結論係由「中」字訓詁而得，看來又非郢書燕說可比，隱然已在伏筆日後馬若瑟、白晉等人採「形」（figure）——不一定是「字形」，更常為「八卦」之「形」——為《易經》作解的方式，亦即深寓章前所謂耶穌會「象徵論」的精神。至於陽瑪諾對「耶穌焂現立徒中」的讀法，弔詭則遠勝之，因為我們若參之以中國人對「中」字的隱喻觀，則引為此字之解的意加落神話此時反而會偏離歐洲古典的傳統，變成是一個「朝『心』而飛」的實體故事，首要寓旨從而未必是「貴中」，未必是在寶貴那「中庸之道」了。

　　儘管如此，陽瑪諾開喻仍然明示所引係為傲者戒，希望人能中道而行。他話都說得這麼明白，那麼箋注中牽扯到人「心」，為的又是哪一樁？這個問題，《聖經直解》答來依舊詭譎。陽瑪諾先是以「中」指「心」，然後強調「有心主入安居，無心則去」。眾徒要蒙其祝福，故此非得先「交心」不可，所謂「吾子與我爾心」是也。「心」字本為喻詞，在陽瑪諾的理解裡，此時反而分身再變，在某種蒙太奇式的剪接下變成保祿所說的「天主聖堂」、「天主聖臺」或「天主御座」了（《三編》，5: 2075），頗似《西遊記》化「心」為「靈臺」的中國傳統寓言[72]。這整個論證一結束，「中」字就會由「心」的比喻再轉

72　參見余國藩：〈源流、版本、史詩與寓言——英譯本《西遊記》導論〉，
　　在李奭學編譯：《余國藩西遊記論集》（臺北：聯經出版公司，1989），頁
　　101-103。中國傳統對於「心」的看重，三教皆然，強調的無非以心通靈，
　　以心為神，或是以心與天地相交等觀念。這方面的論述亦可見余國藩：〈朝
　　聖行——論《神曲》與《西遊記》〉一文，在李奭學編譯：《余國藩西遊

回空間的概念去，變成一有形有體的「聖堂」或「御座」。如此一來，意加落飛行目的再清楚不過：他居「中」而飛既是朝「心」而行的寓言，而以「心」為上又無異於朝「吾主」或朝「耶穌」而飛！在四義解經法的信仰架構中，如此閱讀——就希臘教父如奧利根的看法衡之——本身就是寓言，已由「字面」這種初級的「解經之旅」走到最高級的「神祕」詮釋去，從而上升到上帝的懷抱裡 [73]。

　　上文對意加落飛行的詮解，並非我個人的懸想，羅斯《繆思詮釋者》也持近似之見，認為意加落所乘若屬「信仰的羽翼」，那麼他必「不會在僭越中高飛，也不會在絕望中低飛」，必然會「居中」朝耶穌而行 [74]。耶穌好居吾人之「心」，此心既不可消沉，也不能過傲或過貪，更不能像意加落一展翅便忘了自己的身分。他並非有翼的天使，身上的翅膀乃鳥翎沾上黃蠟而成，高飛則「日化蠟」，低飛則「觸山林」。若要保命全身，意加落唯基督中道可恃。

　　古典神話中，意加落故事最後的發展當然有所不同。奧維德告訴我們一飛沖天後，他渾然忘我，終至羽「化」翼折，墜海而死。陽瑪諾嘗引聖奧古斯丁的話再解此刻之「中」，道：「善人之行必不可過，不可不及，必當貴中。」不過這裡我要追問的是：此「善人」者何？對此，聖奧古斯丁的答案是：「謙士」是也（《三編》，6: 2075）。有趣的是陽瑪諾嘗就此續加申說，而倘用《禮記‧中庸》的話來轉，他的意見是此一謙士之性情必會如我們喜怒哀樂「未發」之狀 [75]，或如高一志《十慰》對同一神話所作的寓義提挈：「智者不忘人事，不忘

（續）─────────

　　記論集》，頁169-171。

73　Cf. Bernard McGinn, *The Foundation of Mysticism: Origins to the Fifth Century* (New York: Crossroad, 1994), p. 112.

74　Glenn, ed., *A Critical Edition of Alexander Ross's 1647 Mystagogus Poeticus, or the Muses Interpreter*, p. 308.

75　鄭玄注，孔穎達疏：《禮記正義》，在阮刻，2:1625。

世勢，謹于已至，惕于未至。遇逆者不以爲孽，遇順者不以爲喜。隨吉隨兇，平行等處。」[76]在〈瑪竇福音〉的語境中，如此「智者」已具今人所稱的「平常心」，當然會「虛心」待人，而耶穌不也曾明示「虛心」或「神貧的人有福了」（5: 3）？

　　由此繞回意加落，那麼他和那「病蠱者」同樣都是過傲之人，是那種過猶不及的不善者，也是《中庸》中孔子所稱「反中庸」的「小人」，會因「無忌憚」而致無福可享（朱編，頁26-27）。職是之故，意加落神話結尾的墜海情節——這點陽瑪諾並未述及——便可由託喻的層次再次提升爲四義法中的倫理詮釋。陽瑪諾引畢神話之後，因謂：「人行有過，不謂之德，有不及，不謂之德。」（《三編》，5: 2076）類似的評論，包伊夏（Boethius，六世紀）在傅均夏的時代也曾做過，事見《駁優提克斯和聶斯托留》（*Liber contra Eutychen et Nestorium*）[77]。不過在天主教神話詮釋學的傳統中，同類的詮解當然又得由柏丘利話說從頭[78]。他藉以「經解」——我指的是解讀希臘羅馬的經典——的方法，其實正是《聖經直解》所回歸的詮釋學傳統。耐人尋味的是——請容我再強調一次——陽瑪諾的「回歸」，許慎式的「說文解字」扮演的角色重要性無殊。蓋耶穌所悅者乃能「得中」的「真德」，而人若懷有此德，耶穌必因「愛其真而居其中也」。後面這句引文因爲含了個「居」字，所以分明又把「中」字給空間化了，而陽瑪諾的解經因此也從比喻再度轉成實體，讓意加落神話以「空間」終始之。這種神話詮釋學或——更細說來——「字源託喻法」的細微處，許慎之功

76　高一志：《十慰》，頁33甲。

77　Anicius Manlius Severnus Boethius, *Liber contra Eutychen et Nestorium*, in E. F. Stewart and E. K. Band, ed., *Tractates and Consolations* (London: Heinemann, 1918), p. 119.

78　Reynolds, "The *Ovidius Moralizatus* of Petrus Berchorius: An Introduction and Translation," p. 310.

大矣，乃陽瑪諾證道修辭成功的關鍵。

　　清初耶穌會象徵論的著作裡，字源託喻法的實踐俯拾皆是，唾手可得。白晉的《古今敬天鑑》開書，認為《詩・正月》「有皇上帝」中的「上帝」同為己教的天主。為了說明這個「上帝」乃天主教那無始無終的「元始」，白晉特地又以許慎為據而從容發揮道：「皇從白，為古『自』字，即『皇』字也，『自王』也。」準此，《古今敬天鑑》繼續推論道：「天之主宰，苟非自有，何以『自王』，何以皇天而主宰之？」（鄭編，頁23，雙引號的強調為我所加）白晉這裡的疏論意涵深遠，某一個意義上甚至可謂借漢字在闡釋〈若望默示錄〉中那「全能者上主天主」的本體，因為祂在神學上確實是「自有」或「自王」。我們若以時間續而衡之，還會發現這位「天主」的本體也是「今在、昔在及將來永在」（1：4及1：8）。這不啻表明：〈若望默示錄〉用能力，也用時間在解釋祂。耐人尋味的還有一點：經文最後還像白晉一樣，用「文字」——更精確說是用希臘字母——託喻之，使天主、耶穌或白晉所認識的「有皇上帝」統合為一，終而形成天主本體上某種類屬跨文化的三位一體，蓋經文中耶穌不也曾三度如此自我比方道：「我是『阿耳發』」，我是「敖默加」？（1：8；21：6；22：13）耶穌的意思很明白，想說的是祂乃「最初的和最末的」，也是「元始和終末」（22：13）。對白晉而言，我相信耶穌的話正是他訓《詩・正月》最想暗示的言外之意。

　　耶穌會由字源形成的託喻解讀法，不僅白晉本人常用，馬若瑟的著作中同樣屢見不鮮[79]。但是在明末，陽瑪諾類似的挪用卻常出乎我

79　參見 Joseph de Prémare, *Antiquae traditionis selecta vestigial, ex Sinarum monumenta eruta*（巴黎法國國家圖書館藏抄本，古朗氏編號：9248）一書。尤請參見該書頁43對中國象形文字的字源託喻法說明。另請參考Michael Lackner, "A Figurist at Work: The *Vestigia* of Joseph de Prémare S.J.," in Catherine Jami et Hubert Delahaye, eds., *L'Europe en Chine*（Paris: Institut des

們的意表，所解每令人有靈光乍現般的「茅塞頓開」感[80]。當然，我也得爲陽氏坦白言之：在多數的場合，《聖經直解》確實謹慎將事，解釋神話或以神話解經都因循傳統而成。例如神話詮釋學在道德寓言以外最古老的英雄化神說，陽瑪諾在《聖經直解》中便曾借希臘樂神的神話以啓之。不過這點請容稍後再詳，這裡我應就英雄化神說先贅數語。

在清初，「英雄化神說」一詞，白晉不曾在解經時用到。然而詮解〈生民〉時，他確曾在文首明示自己經解之目的乃在還原中國經書裡的天主教義。這些神聖的品質中國古儒或曾得見，只是到了後人——尤其是理學家的經解裡——才懵懂。白晉因而又強調，中國古人並非無睹於經籍中的基督型人物，而是後人僅見其「聖王」與「英雄」的一面，忽視了他們性格中最基本的屬靈成分。古代中國的「聖王」或「英雄」，白晉一律以「神人」（Dieu et Homme）稱之，因爲他們俱屬「彌賽亞救世主」的化身[81]。這段〈生民〉經解的前言，白晉說來頗堪玩味，所蘊雖非純粹的英雄化神說，抑且帶有角色對調的味道，但其精神在某種意義上確和該說有不謀而合之處，因爲對尤耶莫魯士（Euhēmerus,

（續）————

Hautes Études Chinoises Collège de France, 1993), pp. 23-56; or Lunbæk, *Joseph de Prémare (1666-1736), S.J.: Chinese Philology and Figurism*, pp. 130-140。

80 我迄今所知唯一不完全類屬字源託喻法的例外，是利瑪竇《交友論》中對於「朋」字的分析，見李編，1: 319-310。相關論述見本書第三章第三節。

81 Javary, [trans.], "Hou Ji, Prince Millet, l'agriculteur divin: Interprétation du mythe chinois par le R. P. Joachim Bouvet s.j.," p. 19.此外，Javary, "Hou Ji, Prince Millet, interprétation du mythe chinois par le Père Joachim Bouvet," *Actes du IIIᵉ colloque international de sinology, Chantilly 1980: Appréciation par l'Europe de la tradition chinoise à partir du XVLLᵉ siècle* (Paris: Les Belles Lettres, 1983), p. 94重引所譯時，將原用的"Dieu et Homme"改爲"Dieu-Homme"。這理我從耿昇逕爲「神人」，見雅娃麗著，耿昇譯：〈耶穌會士白晉對百谷神后稷的研究〉，在安田朴、謝和耐等著，耿昇譯：《明清間入華耶穌會士和中西文化交流》（成都：巴蜀書社，1993），頁187。

311-298 BCE)來講，荷馬諸神的真身都是遠洋外海的聖王或英雄，惜乎世人不察其「人身」的原屬，物故後才盲目膜拜或加以供奉，馴至晉身而「化神」[82]。英雄化神說的詮釋學旨要，在中國因此盡集於上引白晉的「神人」一詞中，差別僅在白晉所指是救世主「道成肉身」（Verbe incarné），化爲后稷這種「聖王」或農業「英雄」而已。由是我們換個角度再看，那麼后稷「化神」，不也正因白晉發揮尤耶莫魯士的精神，把「他」由人間傳奇應化爲神聖的「祂」所致？準此再看，「彌賽亞救世主」的出身當然是「人」，不全然爲「神」。談到這裡，我或可再強調一點：希臘羅馬的神話詮釋學或以道德寓言爲基礎，但步武其志的天主教詮釋學者卻已在英雄化神說的老路上機杼另出了。白晉成就於康熙盛世的《詩經》象徵論，說來正是上述言談最佳的說明。

　　有此認識，我們可以把話再拉回陽瑪諾。他挪用樂神神話的手法，這裡我可以先行預告的是仍屬上古或天主教的神話詮釋學，至少在某一意義上確實是如此，所以可令眾神結合《聖經》而引出天主教的奧義來。陽瑪諾的手法也奇特，有如在前導百年後白晉尤屬〈生民〉的《詩經》經解。然而若就英雄化神說的實踐面再看，那麼我得「先行再予指出」一點來：陽氏並非「前無古人」。在他之前，高一志《十慰》在詮解或屬〈希伯來書〉中那「天鄉」的概念時(11: 13-16)，早已用「厄爾姑肋」（Ercules/Hercules)的神話試予說明。厄氏乃希臘式的「神人」，「昇天」後才「位列仙班」[83]。饒富意義的是，高一志

82　見Cooke, "Euhemerism: A Mediaeval Interpretation of Classical Paganism," pp. 306-307。另見Seznec, *The Survival of the Pagan Gods: The Mythological Tradition and Its Place in Renaissance Humanism and Art*, pp. 11-15; Paul Alhandery, "L'euhémérisme et les débuts de l'histoire des religions au moyen âge," *Revue de l'histoire des religions* 109（1934): 25-27; Robert J. Menner, "Two Notes on Medieval Euhermerism," *Spectrum* 3/2（April 1928): 246-248。

83　高一志的原文如下：「厄爾姑肋，古勇士也，嘗云：『吾非一郡人，宇內

的著作非但不曾尊之爲「神」，反而用教父時代以來慣用的「古勇士」一名「謚」之爲「人」。高氏所爲，因可謂英雄化神說的在華先聲。唯一可惜的是高一志的實踐乃點到爲止，不遑申說。明末英雄化神說最淋漓盡致的表現，我們故而唯有求諸陽瑪諾，《聖經直解》依然是不作第二「書」想的耶穌會著作。

　　西方古來荷馬式的樂神神話一共有三條，重要的角色也有三位，分別是奧菲斯（Orpheus）、亞利翁（Arion）和安菲恩（Amphion）。終《聖經直解》全書，樂神故事見引者凡二，其一我確定是奧菲斯的神話，因爲下引文中「阿弗阿」（Orfeo）一名應爲其俗語的形式：

> 古書寓言曰：「上古有謳翁，名阿弗阿，其聲清亮，善撫樂器。禽獸聞樂，相率爭先，躍舞而從。」（《三編》，4: 1797）

第二條的內容和上引相去不遠，惜乎神名略，所以我難以判斷係指奧菲斯、亞利翁或安菲恩。不過即使神名猶存，我相信故事的內容也不會有太大的歧異，因爲他們三位在希臘神話的體系中雖然各自獨立，基本特徵卻十分近似：

> 古賢設寓言曰：「上古有謳者，清響絕唱，精巧撫琴，飛走者聞聲弗自禁，相續而從。」（《三編》，6: 2744）

　　我們並比而觀，這兩條神話型證道故事的主角都善歌，說是其聲「清亮」或「清響」。兩條故事也都指角色工樂器，後者甚至標出專

（續）───────────

　　之郡，皆吾郡也。』」見《十慰》，頁18乙。「厄爾姑肋」的神話散見上古經典如Ovid, *Metamorphoses*, 11.194-257，或Homer, *Iliad*, 14.249-262等等。他在神話上的意義，可見Kirk, *The Nature of Greek Myths*, pp. 176-212。

擅者為「琴」，想來係阿波羅好用的七絃琴（lyra），因為無論是奧菲斯、亞利翁或安菲恩，在荷馬神話的記載中，俱以擅奏此琴或其延衍的「豎琴」（harp)而聞名。陽瑪諾的刻畫有一點更妙：樂器或琴聲一發，一個故事說「禽獸……躍舞而從」，另一個則謂「飛走者……相續而從」，有如《尚書》裡夔奉舜命典樂，在「擊石拊石」之後，「百獸率舞」或——用孔穎達的話來講——「百獸相率而舞」[84]。總而言之，荷馬樂神確實也有如中國「樂神」一般，可令萬物欣然追隨[85]。所謂「躍舞而從」或「相續而從」，其意一也，而「禽獸」與「飛走者」根本就是「飛禽走獸」一詞的拆解。如果不論文字上的細微出入，《聖經直解》這兩條神話幾乎龍蛇難辨。

就神話詮釋學的關懷而言，龍蛇是否可辨倒非關宏旨，因為詮釋學者經常也混淆其神其說。神話詮釋學關心的反而是聞聲後飛禽走獸躍舞競隨，相續而從的情況。音樂的這種魅力，中國人固然早已知之，五世紀時也曾迫使馬帝亞努（Martianus Felix Capella)將奧菲斯、亞利翁或安菲恩都看作「和諧」（Harmony)的代表，形成以廣義的自然寓言解釋樂神神話的先聲，而其淵源所在自然又是斯多葛學派或新柏拉圖主義者。馬帝亞努所謂「和諧」，多就宇宙秩序言之。然而亞利翁的琴聲因為還能靖海平浪，馬氏在其《訓詁學與信使的結合》（The

---

84 孔穎達疏：《尚書正義》，在阮刻，1: 131。

85 《尚書》中夔令「百獸率舞」一句，有人從人類學的角度解為「原始人以獸皮裹身，或戴獸形假面具，在樂器的伴奏下，歡騰地跳躍，載歌載舞」，故可能是「出獵前的一種宗教儀式」，也可能是獵獲儀式或青年狩獵教育的一部分，見褚斌杰：《中國古代文體概論》，增訂本(北京：北京大學出版社，1992)，頁3。不過有鑑於《尚書正義》(阮刻，1: 131-132)有「神人以和」一句，顯然以神祕思想衡之，所以我覺得我們仍應以「神話」看待「百獸率舞」這句話。事實上，這也是中國傳統之見，〔清〕薛福成：《庸盦筆記》(南京：江蘇古籍出版社，2000)，頁139便有某生遊兜率天宮，因而得聆夔奏仙樂，「其樂不可思議」云云。

Marriage of Philology and Mercury)中就稱之兼指社會秩序而言 [86]。馬帝亞努和馬克羅比一樣,本人並非基督徒,但是他的看法又和馬克羅比一樣,都曾深入天主教的神話詮釋學。這個傳統的流風或影響所及,縱使英國名家如高鄂等人也不能免 [87]。

傅均夏論及奧菲斯時,強調的則是「音樂」這門專技。原因所在,當然是奧氏的「歌聲無人能敵」這個事實。傅均夏繼而抬出古來的七藝再作詮解,而歌聲除音樂一藝可以代表外,順理成章也和雄辯上注重語言之輕重疾徐的修辭學或談說之術結為一體 [88]。這一點,博納篤十二世紀在詮釋魏吉爾的《羅馬建國錄》(*Aeneid*)之際,復從希臘字源學的角度加以聯想。因此,他筆下的奧菲斯既是智慧的化身,又是雄辯術的代表。歌聲和琴藝的關聯,我們可以想見,所以不論對博納篤或對十三世紀加蘭的約翰(John of Garland)而言,奧氏所用之「琴」——不論是「七弦琴」或「豎琴」——都是「言語」或「雄辯之詞」(*orea phone/bona vox/optima vox*)的表徵 [89]。在西方人的觀念中,上述兩者當然都是修辭學的研究對象。奧菲斯的神話經此系統疏解,天主教神話詮釋學者可以發揮的空間就日益擴大,筆鋒一轉,甚至可把其人歌聲擬為耶穌的口才:前者可以風化「禽獸」,後者可以「牧領」世間的「群羊」,《福音書》中已經指證歷歷。從古典晚期經中世紀

---

86 Martianus Felix Capella, *The Marriage of Philology and Mercury*, in William Harris Stahl and W. Burge, trans., *Martianus Capella and the Seven Liberal Arts*, vol 2 (New York: Columbia University Press, 1971), pp. 907-908.

87 參看John Gower, *Confessio Amantis*, 1053-1075, in G. C. Macaulay, ed., *The English Works of John Gower*, vol 1 (London: Oxford University Press, 1900), pp. 33-34。

88 Whitbread, trans., *Fulgentius the Mythographer*, pp. 96-97.

89 參見Bernardus Silvestris, *Commentary on the First Six Books of Virgil's Aeneid*, p. 54,以及Lester Kruger Born, "The *Integumenta* on the *Metamorphoses* of Ovid by John of Garland—First Edited Introduction and Translation," Ph.D. dissertation (University of Chicago, 1929), p. 148。

到文藝復興時代，神話詮釋學者或藝術家便常依此而將奧菲斯——甚至包括其他兩位傳說中的樂神——擬為耶穌，甚至認為他們是耶穌的異教化身。

當然，耶穌和樂神的託喻性聯繫不僅止於言談的能力，神話詮釋學家還有其他的考量，而這往往又涉及奧菲斯赴陰間招回亡妻尤麗黛絲（Eurydice）的故事。此一故事在西方著名無比，其時奧菲斯再逞歌藝或——在神話託喻家眼裡——「雄辯之才」[90]，強令陰間的主宰縱其妻還陽。奧菲斯最後雖因心急情切而功敗垂成，但所作所為若合以《聖經》中耶穌能令人復活的奧蹟（例如若5：19-29），當然就足以讓自己變成是垂死者的救主，甚至是人間的「救世主」。前謂古典晚期開始，奧菲斯和耶穌經常混淆為一，尤可見於天主教的葬喪藝術中，原因多半得由此溯起[91]。

陽瑪諾看待奧菲斯或其他樂神，走的雖不全屬歷來神話詮釋學者的路數，不過單就《聖經直解》的詮釋再言，結果仍然為五十步和百步之別。這兩條神話各有其箋注上分別所司的文脈，一是〈路加福音〉第十八章第卅六節，一為〈瑪竇福音〉第九章第九節。前者謂耶穌領門徒進耶里哥前，道旁瞽者聞得人聲鼎沸，「讙譁」不已，乃問故。待他得悉係耶穌經過，遂求賜其視力。後者則關乎瑪竇入教的史實，時值耶穌打某稅關走過，見瑪竇端坐門前，乃曰：「從予。」於是瑪竇「即起而從」（《三編》，6：2737）。耶穌伺機也勸化了稅關中的稅吏和其他罪人：思高本所謂「我不是來召義人，而是來召罪人」（瑪

90　Bernardus Silvestris, *Commentary on the First Six Books of Virgil's Aeneid*, p. 55.

91　這一點的詳論，參見John Block Friedman, *Orpheus in the Middle Ages* (Syracuse: Syracuse University Press, 2000), pp. 38-145。在文藝復興時代，神話詞典編纂家也常並比二人，蓋他們都可風化世俗，使行走其間的人獸景從，參見Glenn, ed., *A Critical Edition of Alexander Ross's 1647 Mystagogus Poeticus, or the Muses Interpreter*, p. 31。

9: 13），即此之謂也。這兩個語境有一共同處，亦即主角都是耶穌，重點也都是眾人欣然從之的狀態。這「眾人」固有瑪竇或其他的使徒在內，也有瞽者和稅吏等「罪人」。他們就算不曾作姦犯科，在歷史情境和天主教的原罪觀念中仍非毫無瑕疵的義人。荷馬神學裡的樂神神話，此時便因寓有豐富的詮釋潛能而見重於《聖經直解》。

陽瑪諾的處理方式，如果按封齋前主日先，聖史瞻禮日後的順序來看，約略可謂由自然寓言下手，再由英雄化神說收場，是神話詮釋學的傳統中典型的多元讀法[92]。緣此之故，整套樂神神話的重心就向奧菲斯的力量或其德傾斜。這裡的「德」或「力量」，在解釋〈路加福音〉的一段中可分兩方面再看。首先是奧菲斯歌唱或其琴聲的魔力，亦即神話中他感動禽獸，使之「相率爭先，躍舞而從」的本領。其次係就天主教寓言而言。此時上述之「德」已經轉爲「聖德」，既含聖人的「力量」，也涵有其「美德」在內。陽瑪諾將此刻的「禽獸」解爲「罪人」，而「美德」生「力量」，當然可以風之化之（《三編》，4: 1797）。至於「罪人」者何？一爲〈路加福音〉中的「瞽者」，因爲《聖經直解》引某「聖賢」斥之曰：「斯瞽人，罪人像也。」（《三編》，4: 1795）次則指「世人」，蓋瞽者既爲「罪人像」，本身乃代喻，指的便是「看不見」真理的多數世人。這個「像」字還有可能指神話詮釋學術語中的「表記」（emblem），有「象徵」之意[93]，故此又形象化了「斯瞽人」所謂「罪人」的身分。如是類推者再，則「罪人」的喻依「禽獸」不就是尤屬人類的「眾生」的泛指？〈創世紀〉有分教：亞當厄娃墮落後，世人無一不帶原罪。

上文提到的「美德」，陽瑪諾箋之爲「和」，道是「聖德之和」

92　Cf. Brumble, *Classical Myths and Legends in the Middle Ages and Renaissance: A Dictionary of Allegorical Meanings*, pp. xxi-xxiv.

93　同上書，頁xxi。

（《三編》，4:1797），文字上頗有孔疏的影子。這個「和」字在此乃寓義的關鍵，讓人回想到馬帝亞努對樂神神話的解釋，亦即奧菲斯等角色俱為宇宙和諧的代表[94]。此一「和諧」又帶有某種即之也溫的親和力，兩者相加遂可令神話中的禽獸或天主教所認定的罪人「魚貫而至，欣然從」，以「學其德也」。這種「和諧」，《聖經直解》另外又引了聖基瑣（Chrysostom，四世紀）的自然寓言，指「言行相符，如調琴瑟」而言。樂器（琴瑟）和修辭學（言行）在這裡進一步交互修飾，終於綰結為耶穌的「聖德之和」。有此一「和」，聖基瑣在《聖經直解》中當然可以學奧維德的口吻道：「罪人聞之，心樂而效。」（《三編》，4:1797）「心樂」或前謂「欣然」二詞，在陽瑪諾所譯的〈路加福音〉的上下文裡，其實也已經轉變成為聞從耶穌者的「謹謹」，可令其欣然景從。神話詮釋學中有修辭，《聖經直解》中也有修辭，而陽瑪諾用來之熟巧，確乎令人擊節三嘆。

　　儘管如此，我覺得《聖經直解》於樂神神話詮解得最合乎神話詮釋學的的地方，仍然莫過於有關〈瑪竇福音〉的一段。此時陽瑪諾拉攏古今，又結合異教與天主教，再從中文的錦心繡口強渡關山，把樂神神話譯或易成自己的信仰。所謂「古」，我指的是希臘上古尤耶莫魯士的英雄化神說，而所謂「今」，我指的是天主教時代的各種努力，包括陽瑪諾在中國晚明所重現的託喻解讀法。有關〈路加福音〉的那段樂神神話中，陽瑪諾其實已將奧菲斯「去神話化」了[95]，故而箋之

94　這點又令人想到注83所提《尚書正義》中的「神人以和」一句，故「帝德」可廣被於鳥獸。不過這裡的「帝」乃「舜」，故其「德」和上引陽瑪諾話中的宗教性「聖德」應有差異。

95　「去神話化」一詞，我僅就其中文字面意義使用，非指布特曼（Rudolf Bultmann）就海德格與存在主義所發展出來的《新約》神學而言。不過布特曼擬去除中世紀對耶穌訓誨的詮解，擬消除天主教「神話」中所隱藏的人類情境及其與外力關係的看法，倒暗合西方古來的天主教或異教的希羅神話詮釋學之見。布氏的「解神話」（demythologization）之說，最精簡的解釋

曰:「謳翁,聖人也。」所引的聖基瑣則進一步將他還原為「人」或「英雄」,故謂:「聖人,良樂師也。」(《三編》,4: 1797)在希臘上古的奧菲斯祕教或後世奧維德等人的筆下,這位樂神猶為繆思卡莉歐普(Calliope)之子,此時卻已非神非仙,遭解經學諵為凡軀俗體,甚至變成只是位技巧精湛的樂師而已。〈瑪竇福音〉所引的一段,尤耶莫魯士的精神更重。如前所示,這位希臘古賢主張烏朗納斯(Uranus)、克倫納斯(Cronus)與宙斯(Zeus)等天神原係凡間的聖王與英雄,謝世後再經下民供奉為神。他們所處的時間,乃蠻荒未化的上古之際[96]。陽瑪諾筆下的設寓之「賢」,則不但明指奧菲斯這位「謳人」係「上古豪傑」,把英雄化神說的精神具體表出,還詳為說明他所處的太古之世的樸拙不文:「當時無有文字,無禮儀,無君王,無法律,無城郭,人皆散野若禽。」(同上頁)

正因「人皆散野若『禽』」,「上古豪傑」才能扮演奧菲斯一類的角色,以其天籟神器使「禽獸」欣然從之。在尤耶莫魯士的眼中,「天籟神器」無非是喻,可為自己的無神論尋一藉口。在陽瑪諾筆下,奧菲斯的歌聲琴音則如隨後的繆思詮釋者之所訓,皆「豪傑」之「言」也。修辭學與耶穌口才的聯想於此又昭然可見,足令陽瑪諾三度運筆試為再剖。於是那設寓之賢脫口便道:仙樂飄飄乃「豪傑」之能「以言……伏人心」也。這裡的「言」字顯然又包裹著三層意蘊。首先是神話所託的鴻濛未判之境:那些「散野若禽」的上古之人有賴豪傑立「言」,「訓定而伏,使同居,立君制律」。這是人類由不文之世入於文的開天闢地過程,屬於法與戒律的文明演變。其次是「世人前逆

(續)————————————————————

見R. J. Coggins and J. L. Houlden, eds., *A Dictionary of Biblical Interpretation* (London: SCM Press; and Philadelphia: Trinity Press International, 1990), pp. 171-174。

96 N. G. L. Hammond and H. H. Scullard, eds., *The Oxford Classical Dictionary*, 2nd ed. (Oxford: Oxford University Press, 1970), pp. 414-415.

理如禽」，經豪傑以「言」服之，方能「後變順理如人」。這是人心由不文演變爲文的創始過程，屬於道德與倫理層次的文明演變。第三個意涵則由前兩層轉入《聖經》經文，是使徒瑪竇聞耶穌之「言」後的精神淪啓過程，屬於信仰層面的人文演變：「試瑪竇宗徒，呼之命從，即起而從，主言之能信乎？」（《三編》，6: 2744）

　　這三層意義在《聖經直解》裡交涉互典，四義解經法和神話詮釋學的關係益趨明顯，而荷馬樂神也經「豪傑」一詞解構而又重爲聯繫，意義再添，最後反以弔詭而又不失層次的方式轉化爲彌賽亞或耶穌的隱喻。有關奧菲斯的這種「神話預表論」，歐洲中世紀某天主教詩人大致已加實踐。他由十字架上的耶穌之擬而上推身繫船桅，正在經歷賽妊考驗的奧德修斯（Odysseus），最後形成外加奧菲斯在內的另類「三位一體」。這個詮解不但跨越了宗教與文化，甚至也跨越了語言的藩籬 [97]。類此「神話預表論」，象徵論者如馬若瑟等人也曾引之入華，取來解讀先秦經書中的「聖人」與「真人」，視之如同基督或基督型的人物。《聖經直解》採用樂神神話更見靈心巧手，尤巧的是——陽瑪諾說——豪傑以「言」伏人心後，眾人會「以禽變」。「變」成什麼呢？陽瑪諾的答案有若當頭棒喝，道是「吾主之像也」（《三編》，6: 2744）。不用費神，我想會心之下，我們應該也能立即斷定這位「吾主」當指耶穌，在三位一體的基督論裡亦爲《舊約》中那位創世天主。

　　不過妙不可言者尙不僅止乎此：「豪傑」或樂神既能在變化人心之際同時變化了人形，使之字字如實「形同」造物主，那麼按照〈創世紀〉的講法，這「豪傑」非但不曾謫降，他或他們若由天主教的神話詮釋學再予端詳，反而早就「羽化而登『仙』」，變成是高踞天界

97　Hugo Rahner, S.J., *Greek Myths and Christian Mystery*, trans. Brian Battershaw（New York: Harper and Row, 1963）, p. 383.

裡的「祂」，甚至可能也是我們依其形象而受造的「天主」了。如其
如此，則陽瑪諾所稱「寓言」中的「言」，其德也大，其力也強，似
乎把奧菲斯或其他荷馬樂神的歌聲與琴音都轉化爲〈創世紀〉中那個
「言」字了，至不濟也是〈若望福音〉卷首那「起初已有聖言」中的
「聖言」，或是和合本所謂「太初有道」裡的「道」。

「荷馬問題」及其他

在英雄化神說的燭照之下，古典樂神神話居然力可「創化」，功
夫還不在天主教那「創世者」之下，其間聯繫說來又是老話一句，全
拜「託喻」所賜。這兩個字乃神話詮釋學的方法總樞，在閱讀史上糾
集了異教上古與天主教世界，爲歐洲開啓了一個歷史紀元。在中國
呢？照利瑪竇、高一志和——尤其是——陽瑪諾使用神話的方式來
看，確實也曾促成了康熙之世耶穌會的象徵論，讓中國經學史面對一
個歷史新局——雖然這個新局只是曇花一現，而且居於文化次流。我
們只要回顧一下《畸人十篇》或《聖經直解》如何類推異己，如何以
中文的「形義」貫穿希臘羅馬文明與天主教，又如何借自然寓言與英
雄化神說融通歐洲「古今」的「解經」手法，則白晉等人日後的「經
解」——這裡我指的是中國經典的解釋——之法，其來源奧妙也就不
言可喻了。「託喻」的造化之功，因此不亞於「神話」本身訴說的創
世勛業。

清代的象徵論者時而又稱「神話家」[98]，可惜從神話詮釋學的角
度予以定位的現代學者罕見。不過這並不表示象徵論者和傅均夏乃至
馬克羅比以降的神話詮釋學無關，本章析論的神話型證道故事業已指
出後兩人的影響，也表出中國經籍象徵論廣涉中古奧維德與魏吉爾的

98　Standaert, ed., *Handbook of Christianity in China*, p. 668.

解讀，而其最後的聯繫更可能是上述二者在文藝復興時期發展出來的神話辭典編纂學。這些閱讀法一脈相傳，花開三枝，終於演變成為首尾有序的某種傳統，讓陽瑪諾等耶穌會士優游其中，不改其志。他們不僅把荷馬諸神引進明末中國，也因《聖經》詮釋之需而強令荷馬穿上天主教的僧袍。從象徵論在清初盛世的演變再看，陽瑪諾、利瑪竇與高一志之巧用荷馬也在史上留下了兩個十分有趣的結果：其一是耶穌會對「荷馬」其「人」的複雜觀感，其二乃康熙皇帝因白晉等人的《易經》象徵論而二度提出的「西學中源說」。讓我轉入上述這另類的「荷馬問題」，結束本章。

　　希臘羅馬神話雖非篇篇都由荷馬吟就，但「荷馬」乃其集大成者，史有共識，包括聖奧古斯丁一類的古教父在內[99]。弔詭的是，比起教中的先賢，明清之際的耶穌會士對荷馬的態度較顯強硬，引用的次數遠不及其他古典型證道故事。即使不論上文論述較詳的陽瑪諾與利瑪竇，高一志的著作中用到的也不過三條，而且多半謭陋，意加落與厄爾姑肋神話外，僅餘的有關「亞格德」(Actaeon)的一條也是為修辭學而作，和希臘羅馬或天主教神話詮釋學似乎聯繫不大[100]。儘管如此，明清之際的耶穌會士和斯多葛學派淵源深厚，本書早已指出，所以他們對荷馬不可能毫無所感，何況本章中我另已指出神話所出的史詩係其教育課程重要的一環。總括一句，「硬中帶軟」乃入華耶穌會士看待荷馬或希羅神話的典型態度。

---

99 MacDonald, *Christianizing Homer: The Odyssey, Plato, and The Acts of Andrew*, p. 20.

100 高一志《達道紀言》(《三編》，2: 738)引某伐窩之言曰：「古獵士亞格德喜犬，竟死於犬之吻。凡人樂諛，終迷患於諛之舌。」有關「亞格德」的希羅神話淵源，見Apollodorus, *The Library*, 3.44; Ovid, *Metamorphoses*, 3.138-252；和Hyginus, *Fabulae*, 180及181。《聖經直解》疏解〈瑪竇福音〉第五章「為義而被窘難者，乃眞福，為其已得天上福」一段中，有「四面之風」的各種寓意箋注(見《三編》，6: 2822-2824)，應該也是受到天主教神話詮釋學的影響，不過這點有待另文再論。

　　試舉馬若瑟爲例，就上文再加說明。馬氏性好文學，嫻熟西方古典，又有《趙氏孤兒》的法譯與馮夢龍之引，於中國文學認識之深，清初耶穌會士可能無人能及，而他對歐洲文壇的貢獻同樣領袖群倫，連伏爾泰（Voltaire, 1694-1778）都飽受衝擊 [101]。康熙年間，馬若瑟嘗撰《天學總論》一書，進呈御覽，其中對荷馬史詩及其在宗教上的影響有如下描述：

　　　　昔〔歐邏巴〕有一賢名曰何默樂（案即荷馬），作深奧之詩五十
　　　　餘卷，詞富意祕，寓言甚多。終不得其解，反大不幸〔於〕後
　　　　世之愚民，將何默樂所謳之諸象欣欣然雕鑄其形，不日攻成
　　　　大廟以供之，邪神從而棲之，而左道始入西土矣。君子儒者
　　　　如畢達我、索嘉德、白臘多（柏拉圖）等觥然怒而嫉其蔽，非
　　　　徒不爲之屈，又欲驅而滅之 [102]。

在中國史上，「荷馬」之名首見於此。對希臘理性哲學略知一二的人，也不難看出馬若瑟所謂「不爲之屈」的人，柏拉圖的《理想國》業已指陳歷歷，正是畢達哥拉斯（畢達我）與蘇格拉底（索嘉德）二人（*PCD*, 600b）。而所謂「驅而滅之」一語，當然亦由《理想國》中蘇氏的荷馬觀變化而來，對諸神或刻畫諸神的史詩及悲劇殆有鄙夷之意（*PCD*, 386a-398b）。

　　儘管如此，上引文中，馬若瑟的「鄙夷」仍有一論斷上的前提，亦即他認爲希臘時人係「誤讀」了荷馬神祇，從而以假爲真，以虛爲

---

101 見安田朴著，耿昇譯：《中國文化西傳歐洲史》（北京：商務印書館，2000），
　　頁589以下；或范存忠：《中國文化在啓蒙時期的英國》（上海：上海外語
　　教育出版社，1991），頁107-114。

102 〔清〕馬若瑟：《天學總論》（巴黎法國國家圖書館藏抄本，古朗氏編號：
　　7165），頁〔9〕。

實，馴至顛倒宗教真理，打翻了「上古神學」的本來。我們倘逆向而觀，其實也可以追問道：此一「真理」如果未遭誤解，那麼荷馬在理想國中可能大受抨擊，會落得要讓人「驅而滅之」的下場嗎？質而言之，馬若瑟在另一個意義上同樣扭曲了《理想國》中相關章節的原意，把蘇格拉底或柏拉圖對「模仿說」的痛恨硬是由本教的角度予以「泛政治化」了。因此所形成的宗教墮落，在馬著中當然慘遭醜詆。由是再就耶穌會所處的歷史語境觀之，這種「扭曲」似乎也有第三層的意涵，亦即在積極面馬若瑟——甚至包括耶穌會內其他的會士——實有為「諸神」請命之意，彷彿讀荷馬神話者若得正解，則上古神學不滅，荷馬仍然可以「昔之賢者」稱之，他筆下的神話固無論矣。此所以天神地祇的事蹟可以「詞富意祕」形容，乃意義正面的宗教言談。

　　馬若瑟對荷馬「深奧之詩」的看法，其實便是晚明耶穌會士對《詩經》或《書經》裡中國神話的看法，適可印證中國經解象徵論並非清初會士專利的說法。利瑪竇的《天主實義》曾援引六經經文，佐以天主教教義的解說，其實已在為象徵論的精神預留伏筆。他的「彌大神話」和——尤其是——陽瑪諾在《聖經直解》中用過的西方古典神話，又貫通了象徵論和神話詮釋學的技巧，促成了明清鼎革後耶穌會有關中國上古神學的成見。

　　章前我曾提過，清初劉凝申述利瑪竇之說最力，主張孔孟之後，中國人未審六經經義，誤讀了經文，致令左道猖獗，方士專擅，最後促成瀆神矯祀之風。劉凝話中的方士「淫祀」，多指佛道與各類民間宗教而言，「天主」顏色故而盡失。三代之道既晦，劉凝以為唯泰西儒者渡洋東來才能「禮失而求諸野」，再見昔日聖教的真傳[103]。「淫祀」一說，自此俱指上古以後天主教在華的「墮落」過程[104]，當然

---

103 劉凝：〈天主之名非創自西域泰西〉，在所著《覺斯錄》，頁2-3。
104 劉凝之後，李九功也在康熙年間廣徵中國傳統，辨明「淫祀」於上古神學

也是象徵論的應用前提。倘移之以就希臘古哲或馬若瑟一類耶穌會士的荷馬觀，則「淫祀」一說不也明示眾神無辜，荷馬無罪，其罪在後世百姓愚蠢，把「託喻性」的諸神視同宇宙「真神」，從而「欣欣然雕鑄其形」，又「攻成大廟以供之」？劉凝並非東來會士，但所解的「淫祀」之風顯然回應了利瑪竇等教中先賢的早期象徵論，也預示了馬若瑟對荷馬「深奧之詩」的看法，包括因此而形成的希臘人宗教上的「淫祀」之風。

如果「淫祀」不行於希臘，荷馬又能得其「正解」，則上古史詩的「邪教」性格或許便會改觀。是以馬若瑟的批評倘由陽瑪諾在明末道出，則《伊里亞德》和《奧德賽》就得大翻其案，變成是敬天畏主的勸世良言或警世善書[105]。蓋依《聖經直解》之見，或就該書援引神話型證道故事的論述模式觀之，二詩所涉的神話果然「寓言甚多」。陽瑪諾——甚至包括利瑪竇和高一志——援引故事的模式，因此絕非無的放矢，不但表示他們立論所在是天主教的神話詮釋學，也呼應了百年後馬若瑟或他所代表的耶穌會的荷馬之見，更點明白晉諸氏的中國經解象徵論的源頭出處，從而強化了天主教在華「古已有之」的說法，爲有清一代「西學中源說」預設了立場略異的理論前提。

西學中源說的根本見解，以爲泰西學問不出《易》道，概由中土西傳而成。話說回來，康熙時期除著有《畏壘筆記》的考據學者徐昂發之外[106]，皇帝本人和當時士子如梅文鼎——甚至包括乾嘉時代的戴震與阮元——等人的論點，實則已由「宗教」或「神話」移至「曆數」，範疇也由文學走向科學了。所以就本章的關懷而言，上述晚出的發展

（續）————————————

之害。見《粹抄》，5:1甲-5乙。

105 參見本書第六章第二節。

106〔清〕徐昂發：《畏壘筆記》（上海：古籍出版社，1985），頁140-141條認定「西洋所……嚴祀之……天主」乃出自「班史」，蓋「史皇東遊行禮，祠名山川及八神。八神一曰『天主』」，而「西洋所奉，即此神也。」

——甚至再含括光緒年間胡兆鸞與李元音等人翻新一層的西學中源說——本章只能存而不論[107]。縱然如此，我還是想指出神話型證道故事在中國經學史上確有滲透，因為所涉的神話詮釋學在明清之際的文化語境中已令「解經之學」轉為「經解之學」，從而形成某種東西合璧的詮釋奇觀。

稱之「奇觀」，我當然也不無反諷之意，蓋不論是象徵論者所謂天主教在華「古已有之」的歐洲中心論或康熙御筆所稱「西學中源」的中國中心論，就現代人的知識見解來看，無一不乖違史實，可謂荒唐之至。白晉和馬若瑟諸人用象徵論重審先秦經籍，「西洋教」收編荷馬的神話詮釋學固為遠因，康熙本人的恩准和提倡才是政治上的近由。然而即使在聖祖之世，中國士大夫中也有人持論逕庭，痛予針砭。康熙五十年，和素及王道化還曾具表上奏，斥責白晉的經解「可笑胡編」，不值一哂[108]。今天的羅馬教會更是自我否認，明令各方不得重

---

107 一般認為「西學中源」說始於黃宗羲、方以智、王錫闡與顧炎武諸人，但康熙本人的看法可能和這些明遺民無關，而是自己「揣摹得知」，詳見韓琦：〈白晉的《易經》研究和康熙時代的「西學中源」說〉，《漢學研究》，第16卷第1期(1998年6月)，頁185-201；江曉原、鈕衛星：《天文西學東漸集》(上海：上海書店出版社，2001)，頁375-398；或尚智叢：《傳教士與西學東漸》(太原：山西教育出版社，2000)，頁99-105。清人胡兆鸞認為西學所源不止《易經》，還應包括《墨子》、《管子》和《莊子》諸書，見所輯《西學通考》，14冊(光緒23年長沙刻本)，2:11乙-19乙。《西學通考》現藏上海圖書館，編號為501380-93。李元音之見較胡兆鸞更廣，認為凡中國經籍必有流入西土者，而西人於人文與科技方面所知實乃華夏遺緒，例子見所著《十三經西學通義》的《尚書》部分頁3乙與頁22甲；《詩經》部分頁18乙和頁23甲；《周禮上》部分頁14乙和頁19甲-乙；《周禮下》部分頁14乙和頁35乙-36甲；以及《禮記下》部分頁20甲-20乙等。另請參考樂愛國：〈從儒家文化的角度看「西學中源」的形成〉，《自然辯證法研究》，第18卷第10期(2002)，頁53-56。

108 這份奏摺現藏於梵帝岡圖書館，編號為Borgia Cinese 317 (6), fol. 49-50。我注意到此一文獻，係因韓琦鴻文頁190注18徵引所致。相關書信，另見《人物傳》，2: 281-285。

提象徵論者的「經學」[109]。不過笑者自笑，禁者自禁，明末以還，天主教象徵論或其衍生的中國「神話詮釋學」依然藕斷絲連，一魂還繫，可以見諸現代人的著作如《耶穌基督在中國古籍中之發現》等書[110]。考其原因，我想不論和素、王道化或羅馬教會，其實都忽略了「宗教」發展有其定向，幾唯「混成」（religious syncretism）一說而已[111]。

　　「宗教混成」可以是中國式的三教合一，也可以是不同傳統的截長補短。奧利根重視柏拉圖思想，猶如包伊夏到阿奎那的士林神學取法乎新柏拉圖主義與亞里士多德的觀念。由是觀之，宗教的發展與茁壯確實都仰賴類似的融通與混合，而《舊約》象徵論當然也不能自外於這一點。所凸顯的預表論和希羅神話詮解節拍一合，當即在歷史過程中另行交會，形成天主教本身的神話詮釋學。另一方面，象徵論的跨文化表現我們同樣忽視不得，最顯著者當推本章屢次提到的耶穌會中國經解之學。是以追本溯源，我們仍得參詳利瑪竇、高一志和──尤其是──陽瑪諾在明末的努力。在他們的中文著作中，荷馬的「寓言」和「神話」已經遙相會通，天機盡洩。洩露而出的，正是某種「混

---

109 Joseph Brucker, "Les vestiges des dogmes et chrétiens tirés des anciens livres chinois par le P. de Prémare," *Études religeuses, philosophiques, historiques et littéraires par les Pères de la Compagnie de Jésus*, VIᵉ série, 13 (March 1879): 434-435.

110 李聖華、劉楚堂：《耶穌基督在中國古籍中之發現》（香港：春秋雜誌社，1960）。我最近讀到的一本我所知的最新之作是朱天民：《從〈聖經〉看甲骨文》（臺北：道聲出版社，2000）。雖然後書屬於新教之作，但兩書的作者似乎都不知道所撰乃天主教「神話詮釋學」或中國經解象徵論的遺緒。此外，如果小說創作亦可視為歷史的延伸，近人朱西寧：《華太平家傳》（臺北：聯合文學出版公司，2002）中亦可見清末民初山東本土神職人員的象徵論式講道與解經，例如該書頁229-231及頁736-738。

111 這個名詞最具體的解釋，見Judith A. Berling, *The Syncretic Religion of Lin Chao-en* (New York: Columbia University Press, 1980), pp. 9-13。中文寫成的精闢之見可見蔡彥仁：〈文化的交流與融合：比較宗教的論述觀點〉，演講稿（2003年10月17日國立政治大學宗教研究中心）。

成觀」在明末已悄然入華的事實。

　　在本書的用法中，「寓言」和「神話」屬性不同，無如陽瑪諾等人似乎視同一體。讀者眼尖，從章前的各類引文應可發現《聖經直解》不曾以「神話」直呼「何默樂」長達「五十餘卷」的「深奧之詩」。陽瑪諾反而像進呈《天學總論》的馬若瑟，頻頻以「寓言」名其所引的希羅故事，而宗教與詮釋混成的正當性就潛藏在這類字詞的選用中[112]。《聖經直解》裡的上古神話若非直承荷馬，就是沿襲自魏吉爾、奧維德及其中古苗裔，某種意義上更可能轉化自古典修辭初階與中世紀證道故事的傳統[113]。盤根錯節，系譜繁雜。在古典時代，這些神話一度還以「歷史」的面貌現身，尤耶莫魯士一脈的神話詮釋學尤可代表。這又有趣，可以說明「神話」和「歷史」經常是一體之兩面[114]，而我們不要忘記，耶穌會士眼中的神話固然為「寓」，卻可能因其蘊藏的道理故而轉化為「實」。如此所撞擊出來的所謂「史實」，在陽瑪諾這類會士看來，確合人類至少是靈性層次的需求，故而可以為證道所用，可以為解經效力。

　　陽瑪諾的看法其實頗合現代人的神話之見。再以羅蘭・巴特為例，他就曾指出我們之所以使用神話，係因神話符合我們「所需」之

---

112 Cf. Seznec, *The Survival of the Pagan Gods: The Mythological Tradition and Its Place in Renaissance Humanism and Art*, p. 274.

113 Cf. *IO,* 1.9.1-1.10.1; R. A. Pack, *The Greek and Latin Literary Texts from Greco-Roman Egypt*, 2nd ed. (Ann Arbor: University of Michigan, 1965), p. 2287，以及Stanley F. Bonner, *Education in Ancient Rome* (Berkeley: University of California Press, 1977), p. 176 and p. 253.

114 這點陽瑪諾所處的明季似乎也相去不遠，汪東偉的《芙蓉鏡寓言》不收「神話」，而所謂「寓言」反而多屬「歷史」，似乎在昭示中國也有一套和陽瑪諾反向──或許更是正向──的「歷史詮釋學」，而其閱讀上的方法關鍵亦為「寓言」二字。《芙蓉鏡寓言》有現代版（杭州：浙江古籍出版社，1996），相關討論可見陳蒲清：《中國古代寓言史》，增訂本（長沙：湖南教育出版社，1996），頁12-15。

故[115]。目的若是如此,則不但神話的內涵可變,最後連用途也可能隨之變動。在中國晚明,《聖經直解》等書見證了這一點。由是反思,那麼神話的用途可謂古來就繽紛多姿,荷馬的世界更是綺麗萬端,而諸神就在詩人的吟唱中曼妙其義。待基督時代出現,神話詮釋學者經之營之,各呈機巧予以天主教化,非獨斯義革新,抑且豐富生色。「神話」故此再非「神話」,所傳遞的思想亦非荷馬眾神的道貌本然,而是後出轉精,展現了新時代的新意涵。利瑪竇、高一志與陽瑪諾等人生當歐洲文藝復興時期,以古為尚乃是時風氣。他們個個又是所謂「基督的衛士」,信仰虔誠一如中古時人,實踐上更是回歸此際,對希羅古典當然精挑細選,有取,也有捨。從《畸人十篇》、《聖經直解》乃至《十慰》等書「去神話化」後,又「再神話化」的神話解經學觀之,我看利瑪竇、高一志與陽瑪諾等人果然認為荷馬「詞富意祕」,而其「五十餘卷」的詩中當然「寓言甚多」。

---

115 Barthes, *Mythologies*, p.144.

第五章

傳說：言道・友道・天道

傳而說之

　　西元十二世紀行將結束前，埃及蘇丹沙辣丁（Saladin ad-Din, 1169-1193在位）在英王理查一世（Richard I, 1157-1199）率領的十字軍圍攻下，兵敗於今天的敘利亞一帶，性命垂危。臨終之際，沙辣丁逢人便感嘆生命無常，一世英名終究難敵死神的擺弄。十字軍東征凡十次，沙辣丁的感嘆在第三次東征史上可謂家喻戶曉，不但騷人墨客廣事傳說[1]，五十年不到的光景便又轉爲是時歐洲聖壇時常得聆的證道故事，見載於德維崔《通俗證道辭》及稍後的各種證道故事集之中[2]。一六〇四年前後，利瑪竇某次和徐光啓在北京論學講道，脫口又是沙辣丁的痛悟，並引以爲「例」，說明富貴不過浮雲耳：「沙辣丁者，西方七十國之總王也。將薨，取葬衣，命一宰臣揭諸旍竿之首，行都邑中，

1　參見Arl Lindahl, John McNamara and John Lindow, *Medieval Folklore: A Guide to Myths, Legends, Tales, Beliefs, and Customs* (Oxford: Oxford University Press, 2002), p. 20 and p. 86。

2　*Exempla*, 54-55. Also see A. Lecoy de la Marche, ed., *Anecdotes historiques: légends et apologues d'Étienne de Bourbon* (Paris: Iibrairie Renouard, 1877), pp. 63-64; and Johann Major, ed., *Magnum specvlvm exemplorum* (Douai, 1603; microfilm, Ohio State University Library), p. 516 ("Mors," XIII).

順途而大呼曰：『沙辣丁，七十國總王，今去世，惟攜此衣一稱耳。』」
（李編，1: 168）

　　沙辣丁的事蹟並非歐洲上古的傳說，他本人亦非基督徒，然而上
引故事利瑪竇顯然嚴肅看待，幾乎以本教的史實在華傳而說之。利氏
述其異舉又神乎其技，戲劇化得令人懷疑當中究竟有多少屬實的成
分，說來弔詭而又耐人尋味。換言之，上引沙辣丁的痛悟乃介於歷史
和虛構間，因爲長期在史上以口述的方式流傳，所以近似民俗文類裡
的「傳說」（legend）。本章裡，我們不妨以此爲其定位，視同前此我
曾申述的另類軼事世說。

　　「傳說」當然不同於「世說」，其內容簡單明白，除篇幅可以稍
長外，大致缺乏後者必備的問答結構，亦即欠缺「或問」及「答曰」
等敘述套式[3]。如果進一步修辭，我們甚至發現在屬性上，沙辣丁一類
的傳說亦可向宗教語意之外的神話傾斜，甚至魚目混珠[4]。這裡我要特
別強調「在屬性上」，因爲沙辣丁故事的結尾有驚詫之感，非特符合
明末耶穌所布西洋古典傳說的收場套式，而且也印證了現代學者對
古來傳說在形態上的考察。所謂「驚詫之感」，其實發自讀後或聞後
我們通常會產生的某種體悟，因此也合乎常人對傳說的道德期待[5]。一
般而言，傳說的定義因人而異，沙辣丁的故事適可一窺異中之同。晚
明耶穌會士以傳說布道，初則在利瑪竇入華之後；明清易幟之際，衛

3　參見本書第三章第二節。

4　Cf. G. E. Daniel, "Lynesse and the Lost Lands of England," in Daniel, et al., *Myth or Legend?* (London: G. Bell and Sons, 1936), pp. 15-19.

5　以上有關「傳說」的一般定義，參見下面的討論：Noel Williams, "Problems in Defining Contemporary Legend," in Paul Smith, ed., *Perspectives on Contemporary Legend: Proceedings of the Conference on Contemporary Legend, Sheffield, July 1982* (Sheffield: Centre of English Cultural Tradition and Language, University of Sheffield, 1984), pp. 216-228；以及 Linda Dégh, *Legend and Belief: Dialectics of a Folklore Genre* (Bloomington: Indiana University Press, 2001), pp. 23-97。

匡國猶津津樂道，個人所述就多達五十條左右。就耶穌會整體而言，
爲數更可能高達二百條以上。

　　上古傳說又是耶穌會士的最愛，明末紛紛予以天主教化，借爲教
義引證，中文著作裡使用的頻率僅次於世說，重要性每可和寓言及神
話相互抗衡。既然是「上古傳說」，則其內容當更久遠於一般的教內
故事，是以時序推移所產生的傳奇色彩必強。不過因爲所傳咸信都是
實人所爲，所以歷史基礎常常又會高過傳奇，令人有如親臨其境，甚
至化爲跨國談資，在百姓的記憶裡迢遞演變，終而轉成「爲口頭而非
書面的歷史」。只要具有歷史的身分，傳說就算不全然合乎信史，本
身也有存在的價值，也會變成俄國學者蒲洛普《民俗故事史論》(*Theory
and History of Folklore*) 裡所謂「意識形態的現象」(ideological
phenomenon)[6]。明末入華耶穌會士所布的西方上古傳說，基本上便具
是類意義，可以和他們發言所在的中華文化——尤其是儒家傳統——
深入對話。

　　本章中我擬討論的耶穌會歐洲傳說，一爲〈伊索市舌〉("Aesop and
the Tongue")，一爲〈大漫與比帝亞〉("Damon and Pintias")，另一則
爲〈達馬可利士之劍〉("The Sword of Damocles")。三者俱屬希臘羅
馬之「作」，而且從形成以來在史上即傳頌不已，除可印證上文相關
的定義外，亦可見證這種文類無孔不入的傳播力量。這三條故事，前
後兩條係利瑪竇在華首布，時間在一六〇八年《畸人十篇》刊刻之前。
其時明朝國祚日蹙，江河早呈頹勢。一爲衛匡國一六四七年在浙江於
潛口度《逑友篇》時所收。草畢之際也是南明命如危卵之際，清軍幾
乎已全面控制江南。利瑪竇和衛匡國譯述這三條傳說時都有傳教上的

<hr>

6　Vladimir Propp, *Theory and History of Folklore*, trans. Ariadna Y. Martin and
　　Richard P. Martin, ed. Anatoly Liberman (Minneapolis: University of Minnesota
　　Press, 1984), p. 51.

策略考量，但因彼此間亦具內在的倫理連結，殆由個人修身而擴大爲人際與天人關係，又因故事同具外在的聽聞對象，身分與位階亦含指標性格，所以和中國傳統對話的弦音益強，適又呼應了蒲洛普的意識形態理論，我們應予深入探討。

守舌之學

　　上述三條西洋上古傳說中，〈伊索市舌〉最早入華，著錄其說的《畸人十篇》係對話錄，而收錄的專章〈君子希言而欲無言〉縱非對話當時的實況，也是利瑪竇和曹于汴論道的重點[7]。曹氏係明廷命官，「立朝風節凜然」，又嘗從高攀龍（1562-1626）與馮從吾（1556-1627）講學，詩文「在理學舉業之間」[8]，所以和儒家淵源頗深。他和利瑪竇對談之際，朝中綱紀已亂，因言賈禍者比比皆是。曹氏因以問言，希望利氏以西儒學識示以「言官」應有的「說話之道」（朱本，頁440）。在此之前，利瑪竇在《畸人十篇》裡已經講過幾條伊索式證道故事[9]。是以承問後乃順水推舟，引伊索本人的「傳記」一條開啓曹氏，而這便是上文我所指的〈伊索市舌〉。古典型證道故事通常簡短，〈伊索市舌〉卻是罕見的「長篇鉅製」：

　　　　阨瑣伯氏，上古明士，不幸本國被伐，身爲俘虜，鬻于藏德氏，時之聞人先達也，其門下弟子以千計。一日，設席宴其高弟，命阨瑣伯治具。問何品？曰：「惟覓最佳物。」阨瑣伯唯而去。之屠家，市舌數十枚，烹治之。客坐，阨瑣伯行

7　參見羅光：《利瑪竇傳》（新莊：輔仁大學出版社，1982），頁180。

8　〔清〕紀昀等：〈《仰節堂集》提要〉，見《文淵閣四庫全書》，第1293冊（臺北：臺灣商務印書館，1983），頁669。

9　參見本書第二章。

炙，則每客下舌一器。客喜而私念：「是必師以狀傳教者，蘊有微旨也。」次後每殽，異醬異治，而充席無非舌耳。客異之，主漸怒，詫之曰：「癡僕，乃爾辱主，市無他殽乎？」對曰：「主命耳。」藏德滋怒曰：「我命汝市最佳物，誰命汝特市舌耶？」阨瑣伯曰：「鄙僕之意，以為莫佳於舌也。」主曰：「狂人，舌何佳之有？」曰：「今日幸得高士在席，可為判此：天下何物佳於舌乎？百家高論，無舌孰論之？聖賢達道，無舌何以傳之，何以振之？天地性理造化之妙，無舌孰究之？不論奧微難通，以舌可講而釋之矣！無舌，商賈不得交易有無，官吏不得審獄訟。辯黑白以舌，友相友，男女合配以舌，神樂成音，敵國說而和，大眾聚而營宮室，立城國，皆舌之功也。讚聖賢，誦謝上主重恩、造化大德，孰非舌乎？無此舌之言助，茲世界無美矣！是故鄙僕市之，以稱嘉會矣。」客聞此理辯，則躍然喜，請賞之，因辭去。厥明日，其詣師謝，語昨事，以為非僕所及，意師之豫示之也。師曰：「否，否！僕近慧，欲見其聰穎耳。」眾猶未信，師曰：「若爾，請復之。」隨命阨瑣伯曰：「速之市，市殽宴昨客，不須佳物，唯須最醜者，第得鮮足矣。」阨瑣伯唯唯去，則如昨日市舌耳，畢無他殽也。席設，數下饌，特見舌，視昨無異。客異之，主忿怒，大罵之，問曰：「舌既佳，疇命汝市佳（醜）者，何弗若我，而惟欲辱我乎？」對曰：「僕敢冒主乎？鄙意舌乃最醜物耳。」主曰：「舌佳矣，何為醜乎？」曰：「吾鄉鄙見，請諸客加思而審之：天下何物醜於舌乎？諸家眾流無舌，孰亂世俗乎？逆主道邪言淫辭，無舌何以普天之下乎？冒天荒誕妄論，紛欺下民，無舌孰云之易知易從？大道至理，以利口可辯而毀矣。無舌，商賈何得詐偽罔市？細民何得虛誣爭訟，而官不得別黑白乎？以舌之謗

諛，故友相疏，夫婦相離。以舌淫樂邪音，導欲溺心。夫友
邦作儷，而家敗城壞國滅，皆舌之愆也。侮神訕上主，背恩
違大德，孰非舌乎？無此舌之流禍，世世安樂矣。是故鄙僕
承命市醜物，遍簡（檢）之，惟見舌至不詳矣。」客累聞二義，
陳說既正，音韻祥雅，俱離席敬謝教。是後，主視之如學士
先生也。（李編，1: 187-191）

　　這條故事在敘說上的靈感，利瑪竇應該承襲自歐洲中古證道故事
的傳統，因為從道明會士德波朋（Étienne de Bourbon, *c.* 1190-*c.* 1261）
在十三世紀編成《史譚：傳說與寓言》（*Anecdotes historiques: légends
et apologues*）開始，史上不少證道故事集都曾選錄此一傳說。話說回
來，像利瑪竇這樣長篇述說或刊錄者，以我目前研究所及，也唯有
德波朋上述的集子而已。餘者多半簡略其說，綱要式的提挈講畢便
罷（cf. *IE,* 372）。儘管如此，即使是德波朋所記，也沒有《畸人十篇》
詳細，連「阨瑣伯」（Aesop）和「藏德」（Xanthus）二人的名姓都付闕
如。德波朋和其他集子但謂主角係一「僕人」，再無隻字片語，所
以我懷疑利瑪竇在證道故事的傳統外，另亦參考了《伊索傳》中相
關的記載。

　　《伊索傳》據傳成書於紀元一世紀左右，然而作者名姓早佚。利
瑪竇的時代，歐洲所見多係十三世紀普蘭紐德斯（Maximus Planudes）
的重寫本，通常就附錄在一般《伊索寓言》的書首[10]。利瑪竇在《畸
人十篇》裡的重述，當然是口述後再經翻譯補苴的結果，而且已經某

10　《伊索傳》的希臘及拉丁文本俱收在Ben Edwin Perry, ed., *Aesopica I*
　　(Urbana: University of Illinois Press, 1952), pp. 1-130；早期的英譯本見R. T.
　　Lenaghan, ed., *Caxton's Aesop* (Cambridge: Harvard University Press, 1967),
　　pp. 52-72。至於《伊索傳》的真偽問題，見Lenaghan, ed., *Caxton's Aesop*, p.
　　5。

種程度的改編，就像明末耶穌會處理過的希臘寓言一般。〈伊索市舌〉既經天主教化，內容與形式當然關乎聖壇證道。此所以「舌」在故事裡跳出古典傳統，扮演起「誦謝上主重恩、造化大德」的天主教功能，另方面又像墮落後的人類一樣，也會「侮神詆上主，背恩違大德」。既有功能如此，故事中的「舌」當如〈約伯傳〉所指(33：2)，在人類「發言」的工具之外，也有其載舟覆舟的雙面能力。後面一點，正是天主教的語言觀在推論上的邏輯基礎，利瑪竇的故事每藉對稱的修辭之美以示之。

　　利瑪竇和〈伊索市舌〉中的伊索一樣，初時並不以舌或語言為不祥。《畸人十篇》裡，他反而像自己在論文字一般[11]，主張語言有其不可抹除的功能，至少「面語，可省簡牘也」(李編，1：175)。從〈君子希言而欲無言〉通篇的語境看，利瑪竇這裡所說是實，直指他和曹于汴當面對話確可「省簡牘之勞」。即使我們從宏觀一點的角度再剖，利瑪竇似乎也同意語言係人類所以為萬物之靈的緣故，因此才有別於禽，才有異於獸。篇中利瑪竇故而說道：「無言孰世乎？禽世耳。惟言，眾人以是別鳥獸。」(李編，1：186)然而「舌」或「言」雖「本善」，利瑪竇也知道這是把雙刃劍，倘「人枉(妄)用之，非禮而言，即壞其善」。就利氏的信仰而言，自《舊約‧創世紀》以來，妄言即非教義能忍。按〈創世紀〉載，天主乃宇宙的創造者，利瑪竇強調祂之「製人」也，乃「兩其手，兩其耳，而一其舌」，故而「意示」人以「少言也」。非特如此，人之「舌」，天主「又置之口中奧深，而以齒如城，以唇如郭，以鬚如櫺，三重圍之。誠欲甚警之，使訒於言矣」(李編，1：178)[12]。

11　參見利瑪竇：〈述文贈幼博程子〉，在〔明〕程大約編：《程氏墨苑》(1609；microfilm, University of Chicago Library)，卷3。或見朱本，頁268-281。

12　艾儒略亦有類似見解，李九標《口鐸日抄》記其言曰：「大主之生人也，舌藏口中，衛以齒，復衛以唇，重關固閉，若深虞其破也。」艾儒略甚至

　　上面利瑪竇所「引」的「天主之意」非但沒有省字約言，而且還是滔滔雄辯，有如聖奧古斯丁在《論天主教義》中的侃侃而談，而且連喻詞也相當[13]。觀其所論，我們難免好奇利氏筆下「阿瑣伯」有關「舌」的天主教修辭是否也有其信仰上的典據？這個問題乃〈伊索市舌〉天主教化的關鍵，而究其實也，除了撒羅滿〈箴言〉中的語言智慧外（如4: 24, 10: 11-21, 12: 13-13: 6, 14: 15-24, 16: 23-33, 26: 17-22），我覺得這裡我們最該一顧的是《新約》裡的〈雅各伯書〉。雅各伯有如中國禪僧，書信裡非但有專章論「舌」，主要強調抑且在「好為人師未必是福」，慎行之外更得「謹言」這一點上。因為人非完人，言語過失乃尋常事耳（3: 1-2）。由是可知，舌雖小道，卻能煽風點火，「燃著廣大的樹林」。甚至會像火一般，變成「安置在我們的肢體中」的「不義的世界」，從而「詛咒那照天主的肖像而受造的人」。舌的能力如此之大，當然可以「侮神訧上主」。另一方面，雅各伯也體認到舌同樣有其優點，尤可令人「讚頌上主和父」，體察到個人的卑微[14]。從一「口」或一「舌」，「讚頌與詛咒」故而可以並出（3: 5-10），是以「舌」之為物也，雅各伯以為可不戒慎，可不恐懼哉？利瑪竇自《舊約》的大處著眼，而後再從〈雅各伯書〉細部改寫，〈伊索市舌〉在他筆下或口中用意顯然。

　　〈雅各伯書〉果然就是〈伊索市舌〉天主教化的《聖經》基礎，那麼《畸人十篇》長篇徵引所擬傳遞的訊息，可能就會出乎曹于汴問言的初衷之外，從而由經中所謂「下地的」智慧轉向「從上而來的智

（續）──────────

　　也把語言比喻為「劍」，「以之談道持誦則益，以之嘲笑譏訕則損」。見《耶檔館》，7: 339。另參較艾氏另著《性學觕述》，《耶檔館》，6: 207-208。

13　聖奧古斯丁嘗引〈雅歌〉4.2而有「齒如城」之喻，不過他的用意和利瑪竇不一樣。參見Saint Augustine, *On Christian Doctrine*, trans. D. W. Roberston, Jr. (New York: Macmillan, 1958), p. 37。

14　參較哥3: 16：「要讓基督的話充分地存在你們以內，以各種智慧彼此教導規勸，以聖詠、詩詞和屬神的歌曲在你們心內，懷著感恩之情，歌頌天主。」

慧」去(3: 15-17)。〈伊索市舌〉聲稱的「舌之愆」，不論「邪言淫辭」或「荒誕妄論」，無一不是〈雅各伯書〉極力譴責的「下地的智慧」，係人類嫉妒與自私的惡果。在西方教會的正統神學裡，人力並不能控制這種惡果的滋生，唯賴「超性的智慧」才能止謗杜詖（參見思高本，頁1909注3），不使「故友相疏」或「夫婦相離」。至於「家敗城壞國滅」，則無論矣。所謂「超性的智慧」，〈雅各伯書〉稱其果實有七，從純潔和平到中正真摯(3: 17)，大致都不出〈伊索市舌〉所謂「舌之功」也。

　　從利瑪竇講述〈伊索市舌〉的手法看來，他對「舌之愆」的強調似乎更甚於「舌之功」。前謂〈伊索市舌〉係中古證道故事中難得一見的「長篇傳說」，而這雖可顯示利瑪竇重視的程度，但中文慣用語也有「長舌」一說，利氏固知之矣，所以〈君子希言而欲無言〉篇末，他也曾為自己喋喋勸訥而自嘲（李編，1: 196）。此亦所以複述完伊索的故事後，利瑪竇隨即指出他用言說來隱喻言說的，其實是希望「致默，立希言之教，以遂造物所賦原旨矣」（李編，1: 191）。篇中這裡所稱「希言之教」，實則轉化自《道德經》「希言自然」與「不言之教」二詞。老子有此一說，本意在「提倡語言文辭的自然本色，做到發如自然，少而精」的境界，亦即勸人以道家「大辯若訥」或「無言獨化」樸拙的語言觀[15]。利瑪竇在明末挪用之，所圖顯然卻不在此，因為緊跟著《道德經》的轉化，他還添上「造物所賦原旨」一語。天主教「造物」的內涵，我們不辯自明，而其「原旨」若放在《畸人十篇》的文脈中看，當即上引的「一舌論」或「少言說」。我們再究其

15　袁暉、宗廷虎編：《漢語修辭學史》，（北京：北京大學出版社，1994），頁20。《道德經》的原文見陳錫勇：《老子校正》（臺北：里仁書局，2000），頁49-50，164-165及227。有關道家「無言獨化」的美學和語言觀，參見Wai-lim Yip, *Diffusion of Distances: Dialogues Between Chinese and Western Poetics* (Berkeley: University of California Press, 1993), pp. 63-99。

實，則深層意蘊當然就是〈雅各伯書〉暗示的超性智慧。衡諸〈君子希言而欲無言〉全章，後面這一點切中肯綮，應屬利氏在「不言」與「言」之間折衷出來的宗教真理。

在某種意義上，利瑪竇就「不言」與「言」所做的論證，原有悖於《舊約・創世紀》開啓的「語音中心觀」（phonocentrism），或是西方哲學源自柏拉圖的「『道』體中心論」[16]，和《新約》中保祿等人的表現也有扞格。不過推展至此，利瑪竇對言語的看法實則已涉認識論的問題，而他回答曹于汴時所強調者，當然也會以語言的本質爲首。〈君子希言而欲無言〉開篇謂：「夫言，非言者所自須，乃令人知我意耳。若人已心胥通，何用言？」易言之，語言在利氏看來並非「自立者」（*substantia*），而是供需結構下的「依賴者」（*accidens*）[17]。如果存在的條件消失，當然可以廢。世人當中，利瑪竇以爲「聖人」最通此理，故而使用語言的態度也最謹慎。他們可「言以誨民」，然而一旦「民自知，則……止矣。」即使不得已而言，聖人必然也通曉「博雅之人，言約而用廣」。利瑪竇因此結論道：「聖人罕言，而欲無言也。」（李編，1: 175）

曹于汴畢竟出身儒門，在《畸人十篇》裡聽罷利瑪竇的推論後，旋即舉一反三，以《論語》中孔子所謂「木訥近仁及利佞之說」比之，而且表示願意從利氏學習西洋「禁言之法」，以「證聖人之旨」（李編，1: 175-176）。利瑪竇的「不言」或「希言」雖然借自道家，筆下的「聖人」卻未必是《道德經》中那「處無爲之事」的「聖人」，亦

16　參見Jacques Derrida, *Of Grammatology*, trans. Gayatri Chakravorty Spivak (Baltimore: Johns Hopkins University Press, 1974), esp. Chapter 3.

17　這兩個名詞都是利瑪竇所譯，見李編，1: 384以下。另參較畢方濟口授，徐光啓筆錄：《靈言蠡勺》，在李編，2: 1134。「自立者」與「他立者」二詞皆源自士林哲學，精簡的解說可見輔仁神學著作編譯會編：《神學辭典》，修訂版（臺北：光啓出版社，1998），頁165-167及頁291。

非「儒家理想中有爲有欲」的同一人物,更非張起鈞認定的堯舜等古
傳說中的「聖王」[18]。按明代耶穌會士的用法,「聖人」若不是指《聖
經》裡的正面人物,就是指西方「宗徒」(apostle)或「聖徒」(saint)。
所以利瑪竇口中「不言」的「聖人」,應係雅各伯一類耶穌的門徒[19]。
話說回來,曹于汴的文化背景到底迥異於利氏,他的「聖人」不折不
扣就是孔孟等中國的「往聖」。利、曹在這方面的觀念分歧若加引申,
說來竟是天主教的「希言」和儒家「木訥」在本質上的分隔樞紐。且
先不論儒家,《畸人十篇》中,利瑪竇天主教式的「不言」之見便清
楚地表現在他回答曹于汴的「聖人問題」中:「無言,則人類邇於鬼
神,所謂『人以習言師人,以習不言師神也。』」(李編,1: 175)

利瑪竇這句話其實討巧,頗有迴避曹于汴「聖人希言」之問之嫌。
對利氏而言,儒家的往聖固然不能和引文中的「鬼神」平起平坐,恐
怕也難以在屬靈的層次上和天主教的宗徒或聖徒相提並論[20]。利氏話
中深意,細究下仍然在人與「神」在語言上的觀念與實踐之別。我們
若將上引中的引文和〈伊索市舌〉的內涵並比而觀,當會發覺利瑪竇
彷彿暗示「言」乃人世的特徵,而「不言」則爲天界的指標。我們如

---

18 《道德經》之說,見陳錫勇:《老子校正》,頁165。儒家的看法,參見余
　　培林:《新譯老子讀本》(臺北:三民書局,1987),頁19注6。

19 明末耶穌會士以「聖人」指「宗徒」或「聖徒」的例子甚多,最明顯的是〔明〕
　　高一志譯自佛拉津的亞可伯《聖傳金庫》的《天主聖教聖人行實》(武林:
　　超性堂,崇禎2年)一書中的「宗徒」與「聖徒」。此外,另請參較《畸人
　　十篇》對於「聖人」與《聖經》「義人」的看法(李編,1: 230)。高著成書
　　複雜,日後我會另文再論。這裏我用的是巴黎法國國家圖書館所藏的明刊
　　本,古朗氏編號:6857。

20 有關「聖徒」的「神聖性」的問題,可以參見下書:Peter Brown, *The Cult of
　　the Saints: Its Rise and Function in Latin Christianity* (Chicago: University of
　　Chicago Press, 1981), pp. 1-22。至於中西「聖人」的制度化與觀念異同,見
　　黃進興:《聖賢與聖徒》(臺北:允晨出版公司,2001),頁91-179。另參
　　較吳冠宏:《聖賢典型的儒道義蘊試詮——以舜、甯武子、顏淵與黃憲為
　　釋例》(臺北:里仁書局,2000),頁1-9。

想榮登天堂,「邇於鬼神」,因此便得減言不語,甚至得以「不言」
為立身處世之道。曹于汴問言──倘據朱維錚的推斷──本擬以「言
官」之道期諸利瑪竇;至少我們知道在對話的表面上,曹氏頗希望借
此一探「往聖先賢」何以「希言」的緣故。他所求者乃現世的道理。
不意利瑪竇的論證一出,人間的「致默之道」都反轉成為超性的「昇
天之道」,不再是曹氏自以為是的西方「禁言之法」了。儘管如此,
我們若再合以〈伊索市舌〉這則傳說,則可能會想問一個更有趣的核
心問題:〈君子希言而欲無言〉中,利瑪竇的邏輯緣何形成?

　　要回答這個問題,我們得先明白一點:在利瑪竇出身的義大利,
「默」或「不言」本身就是基督徒宗教生活的重心之一,也是天主教
文學的一大母題。《聖經》經文之外,這點最強而有力的理論基礎或
可溯至教皇額我略。人世的語言,額我略以為率皆「短暫而倏忽」,
所著《證道集》(*Homiliae in Evangelia*)內故有名言曰:「話尚未講完
之前,稱不上是話,講完之後,話其實也不是話,因為唯有聲音消失
的那一刻,話才能算說完。」而那一刻,我們早已不復得聆任何「聲
音」,也就是聽不到任何「話」了 [21]。額我略的論斷言之成理,不過
其中當然也有某種程度的詭辯。蓋言談時縱然不復可聞當下的「聲
音」,在聽者心中,「聲音」所重的「意義」(*sententiae*)卻早已烙了
下來。額我略強調的應該是意義,不是那短暫而倏忽的語音。換言之,
意義才是語言之「主」,語音係其從。基督徒故此不該──也不可以
──本末倒置,逐音而失義。再依額我略,即使是意義的掌握,也非
常人力所能及,因其本體僅見於〈若望福音〉開卷所稱的「聖言」或
「道」之中(1: 1-2)。萬物既然從之而受造,這個「道」又哪裡是他
們力所能聞,智所能知?聖言為俗世語言的造體,自可不必假受造之

21　引自 G. R. Evans, *The Thought of Gregory the Great* (Cambridge: Cambridge
　　University Press, 1986), p. 36。

語言來呈現。兩者間的關係，故而是利瑪竇所謂「自立者」與「依賴者」的對照，是「意義」和「語音」的差別。語音既非語言的重點，那麼「長篇大論」固可爲其增色，「言約」或「粹言」同樣也無害達意。意義之重者還因有此比例上的對立，反可開顯得更明白，此所以《畸人十篇》中利瑪竇強調「言約而用廣」。利氏立論的神學基礎，我想應爲某種額我略式的語言觀。

　　上面的演繹所擬凸顯者，毋寧是利瑪竇所謂「無言，則人類邇於鬼神」一語的真諦。「無言」其實近「言」，正是聖言或道的本體，在邏各斯基督論中亦〈智慧書〉（7: 22-27）或〈箴言〉（8: 22-38）上所記天主「全能的話」或「智慧」。所謂「鬼神」在這般修辭之下，倒真的變成是那超自然的「聖靈」（Holy Ghost）或「聖神」（God）了，而我也相信唯有經此意義的聚照，利瑪竇所稱「以不言師神」的力量才會變得更強；〈伊索市舌〉裡本擬傳遞的「鎭言」或「慎默」等等德行，也才能求得敘述上的理論張本。

　　〈君子希言而欲無言〉裡，利瑪竇提及所論的文本與社會基礎另有「天主經典及西土聖賢」二者，因其「莫不戒繁言，而望學者以無言」（李編，1: 175）。這裡的「聖賢」除了「束格拉德」或「束鑾」（Solon）等「亞德那」的高俊之士外，利氏所指，其實還包括伊索這類上古名士。然而要了解利瑪竇所稱「天主經典」確切的意指，我們還得一探和他同時的義大利教士達枯托（Giacomo Affinati d'Acuto, d. 1615）的《神意的拙言者》（*The Dvmbe divine speaker*）[22]。和《畸人十篇》一樣，達枯托此書也是對話錄，其中的主談者極力頌揚「慎默」（silence）的力量。而他之所以如此立論，道理幾乎等同於利瑪竇和〈伊

22　Giacomo Affinati d'Acuto, *The dvmbe divine speaker, or: Dumbe speaker of diuinity*, trans. A. M. (London: Printed for W. Leake, 1605).此書我用的是芝加哥大學雷根斯坦圖書館（Regenstein Library）特藏部所藏。

索市舌〉的關係,亦即在盡情表出「舌」或人間語言的「好處」(diginitie)
與「缺點」(defects)後,達枯托的主談者才總結其旨道:語言的負面
作用猶在正面之上。職是之故,凡人皆應慎默,都該修習「希言」或
「不言」之教。

　　「慎默」是《神意的拙言者》最強的論點,其典據在《聖經》中
「天主節言」(abstinent of his speech)這個「事實」上。達枯托首先拈
出〈聖詠集〉中達味的話以為論證:「天主說過一次,我確實也聽過
兩次。」(62: 12)。這句話在《舊約》中本為「詩體上的成語」[23],達
枯托卻據而轉為天主「言談有度」的明證。〈約伯傳〉中厄里烏(Elihu)
對約伯所說的「天主教訓人的方法」(33: 6-8),達枯托的對話錄裡同
樣提到,而且更為重視,每視為天主慎默的第二個典據[24]。厄里烏說
天主並不會「答覆」人的問題,所以我們不需用口舌和祂溝通。天主
「訓話」,憑藉的反而是「夢和夜間的異象」,讓視覺和聽覺並現。
這種宗教上的表意方式雖非德國學者班雅明(Walter Benjamin,
1892-1940)所謂的「純粹語言」[25],但和巴別塔傾圮後人類的話語確
實大不相同。達枯托又說,人類若想親近天主,其實不用仰賴日常的
語言。由於天主「不講人的話」,所以「不言」或「默」在本質上才
是祂真正的表意方式。

　　這種「靈犀之通」,有人以為也可見諸中國孔孟,蓋《論語》中

23　見思高本,頁903注2。例子另見約33: 14及40: 5,或見箴6: 16; 30: 15, 18及21。

24　d'Acuto, *The dvmbe divine speaker, or: Dumbe speaker of diuinity*, p. 43.

25　Walter Benjamin, "On Language as Such and on the Language of Man," in
　　Marcus Bullock and Michael W. Jennings, eds., *Walter Benjamin: Selected
　　Writings*, vol I: 1913-1926 (Cambridge: Harvard University Press, 1997), pp.
　　62-74. Also see Walter Benjamin, "The Task of the Translator," in Bullock and
　　Jennings, eds., *Walter Benjamin: Selected Writings*, pp. 253-263. Cf. Jacques
　　Derrida, "Des Tours de Babel," trans. Joseph F. Graham, in Graham ed.,
　　Difference in Translation (Ithaca: Cornell University Press, 1985), pp. 165-207.

孔子嘗有「天何言哉」之問，又有「予欲無言」之嘆（朱編，頁182），
而孟子亦曾舉舜有天下事而對曰：「天不言，以行與事示之而已矣。」
（朱編，頁337）就此而言，力主會通者不獨包括明清之際的反教人士，
亦可見諸張賡等中國奉教士子[26]。我們倘自《論語》中孔子說話前對
「利口之覆邦家」的憎惡觀之（朱編，頁183），則會通者所持確實也
說得通，蓋〈伊索市舌〉裡不就明白表示「夫友邦作讎，而家敗城壞
國滅，皆舌之愆也」？然而不論反教或奉教者，他們其實只見其一，
都忽略了孔孟本意和上引〈約伯傳〉的經旨大相逕庭。對厄里烏來講，
「夢和夜間的異象」係「天啓」或天主的「默示」之一，因此天主「不
言」乃一屬靈現象[27]。至於孔子的「不言」與「天何言哉」之問，在
《論語》相關篇章中卻一如上文所示，一和倫理有關，涉及多言的道
德問題，一和自然現象有關，因其緊隨者係「四時行焉，百物生焉」
這兩句話。後者的設問之法因屬修辭反問，所以表明孔子自知所談乃
實體現象，「不是天理主動向人啓示」[28]。歐陽建（268-300）所謂「天
不言而四時行焉，聖人不言而鑑識存焉」[29]，就是這個道理。朱熹疏
注孔子的話，這裡尤可引來再加說明：「四時行，百物生，莫非天理
發現流行之實，不待言而可見？」（朱編，頁183）

　　朱熹這段話依然是修辭反問，言下是他明白孔子所談係「天理流
行之實」，所以對超自然懷抱「不語」──甚至是否定──的態度（同

26　見〔明〕鍾始聲：《天學初徵》，見周編，頁251乙；〔明〕艾儒略著，李九標
　　記：《口鐸日抄》，在《耶檔館》，7:495-496；及〔明〕張賡：〈題五十言
　　餘〉，在《三編》，1: 365-366。

27　Raymond E. Brown, S.S., et al., eds., *The New Jerome Biblical Commentary*
　　(Englewood Cliffs: Prentice Hall, 1990), pp. 484-485.

28　潘鳳娟：《西來孔子艾儒略──更新變化的宗教會遇》（新店：基督教橄欖
　　文化事業基金會/聖經資源中心，2002），頁147。此處有關「言」與「不言」
　　的闡發，我頗受潘著啓發。

29　〔西晉〕歐陽建：〈言盡意論〉，見《藝文類聚》上冊（上海：古籍出版社，
　　1999），頁348。

上頁）。果然如此，那麼厄里烏或利瑪竇所謂天主「不言」，和儒家由宇宙「流行之實」出發的「天何言哉」之問當然意涵不同。我們如果要在中西思想家中尋一對稱，〈約伯傳〉裡的「不言觀」可能反倒貼近班雅明筆下的「凝視」或「冥想」（contemplation），亦即靈犀之通源自天主或天賦的啓示[30]。〈君子希言而欲無言〉的主旨，基奠所在無非便是這種上對下的神祕經驗，而利瑪竇的看法縱非借自達枯托，應該也脫胎或蛻變自《神意的拙言者》遵循的傳統。

上述「蛻變」如果另有法門，我想肯皮士的《遵主聖範》會是觸媒關鍵。此書也有〈浪談宜禁〉一章，申說慎默的重要。肯皮士不但勸人悠忌鬧場漂說，也要求世人不可與俗喋喋，免得有礙進德修業。用陽瑪諾《輕世金書》中的譯文來講，亦即基督徒與其浪談終日，則「曷若靜居之爲宜？」此地「靜居」一詞，肯皮士所指正是「靜默」（silence）[31]，亦即利瑪竇藉〈伊索市舌〉矻矻警世的「致默」。肯皮士和伊索一樣，熟知語言有其雙面性，《遵主聖範》或《輕世金書》因又有如下近乎利瑪竇的話：「浪游苟言，可乎？發論裨人益己，則可。然吾怠於善，緘言惟難。」[32]如其不善，「舌」必如前引伊索之言而「道邪言淫辭」，甚至興亂作亂於世。

〈伊索市舌〉和肯皮士《遵主聖範》猶有進一步的聯繫。這點我們只消回顧利瑪竇所謂「以不言師神」的意義，就可想見其然。《遵主聖範》另名《師主篇》，而兩者所謂「主」當然都指耶穌而言，和「不言師神」裡的「神」一樣，都是「天主」的位格之一。上述「居

---

30 Benjamin, "On Language as Such," in Bullock and Jennings, eds., *Walter Benjamin: Selected Writings*, p. 70. 另參見邱漢平：〈凝視與可譯性：班雅明翻譯理論研究〉，《中外文學》，第29卷第5期（2000年10月），頁13-38。

31 Thomas á Kempis, *The Imitation of Christ*, trans. Leo Sherley-Price（New York: Dorset Press, 1952）, p. 37.

32 〔明〕陽瑪諾譯：《輕世金書》（1848年刻本，現藏梵帝岡圖書館，編號為R. G. Oriente. III.1165），頁7甲。

靜」不論外指或內指，《新約》中的耶穌都勸人身體力行，也是祂風化人世的美德之一。在天主教的三一神學中，耶穌乃天主「道成肉身」，正是達枯托所謂天主「內向的語言」[33]，所以基督徒不但得弘揚其教，也要法其經驗，以便成就自己良善而美好的一生。肯皮士撰《師主篇》，目的在此，而爲了凸顯這一點，陽瑪諾在譯文伊始即強調經中耶穌的話：「人從余，罔履冥崎，恒享神生真光」。又謂：「茲主訓也，示人欲掃心翳，慕靈輝者，宜師主行而時趨之。」[34]「從耶穌者」可享的「真光」乃淵源自「神」，而「神」之「範」也，當含「靜默」這種「聖言」或「不言」之德在內。如果這裡的「神」確爲聖子耶穌與聖父天主的合稱，那麼《畸人十篇》裡利瑪竇勸曹于汴時所謂「以不言師神」一語，不就在演示《師主篇》藉〈浪談宜禁〉所擬傳遞的愼默之旨？經此轉義，對入華耶穌會士而言，〈伊索市舌〉乃生質變，變成「遵主聖範」的「上古」啓示，可以垂訓來茲。◆

　　曹于汴著有《仰節堂集》[35]，不過他聽罷〈伊索市舌〉後在《畸人十篇》以外的反應，我們不得而知。明代附和《畸人十篇》的中國士子，強調的多半是書中濃郁的倫理思想，以爲可以方諸儒家正統。李贄（1527-1602）門下張萱廣採明人言行，纂成《西園聞見錄》（1627）一書，〈伊索市舌〉亦見著錄[36]。我們從中可以窺知上述心態。張著並不以「實錄」稱其所集事蹟，然而張萱在做法上殆「以己意詮次」，

33　d'Acuto, *The dvmbe divine speaker, or: Dumbe speaker of diuinity*, pp. 44-45.

34　陽瑪諾譯，《輕世金書》，頁1甲。

35　〔明〕曹于汴：《仰節堂集》，見《文淵閣四庫全書》，集部232別集類，1293: 669-851。

36　〔明〕張萱：《西園聞見錄》，在周駿富輯：《明代傳記叢刊》，（臺北：明文書局，1991），117:818-820。張書之收〈伊索市舌〉，我乃得悉自Jonathan D. Spence, *The Memory Palace of Matteo Ricci* (London: Faber and Faber, 1985), p. 295。

又以「言行」爲之分類，顯然已經視同史傳[37]。儘管如此，張萱纂輯亦無一語詮解所採，所謂「以己意詮次」不過顯示編次之間，他自有命意，希望讀者藉上下文自行揣度罷了。〈伊索市舌〉一條，張萱以「往行」爲之界說，當然表示他認爲這是史傳，至少認爲是自西舶來的歷史傳說。

伊索的往行，《西園聞見錄》置諸〈慎默〉這個總題之下，〈伊索市舌〉故爲例釋之一。前此二則，則分別爲明成祖時人胡儼與稍前宋濂(1310-1381)的行誼。胡儼一條強調其人「凡是非利害，必審度以求至當」。這種「是非利害」和群體關係密切，蓋胡氏「惟恐遺患，於人群論中有不合，即引退，不與辯」。倘與宋濂一條並觀，這裡的群體當係「官場」之指：「宋公濂善諫，深密不洩禁中語，有奏則焚稿。……或問朝廷事，……不對。」[38]二說並論，那麼張萱在「往行」中強調的「慎默」顯然便有官場上的「慎言」之意。胡、宋二人率皆慎言：未明其意，他們不言；未知其心，他們也不言。

話說回來，胡儼與宋濂不言，非謂他們不善於言。據《西園聞見錄》，他們個個反而都像伊索敏於口才，捷於言辭。胡儼可與人「論」，而宋濂「善諫」，所以他們不是不說話，而是怕說錯話，落了口實，有害公私。放在這個脈絡中看，〈伊索市舌〉的意義不變，由利瑪竇的屬靈言談降爲官場的明哲警策，反倒符合曹于汴在《畸人十篇》中問言的初衷。語言可「論」，可「諫」，當然多言亦可能盡洩「禁中語」，從而賈禍或「遺人禍患」。范立本《明心寶鑑》所謂「閉口深藏舌，安身處處牢」[39]，正是上文的反面之論。《明心寶鑑》流行於

---

37 參見張萱：〈《西園聞見錄》緣起〉，在周駿富輯：《明代傳記叢刊》，116: 27-29。

38 張萱：《西園聞見錄》，117-818。

39 〔明〕范立本編：《〔重刊〕明心寶鑑》，頁61乙。此書我用的是中國國家圖書館善本部藏本，編號為17265。范立本的序寫於洪武二十六年。

明清兩代，乃其時天主教各會會士最熟悉的中國宗教善書[40]。范立本暗示的口舌之害，伊索在歐洲上古即已預爲陳說，因爲舌之佳者固可令「百家高論」，可讓「聖賢達道」，而舌之醜者亦可使「眾流……亂世俗」，或令「商賈……詐僞」。語言是雙面刃，伊索和范立本所見略同，張萱又何嘗不然？其間之別，唯《明心寶鑑》或《西園聞見錄》多以俗務爲重。後書〈慎默篇〉收錄之〈磨兜堅箴〉與〈守口如瓶箴〉等明代文本[41]，尤常勸人視口舌爲禍福之門，在群體中宜固守，不令開。

　　儘管如此，我覺得張萱在某個意義上似乎也頗能體會利瑪竇引〈伊索市舌〉的屬靈目的。他所見的《畸人十篇》，我疑其和李之藻的《天學初函》有間接的關係[42]。果然如此，那麼天主教的信仰要求張萱縱可不信，也應該略知一二。張萱或因言語易墮惡趣，是非往往啓之於口，所著〈慎默篇〉的前言故而引時人薛文清的箴言，勸人在口德上要以《易》道守之。利瑪竇的語言觀，由是再得一儒門印證，蓋語言的《易》道無他，殆指是書所謂「修辭立其誠」而言[43]。用張萱所引再論，也就是說凡人「必須無一言妄發，斯可道學；苟信口亂談而資笑謔，其違道遠矣。」張萱所稱「妄」，當然相對於「正」，而凡人出口，若「無一言不正」，則可謂「修辭立誠」矣[44]。《畸人十篇》中，利瑪竇不也曾說過：「聖人欲不言」，因其「欲人人皆正

40　《明心寶鑑》乃現存最早譯爲歐語（西班牙文）的中文書籍，「嗝哕羨」的「羨」字應加「口」字旁。參見何寅、許光華編：《國外漢學史》（上海：上海外語教育出版社，2002），頁45；或《人物傳》，1: 88。另請參考方豪：〈明萬曆年間馬尼拉刊印之漢文書籍〉，在《定稿》，2: 1518-1524。

41　張萱：《西園聞見錄》，117: 808-809。

42　歷代有關《天學初函》的流傳，見方豪：《李之藻研究》（臺北：臺灣商務印書館，1965），頁131-156。

43　《周易》，乾九三，見朱維煥：《周易經傳象義闡釋》（臺北：臺灣學生書局，1986），頁13。

44　張萱：《西園聞見錄》，117: 812-813。

行也」？（李編，1: 187）

　　不論是「正行」或「正言」，唯有「誠」字可以成就之[45]。「正言」既然近乎「不言」，則「默」當然就變成利瑪竇和張萱在語言上共同的重點。話雖如此，利瑪竇也知道「無言，虞庭何以拜昌言，孔孟〔又〕何以知言？」在現實生活中，「默」既然難致，那麼我們至少要「寡言」以對。這是西土聖人「拯扶世流」的方法之一（李編，1: 186）。張萱的見解相去不遠，《西園聞見錄》甚至暗示「正言」即「寡言」。此外，〈慎默篇〉的「前言」又引王達的話，道是「正言」必然也是「粹然」之語[46]。在我看來，這個界說有如在呼應前及利瑪竇〈君子希言而欲無言〉中的「粹言」。利氏對此深爲重視，甚至謂其「比金鋌」，故「微而賈（價）重」（李編，1: 175）。言而必須出以「誠」，則必「粹然」行之，當然就是「默」。

　　《西園聞見錄》所稱的「默」，待張萱引到徐學謨（1522-1593）的〈言語箴〉時[47]，才和利瑪竇借〈伊索市舌〉所擬表達的屬靈思想稍見重疊。〈言語箴〉中，徐學謨謂言語貴虛，多言非福，因爲「多則數窮，惟默可守」。他爲了解釋引文中的「默」字，乃引佛語指出「世界本空」[48]，而人若耽於口舌場中，豈非昧於世相本然？「默」與「空」因此互成對應，而某種跨越宗教的言道就此形成。佛教的空觀當然不是天主教的啓示說，不過就「天主罕言」或「天主不言」這個〈約伯傳〉內的「空觀」來看，兩者的「慎默」之道倒是迂迴而有

45　在天主教的語境中，這個「誠」字當指利瑪竇《齋旨》所稱的「向主之誠」。這是「超性之德，根於心，發於事，時時無不專向上主也」。見《徐家匯》，1: 9-10或28-29。

46　張萱：《西園聞見錄》，117: 810。

47　徐學謨的傳記可見於〔清〕錢謙益：《列朝詩集小傳》，丁集上，在周駿富編：《明代傳記叢刊》，頁11: 443-444。

48　張萱：《西園聞見錄》，117: 815。

呼應之妙。張萱出身科場，深受儒家陶染，據傳於釋道頗爲不值[49]。
諷刺的是，纂輯《西園聞見錄》之際，他卻得在尤屬佛家的思想襄助
下才能略窺〈伊索市舌〉的天主教理，而這恐怕也僅屬「略窺」而已。
倘若謹守儒門的訓誨，我想張萱大概只能在皮相上梭巡，永遠也走不
進〈伊索市舌〉的宗教堂奧。

　　在天主教的傳統裡，寡言致默乃個人修身之始。從利瑪竇進入中
國以來，耶穌會或教內人士無不強調「不言」的重要。崇禎十二年
(1639)左右，李九功纂《勵脩一鑑》，嘗引明季內典《齋克》而得「守
舌之學」一詞(《三編》，1: 476)，所指不但和〈伊索市舌〉若有聯
繫，即使名稱，想亦紹求自《遵主聖範》。《勵脩一鑑》另闢的〈謹
言〉專章中，亦曾採集聖多瑪斯(St. Thomas Aquinas, 1225-1274)等人
「寡言」的傳說故實(《三編》，1: 475-478)，以說明教史之偉者多
因此而成大業。李九功稍後所編的《文行粹鈔》中，二度廣輯時賢往
聖之語而得〈戒口〉一章，專事「君子欲訥，吉人寡辭」的哲學(《粹
鈔》，2: 39甲)。不論是龐迪我或李九功，他們的語言觀殆同於上述
利瑪竇的見解，再借李九功所輯來說，也就是「出言須思省，則思爲
主，而言爲客」。其中自立與依賴者的關係不辯自明，而世人倘能體
認及此，「自然言少」(同上頁)。個人修身，「致默」故爲首要，此
所以高一志撰《童幼教育》，開宗明義便是〈緘默第一〉(《徐家匯》，
1: 335-341)。

輔仁之學

　　個人之所以需要修身，原因在我們不能離群索居，得重視人與人

49　L. Carrington Goodrich and Chaoying Fang, eds., *Dictionary of Ming Biography*,
　　2 vols (New York: Columbia University Press, 1976), pp. 78-79.

之間的相處之道。一旦雙人或多人同行，友道出焉。晚明天主教圈內，
談論友道的風氣特盛，僅僅入華耶穌會士之中，至少就有三人或譯或
撰有專書及專文討論友誼。此即利瑪竇的《交友論》、高一志《達道
紀言》和《童幼教育》中論交的兩個專章[50]，以及前述衛匡國的《述
友篇》。這三人的四個主要文本中，《交友論》因為首開風氣，加以
利瑪竇的活動力特別強，所以論者最夥，影響力也最大[51]。《述友篇》
其次，晚近已經廣受重視[52]。至於高一志的著作因為重印較遲，思想
與觀點猶待討論。話說回來，如果我們從古典傳說型證道故事的角度
看，則三人友論中的友誼傳說，恐怕沒有一條會比衛匡國在《述友篇》
裡口述的〈大漫與比帝亞〉更為人看重，或可借以為例，推衍天學傳
統中的友道：

> 昔有虐王氏阿尼，詔繫一臣，名大漫，將殺之。大漫之友比
> 帝亞謀救大漫，自質於王，求暫釋友數日，得處置家事。王
> 許之曰：「限至不至，代死。」因錮之。大漫急返家，竣事
> 而至。大漫之來也甚遲，乃限時已盡，王命殺比帝亞。將刑，
> 大漫至，大呼：「我至，我至。」王駭異，輟怒，并釋大漫，
> 且求與二人交，為三密友焉。（《三編》，1：50-51）

---

50 利瑪竇：《交友論》，見李編，1：291-320。高一志有關友論的書籍與章節
  見《達道紀言》，在《三編》，2：723-754；及《童幼教育》，在《徐家匯》，
  1：405-414。龐迪我《七克》另有零星論述，見李編，2：817-834。

51 見McDermott, "Friendship and Its Friends in Late Ming," pp. 73-74。

52 例如包利民：〈「述友」於必要的張力之中——論衛匡國的《述友篇》〉，
  在陳村富編：《宗教文化》，第1輯（北京：東方出版社，1997），頁38-53；
  白佐良（Guliano Bertuccioli）：〈衛匡國的《述友篇》及其他〉，見陳村富
  編，《宗教文化》，第1輯，頁54-68；以及Guliano Bertuccioli, "Il Trattato
  sull'amicizia di Martino Martini（1614-1661），" Part I, *Rivista degli Studi
  Orientali* LXVI, Fasc. 1-2（1992）: 79-42; and Part II, *Rivista delgli Studi
  Orientali* LXVI, Fasc. 3-4（1993）: 331-379.

　　熟悉西洋古典的人都知道，〈大漫與比帝亞〉並非天主教固有，而是畢達哥拉斯學派的野史。在希臘上古，畢達哥拉斯據稱最講友誼，也最長於友誼的哲學。他的門下結黨營社，以友愛彼此著稱於世。比帝亞與大漫乃該派中人在克萊尼和蒲羅魯（Cleinias and Prorus）之外最為人知的至交，而他們的遭遇也是門人友愛之篤最深刻的表現[53]。古典世界中，即使伊士奇勒士（Aeschylus, 525/4-456 BCE）《奧瑞斯提亞》（*Oresteia*）三部曲裡的奧瑞斯提士（Orestes）和皮拉茲（Pylades）的故事，也沒有他們受知之深[54]，誠為伯牙子期最佳的西方對應體。到了中世紀，或許因羅馬時代瓦勒流《嘉言懿行錄》收錄之故，大漫與比帝亞的傳說又以不同的形態廣為流傳，變成是時證道故事集論交部分的必收之作。其犖犖大者可見於《字母序列故事集》（*An Alphabet of Tales*）、《天階》與《羅馬人事蹟》等書[55]。

　　衛匡國的中文故事裡提到的「虐王氏阿尼」，指的乃「雪城的戴奧尼西斯」。他因嚴刑統治，拒絕體恤民情，所以古來一向為人詆為「暴君」[56]，此所以衛匡國以「虐王」稱之。在艾恩布里卡斯（Iamblichus,

---

53　Johan C. Thom, "'Harmonious Equality': The *Topos* of the Friendship in Neopythagorean Writings," in John T. Fitzgerald, ed., *Greco-Roman Perspectives on Friendship* (Atlanta: Scholars Press, 1997), p. 91.

54　這個故事亦見衛匡國，《逑友篇》，見《三編》，1: 41。奧瑞斯提士的音譯是「阿肋德」，皮拉茲則稱「比辣得」。這個故事收為示範或證道故事，應該始自 *CMAS*, "Introduction" to 4.7。

55　參見 *CMAS*, "Introduction" to 4.7; *AT*, 37; Minnie Luella Carter, "Studies in the *Scala celi* of Johannes Gobii Junior," Ph.D. dissertation (University of Chicago, 1928), p. 30; and *GR*, 187-188。另見 *CRDM*, 240。這裏所謂「不同的形態」，《羅馬人事蹟》尤可代表。其中不但隱去比帝亞與大漫之名，連他們的身分也變成兩個名姓全無的「盜賊」（thieves）。其實故事中比帝亞之所以「詔繫」獄中，乃因他曾謀刺戴奧尼西斯，造有謀反的重罪使然。所以從戴氏的觀點看，比帝亞——甚至包括大漫——當然可稱「盜賊」。有關比帝亞「謀反」的記載，見 Iamblichus, *On the Pythagorean Way of Life*, trans. John Dillon and Jackson Hershbell (Atlanta: Scholars Press, 1991), p. 231。

56　詳見 Brian Caven, *Dionysius I: War-lord of Sicily* (New Haven: Yale University *c.* 250-*c.* 325)的《論畢達哥拉斯學派的生活方式》(*On the Pythagorean Way of Life*)撰成之前,史上曾經述及大漫與比帝亞的傳說者,以西賽羅最爲著名,所著《論職責》與《塔斯庫倫論辯集》(*Tusculan Disputations*)俱載其說,並加以評論[57]。然而艾恩布里卡斯所著畢竟是專著,筆下大漫與比帝亞的故事最詳,應該也是後代重述最常用到的摹本。艾著的內容大致和衛匡國口度者無異,大漫急去時所謂「處置家事」,即可能因艾本的啓發而來[58],和爾後證道故事集所謂「安置妻小」詞異義同。大漫之所以遲歸就死,載籍多闕。但不管如何,大漫歸來,戴奧尼西斯深爲感動,體認到友愛的偉大,故而請求共爲「密友」。傳說伊始的悲劇,終以喜劇收場。

　　一般有關比帝亞和大漫的傳說中,二人最後都婉拒了戴奧尼西斯。由此可見畢達哥拉斯學派的友誼有其封閉性,僅限於同門稱兄道弟,也僅限於袍澤間互輸忠悃[59]。儘管如此,衛匡國的重述確實也道出了畢達哥拉斯對友誼的幾個基本關懷,而其首要當在朋友係一平等的概念。西賽羅嘗謂戴奧尼西斯生性多疑,「對朋友毫不信任」,卻也因此而諷刺地「需友孔急」[60]。我們姑且不論這裡西氏評論的前提是否正確,衛匡國的版本畢竟強調「虐王」願意「降尊紆貴」,與大漫等人共爲「密友」,而這豈非畢達哥拉斯認爲友誼不分貴賤的最佳說明?畢氏論交,次則著墨於朋友「患難與共」的精神,而這點實因他有「友生相類」之說使然。除此之外,畢氏友論的根本還包括情誼得「堅定不移」,朋輩得經得起各種考驗等等。我們倘加斟酌,

(續)──────────────

Press, 1990), pp. 223-253。

57　*DO*, iii.10; and J. E. King, trans., *Cicero XVIII: Tusculan Disputations* (Cambridge: Harvard University Press, 1996), v.22.

58　同注56。

59　參見David Konstan, *Friendship in the Classical World* (Cambridge: Cambridge University Press, 1997), pp.114-115。

60　Cicero, *Tusculan Disputations*, V. xxii.63.

上舉友道要素俱可見諸比帝亞願代大漫爲「質」這一點中。他忠肝義
膽，冒死爲友，萬古流芳。人而如此，又非有「德」（virtue）者不能
爲。在畢達哥拉斯的友誼哲學中，「德」字因此變成友道要件[61]，和
其他三點環勾釦結，相輔相成。〈大漫與比帝亞〉的故事雖短，畢達
哥拉斯的友論卻畢集其中。兩人的情誼在歐洲中古名噪一時，當非倖
致。

　　由上述友誼的特質，尤其是由平等的概念出發，畢達哥拉斯終於
發展出個人友論中最爲重要的信念，亦即蒲弗里（Porphyry, *c.* 234-*c.*
305）爲其做傳時引述的「朋友乃另一個我」[62]。這句話在紀元前六世
紀一出，後世傳頌不已，從亞里士多德經荷雷斯到聖奧古斯丁都曾以
類似的形式引用[63]。就生活實踐的一面觀之，畢達哥拉斯的名言所指
乃無恙時朋友可以共渡美景良辰，病痛來襲時亦可服侍湯藥，沮喪時
還應砥礪互勉，向上提昇。這種友觀，謂之大漫與比帝亞傳說的精神
總樞，我想應不爲過。然而話說回來，這種友觀基調所在的平等，由
於強調的係以我之有濟友之無，或是以友之有濟我之無，所以保羅‧
里柯（Paul Ricoeur）在評論亞里士多德《尼科馬各倫理學》之時，逐認
爲不如以「相互關係」（mutuality/reciprocity）稱之爲佳[64]。這裡我們

61　Thom, "'Harmonious Equality': The *Topos* of the Friendship in Neopythagorean Writings," in Fitzgerald, ed., *Greco-Roman Perspectives on Friendship*, pp. 77-103.

62　Edouard des Places, ed., and trans., *Porphyre: Vie de Pythogore, Lettre à Marcella* (Paris: Les Belles Lettres, 1982), p. 33.

63　亞里士多德的部分見《尼科馬各倫理學》（*Nicomachean Ethics*），1166a,1069b, and 1170b. 此書我用的版本見*CWA*, 2: 1727-1867. 荷雷斯和聖奧古斯丁都將畢達哥拉斯的話易爲「靈魂的另一半」。前者見*Carmina* I, 3:8，我用的版本是Casper J. Kramer, Jr., ed. and trans., *The Complete Works of Horace* (New York: Modern Library, 1936)；後者見Saint Augustine, *Confessions*, trans. R. S. Pine-Coffin (Harmondsworth: Penguin, 1985), 4. 6。

64　Paul Ricoeur, *Oneself as Another*, trans. Kathleen Blamey (Chicago: University of Chicago Press, 1992), p. 184.

可以再加申說的是：如果要將這種相互關係轉爲平等的概念，有賴者
——倘用中國人的觀念來講——幾唯《論語》中曾子與子夏說過的
「信」字而已（朱編，頁62-63），亦即必由實體的互動轉成精神的互
通方可。大漫有難，比帝亞代爲扛下，而大漫也欣然受之，胸無踟躇，
其中內涵，便是在「信」字上進一步「視友如己」或——誠如利瑪竇
在《畸人十篇》所述——「相視如皆己身也」（李編，1: 237）。

畢達哥拉斯首創的友論名言，一五九五年利瑪竇譯就《交友論》
時曾以不同的形式將之引出，而且也指涉到上舉「視友如己」一語：
「吾友非他，即我之牛，乃第二我也，故當視友如己焉。」（李編，
1: 300）利瑪竇所以會有此見，固因所譯乃據萊申特《金言與示範故事
集》而來，所以必須「忠於原文」，但從〈大漫與比帝亞〉的傳說回
頭再看，其實道理更顯。他我乃實體上的異己，這點利瑪竇知之甚稔，
筆下的「我之牛」故而是形容與強調兩者兼具的修辭。其間倘要達成
某種辯證性的統一，實有賴於另一修辭之助，亦即句尾的「視友如己」
這個觀念。這句話本爲中文習語，不過《交友論》第二段有歐洲式的
分疏：「友之與我雖有二身，二身之內，其心一也。」（同上頁）後面
一句，亦中文所謂「同心」是也。朋友因爲同心，故能互信，而能互
信，雖有難，亦不懼，不辭。

大漫與比帝亞上演的友誼戲碼，當然就是這種「友信觀」的敘述
化或傳說化。這點一可見於衛匡國的故事以傳說的敘述套式「昔有」
開端，二可見於大漫將刑，比帝亞方至的戲劇性敘寫。後者情急下脫
口而出的「我至，我至」一語，又係故事高潮的所在，本身也是朋友
相交以信的傳奇。從中國人的角度看，甚至可謂朋友之義的極致，此
故事中的戴奧尼西斯所以「駭」也。衛匡國回溯傳說的那一刻，上距
利瑪竇的《交友論》已逾四十年，但兩人在友道思想上所見何止略同，
抑且相互轉化，彼此輝映，精神上早已融爲一體。

這種「融爲一體」事出有因，容後再陳。這裡我想岔開先談的是，

在晚明的文化環境裡，「朋友乃另一個我」或「友」即「第二我也」
的說法頗為獨特，曾經引起是時鴻儒焦竑(1540?-1620)的共鳴。對
此，焦氏不但讚賞有加，抑且稱之「甚奇，亦甚當」[65]。職是之故，
我們似乎也可將〈大漫與比帝亞〉放在儒家友論的語境中再加細探，
一窺天儒異同。以孔門為首的儒家傳統除了「信」字外，對於朋友的
看法似乎亦見於「共享」這個畢氏學派也有的概念。《論語・公冶長
篇》中孔子問志，子路所「願」者便是「車馬衣裘與朋友共」(朱編，
頁92)。其後孔子揭櫫的友道理想，我想最言簡意賅的應該是〈季氏
篇〉的「友直，友諒，友多聞」(朱編，頁175)。此中除「友諒」可
指誠發於中的心心相「應」外，孔子的意思還希望所交乃益友，可以
勸善規過，也可以直言諫正。朱熹注《孟子・離婁上》因謂：「責善，
朋友之道也。」(朱編，頁310)至於孔子的「多聞」之友，更可周濟
自己的不足，有利於進德修業。儒門交友，因此首重「選擇」，而且
所交必須於己有利，合於〈學而篇〉所謂「無友不如己者」(朱編，
頁63)。這種「功利思想」——這個名詞我用來並無貶意——畢達哥
拉斯從未反對，晚出的亞里士多德抑且畫為朋友三類之一，並不以言
必及「利」或「益」而非之(*CWA*, 1156a-1157b)。在證道故事集先行
的羅馬傳統中，瓦勒流抑且借為〈大漫與比帝亞〉的詮釋基礎，《嘉
言懿行錄》故稱之「畢達哥拉斯學派慎交」(*Pytagorean* Prudence)的
顯例，希望後人取為法式(*CMAS*, 4.7.F1)。

　　明末的陽明學派特好講學，是以「聚友」乃必要的活動，而其所

65　〔明〕焦竑：〈古城問答〉，在所著《澹園集》，2冊(北京：中華書局，1999)，
　　2:735。萬曆三十年(1602)利瑪竇滯留南京時，曾赴焦竑府第拜謁，而焦氏
　　或於此時見到《交友論》。兩人會見最早的記錄，方便的可見《全集》，
　　2: 306-307，或見*FR*, 1: 265-269。另請參閱李劍雄：《焦竑評傳》(南京：
　　南京大學出版社，1998)，頁52-54；或見Edward T. Ch'ien, *Chiao Hung and the
　　Restructuring of Neo-Confucianism in the Late Ming* (New York: Columbia
　　University Press, 1986), pp. 236-237。

持友道之一在所擇者亦得為「益友」，心靈契悟外還要切磋砥礪，連
通財之義與社會地位的提攜也要涵括在內。這種看法與實踐，和中國
傳統宗教中的友論其實頗有落差。再舉《明心寶鑑》為例，其中所勸
反而是「仁義莫交財，交財仁義絕」[66]。焦竑出身泰州，不過他的友
論似乎不類釋道而近乎王學左派，他讚揚「友者，乃第二我也」的話，
即在新安聚友講學時應學生金伯祥之請而發。焦竑特別以「甚奇」稱
美利瑪竇的友論，或因儒家訓誨中伯牙子期「不忮不求」的友誼畢竟
不多所致。然而攸關尤甚的，我覺得應該還是新安之會當時的情境。
其時金伯祥問道：「吾輩在會時，妄念不起。離卻此會，不免復生。
如何？」焦竑的回答直指問題的核心，所應乃會散人也散，係會友未
盡言責有以致之。他最後反問金伯祥：「誰教汝離卻？」這一問，焦
竑或因朱熹有「講學以會友，則道益明」之說，所以連帶想起《論語·
顏淵篇》中曾子論交最重要的話：「以友輔仁。」（朱編，頁146）有
趣的是，焦竑其後所用的主典卻非朱注，而是《左傳》僖公五年中的
經文：「如輔車相依，離之即寸步難行。」[67]焦竑的意思是朋友若有
須臾離，則責過勸善必怠，甚至會因此而「妄念復生」。朋友既然不
可有「寸步」之離，那就等於「形影不離」或「如影隨形」，在比喻
的層次上不就是利瑪竇所謂的「第二我也」？

　　前面說過，〈大漫與比帝亞〉這類友道傳奇呼應的正是《交友論》
中「第二我也」這類的友觀。如其如此，則焦竑「以友輔仁」的說法
似乎還蘊有另一深意，亦即孔穎達疏注《論語》時所謂「朋友有相切
磋琢磨之道，所以輔成己之仁德也」（阮刻，2: 2505）。「仁」字乃焦
語和孔疏之間最重要的聯繫。比起上及的中國傳統觀念，這個字其實

66　范立本編：《〔重刊〕明心寶鑑》，頁62乙。
67　焦竑：〈古城問答〉，在所著《澹園集》，2: 735。《左傳》的經文見阮刻，
　　2:1795。

是儒家論交的關鍵，也是他們面對人世最急切的關懷。從字形上看，「仁」字「從人，從二」，傳統又以爲因「兼愛，故從二如鄰」[68]。傳統說法寄意深遠而富啓發性，蓋拈出了「愛」與「鄰」這兩個本身合則亦具意義的觀念。不過我覺得殊義尤勝的是，「仁」字和利瑪竇訓「朋」往往殊途同歸，皆具「二人合一」之意，正郝大維（David L. Hall）與安樂哲（Roger T. Ames）筆下社會學而非心理學的現象[69]。郝、安二氏的現代詮釋，似乎也呼應了某種西洋古典之見，亦即畢達哥拉斯和亞里士多德都曾在意的他我的界線。「仁」字既指「二人」而共存於「一字」或「一身」，則畢氏等人眼中的「他我」在修辭的層面上，顯然也可以「合而爲一」，讓彼此又形成一體。畢達哥拉斯倡導「朋友乃另一個我」，而這不就是「仁」字字形隱含的友道意蘊？在晚明的文化語境中，「仁」字豈又非利瑪竇《交友論》所謂「我之半」或「第二我也」的中國對應體？

　　「仁」乃儒家思想的核心，孔子早有「汎愛眾」的分疏（朱編，頁63）。然而從上文看來，「仁」字更是層次縮小後的人際關係，既是「友道」本身，又是這個「道」所追求的目標。儒家的仁觀，因此根本就是某種友論。其中「我之半」或「第二我也」的觀念一旦由隱喻轉爲社會實踐──亦即「論交」已經有實體的對象之際──那麼這個觀念大有可能回頭轉成心理活動，又要我們「視友如己」了。這種雙重表意在在顯示，人若「視友如己」，則社會必然也會處於「仁」所臻至的「和諧」狀態，讓彼此共成一身，使他我互爲友朋。里柯論亞里士多德時又暗示，「他我」之「我」若可「自重」（self-esteem），

68　〔漢〕許慎：《說文解字》（北京：中華書局，1963），頁161。

69　David L. Hall and Roger T. Ames, "Confucian Friendship: The Road to Religiousness," in Leroy S. Rounder, *The Changing Face of Friendship* (Notre Dame: University of Notre Dame Press, 1994), p. 83.

則「友誼」必可提昇爲人類社會的「習性」（*habitus*），缺之不可[70]。曾子一句「以友輔仁」傳遞的，因此不僅是因友得仁，讓朋友變成是自己修養上的助力，同時也讓他我之別消弭於無形，從而在比喻上「發現了自我」。「輔成己之仁德」倘經此轉讀，似乎也會化爲內在於主體的另一友論了。

　　新安之會上，焦竑區區兩句「以友輔仁」與「第二我也」之引，其實已經匯通儒家理想與西學的古典友論。焦氏引言的初衷想來也是在此，雖然其中奧義他恐怕始料未及。經過新安之會的燭照與激盪，〈大漫與比帝亞〉和「第二我也」的關係便不待言。儘管如此，就友道之爲倫序這點而言，天儒在重疊中似乎扞格仍大。「遠朋」之來，《論語》視之爲「樂」（朱編，頁61）；「以文會友」，曾子及後儒也看作生命快事。然而一談到「親親爲大」——亦即「倫序」的問題——「友倫」在傳統儒家思想中無疑便要敬陪末座[71]。孔子首揭「君臣」與「父子」之說（朱編，142），孟子繼之補上「夫婦」、「兄弟」與「朋友」三倫（朱編，頁278）。逮及漢武之世，白虎觀議起，五倫或五常之說終於定調，變成中國社會思想主要的力量。前三倫還在法家思想的指導下變成國之「三綱」，不可瀆也[72]。而三綱凌駕一切的一個結果是：「父母在，不遠遊。」至於《禮記》等書的規範更嚴：父兄有命，子弟便得絕交息遊[73]。子夏和曾子等人強調的「信」與「共」等他我價

70　Ricoeur, *Oneself as Another*, p. 182.

71　《論語》中樊遲「問仁」，孔子雖答以「愛人」，而且又詳告之以「雖之夷狄，不可棄也」，似寓平等思想，然而《中庸》裏哀公問政，孔子馬上卻又修正爲「仁者，人也，親親爲大」，從而要求君子篤於親了。以上見朱編，頁39、145及151。

72　見張岱年：《中國古典哲學概念範疇要論》（北京：中國社會科學出版社，1989），頁178-180；或見〔清〕陳立：《白虎通疏證》（臺北：廣文書局影印，1987），頁16乙-21甲。

73　Whalen Lai, "Friendship in Confucian China: Classical and Late Ming," in Oliver Leaman, ed., *Friendship East and West: Philosophical Perspectives* (Richmond

值，因此就難擋血緣的介入，甚至也不敵政治上的關係。

　　所謂「政治上的關係」，我指的當然是五倫中的「君臣」一義。這一倫原也互為異己，不過儒家特擅修辭，由於「家國」有如唇齒相依，故而「君父」一向並置而論。這一路推論下來，不但「天地君親」可以彼此類比，「君臣之義」抑且猶如「父子之親」，甚至躐等而上，變成五倫之首[74]。凡是踰越此矩，不是「亂倫」，就是視同夷蠻[75]。大異其趣的是類此實踐，西方古來罕見。〈大漫與比帝亞〉的傳說中，戴奧尼西斯「降尊紆貴」的求友舉動，就儒門衛道之士而言，在某個意義上即有違君臣大義，而比帝亞「視友如己」，又捨命為友，如果不能放在「友諒」這個「以心相交」的儒家理想來看，恐怕也不盡能見容於高持「父子」之倫的傳統士子。大漫返鄉料理家事的確意在克盡世道，合乎孔門理想，然而比帝亞難道家居無親，可以無牽無掛代友為質？大漫若有閃失，比帝亞又可能忍受得了因為友償命而得拋妻棄子的傳統指摘？從《禮記》等孔門經籍看來，上面的問題恐怕都得否決，因為大漫的行徑確實斬喪《論語》以來「親親為大」的血緣之見，也不能見容於孔門類比而出的君臣大義。

　　話說回來，儒家正統所不容者，東來西學或可包涵，而就天主教的傳統再言，可能還是倫常典範，係人類情操最為高貴的表現。章前說過，畢達哥拉斯的友誼觀，亞里士多德承襲了大半，而這便是《尼科馬各倫理學》第八和第九章所論友道的根柢。對亞氏而言，朋友非

（續）————————————
　　　Surrey: Curzon Press, 1996), p. 216.

74　這一點可參較高辛勇：《修辭學與文學閱讀》（北京：北京大學出版社，1997），頁70-71；以及余國藩著，李奭學譯：〈靜觀其變——論儒家思想與人權的展望〉，《中國文哲研究通訊》，第11卷第1期（2001年3月），頁105-114。

75　〔明〕于慎行(1545-1608)：《穀山筆麈》，在〔明〕王錡及于慎行：《寓圃雜記・穀山筆麈》（北京：中華書局，1984），頁217-218謂：「南方……蠻者，君臣同川而浴，極為簡嫚。蠻者，嫚也。」

特不是諸倫殿軍，抑且高居首位。《尼科馬各倫理學》當然也講君臣
（統治者與屬民）或父子與夫婦等關係，然而亞里士多德認爲友倫係其
根本，而「友愛」（*philia*）更是凡世諸「愛」（*philos*）的冠軍（*CWA*,
1158b12-14）。儒家牢不可破的「君爲上，臣爲下」的等級觀念，亞
里士多德反由朋友爲其定位，自平等的角度加以解釋。如此一來，「君
臣」就變成「友愛」在政治上的延申。「父子」亦然，係血緣上的朋
友互動。至於「夫婦」，兩者更是形同朋友，乃因婚姻發展而出的對
等關係。西元一世紀新畢達哥拉斯學派崛起，從者如提亞諾（Theano）
等人也把夫妻視同朋友，益形強化了亞里士多德的倫常之見。即使到
了英國的伊麗莎白時代，提爾內（Edmund Tilney）的名作《友誼之花》
（*The Flower of Friendship*, 1568）對此都還奉行不悖，刻意著墨於夫婦
間的平等[76]。或許因爲這整個傳統使然，明末耶穌會士在儒家論述中
就寧取「妻者，齊也」這個「看似」平等之說，以形容夫婦間應有的
「友愛」，當然更符合天主教古來就強調的一夫一妻制[77]。

　　就我所知，「妻者，齊也」的觀念肇自許慎，乃漢人聲訓使然。
《說文解字》的說法是：「妻，婦與己齊者。」[78]然而諷刺的是，劉
人鵬由此或由其他相關的語境查考，卻發現這裡的「齊」非指今人所

76　Edmund Tilney, *The Flower of Friendship*, ed. Valerie Wayne (Ithaca: Cornell
　　University Press, 1992), p. 108.

77　例如龐迪我：《七克》，在李編，2: 1046及1051，又如高一志：《齊家西
　　學》，在《徐家匯》，1: 505及511。另參張鎧：《龐迪我與中國──耶穌
　　會「適應」策略研究》（北京：北京圖書館出版社，1997），頁217。上述「友
　　愛」的思想，中國人也講，不過原儒把範圍界定在「兄弟」之間，亦即《論
　　語》中「兄友弟恭」這種血緣之愛。血緣思想和宗法制度又互爲因果，「國
　　家」和「君臣」亦率由類比。所以論起友愛，除非是管鮑、延陵季子掛劍
　　或伯牙子期之類，否則中國人多半還是會由「金蘭結義」這種「類兄弟」
　　的關係出發。再不就是「朋比結社」，互稱「兄弟」，因成其愛，而這仍
　　然不脫修辭學的社會範疇。參見楊適：〈「友誼」（friendship）觀念的中西
　　差異〉，《北京大學學報》（哲學社會科學版），第1期（1993），頁32。

78　許慎：《說文解字》，頁259。

謂「平等」，因其但指家中「諸婦」唯「妻」可以和「夫」相提並論，乃相對於「妾」的觀念之故。換言之，這種「齊」其實不「齊」，反蘊強烈的位階之別[79]。孟光「舉案齊眉」，梁鴻「相敬如賓」，中國人一向傳爲美談，不過即使明末的劉宗周（1578-1675）亦稱孟光於鴻前「不敢仰視」[80]，所以「妻者，齊也」也就稱不上是杜維明所謂古之「先知先覺者」在「理論上」所提出來的「男女平等的主張」了[81]。班固《白虎通》影響最顯的「婦者，服（伏）也」一說[82]，儒門信眾恐怕更多。耶穌會士當然知道許慎的聲訓，他們於「妻」與「齊」的借用，因此是某種誤讀或挪用。

　　爲人夫或爲人婦者，今日英美人士通稱「重要的另一半」（significant half）。然而以關係如此之親，夫婦在華的「際遇」猶難提高，則朋友「非親非故」，其「下場」可以思之過半。亞里士多德特別重視友倫，說來和雅典的政治形態息息相關。當時所行係我們通稱的城邦（polis）政治，強調群體生活之道（politics），而力主和諧的友誼思想遂出，變成諸倫之本[83]。《尼科馬各倫理學》將友道區分爲以「德」，以「樂」，以及以「利」相交者。前者當然是最佳的友誼典範，然而爲求快樂而結社，爲營共同的利益而結黨，亞里士多德認爲也無妨，係人情之常。他和西賽羅從而發展出了政治友誼的說法[84]。總而言

79　劉人鵬：《近代中國女權論述》（臺北：臺灣學生書局，2000），頁33-49。下文的相關論述，我頗受劉著影響。

80　〔明〕劉宗周：《人譜類記》，見戴連璋、吳光主編：《劉宗周全集》，第2冊（臺北：中央研究院中國文哲研究所籌備處，1996），頁55。

81　杜維明：《儒家自我意識的反思》（臺北：聯經出版公司，1990），頁89。或見劉人鵬：《近代中國女權論述》，頁31注69。

82　〔漢〕班固：《白虎通》（臺北：藝文印書館，1996），卷4上，頁18乙-19甲。

83　Cf. Paul J. Wadell, *Friendship and the Moral Life* (Notre Dame: University of Notre Dame Press, 1989), pp. 46-50.另見*Nichomachean Ethics*, 1157a。

84　參見Paul Schollmeier, *Other Selves: Aristotle on Personal and Political Friendship* (Albany: State University of New York Press, 1994), pp. 75-96。另

之,《尼科馬各倫理學》言之鑿鑿:不論上下,也不論是以德相交或群聚之以利樂,城邦中人若可彼此相待以友,社會在「共爲一體」的觀念下就會變得更加祥和。緣此之故,亞里士多德淡化了忠孝一類儒家看重的價值,一切唯朋友間的情誼是問。

這個「誼」字,其實還是建立在「義」這個平等的概念之上。艾恩布里卡斯寫《論畢達哥拉斯學派的生活方式》之時,歷史已經進入西元一世紀,亞里士多德友論的影響在所難免,所以——且讓我二度強調——〈大漫與比帝亞〉中戴奧尼西斯在了解兩人情誼之深後——用衛匡國的話來講——才會放下九五之尊,從而「求與二人交,爲三密友焉」。衛匡國故事就講到這裡,大漫等敬謝不敏一事,他略過不談,可見天主教在詮釋古典上的選擇爲何。

西學或天學以友倫爲諸倫之首的觀念,對儒家正統而言當然充滿了顛覆性。儒家首重親疏等級,社會與倫理思想莫不循此出發,是以「朋友」關係就趕不上「兄弟」重要,遑論「君臣」與「父子」。這種傳統看法要生質變,只有到了宋代才有可能。其時書院興起,士子郊聚講學,遠離了塵囂,暫時拋卻了家人,當然不能不講友生之間的相處之道。逮及明末,陽明學派再起,友倫的地位愈見重要。根據呂妙芬的研究,此刻陽明信徒熱衷遊學,強調男兒志在四方,不爲家庭所累,故而進德修業,幾唯朋友可賴,而聚友講學也成生命的必要[85]。王守仁以下,陽明諸子如王艮與王畿等人又擴大了宇宙

(續)————————————————

見Konstan, *Friendship in the Classical World*, pp. 128-131。

85 呂妙芬:〈陽明學者的講會與友論〉,《漢學研究》,第17卷第1期(1999年6月):80-125。此刻泰州碩學李贄嘗著〈師友〉十篇,高懸孔門七十二弟子為生命理想,因為他們既論學,又論交,乃「聚友講學」的典型。李氏的意見見〔明〕李贄:《初潭集》,下冊(北京:中華書局,1974),頁358。據《〔萬曆〕順天府志》,卷一《地理志・風俗》載,即使當時地方上的風會之趨,大都亦「薄骨肉而重交游」,形成倫理史上極其獨特的現象,見周明初:《晚明士人心態及文學個案》(北京:東方出版社,1997),頁13

觀，懸「萬物一體之仁」爲最高的理想，人而平等的觀念因此埋下。
就後面這一點言之，他們倒近似亞里士多德，無怪乎陽明學派再傳
而至何心隱（1517-1579）與呂坤（1536-1618），已將友倫「高舉於其他
四倫之上」了 [86]。陳繼儒（1558-1639）也是此刻顯例。他交善於利瑪
竇，所著〈《交友論》小敘〉即秉亞里士多德一般的口氣道：「四
倫，非朋友不能彌縫。」[87]易言之，五倫至此次序已易，至少陽明信
徒有變化之意。焦竑向來遊於陽明後裔，他會留心於「第二我也」的
友論，絕非偶然。

　　儒家看重五倫，這點入華耶穌會士耳熟能詳。高一志編寫《達道
紀言》，條分西方歷代世說的方法，就是範疇之以五倫，逐一編次，
第三章已經說過。有關友道的部分，高氏當然從俗夾附書末。至於衛
匡國，他對三綱五常也不陌生，不過因其古典友論素養特深，所以眼
界稍異，加以衛氏畢竟是教徒，肩負在華證道的重責大任，故而所述
友論──例如〈大漫與比帝亞〉一類的傳說──也就不能漠視本教的
論述系譜了。在亞里士多德的眼中，友誼的本質是「愛」。天主教係
制度化的宗教，除了隱修運動的實踐者之外，「群聚」當亦教徒生活
不可或缺的一環，所以同樣不能不講愛，更不能不重視朋友之道。有
鑑於此，衛匡國述《逑友篇》，開宗明義即糾合「朋友」與「愛」這
兩個概念，然後再以權威一般的口氣說道：「友者，愛之海。」（《三

（續）───────────────────────────
　　　　注2。呂妙芬的看法另見所著《陽明學士人社群──歷史、思想與實踐》（臺
　　　　北：中央研究院近代史研究所，2003），頁295-325。

86　呂妙芬：〈陽明學者的講會與友論〉，頁100。明末高持此見者還有朱廷旦
　　　　等人，請參較Joseph P. McDermott, "Friendship and Its Friends in Late Ming,"
　　　　見中央研究院近代史研究所編：《近世家族與政治比較歷史論文集》（臺
　　　　北：中央研究院近代史研究所，1992），頁77-94的討論。

87　〔明〕陳繼儒：〈《交友論》小敘〉，見《寶顏堂秘笈》第24冊（上海：文明
　　　　書局，1922）之《交友論》卷首；或見朱本，頁119。此文我亦因呂妙芬文
　　　　啟發而得。有關利瑪竇的《交友論》與晚明思想的聯繫，另見朱維錚：〈晚
　　　　明王學與利瑪竇入華〉，《中國文化》，第21期（2004年春季號），頁46-47。

篇》，1: 25)衛匡國這句話當然是比喻，不過暗示的是友愛之海廣而
多變，知音往往難覓。蓋風平浪靜時舟固易駛，狂風乍起，風雲變色，
舟覆人溺的後果也不無可能。《述友篇》各章所述，首要重點因在這
友愛之「愛」究竟何指，而我們又該如何斷其真偽，交益絕損。這些
問題本為西方友論的陳年課題，不過衛匡國將之放在天主教的架構
下，洩露出來的訊息多少就偏離了亞里士多德的老路，從而帶有強烈
的宗教色彩。這一點，〈大漫與比帝亞〉可以舉來再作說明。

　　如前所述，在古典思想中，〈大漫與比帝亞〉的重點可能是一般
友誼強調的「信任」。這點衛匡國從未否認，《述友篇》嘗借聖伯爾
納(St. Bernard of Clairvaux, 1090-1153)的話解釋道：「愛友如愛己，
信友如信己。」(《三編》，1: 44)不過衛匡國將〈大漫與比帝亞〉置
於〈真交之本〉這個大章目下，卻也蘊有反轉此一詮釋傳統的可能。
比帝亞的犧牲因友愛所致，相信大漫不會一去不返，不過大漫鳥飛出
籠，倘非也因友愛比帝亞，大可逍遙法外，就讓朋友代他受罪。兩人
行為的動機，力量因此遠較一般友誼強調的「信任」來得強。這種「真
交之本」，我們倘再借衛匡國引的聖伯爾納的話來講，其實就是「真
交無利心，惟求互愛」(同上頁)。有趣的是，「無利心」的概念一旦
出現，就〈大漫與比帝亞〉的語境而言，衛匡國其實是連柏拉圖《宴
饗篇》(*Symposium*)中那「忘我之愛」(*eros*)也涵括進去了。這種愛
由世俗出發，卻又超脫世俗；由個人立論，卻又具有普世價值[88]。所
以走回去的傳統依然是利瑪竇《交友論》的重點，亦即卷首那「友即
第二我也」的概念。

　　有真愛方能得真交，在《述友篇》中，此乃不移之論。然而「真
交」者何，仍然值得商榷，而衛匡國於此之回答，答來彷彿在重詮利

88　Cf. Gilbert Meilaender, *Friendship: A Study in Theological Ethics* (Notre Dame: University of Notre Dame Press, 1985), 9-13.

瑪竇借用的畢達哥拉斯的友論，或是畢氏以降如西賽羅《論友誼》等
古典的傳統：

> 兩友互愛，無分數之別，無彼此之殊。見我如見友，見友亦
> 如見我。以己度友，以友度己，同無同，異無異。是故一之
> 病，二之痛。一之難，二之苦。一之憂，二之慍矣。一笑，
> 即二笑。一哭，即二哭焉。（《三編》，1: 45）

上面所以提到西賽羅，是因爲上引稍加更動，即可能像從《論友誼》
第七章中譯而成 [89]。這一節論友生之求，西賽羅說「所求者實爲自己
的樣象」（tamquam exemplar aliquod intuetur sui）。「樣象」（*exemplar*）
一詞在此詭譎，德希達嘗予發微，認爲這種態度乃極其自我的中心之
見，儼然某種「水仙情結」（narcissism），說穿了不一定是利他，反可
能以己度人。所以由此衍生的「視友如己」，其實就是在友生中尋找
自己的渴盼或行爲 [90]。從這點再看，利瑪竇所稱「我之半」或「第二
我」雖爲喻詞，但反過來說也是某種比喻性的實寫。如此一來，衛匡
國筆下的大漫與比帝亞固依常情可謂「情同一體」，然而就柏拉圖式
超俗的神祕思想衡之，恐怕更近「同體分裂」。類此之見絕非悠謬，
因爲天主教強調從創世紀那一刻開始，凡人不但都「照」天主的「肖
像」做成（創1: 27），連厄娃也要從亞當「同體分裂」而出，自其「肋
骨」製成（創2: 21-22）。人世間之有人際關係或友誼，就天主教來說，
亞當厄娃當然是肇端。所謂「我之半」或「第二我也」，由此回顧，

89　Cicero, *De Amicitia*, VII.23, in W. A. Falconer, trans., *Cicero XX: De senectute, De amicitia, De divinatione* (Cambridge: Harvard University Press, 1992), p. 133.

90　Jacques Derrida, *Politics of Friendship*, trans. George Gollins (London: Verso, 1997), pp. 4-5.

卻也絕非喻詞便可解釋得了。此所以天主教中人時常挪用，聖奧古斯丁以來的古教父尤然。

聖奧古斯丁的用法是擴而大之，將此一友論由本身或自己的朋友擴及廣大的群眾。他的「友愛」因此是「博愛」（*caritas*），奉行的乃〈肋未紀〉（19: 18）和〈瑪竇福音〉（19: 19）裡的誡命：「愛人如己。」《聖經》中這個「人」字，欽定本通常譯作「鄰人」或「近人」（neighbor），但其希伯來原文「雷阿」（*rēaᶜ*）卻也內涵「朋友」之意[91]。職是之故，「兩友互愛」確可轉成「友天下」的天主教理想，而這正是神學實情，因為「神愛世人」[92]。衛匡國述〈大漫與比帝亞〉——甚至於傳譯整本《逑友篇》——表面上或在介紹西方友論，但審之以「友天下」的觀念，衛氏本人恐怕也在籲請中國人發揮民胞物與的精神，將他由「卑微」的「遠夷」提昇為《論語》目之為「尊」的「遠朋」。〈《逑友篇》‧小引〉中衛氏故謂：「旅人……他無所望，惟朝夕虔祝，願入〔中華〕友籍。」（《三編》，1: 15）

中國人果然莫逆於心，視衛匡國和入華耶穌會士為友，則彼此間或可如比帝亞與大漫一般，發展成各自的「第二我」也。乾隆年間，法國耶穌會士馮秉正（Joseph-Franciscus-Maria-Anna de Moyriac de Mailla, 1669-1748）刊行《朋來集說》一書，內容雖然非關友道，書名顯然是以友為尚，我們都知道典出《論語》。如果再究其集帙背後的目的，其實又和百年前衛匡國的《逑友篇》無殊，都冀望以書為媒，在華廣結善緣。兩者關係，在我看來因而又互為一體或一脈相傳。這點尤可證諸《朋來集說》的書前〈小引〉，馮氏於其中意釋上引《聖

---

91 Bruce M. Metzger and Michael D. Coogan, eds., *The Oxford Companion to the Bible* (Oxford: Oxford University Press, 1993), pp. 555-556.

92 Cf. Hannah Arendt, *Love and Saint Augustine*, eds. Joanna Vecchiarclli Scott and Judith Chelius Stark (Chicago: University of Chicago Press, 1996), p. 93.

經》經文，期盼中國人可以「推愛己之心以愛人」[93]。

在衛匡國的邏輯裡，以中國人為「第二我」絕對可能。這點倘要細說，所涉乃衛氏述〈大漫與比帝亞〉另一個——恐怕也是最重要的——思想背景。艾恩布里卡斯等新畢達哥拉斯信徒深受新柏拉圖主義的影響，主張友誼始於人間之愛，終於和「神」結合為一[94]。艾氏筆下的「神」並非天主教的「天主」，但就友誼所延申出來的精神而言，他和聖奧古斯丁所代表的傳統實有吻合之處。奧氏曾歷友殤，《懺悔錄》於友道每有申論，力主其終極目的在引導朋友走向天主之愛，要在天主的恩寵中以世人為友[95]。聖奧古斯丁的友論後來變成天主教的典型，由是衡之，則衛匡國在〈大漫與比帝亞〉裡敘述化了的友誼就會反映某種天主聖德，係天人合一的表徵。這也就是說，就此傳說橫的一面觀之，友愛知己可以擴展為博愛世人，包括衛匡國當時面對的中國人在內。就其縱向而言，則世人又可將這友愛轉向上蒼，把交友的終極關懷引至人與天主的冥契，進而以天主為友[96]。

上面「橫」與「縱」之說，我係引自當代中國學者包利民的主張[97]。兩者所求，包氏又以「小德」與「大德」對比之。他由《述友篇》反觀，看到的是衛匡國跌撞在這兩極之間，終而形成某種求友「必要的

---

93 〔清〕馮秉正：《朋來集說》（清仁愛聖所刊本，現藏巴黎法國國家圖書館，古朗氏編號：7055），頁1乙。

94 Iamblichus, *On the Pythagorean Way of Life*, pp. 234-236.

95 St. Augustine, *Confessions*, 4.12. Also cf. Paul J. Wadell, *Becoming Friends: Worship, Justice, and the Practice of Christian Friendship*（Grand Rapids: Brazons Press, 2002）, pp. 77-96.

96 這方面神學性的討論可見John W. Crossin, *Friendship: The Key to Spiritual Growth*（New York: Paulist Press, 1997）, pp. 54-66。另請參考 Wadell, *Friendship and the Moral Life*, pp. 121-129.

97 潘鳳娟所見略同，不過她的用詞是「水平性」與「垂直性」，見所著《西來孔子艾儒略——更新變化的宗教會遇》，頁204-205。

張力」[98]。包利民的說法看似成理，不過放在天主教傳統的神人關係
中細看，卻是似是而非了。如同我在〈寓言〉一章所述，「以小見大」
或「由人晉天」向來是天主教——尤其是入華耶穌會士——傳播教理
的論證方式，利瑪竇曾假《天主實義》爲之示範。我們如果了解其間
主從的關係，當會發覺彼此並非互斥。「以小見大」或「小德」與「大
德」之比，經常反而以和諧收場，而「由人晉天」每又以融洽結局。
至少在「友愛」這個議題上，〈大漫與比帝亞〉透露出來的玄機並無
張力可言。故事最後所示，乃愛推展至極的和諧與融洽。

　　包利民的張力說若站得住腳，當然要從「平等」這個人間友道或
古典友誼思想來看才成。然而我們也要認清一點：所謂世人之「友」
天主，其實只能就比喻的層次言之。從信仰上看，天主教的天主從來
就不曾和人平等共處過。耶穌係天主聖言化成，雖然勸人恪守孝道，
敬愛父母，但是相對於天主這位「造人」的「至親」，耶穌卻不得不
貶抑世間的血緣，〈瑪竇福音〉故有名言如下：「我來是叫人脫離自
己的父親，女兒脫離自己的母親，兒媳脫離自己的婆母。」〈若望福
音〉甚至有語氣更強的訓令：「人的仇敵就是自己的家人」，凡是愛
家人超過愛耶穌的，便都「不配」側身在祂的門下（10: 35-38）。我們
擴大後面這句話，讓「門下」變「世人」，那麼耶穌看重的當然是後
者的和衷共濟，相濡以沫。〈若望福音〉從而高舉友倫道：「人若爲
自己的朋友捨掉性命，再沒有比這更大的愛情了。」（15: 12）句中用
的顯然是比較級，目的在強調友愛，其實也嘗迫使明末中國基督徒中
的士大夫群起響應，楊廷筠《代疑篇》便曾像何心隱等人說道：「人
倫有五，止守朋友一倫，盡廢其〔餘〕四條」，可也[99]。

98　包利民：〈「述友」於必要的張力之中——論衛匡國的《述友篇》〉，在
　　陳村富編：《宗教文化》，第1輯，頁48-50。
99〔明〕楊廷筠：《代疑篇》，在吳編，頁560。楊氏所見，稍後的反教人士如
　　徐昌治也因利瑪竇有《天主實義》之作而洞燭機先，並且大加撻伐，見所

〈若望福音〉中耶穌頌揚友誼，明顯之至，聽來彷彿在回應比帝亞捨命爲友的義舉。不過耶穌的話我們言猶在耳，轉眼間祂對門下卻又說道：自己若可與人爲友，則其間必有條件焉，亦即「你們如果實行我所命令你們的，你們就是我的朋友」（15: 14）。引文是典型的條件句，其中當然有制約，會形成里柯所謂「強制性的失衡」（the dissymmetry of injunction）[100]，顯示「愛祂」與「愛人」之間必有等級上的差別，亦即愛之大者或愛之足以令人爲之捨命者，捨耶穌或祂含容在內的天主這位「朋友」無他。耶穌或天主可謂世人的「第二我」，不過這乃就世人之「肖」天主之「像」造成一點而論，其間關係絕非建立在畢達哥拉斯式「平等」的友誼基礎上。晚明中國友論所強調的「天地一體之仁」，從此觀之，似乎便和天主教鑿枘不合。

圓鑿方枘果有交集，唯友道於人世的呈現方能見之。天主乃造物主，所以稱「父」。對拉丁教父如特圖良來講，友愛不過工具，世人經其驗證，方可情同手足，進而體認天主乃人之共父的事實[101]。無巧不成書，這點又是衛匡國在明末口述〈大漫與比帝亞〉等上古傳說的目的之一。再引〈《述友篇》小引〉說明：衛匡國表過他願與中國人結爲朋友的心跡之後，道是入此「友籍者」，希望都能了解天地間有一「至尊」，是爲「真主」，亦「我輩〔之〕大父母」也。我們如可「翼翼昭事」之，則此「至尊真主」必爲吾人「他日究竟安止之地」（《三編》，1: 15）。誠哉斯言！衛匡國其實是換了個方式在談特圖良千餘年前就已經說過的友論：不論是「東來旅人」或是中國人，大家都是同一「大父母」所出，都是「鄰人」或「近人」，也都是「兄弟」或「朋友」。後面這兩對中譯的名詞，《福音書》或《舊約》上早已

（續）────────────

　　著〈聖朝佐闢自敍〉，在所輯《明朝破邪集》，卷4，收於周編，3:169甲。

100 Ricoeur, *Oneself as Another*, p. 189.

101 Konstan, *Friendship in the Classical World*, p. 157.

明陳。倘由衛匡國的思維觀之,這些詞在《述友篇》中竟非隱喻,而是如假包換的「血肉至親」。對於至親——包括生身父母在內——世人焉能不以至誠待之,焉能不以至愛友之?

　　衛匡國的觀念是耶穌會的傳統見解,從南明輾轉傳到乾嘉之際,也曾滲透到某些非屬教徒的中國士子的著作中去。當時學者江永(1681-1762)就是一例。他像陽明後人一樣,曾據此重釐人倫,尤重平等的思想。在韻解與經疏之外,江永另有《善餘堂集》之作,其中〈西銘論〉一篇嘗云:「天地是大父母,凡爲天地所生之人皆猶兄弟。其中分之,有君有臣,有老有幼,……〔殆〕猶吾儕輩之人。」[102] 儘管江永的「大父母」係從張載(1020-1077)〈西銘〉之說,尤從朱熹的〈西銘〉注引出,所以可謂「天地」或「乾父坤母」的合稱,不外乎中國古來的固有遺緒[103],然而以「君臣」爲同一「大父母」所出,卻非傳統的強調,而兩者位階至顯;江永復以「兄弟」互指,更非儒家的倫序觀念能容。〈西銘論〉繼而再論,江永甚至明指「君臣」亦「猶吾儕輩之人」,則所見早已在儒家之外,洩露而出的當爲西學淵源,不完全是以儒解儒。耶穌會所傳曆算之學,江永無不精通[104]。就前述「平等論述」再言,我覺得〈西銘論〉近似衛匡國〈《述友篇》小引〉或其他耶穌會士友論的地方也不少,並非中國傳統可以完全解釋。

　　江永提出世人「平等」的倫序新見之後,可惜未曾就友論再作發

---

102 〔清〕江永:〈西銘論〉,在所著《善餘堂集》(上海圖書館藏抄本,編號:577021),〔頁4乙-5甲〕。江永的簡歷可見南京大學歷史系中國歷代名人辭典編寫組編:《中國歷代名人辭典》(南昌:江西人民出版社,1982),頁470。

103 有關張載與朱熹之見,見〔宋〕張載著,朱熹注:〈西銘〉,在《張子全書》,《四部備要》版(臺北:臺灣中華書局,1981),頁1甲-9乙。「乾父坤母」之說,另見《易經》,在朱維煥:《周易經傳象義闡釋》,頁1及頁3。

104 例見江永:《善餘堂集》,〔頁9甲〕。

揮，衛匡國念茲在茲的「真交之本」頓成〈西銘論〉的一大遺珠。所幸《逑友篇》仍存，世人可以再加覆案。〈大漫與比帝亞〉一類傳說顯示「真交之本」在「愛」，尤貴乎所謂「無利心」或「無私之愛」（altruism）[105]。從天主教的友誼神學來看，這種愛近似《新約》揭示的天主之「愛」（agape），乃「敬信天主」以外的天學或西學至德。世人循之，可以像畢達哥拉斯學派或聖奧古斯丁式的友論一樣與天主結合，甚或可以天主為友。衛匡國述《逑友篇》，其文化與神學前提盡蝟於此。是以在〈《逑友篇》‧小引〉接下來的論述中，衛氏終於可以一吐內心的關懷，汲汲以「能識真交之本者，於天國近」勸人（《三編》，1: 17）。這句話，衛匡國講得真像《聖經》上的經文，也帶有某種「強制性」在內。倘循話中邏輯，所論朋友的追尋或是友愛的追求，終究會變成是對天父的追求或是對天主聖寵的渴慕。比帝亞和大漫乃「傳說」中人，個個都生於基督時代之前，然而以其友愛之深，所作所為早已上邀天寵，至少在明末耶穌會證道故事的傳統中，他們確已榮登天界，可與天主為友。

昭事之學

中國傳統罕見以「天」為「大父母」，但若衡之以「天」為「大父」之說，則《易傳》以來早已形成[106]。董仲舒《春秋繁露》復從

---

105 「無利心」或「無私之愛」在天主教友論上的重要性，可見下書的闡發：Lawrence A. Blum, *Friendship, Altruism and Morality* (London: Routledge and Kegan Paul, 1980)。

106 入華耶穌會士大多用倫理化後的「大父母」類比天主，多數中國教徒也接受這個宋代理學家原指「天」與「地」的合稱，例如李之藻、楊廷筠和韓霖等。參見N. Standaert, *Yang Tingyun, Confucian and Christian in Late Ming China: His Life and Thought* (Leiden: E. J. Brill, 1988), pp. 114, 116-123, 198, and 223；另見鄭安德：《明末天主教和佛教的護教辯論》（高雄：佛光文教

〈大雅〉「天生烝民」之句，謂「人之〔為〕人，本於天」，而「天亦人之曾祖父也」[107]。不論「大父」或「曾祖父」，對善解儒家經籍的耶穌會士而言都無大異。他們稍假象徵論的詮釋傳統，轉手間就可化異為己，將「大父」或「曾祖父」解為本教的「天主」。何況《春秋繁露》繼上引之後，馬上又追加了一句「此人之所以乃上類天也」，簡直就像在複述〈創世紀〉中天主「照自己的肖像造了人」的《聖經》史觀。衛匡國謂其「願入」中國「友籍」，說來謙虛又含蓄。

朋友乃因修身而生的社會必然。曾子不僅在個人學問上要「以文會友，以友輔仁」，在道德上他的「修身」還包括「與朋友交而不信乎」這一類的自我省察（朱編，頁62）。儒家的關懷，由此可見一般。就這層意義而言，〈伊索市舌〉和〈大漫與比帝亞〉當非漫無關涉的兩條歐洲古典傳說，而是有其倫理寓義上的密切聯繫，可以比附而觀。倘就天主教化的角度再看，則其關係更為顯然。天主教相信人和造物主乃主從關係，因此歷來儒者喜歡思考的「天人之際」，在利瑪竇或衛匡國的觀念中就不會太過抽象，不會太難捉摸。此一關係在神學上反而具體，幾乎觸手可及。這種情形，衛匡國實則已借大漫與比帝亞的友誼略予提示，不過若就傳說型證道故事整體考量，我倒覺得例示得最為深刻的一條，應推利瑪竇《畸人十篇》中另外述及的〈達馬可利士之劍〉：

（續）────────────

基金會，2001），頁37-43；以及潘鳳娟，《西來孔子艾儒略──更新變化的宗教會遇》，頁209注37。會士或教徒的著作中，唯利瑪竇《畸人十篇》和明清之際李九功的《慎思錄》是例外，他們所著多依《易傳》以來的習慣，以「大父」稱「天國主」或「天主」。利說見李編，1: 236；李說見《耶檔館》，9: 174。就管見所及，耶穌會最早使用「大父母」指「天主」的文本，應推龐迪我的《七克》：「天主，萬物之大父母。」見李編，2: 829。

107 董仲舒著，賴炎元註譯：《春秋繁露今註今譯》（臺北：臺灣商務印書館，1984），頁282。「天生烝民」之說，見〈大雅·烝民〉，在陳子展編：《詩經直解》（臺北：書林出版公司，1992），頁1018。

西土古昔有棲濟里亞國，王名的吾泥削。國豐廣，爾時有臣
極稱其福樂。王謂之曰：「汝能居王座，而安食一饌，則以
位遜汝。」即使著衣冠，升王座，設舉盛饌，百執事以王禮
御之，而寶座之上，則以單絲繫利劍，垂鋒而切其頂。此臣
升坐，初觀王庭左右侍人奔走趨命，即大歡喜。既仰視劍欲
墮，便慄慄危懼，四體戰動。未及一餐，遽請下座，曰：「臣
已不願此福樂也。」（李編，1: 218）

打從形成以來，上一傳說可謂婦孺皆知，迄今仍可見於《泰西五
十軼事》(*Fifty Famous Stories Retold*)一類的通俗文本中[108]。兒童精神
醫學甚至套用，有「達馬可利士症候群」(Damocles Syndrome)一說[109]。
不過在中國晚明，此一傳說新舶而來，時人顯然未曾之聞[110]，《畸人
十篇》中聽利瑪竇說故事的龔道立頓覺茫然。龔氏生平不詳，據朱維
錚考證，可能官拜廣州布政司參政（朱本，頁440-441），所以書中利
氏稱之為「龔大參」。兩人對談或在一六〇五年左右，亦即明神宗萬
曆三十三年。故事中所謂「棲濟里亞」(Sicilia)，今日通譯「西西里」
(Sicily)，我們應不陌生。至於「的吾泥削」也非陌然，正是〈大漫
與比帝亞〉裡的「氏阿尼」，或是我們今日所稱的「雪城的戴奧尼西
斯」。

---

108 見許小美（署名）譯：《泰西五十軼事》（臺南：新世紀出版社，1974），頁
　　77-79。書中接下來的一個故事便是〈大漫與比帝亞〉，見頁79-81。《泰西
　　五十軼事》的作者為巴德文（James Baldwin, 1841-1925）。

109 參見 Gerald P. Koocher and John E. O'Malley, *The Damocles Syndrome:
　　Psychosoical Consequences of Surviving Childhood Cancer* (New York:
　　McGraw-Hill, 1981)一書。

110 唯一例外是〔梁〕僧伽婆羅譯《阿育王經》卷三中的一個佛教故事，謂阿育
　　王為化導其弟，讓位七日，而王弟登座後卻「思惟懼死」，了無歡樂。見
　　《大正藏》，50: 141-142。

　　說來湊巧，在西方古典傳統中，〈達馬可利士之劍〉最早也是和〈大漫與比帝亞〉並列，俱出自西賽羅的《塔斯庫倫論辯集》，而且同樣是依序而前後毗鄰[111]。西氏當時，此一傳說想必風行已久，連稍後荷雷斯的《歌謠集》(Carmina)都曾重唱[112]。然而不論西氏或荷氏，他們於「棲濟里亞國」都沒有特別描述，《塔斯庫倫論辯集》中，達馬可利士的話甚至用直述句一語帶過，連荷雷斯的歌體都不如。利瑪竇篇中所謂「未及一餐」的時間強調，更是西氏「原作」所無。所以在情節上，《畸人十篇》裡的中文版無疑戲劇化了許多，警世的力量因而加強。我們另可確定一點：利瑪竇「述」必有本，而其由來恐怕是上古與中古兼而有之，德維崔一脈說故事的傳統貢獻尤大。德氏的《通俗證道辭》裡，〈達馬可利士之劍〉的故事型態有繁簡二本：繁者羚羊掛角，已將此一傳說化為中古另一證道故事〈死神的號角〉("Trumpet of Death")的部分情節(Exempla, 151-152)，而且下開諸如《羅馬人事蹟》一類集子的先河；其「簡本」則近似西賽羅與荷雷斯，係獨立成篇(Exempla, 3)，也反映在中古某些佚名者所編的證道故事中(如CRDM, 650, #34)。繁簡二本的分野，利瑪竇想來知之，蓋〈死神的號角〉他曾講過，而且同樣獨立成篇，就出現在《畸人十篇》之中(李編，1: 155-157)。

　　〈死神的號角〉流傳廣泛(IE, 377-378)，而且是歐亞合流，淵源駁雜，我已另文疏論[113]。但〈達馬可利士之劍〉不然，所涉僅限於西方傳統，主題也單純，關涉者多限於故事所出的〈善惡之報在身之

---

111 Cicero, *Tusculan Disputations* (Cambridge: Harvard University Press, 1996), V.xxi.61-62.

112 Horace, *Carmina*, iii. 1, 17 seq.詳見*GR*, 250腳注之說明。

113 參見李奭學：〈翻譯的的政治——龍華民譯《聖若撒法始末》析論〉在東華大學中文系編：《文學研究的新進路——傳播與接受》(台北：洪葉文化公司，2004)，頁422-427。

後〉一篇的篇旨。利瑪竇在篇中故事新編；他加枝添葉，本意在借達馬可利士傳達權力所隱含的政治問題，也就是他為龔道立開示的「位愈高，心愈危」（李編，1: 217）。這點西賽羅雖然也曾觸及，不過行文結束之前，戴奧尼西斯對達馬可利士的感觸似仍無動於衷，並無一語評之。他在利瑪竇筆下「出借」王位，目的顯然，其一便在藉此警世，示人以中國人所謂「高處不勝寒」的權力孤寂感。只消對照〈達馬可利士之劍〉講完後西賽羅的漠然，《畸人十篇》此一強調便不難知曉。在《塔斯庫倫論辯集》裡，懸劍的傳說方才說罷，故事隨即轉入〈大漫與比帝亞〉，並明白提及縱使戴奧尼西斯放過這對畢達哥拉斯學派的至交，他們仍然不會接受這位「樓濟里亞王」伸出來的友誼之手。這點除寓畢達哥拉斯學派的排他性友道外，另含西賽羅在《論友誼》——或亞里士多德在《尼科馬各倫理學》（CWA, 1155a）——中的一個暗示：即使惡「虐」如暴君或「大權在握的人」，也不能沒有朋友相濡以沫，臨危扶持，生死與共 [114]。

　　眾所周知，儒家好言「仁君」。此一政治論述的傳統中，不論「位高心危」或「權力與友誼的牴牾」，理論上都不應該發生，因為「德不孤，必有鄰」亦儒家重言（朱編，頁84），而哪有人敢冒大不韙，干犯《論語》中孔子標舉的聖王之道？就像耶穌勸人愛的「鄰」一樣，〈里仁篇〉中的「鄰」字原也可作「朋友」解 [115]。此一觀念如果放在《塔斯庫倫論辯集》與《論友誼》的文脈中，不啻指戴奧尼西斯求友被拒，係因他乃「虐王」或「暴君」所致，於「德」有虧。有趣的是，這種道德性的詮解，在《畸人十篇》的上下文裡，卻只能作〈達馬可利士之劍〉的表相觀，並非利瑪竇說喻的終極目的。

　　利瑪竇的興趣，其實有如他講〈伊索市舌〉或衛匡國之述〈大漫

114 西賽羅原文見*Tusculan Disputations*, V.xxii.63；以及*De Amicitia*, XV.53。
115 孔疏以為指「志同者，相求為朋友也」，見阮刻，2: 2472。

與比帝亞〉一般，依然在天主教化〈達馬可利士之劍〉，令其為本教
最根本的教義服務。〈善惡之報在身之後〉雖然也談「果報」，出乎
龔道立意料之外的卻是利瑪竇的「報應」並非建立在「輪迴」這種佛
家的天道機制上，而是以天主教的天堂地獄說為基礎，勉人在世行
善，時時以「身後之報」為念。易言之，利瑪竇就好像多數歐洲中古
文學所示，汲汲於轉移我們生命的重心，希望我們把此生視為來世的
準備。一切思考既然都指向死亡或來世，那麼利瑪竇的戴奧尼西斯怎
可能把眼前的「世樂」當做生命的宗旨或「終」旨看？達馬可利士既
然「極稱」戴氏身為人君的「福樂」，那麼何妨就下座讓他一嚐這種
福樂的味道？「福樂」係人所企求，《通俗證道辭》也是這樣講（Exempla,
3），然而天主教或德維崔所重者都是象外出塵的「福樂」（felicis），
而《畸人十篇》的文脈亦如此明講兼暗指，所以面對〈達馬可利士之
劍〉時，我們應該不會像西賽羅——甚至也不會像中國的儒家——一
樣，僅僅徘徊在故事表面的道德意涵中。我們還會注意到「歡喜」過
後，達馬可利士「仰視劍欲墮」的「慄慄危懼」狀。這種「危懼」乃
修辭上的誇飾，凸顯達氏認清位高並非至福，也了解人世之樂不是永
世的幸福。故事中最重要的是：在回應這種體認之際，利瑪竇又「略
動手腳」，讓戴奧尼西斯奉上另一弦音更響的宗教性答覆：

> 嗟乎！余〔在位〕時時如此〔慄慄危懼〕，子以為福樂也。兆民
> 畏君，君無所畏耶？嚴主在上，日日刻刻以明威之懸劍懼我
> 焉。俗人不知居上之苦，故慕之。倘知之，則反憐之矣。（李
> 編，1: 218）

除了名實不符之外，上引傳遞出來的首要概念當然是「君亦有所
懼」。不論德維崔或其他證道故事集的傳統，中古之時，凡是引述〈達
馬可利士之劍〉的人，大多不會附上「戴奧尼西斯」或「的吾泥削」

之名，甚至連「棲濟里亞」或「西西里」也都闕如。此所以前謂利瑪
竇引述此一傳說，不能排除歐洲上古的影響。然而戴奧尼西斯係「虐
王」或「暴君」，利瑪竇當然知道。既知之，而他猶讓戴氏領銜，開
講故事，則其中應有妙諦在。許理和說過，在明代，「歐洲史對中國
人而言猶如一團迷霧」[116]。在衛匡國之前，他們故而無從得知「的吾
泥削」惡名昭彰，乃「兆民」所「畏」之君，當然不可能講得來如同
上引的話。儘管如此，德維崔以下，歐洲中世紀多數的證道故事集仍
然隱匿其名而讓此一「國王」口宣宗教性的寓意，此又所以章前我說
利瑪竇下筆應該也有證道故事集上的考量。凡此種種，修辭力量當然
都不如「君亦有所懼」一點強，令人訝之而異然。君王倘得「暴」名，
多因他一意孤行，「無所懼」所致。

　　不過〈善惡之報在身之後〉裡的「虐王」，畢竟不是史上原來的
暴君。「的吾泥削」依然有所懼，雖然篇中未曾詳述他所懼者何。利
瑪竇說完故事後，繼之所述的錢財爵位或與世營營，不過是「懸劍」
之所以「懸著」的原因，並非真正的內容。這把劍令戴奧尼西斯生懼，
而這點乃故事象徵中的象徵，我們欲知其詳，分教還待《羅馬人事
蹟》。如前所述，《羅馬人事蹟》中的同一故事集合了〈死神的號角〉
和其他寓言裡的意象，構成一個龐雜的象徵系統[117]。然而莫管這些
非屬〈達馬可利士之劍〉真身的情節，我們發現這把希臘傳說中的劍
在故事中早已兵分三路，分別指涉三層天主教義上的關懷。首先，這

116 Erik Zürcher, "Renaissance Rhetoric in Late Ming China: Alfonso Vagnoni's
Introduction to His Science of Comparison," in Federico Masini, ed., *Western
Humanistic Culture Presented to China by Jesuit Missionaries (XVII-XVIII
Centuries): Proceedings of the Conference Held in Rome, October 25-27, 1993*
(Rome: Institutum Historicum S.I., 1996), p. 333.

117 例如王座下方係一「坎」(pit)，應該取典自《巴蘭與約撒法》中的〈空阱
喻〉，詳見本書外一章第三節。原典見Jocobi a Voragine, *Legenda aurea*, ed.
Th. Graesse (Vratislaviae: Apud Guilemum Koebnner, 1890), pp. 811-823。

把劍指向「神的正義」(divine justice)，負有審判之責。次則隱喻「死神」(Death)，誰也饒不得。最後又轉移方向，說是國王本人在世的「罪業」(sins)，來日會「替天行道」，回頭代天主向他「索命」。國王因此不得不戒慎恐懼，以如履薄冰的心情君臨天下，「哪裡還樂得起來」？(*GR*, 250)國王這番話裡，利瑪竇原先布下的「位高心危」的俗義當然不見了，取而代之的係上引「的吾泥削」口中完全屬靈的意義。不過《羅馬人事蹟》說得比《畸人十篇》更細，利瑪竇所未發者，故事中的「國王」都已代詳。正因這把劍涵意如此，所以《羅馬人事蹟》裡的國王才會反躬自省，明辨自己和天主的關係，從而向故事中那隱匿其名的達馬可利士發出如下宗教性的讜論：「我不過凡軀俗體，如果今天你畏我懼我，那麼面對我因其所造的上主，我應該又有多畏，有多懼？」(*GR*, 251)

方諸《羅馬人事蹟》，德維崔的繁本內容更爲蕪雜。不過繁本也好，簡本也罷，「神的正義」或「最後的審判」一定是達馬可利士之劍或其替代物的內涵之一[118]，可見中古時人對於來生的重視。利瑪竇的故事對此也有交代，就聚照在「的吾泥削」口中那把「明威之懸劍」上。他的「兆民畏君，君無所畏耶」之問，答案當即自己口中的「嚴主」。由此看來，《畸人十篇》的傳說似乎便以《通俗證道辭》或《羅馬人事蹟》的故事爲「互涉文本」(intertext)，而歐洲中世紀的關懷乃跨海東來，在大明帝國播下以中文重述的種籽。衛匡國筆下的「虐王」，更因利瑪竇故而化爲虔誠的天主教徒，隨時都在爲世人來世更好的生活耳提面命。

從〈善惡之報在身之後〉全篇的角度再看，「嚴主」可畏，可畏的是祂手中握有「懸劍」。「懸劍」也可畏，可畏的乃世人言行若踰矩，

118 在「繁本」中，《羅馬人事蹟》裏的「劍」已為「號角」(*būcina*/*tuba*)與「箭矢」(*spīculum*)所取代。見*Exempla*, 16。

每每就會造下難逭的惡業。如其造下，則天主必然從嚴審判，從而絲斷劍落。死神的號角再響，地獄熊熊的火焰便會燃起，緊接著——《羅馬人事蹟》說——箭矢齊發，百步穿心。這幅地獄變，《畸人十篇》所繪甚詳，耶穌會士在他處亦繪聲繪影，詳為述說[119]。明末中國士子如張萱等人聽後且嘗為之色變，並假《酉陽雜俎》一類的舊籍再加勘驗。張萱發現，利瑪竇講來「果然不假」[120]。雖然如此，由於地獄乃緣天主之命生成，再因天主教屢屢強調人係受造之物，所以《畸人十篇》中的〈達馬可利士之劍〉和《述友篇》裡的〈大漫與比帝亞〉便有一共同的篇旨，亦即前述中國人喜歡思考的「天人之際」。

「天」的意涵在中國文化裡猶待釐清，不過《論語》「天何言哉」裡的「天」顯然指「自然天」或「義理天」，乃儒家天道理想的代表。儘管如此，《詩經》以來的宗教觀念中，「天」同樣也可能是個「人格天」[121]。由此衡之，則〈達馬可利士之劍〉反映的天人關係當非董仲舒的「天人感應」可比，也不會和諧得一如儒家的期待。天主教的傳統中，天秤的兩端，世人恒居其輕，而天主永處其重。這種信仰，說來全拜《梅瑟五書》所賜。其中天主的形象，當代學者布魯姆說得

---

119 高一志《天主聖教四末論》第3卷所述，即西方人的地獄觀。《天主聖教四末論》我用的是明崇禎年間刻本，現藏巴黎法國國家圖書館，古朗氏編號：6857 R. 51.307。

120 張萱：《疑耀》，在張萱等著：《疑耀外五種》，《叢書集選》63（臺北：新文豐出版公司，1984），頁69。張氏謂：「西僧利瑪竇嘗謂余言：『天上有一世界，地之下亦有一世界，皆如此世界。』聞者多以為幻。余閱《酉陽雜俎》，……〔覺〕利瑪竇之言，似亦有據也。」《疑耀》原題李贄著，不過清人王士禛(1634-1711)之前，已有人疑其乃張萱撰，見趙伯陶：〈《古夫于亭雜錄》‧前言〉（北京：中華書局，1988），頁3。另見同書王士禛所撰〈《疑耀》撰者〉一條，在頁140-141。〔清〕屈大鈞(1630-1696)：《廣東新語》，上冊（北京：中華書局，1997），頁330-331也有類似之說，應當寫於王士禛之前。

121 張岱年：《中國古典哲學概念範疇要論》，頁20-30。

最精，以「人神同形」狀摹之 [122]。唯其肖人，所以天主有喜有怒；
也唯其肖人，所以祂嚴而一至於苛。不過「人神同形」的現代之見，
可想東來耶穌會士不會首肯，即使明代中國的奉教士子也會有另番的
解讀。李九功編《勵修一鑑》，便將〈達馬可利士之劍〉列在〈敬威〉
這個類目下（《三編》，1: 451-456），藉以說明天主懲世的神威無時
或已，無遠弗屆，也藉以勸說世人應當念茲在茲，對祂頂禮有加。李
氏滿門都是基督徒，不過於儒家思想同樣習染深刻 [123]。李九功所稱
的「天主」，在另編《文行粹抄》中已視同先秦典籍裡的「天」或「上
帝」。他對〈達馬可利士之劍〉的編輯性詮解，因此雜有天主教化後
的儒家思想在內。

《勵修一鑑》裡的「敬威」一詞，可以舉來為此再作說明。此詞
出典，就入華耶穌會士與明代教徒對中國古籍的認識而言，我想《詩
經》或可當之，蓋〈周頌・我將〉已有「我其夙夜，畏天之威」二句
[124]，不但呼應了〈達馬可利士之劍〉強調的「嚴主之『畏』」，同時
也由「畏」生「敬」，終於導引出儒化的天主教「敬威」觀。《詩經》
的經句，漢世以還一向為董仲舒所據，在《春秋繁露》中轉為災異的
詮解之用。〈必仁且智〉一章嘗云：「災者，天之譴也，異者，天之
威也。譴之而不知，乃畏之以威。」[125] 這話令人思及德維崔或《羅
馬人事蹟》以次，達馬可利士之劍俱為天主懲世象徵的事實。這把劍

122 Harold Bloom, *The Western Canon* (New York: Harcourt Brace, 1994), pp. 5-6.
123 有關李九功及李氏族人的介紹，參見潘鳳娟：〈文化交流史的一個新觀點：
　　從晚明天主教士人李九功論天人關係談起〉，見林治平，《歷史、文化
　　與詮釋學——中原大學宗教學術研討會論文集》（臺北：宇宙光全人關懷機
　　構，2001），頁262-263。潘氏此文整理過後，大多已化為所著《西來孔子
　　艾儒略》第五章的部分內容。另見許理和著，王紹詳、林金水譯：〈李九
　　功與《慎思錄》，在卓新平編：《相遇與對話：明末清初中西文化交流國
　　際學術研討會論文集》（北京：宗教文化出版社，2003），頁72-95。
124 陳子展編：《詩經直解》，頁1077。
125 賴炎元註譯：《春秋繁露今註今譯》，頁236。

既是「審判」，又是「死神」，於人實無異於董仲舒的「天之譴」或「天之威」，故而既是「災」，也是「異」。從利瑪竇的〈達馬可利士之劍〉再看，上述兩層靈異意涵又都包羅在故事之內：嚴主「明威之懸劍」可令戴奧尼西斯生「畏」，生「懼」，原因是犯錯乃人所不免，而災異隨之。這裡的「災異」，利瑪竇意非讖諱之學，不過儼然又是〈達馬可利士之劍〉的另一互涉文本，大有敘述化《春秋繁露》的「敬天」或「敬威」觀念之可能。

　　問題是：如此一來，儒家理想中的「自然」或「義理」之「天」，在《春秋繁露》中反而會變成人格神，係董仲舒所謂「百神之君」或「王者之最尊」[126]。這裡「王者」二字，董氏寫來自然之至，我看卻有可能是利瑪竇跳出證道故事的封囿，在傳說中自行開列「的吾泥削」之名，又借「棲濟里亞國」之「王」之名以說喻的靈感。

　　自《文行粹抄》內〈事天〉一章來看，李九功可能推敲出來的〈達馬可利士之劍〉的意義，我們或可借他所引宋儒真德秀(1178-1235)《大學衍義》的話再加剖析：「天道」唯「知人君之道者可以知」(《粹抄》，1: 2甲)，而「天道甚明，不可欺也」，故「帝王所當尊者莫如天，所當從事者莫如敬。」(《粹抄》，1: 3甲)真德秀這段話的前半部又係中國人思維中慣用的有機類比，從天地君親的角度提升了古來帝王的地位，充分說明修辭學和儒家意識形態的互動。然而中段以下，似乎再蘊人神同形的況味，某個意義上亦可謂清初白晉《古今敬天鑑》書名和靈感的來源，幾乎更是當時耶穌會象徵論在華的理論基礎之一。王者雖尊雖貴，但天理昭彰，天威不能違逆，所以要「敬」，所以要「畏」。換句話說，〈達馬可利士之劍〉所教無他，正是《勵

---

126 賴炎元註譯：《春秋繁露今註今譯》，頁374。這點另參閱張鈞莉：〈王充天道觀析評〉，見林治平編：《歷史、文化與詮釋學──中原大學宗教學術研討會論文集》，頁220-221。

修一鑑》拈出的「敬威」觀念。

　　李九功在明末所以對真德秀另眼相待，利瑪竇的《天主實義》當居首功，因爲利氏書中不斷辯稱中國古典中的「天」或「上帝」均係「天主」之指(李編，1: 415-416)。此外，《文行粹抄》又引到真德秀另語，則更切近本章目前的關懷：「君德無愧，則天爲之喜，而祥瑞生焉。君德有厥，則天示之譴，而災異形焉。」(《粹抄》，1: 2乙)這段話想來亦受《春秋繁露》的影響，而方之前此之引，真德秀話中強調的依然是災異和天威的聯繫，是以應當尊天敬天。換成李九功的了解，真德秀的儒學當然要轉變成爲天學，也就是「天」必經天主教化而變成一愛憎分明的人格神：當其創生覆育，萬物雨露均霑；當其獎善罰惡，每令人「慄慄危懼」，甚至會像《羅馬人事蹟》指出來的「取人性命」(*GR*, 250)。李九功身後才刊行的《慎思錄》(1681)故謂：「生我存我皆此主，訓我誨我皆此主，蒞治我，賞罰我」，亦皆「此主」也[127]。

　　倘從儒家倫理的立場再看，李氏這裡的措辭恭敬謙卑至極，幾乎把天主的地位拉抬到了「生身父母」的高階。他大概不會反對江永〈西銘論〉推自〈西銘〉的一句話：「仁人事天，與孝子事親，一理也。」[128]天主的地位甚且猶在父母之上，變成是「父母中的父母」，亦即衛匡國等人筆下所謂的「大父母」。事情確實也是如此：對李九功而言，「斯尊親二義畢該」。因此之故，古來「君臣」大倫，李九功便棄如敝屣。他逕自將之拉下不說，還轉而讓「天我」的關係取而代之，重要性抑且無限上綱，結果連善惡的分際也要由天主的喜怒來定奪。《慎思錄》又說：「吾不識所謂『善』，但翕主旨者即『善』也。吾亦不

---

127 李九功：《慎思錄》，見《耶檔館》，9: 149。這裏有關李九功的討論——包括《慎思錄》之引——我亦受潘鳳娟的啓發，見所著《西來孔子艾儒略——更新變化的宗教會遇》，頁197-205。

128 江永：《善餘堂集》，〔頁5甲〕。

知所謂「惡」，但背主旨者即「惡」也。」有學者發覺李九功一生罕言君臣之義，當非無稽之談[129]。

就「天」而言，儒家和天學之異包括上述「人格」的框限有誤，因為天主教的神學向來就認為人非創世主，自然不能物化天主，更不能以受造物的位格加以局限。李久功既然能在後儒的典籍中覓得「敬威」之語，表示他對天主或上帝的力量熟悉不已，當然願意俯首稱臣，以主僕相稱。再就〈達馬可利士之劍〉而言，「位高心危」確屬俗義，雖然也是常人最容易聯想到的詮解，而《勵修一鑑》拒採，原因或在李九功深諳此一傳說在屬靈上的詮釋空間。至於中國典籍裡的「天」或「上帝」是否即天主教欽崇的天主，我想象徵論者特擅附會之學，明末基督徒絕不會視為問題，何況在這之外，李九功還認為兩者當真有別，顯係「語法」使然，實乃省文造成。若論內涵，「儒書上帝之稱，固明指天主」矣[130]。這一切果然如此明白，那麼從《書經》或《詩經》以降，儒家之言「天」或「上帝」者——對李氏而言——就都內含了〈達馬可利士之劍〉的神學意指。〈大雅‧大明〉所謂「小心翼翼，昭事上帝，聿懷多福」[131]，尤可在這種轉讀下變成〈達馬可利士之劍〉天學意蘊的華夏隱喻。

李九功是象徵論在晚明的先行者，《勵修一鑑》採擷〈達馬可利士之劍〉為例，故而殊義尤勝。此外，上引《文行粹抄》還用到張邦奇（1484-1544）《昭事錄》的自述，謂其家居常「畏天之威」，「我其夙夜」（《粹抄》，1: 3乙），則亦可強化〈達馬可利士之劍〉見引於李編的正當性。在李九功看來，張邦奇挪用《詩經》有其宗教意圖，而且是不言可喻，蓋張氏幾乎也是以史為證在述說「敬威」的必要，

---

129 李九功：《慎思錄》，在《耶檔館》，149及170；另見潘鳳娟：《西來孔子艾儒略——更新變化的宗教會遇》，頁202。

130 李九功：《慎思錄》，《耶檔館》，9: 148-149。

131 陳子展編：《詩經直解》，頁864。

而這不啻又是某種象徵，正可前導世人要存〈達馬可利士之劍〉的旨
要於心的教理。李九功交善於明末著名的天主教徒張賡，曾與之共訂
伯氏李九標記艾儒略與盧安德（Andreas Rudomina, C. 1594-C. 1632）二
人日講的《口鐸日抄》。張賡身爲教徒，當然明白〈達馬可利士之劍〉
的意涵。他又曾在教中擔任「昭事生」，也嘗以此爲號（《人物傳》，
1: 263），則其身分即使和張邦奇的書名無涉，必然也關乎上引〈大雅〉
中的詩句。易言之，他敬重「天威」，願意「昭事上帝」。《春秋繁
露》謂「王者配天」[132]，就耶穌會士而言，此非「王位」和「天主」
關係的儒家式呼應者何？如果王者有失，達馬可利士之劍落下，那可
真應驗了《論語・八佾篇》所謂「獲罪於天，無所禱也」的話（朱編，
頁76）。

　　或有人問：孔子不言生死，如此則以儒釋天，可乎？這個問題亦
如象徵論者於「天」或「上帝」的詮解，亦即對利瑪竇、李九功，甚
至是對張賡而言，殆非問題。《畸人十篇》的看法，我們甚而或可再
引焦竑答學生生死之問的話作解。焦氏認爲孔子雖然拒談鬼神，但早
有「朝聞道，夕死可矣」、「未知生，焉知死」或「原始反終」之語，
「故知死生之說」，「先師」亦「未嘗不言」，乃「學者自不察耳。」
連孔子都難以避談生死，則後世儒者又要如何能諱？他們每援引《詩
經》等墳典以強調王者「祭天」的重要，自然不敢輕忽超自然的力量。
《春秋繁露》甚至還立〈郊義〉與〈郊祭〉諸章以明之[133]。焦竑及
時人如楊起元（1547-1599）和劉宗周等，故而又認爲「悟道」的目的

---

132 這句話緊跟在賞罰與季節相應的論述之後，值得細玩。見賴炎元註譯：《春
　　秋繁露今註今譯》，頁325；另參較《粹抄》，1: 1甲。
133 以上見焦竑：《澹園集》，2: 731；賴炎元註譯：《春秋繁露今註今譯》，
　　頁374-376。另參見李杜：《中西哲學思想中的天道與上帝》（臺北：聯經
　　出版公司，1978），頁2-23。

就在出離生死，進而視同古來聖學的精義[134]。理學家眼中的「道」或「聖學」，自非天主教的「天學」，不過耶穌會士及其中國從者卻多認爲「天學」已涵括「道學」或「聖學」，所以以儒釋天原非矛盾，借而詮釋利瑪竇筆下的〈達馬可利士之劍〉，當然言之成理[135]。

　　達馬可利士原以爲升座爲王，有盛饌可享，有侍者代勞，有百官禮敬，則天下之樂畢集，當「大歡喜」。然而一旦察覺懸劍在上，生命危如累卵，所見世樂旋即化爲幻象，於是「四體戰動」，下座求去。此所以戴奧尼西斯有居上爲苦之嘆，而利瑪竇說罷故事，還因勢利導，幾句話就把王座再比爲人間，謂：「世如壙野，滿皆荆楚，何往不刺身焉？」（朱本，頁478）對利瑪竇來說，世間之所以令人有「刺身」之感，除了《羅馬人事蹟》早已指出來的人類「罪業」外，恐怕還因我們身後去向不定所致。天堂地獄原來不關人事，可是其中若有苦樂之別，那就由不得人不細繹身後行止，而這便關涉到〈善惡之報在身之後〉中的「善惡」二字。在人性論上，儒家力主性善，所以悟道總由光明面立論，《聖經》自〈創世紀〉開始就著墨有加的「誘惑」非其重點。然而天學每由性惡立說，認爲世途險滑，凡人若是難擋誘惑，則隨時可能墮入惡趣。天主教因此認爲，人世有如壙野，一念之

---

134 晚明理學家有關生死之見，呂妙芬有精論，見所著〈儒釋交融的聖人觀：從晚明儒家聖人與菩薩形象相似處及對生死議題的關注談起〉，《中央研究院近代史研究所集刊》，第32期（1999年12月），頁181-201。

135 儘管如此，我還是要指出儒家的生死觀和天主教仍有根本大異。只要一窺孔子迄董仲舒，甚至包括後來理學家的文本，我們會發覺孔門確實乏人能夠講出一套具體得有如《畸人十篇》裏的地獄與天堂說。《畸人十篇》中——其實就在〈善惡之報在身之後〉一篇裏——利瑪竇於天堂刻畫尤工（李編，1: 280-289），其中所寫的「六福」之地乃中國首見的西方天堂圖景，內涵「聖城」、「太平城」、「樂地」、「天鄉」、「定吉界」與「壽無疆山」諸境。有關西方歷代天堂的概念，可見傑佛瑞‧波頓‧羅素（Jeffrey Burton Russel）著，張瑞林譯：《天堂的歷史》（*A History of Heaven: The Signing Silence*）（臺北：新新聞文化公司，2001）一書。

間就可決定死後究竟「上天」或是「入地」。

「壙野」一說，利瑪竇曾用之於《畸人十篇》裡的〈空阱喻〉，並且在此將人世比諸「牢獄」，從而典射到《天主實義・暗獄喻》裡的「縲絏」說[136]。話說回來，「壙野」或「曠野」當爲《聖經》意象。〈瑪竇福音〉謂耶穌在約旦河邊受洗後，聖神隨即將祂「領往『曠野』，爲受魔鬼的試探」（4: 1，雙引號的強調爲我所加）。耶穌在此禁食四十晝夜，其後魔鬼又攜之到「一座極高的山上」，試以「世上一切的國度及其榮華」（4: 8）。這種描述若合以懸劍之喻，當真像極了眼前達馬可利士的處境：戴奧尼西斯讓他昇座爲王，有如站在「高山」之上，又讓他享盡人間富貴，不也是示之以「世上一切的國度及其榮華」，從而帶有「試探」的性質在焉？所幸達馬可利士畢竟慧根未斷，察得懸劍在上，是以他雖非耶穌，卻也知道生死問題難卜。如此則王者所擁有的「國度」及其「榮華」，最後當然會變成「虛空」一場。利瑪竇以喻再喻，句句俱關涉到教中聖典最富暗示性的經文，手法堪稱絕妙。〈達馬可利士之劍〉出自西洋古典，但其互文性之強卻也令人嘖嘖稱奇，在《畸人十篇》中還逼得龔道立不得不承認：「率四海之濱，皆苦」矣（李編，1: 220）。

我們會有超脫的想盼，當然是因爲人生以勞，人世爲苦。天堂地獄之說，因此出矣。前面引過孔子的話：「『德』不孤，必有鄰。」然而利瑪竇由〈達馬可利士之劍〉發展出來的看法卻是：「世態恒轉如輪，何『德』無罪？」（李編，1: 238，雙引號的強調爲我所加）所以天堂地獄的升墮，世俗之「德」不是唯一的決定因素。在此之外，利瑪竇另有隱情，李九功的《慎思錄》已經爲他解明：是「善」是「惡」，凡人不能自己決定，唯天主方可。〈善惡之報在身之後〉所論似此，

---

136 《畸人十篇》，在李編，1: 157-158；《天主實義》，在李編，1:561。另見本書第二章第二節，以及外一章第三節。

而利瑪竇又推衍及此，所見其實已「彷彿」猶太或喀爾文教派的「選民」或「命定說」（predestination），以爲「天上吉福，是乃大定不易」（同上頁）。世人正因庸碌，方如《聖經》所言而不知「己在天主所愛耶，所惡耶？」（李編，1: 237）他們真想知悉答案，一了自己在世吉凶之歸屬，就《畸人十篇》所演或就利瑪竇所推而言，恐怕要待「世事既畢」後天主的審判才行（同上頁）。

　　「審判」是《新約》的思想，然而將天主比諸懸劍，時時以性命裏脅世人，卻是《舊約》觀念的典型。〈達馬可利士之劍〉呈現的宗教思想，由是迥異儒家以「仁」爲「天心」的看法，更有違張載迄王夫之（1619-1692）一貫強調的「天人合一」[137]。換句話說，「和諧」在〈達馬可利士之劍〉裡並非天我關係的基調，其中的主軸反而是天主教通稱的——這裡權且借龐迪我《七克》的譯詞（李編，2: 775）——「上帝之威怒」（wrath of God），以及因此而形成的「畏天之威」或「敬畏天主」（fear of God）[138]。戴奧尼西斯的王座上垂懸劍，戴氏明白稱之「明威」，即具上述之意，因爲「威」者，「怒」也。《舊約》各卷，人類失德抗命比比皆是，天主輕則詬斥，重則擊殺。這類天譴一再重演，結果是天主「威怒」的形象愈益加重，而其「正義」所顯示者，某種意義上也變成龔道立所稱「四海之濱，皆苦」。龔氏此語甚是，蓋人一出生，原罪隨之，失德與抗命幾乎就是宿命。況且原罪之外，人類知識有限，還可能新造惡業，再拂天意。所以劍名「明威」除寓上述李九功業加儒化的「敬威」思想外，另又傳達了《舊約》

---

137 這方面的簡述，另見張岱年編：《中華思想大辭典》（長春：吉林人民出版社，1991），頁801-802。

138 有關「上帝之威怒」與「懼天之威」的申論，參見D. Martyn Lloyd-Jones, *The Plight of Man and the Power of God* (New York: Abingdon-Cokesbury Press,1943), pp.73-93；另參較Paul Ricoeur, *The Symbolism of Evil*, translated by Emerson Buchanan (Boston: Beacon Press, 1967), pp. 63-70。

典型的天主觀。就「果報」一點而論,這把劍甚至連《新約》中的審
判也已包舉其中,有如又在呼應《羅馬人事蹟》裡的劍喻。〈善惡之
報在身之後〉裡,利瑪竇曰:行善作惡,使人生前無報,亦「必待來
世天之主宰明威神鑑,按審無爽矣」(李編,1: 223)。所謂「明威神
鑑」,利氏應寓「上帝之威怒」。

現世裡人當不免於患,是以從天主教理看,世人要釋厄禳災,免
墮地獄,也唯有期諸智慧才可,此所以〈善惡之報在身之後〉一再引
述「聖人」或「智者」之言。不過這「言」之大者竟非中國人習見的
遁世,反而是以「忍」行世(李編,1: 219),說來有趣。如此斯多葛
式的思想,實肇端於天主的正義難拒,而這不啻又有如在說:〈達馬
可利士之劍〉所傳遞的智慧,恐怕也得由「敬畏天主」修起。「威」
字的意涵在前述之外,我曾暗示亦具天主不容挑戰的「權威」之意。
〈瑪竇福音〉中,魔鬼也嘗引耶穌測試神威,然而耶穌對此深有警惕,
反借〈申命記〉第六章第十六節的話強調這「權威」根本不容挑戰:
「你不可試探上主,你的天主。」(4: 7)耶穌這句話說得冷靜而堅決,
口吻有如戴奧尼西斯就懸劍所發的感喟。經中事與比喻的差別,唯達
馬可利士敢於昇座試探,也「欣然」接受試探。倘非「懸劍」或「上
帝之威怒」令他驚怵,這位人臣實有可能變成魔鬼試探的犧牲品。由
是再看,達馬可利士確實慧根未斷。他後天的智慧所出,從象徵的角
度衡之,正是「上帝之威怒」轉化而出的「敬畏天主」。

《聖經》中,「敬畏天主」乃老生常譚,撒羅滿的〈箴言〉早有
明訓:「敬畏上主是智慧的肇基,認識至聖者就是睿智。」[139] (9: 10)
類似的說法,〈箴言〉內還有不少(如1: 7, 1: 29, 2: 5, 3: 7, 31: 30),殆

---

139 Cf. F. W. Farrar, *Solomon: His Life and Time* (London: James Nisbet, n.d.), p.
60; and Bernard W. Anderson, *Understanding the Old Testament*, 3rd ed.
(Englewood Cliffs: Prentices-Hall, 1975), p. 534.

皆有如在預示〈達馬可利士之劍〉的意涵。我們由此反觀《勵修一鑑》，當會發現李九功以「敬威」解釋傳說，意思又加深了一層。「敬威」與「畏威」雖然二指，兩者其實是一，差別僅在心態上有主動與被動之分而已。日常語言中，我們甚至像〈箴言〉的中譯本一般，「敬畏」二字根本連用。由是三看，《勵修一鑑》裡李九功對於〈達馬可利士之劍〉的解讀，當然便會由主動的「敬威」再轉，化為被動的「畏威」，也顯示對基督徒而言，天我關係絕不可能像儒家的期待，更不可能建立在平等而和諧的基礎之上。〈箴言〉稍後，撒落滿嘗論人臣在君王前應有的態度，對達馬可利士而言，正如佛頭著糞：「你在君王前不可炫耀，不可佔有權貴的座位。」（25:6）話中的「君王」若可如《聖經》常見的比喻，作「天主」解，那麼撒羅落的警告恐怕在「預言」之外，另有「寓言」或「託喻」的成分，而且更深，更重。

利瑪竇在《畸人十篇》裡確曾強調過命定之說。然而嚴格說起來，他的吉凶之論實非猶太教或喀爾文那一套。上文論及這一點，我嘗以引號為「彷彿」二字設限，意即有所保留。吉凶既經天主審判而定，則利瑪竇所持乃本教的傳統。非特此也，他也為世人預留了一條可蒙神顧的康莊大道，亦即我們可以苦勞為自己在世之業贖罪，也可因堅忍故而上邀天寵。世人再若謙卑為懷，心存道心，當然就會戒除安逸，從而以茹苦為渡筏，變成〈山中聖訓〉所謂「神貧的人」（瑪5: 3）。人而如此，仁義當會加被其身，而這也正合〈山中聖訓〉所謂「真福八端」最後的一端。用利瑪竇的話譯來，這一端就是「為義被窘者乃真福，為其已得天上國也」（李編，1: 254；參瑪5: 3-12）。由是再看，則達馬可利士——甚至包括戴奧尼西斯——頭上所懸之劍就未必是禍，本身所蘊或所喻，在《新約》的傳統中反有可能就是「嚴主」以「苦」為「試探」的宗教常譚。世人過得了「試探」，苦海可能變福田。

儒門講安貧樂道，有簞食瓢飲之說。儒門之「道」，當和上述天

主教「道」有異有同。其中異者，龔道立和利瑪竇對話之前，想來聞所未聞。他在《畸人十篇》中故而時感訝異。耳聆利氏的〈達馬可利士之劍〉後，精神更是為之一振，有如已經領會了那真福八端最後的一端。龔氏繼而回應利氏的「道理」道：「施我貧賤憂患，鬱沒無聞，則我領其意，忻然取之。」（李編，1: 258）不過話說回來，〈達馬可利士之劍〉意涵深遠，互文的現象又層出不窮，還可警省後學，作基督徒行世的座右觀，則龔道立怎可能在聞後的霎時便窮盡機括，會其精義？他在〈善惡之報在身之後〉中講完自己的「安貧論述」後，難怪一臉詫然，只好唯唯，再三稱美利瑪竇的天主教「道」，謂之「中國未聞」之「奇範」，值得華夏衣冠法式云云（李編，1: 258）。

意識形態現象

龔道立所言其實不虛，據稱《畸人十篇》最令明代士子稱奇的一章，就是〈善惡之報在身之後〉（朱本，頁441）。有趣的是，龔道立和利瑪竇對談雖久，其後似乎仍未受洗入教。當時他果然改宗，變成基督徒，那麼在貧賤憂患這個「世苦」的救贖基礎上，其實大可為自己再添加兩種足以蒙主恩寵的天學至德，亦即上面我因〈伊索市舌〉及〈大漫與比帝亞〉推論而出的「慎默」與「友愛」。利瑪竇的天主觀緣自〈約伯傳〉，所以「默」乃天主不變的本體之一，世之「罕言」者也因此而法天有據，行世有準。對衛匡國而言，友誼的發展可以上溯自人類之始。因為人皆天主所造，所以天主可謂吾人的「大父母」。人類應該在其庇護下泯除夷夏之防，以「真交之本」善待彼此，或因友愛而榮登天界。〈達馬可利士之劍〉的意涵更深，可說已經觸及生命的本質，將天主教強調的天人關係盡情表出。這三則傳說聯繫甚強，李九功在諸說方出之際就以法眼照破。《勵修一鑑》凡分二卷，上卷的類目又細分為三，在在照應了上述天學三德，亦即「脩己」、

「愛人」與「敬主」[140]。本章合〈伊索市舌〉、〈大漫與比帝亞〉及
〈達馬可利士之劍〉併論，這是原因。

話再說回來，龔道立這裡雖然言之成理，卻也略顯樂觀。利瑪竇
暢談天堂與地獄的苦樂之後，嘗籲請龔氏「無疑」西土「聖經及聖人
醇言」（李編，1:248）。利氏所謂「聖經」，當指天主教那唯一的聖典
而言，而所謂「聖人」固然多為行走其中的賢達，就《畸人十篇》的
語境衡之，應該也含括伊索在內。在某個意義上，甚至也可指滿口天
主教道的「虐王」戴奧尼西斯。他尊口一開，世相本然就無所遁形，
於天道體察之深，顯然又非伊索這類聖人能及。至於衛匡國《述友篇》
裡的比帝亞與大漫，他們友愛至深，歷險彌篤益堅，當可側身西土聖
人之列，至少曾導其友道的畢達哥拉斯可以當之無愧。這些聖人未必
個個出現在〈善惡之報在身之後〉，然而龔道立一聞利瑪竇因戴奧尼
西斯的話引出來的道理，旋即「心思吾中國經書」與西土「經典相應
相證」，從而「信真聖人者，自西自東，自南自北，其致一耳」（李編，
1: 248-249）。宋儒陸象山(1139-1192)嘗有言曰：「東海有聖人出焉，
此心同也，此理同也。西海有聖人出焉，此心同也，此理同也。」[141]
龔道立的一席聞後感，其實有如從歷史實況在複述象山之見。

儘管如此，我們若揆度前面幾節的拙論，實情恐怕也不是如此單
純。僅就天學與儒門在世相本然上的認識而言，龔道立就只能以傳統

---

140 李九功：《勵脩一鑑》，在《三編》，1:437。此書上卷目次頁上的次序，
　　這裏我已稍加更動。至於此書下卷，其內容多半也可稱為證道故事，而且
　　多為靈異之屬，中外皆有。下卷未收於《三編》，抄本可於巴黎法國國家
　　圖書館見之，古朗氏編號為6878。相關研究見Erik Zürcher, "The Lord of
　　Heaven and the Demons: Strange Stories from a Late Ming Christian
　　Manuscript," in G. Naundorf, et al., eds., Religion und Philosophiein Asien
　　(Wurzburg: Konigshauaen and Neumann, 1985), pp. 357-376。

141 〔宋〕陸九淵：《象山全集》，《四部備要》版(臺北：臺灣中華書局，1981)，
　　卷36，頁3。

成見爲囿,他超越不了。本章所關懷者在「言道」、「友道」與「天道」,對於這三者,儒家固然有不少看法接近天主教,例如孔子有「木訥近仁」之說,而《論語》打一開書也談過如何待友。至於「敬天」與「事天」,更是儒家收編《詩》、《書》之後的話題,不乏可與天學互相發明的自然神學。然而一遇到基督信仰核心的天主觀,尤其是本體論,天儒之間往往便生齟齬,甚至「反目成仇」。例如儒家對語言的看法絕難和其友論掛勾,而孔門論交基本上也無涉天道。對儒者而言,「言道」、「友道」與「天道」因此是獨立的論述,多數情況下均可分別立說。然而在天主教徒的眼中,上述三者非但環勾釦結,抑且可由個人修養晉至人際的互動,最後上究天人之際,窮其奧妙。這三者因此是一體的三面,都會涉及「天主」爲何這類問題,開顯天主教義的根本。「言道」、「友道」與「天道」因此又猶如一「道」,而這便非任何儒者所能慮及。

不論利瑪竇或衛匡國,他們爲中國人開演天主教道之際,每以西洋「古人言行」爲例,多半又假希臘羅馬「傳說」爲證。本章伊始,我因此借蒲洛普指出:「傳說」往往神乎其「技」,搖擺在歷史與神話或事實與虛構之間。不過這裡我應該借蒲氏再進一言:傳說的傳述目的不在爲歷史或故事踵事增華,而是在反映人類的各種文化現象,故而多具「歷史意義」[142],不可以小道視之。

傳說當非史傳歌謠等有意之作,但就上述蒲洛普之見而言,實際上卻比史傳歌謠更像——還是引蒲氏的話說明——所謂「意識形態的現象」。本章舉以析論的的三條歐洲上古傳說,若就其結構方式而論,神話性恐怕高過一般歷史。有關伊索一條大有可能還是虛擬歷史而成,而〈大漫與比帝亞〉及〈達馬可利士之劍〉又戲劇化得近似虛構,和一般所謂「信史」迥然不同,傳播上所具的「目的性」因此不言可

---

142 Propp, *Theory and History of Folklore*, p. 51.

喻。正因這些故事都是僞史或野史，所以喻說的力量往往不輸信史。
撼人心弦者通常是戲劇，並非那波瀾不興的實錄。本章所論故事各有
主旨，合觀下又有其天主教義上的統一性，最後還可化爲天學或西學
和儒家對話的例證和利器，當然也有其宗教與文化政治上的意涵，所
以不免讓人再度思及前引蒲洛普的「意識形態的現象」，而揆諸伊索、
比帝亞、大漫、「的吾泥削」和達馬可利士頭上那把懸劍的內涵，我
不免也要向蒲氏說一聲：「高見信然！」

第六章

結論：詩與哲學的宿怨

再見「誤讀」

湯顯祖《牡丹亭》裡杜麗娘爲情而死，柳夢梅在梅花觀見其神位，驚慟不已，乃央人向郎中討來定魂湯藥，希望開墳後麗娘可以死而復生[1]。本書第二章提到吳震生和程瓊夫婦：他們批書至此，特地在《才子牡丹亭》裡點明醫藥的效用。爲了強調後一點，吳氏夫婦於〈訶藥〉一折的評語中又引到西學，道是「今西洋法，初年學辨是非之學，進一步則爲醫科」[2]，兩者都不可以小道輕之。讀者眼俊，應可判斷吳氏夫婦這裡所引乃艾儒略的名著《西學凡》。不過我們若加細案，則可能啞然失笑，因爲艾氏述「歐邏巴」人「初年」所學，實則並非《才子牡丹亭》所謂「辨是非」的「斐錄所費亞」（philosophia），其次也不是以「醫科」爲主的「默第濟納」（medicina），而是可以「闢諸學之大路」的「文科」（李編，1: 27及31-33）[3]。這一點本書首章論「勒

1　〔明〕湯顯祖：《牡丹亭》，見錢南揚校點：《湯顯祖戲曲集》，上冊（上海：古籍出版社，1978），頁384-386。

2　〔清〕阿傍（吳震生、程瓊）：《才子牡丹亭》（柏克萊加州大學圖書館藏影本），頁〔285〕。

3　《才子牡丹亭》這一折的批語又提到「斐錄所費亞」細而分之的「費西加」

鐸里加」時已加說明。明清之際，甚至到了雍乾年間，吳震生和程瓊都是評點家中的開明派。他們性好釋門與丹道，也不避乘桴東來的西學，第二章我曾就此續論利瑪竇的《天主實義》，蓋其中的「暗獄」一喻《才子牡丹亭》引來分毫不爽，吳氏夫婦抑且深諳利氏論證的邏輯。然而縱有眼界開闊若此，何以〈訶藥〉批語用到《西學凡》，提及西學的要目，吳氏夫婦就全然走了樣？「理科」或「醫科」他們熟知，何以獨獨對艾儒略置諸書首的「文科」視若無睹？

這些問題頗堪玩味，我不覺得是因吳氏夫婦筆誤所致。關鍵所在，似乎仍屬本書開卷所稱的態度問題。歐洲人可以精通器物象度或所謂「科技」，連是非之辨也可稱在行。然而談到雕龍一道，傳統中國士子總是以自我為中心，文化民族主義的心態強。於是中古以來歐洲的人文之盛非但在華灰飛煙滅，阮元一類的「疇人」之說還層出不窮。縱使不談阮元，也不談吳震生和程瓊，早年因學問淵博而崛起於晚明知識圈的錢謙益(1582-1664)也同樣識見淺陋。清初他致書黃宗羲(1610-1695)時，嘗有如下之說：「西人之教」可比「三峰之禪」與「楚人之詩」，乃國之「三妖」，而「三妖不除」，則「斯世必有陸沉魚爛之禍」[4]。

（續）———

(*physica*)與「默達費西加」(*metaphysica*)，曰：「西洋人言，『物』字為萬寔總名。著形之性，惟著形之事為好惡，而超形之性，以無形之事為好惡。無色形之物而欲以肉眼見之，猶欲以耳知味，可乎？……」見頁〔285-286〕）。《西學凡》的相關之說見李編，1:34-37。

4　〔清〕錢謙益致黃宗羲書，見黃著〈《南雷詩文集》附錄：交遊尺牘〉，在沈善洪主編：《黃宗羲全集》，第11冊（杭州：浙江古籍出版社，1993），頁389。另參較徐海松：《清初士人與西學》（北京：東方出版社，2000），頁284。再以康熙盛世的劉獻廷(1648-1695)為例。他在史上以音韻學著稱，乃傳統士子中少數學過拉丁文的人，全祖望(1705-1755)甚至稱其「囊括浩博」，學問「多得自大荒以外」。即使如此，在「泰西臘頂話」之外，劉氏所見的西學也不出天文曆算農政與一般器物。至於阮元、錢謙益與乾隆時代的《四庫》館臣等，就更不難想像了。劉獻廷的西學知識多見於所著《廣陽雜記》（北京：中華書局，1997）之中，例如頁98-99, 104, 118, 123, 141,

　　錢謙益此說尚可見於《列朝詩集小傳》，可見縈繞心頭的程度有
多深[5]。但是牧齋之見——至少就「西人之教」及其如影隨形的「西
人之書」而言——當然深具歷史諷意。蓋康熙之後，西學不行，學界
認爲正是近代中國積弱的遠因。話說回來，錢謙益等傳統士子固然世
界觀有限，現代學者於明末耶穌會證道故事所知也跳不出舊說的因
襲。證道故事源自歐洲中古的教會修辭學，其古典型如同本書所述，
包含寓言神話與傳說世說。由於當代論者面對是類故事之際，每茫然
於證道故事的緣起和使用上的本質，所以歐洲聖壇廣爲流傳的是類故
事——例如伊索式〈叼肉之犬〉——他們所知也僅止於「伊索寓言」
而已，不及其他。「弟阿熱搦」與「亞利斯弟」互相詰難的典型世說，
對他們而言無非又是「歷史軼事」便了。再以史景遷的《利瑪竇的記
憶之宮》爲例，書內就把普蘭紐德斯的《伊索傳》視爲〈伊索市舌〉
唯一的源頭，完全不顧此一古典傳說在中古證道故事集內的發展[6]。
性質近似的狀況，也曾出現在華人史家李弘琪的研究中。李著〈高一
志和他的《童幼教育》〉乃馬相伯在一九四〇年代的介紹之外，有關
高氏此書的第一篇研究專著，重要性不言而喻[7]。可惜李氏仍然失察，

（續）───────────────

211及頁217。

5　錢謙益撰，〔清〕錢陸燦編：《列朝詩集小傳》，丁集上〈譚解元元春〉，
　　在周駿富編：《明代傳記叢刊》（臺北：明文書局，1991），頁11-612云：
　　「天喪斯文，餘分閏位，竟陵之詩與西國之教、三峰之禪，旁午發作，並
　　爲孽于斯世，後有傳洪範五行者，固將大書特書著其事應，豈過論哉！」

6　Jonathan D. Spence, *The Memory Palace of Matteo Ricci* (London: Faber and
　　Faber, 1985), p. 141.

7　馬相伯：〈《童幼教育》跋〉，在〈馬相伯先生遺文抄〉，《上智編譯館
　　館刊》，第3卷第5期(1948年5月)，頁247。在注8李弘琪文之外，近年來注
　　意到《童幼教育》的另有Johan van Mechelen, "Alfonso Vagnone's *Tongyou
　　jiaoyu* (Instruction and Education of Children and Youth), a Christian
　　Complement to the Confucian Tradition of Education and Literary Instruction in
　　Late Ming China"，未刊稿，宣讀於「第七屆中國天主教傳教史——中國教
　　理講授史國際學術研討會」，台北：輔仁大學天主教史研究中心及魯汶大

不知中古證道故事的系譜中早有一堅強的世說傳統，從而因爲高著不乏「束格拉底」等人之名就遽下斷語，以爲書中所述的上古軼事殆出自高氏所受的「人文主義教育」（*studia humanitatis*），甚至「誤讀」者再，還把犬儒哲學家「的阿日尼」看成是三世紀時曾爲其作傳的希臘文傳家「迪莪吉倪」[8]。

這類「誤讀」的現象，我們如果略過證道故事不談，還可旁涉蘇源熙（Haun Saussy）等人對於明末耶穌會部分西學的誤解，以爲所載俱屬歐洲是時的實況。不過我要趕緊強調：本書興趣仍然在證道故事，所以蘇源熙等人的問題容後再談。就證道故事的「誤讀」而言，論其根源，我以爲現代學者所蹈或因專業囿限使然。以上述史、李二氏爲例，他們俱屬史家，中世紀和證道修辭有關的宗教文學非其所長，所以輕易就把馮京當馬涼，不知入華耶穌會的證道方法和文藝復興關涉有限，基本上乃證道藝術的明代流衍。

本書的研究目的之一，主要在匡正時謬，從文本分析的角度重審明末耶穌會借自西方古典的證道故事。我一再強調，耶穌會的傳教活動乃歐洲文學入華之始，希望我們的認識能夠竿頭再進。上文所謂耶穌會的「借用」，我指的尤屬書寫形式的修辭活動，淵源自歐洲中古的古典學問。質而言之，證道故事與伊索式寓言或一般神話傳說的聯繫，莫不與所謂「託喻讀法」或「託喻化」等「轉喻之學」有關，而

（續）────────────

　　學南懷仁文化協會主辦，2001年9月7-9日。此文頗有見地，不但指出《童幼教育》和普魯塔克《童幼教育論》（*De liberis educandis*）及朱熹《小學》之間可能的聯繫，而且直指高一志著書重點之一在「文學教化」。

8　李弘琪：〈高一志和他的《童幼教育》──明末耶穌會士有關倫理教育之中文著述研究之一〉，見鄭梁生、郭秋慶編：《中外關係史國際學術研討會論文集：思想與文化交流》（淡水：淡江大學歷史系，1989），頁109-122。楊揚：〈《伊索寓言》的明代譯義抄本──《況義》〉，《文獻》，第24期（1985），頁269中也有類似的「誤讀」。文中論及金尼閣所譯的〈三友〉時，楊氏居然有如下「逆時」的想像之論：「此篇系將伊索寓言改造成為反映中國封建王朝中人物關係的故事」。

世說性質的證道故事如「歷山王」的事蹟或「的阿日尼」的苦行，更屬天主教化後了的古典美德，宗教挪用與收編的意義重大。上述轉喻之學或挪用收編殆非出現在原來所屬的歐洲語境，而是發生於遠隔重洋的明末中國，具有越時跨洲的時代意義。

　　我們當然可以說晚明耶穌會士多屬器物文化的介紹者，不過他們為了傳教，在某種程度上也介入修辭學與詮釋學的活動，而且矻矻專心，數十載於茲猶樂此不疲。他們的努力同時證明了各自多半可用中國人所謂「文人學士」一詞稱之，亦符合他們時以自居的「西士」或「西儒」的身分。晚明悠悠歲月垂八十載，耶穌會士此時所傳的證道文學何止車載斗量。他們挪用西洋古典型證道故事的方法，我前此析論已多，本章中我擬借為全書結語而試予再論的是：在此之外，他們又如何看待自己多半以筆代口傳下來的是類故事？

省略荷馬

　　上一問題的答案，當然攸關入華耶穌會士的文學觀，而欲審其然，我們最好由利瑪竇的《二十五言》再行談起。其中有文字內涵微妙，學界迄今罕察。《二十五言》譯寫自伊比推圖的《手冊》，而眾所周知，後書係講堂剳記，乃伊氏弟子整理而成。書中顯示，伊比推圖以為知識之重要者非具實用價值不可，而為了強調這一點，他在書中特地凸顯希臘哲學家克里斯普士（Chrisyppus, *c.* 280-207 BCE），拿他反襯史詩詩人荷馬[9]。然而一六〇四年利瑪竇把伊比推圖這段話迻為中文時，卻改寫了「克里斯普士」之名，逕自易以「儒」和「《易》」這兩個中國固有的名詞。「儒」的意蘊我們可以不論，而《易》係六

---

9 Epictetus, *Encheiridion*, 49, in W. A. Oldfather, trans., *Epictetus*, vol II（Cambridge: Harvard University Press, 1996）, pp. 532-535。

經之一，當然也是儒家的墳典。是以利瑪竇所「譯」或「易」，耶穌會傳統中合儒的策略彰明。不過細究其實，我看此事另有蹊蹺，因爲《手冊》中原有的「荷馬」一名，利瑪竇同樣予以隱喻化，易之以中文的「優伶」與「樂府」（李編，1: 346）[10]。利氏如此「翻譯」固可對照「儒」、「《易》」，在文本中收修辭之效，不過在明朝的語境或就利瑪竇個人的用法而言，「優伶」與「樂府」仍具殊義，值得細剖。

中國文學的傳統裡，「樂府」倘指文類，尤指盛行於漢世的民歌。利瑪竇之世，宋人郭茂倩的《樂府詩集》早已問世，這點利氏應不陌生。不過史柏拉丁（Christopher A. Spalatin）英譯利瑪竇的「樂府」之際，卻不從傳統之見，反以「戲文」（the text of drama）對之[11]。明清兩代，「樂府」確實偶作「戲曲」的別稱，清代史家談遷（1594-1657）即用以稱呼高明（1305-？）的《琵琶記》[12]。史柏拉丁的英譯不以「樂府」爲「文類」，因此有深意。在西學東漸這個學術領域裡，史氏的《論利瑪竇與伊比推圖的關係》（*Matteo Ricci's Use of Epictetus*）係《二十五言》首部——也是迄今最爲深刻的——研究。他的改譯，故而不可能是誤讀所致。由於「戲文」之前利瑪竇的原文是「優伶」，可見接下來的史譯乃從利氏的語境著手，係自修辭的角度詳予再審。「優伶」多數並非「曲家」，若和之以「戲曲」，確實有失原文的修辭本意。所以史柏拉丁的「戲文」一解洞見別具，我們不必再加詰問。這

10　這裡我要特別強調一點：由於入替「克里斯普士」和「荷馬」的中文修辭用意顯然，所以我並不覺得利氏係因兩人在中國沒沒無聞而在《二十五言》中「姑隱其名」。

11　Christopher A. Spalatin, S.J., *Matteo Ricci's Use of Epictetus* (Waegwan: Pontificia Univesitas Gregoriana, 1975), p. 46.

12　〔清〕談遷：《北遊錄》（北京：中華書局，1997），頁330。不過在標點上，這裡我從吳晗〈談遷和《國榷》〉一文所用。吳文附錄於《北遊錄》，見頁440。

裡令人較感困惑的，依然是利瑪竇的原文。

　　荷馬乃西方萬世文學的開創者，歐洲上古以來廣受景仰，程度不輸孔子或《易經》在中國人心目中的地位，何以利瑪竇二話不說，在《二十五言》中輕易就把他比為「優伶」，又把《伊里亞德》或《奧德賽》等史詩「曲解」或「曲介」為——這裡且用史柏拉丁的譯詮——「戲文」？相較於先世，晚明社會風氣確實開放許多，戲曲的地位提高了不少。然而方諸一般儒生或社會清流的價值觀，「優伶」或「戲文」在當時或前後，似乎仍非今人想像的那般崇高[13]。王圻（1530-1615）《續文獻通考》列《琵琶記》於藝文類，前及談遷頗不以為然，抨之「謬甚」[14]。李漁生當利瑪竇謝世後一年，行事向來左違儒家的傳統，入清後曾棄舉業而營戲班，時人以徘優目之，亦不無貶抑之意。而葉盛生當利氏之前百餘年，《水東日記》更譏刺時人以「百態誣飾，作為戲劇」，馴至皁白不分[15]。再據利瑪竇的觀察，明

13　余英時曾因湯顯祖及李漁(1611-1679)生前都參與過戲曲的創作，又因明人葉盛(1420-1474)《水東日記》提及當時劇風之盛，更因劉獻廷《廣陽雜記》對戲曲小說大有頌揚之意，從而認為明清之際說部的地位已非從前，而是「開始了全新的一章」。見余英時著，巫仁恕譯：〈明清變遷時期社會與文化的轉變〉，在余英時等著：《中國歷史轉型時期的知識分子》（臺北：聯經出版公司，1992），頁40-42。然而余氏沒注意到的是，葉盛筆下的「盛況」實如下文所指，乃以反諷的口吻出之，寓有鄙夷之意。即使劉獻廷將戲曲小說「人情化」，識見確實高人一等，《廣陽雜記》也感嘆時儒壅塞而「百計禁止遏抑」之，可見輿情之一般。《廣陽雜記》接下來的一段記錄，幾乎也在呼應下文我馬上會引到的利瑪竇第一手的「北京見聞」：「余嘗與韓圖麟論今世之戲文小說，圖老以為敗壞人心，莫此為甚，最宜嚴禁者。」以上劉獻廷文，見《北遊錄》，頁106-107。此外，〔清〕王士禎（1634-1711）：《古夫于亭雜錄》（北京：中華書局，1988），頁87亦有「詞曲非小道」一條，但詳觀內容，實則亦因歷來多視這兩種文類為「小道」而有不平之鳴，可為上文之補充。

14　這點注12所引吳晗的〈談遷和《國榷》〉一文同頁即有申論，謂「談遷對明代史事雖然十分重視，……但對小說戲曲，卻非常輕視。」

15　〔明〕葉盛：《水東日記》（臺北：漢京文化公司，1984），頁213-214。有關李漁生平及其時的社會風氣，可參考下面二書：Chun-shu Chang and Shelley

末中國賢達對伶人或戲曲的態度更爲苛刻。《中國傳教史》嘗謂:「是時梨園優師每出資購買青樓女子,再授以歌唱演戲和舞藝,使其形同金山銀山」,而「社會中行爲之不檢者,莫過於徘優,社會每亦輕之最甚。」(*FR*, 1: 33-34) [16] 在這種大環境下,《二十五言》視「荷馬」爲「優伶」,又將他的「史詩」比同「戲文」,本身即屬借代式的嘲諷,益可見利瑪竇執筆中譯之際,對「西方萬世文學的鼻祖」所持絕非正面的態度。

荷馬在《二十五言》中的「不見」,或許肇因於希臘人的淫祀之風,猶如馬若瑟在《天學總論》中的暗示 [17]。不過在二詳這點之前,或許有人會問道:以利瑪竇代表晚明耶穌會士的荷馬觀,是否犯了以偏概全的毛病?此一問題的答案,這裡且先按下不表,因爲明末另有一例顯示耶穌會士對荷馬的態度有所保留。這個例子的重要性,不輸利瑪竇的《二十五言》。

會士二度省略「荷馬」之名,事見高一志《達道紀言》中有關亞歷山大大帝的一條世說:「歷山得最寶匣,即用以藏名士之詩。」(《三編》,2: 668)倘據普魯塔克的《希臘羅馬名人傳》,高一志這裡所謂「名士」,在希臘史上應指荷馬,而句中的「詩」無他,亦《伊里亞德》是也。高一志的敘述所談,其實是世傳「巾箱本」(casket copy)《伊里亞德》的起源。此本之評注者,史上咸信就是「歷山王」的受業恩師亞里士多德(*LS*, 2: 144) [18]。言歸正傳,高一志的世說同時也顯

(續)————

Hsueh-lun Chang, *Crisis and Transformation in Seventeenth Century China: Society, Culture and Modernity in Li Yu's World* (Ann Arbor: University of Michigan Press, 1992); and Patrick Hanan, *The Invention of Li Yu* (Cambridge: Harvard University Press, 1988)。

16 明代青樓女子兼爲勾闌的情形不少,詳見王安祈:《明代傳奇之劇場及其藝術》(臺北:臺灣學生書局,1986),頁88-94。

17 參見本書第四章第四節。

18 另見Rudolf Pfeiffer, *History of Classical Scholarship: From the Beginning to the*

示，他下筆一遇「荷馬」，若非模糊其人，就是省略其名，所循似乎
又回到廿四年前利瑪竇的老路了。高一志所爲還不僅止乎此，「歷山
王」的世說隨後又把希臘原文裡可能頌揚有加的荷馬史詩易爲廣義的
「書」，至此又是不著史詩之名。高氏的故事還有下半段，謂：「書
至寶，宜以寶匱珍之。」（同上頁）在《達道紀言》的中文轉述裡，史
詩顯然已遭淡化，而荷馬在中國晚明也二度見貶了。

　　高一志對於荷馬的看法，可謂確認了利瑪竇以來耶穌會的傳統之
見。此外，如就亞里士多德在《詩學》（Poetics）中每以「詩」（póiēma）
指稱我們今日所謂「文學」而言 [19]，我們或可謂高一志上引的世說也
暗示：對明末入華耶穌會士來說，「書」同樣是「文學」的代稱。耶
穌會士苦心孤詣，在明末殷殷以「書」垂教，所以楊廷筠（1557-1621）
《代疑篇》中有「書教」之說（吳編，頁542）。楊氏還知道會士重書，
萬曆年間嘗著金尼閣買棹西返，攜歐籍七千來歸（吳編，頁544-545）
[20]，因而又許之爲「大地之英華，人心之精蘊，非聖不作，非賢不通」
（吳編，頁541）。綜觀楊氏所稱之「書」，內容不僅有「禮義之書」，
也包括「養性窮理」之作，甚至還有艾儒略統稱爲「文科」的「詩賦
詞章」等今人狹義所指的「文學」（吳編，頁541-543）。中國古人的
觀念中，「文學」意涵甚廣，一切典章，莫不含括在內 [21]。耶穌會士

（續）──────────────────────────────

　　　End of the Hellenistic Age（Oxford: Oxford University Press, 1968）, pp. 71-72。

19　See Leon Golden and O. B. Hardison, Jr., *Aristotle's Poetics: A Translation and
　　Commentary for Students of Literature*（Tallahassee: Florida State University
　　Press, 1981）, p. 63. Cf. Stephen Halliwell, *The Poetics of Aristotle: Translation
　　and Commentary*（Chapel Hill: University of North Carolina Press, 1987）, pp.
　　69-73; and Hippocrates G. Apostle, et al., trans., *Aristotle's Poetics*（Grinnell:
　　The Peripatetic Press, 1990）, p. 42.

20　此事經過，見方豪：〈明季西書七千部流入中國考〉，在《自定稿》，2:39-53。

21　且不談中國歷代於「文學」二字的歧見，光就高一志：《童幼教育》中〈文
　　學〉一章而言，所指即非今人意中的「文藝之學」，而幾乎是各種「實學」
　　彙合而成的「文明」之指。見，在《徐家匯》，1: 350-360。

以「書」代之,或許這是主因。不過更重要的是:他們所傳之「書」
倘就其主觀論斷而言,俱含天主無上之奧義,一可表露世相天心[22],
二則呈顯出心目中文學的內容。由是再看,則我在本書首章再三言及
的「書籍布道法」──亦即所謂「書教」──似乎便又帶有一層新意
了,合乎我研究明末耶穌會文學的一貫前提:正如「證道故事」乃「歐
洲中世紀文學」這個大範疇的一環,入華耶穌會士所用同類故事也只
能見諸他們在晚明所著之「書」或──在這個語境中──今天中國人
籠統所稱的「文學」。如其如此,那麼會士對「書」的一般看法,當
然就會變成其人對證道故事的本質之見。

所謂「本質」,一言以蔽之,指柏拉圖式的文學觀而言。我在第
四章說過,自古以來,天主教和荷馬的關係似解還結,糾纏至深。馬
唐納(Dennis Ronald MacDonald)甚至舉聖奧古斯丁為例道:即使崇
高如奧氏,也「難以將荷馬」從自己的「『上帝之城』驅逐出去」[23]。
儘管如此,類此事件卻不曾發生在柏拉圖身上。《理想國》從未寬待
過荷馬,就如晚明耶穌會士也不曾假以辭色。《理想國》第二和第三
卷中,蘇格拉底還振振有辭,力主將荷馬「踢出」柏拉圖所繪的烏托
邦。此事又是眾所皆知,然而這裡我特別著墨,並將柏拉圖與晚明耶
穌會士並置而論,實屬有感而發。利瑪竇、龐迪我和高一志都熟悉柏
拉圖,也熟讀《理想國》,各自的著作中多所反映。是以在某一意義

---

22 早期耶穌會士所傳的著作多見於李之藻編的《天學初函》。其中有關天文
   曆算的「器編」之作,在我曾指出來的士林神學意涵之外,有學者也認為
   這些書在天主教宇宙論上有其殊義,見呂明濤、宋鳳娣:〈《天學初函》
   所折射出的文化靈光及其歷史命運〉,《中國典籍與文化》,第4期(2002),
   頁105-112。

23 Dennis Ronald MacDonald, *Christianizing Homer: "The Odyssey," Plato, and
   "The Acts of Andrew"* (Oxford: Oxford University Press, 1994), p. 20. Also cf.
   Hugo Rahner, S.J., *Greek Myths and Christian Mystery* (New York: Harper and
   Row, 1963), pp. 281-386.

上，他們的「柏拉圖主義」和耶穌會的證道故事觀當然關聯至鉅。下面引高一志《童幼教育》裡的一段話，為上文的強調再進一解：

> 古學名宗罷辣多（案即柏拉圖）治國妙術，凡著述正道之書，必重酬之。著述非道之書，必嚴罰之。蓋以有益於國家者，莫如善書，而反害於國家者，莫如邪書也。國家遭亂，則善書具其所以具之美法。國家得道，則善書備其所以存之制度也。故從古謂正書者，道德之場也，義理之庫也，聖賢之鑑也，度世之指南也，淳風之市肆也，患難之藥石也。（《徐家匯》，1: 362-363）

高一志為柏拉圖的「書」或「文學」觀所作的解釋，倘從宗教混成說的角度看，則可能和稍早的新柏拉圖主義者如費其諾（Marsilio Ficino, 1433-1499）或皮科（Pico della Mirandola, 1463-1494）有關。這一點雖然有待證實[24]，不過費其諾等人一向用天主教義譯解柏拉圖，甚至因此而把《伊安篇》（*Ion*）與《斐德若篇》（*Phaedurs*）內的靈感說給合法化[25]，則「書」或「文學」若宜於天主正道之闡發，耶穌會士可能也不會拒之於門外。費其諾等人的新柏拉圖主義係文藝復興時代天主教人文主義的一環，但倘就柏拉圖思想的中世紀一面衡之，我倒覺

24　費其諾和皮科乃師徒，前者部分的著作可見於北堂圖書館的藏書中。費著若為金尼閣攜來，那麼在中西文化交流史上的意義就值得再談了。見H. Verhaeren, C.M., ed., *Catalogue de la Bibliothèque du Pè-Tang* (Beijing: Imprimerie des Lazaristes, 1949), 466:1603。

25　參見M. M. Mahood, *Poetry and Humanism* (Southampton: The Camelot Press, 1950), pp. 18-20。《伊昂篇》與《費卓篇》俱見*PCD,* 216-228及476-527。本章有關《伊安篇》與《斐德若篇》的中譯，我參考了朱光潛譯：《柏拉圖文藝對話錄》（臺北：蒲公英出版社，1983重印），頁29-52及頁141-236裡的譯文。

得有一點更加顯然，亦即上引高氏所稱柏拉圖之「國」至少包含了三層交互指涉的文本意蘊。首先是傳記性的，指柏拉圖在紀元前三六一年二度往遊西西里時，戴奧尼西斯二世（Dionysius II）曾答應贈予的土地和人民。在此，柏拉圖一度想推行其「共和國之道」或高一志所稱的「治國妙術」（*LEP*, 3.2.1）。其次指柏書《理想國》中那個假托之「國」，亦即純就閱讀傳承而來的認識。最後——也是我覺得最有可能——的意蘊是：這個「國」乃高一志冶《理想國》與柏氏傳記於一爐所形成的現實與虛構交錯之「國」[26]。

我之所以有後一愚見，原因在高一志正式將《理想國》引介入華前，這本書早就名列歐洲耶穌會書院必讀的書單上了[27]。「罷辣多」在《童幼教育》中辯護者，因此極有可能就是柏拉圖借乃師之口在《理想國》中力挺者。其時荷馬的地位岌岌可危，已經快讓蘇格拉底給踢出共和國了。柏拉圖之所以要驅逐荷馬，一大原因馬若瑟——尤其是利瑪竇——已經明陳或暗示，乃史詩於奧林帕斯諸神再現有誤，把他們唱得既邪且惡，而且還會誑人騙人，簡直把「神」當「人」看[28]。這個說法《中國傳教史》毫不諱言，利瑪竇於此非但再度省略荷馬之名，而且逕自又以葡萄牙文裡複數形的古典「詩人」（*poetas*）稱「之」。意思是凡屬「詩

26　參見高氏另著《民治西學》（北京：西什庫，1935），頁16乙中的同一用法。亦請參較高著《齊家西學》，在《徐家匯》，2: 578。此書現代版所據為一抄本，原藏北堂圖書館，成書年代則待考。詳情見《人物傳》，1: 154。

27　See Caecilius Gomes Rodeles, et al., eds., *Monumenta Paedagogica Societatis Iesu quae primam rationem studiorum anno 1586 editian praecessere* (Madrid: n.p., 1901), pp. 168-171.

28　Plato, *The Republic*, 376d-393c, in *PCD*, pp. 623-630. 下引《理想國》內文的中譯，我參考了侯健譯：《柏拉圖理想國》（臺北：聯經出版公司，1980）一書。本章有關《理想國》的分卷方式，我亦從侯譯本分之。侯氏所據乃 Benjamin Jowett, trans., *The Dialogues of Plato* (Oxford: Oxford University Press, 1924)。此外，他也參考了 Francis MacDonald Cornford, trans., *The Republic of Plato* (Oxford: At the Clarendon Press, 1941) 等書。詳見其譯本之〈譯者序〉，頁11。

人」，都希望能得「諸神之助，以作亂行惡」(*FR*, 2: 218)[29]。

利瑪竇對詩人或對荷馬的責難，表明他的立場和柏拉圖一樣，對「神靈附體」這類的文學起源說敬謝不敏。《伊安篇》裡，蘇格拉底明白表示，詩人解說荷馬非憑「技藝」(*tekhnê*)，而是「靈感」召喚使然，有如巫師舞蹈也因「迷狂」(*mania*)所致(533d-534b)。《斐德若篇》講得更清楚：「靈感」的具體表現就是史詩開頭的「呼神式」，是詩人對繆思女神(Muses)的「呼請」(237a)。靈感因此是一種神聖的瘋狂，而費其諾等人一旦如此天主教化，文藝復興人文主義者也就不必以亂象視之。儘管如此，利瑪竇所見顯然和時人大相逕庭。他的立場趨近柏拉圖本人，對史詩詩人的批評因此堅定而明確，認為他們根本處於精神上的散亂之尤，所吟所唱故而非因理智形成。荷馬如此，奧維德專事諸神的「邪行」，想來更是如此。《中國傳教史》裡「詩人」一詞用複數形，不是無的放矢：利瑪竇連撰寫《變形記》的羅馬詩家也沒有放過。

靈感造下來的文學惡果，乃眾神淫惡，而史詩形容英雄人物慣用的「似神」(god-like)一詞，因而就帶有某種「人格」一般的諧諷。由於「人神同形」已涉道德的問題，柏拉圖故而以「亂」目之。他就此所做的討論仍然集中在《理想國》卷二和卷三。其中蘇格拉底主要的關懷是童幼教育，而人心係其重點之一。蘇氏首議史詩「亂言」，童幼不可受到影響。循此觀點，我們可以想像他接下來順理成章就會提到書籍檢查這類攸關道德人心的政治文化舉措。書籍之所以需要檢

29　此外，我也了解在柏拉圖之前甚久，荷馬即經冉若芬(Xenophanes, b. *c.* 570)撻伐，理由亦屬道德問題。儘管如此，由於柏拉圖之名在晚明耶穌會士著作中出現的頻率頗高，我相信本章把重點放在柏氏思想上應屬正確。冉若芬從泛神論與人神同形論的角度攻擊荷馬，認為他和賀西德講的故事都會敗人德行。這方面的討論見Michael Murrin, *The Allegorical Epic: Essays in Its Rise and Decline* (Chicago: University of Chicago Press, 1980), pp. 8-10 and p. 207n19。

查，當然是爲了防止《理想國》所稱的「壞榜樣」出現，以免戕害童
幼身心。類此書檢的制度，明清間耶穌會士代代沿用，高一志的《民
治西學》還以隱喻的方式將其源流回溯到柏拉圖，可見重視的程度[30]。

　　柏拉圖當時，希臘人的文學教育少不了荷馬或神話故事。這點《理
想國》言之甚詳。柏氏提倡書檢故有時局上的考量，目的在防微杜漸，
不全然從理想願景的描繪出發。《理想國》中，蘇格拉底深知寓教於
樂的重要，其實並不排斥童幼教育始於文學或故事講述的希臘傳統。
然而他所謂「文學」或「故事」，說來卻是「音樂教育」的一環。希
臘人的「音樂」(mousikē)不僅攸關聲律，也包括「話語」(logos)的
講求。不論史詩或抒情詩，也不論戲劇或頌歌，因爲都由聲律和話語
組成，當然可以「音樂」籠統稱之。此或所以《二十五言》裡，利瑪
竇以中文「樂府」入替「史詩」[31]。蘇格拉底的立場既然攸關教育，
《理想國》乃從道德的角度就理論分析「音樂」中的「故事」。他說
「故事」可以二分，「一種是真實的，一種則是虛假的」(376e)。這
裡我們要特別注意的是：蘇格拉底所稱「真實」的「故事」不一定指
「報導」而言，強調的亦非類如中國史學所重的「實錄」，而他所謂
「虛假」之作當然也不一定在道理上都屬子虛烏有。傳統上稱爲「寓
言」的「故事」，因爲隱含大量的真理，所以對蘇格拉底來講，童幼
教育也不妨沿用。換言之，在蘇氏或柏拉圖的論證背後，有一賈格
(Werner Jaeger)所謂「詩與哲學的原則性大異」，關乎《理想國》對

30　見頁10甲。另參見FR, 2: 239，或Robin Barrow, *Plato, Utilitarianism and
　　Education* (London: Routledge and Kegan Paul, 1975), pp. 110ff。

31　有一派《理想國》的論者看法更廣義，以爲凡屬繆思所支持的活動，柏拉
　　圖都以「音樂」統稱，所以包括各種性質的詩歌，以及舞蹈、天文學與歷
　　史等等。簡言之，「音樂」涵括多數今天所謂「自由民教育的科目」(liberal
　　arts)。見Nicolas Pappas, *Plato and the "Republic"* (London: Routledge, 1995),
　　p. 65。

教育的看法[32]。

　　「詩」與「哲學」之異，賈格其實引自《理想國》（607b）。柏拉圖的「詩」多指「史詩」或一般「神話故事」，至於「寓言」或其他可以轉化成類似意義的神話、傳說與歷史軼事等，因爲也是真理的媒介，故而既屬「詩」，也可納入「哲學」的名下。對高一志等耶穌會士而言，這類故事正是上引《童幼教育》裡所稱「正書」的部分內容，真理之外，每蘊強烈的道德正確性。故事倘爲類此之屬，《理想國》中的蘇格拉底說講起來都會遵循某種「一般的套式」，不會「走入偏鋒」，而且還可說得「恰如其分」（379a）。一言以蔽之，《理想國》認爲講故事的先決條件是說者要能控制自己，不使神靈附體，免致精神錯亂。唯有如此道來，故事才能爲真理或真相服務，甚至可藉以建立統治者希求的社會價值或道德倫理[33]。這種「真實的故事」，高一志曾予以隱喻化，變成上引《童幼教育》裡所謂「道德之場」或「聖賢之鑑」，不但可以救人，還可濟世。

　　荷馬之所以見棄於《理想國》，原因另又包括詩人專事撒謊。柏拉圖認定性質如此的詩，遠非真理或道德的技藝。《理想國》相關章節稍早，蘇格拉底還曾就此詳陳細剖（例如377a）。不過詩人之爲撒謊者，我以爲仍然和柏拉圖著稱於世的三度隔離說關係較大。此說見於《理想國》第七和第十卷，是柏拉圖文學思想的根本。這一點，高一志的著作中雖不曾明白交代，然而並不表示明末耶穌會士懵然。如前所述，文藝復興和早期天主教的人文主義者早已冶信仰與柏拉圖思想

32　Werner Jaeger, *Paideia: The Ideas of Greek Culture*, trans. Gilbert Highet, vol 2 （New York: Oxford University Press, 1971），pp. 212-213. 有關「音樂」在古希臘的意涵的討論，亦可見此書頁211及頁224-225。

33　這方面較完整的研究，見Julius A. Elias, *Plato's Defense of Poetry* （Albany: State University of New York Press, 1984），pp. 208-238。

於一爐[34]。以利瑪竇的《天主實義》爲例,上文或第二章提到的〈暗獄喻〉,就是用證道故事爲比,換個方式暗示耶穌會對於柏拉圖的認識,尤指會士體認到的「模仿」觀而言。

從《理想國》關心的哲學的角度看,模仿涉及本體與現象之別,亦即涉及柏拉圖所謂「觀念」(*eidos*)和「仿象」之間的對立。這點萬曆年間利瑪竇在《天主實義》裡已借「意」字預爲申說:「『意』非有體之類,乃心之用耳。」(李編,1: 523)[35] 這裡所謂「意」,乃「觀念」的意譯。到了天啓年間,畢方濟偕徐光啓譯《靈言蠡勺》,則將之改爲音譯,也就是把「觀念」自其拉丁文迻爲「意得亞」(*idea*)。畢、徐二氏繼之又以「物像製作規模」爲之作解,並將柏拉圖的概念天主教化。《靈言蠡勺》故有言曰:「天主所已造之物與所未造而能造之物,盡有其物之『意得亞』」,而這「意得亞」還「具存於己人之亞尼瑪。」(李編,2: 1222)總之,「意」或「意得亞」在明末耶穌會士的詮解中都是自立者;人間萬物係依之而受造,或謂人間萬物實爲其「仿象」。

從文學的角度看,模仿論當然涉及本質及其再現的問題。根據高辛勇的看法,中國人的話語理論向來都繞著「言意之辨」轉,故此在史學上的紀事與六朝文論裡的賦形觀外,史上難得有人論及現實及其再現的問題[36]。高辛勇的看法雖嫌武斷,因爲這裡所謂「現實」的內涵他並未釐清,不過我們倘從形而上的角度試窺其間,則高辛勇所言應該離事實不遠。職是之故,利瑪竇和明僧三淮(1545-1608)在萬曆年

---

34 這一點可以再參考Elizabeth Bieman, *Plato Baptized: Towards the Interpretation of Spenser's Mimetic Fictions* (Toronto: University of Toronto Press, 1988), pp. 115-133。

35 這裡所論柏拉圖的「觀念論」,我頗受下文的啓發:張西平:〈明清間西方靈魂論在中國的傳播〉,《文化雜誌》,第50期(2004年春),頁65。

36 高辛勇:《修辭學與閱讀理論》(北京:北京大學出版社,1997),頁20。

間的一場辯論便值得我們再加推敲：今人眾議僉同的柏拉圖三度隔離
說早已深寓於其中的隱喻裡。三淮亦名三槐或三懷，學界多以雪浪洪
恩稱之，和錢謙益所不值的「三峰之禪」有間接的淵源[37]。一五九九
年利瑪竇二訪南京時，當地大理寺卿李汝楨嘗安排利氏和三淮在府內
論道。然而兩人一言不合，方才見面即就世相本然展開犀利的攻防[38]。
三淮乃晚明唯識學復興的功臣，不過沈德符《萬曆野獲編》卻評其「不
禪不宗，而欲又兼有禪宗之美」[39]。所以和利瑪竇問答之際，三淮所使
盡屬機鋒，宇宙萬象無不攝乎一心，甚至包括灼然可見的天體在內[40]。
利瑪竇則反其道而行，舉以攻擊者幾乎都是某種變形的「實在論」
（realism），柏拉圖的色彩勝過亞里士多德。下引利氏回答三淮話中的
比喻，在我看來就是單刀直入在談柏拉圖式模仿的問題：「如果我在
一面鏡子裡看到太陽或月亮的倒影，……我能簡單的就說太陽或月亮
乃這面鏡子所造嗎？」[41]（*FR*, 2: 314-315）

---

37 「三峰之禪」的代表人物為漢月法藏(1573-1635)，他在法嗣臨濟宗的密雲
　　圓悟(1566-1642)之前，和憨山德清(1546-1623)及其門下時相往還，而憨山
　　正是啓發三淮禪風的叢林宿尊之一，情同手足。參見連瑞枝：〈漢月法藏
　　(1573-1635)與晚明三峰宗派的建立〉，《中華佛學報》，第9期(1996年7
　　月)，頁173-174；以及廖肇亨：〈雪浪洪恩初探〉，《漢學研究》，第14
　　卷第2期(1996年12月)，頁44。

38 羅光：《利瑪竇傳》(新莊：輔仁大學出版社，1982)，頁100-101。另見顧
　　衛民：《中國天主教編年史》(上海：上海書店出版社，2003)，頁93。

39 〔明〕沈德符：《萬曆野獲編》，下冊(北京：中華書局，1997)，頁693。廖
　　肇亨：〈雪浪洪恩初探〉，頁43-49有專節討論三淮與禪風的關係。這裡所
　　引沈德符的看法，我頗受廖文啓發。

40 三淮的話如下：「您論及太陽和月亮之際，是上升到這些天體去，抑這些
　　天體下降到您心中？」利瑪竇答後，三淮堅持道：「新創太陽與月亮」的
　　是說話者，他故而可在心中「別造他物」。陳亮采(fl. 1595)為龐迪我《七
　　克》撰序時，有段話似乎在批評此時三淮或中國禪宗的傳統：「……愚俗
　　不知天為何物，而以為在於蒼茫窈冥之表，故權而詔曰：『天即在吾心是
　　也』，而後之學者遂認心為天，以為橫行直撞，真機旁皇，擺落規條，快
　　樂自在。」見李編，2: 703-704。

41 利瑪竇和三淮這場辯論的內容，有部分可能反映在利著《天主實義》第四

利瑪竇這句話，在中西文化交流史上著稱不已，《中國傳教史》外，楊廷筠的《代疑篇》也曾有所反映，下文會再論及。利氏與三淮的論戰，宗教史上尤受重視，明末反教人士黃貞撰〈不忍不言〉便曾言及。不過黃氏以為三淮落敗，文中故有「三槐受難而詞窮」一語，並以沙門大義責其後學於此充耳不聞，深為叫屈（周編，2: 211甲）。當代學者鄭安德再度覆案內容，又從天主教護教神學的角度衡之，以為論辯的精華盡集於天主教的天主觀、人心和人性論上 [42]。鄭氏此見當然有理，因為天主教的天主觀確曾收編過柏拉圖的思想 [43]。然而就此刻利瑪竇的比喻觀之，我倒覺得鄭安德所窺猶有可議之處。且不談利瑪竇的實在論已經觸及了士林哲學中「自立者」與「依賴者」之分，單就喻詞而言，他又踅回《理想國》的老路去。《理想國》卷十的上半部談的正是觀念與現象界之別，柏拉圖的比喻並未觸及利喻中的月亮意象，不過蘇格拉底有關模仿論的談話確曾提到「太陽和各種天體」，而我相信這位希臘古哲的話正是上引利氏駁三淮所用的比喻的典據：「拿面鏡子轉來轉去」，在鏡中，我們「很快就可以造出太陽、各種天體、大地」等等（596e）。

南京論戰方酣，利瑪竇當然希望三淮否定他的問題，而《理想國》裡的蘇格拉底同樣也想引君入甕，讓對話者葛樂康（Glaucon）順著他

（續）————————

　　篇。其中有文句似在回應上文所引的「鏡影論」：「目所未睹者，則心不得有其像。若止水，若明鏡影諸萬物，乃謂明鏡止水均有天地，即能造作之豈可乎？」見李編，1: 474。

42　鄭安德：《明末清初天主教和佛教的護教辯論》（高雄：佛光山文教基金會，2001），頁1-2。有關鄭氏此書的優缺點，參見李奭學：〈評鄭安德著《明末清初天主教和佛教的護教辯論》〉，在《中國文哲研究集刊》，第20期（2001年3月），頁641-644。此外，晚明天佛之辯的近著亦可見陳永革：《晚明佛學的復興與困境》（高雄：佛光山文教基金會，2001），頁407-423。

43　Jaroslav Pelikan, *The Christian Tradition: A History of the Development of Doctrine*, vol 1: *The Emergence of the Catholic Tradition (100-600)* (Chicago: University of Chicago Press, 1971), pp. 35-37.

的邏輯答話。果不其然，葛樂康中計了，隨即「反駁」了一句蘇格拉底最想聽到的話：「但是，這些都是表相啊！」（596e）利瑪竇如果也以這句話期諸三淮，那麼李汝楨府上這場天釋之辯實則會由自立者與依賴者的區別展延，展延成模仿說的論證，把柏拉圖超越性的哲學體系表露無遺，也把他文學思想的核心公諸明末的中國人面前。從中國固有思想的角度看，葛樂康應蘇格拉底之問所做的回答，其實更容易讓人聯想到「鏡花水月」一類的傳統意象，無非都是倒影，似真而幻。楊廷筠身在教中，利瑪竇與三淮的辯論理當曉得，《代疑篇》對於利氏的比喻故有一中西合璧式的解說：「今夫明鏡在懸，萬像攝入其中，似乎實有，然而攝者虛象也。光去則不留，體移則盡換。鏡與影原非同體，豈不昭然？」（吳編，頁520）誠哉斯問！「鏡」與「影」當非同體，連「影」和「萬象」也有差距，彼此間的關係唯柏拉圖式的「模仿」可以解釋。而「影」既爲「虛象」，當然就非屬柏氏「觀念」或「意得亞」的範疇，更非謝里登的奧朵借自亞里士多德和保祿所謂的「實體」[44]。

　　從中國傳統的角度看，不論「鏡中花」或「水中月」，無一不是空幻渺茫；從《理想國》第二及第三卷蘇格拉底有關荷馬的談話觀之，事情更是如此。所以在這兩層意義上，我們倘借蘇氏之語把「詩」稱爲「謊言」，想來亦無不可。任何宗教界的人士——包括利瑪竇、高一志或畢方濟在內——都不會否認自己乃爲真理而上下求索。荷馬所吟所唱如果非假即虛，不是空幻，就是表相，那麼《伊里亞德》或《奧德賽》等名篇亦「攝者虛象」，豈可當真？果然失真，那麼按《理想國》的邏輯，史詩必定非善，當屬「罷辣多」所稱的「邪書」。這套

44　參見本書第二章第三節，並請參較Tertullian, "On the Flesh of Christ," in Richard A. Norris, Jr., ed., *The Christological Controversy* (Philadelphia: Fortress Press, 1980), pp. 64-72。

拙論如果還說得過去，那麼利瑪竇與高一志等入華耶穌會士哪可能追風逐電，把荷馬由希臘上古火速請到中國晚明？《二十五言》、《達道紀言》或《中國傳教史》都略過荷馬的名字不提，箇中道理，我們可以想見。

書教

從文學的角度看，「虛假」可能因形式的強調所致，而過度強調的結果若表現在文體上，往往就是──再借高一志的話說──「美文」。《童幼教育》裡，高氏嘗因這種文體殆屬不實的模仿藝術，於道德有虧，從而撻伐有加。他語氣嚴峻，凡屬是類文體都難逃詬責，而他所強加之標籤說來又是「邪書」二字。由此益可見，倘就文學觀而言，高一志──至少在寫《童幼教育》時──也已重返《理想國》，所以像柏拉圖一樣，避「美文」唯恐不及，以爲有害於童幼教育：「人心得文之美者，先喜其文，次喜其情，終從其教而難改。是美文之邪書若注鴆于玉瓚而獻之，其可食哉？」（《徐家匯》，1: 369）

上引高一志最後一語，係耶穌會士中文著作中特擅的修辭反問，答案當然是否定的。高氏借其警世，所籲請者其實簡單：凡屬有益世道人心之作，都不應該是修辭過當的模仿藝術。這一點，高氏同其聲氣者，當然又是柏拉圖。在柏氏筆下，理想城邦除了「純粹模仿道德者」之外（397d），還應當「禁止一切的模仿」（394d），尤應禁止史詩式的模仿。《理想國》中，蘇格拉底說世人可以譜來歌唱的，唯「高貴的調子」而已（387c）。這種「調子」，第三卷和第十卷有細說，強調文學──或音樂──的社會功能，希望凡人所作一要能鼓舞人心，表現人類「勇敢」的情操；二要「謙以自牧」（399c），在訓示與教論之外，最好還可「保家衛國，裨益生活」（607d-e）。柏拉圖心目中的「文學」，因此盡屬英雄頌歌與往聖先賢的詠讚。這種「音樂」的調

子複雜不得，宜以素樸爲尙，但是聲音卻可勇猛，也可溫順，要之得砥礪人心，鼓舞士氣。

音樂或文學這種唯實用是問的內容，柏拉圖認爲荷馬辦不到，而他層層剝開後之所見，因此又是希臘古來「詩與哲學的宿怨」，而且偏重的是其中位居「哲學」的一面。高一志籲請的文學內容相去也不遠：《童幼教育》裡，他摒棄「詩」一般的「美文」；《民治西學》中，他僅允許某種特殊的文學存在，亦即「嘉語善論」或因「先世聖賢之奇功美業」而編成的「咏吟美詩」。[45]後一類的文學裡，實用性與道德感又會匯合爲一，而高氏的靈感說來又是上述《理想國》容許的音樂或文學的範疇，所重者都是形式上的素樸與內容上的道德性。凡此種種，倘進一步修飾，成就者自是明末入華耶穌會士對文學的基本看法。就文類言之，約略也就是本書第一章提到的艾儒略在《西學凡》裡所稱的「文藝之學」，亦即「各國史書」、「各種詩文」、「古賢名訓」與「自撰文章議論」等等，甚至內含「祔奏之樂」和「讚經之詠」等今天我們看來已合宗教與音樂爲一的類目（李編，1: 28）。這裡尤屬文類的文本和柏拉圖思想的結合，充分顯示明末耶穌會文學之所宗——尤其是其精神之所繫——乃我們今天所謂的「訓誨」或「載道文學」。類此之作非但不能作邪，無害道德，反大有益於個人心性的修持。

「邪書」有害，高一志言之鑿鑿，而這點在《童幼教育》他處，則乾脆直指系出柏拉圖：「罷辣多嘗於邪書之害，譬之毒泉流行，推萬民而斃之。」（《徐家匯》，1: 365）上述《民治西學》裡有關書籍檢查的必要性，其實正是在柏氏此一譬喻下論證形成的，可見《理想國》對高一志或對明末耶穌會士的影響。正因如此，明末會士的荷馬觀才能以「柏拉圖式」一詞形容。會士或柏氏都認爲《伊里亞德》一

45　高一志：《民治西學》，頁37乙。

類的詩作殆屬「美文」，乃僞裝後的假相，畀重不得。荷馬所吟所唱
既爲眾神醜態，斬傷真理，荷馬本人當然就像個假戲真做或倒假爲真
的「優伶」，斯文盡喪。明末之世，天主教證道故事在歐洲已呈頹勢，
然而入華耶穌會士猶孜孜沿用，廣譯其古典型入華，原因之一即在此
一文類的內容有如《理想國》所重，盡屬道德說教，有助於世道與人
心的風化。

　　證道故事系出中古修辭學證道的藝術，這一點書前再三言及。由
於這類故事涉及宗教教旨及教學，所以縱使就起源而言，本身也有如
在暗示其文類特性必和柏拉圖筆下荷馬「邪而不正」的「詩」或「書」
互爲鑿枘。而「邪書」的反面除了「正書」之外，在明末耶穌會的文
化語境裡，另又涉及前引高一志爲說明柏氏的文學思想所用的「善書」
一詞。耶穌會因《理想國》所生成的載道思想，我們或可由此再予分
疏。不過這裡我應先指出一點：天主教入華，善書乃經史子集之外，
教士最爲重視的中國文類。其次，善書一詞，歷代耶穌會士的著作中
廣泛可見，大抵用指各自以中文寫下來的著作[46]。在利瑪竇和高一志
之外，葉向高（1559-1627）許爲「西來孔子」的艾儒略於善書所論尤
精，所見尤深[47]。艾氏入閩後，教徒李嗣玄嘗在牧下，所著〈思及艾
先生行蹟〉便曾引艾語就善書籠統論道：「人之心病不一，廣刻善書，
譬諸藥肆，諸品咸備，聽人自取，乃可隨其病而療之。」[48]

　　艾儒略這段話的重點在善書的本質與功能，甚至包括使用方式。

46　Cf. Nicolas Standaert, ed., *Handbook of Christianity in China*, Volume One:
　　635-1800 (Leiden: E. J. Brill, 2001), p. 601.

47　〔明〕韓霖、張賡：《聖教信徵》（1647），在《續編》，1:311。另見此書的
　　擴大改寫版《道學家傳》（1730），在《徐家匯》，3:1166，或見《人物傳》，
　　1:185。

48　〔明/清〕李嗣玄：〈思及艾先生行蹟〉（c.1650），在《徐家匯》，2:934-935。
　　艾儒略這段話說於崇禎三年左右，原文參見李九標記：《口鐸日抄》，在
　　《耶檔案》，7:55。

但是較諸中國善書的傳統，耶穌會文學可否如此稱之，我倒覺得值得三思。中國善書源遠流長，鄭志明以爲凡屬「鄉土色彩」濃厚的「民間教化典籍」均可稱之[49]。從這個現代觀點來看，明末耶穌會文學其實難當「善書」之名，因爲大從書籍本身，小至其中所含的證道故事，耶穌會所著對明代的中國人而言，幾乎樣樣均屬舶來品，遠非「鄉土色彩」一詞可以形容。會士所講或所寫果然又如傳統以爲的係以士大夫爲理想的讀者，則他們所著恐怕連位屬小傳統的「民間」二字也談不上。然而話說回來，縱然是鄭志明本人，我看也不盡然採行上述狹義的界說。對他而言，只要百姓以「善書」視之，可以風世化民，則《菜根譚》或《醉古堂劍掃》等「文人」之作，同樣也可以登堂入室，變成任何時代的宗教文化[50]。晚明耶穌會士倘要以「善書」稱其所作，除了時代和相關的宗教語境外，我看便得放大格局，重釐定義。李嗣玄上引艾儒略的話，適可做爲我們在討論上的切入點。

　　艾儒略的譬喻頗堪玩味，因爲其中有三點和本書主旨所繫的耶穌會證道故事尤有關聯。首先，這裡的善書又令人聯想到高一志。前引談柏拉圖文學觀的那段長文中，高氏曾暗示因此形成的作品可稱「善書」，是以喻之爲「患難之藥石」。即使不論其他，艾儒略的善書觀至少在比喻的層次上也已複製了高一志的見解。兩人都以醫藥爲喻，說明著作的濟世本質。李嗣玄的傳記更加明白地指出，艾氏所謂「善書」，尤指龐迪我《七克》一類天主教內典（《徐家匯》，2: 927），蓋《七克》所「克」者正在「人心之病」，而以「傲」爲首的罪宗七端，尤有賴「瘳心之藥」以攻之（李編，2: 714）。在這種勸世的本質之外，我覺得龐著最值得注意的地方，另在行文中夾雜了大量的證道故事，充分表露善書尤屬通俗文學的一面。由於艾儒略和高一志所著

49　鄭志明：《中國善書與宗教》（臺北：臺灣學生書局，1988），頁2。
50　鄭志明：《中國善書與宗教》，頁3。

都和《七克》一樣，也廣泛徵引借自歐洲古典的證道故事，所以兩人用喻或意見上的雷同，並不會予人意外之感。何況在功能上，他們徵引的故事確實也可作精神治療用，乃「心病」如假包換的「藥石」。徐光啓的〈克罪七德箴贊〉係史上因《七克》而吟就的第一首詩，其中就有類似之見：「人罪萬端，厥宗惟七。七德克之，斯藥斯疾，如訟必勝，如戰必捷。」[51]

　　倘就後一意義再言，高一志所稱的「善書」，似乎還有《聖經》一般的意蘊。因爲在基督信仰的傳統裡，《聖經》另有別名，亦「善書」(Good Book)是也。此或所以今人如許理和等早已指出，耶穌會士所作，明代讀者理當視同善書，和釋道系統並無二致[52]。龐迪我的《七克》初刊之際，從曹于汴、楊廷筠、鄭以偉(fl. 1602)到陳亮采等當代嘗爲之序的許多官宦，果然便都以「善書」視之(李編，2: 689-708)[53]。時人熊明遇(fl. 1602)更有如下之說：「《七克》之書，……大抵遏欲

51　〔明〕徐光啓：〈克罪七德箴贊〉，見《增訂徐文定公集》，卷1(上海：徐家匯天主堂，1933)，頁4。我所知道的受《七克》影響而寫下來的第二首詩，是鄭璟可能爲艾儒略而吟就於在福建桃源者。其中有「兢兢《七克》同鄒吻，翼翼千篇輔教神」之語，顯然也視《七克》爲宗教「善書」。鄭詩見《熙朝崇正集》(《閩中諸公贈泰西諸先生詩》)，在吳編，頁672。

52　Cf. Erik Zürcher, "Renaissance Rhetoric in Late Ming China: Alfonso Vagnoni's Introduction to His *Science of Comparison*," in Federico Masini, ed., *Western Humanistic Culture Presented to China by Jesuit Missionaries (XVII-XVIII Centuries): Proceedings of the Conference Held in Rome, October 25-27, 1993* (Rome: Institutum historicum S.I., 1996), p. 332. Also cf. Nicholas Standaert, "The Bible in Early Seventeenth-Century China," in Irene Eber, et al., eds., *Bible in Modern China: The Literary and Intellectual Impact* (Sankt Augustin: Institut Monumenta Serica, 1999), p. 51.

53　〔明〕曹于汴：〈《七克》序〉，見所著《仰節堂集》，在《景印文淵閣四庫全書》，集部第232冊(臺北：臺灣商務印書館，1983)，頁1293: 682-683。楊廷筠的〈《七克》序〉見徐宗澤：《明清間耶穌會士譯著提要》(臺北：臺灣中華書局，1958)，頁53-54。曹于汴、楊廷筠、鄭以偉、陳亮采等人的簡傳及其與龐迪我的交往，見張鎧：《龐迪我與中國——耶穌會「適應」策略研究》(北京：北京圖書館出版社，1997)，頁145-151。

存理，歸本事天，澹而不浮，質而不俚，華而不穢。至稱引西方聖賢
之言行，有《鴻寶》、《論衡》之新，無鄭圃、漆園之誕，薦紳先生
家戶傳之，即耕父販夫耳，所謂天門火宅，亦凜凜如也。」（李編，1:
698）就其內容而言，熊氏這段話可以印證鄭志明對於「善書」的期待，
但也超乎所謂「鄉土色彩」，把善書教化「民間」的範疇由「耕父販
夫」推展到社會中位居上流的「薦紳先生」。其中「天門火宅」之說，
更在前導許理和於「釋道系統」之擬，可謂耶穌會善書──尤其是其
中的證道故事──最佳的描述。

　　我們推論至此，耶穌會「書教」的意義愈顯，屬靈的成分加重，
而且層次不低。「書教」一稱，本承儒家「禮教」、「樂教」或──
尤其是──「詩教」而來，所以在宗教意涵之外，亦具今人所謂「文
學教化」之意。上及楊廷筠未曾一顧的是，「書教」一旦另具精神意
涵，則我們前此所論柏拉圖的文學思想旋即生變，一面帶有天主教的
色彩，一面也強化了耶穌會古典型證道故事的「藥石」之力。我所謂
艾儒略之說和耶穌會證道故事的第二層聯繫，就夾雜在艾氏希望廣印
善書，普及大眾，而且要隨時供人取用這種「藥石意義」之中。類此
觀念倘用於金尼閣的《況義》或高一志的《達道紀言》，其實也是兩
皆稱便。第一章我曾指出中世紀的證道故事集猶如是時的教義解說或
例證百科大全，蓋歐洲當時的司鐸一旦纂成，書中的故事便向大眾開
放，尤可備證道人員隨時採擇，在聖壇上予以開演。從這一點看，艾
儒略的善書和中古證道故事集如《羅馬人事蹟》或《字母序列故事集》
一樣，也都具有強烈的實用性格，是同一文類觀念的枝衍。如就歷史
實情再言，則我相信不論金尼閣或高一志，他們在編譯各自的上古故
事集之時，目的都在模仿中古的證道故事集。他們猶如奧朵，絕不只
為中譯一本《伊索寓言》便罷，也不止於提供一本西洋世說而已。他
們所作所為，應還涵括為中文世界的證道文類略盡綿薄的想盼，以刊
行一本首尾俱全的布道手冊為己任。不論是譯或寫，耶穌會士從來就

不完全以「娛樂之作」爲自己筆下的中文文本定位。

　　金尼閣中譯《況義》時，張賡曾代爲筆受。時人謝懋明(約1629年入教)嘗以是編之成求教於張氏，而張氏答以「憫世人之懵懵也」，遂有是譯。這點即可說明《況義》和敷教證道的耶穌會入華目的有關[54]。前引艾儒略的善書觀和會士證道故事最後的聯繫，也就繫於這種目的論之上。不過我要指出：這裡所謂「證道故事」，特指世說而言；所涉當然又是「實用性格」了。我們因此難免想到荷馬被逐的《理想國》往事。在柏拉圖的觀念裡，荷馬確實無益於童幼的道德養成。從羅馬之世到中國晚明，從伊比推圖的《手冊》到利瑪竇的《二十五言》，只要談到「文以載道」——所載尤爲天主之「道」時——除非是神話詮釋學式的收編，否則荷馬總是受到刻意的忽略，甚至難逃打壓。「實用性格」這個觀念，繼之還令人思及中古修辭初階的教授者。他們個個深受古典修辭學的影響，而後者對世說也以目的論視之，演示的尤屬奧斯丁(J. L. Austin)語言行動理論的「全對談行爲」(perlocutionary act)，一切但以對話實效爲最高的考量[55]。

　　如同我在第三章所稱，上述「有用性」的表現主要見諸教學法和日常生活中。耶穌會的證道文本包括世說，而艾儒略又假善書之名以提昇之，非特使其免於中國筆記小說慣見的「野史」之譏，也讓這些小故事錦上添花，在用途上再增一宗教性的應用場域。雖然實用性會把世說這種史學撰述轉化爲修辭，而修辭一般而言又是世俗性的活動，體調可如荷馬史詩之變化多端，但是我們仍然得了解一點：耶穌

---

54 〔明〕謝懋明：〈《況義》跋〉，在周作人：〈明譯伊索寓言〉，收於周著《自己的園地》(臺北：里仁書店，1982)，頁197。謝懋明爲福建晉江人，因異跡而入天主教，其簡傳見李九功：《勵修一鑑》，下卷(法國國家圖書館藏抄本，古朗氏編號：6878)，頁25甲-25乙。

55 Mary Louise Pratt, *Toward a Speech Act Theory of Literary Discourse* (Bloomington: Indiana University Press, 1977), p. 81.

會內的善說者每如千年前聖奧古斯丁的期許，可以在瞬間挪轉修辭，令其用於至善的追求上，終而爲天主教的真理服務[56]。聖奧古斯丁這種態度，不但可見於今人如伽達瑪的修辭學思想[57]，在明代也廣泛見諸利瑪竇、高一志或龐迪我等耶穌會士的譯作或中文著作中。本屬世俗性的歐洲修辭學，在中國晚明便因此一應用性的轉化而變成天主教的方便善巧。艾儒略說「善書」可以「譬諸藥肆」，在「諸品咸備」後「聽人自取」，以「隨其病而療之」。他的意涵之一，當在世說等證道故事亦方便法門也，可以引來隨機說教，把傳統的「舊說」(fable convenue)變成「新譚」。

本章第二節所引高一志的話中，善書又稱「正道之書」或「正書」。其中「正道」一詞，中國宗教界的使用當以釋子爲先，乃「正見」或「正語」等所謂「八正道」的簡稱[58]。高一志的用法中，「善書」、「正道之書」或「正書」似乎可以互換。儘管如此，我們若衡之以《民治西學》對「正道」的解釋，則高氏筆下的善書恐怕亦唯天主教的典

---

56 St. Augustine, *On Christian Doctrine*, trans. D. W. Robertson, Jr. (New York: Macmillan, 1958), p. 42. 聖奧古斯丁相關言論的拉丁原文及疏注，見Sister Térèse Sullivan, *S. Avreli Avgustini Hipponiensis episcopi de Doctrina christiana, Liber Qvartvs: A Commentary, with a Revised Text, Introduction, and Translation* (Washington, D. C.: Catholic University of America Press, 1930), p. 48。另請參較Roxanne D. Mountford, "Ars praedicandi," in Theresa Enos, ed., *Encyclopedia of Rhetoric and Composition* (New York: Garland, 1996), p. 39。

57 Hnas-Georg Gadamer, *Truth and Method* (New York: Continuum, 1975), p. 19 謂：「『善說』(*eu legein*)有二義，不僅指修辭理想而已，也意味著『說得對』，把『眞理』講出來。『善說』因此又不僅是把任何事情說得好的技藝罷了。」

58 釋迦在鹿野苑初轉法輪，示人以正覺之門，此即所謂「八正道」。在上述「正見」與「正語」之外，「八正道」的其他六項為「正思」、「正業」、「正命」、「正精進」、「正念」與「正定」。這些名詞最簡潔的解釋見 William Edward Soothill and Lewis Hodous, comps., *A Dictionary of Chinese Buddhist Terms*, revised by Shi Sheng-kang, et al. (Kaohsiung: Foguang, 1962), pp. 37-38。

謨方能相垺,至少係指能夠教導或傳遞天主教義的文本而言。因爲「天主……爲人之本原,其所立教,亦人所當歸宿之『正道』矣」。簡言之,「正道」即「天主之道」;我們若「由教而入」,必須以「信望愛」爲登堂的唯一門徑。後三德在天主教中乃天人關係的基礎,正是聖奧古斯丁在《論天主教義》裡殷殷的垂訓。所以「正道」再進一步的解釋,則在羅馬公教之外,難以再作其他宗派想。《民治西學》中,高一志又稱「民治始於識正道」。如此看來,則柏拉圖理想國中的統治者——亦即所謂「哲學家國王」(philosopher king)——似乎也要變化信仰,從修習天主教理來開啓其身爲人君的第一課。這是實情。《理想國》一旦天主教化,書中寓義就會轉換,使全書變成入華耶穌會士的「善書」,變成耶穌設教前歐洲的「聖之經典」與「賢之傳謨」。其說「鑿鑿可據」也[59]。

　　高一志的正道思想,在反宗教改革的教會中可以聞得共鳴,發聲者係當時持絕對論意識形態的教內同志。當代論者馬吉內士(Frederick J. McGinness)曾經指出,早在天特會議(Council of Trent, 1545)之前,梵帝岡教廷即已「正思」(recte sentire)高張。所謂「正思」,我雖從「八正道」中援佛語以譯之,然而這個名詞的真諦卻字字吻合高一志的「正道」之見,我們可以對等論述視之。羅馬教會的正思——再據馬吉內士——指的是一種「環繞在基督或其在世代理人身上開展」的「正確的世界觀」,和正道由「天主」降至「羅馬正統」的看法有如轍之於軌,完全合拍。緣正思或正道,世人可以企得「永生安全的入口」[60]。而不論是正思或正道,由於二者志之所在都是勸世,於是相關的正書或善書也就變成我們在浮世的救贖方舟。善書乃

---

59 以上見高一志:《民治西學》,頁4甲-5甲。這裡引號的強調爲我所加。

60 Frederick J. McGinness, *Right Thinking and Sacred Oratory in Counter-Reformation Rome* (Princeton: Princeton University Press, 1995), pp. 3-8.

宗教文類，晚明耶穌會士假中國固有以釋名。然而在此之外，是類之作的神學旨要和中國可謂無涉，形式更和緣美文所形成的邪書殊途兩橛。這裡的「邪」字倘指「邪魔歪道」（heterodox），更不待言。

馬吉內士還指出，羅馬教廷的正思嘗為「社會與政府」規畫一「理想秩序」，但「始終就是避談革新」。堅持正思者的興趣所在，「唯與古人同調，忠於傳統，固守聖職而已」[61]。在新舊兩教交手的歷史關卡，驅策正思成形的動能因此是某種保守思想。質而言之，這種思想就是我在本書首章指出來的某種中世紀作風。其意在振興羅馬正統，對抗改革宗日益茁壯的力量。由是我們從歷史回顧，便會發現入華耶穌會士所著的善書其實已挾其主力之一的古典型證道故事產生變化，變成是宗教勢力拓展上的文學利器。明末耶穌會士個個都是基督「在世代理人」的忠貞戰士；他們手持善書，口宣故事，對抗的因此不止是荷馬詩人，還包括有如芒刺在背的新教或他們後來所謂「分袂的兄弟」。眾所周知，耶穌會成立和改革宗的興起有關，而會士遠赴包括明末中國的異域傳教，初衷也在扼止新教思想的擴張[62]。在此一意義上，耶穌會善書裡的證道故事當然是他們布道詩學的「基礎設施」，作用匪淺，不可或缺。

猶如我在本書各章的考詮或在本章專論「書教」時再三暗示，上面所述「詩學」指的係某種柔性的宗教教學，希望迂迴開示，勸人皈依。入華耶穌會士所持倘和中國善書的傳統有異，應該在其部分內容係由證道故事組成，尤其是由西洋古典型的是類故事組成。這種飣餖之作雖小，結構上卻是五臟俱全，首尾有序。加以內含勝義，處處玄機，正可開演天主正道，啓人正思，兼以醒迷警幻。明末耶穌會士援

<hr />

61 McGinness, *Right Thinking and Sacred Oratory in Counter-Reformation Rome*, p. 7.

62 John Stoye, *Europe Unfolding, 1648-1688* (London: Secker and Warburg, 1992), pp. 1-14.

用此一詩學所賴的理論權威說來無他，又係古典型證道故事和天主教在中世紀一拍即合的歐洲史實。會士浮槎東來之際，南歐文藝復興已近尾聲，然而我相信高一志等人依然會說不論數量，此時世存的中古證道故事集──包括其文藝復興苗裔如《證道故事大觀》等書──仍然隸屬於「正書」這個大範疇。

正書善書，名異實同。有鑑於此，我們若縮小範圍，再從傳統定義下的善書二顧耶穌會的同名文類，那麼我們對明代宗教文學的認識可能加深幾許。中國善書起源甚早，但據酒井忠夫的研究，其傳布要待宋明二代方能大盛。倘就善書在這兩個時期的發展論，除了黜幽涉冥的陰騭錄之外，我們仍得溯及李昌齡《太上感應篇》（1107?）或袁了凡（1533-1607）的《功過格》等書。在真德秀力為之薦的情況下，前者已為後者奠定百世不易的根基[63]。白玲（Judith A. Berling）的研究繼之顯示，明代善書的特質是「簡單實用」，往往會「規定行為典範」，再藉「不同的角色」與「社會上各行各業常犯的道德錯誤以警世」。其次，「善書勸世的重點所在」，編次者又「常以戲劇化的方式加以舖陳，所寫故而為道德典型的生命和貢獻，或是反其道而行者的下場」[64]。在中國善書這個大系譜中，我們除了「功過格」這種次文類以外，故而常見「鸞書」或「寶卷」等散體或講唱文學[65]。其敘事和傳記性

63　酒井忠夫：《中國善書の研究》（東京：弘文堂，1960），頁7-317。另見所著"Confucianism and Popular Educational Works," in Wm. Theodore de Bary and the Coference on Ming Thought, ed., *Self and Society in Ming Thought* (New York: Columbia University Press, 1970), pp. 342-362，及陳霞：《道教勸善書研究》（成都：巴蜀書社，1999），頁65-111。

64　Judith A. Berling, *The Syncretic Religion of Lin Chao-en* (New York: Columbia University Press, 1980), p. 56. Cf. Cynthia J. Brokaw, *The Ledgers of Merit and Demerit: Social Change and Moral Order in Late Imperial China* (Princeton: Princeton University Press, 1991), pp. 3-27.

65　這方面的研究除了前引鄭志明的書外，也可參見車錫倫：《信仰‧教化‧娛樂──中國寶卷研究及其他》（臺北：臺灣學生書局，2002）一書。

內容兼而有之，甚至連《明心寶鑑》一類的金言集或夾雜其他文類的混合性集子也可一見。總而言之，國法家法之外，宋明人士還在宗教的裏贊下，希望建立起某種超乎兩者的行爲規範[66]。

回頭再談白玲的傳統善書觀，而提到這一點，我們難免又要一問入華耶穌會士所傳是否稱得上「明代善書」之名。這個問題的答案雖然有許理和肯定在前，其後賡續者也不乏其人[67]，而且從內容觀之，我個人也毫不懷疑——因爲勸善警惡及報應之說確屬耶穌會證道故事的部分內涵，然而話說回來——倘以形式爲限再看，那麼我在本書討論過的各種天主教書籍，似乎並不完全可謂耶穌會適應中國善書文化的結果。以龐迪我的《七克》爲例，中國學者何俊認爲全書曾因徐光啓筆削，所以在「編撰形式」上可能受到晚明善書的影響，尤可能深受「中國學者的裒纂文體」——或稱「裒輯」——的啓發。在文學史上，裒輯乃筆記的一種。其之爲體也，係依主題排列，其下羅織相關文獻，再將「歷史上的故事與名人言行」彙爲條目。因爲有特色如此，何俊在其研究中遂由袁了凡的《功過格》出發，略謂《七克》應和明儒劉宗周（1578-1645）《人譜類記》的裒輯「有關」[68]。坦白說，《人譜類記》的體式確如《七克》，連《人譜·紀過格》所謂「隱過，

66　這一點我頗受緒方賢一的啓發，見所著〈宋代的家訓和善書及其相關關係──「生活世界」的倫理學〉（2003年3月25日中央研究院中國文哲研究所演講稿），頁4。

67　例如瓦特娜（Ann Waltner）及何俊就認爲龐迪我的《七克》乃晚明善書的天主教分身。瓦特娜之見見所著"Demerits and Deadly Sins: Jesuit Moral Tracts in Late Ming China," in Stuart B. Schwartz, ed., *Implicit Understandings: Observing, Reporting, and Reflecting on the Encounters Between Europeans and Other Peoples in the Early Modern Era* (Cambridge: Cambridge University Press, 1994), pp. 422-448；何俊之見，參閱所著《西學與晚明思想的裂變》（上海：人民出版社，1996），頁273-283。這兩人的看法固然部分屬實，不過下文我會指出何氏的結論下得太急。

68　何俊：《西學與晚明思想的裂變》，頁274、278及325。

七情主之」一點[69]，也和《七克》所擬「克」的罪宗七端若合符節。
然而一來劉宗周衰輯的初衷在「反善書」，〈《人譜》‧自序〉甚至
稱之「猥云功行，實恣邪妄」[70]，所以和《七克》可能有的「宗教善
書」的本質形同牛馬，又何來「關係」之說？其次，《七克》的結構
方式另有所本，我在第一章已加申說，亦即由歐洲中古延申而來，係
當時美德與惡行專論等教牧手冊的轉化，所以並無異於本書其他章節
經常引用的《道德集說》等證道專著，和《人譜類記》的關係更屬有
限。

　　《道德集說》的內容洋洋大觀，「歷史上的故事與名人言行」無
不畢集，甚至包括馬克羅比所稱的「寓言」和「狂想故事」，所以各
方面都像極了《七克》，也極似中古盛行的主題證道辭。後者結構上
最大的特色，在其主題一旦板定，分支隨至，甚至細而再分[71]。《道
德集說》的主題證道辭特色，就表現在罪宗七端的分設，以及諸端之
下細而再分的〈傲之本〉（"De deffinicione superbie"）或〈心之傲〉（"De
superbia cordis"）等等子題或支目上（*FM*, 36-38）。同樣的，龐迪我在
《七克》書首立下〈伏傲第一〉的主題後，也曾就「傲」字的本質先
予發微，再就所分的十支一一申說，包括〈克傲難〉和〈戒以形福（伏）
傲〉這些《道德集說》在西方中世紀早就曾予分支的子目。由於此故，
從形式到內容，龐迪我的「善書」攸關的可謂西方的傳統，尤其深受

69　〔明〕劉宗周：《人譜‧紀過格》，見戴璉璋、吳光主編：《劉宗周全集》，
　　第2冊（臺北：中央研究院中國文哲研究所籌備處，1996），頁12。

70　劉宗周：《人譜‧紀過格》，見戴璉璋、吳光主編：《劉宗周全集》，第2
　　冊，頁1-2。

71　Siegfried Wenzel, *Verses in Sermons: "Fasciculus Morum" and Its Middle
　　English Poems* (Cambridge: The Medieval Academy of America, 1978), pp.
　　9-13. Also see his "Vices, Virtues, and Popular Preaching," in Dale F. J. Randall,
　　ed., *Medieval and Renaissance Studies: Proceedings of the Southern Institute of
　　Medieval and Renaissance Studies, Summer, 1974* (Durham: n.p., 1976), pp.
　　38ff。

主題證道辭必然見錄的教牧手冊的影響。

　　儘管這樣，我們若從耶穌會善書的主題再看，《七克》或《畸人十篇》等書對教義典範的興趣並不小，而這種興趣當然也是中國傳統善書的特色之一。雙方所謂「主題」，無非以天堂地獄勸世，或以積善禳災消禍。凡此種種，顯示《七克》等書確無時空脫節之虞，和中國固有仍可合拍共存。我們在耶穌會伊索寓言或神話傳說式的證道故事中，因此便可見白玲所指神學典型或道德惡例，而種種世說型的證道故事裡，更有許多西方上古的人物像極了——譬如說——《世說新語》裡的陳仲舉（歿於188年）。陳氏立朝剛正不阿，《後漢書》嘗舉「學中語」稱之「不畏強禦」[72]。劉義慶復因他「登車攬轡，有澄清天下之志」，而且在位高權重下猶能禮賢下士，所以極稱其人品。《世說新語》列爲〈德行第一〉，而且開宗明義便許之「言爲士則，行爲世範」[73]，可謂人格典型中的典型。我們由陳仲舉回頭再看，明末耶穌會士當亦可稱筆下的天主教書籍或文學爲「善書」，因爲他們書中的角色——不論是「歷山王」或「罷棘多」——個個確實也都可以「言爲士則，行爲世範」，無一不是天主教理的表率。

　　事實上，每當明末耶穌會士稱呼所著或所譯爲「善書」時，他們無疑已在扭轉筆下乾坤，化之爲天主教正思的傳播工具。他們證道布教，這是出發點與行爲基礎。另一方面，他們所著或所譯故此也能爲中國善書文化增麗，爲這個傳統帶來某種唯佛典中的本生故事可比的次文類。職是之故，請容我再次強調：對明末耶穌會士而言，「書籍」幾乎就是「文學」的代稱，尤指儒家「詩教」或楊廷筠論《七克》時所謂以「華言」出之的西方「書教」[74]。我倍覺意義深重的是，如此

72　〔南朝・宋〕范曄：〈黨錮列傳〉，在所著《後漢書》（北京：中華書局，1966），頁2186。陳仲舉（陳蕃）的傳記見范著〈陳王列傳〉，在同書頁2159-2171。

73　余嘉錫：《世說新語箋疏》（臺北：華正書局，1989），頁1。

74　徐宗澤：《明清間耶穌會士譯著提要》，頁53。

看待書籍的方式，其實都在曉喻晚明耶穌會襲自柏拉圖的文學觀：文字乃功德之修，一切唯載道是問。

講故事的人

前此我一再指出，古典型證道故事是耶穌會「書教」的內容之一，係會士中文文學的部分主力。由於會士常引柏拉圖為文學觀的權威，他的思想自然可以決定會士的文學之見，甚至擴及古典型證道故事的看法。因此之故，本章伊始我才會以「柏拉圖式」一詞勾勒明末耶穌會用中文重寫的該型證道故事，並且稱之為類此敘述體的「本質」。不過話說回來，柏拉圖思想和耶穌會善書觀的合流共治，同時也把「文學」——用楊廷筠《代疑篇》的話來講——局限於「有益民生，可資日用」這種實用範疇之內。其內容若非「說理」，就是「記事」（吳編，頁543），總之必須能教化，可載道。我們今日狹義所稱而以「美文」為主的「文學」，在耶穌會內遂難得發展上的空間。有之，亦得關乎天理或世道人心。這種情形自非明末耶穌會士所獨具，在他們刻畫而又經天主教化的西方「理想國」中，亦然。《代疑篇》裡，楊廷筠一面稱歐邏巴「書教」鼎盛，一面又稱其「詩賦詞章雖亦兼集，上不以此取士，士〔亦〕不以此自見」（同上頁），早已可見柏拉圖筆下「詩與哲學的宿怨」。如此轉介，楊廷筠所談其實已非歐洲是時一般的實況，而是入華耶穌會士從《理想國》轉介而來的西方古人的願景或「實況」。

我要強調上文中的「一般」二字，因為歐洲中古以來的教會傳統，在「天主正道」的觀念下確實不取「詩賦詞章」。此所以書檢頻仍，書禁頻傳。或因此故，蘇源熙等當代論者遂有楊廷筠或耶穌會「誤傳

西學」之說，以爲概指十七世紀歐洲的「一般」情況而言[75]，從而彷彿反諷，變成本章所謂「誤讀」的一例。且不談十七世紀前後歐洲時聞書禁[76]，從上文所論，我們也可推知楊廷筠有其烏托本據，出自耶穌會自我複製的「柏拉圖式」理想國，是以不可全以「歷史實情」視之。況且蘇源熙所談又關乎「歐邏巴」的「詩賦詞章」，而這方面晚明耶穌會士的觀念幾乎不出《理想國》有關文學的內容，某個意義上更屬「子虛烏有」。就像史詩，「詩賦詞章」係「美文」之屬，而蘇格拉底在《理想國》中以其慣有的修辭妙道迂迴辯詰所大聲疾呼者，就是要將這類模仿藝術完全「驅逐出境」，包括荷馬所吟所唱。

　　《代疑篇》明文提到歐洲書檢嚴格（吳編，頁543-544），和《理想國》那套防範未然的道德教育理念隔代而且異地唱和。柏拉圖既然排斥模仿藝術，楊廷筠奉其流衍所及的天主爲教，當然對中國本土美文也就不無微詞。揚雄曾譏諷辭賦之道爲雕蟲小技，壯夫不爲[77]，但他自己的大賦卻以誇飾爲能事，寫來雕鑿堆砌，在吹擂帝王雄風上絲毫不遜荷馬的《伊里亞德》。荷馬有罪，耶穌會和柏拉圖早已將他定讞，揚雄又何能倖免？《代疑篇》中，楊廷筠假托對話，嚴批明人「哆文辭，廣私鐫」之風，目的雖含「書檢不嚴」之意，卻也從入華耶穌會士之見，迂迴攻擊〈上林〉與〈子虛〉等「模仿之作」。這兩首賦俱司馬相如名篇，和揚雄的作品一樣，乃漢賦的代表，楊廷筠卻毫不客氣，舉其天主正道的大纛以攻之，說是「徒誇本國之盛麗」，又「何殊童監之見？」（吳編，頁544）這裡的批語，楊廷筠下得不可謂輕。一個「誇」字道盡揚雄與司馬相如輩對本體描繪有隔的模仿本質，而

75　Huan Saussy, *Great Walls of Discourse and Other Adventures in Cultural China* (Cambridge: Harvard University Asia Center, 2001), pp. 20-32.

76　Adrian Johns, *The Nature of the Book: Print and Knowledge in the Making* (Chicago: University of Chicago Press, 1998), esp. chap 3.

77　〔漢〕揚雄，《法言》，《四部備要》（臺北：臺灣中華書局，1981），2: 1甲。

楊廷筠更像《理想國》裡的蘇格拉底，幾難信任嘗爲「童幼」說荷馬的「童監」。舉世炎炎，看來未得天主教理的人，楊廷筠以爲都得嚴加看管，免蹈艾儒略所稱的「心病」，尤其是「誇飾」這種從柏拉圖的角度看可能和「傲」字有關的「文學心病」。

柏拉圖或他筆下的蘇格拉底深知心病需要心藥醫，故此《理想國》才另涵「寓教於樂」的思想，凡屬道德藝術都不在理想國法禁止之列。高一志的《民治西學》從而寫道：每值「年中大節」或「國家之幸日」，統治者可令「優俳之徒，粧歌於民中」。他們所演所唱，殆非亂人心緒的美文「淫戲」[78]，而是前及偉人的「嘉語善論」或「先世聖賢之奇功美業」，甚至包括《西學凡》可能據高氏《童幼教育》分而衍之的其他「文科」項目[79]。理想國於文學倘能如是優爲，那麼一則可讓百姓舒懷，二則可以「啓民心而誨其愚，迪于善」，終而消弭「心病」於無形。高一志就像柏拉圖，《民治西學》也認爲這些都是君王的重責大任[80]。

《代疑篇》中比較諷刺的是，楊廷筠僞托來和耶穌會士對話的中國人在聆聽會士類如上述的柏拉圖式文學觀後，提出了一個若可符合明末該會實情的揣測：「〔中國〕今之汗牛充棟，大抵詩賦詞章。又云〔其在歐邏巴〕『非國所重』，則種類益不能多矣。」（吳編，頁543）

---

78 所謂「淫戲」，高一志並無清楚說明。不過這個詞應出自後人以道德評《詩經·大車》的「淫詩」一說，參見余國藩著，李奭學譯：《重讀石頭記——〈紅樓夢〉裡的虛構與情欲》（臺北：麥田出版，2004），頁130-134。史上貶「淫戲」之作，大多出自理學家，〔宋〕陳淳（1159-1223）有〈上傅寺丞論淫戲〉一文，可能是最重要的相關文獻，所指大致不外乎誘人「動邪僻之思」的劇作。見所著《北溪大全集》，在《景印文淵閣四庫全書》，集部第107冊（臺北：臺灣商務印書館，1983），頁1168:875-876。有關陳氏此文在中國文化史上的意義，見廖肇亨：〈禪門說戲——一個佛教文化史觀的嘗試〉，《漢學研究》，第17卷第2期（1999年12月），頁288-36。

79 見高一志：《童幼教育》，在《徐家匯》，1:730，或見本書第一章第三節。

80 見高一志：《民治西學》，頁37乙及1甲-2乙。

比起多彩多姿的世俗文學，耶穌會士入華所譯或所著的文學作品的確
「種類不多」，大抵不出我在本書首章羅列的「對話錄」、「講堂劄
記」、「聖徒列傳」、「格言」、「寓言」或「歷史軼事」等等。不
過我覺得諷刺更大的是，上述對話者以爲有限的文類中，證道故事居
然可稱大宗，而其古典型會士講來更是繽紛燦爛，淹有伊索寓言、希
臘羅馬世說與古典神話傳說等等，委實由不得人不爲之側目而以「洋
洋大觀」稱之。伊索與世說作家俱爲當世能言善道的人物，引用他們
故事的古典雄辯家或修辭學者個個也都敏於「講故事」之道。明末耶
穌會士挪轉他們所作，手法翻新者更不在少數，何嘗又不可以稱之爲
「講故事的人」，何況他們的中古前輩本身便是班雅明定義下的是類
人物 [81]？耶穌會的理想國中，文學的種類或許沒有俗世那麼多，但以
明末八十年的悠悠歲月觀之，他們在質與量上當然貢獻卓著，我們忽
視不得。

　　談到班雅明，最後我們或可再引衛匡國《述友篇》中的一則西洋
古典傳說稍加申論，爲本書作結。從希羅多德開寫《歷史》以來，這
則傳說非特可見於中國明末，更可見於西方現代；不但曾爲衛匡國所
用，連班雅明後來也引爲「講故事的藝術」的例證。《述友篇》的重
述如下：

> 西王剛比斯擄其鄰王曰沙滿，並子女臣庶。剛比斯使沙滿之
> 子之女與賤隸賤婢同繫而汲水，臣民之被徙者見君子君女之
> 若此也，莫不流涕，而沙滿不爲動也。乃復取一人繫之，沙
> 滿哭慟。剛比斯曰：「汝於子女恝然，臣是泣乎？」曰：「此
> 非吾臣也，乃友也。吾於子女哭，不足盡我痛。於吾友也，

---

81 這一點請見本章最後一節的討論，或見拙作：〈講故事的藝術〉，《聯合
報》第 E7 版（聯合副刊），2000 年 7 月 24 日。

以一哭始發吾情矣。」(《三編》,1: 42)

在西方中世紀,剛比斯(Cambyses, 530-522 BCE)係證道故事集時常出現的人物(例見*IE*, 224),雖然就管見所及,上引可能是耶穌會士在華使用的首例。希羅多德的《歷史》中,剛比斯乃波斯的統治者,為大流士的先輩,而沙滿(Psammenitus)生當剛氏同時,亦一國之君,主埃及。西元前五二五年左右,剛比斯率軍南下,和沙滿在孟斐斯一帶鏖戰不已。其後城破,沙滿被俘,剛比斯為測試他亡國後的心境,遂發生大致如上所引的故事 [82]。在名文〈講故事的人〉("The Storyteller")中,班雅明複誦此一傳奇,內容大抵無殊。不過班氏收尾時認為希羅多德對沙滿傷友而不哀子一事「並無評論」[83],就不盡符合《歷史》的實情。這一點,鞏笛拉克(Maurice de Gandillac)在法譯班氏此文時,早已指出 [84],而詰之上引衛匡國在明末的首譯,我們確實也看到沙滿嘗為自己反常的行為作解。班雅明的評論匱乏之說,故此有深意。

〈講故事的人〉曾提到蒙田(Michel de Montaigne, 1533-1592)對沙滿言行的解釋,而論者多以為這是班雅明匱乏說的緣由。然而揆諸〈講故事的人〉,我倒覺得原因或在班氏本人對所謂「真正的故事」有其獨特的期待。對他而言,理想的故事不會「自我膨脹」,也不會自我掀開意義的底牌。講故事的人應該做的是「保存或濃縮故事本身的力量」。如此才能讓故事「歷久彌新」,常保寓義上的開放性。就此地

---

82 希羅多德所述的故事見David Grene, trans., *The History* (Chicago: University of Chicago Press, 1987), pp. 216-217。

83 Walter Benjamin, "The Storyteller: Reflections on the Works of Nikolai Leskov," in Hannah Arendt, ed., *Illuminations: Essays and Reflections* (New York: Schocken Books, 1968), p. 90.

84 我沒見過鞏氏的原文,不過這點可見班雅明著,林志明譯:《說故事的人》(臺北:臺灣攝影工作室,1998),頁50注9。林譯係從法文譯出,不過下面所引〈講故事的人〉,多數為我透過英譯重譯而得。

我的關懷來講，班雅明或蒙田對沙滿的詮釋其實非關緊要，重要的是
班雅明對故事及其寓義在期待上的理想，而這點衛匡國上引的傳說早
已奉行不悖。此因衛氏的敘述確經「濃縮」而成，而這點不獨因筆受
者祝石所用乃精簡的文言文使然（《三編》，1: 19），更因衛氏口宣的
內容去希羅多德的細節已有距離所致。《述友篇》的故事大多和「原
本」有異，衛匡國若非曾加裁剪，必然就因相關的證道故事集框限而
有以致之。一般而言，證道故事於所本每有增損，表現在特殊的集子
如《俗人寶鑑》（*Le Speculum laicorum*，十三世紀）之中，還可能僅餘
骨架而已，「讀」來就像班雅明論希羅多德時所說的「枯燥已極」[85]。
如其如此，班雅明顯然後知後覺，因為他的理論已提前用於中世紀的
證道故事。其時在修院著錄故事的僧侶不是用筆在「複述」故事，而
是握管在「開講」故事之所以為故事的原因，把力量留待來者開顯。

　　倘就歷史上的來者質而再言，班雅明理論的實踐，晚明耶穌會講
故事的人又可當之無愧。會士所寫可以視同善書，讓人相機說教，表
示其中寓意乃呈開放發展。說者作解，不必泥於一格。沙滿所行，蒙
田的解釋是他哀慟逾恆，再加丁點都可能令悲意潰堤。班雅明自己的
說詞則呈遊戲狀，可以指沙滿認命，也可以指他借人抒發胸懷。總之，
真正的故事不會讓人把意義釘死，而真正的講故事的人也不會把話說
滿。故事的本質既然如此，衛匡國當然可以在講完後逕自申論，用副
己意。我們故而看到他──或他所代表的歐洲證道故事的傳統──稍
改希羅多德，把《歷史》裡人對人的同情代換成與天主教有關的概念。
如其篇題所示，《述友篇》旨在友誼，而這種情感不僅超越了親情，
乃西方人倫之首，也是天主教因「大父母」信仰所衍生出來的對人世
之愛的共同要求。因此之故，耳聆剛比斯的問題時，衛匡國口中的沙
滿才會如此答道：「此非吾臣也，乃友也。吾於子女哭，不足盡我痛。

85　Benjamin, "The Storyteller: Reflections on the Works of Nikolai Leskov," p. 90.

於吾友也，以一哭始發吾情矣。」

　　天主教的思想裡，「大父母」和「友誼」可以經辯證而統一。這點第五章業加論述，茲不贅言。不過單就衛匡國觀之，他讓沙滿答以上引之際，卻也有如在前瞻未來，有如在實踐三百年後班雅明的理論一般。除了文前所述班氏對故事的本質之見外，班氏文內另外還就「講故事」這個行為的內涵分析道：「許多生來就會講故事的人，基本上都比較務實，會有一些實際性的考慮。」他們講的故事因此都有其「用處」，而「這種『有用性』有時表現為道德教訓，有時表現在具有實效的忠告上，第三則出之以格言或箴言。」[86] 班雅明這些話引人深思，不啻在說對聽者而言，故事都可讓人從中得益，而講故事的人實無異於說教者，故事更可因之而相機處理。儘管班雅明所論僅就口語故事及其敘說而言，不過證之以證道故事在西方中世紀使用的情況，我想沒有人會否認班氏的觀察幾乎字字成理。證道故事縱然「成文」，最終的目的是要讓人「口中」引來，推演其義。這個「義」字乃講述者最大的關懷，故事的枝蔓但為所設。而我讀來感受尤深的，是班雅明洞見中的「務實」與「有用」，因為從晚明耶穌會士在華操作的情況看來，任何故事都非得「有用」不可，否則會士寧可禁言不語。這種態度當然「務實」，是以方便傳教這類「實際利益」做為最終的考量的。在這種情況下，講故事的人就是說教者，可供我們精神上的「諮詢」。明末耶穌會士時而以口語布道，《逑友篇》成書抑且猶如早期佛典的中譯，還是衛匡國度語後才經人筆受。即使像《畸人十篇》一類的對話錄，「書寫」的成分恐怕也高過所謂「實錄」，《童幼教育》或《七克》裡的故事就更不用說了。打一開頭，高一志和龐迪我就落筆為「文」，志在成「書」，而這才引出楊廷筠的「書教」一詞。

　　「書教」猶如「詩教」，柏拉圖的文學觀登堂入室矣。柏氏論文

86　Benjamin, "The Storyteller: Reflections on the Works of Nikolai Leskov," p. 86.

學，至少從明末在華天主教會的角度看，始於書籍的正邪或善惡之分，而後在論證的層次上再步步向詞賦文章進逼。耶穌會所遺留者雖不如同屬外來宗教的佛家之多，但以證道故事在西方文壇上的發展而言，甚至就箴言集如《二十五言》在溝通中西文學文化上的努力觀之，會士所寫或譯當然不容小覷。何況這些「善書」都是天主正道之所繫，其內容早已融入中國基督徒日常的生活中。李九功《慎思錄》壓軸即尊為「遠朋」，強調自己「自少至老，手不停披」[87]。再如上述，晚明耶穌會善書有其統一的指歸，目的論強，也以「有用」或「實效」為存在的試金石，是以和班雅明推之於廿世紀的故事理論確實形成隔代的對照。談到這一點，我想在道德與文學目的外，曲終奏雅，我們會想再問的或許是：除了徐光啓、李之藻與楊廷筠等所謂明末「三大柱石」外，天主教的善書如《述友篇》等，到底在中國又勸化或「述」得多少教「友」？

　　根據現代學者的調查，截至清室定鼎前夕，耶穌會在中國大約勸化了十萬名信徒[88]。當時大明帝國人口總數約在一億七千五百萬之間[89]；就比例而言，十萬信眾不可謂多，故而耶穌會的傳教任務絕非成功。儘管如此，我們仍需了解：傳教失敗不一定表示文化上也一無可取。晚明耶穌會士曾經化身為科學家，把歐洲科技曆算傳播入華，史有明載。在美術與音樂方面，這些會士同樣也卓有貢獻，而這點更是世所公認[90]。但是我們如果從中西文學關係──甚至是從善書文化合

87　李九功：《慎思錄》，見《耶檔館》，6: 228-229。

88　石田幹之助：『支那文化と西方文化との交流』，在神田信夫編：『石田幹之助著作集』（東京：六星出版，1985），頁80。

89　Frederick W. Mote and Denis Twitchett, eds., *The Cambridge History of Ming China*, vol 7: The Ming Dynasty, 1368-1644, Part I（Cambridge: Cambridge University Press, 1988）, p. 586.

90　有關美術，見莫小也：〈《誦念珠規程》到《出像經解》──明末天主教版畫述評〉，《文化雜誌》，第38期（1999年春季），頁107-122，或見莫氏

流——的角度再看，當會發現此時耶穌會士有一封號仍然有待追加：
他們也曾化身變成中世紀聖壇上「講故事的人」，在明室國祚猶苟延
殘喘之際把源出希臘羅馬的證道故事大致用紙用筆細說起來，而且爲
數可觀，從而爲中國文化加磚添瓦，再增文學上的文類新血。柏拉圖
在歐洲上古或可強調「詩與哲學的宿怨」，然而明末耶穌會士卻以載
道文學——其中甚至包括《理想國》裡蘇格拉底反對最力的寓言性神
話——調合了其間的矛盾，使古來的「宿怨」消弭於無形[91]。

　　走筆至此，我忽地又想到晚明之際，鄒維璉——此人本書第一章
曾經提及——和《破邪集》內某些作者詆毀利瑪竇和艾儒略等人，都
好比之爲「妖」[92]，和錢謙益在清初以「妖」字狀摹「西人之教」可
以前後呼應。然而不論是鄒維璉或——尤其是——錢謙益，大概都沒
有料到這「西人之教」倘指其人的「書教」或「詩教」，其實都建立
在柏拉圖從「實效」出發的文學思想上，最忌「玄虛空談」。牧齋果
知其然，則我懷疑他是否也會把柏拉圖比喻爲「妖」，或以空幻的「三
峰之禪」與「楚人之詩」方其「證道詩學」？

（續）————————

　　　新著《十七—十八世紀傳教士與西畫東漸》（杭州：中國美術學院出版社，
　　　2002），頁19-162。有關音樂，見陶亞兵：《明清間的東西音樂交流》（北
　　　京：東方出版社，201），頁7-26。
91　柏拉圖雖不反對一般寓言的眞理性格，但《理想國》中，蘇格拉底卻連希
　　　臘古人依神話詮釋學所成之託喻讀法也不接受，例見378d-e。這方面入華耶
　　　穌會就「開明」多了，見本書第四章。
92　有關鄒維璉醜詆利瑪竇的話，見本書頁12。他人醜詆的例子可參〔明〕顏茂
　　　猷：〈《聖朝破邪集》·序〉，在周編，3:146甲。

外一章
另類古典：比喻・譬喻・天佛之爭

問題

　　一五八三年，羅明堅和利瑪竇初抵中國。當時他們削髮薙鬚，研讀佛經，以西僧自居。然而年積月累之後，他們發現儒家在華地位崇高，馬上又峨冠博帶，易以文士面貌，對佛教自是不屑一顧。《中國傳教史》於此所述尤爲坦率，利瑪竇謂儒家乃學派而非宗教，並「不違反」天主教的「基本道理」，故可並存共容(*FR*, 1: 120)[1]。至於佛教，《中國傳教史》據歐洲中古以來羅馬教會的陳見，認爲係誤傳入

1　有關早期耶穌會士研習佛經一事，參見張西平：《中國與歐洲早期宗教和哲學交流史》(北京：東方出版社，2001)，頁152-157，或見張氏最新的研究〈《利瑪竇的佛教經文》初探〉，未刊稿，「相遇與對話：明末清初中西文化交流國際學術研討會」，北京中國社會科學院世界宗教研究所與舊金山大學利瑪竇中西文化歷史研究所合辦，2001年10月14-17日。後一文中，張氏指出所謂「利瑪竇的佛教經文」實爲麥安東(Antoine d'Almeyda, 1556-1591)研習的對象與成果。至於利瑪竇易僧爲儒的時間，見計翔翔：〈關於利瑪竇戴儒冠穿儒服的考析〉，在黃時鑑編：《東西交流論譚》，第2集(上海：文藝出版社，2001)，頁1-15。

華,而載籍所謂東漢明帝夜夢神人,遣使西去,原爲的是天主教。除
此之外,利瑪竇和教中人士也再三強調佛教竊取畢達哥拉斯的輪迴
觀,以爲「佛法僧」這三寶說亦襲自天主信仰中的三位一體,甚至連
達摩祖師都是使徒聖多默(St. Thomas)的訛音(FR, 1: 121-124)。

這些「事實」顯示佛教不純,乃雜湊而成。而當時佛僧荒淫敗德,
神棍斂財聚貨等等社會亂象,入華耶穌會士亦歸咎於此。雖然這樣,
佛教最大的罪狀似乎不在上文所陳。就利瑪竇等人所接受的士林神學
而言,沙門的問題出在缺乏理性,尤其缺乏一套超越論,「因爲他們
把天與地、天堂與地獄都混爲一談」(FR, 1: 124)。正因佛教乏此「天
外有『天』」和「無中生有」的創造觀,一五九九年利瑪竇二訪南京
時,才會批評當時和他激辯的明僧三淮邏輯含糊,又攻擊他昧於萬物
有其主宰與根源的淺識。利瑪竇深一層的意思是:三淮不會省得柏拉
圖的本體與現象之別,遑論斯多葛學派的宇宙論(FR, 2: 75-77)。一六
〇八年前後,明代四大名僧之一的蓮池及其門下虞淳熙嘗和利氏再
辯,但雙方愈辯愈棼,幾無交集,上述兩點即爲癥結所在。蓮池難以
想像在天地之外另有一個無始無終而自足超驗的非人格存在體。倘用
利瑪竇批評三淮的話來講,這也就是說蓮池連「自立者」與「依賴者」
都分不清楚,焉能證明佛法比天主教義來得理性而高明[2]?

利瑪竇自此──用沈德符(1578-1642)《萬曆野獲編》的話來講──

<hr />

2　〔明〕蓮池的論點見《竹窗三筆・天說》,在《蓮池大師全集》,第4冊(出
　　版時地不詳),頁72-77。虞淳熙的論點及利瑪竇答虞氏、蓮池書俱見《辯
　　學遺牘》,在李編,2: 637-687。唯其中答蓮池一篇可能是僞作,見孫尚揚:
　　《明末天主教與儒學的交流和衝突》(臺北:文津出版社,1992),頁37-45。
　　相關論述見王煜:〈明末淨土宗蓮池大師雲棲袾宏之佛化儒道及其逼近耶
　　穌教與反駁天主教〉,在所著《明清思想家論集》(臺北:聯經出版公司,
　　1981),頁145-152;及Jacques Gernet, *China and the Christian Impact*, trans.
　　Janet Loyd (Cambridge: Cambridge University Press, 1985), pp. 214-221。

「最誹釋氏」[3]，和會內同志謗佛不遺餘力，而他們的策略之一便是著書，不但稍後高一志和艾儒略等人都刊有反佛言論，連中國信徒如楊廷筠和徐光啓亦草成《代疑篇》和《闢釋氏諸妄》[4]，攻擊自己曾一度宗奉的信仰。雖然如此，我仍然要指出此間有歷來學者罕察處，亦即明末耶穌會士爲布教而譯寫的西方古典型證道故事——尤其是人以爲系出古典的某些「僞古典」故事——之中，有部分和漢譯佛典的關係微妙，若有重疊，從而在中國宗教史、翻譯史與文學史上形成了一個不能算小的諷刺。證道故事的理論遠紹亞里士多德的《修辭術》，近承中世紀證道的藝術。上文所謂的「關係」，率因證道故事這源遠流長的歷史湊泊而成，其中有譯體上自覺性的模仿，也有故事本源上不自知的滲透。

譯體

在中國歷史上，廣義的天主教和佛教的關係當非始自耶穌會。聶派景教和摩尼教可能在隋末唐初即已入華，稱之爲接觸上的開路先鋒應不爲過。景教一度受到佛教的排擠，然而這個教派最重要的譯經僧景淨(fl. 786-788)卻曾協助佛教徒共譯浮屠經，史上明載詳陳[5]。反過來看，景教的譯經工作得力於佛教者也不少，名詞上佛化的情形尤其

3　〔明〕沈德符：《萬曆野獲編》，下冊(北京：中華書局，1997)，頁785。

4　見〔明〕楊廷筠《代疑篇》，在吳編，頁524-535；及〔明〕徐光啓：《闢釋氏諸妄》(1689年版)。後書我用的是耶穌會羅馬檔案館的藏本，編號：Jap.Sin.132.132a。或見《粹抄》，5: 6甲-14乙。

5　例子可見〔唐〕圓照集：《大唐貞元新定釋教目錄》，在《大正藏》，55: 756。其中德宗對景淨所譯梵典的評語是「理昧詞疏」，亦即認爲他於功有虧。此一問題另見方豪：《人物傳》，1:10。有關景教入華的近期研究見克里木凱特(H.-J. Klimkeit)著，林悟殊翻譯及增訂：《達‧伽馬以前中亞和東亞的天主教》(臺北：淑馨出版社，1995)，頁91-121。

顯然。景經常以「天尊」或「佛」對譯「天主」，又以「諸佛」稱「天使」，以「法王」釋「基督」，就是明證[6]。譯事上取法固有，中國佛教亦曾發生，譯經僧尤常在格義連類的名目下襲取道家用語[7]。但景教乃一神教，有其排他性格，沿用佛語自是非比尋常。《大秦景教流行中國碑》中，景淨說自己所宗「妙而難名」，所以「強稱景教」(《大正藏》，54: 1289)，可見翻譯問題困擾他們布教的程度有多大。

摩尼教和佛教的關係更為複雜。摩尼教乃普世宗教，在地中海一帶有人目之為天主教的異端，至少和天主教糾葛不斷。傳至中亞，則在火祆教之外又納入了佛教，規模益形龐大。到了宋代，摩尼教已經變成了明教，幾乎自我抹除，潛流而華化成為佛教的一支[8]。這種轉變暗示宗教與文化史上有一事實，亦即摩尼教的教義幾乎是在翻譯的融通中成長。近代人把敦煌所出的摩尼教經典——甚至包括景經——收入佛教的《大藏經》，因此不可謂師出無名(《大正藏》，54: 1270-1290)。中文摩尼經傳世者有限，通稱《摩尼教殘經》的一部尤多佛語，經文收梢處用的正是佛經常見的套式：「時諸大德，聞是經

6　參閱翁紹軍：《漢語景教文典詮釋》(北京：生活‧讀書‧新知三聯書店，1996)，頁37-40；以及方豪：《中西交通史》，第2冊(臺北：華岡出版公司，1977)，頁224。

7　參見朱慶之：《佛典與中古漢語詞彙研究》(臺北：文津出版社，1992)，頁29-30。當然，景教和道教的結合也極其顯然，《呂祖全書》中引景教讚頌，羅香林：《唐元二代之景教》(香港：中國學社，1966)，頁135-152曾加發微。近年來，西安某道觀又發現了一幅冶景教與道教思想於一爐的「聖子降世」壁雕，見Michael A. Lev, "Nativity Signals Deep Roots for Christianity in China," *Chicago Tribune* (March 18, 2001), Section 1, p. 4；或見拙作〈大君臨世的真像〉，《中央日報》，第18版(中央副刊)，2001年4月16日。

8　有關摩尼教演進及其在華的演變，請見Samuel N. C. Lieu, *Manichaeism in the Later Roman Empire and Medieval China: A Historical Survey* (Manchester: Manchester University Press, 1985)。另見林悟殊：《摩尼教及其東漸》(臺北：淑馨出版社，1997)，頁1-179；及王見川：《從摩尼教到明教》(臺北：新文豐出版公司，1992)，頁201以下。

已，如法信受，歡喜奉行。」另一名典《下部讚》更妙，乾脆把「耶穌」供奉爲「夷數佛」（《大正藏》，54: 1266-1290）。

　　景經在這方面的表現較爲分歧，不過《志玄安樂經》通篇多以四言體譯成，接近尤屬譬喻經類的佛典譯體，學者早就認爲互通有無[9]。耶穌會嚴斥佛教，連教內的遠親近鄰都判爲分袂兄弟，可想而知，對佛教譯寫所用自然會力加抗拒。會士所用的「上帝」或「天主」等詞確實出自中土，然而出典不是佛經，而是儒家據爲己有的《尚書》與《詩經》[10]，是利瑪竇等人早已戮力與之結合的傳統。饒是如此，耶穌會在布教早期，甚至到了中期和晚期，仍有不少會士爲捍衛天主獨一無二的本質，寧可從其拉丁音而譯爲「陡斯」。只要一睽畢方濟的《靈言蠡勺》或陽瑪諾的《聖經直解》，上述這點我們不難見微知著。可是防範雖嚴，我仍然覺得耶穌會有百密一疏之處，各種證道故事中尤可一見。

　　前謂景教《志玄安樂經》的譯體近似佛喻，不是空談泛論，丁敏的《佛教譬喻文學研究》就曾分析道：四字句乃譬喻經籍的基本句式，

9　馬祖毅：《中國翻譯史》，上卷（長沙：湖北教育出版社，1999），頁227。
　　《志玄安樂經》全文見江文漢：《中國古代基督教及開封猶太人》（上海：知識出版社，1982），頁68-73。

10　這個問題，傳統學界的討論不少，尤見Gernet, *China and the Christian Impact*, pp. 193ff；鐘鳴旦著，何麗霞譯：《可親的天主》（臺北：光啓出版社，1998），頁83以下；以及黃一農：〈明末清初天主教的帝天說及其所引發的論爭〉，《故宮學術季刊》，第14卷第2期（1996年夏季號），頁43-75。較具新意的後現代式思考，見王賓：〈「上帝」與「天」〉，在樂黛雲等編：《獨角獸與龍——在尋找中西文化普遍性中的誤讀》（北京：北京大學出版社，1995），頁170-186。王氏所謂「翻譯」的「原文」可惜皆指英文而言，而明末耶穌會士的語言卻是拉丁文或義大利文等南歐語言。王文論點因此力量大減。當然，「天主」一詞在道經如《呂祖全書》中已可見到，部分景僧或許在唐代也已經如此沿用了。參閱羅香林：《唐元二代之景教》，頁138。不過這整個問題最詳盡的討論應推鄭安德：《明末清初天主教和佛教的護教辯論》（高雄：佛光文教基金會，2001），頁11-43。

而《百喻經》係其典型[11]。明末耶穌會證道故事內含伊索寓言，也有
近似《福音書》中耶穌說的比喻，要之都有託喻的用意在焉。在佛教
的文類中，體式最接近者當然是佛所口布的譬喻故事[12]。在明末會士
傳譯的這兩類證道故事中，我便發現有幾條的譯體近似譬喻類的佛
典，和《志玄安樂經》隔代呼應。四言既為典型，下面不妨從一譯體
近似的耶穌會伊索式證道故事先行談起：

> 南北風爭論空中。北風曰：「陰不勝陽，柔不勝剛。葉焦花
> 萎，百物腐生，職汝之緣，我氣健固。收斂歸藏，萬命自根，
> 爾無與焉。」南風答曰：「陰陽二氣，各有其分。備（背）陰
> 偏陽，兩不能成。若必觭勝，我乃南面。不朝不讓，是謂亂
> 常。」南言未畢，北號怒曰：「勿用虛辯，且與鬥力。」乃
> 從空中僾地，曰：「幸有行人，交吹其衣。不能脫者，當拜
> 下風。」南風不辭，北乃發颶。氣可動山，行人增凜。緊束
> 衣裘，竟不能脫。於是南風轉和，溫煦熱蒸，道行者汗浹，
> 爭擇蔭而解衣矣。北風語塞，悵恚而去。（戈著，頁410）

此一故事我在本書第二章曾經談及，其情節相信眾已周知，而上引亦
出自金尼閣的《況義》。該書成書於明天啟五年，刊行地乃陝西西安，
一般研究者都以為是《伊索寓言》以書籍的形式中譯之始[13]。可惜天

11　丁敏：《佛教譬喻文學研究》（臺北：東初出版社，1996），頁572-573。

12　佛教的譬喻故事有「阿婆陀那」或「阿波陀那」（*avadāna/apadāna/aupamya*）
　　等等音譯之法，意譯另有「證喻」和「本起」等詞。本章以「譬喻」統攝
　　諸說，不另細分。欲知其詳，見印順：《原始佛教聖典之集成》（臺北：正
　　聞出版社，1986），頁598-616；或丁敏：《佛教譬喻文學研究》，頁6-73。

13　例如胡從經：〈《伊索寓言》在中國〉，在所著《晚清兒童文學鉤沉》（上
　　海：少年兒童出版社，1982），頁174-186；郭延禮：《中西文化碰撞與近
　　代文學》（濟南：山東教育出版社，1999），頁208-226；以及張錯（張振翱）：

啟年間的刻本已佚，目前唯抄本傳世。故事中除了少數片段外，主要內容顯然都用四言寫成或譯出。即使篇中寓義所在的道德教訓，金尼閣也是以四言寫下，彷彿贊體佛偈，本書先前也談過：「治人以刑，無如用德。」[14]（同上頁）

　　佛教譯經向來有文質之爭，三國支謙的《法句經‧序》已見端倪[15]。待北宋贊寧撰《宋高僧傳》，力主中道而行，「非直非密」，兩造爭論方弭[16]。譬喻類多於南北朝出經，從元魏吉迦夜共曇曜所譯的《雜寶藏經》到齊僧求那毗地所譯的《百喻經》，句式主體確實多屬四言。但是和〈南北風相爭〉一樣，主體之外或因語法與詞構故，間夾長短，也有輕微的雜言傾向。這種譯體，《百喻經》中的〈治禿喻〉可見一般，乃典型中的典型。茲篇伊始，求那毗地譯道：「昔有一人，頭上無毛，冬則大寒，夏則患熱。」接下來出現的則為長句與四言交混，謂此人「兼為蚊虻之所唼食，晝夜受惱，甚以為苦。」待聞得某醫者長於治禿，「時彼禿人，往至其所，語其醫言：『唯願大師，為我治之。』」（《大正藏》，4: 549）經中此時所用，由雜言又回返「四言」主體。除了少數例外，《百喻經》通書率皆如此迻譯。

（續）——————————————

　　　〈附會以教化——《伊索寓言》中譯始末〉，在所著《利瑪竇入華及其他》
　　　（香港：城市大學出版社，2002），頁59-85。

14　另見本書第二章第一節。

15　據錢鍾書：《管錐篇》，第3冊（北京：中華書局，1979），頁1101-1103的
　　　分析，嚴復所謂「信達雅」譯事三難，《法句經‧序》已經盡括其要，而
　　　魯迅亦暗示兩者間若有傳承。後者見一九三一年十二月五日致瞿秋白的
　　　信，引自劉靖之：〈重神似不重形式——嚴復以來的翻譯理論〉，在林語
　　　堂等著：《翻譯論集》（臺北：龍田出版社，1981），頁14注2。不過我不同
　　　意魯迅之見，因為嚴復雖宗先秦筆法，所謂「譯事三難」實應引申自英人
　　　泰特拉（Alexander Fraser Tytler, 1747-1814）的「譯事三原則」。見泰氏著 *Essay
　　　on the Principles of Translation* (1790), in André Lefevere, ed., *Translation/
　　　History/ Culture: A Sourcebook* (London: Routledge,1992), p. 128。

16　〔宋〕贊寧：《宋高僧傳‧義淨傳》，見《大正藏》，50:723-724。另參閱陳
　　　福康：《中國譯學理論史稿》（上海：外語教育出版社，1992），頁49-51。

上面把「四言」置諸引號，我另有用意。因爲倘據魯迅標點的現代版《百喻經》，禿人就醫和求醫用到的兩個對句是八字連成，逗號一概不施。有趣的是如此斷句，我們讀來居然也通順暢達[17]。這表示四言譯體未必遷就中文文法，某些情況下連句亦可。強予分隔，與其說是「句」，還不如說是「頓」，亦即因「換氣」而有以致之。下引《佛說譬喻經》乃唐僧義淨(635-713)所譯，去求那毗地已三百餘年，情形卻依然如故，可見四字句確實力貫日月：

> 乃往過去，於無量劫，時有一人，遊於曠野，為惡象所逐。怖走無依，見一空井，傍有樹根，即尋根下，潛身井中。有黑白二鼠，互齧樹根。於井四邊，有四毒蛇，欲螫其人。下有毒龍，心畏龍蛇，恐樹根斷。樹根蜂蜜，五滴墮口。樹搖蜂散，下螫斯人。野火覆來，燃燒此樹⋯⋯。(《大正藏》，4: 801)

這個譬喻裡有依語法斷句的地方，例如「樹搖蜂散，下螫斯人。野火複來，燃燒此樹」。但「乃往過去，於無量劫」一句，顯然是爲了湊足四個字而各自獨立，於中文雖未必佳，卻有贊寧所謂「天然西域之語趣」(《大正藏》，50: 724)。苟依現代標準，第二句和下文或許還可戲斷如次：「於無量劫時，有一人遊於曠野，爲惡象所逐。」如此斷句，我雖然意非「翻譯」，諷刺的卻已從「文言」在行「語譯」之實。所以所謂「語法」——這裡指的尤爲文言語法——其實鬆散，更不能以西方現代語言如英文者繩之。職是之故，佛經譯體上常見的四言基本句式，嚴格說來應該以今人朱慶之所謂「四字格」稱之才是[18]。

---

17 魯迅編，蓉生譯注：《百喻經譯注》(杭州：浙江古籍出版社，1987)，頁1。

18 朱慶之：《佛典與中古漢語詞彙研究》，頁8-15。

這些語句因聲頓而分隔，縱然和語法有關，也稱不上「嚴謹」二字。從北齊到唐代，譬喻經類的譯述主體，即都因此而迤邐開展。

　　四字格不盡然見於散體翻譯，時而也可於某些偈體發現，甚至跳出譬喻類經典，和佛《藏》其他部別結合，而且依然是句式主流，地位不墜。《詩經》以還，四言體乃詩文常態，又常和宗教著作結緣，形成一明顯可見的神聖文體[19]。究其所以，《詩》「句」仍爲肇因。〈雅‧頌〉諸篇雖有聯章複沓，偶見變格，但句式整練，易於對仗，鍾嶸以「文約意廣」稱美其德[20]，從而變成「後世的銘文、碑文、贊頌，以至於辭賦、駢文」最佳取法的對象[21]，應驗了《論語‧季氏篇》中孔子「不學《詩》，無以言」一語（朱編，頁177）。〈雅‧頌〉諸篇每又涉及祀神祭祖或氏族起源，和初民宗教關係匪淺。加以體式端莊樸實，於穆肅靜，佛典道經抗拒不得，師之法之也是人之常情。然而佛體用之，我覺得緣由有更甚於此者，蓋漢代獨尊儒術，《詩經》融入教育體制，四言體變成語言文化的主流，又結合科舉，化爲政治修辭的一部分。詔令文告，無不用之。時尙既成，譯師就無所遁逃。支曜在東漢靈帝時以四言譯《成具光明定意經》，可能就受到當時流行文體的啓發，隨後的經抄《四十二章經》也相去不遠[22]。

19　道經中的四字格，可能受到佛典的影響，不過詳情尙待研究。但丁《神曲》所創始的「三行體」（*terza rima*），在某個意義上也是西方人的「神聖文體」，詳見羅素（Jeffrey Burton Russell）著，張瑞林譯：《天堂的歷史》（*A History of Heaven: The Singing Silence*）（臺北：新新聞文化公司，2001），頁190。

20　〔南朝‧梁〕鍾嶸著，汪中注：《詩品注》（臺北：正中書局，1979），頁15。

21　褚斌杰：《中國古代文體概論》（北京：北京大學出版社，1992），頁50。

22　俞理明：《佛經文獻語言》（成都：巴蜀書社，1993），頁29-30。我從呂澂〈《四十二章經》抄出的年代〉之見，認爲此經應爲漢末或三國時期的經抄，不可能是第一部中譯的梵典。呂文附錄於所著《中國佛學源流略講》（臺北：里仁書店，1985），頁291-297。另請參見金克木：〈《梨俱吠陀》的祭祖詩和《詩經》的《雅》、《頌》〉，在所著《梵佛探》（南昌：江西教育出版社，1999），頁188-206。

譬喻經體以樸實者居多，胡適和梁啓超都認爲已經跳出南北朝華
麗的駢風，和當時的口語結合較深[23]。不過我們倘換個方向看，駢文
中的四言之所以華而不實，其實多因內容所囿。這也就是說四字格所
浮載者倘能變實，其力量當然咄咄，仍可保有形式上類如《詩經》一
般的古樸。所以在佛體方面我同意丁敏的「部分」解釋：她指出南北
朝文必四六，論必偶對，譯經僧置身其時，豈能自外於薰染？而嚴整
的駢風一搧，譯體隨之。加以助譯或筆受者的習染再燃，火苗一長，
自然定調。所謂華實之譏，在佛典譯體的月旦上因此不能以偏概全[24]。

丁敏的說法合情入理，我以爲信而有徵。但是駢體——更精確的
說法是「仿駢體」——譯經，依我淺見，還有其他更深一層的原因：
或是不得不爾，或因歷史背景牽引而成。佛陀說法，本來出以摩竭陀
（Magadha)語，不過幾經結集，時日既久，梵文後來居上，變成是寫
經的主要的語言，大乘典籍尤然[25]。十二世紀以後，多數梵典因印度
滅佛而消失在歷史的舞台上，《百喻經》等譬喻類經籍竟無「原典」
傳世[26]。儘管如此，梵文的特性，我們仍可從歷代譯經僧的狀述略知
一二。姚秦之際，鳩摩羅什（344-413)入華，嘗和僧叡對談梵文，謂：
「天竺國俗甚重文製，其宮商體韻以入弦爲善。」譯經人若「失其藻
蔚，雖得大意，殊隔文體」，便有似「嚼飯與人」（《大正藏》，50:

---

23 胡適：《白話文學史》（臺北：文光圖書公司，1974），頁143；和梁啓超：
〈翻譯文學與佛典〉，在所著《佛學研究十八篇》（臺北：臺灣中華書局，
1985），頁28。

24 丁敏：《佛教譬喻文學研究》，頁572。

25 參見季羨林：〈原始佛教的語言問題〉、〈再論原始佛教的語言問題〉和
〈三論原始佛教的語言問題〉等三篇重要論文，在所著《季羨林文集》，
第3卷（南昌：江西教育出版社，1998），頁400-438，以及頁459-506；或見
印順：《原始佛教聖典之集成》，頁44以下。

26 參見金克木：《梵語文學史》（南昌：江西教育出版社，1999），頁169；以
及小野玄妙著，楊白衣譯：《佛教經典總論》（臺北：新文豐出版公司，
1983），頁441-446。

342)。質而再言，其實又何止於羅什所用的這個日常語典的內涵；數世紀後玄奘著《大唐西域記》，也曾指出大乘梵典出經最夥的中天竺「辭調和雅，與天同音，氣韻清亮」[27]。梵典與梵文的特色，由是觸類旁通，可也。

　　此一特色，當然以梵文強烈的音樂性爲主，是以「吟唱」遂爲梵典日常的「閱讀行爲」。許地山和梅維恆（Victor H. Mair）等人稱元曲、近體詩和印度淵源匪淺，立論乃由此而發。梵典既然有此特色，囮爲中文，更不可尋常迻對。中文字字單音，在涵容梵典以音步爲主且具輕濁之妙的句式時，觸處困難。《高僧傳》第十三卷故而論曰：「自大教東流，乃譯文者眾。而傳聲蓋寡，良由梵音重複，漢語單奇。若用梵音以詠漢語，則聲繁而偈迫。若用漢曲以詠梵文，則韻短而辭長。是故金言有譯，梵響無授。」（《大正藏》，50:413）面對這種語文上的窘境，歷來譯經僧的對付之道幾唯字頓與平仄而已。所以他們翻譯時就必需固定字數，齊一句式。譬喻類以四字格奠基，音節當然是顧慮之一，譯經師隨時得懸念在心[28]。他們所做所爲，因此是史萊瑪赫（Friedrich Schleiermacher, 1768-1834）和現代西方譯論家所謂「異化」（foreignization）與「內化」（domestication）合一的典範[29]。鳩摩羅什係

27　〔唐〕玄奘：《大唐西域記》，卷2，在進步書局編：《筆記小說大觀》，第19編（臺北：新興書局，1980），頁444。另請參閱季羨林：〈所謂中天音旨〉，在所著《季羨林佛教學術論文集》（臺北：東初出版社，1995），頁393-427。

28　有關音節的問題，參見金克木：《天竺詩文》（南昌：江西教育出版社，1999），頁401。不過金氏和我所論有一異，亦即他專注於佛體中五字格的譯事問題。另參看許地山：〈梵劇體例及其在漢劇上匙點點滴滴〉，《小說月報》，第17卷號外（鄭振鐸編：《中國文學研究》，下編；上海：商務印書館，1927），頁16-28；以及Victor H. Mair and Tsu-lin Mei, "The Sanskrit Origins of Recent Style Prosody," *Harvard Journal of Asiatic Studies* 51/2 (Dec. 1991): 375-470。

29　Friedrich Schleiermacher, "Über die verschiedenen Methoden des Übersetzens" ("On the Different Methods of Translation"), in André Lefevere, ed., pp. 141-166. Also see Lawrence Venuti, *The Translator's Invisibility: A History of Translation* (London: Routledge, 1995), pp. 19-20. Cf. Anthony C. Yu,

早期譯師中的佼佼者，本人出經當然多用四字格，而所譯倘難逃自己的「嚼飯」之譏，則散體通篇，甚或繩之以古文，豈非自我矛盾？加以宗教必有儀式，而儀式攸關音樂，四字格音樂性強，正「可使人耳聽清楚，口誦容易」[30]，便於記憶，古來故爲譯場所重。

　　我們有此認識，便不難想像金尼閣中譯〈南北風相爭〉時何以會取法佛體。對他而言，下筆行文皆爲傳播福音，拉丁文又屬印歐語系，和梵文在字句的音構和語構上較爲接近，佛典「由梵改秦」的聲頓法故可攻錯。仔細比較〈南北風相爭〉和《百喻經》的譯文，我覺得金尼閣的認識還不僅止於此。他筆力健遒尤勝佛喻，甚至已由駢文走向具體而微的賦體，遠較〈治禿喻〉爲「雅」。後者句式畫一，惜乎通篇不避「頭上無毛」這類俗語，用金岡照光的話來說，確爲「雅俗折衷」的體式[31]，又合乎梁啓超「之乎者也矣焉哉」一概免了的觀察[32]。然則金譯就是心裁別出，或和〈南北風相爭〉最早的歐洲出典有關。此一寓言當然源自《伊索》，而《伊索》的眾多版本中，不論是巴柏理的韻體《伊索寓言詩》、奧古斯都本的《伊索寓言》，或是四世紀亞維奴的《伊索故事詩》，其希臘或拉丁原文泰半由雅體構成，寫來當然爲的是「文學」二字，充分顯現作家本人的丰采。金氏出身西歐文藝復興時期，這方面他知之甚詳，所以譯來幾乎古爲今用，把尤其是拉丁本的文體展露無遺，較諸《百喻經》，可想「文」甚，甚至超勝。

────────────────

(續)────────────────

"Readability: Religion and Reception of Translation," *Chinese Literature: Essays, Articles, Reviews* 20 (1998): 89-100.

30　丁敏：《佛教譬喻文學研究》，頁573。

31　金岡照光：《佛教漢文の讀み方》（東京：春秋社，1983），頁29。贊寧或許寧願稱之「亦雅亦俗」，蓋佛經的章句每每「渾金璞玉，交雜相投」，見《大正藏》，50: 724。另請參閱金岡氏：《敦煌の繪物語》（東京：東方書店，1985），頁55以下。金岡氏前一著作，我因丁敏：《佛教譬喻文學研究》，頁574而得悉。

32　梁啓超：〈翻譯文學與佛典〉，《佛學研究十八篇》，頁28。

　　第二章裡我曾指出：〈南北風相爭〉的歐洲傳統乃由北風與太陽較勁開篇，不是金譯本的方位對峙。西方古典中這兩雄各具特色，然而在中國人的觀念裡，北風與太陽卻非正對或反對的修辭等體；如果依樣照譯，可能畫虎不成，意俗兩失。類此修辭上的考量，「陰不勝陽」以下諸句依然明顯。這幾句話不僅對仗工整，而且形音兼備，在辭藻堆垛中窮形盡相，可謂一氣呵成。至於兩風間的問答，歐典闕，中譯裡卻是強調上的主軸，尤可見賦體的影響。按傳統之見，「賦」者「敷」也，劉勰所謂「鋪采摛文，體物寫志」是也。前者表現爲賦中的設爲問答，後者則形成諷誦之旨，照顧到「遁詞以隱意，譎譬以指事」的文類內涵（周注，頁137和276）。此所以金尼閣的主句（topic sentence）一出，兩風立即展開問答，而其所辯所論亦爲隨後寓意之所依。當此之際，「原文」對譯者而言似已「不見」，金尼閣——或他的筆受者——在意的反而是賦體的文體成規。四言主體就此出籠，抑且化文爲韻，至少韻散兼備，將說故事者志之所托轉爲敘述。

　　〈南北風相爭〉的氣勢之盛，和邏輯或敘事條貫也有關係。金尼閣雄辯滔滔，我以爲深受歐洲修辭學所謂「擴張法」的影響。文中故此由陰陽本質之異力斥北風，先是動之以情，曉之以理，繼而誘之以利，迫之以威，可謂層次分明，華藻彬彬。即使四字易位，金尼閣的筆力猶存。南風施威一段，他「下筆」音調鏗鏘，使人肉飛神動，雜言賦體隱約可見：「於是南風轉和，溫煦熱蒸，道行者汗浹，爭擇蔭而解衣矣。」這類語句如果不是出現在全喻的轉折處，就表示曲終奏雅，故事的動作已經完成，當然又是賦體典型。兩風之爭的動人力量，由是絕非情節異常使然，而是拜賦體揚厲誇張的修辭手法所致。我們若去其華采，則通篇稀鬆平常，即使較諸〈治禿喻〉，亦無高明可言。質而言之，〈治禿喻〉果因駢文促成，那麼金尼閣的兩風之爭也不過「鋪采摛文」，僅在佛教譯體的基礎上加油添醋罷了。駢文雖淵源自民間文學的排偶行儷，直接所出卻是南北朝的駢賦，兩者所用的四字

格因此才見明顯的傳承。

　　從宗教修辭的發展看，〈治禿喻〉和〈南北風相爭〉的筆法高下另又涉及賦體的演義功夫，其廣度更在歐人的擴張法之上。金尼閣於此之表現，當然也勝過佛喻一籌。其中關鍵，我以爲仍推歐洲修辭初階在背誦上的想像空間爲首。其廣闊無垠，本書第三章曾經論及。但是我們若不以賦體爲限，則衡諸歷史，演義之道最爲在行者，恐怕仍爲後世的佛教文學，唐及五代的變文不就是最佳的說明？不論體裁爲何，宗教文學中這類演義功夫實爲語言上的合縱連橫，意在勸化或說服，在世俗的層次上也涉及了亞里士多德《修辭術》所擬傳達的辭令學要（*AR*, 1.1.3ff）。

　　耶穌會士使用四字格，不僅限於金尼閣所譯的寓言，艾儒略近廿年後寫的《天主聖教四字經文》也依樣畫葫蘆。柯毅靈（Gianni Criveller)以爲艾氏模仿的是《三字經》等蒙書，其實未必[33]。《天主聖教四字經文》的主要內容乃基督行實，並非證道故事，這裡我只能存而不論。儘管如此，我們倘由敘述觀點予以檢視，則文前我所強調的語體與文體上的「傳承」，艾著似乎也是一證。就〈治禿喻〉或是義淨筆下的〈空井喻〉而言，我們還有一點應該注意：寫經人或許會用「如是我聞」之類的第一人稱記錄，可是臨到世尊說喻，故事一律變成全知觀點，文脈中人也每每以第三人稱或其對等名詞示現。此所以〈治禿喻〉開篇便道：「昔有一人」，如是如是。此亦所以〈空井喻〉在表出時間後便如法炮製曰：「時有一人」，如何如何。話說回來，佛喻在結構上的「六定說」涵蓋佛陀說喻的整個語境[34]，天主教

<hr>

33　Gianni Criveller, *Preaching Christ in Late Ming China: The Jesuits' Presentation of Christ from Matteo Ricci to Giulio Aleni*（Taipei: Ricci Institute, 1997), pp. 254-259.艾儒略的《天主聖教四字經文》，我用的是梵帝岡圖書館藏本，編號：Borg.Cinese.334(26)。

34　L. N. Menśikov著，許章眞譯：〈中國文學中的佛教寓言故事〉，在許譯：

教士金尼閣當然不可能照搬如儀。加以口度的證道故事倘屬《伊索寓言》，在一般觀念中可謂「作者明確」，文有所「本」，並不合阿難口中「如是我聞」的情境，則耶穌會士怎麼可能借用？教別沒有構成障礙之處，唯有故事背景的提示。金尼閣的主角如果是人，類屬「比喻」，則他可能依「佛法」提述故事。主角倘非人類，類屬「寓言」，則金氏除令其作人語外，背景也會交代清楚，而且還會用全知觀點再加敷衍。如此一來，角色自然也就跟著出以第三人稱或其對應主詞了。

　　上文最後一點，〈南北風相爭〉尤可為例。此一故事當然是「寓言」，篇首用「南北風爭論空中」這個提述，多少便符合佛喻的精神。巴柏理的本子以「他們說」起述（*BP*, 28-29），所使乃轉述之法，和金尼閣大不相同，因為後者走的是奧古斯都和亞維奴的全知觀點[35]，目的在加強時間的久遠之感。喻首「南北風爭論空中」一語，在這種情況下就變成佛喻的變奏，是「昔有一人」這類背景提述法的天主教版本。證道故事確有形變，提述語亦經轉化，但是就說喻的方法與精神而言，〈南北風相爭〉仍然沒有踰越佛經基本的觀點結構。

　　〈南北風相爭〉另有中古證道故事集的變體，不過如前所述，兩雄的問答辯難在上古或中古「原本」中均缺，想是金尼閣擅自添加所致。其中「南北」、「陰陽」與「剛柔」等詞乃偶對中的反對，顯然如第二章所陳，都是耶穌會「適應中國語情」的表現，用來自然。入華耶穌會司鐸中，金氏的中文寫作造詣深受好評，良有以也[36]。但〈南

（續）──────────────

　　《西域與佛教文史論集》（臺北：臺灣學生書局，1989），頁293。

35 Perry, ed., *Fabvlae Graecae*, in his ed., *Aesopica*, vol 1（Urbana: University of Illinois Press, 1952）, p. 339; and J. Wight Duff and Arnold M. Duff, eds. and trans., *Minor Latin Poets*, vol 2（Cambridge: Harvard University Press, 1990）, pp. 688-689.

36 Louis Pfister, *Notices biographiques et bibliographiques sur les Jésuites de l'ancienne mission de Chine*, vol I（Shanghai: Imprimerie de la Mission catholique, 1932）, p. 116.

北風相爭〉文體佛化的過程，我相信筆受者張賡貢獻最大。張氏乃福
建泉州人，不過生平不詳，即使對他考證最力的戈寶權所知也有限。
我們僅知他在萬曆丁酉年（1597）中舉，宦途曾遠至河南與陝西。他筆
受的《況義》刊刻於西安，可能是在開封和金尼閣共譯，情況略如聶
承遠之於竺法護或魏易之於林琴南。據謝懋明《況義·跋》，張賡言
行凜然，極憫世人黯昧，遂有爲人遷善遠罪之志。自謂讀了楊廷筠的
事蹟之後，「乃得聞天主正教」，從而改宗[37]。楊氏受洗之前，係一
虔誠的佛教徒[38]，如此則張賡改宗的經過，莫非也有類似之處？至少
從他爲金尼閣筆受及筆潤的手法看來，他於佛《藏》似不陌生，「譯」
起〈南北風相爭〉尙能上溯駢文，乃至賦體。整練的語言修爲，梁啓
超所謂「以壯闊之文瀾，演微妙之教理」，或可比況[39]。

　　不論是張賡或金尼閣，兩人其實都深得「雅俗折衷」的譬喻體三
昧。《況義》全書文白夾雜，雅致如〈南北風相爭〉者畢竟不多。下
面我謹從此書舉「較俗」的一例，再從賦類他體的角度試剖金譯證道
故事和佛譯結合的另一方式：

> 有人於此，三友與交。甲慕密，乙慕疏，而丙在疏密間。大
> 氐猶（憂）戚之也。此人行貪穢，事主不忠，上詔逮之。急惶

37　見戈寶權：〈談牛津大學所藏《況義》手抄本及其筆傳者張賡〉，《中國
　　比較文學》，第5期（1988年），頁104-109。另請參閱岡本さえ：《近世中
　　國の比較思想：異文化との邂逅》（東京：東京大學東洋文化研究所，2000），
　　頁65-70。

38　有關楊廷筠入教的經過，見N. Standaert, *Yang Tingyuan, Confucian and
　　Christian in Late Ming China: His Life and Thought* (Leiden: E. J. Brill, 1988),
　　pp. 52-62；以及Willard J. Peterson, "Why Did They Become Christians? Yang
　　T'ing-yün, Li Chih-tsao, and Hsü Kuang-chi," in Charles E. Ronan, S. J. and
　　Bonnie B. C. Oh, eds., *East Meets West: The Jesuits in China, 1582-1773*
　　(Chicago: Loyola University Press, 1988), pp. 130-137。

39　梁啓超：〈翻譯文學與佛典〉，《佛學研究十八篇》，頁30。

遽求援，念：「吾最密之友，逢人見愛，權動公卿，請與偕
往。」曰：「急難相拯，實在友矣。」友曰：「爾所往遠而
險，我艱步趨，方奈何？」爾時罪人深懊恨，自以生平密交，
「如是如是，更向誰憐？」沈於淵者，不問所持，則姑向丙
家友叩情。丙家友曰：「我未使與俱也。但誼不可失，相將
至郭外而反。」此人回思，悲念無復之矣。異日者交疏友生，
又何敢告？是友翻來慰勞曰：「而（爾）勿憂，而（爾）還從我
可，不失望也。彼二友者，不能同往，往亦不能救若。我且
先，若後來，能令主上赦若罪。若立功，復若舊寵矣。」（戈
著，頁410-411）

這個故事我在第二章中稱之為〈三友〉，我也提過其拉丁「原本」曾
經橫掃歐洲聖壇，咸信是十五世紀英國及荷蘭道德劇《凡人》的底本。
金譯之前近廿年，利瑪竇在《畸人十篇》中也曾講過，而且開篇的提
述就是「昔有一士」，幾乎是〈治禿喻〉或《百喻經》他作中「昔有
一人」這種全知觀點的翻版。即使金尼閣篇首所謂「有人於此，三友
與交」，在我看來也和上述佛體所出的賦體有關。不過這裡我急待澄
清的是，所謂「賦體」，我指的並非南北朝的駢賦，而是人稱中國賦
體之始的「荀賦」。

　　按照梁啓雄的看法，荀子的「賦」義在傳統《詩》義之外，另有
強烈的許慎或揚雄筆下的「歛藏」之意[40]。此因荀賦的鋪陳大多意在
廋辭，此亦所以劉勰在《文心雕龍》裡說：「荀結隱語，事數自環。」
（周注，頁138）總而言之，荀賦殆為「寓言」之屬，就文類而言可謂
已為晚出的佛喻預埋先機，甚至包括天主教的證道故事在內。文前提
到丁敏之見，我曾以「部分」二字加以限制，原因便在我認為她以駢

_____

40　梁啓雄：《荀子簡釋》（上海：古籍出版社，1956），頁369。

文為佛體之源僅屬表相,並不能直指佛教譯史上四字格的根髓。我的淺見,前人中梁啓超早有提示。他說駢文「綺詞儷句」,和佛喻的「雅中帶俗」大相逕庭[41]。所以駢文和佛喻果有淵源,恐怕唯時代的啓發而已。究其原始,荀賦才應該是那最值得深思的聯繫。說來詭譎,這一點天主教的〈三友〉有後出轉精之勢,似乎可以雙管齊下,借為天釋譯體匯合更進一步的說明。

　　荀賦有雜言,但是四字格係其體裁上的基本句式,褚斌杰謂之出自《詩經》,我以為是。褚氏繼而提到:荀賦因具隱語性格,所以得結合民間文學才能顯現力量,巧麗誇飾非其所長。因此之故,荀賦和漢代非屬俗賦的大賦距離就大,遑論南北朝已臻頂峰的駢賦或駢文[42]。我們倘移荀賦體俗的特色對照於金尼閣的〈三友〉,譯體間的淵源與傳承就會明顯許多。金文在文體上白甚,丙友所謂「我未使與俱」和「相將」諸說,口語的成分重,甚至有外來語法之嫌,略如梵化的佛經譯文。通篇復以四字格為基礎寫成,間以各式句法,從三至八言不等,有如荀賦及其蔓衍的佛經譯體重現於明人翰墨中。此外,開篇所謂「有人於此,三友與交,甲綦密,乙綦疏,而丙在疏密間」,則無論句式與用字之大要,更可能複製自〈雲賦〉篇首的「有物於此,居則周靜致下,動則綦高以鉅」[43]。

　　我之所以有後一淺見,不僅因這裡特殊的用字如「綦」字重疊,最耐人尋味的還包括「有人於此」一句顯係衍自荀子的「有物於此」。我們也可以說荀子這句話已經變成後世喻體翻譯上的常套,差別僅在荀語為「物」,因為〈雲賦〉狀寫的重點非人。今天可見的幾篇荀賦,其體物寫志率由這種靜態的畫面出發,然後再娓娓追述所擬窮盡之相

---

41 梁啓超:〈翻譯文學與佛典〉,《佛學研究十八篇》,頁29。

42 褚斌杰:《中國古代文體概論》,頁72-73。

43 梁啓雄:《荀子簡釋》,頁357。

或所擬寄托之旨。上舉〈雲賦〉不過一例，我們倘翻開〈蠶賦〉和〈鍼賦〉，還可見到典型再現，因爲二賦也都以「有物於此」命其篇首。即使是句型稍異的〈禮賦〉，同樣由「爰有大物」起述，由靜致動的客體化筆法昭如日月。荀賦是寓言，金尼閣借其體以中譯〈三友〉，恂爲浹洽，因爲金譯亦隸屬於「寓言」(allēgoria)這個大文類之下，不折不扣乃是比喻故事。

〈禮賦〉以次，荀體澤被譯史，因此不是不可能，或予口度和筆受佛經者更多的啓發，從而下開耶穌會士的寓言譯體。金尼閣游移在荀賦與佛譯之間，可能先因後者迪啓，然後在張賡的指引下直探本源，由〈雲賦〉截取句型，借用字詞。佛教的影響力當然也不可輕視，在上舉〈三友〉中的例句之外，篇中他如「爾時罪人深懊恨」等句，和梵籍更在疑似之間，我很難相信金氏和張賡沒有師法之意。話說回來，「事主不忠，上詔逮之」一類的句法旋即掩至，顯示金尼閣同樣不敢違拗中文雅體，全篇因此又介於文白之間，可謂「雅俗與共」。在體調上，金尼閣當然重返〈治禿〉與〈空井〉兩喻，乃至於漢《藏》中多數的譬喻故事。

〈南北風相爭〉奠基在荀賦及其轉出的佛教譯體之上。較諸佛喻，〈南北風相爭〉的筆法竿頭再進，我覺得金尼閣和張賡早有勝出之意。不過眼高手低，他們也難免。北風所謂「勿用虛辯，且與鬥力」，傾斜的角度自是「俗」體積習。北風隨後又提到的高下區別之法，亦即所謂「不能脫者，當拜下風」數語，更是文中有白，力量雖強，俗氣未脫，說來又何異於〈治禿喻〉所謂「晝夜受惱，甚以爲苦」？倘以文體衡諸〈三友〉通篇，其「俗氣」當然遠較〈南北風相爭〉爲重。何以如此？白話語法分明，此其一。仔細再案，似乎又連四字格這種文言面向也相對減少了。就「俗」的一面而言，〈三友〉用字的精神確實近似《百喻經》，甚至直逼其他譬喻類的佛教典籍。

和〈南北風相爭〉一樣，〈三友〉也撰有「義曰」或「篇末寓義」。

〈南北風相爭〉取自上古《伊索寓言》的線脈，篇前提掣或篇末寓義都是故事舊套[44]。在證道故事集的傳統中，寓義解說雖然也是常態，和佛喻套式如出一轍，然而其形成方式卻各有巧妙，入華耶穌會士每加沿襲。〈南北風相爭〉的「治人以刑，無如用德」化自贊體，也有可能衍自佛偈。不過更值得深思的是，四字格在〈三友〉的「義曰」中反而罕見，唯有佛語「功德」的觀念公然見引，在耶穌會易儒後的中文著作裡罕見，令人頗興孫悟空畢竟跳不出如來佛的手掌心之感：

> 義曰：世人之所急愛厚密，貨財金寶等也。次者，妻子親朋也。最輕薄而安疏，則德功是矣。人者獲罪於天，死候迫之，財貨安能俱？其妻子親友，哀送萬里而回。惟此功德，永守爾神，祈天保佑。世之人莫與為友，何也？（戈著，頁411）

如果傳世的《況義》抄者沒有筆誤，我相信在上引文第二行的「德功」和第三行的「功德」之間，金尼閣和張賡的選辭用字必然經過一番心理掙扎。「德功」並非佛語，利瑪竇在《畸人十篇》的同一故事中譯為「德行」（李編，1: 162），類如今天中國基督徒口中的「善行」或《證道故事大觀》所用的拉丁詞「善工」（*bonna opera*）[45]。「功德」則不然，語詞顯然出自佛教，是信眾口頭或經籍上常見的用詞[46]。金尼閣借取之前，應已熟悉《畸人十篇》中的「德行」，蓋明末耶穌會士有傳觀所作的習慣。金尼閣必然深知《畸人十篇》的撰作背景，因為他曾把利瑪竇的《中國傳教史》譯為拉丁文。由於此故，金氏於「德

---

44 Morten Nøjgaard, *La Fable Antique*, vol 2 (København: nyt Nordisk Forlag, 1967), pp. 22ff。

45 Johann Major（1534-1608）, *Magnum speculum exemplorum*（Douai, 1603; microfilm, Ohio State University Library）, p. 23.

46 參見陳孝義：《佛學常見詞彙》（臺北：文津出版社，1984），頁131。

行」，更無不知之理。然而教中先賢的譯詞，金尼閣和張賡似有疑慮，而我疑其爲猶豫所囿，《況義》中才有隻字之差，最後也才斷然採佛語「功德」格義，總結〈三友〉全喻。

倘就〈南北風相爭〉與〈三友〉的譯筆合而觀之，我們目前似可暫作結論道：金尼閣和張賡所爲與其說是「不自知」師法佛教，還不如說兩人心中於佛門譬喻的漢譯早有認識，是以沿襲其體，進而超勝，一較短長。

故事

短長的較量並不等於全盤的否定，「德功」或「功德」其實都近似「善行」的拉丁詞意，金尼閣當可不必因爲語出外典就偏廢其言。〈三友〉這篇故事和〈南北風相爭〉倒有一異可以再議，亦即「比喻」和「寓言」（*fabula*）之別。我舉以爲例，並非信手拈來，因爲就源流而論，〈三友〉正是本章轉入耶穌會證道故事「不自知」受到佛教滲透的最佳例子。這話說來又長。如前所述，〈三友〉風行於中世紀的歐洲聖壇，但其始也，則不在歐洲中古，而在七、八世紀的小亞細亞。其時大馬士革的聖約翰「撰」有希臘文本《巴蘭與約撒法》一書，述印度王子約撒法在聖徒巴蘭開示下改宗基督，而勸化過程中巴蘭所述的五個最重要的比喻故事裡，〈三友〉赫居其一（*BI*, 190-199）。中世紀拉丁文的〈三友〉各本，其實都是根據約翰的「原本」輾轉重譯或改寫而成，是以彼此間差異不大。利瑪竇和金尼閣等人所譯，雖然彼此時差近廿年，一旦論及故事中三友各自所代表的意義，則差距幾可消弭。之所以會有此等現象，原因正在底本同源。

約撒法既爲印度王子，那麼《巴蘭與約撒法》莫非原生印度？答案正是。約翰所傳，不但其拉丁文譯本風靡羅馬公教的世界，希臘文原本更是襲捲東方教會，中世紀迄廿世紀前夕，影響力僅次於《聖

經》。證道故事集之所以廣收〈三友〉，原因也是在此。然而從十九
世紀中葉以來，賈可伯士等研究者陸續發現，「約撒法」一名其實從
「菩薩」（bodhisattva）轉音而來。其管道或爲波斯文，或爲喬治亞文，
而約翰本則大有可能是據希伯來文本改譯成書[47]。易言之，在希臘文
本出現之前，中亞一帶已有爲數不少的〈三友〉流傳。上引此一故事
的寓義，除了希臘文本之外，六世紀的喬治亞文《巴拉法里亞尼》（The
Balavariani) 中亦可覓得，可以爲證[48]。〈三友〉各本在內容上大同
小異，不啻一脈相傳，引入中土之前，史坦豪早已視爲《伊索寓言》
之一，而日本耶穌會士甚至搶先一步譯行，收入所謂古活字版《伊曾
保物語》之中[49]。

　　在《巴蘭與約撒法》的本子裡，約撒法因見到生老病死而轉向宗
教，這段經驗正是《普曜經》等本緣部佛典中，悉達多太子出迦毗羅
衛城遊觀的經過（《大正藏》，3: 502以下）。由是衡之，則《巴蘭與

47　有關《巴蘭與約撒法》風行歐洲始末及「約撒法」的轉音問題，見Joseph
　　Jacobs, "Introduction" to his trans., *Barlaam and Josaphat: English Lives of
　　Buddha* (London: David Nutt, 1896), pp. iff。雖然如此，Nicholas Standaert,
　　"The Jesuits' Preaching of the Buddha in China," *Chinese Mission Studies
　　(1550-1800) Bulletin* 9（1987）: 40 and 41n7指出，早在十六世紀上半葉，就
　　有葡萄牙史家看出《巴蘭與約撒法》的故事和佛傳有關。

48　David Marshall Lang, trans., *The Balavariani: A Tale from the Christian East
　　Translated from the Old Georgian* (Berkeley and Los Angeles: University of
　　California Press, 1966), p. 80.

49　Keiko Ikegami, *Barlaam and Josaphat: A Transcription of MS Egerton 876 with
　　Notes, Glossary, and Comparative Study of the Middle English and Japanese
　　Versions* (New York: AMS Press, 1999), pp.17-43.另見小堀桂一郎：〈三人
　　の友の話──古活字本《伊曾保物語》下卷第卅三話と《エヴリマン》説
　　話〉，《比較文學研究》（東京大學比較文學會），30（1976），頁69-114；
　　及〈《エヴリマン》説話の根源と傳承──三人の友の話補説〉，《比較
　　文學研究》，34(1978)，頁178-198。日文本〈三友〉題爲「三人より中の
　　事」，見中川芳雄解題，《古活字版伊曾保物語》（東京：勉誠社，1981），
　　頁226-229。

《約撒法》雜湊佛典而成，事態至顯。賈可伯士等人所懵懂者是：〈三友〉這個《巴蘭與約撒法》中的比喻是否也有梵籍上的依據？此一問題倘能肯定，則接下來我更感興趣的是：我們可否於中文佛《藏》讀到這個天主教世界傳頌千年的證道故事？

後面這個問題，我出入部分漢《藏》，又查考了歷來《巴蘭與約撒法》的研究，總算求得答案大致的輪廓。倘據日本學者高橋源次之見，〈三友〉雖然未必和《凡人》有直接的關係，其出典卻仍屬譬喻類經籍，基型或可見於鳩摩羅什譯、道略集的《眾經撰雜譬喻經》[50]。後書第三十三條說：「昔有二人親親」，待一人犯罪應死，走而求助於另一人，對方卻相應不理，棄他而去。不但如此，對方還冷嘲熱諷道：「緩時為親親，有急各自當去，不前卿也。」所幸罪犯在傷心之際，「復有一善知識往過之」，謂：「卿與我雖疏，當送卿著安穩處。」（《大正藏》，4: 539）

在佛祖眼裡，此一〈親親喻〉中的罪犯「喻人精神」，其人之「親親」則指「四大身」，亦即父母與妻子等等。他們平日居家而處，凡人都會關懷備至。一旦無常對至，這些親屬往往不足為恃，關愛轉眼化為雲煙。至於那「善知識」，比的則是「三歸五戒」，也就是對「佛法僧」的皈依，對「殺生、偷盜、邪淫、妄語和飲酒」的戒絕。這些信仰和戒律，凡人平日或許疏於持守，急難時卻可能是精神的守護者，甚至可「將至他國安著所須供給無乏」，也就是可以提供「佈施持戒」等引送天上的「福力」（同上頁）。倘自利瑪竇、金尼閣的天主教觀點詮解之，這裡所謂的「福力」當為「善行」的同義語。

《眾經撰雜譬喻經》這個譬喻中犯罪者的關係人只有兩位，但是故事所強調的永恆與短暫的價值對比一眼可辨，確有可能是〈三友〉

50　Genji Takahashi（高橋源次）, "An Approach to the Plot of *Everyman*," *Eibungaku kenkyu*（《英文學研究》）18/4 (1938): 476-485.

的佛教基型。不過故事性弱係其缺點，文學想像力亦不如其天主教對應體。話說回來，若以敘事性及其相關的想像力爲限，即使是〈三友〉這麼絕妙的比喻，恐怕也趕不上《雜阿含經》中另一個類似的譬喻。《雜阿含經》這個故事有其框架中的語境，出喻前佛祖一如多數經中場合，乃講道於舍衛國祇樹給孤獨園。他爲曉諭眾比丘「人有四因緣」，遂「譬一人有四婦」曰：

> 第一婦為夫所重，坐起行步，動作臥息，未曾相離。沐浴莊(裝)飾，飯食五樂，常先與之。寒暑饑渴，摩順護視，隨其所欲，未曾與諍(爭)。第二婦者，坐起言談，常在左右。得之者喜，不得者憂；或致老病，或致鬥訟。第三婦者，時共會現，數相存問。苦甘恣意，窮困瘦極，便相患厭。或相遠離，適相思念。第四婦者，主給使令，趣走作務，諸劇難苦，輒往應之，而不問亦不與語。希(稀)於護視，不在意中。此四婦夫，一旦有死事，當遠從去，便呼第一婦：「汝當隨我去。」第一婦報言：「我不隨卿。」婿言：「我重愛無有比，大小多少，常順汝旨，養育護汝，不失汝意，為那不相隨？」婦言：「卿雖愛重我，我終不能相隨。」夫便恨去，呼第二婦：「汝當隨我去。」第二婦報言：「卿所愛重第一婦，尚不隨卿，我亦終不相隨。」婿言：「我始求汝時，勤苦不可言。觸寒逢暑，忍饑忍渴，又更水火，縣官盜賊，與人共諍(爭)。偎偎咋咋，乃得汝耳。為那不相隨？」婦言：「卿自貪利，強求為我。我不求卿，何為持勤苦相語耶？」夫便恨去，復呼第三婦：「汝當隨我去。」第三婦報言：「我受卿恩施，送卿至城外，終不能遠行到卿所至處。」夫自恨如去，還與第四婦共議言：「我當離是國界，汝隨我去。」第四婦報言：「我本去離父母，來給卿使。死生苦樂，當隨卿所到。」

此夫不能得可意所重三婦自隨，但得苦醜不可意者俱去耳。
（《大正藏》，2: 495-496）

《雜阿含經》的構成與出經過程複雜[51]，上引〈四婦喻〉出自《大正
新脩大藏經》第一〇一號。喻中主角的關係人有四，比〈三友〉多出
了一人。然而重要的是結構幾乎一致，有可能才是〈三友〉的真身原
貌[52]。佛祖於此先述愛重次第，再述死事迫至，繼而以四婦應對，最
後則謂親離疏隨，完全吻合〈三友〉內容所喻。更有甚者，第一、二
婦於丈夫之命一口回絕，有如金尼閣口譯的那第一友，而第三婦雖不
能共赴黃泉，其情猶存，其心猶繫，亦有如那願送一程的第二友。至
於第三友平日交寡，如第四婦罕與存問，而在東西兩個故事中，當然
也只有這最後在寓義上遙相呼應的第三友或第四婦才願隨主角共赴
北邙。

　　上面交代的情節比對十分簡略，但我們不難從中發現比起〈親親〉
之喻，〈四婦喻〉和〈三友〉的關係又往前邁進了一步。〈四婦喻〉
說的自然是佛理，〈三友〉講的全屬天主教義。然而從寓義上再看，
兩者間實具大幅雷同。佛祖話中的那位丈夫是「人」之「意神」，而
第一婦是「人之身也」。「至命盡死，意神隨逐罪福，當獨遠去」，
至於「身」則「僵在地不肯隨去」（《大正藏》，2: 416）。後一說法
十分有趣，令人想起《凡人》劇中主角的義行有虧，他的「善行」也
曾一度不支倒地[53]。尤其容易令人聯想到中古天主教文學的一大主

51　見印順：《原始佛教聖典之集成》，頁629-694；另請參閱王文顏：《佛典
　　重譯經研究與考錄》（臺北：文史哲出版社，1993），頁189-197。

52　Takahashi, "An Approach to the Plot of *Everyman*," pp. 483-485.

53　*Everyman*, lines 393-398, in David Bevington, ed., *Medieval Drama*（Boston:
　　Houghton Mifflin, 1975), p. 950.

題，亦即「身體與靈魂的對話」(*dialogum inter animam et corpus*)[54]，因爲上述「意神」中的「神」有「魂魄」之意。佛喻中這個寓旨雖不見於金尼閣的「義曰」，但「意神」與「身」的對立多少已在伏筆金氏第一友的意義：「財貨金寶」乃「身外之物」，短暫而倏忽，和永恆的「靈魂」相比，寓義上可謂針鋒相對，水火不容。這種對立也在暗示：凡人唯有度脫皮囊，才能爲靈魂或意神拔去囹圄。「度脫」一說，天、釋同理[55]。

第二婦以下，〈三友〉和〈四婦喻〉彼此呼應，幾無左違。金尼閣的第一友爲「財貨金寶」的比喻，而佛對比丘說明的第二婦是「人之財產」，所以故事中才會說「得之者喜，不得者憂；或致老病，或致鬥訟」。第二友是「妻子親朋」的託喻，在佛典裡，位處第三婦的寓義網絡，亦即經中所謂「父母妻子兄弟五親知識奴婢」等等。金本中，他們在主角亡後，僅僅「哀送蒿里而回」。梵本所釋亦然，但講得更爲細膩，謂其「以生時恩愛轉相思慕，至於命盡啼哭而送……到城外塚間，便棄死人各自還歸。」歸後則「憂思不過十日，便共飲食，捐忘死人」矣。佛以「人意」解第四婦，似乎迥異於天主教文本所謂的「功德」，但是我們不要忘了佛勸比丘要以「正道」守「意」，「不行惡」，是以「端心正意」所行，結果必屬善緣，亦即必積「功德」。

有此「功德」，凡人「不生亦不老，不老亦不病，不病亦不死」（《大正藏》，2: 496）。這種涅槃化境，在天主教看來已登天堂。金尼閣譯畢〈三友〉，難怪如此評道：「惟此功德，永守爾神。」善哉「神」字！在金尼閣的本意裡，此字或指「上帝」[56]，整句話因此又

---

54 Thomas L. Reed, Jr., Middle *English Debate Poetry and the Aesthetics of Irresolution* (Columbia: University of Missouri Press, 1990), p. 1.

55 Cf. Gernet, *China and the Christian Impact*, pp. 146-150.

56 我要強調這裡我僅表「可能」。雖然唐代景經有《一神論》之譯，就我所知，明代耶穌會士幾乎沒有人用「神」指上帝。清代中葉，新教入華，「神」

有如在雙關〈箴言〉中這四句話：「交朋友過多，必會有損害；但有些朋友，遠勝親兄弟。」(18: 24)後二句中所指的「朋友」，當然是「功德」，是「善行」，是我們可以因之而獲其榮寵的「神」或「天主」。不過話再說回來，「神」字在金尼閣的語境中跨文化互文的可能性似乎更重，指涉到〈四婦喻〉佛意所在的人之意「神」。丁敏評論此喻時，以爲故事重點在一佛教常譚，亦即「萬般帶不去，只有業隨身」[57]。這裡的「業」字，從喻中佛的關懷來看，當指「善業」而言，也就是我前面提到的「善緣」之所造，或是「功德」和「善行」的匯集。所謂「身」，若以面臨死亡威脅者如四婦之夫而言，當然不是指盛血皮囊，而是指人的「靈魂」或「魂魄」。果然如此，那麼金尼閣所說的「惟此功德，永守爾神」，另一層涵意就是惟有「善行」才能永遠隨人，生死與之。或是只有「功德」才能提昇靈魂，使人在無常後像〈箴言〉所暗示的重回天主的懷抱，「復若舊寵」。

「神」字以外，上引對句中的動詞「守」字向來也有「護持」之意，所以向下指「人」的可能遠大於向上指「天主」。果然這般，則金氏似乎又用天主教的故事逆轉了佛譚，其間還露出佛語的痕跡。原其所以，我以爲筆受者張賡當又係原因首要：他或許就曾讀過《雜阿含經》。至於金尼閣本人的傳譯，其間當然還有個他不自知的《巴蘭與約撒法》的傳統。

《巴蘭與約撒法》源自佛本緣已成定論，〈三友〉和〈四婦喻〉之間的過從故而不是懸想或臆測。「友」與「婦」的關係之別，或「三」與「四」的數目之異，當然無妨於兩喻間的聯繫。我在第二章中曾用「故事新詮」與「故事新編」這兩個觀念釐清耶穌會挪用伊索故事的

(續)————
　　與「上帝」之爭方才演成翻譯上的大問題，而後來的中文《聖經》也方才
　　分有「神版」和「上帝版」兩種。參見許牧世：《經與譯經》(香港：天主
　　教文藝出版社，1983)，頁132-133。
57　丁敏：《佛教譬喻文學研究》，頁427-428。

方法。就我文前的淺析來看，〈三友〉或可稱爲〈四婦喻〉的「故事新編」。不過比起第二章中所論，這裡較具新意的是：故事雖屬新編，包裹的卻爲舊旨——這裡我指的是佛喻裡的「舊旨」。

道略另集有《雜譬喻經》一卷，其中有類似《伊索寓言》裡〈胃與足爭〉的〈蛇頭喻〉[58]，可見民俗文學有其普遍性。所以情節類似當然不能擔保傳承或滲透有理。且不談後兩個今天聽來有點敏感的名詞，如果有人硬要拿上述「友」與「婦」或「三」與「四」的差別來否定〈三友〉的佛教色彩，以爲和譬喻之間不過類似而已，我想反駁也不易。儘管如此，倘就下文再引之例而言，我想我在這方面的論點就堅固多了，可藉以說明晚明耶穌會的證道故事雖出自歐洲中古的傳統，而會士行事撰述也極欲擺脫佛教的羈絆，時而卻仍會因不自知的歷史際會而致所傳反屬佛教的固有。下舉的例子，在某一意義上或可稱爲「故事新詮」。

前及《眾經撰雜譬喻經》上卷曾談到世人苟營其生，「貪著世樂，不慮無常，不以大患爲苦」。其後世尊引喻爲證，羅什的中譯如下：

> 昔有一人，遭事應死，繫在牢獄。恐死而逃走。國法若有死囚踰獄走者，即放狂象，令蹋殺。於是放狂象，令逐此罪囚。囚見象欲至，走入墟井中。下有一大毒龍，張口向上。復四毒蛇，在井四邊。有一草根，此囚怖畏，一心急捉此草根。復有兩白鼠，齧此草根。時井上有一大樹，樹中有蜜。一日之中，有一滴蜜墮此人口中。其人得此一滴，但憶此蜜，不復憶種種眾苦，便不復欲出此井。是故聖人藉以爲喻。（《大正藏》，4: 533）

---

58 早期《伊索寓言》中〈胃與足爭〉的材料，可見於 *BP*, 446-447。〈蛇頭喻〉則收於道略集：《雜譬喻經》第25條，在《大正藏》，4: 528。

我們如果夠機警，馬上會發覺這個譬喻乃前引義淨《佛說譬喻經》的
另一講法，而日人松原秀一及小堀桂一郎還曾在南朝宋僧求那跋陀羅
（394-468）所譯的《賓頭盧突羅闍爲優陀延王說法經》中找到第三種
版本[59]。不過不論是羅什或求那跋陀羅所譯，他們和義淨的本子都同
中有異。異者之最在義淨本較雅，其他二喻則散體的俗味較濃。義淨
偏好四字格，「文」末並有世尊的五言頌偈，重複旨要，是以「韻」
味十足。《賓頭盧突羅闍爲優陀延王說法經》中的本子亦俗，可是句
式也不出四字格的舊套。爲了方便比較，錄之如次：

> 昔日有人，行在曠路。逢大惡象，爲象所逐。狂懼走突，無
> 所依怙。見一丘井，即尋樹根，入井中藏。有白黑鼠，牙齧
> 樹根。此井四邊，有四毒蛇，欲螫其人。而此井下，有大毒
> 龍，傍畏四蛇，下畏毒龍。所攀之樹，其根動搖。樹上有蜜
> 三渧，墮其口中。于時樹動，檬壞蜂窠。眾蜂散飛，唼螫其
> 人。有野火起，復來燒樹。（《大正藏》，32: 786）

求那跋陀羅這個本子，情節顯然較近義淨本。賓頭盧突羅闍本爲
優陀延王宮中的輔相，因爲信樂三寶，乃出宮修行。道成，優陀延王
延之回國，遂於舍彌城說法，以〈空井喻〉妙證所講。求本因爲有語
境清楚若此，所以和義淨本一樣是說法時的譬喻，而且因爲也用四言
譯就，故而有如義淨本的前導先聲。由是反觀，羅什所譯便似兩者的
「原本」（Urtext），可隨人在佛教史上截取變化[60]。現存的《佛說譬

59　松原秀一：《中世ヨーロッパの説話──東と西の出會い》（東京：中央公
　　論社，1992），頁123以下；以及小堀桂一郎：〈日月の鼠──説話流傳の
　　一事例〉，《紀要比較文化研究》（東京大學教養學部），15（1976），頁47-100。
60　較著名的例子是日本《金葉集》、《奧義抄》及《本平記》中的變化引用，
　　見松原秀一：《中世ヨーロッパの説話──東と西の出會い》，頁128-130。

喻經》其實不長，〈空井〉一喻在經中乃佛所講授。其時他仍在給孤
獨園演法，爲使座下聽者明白，遂有說喻之舉。聽者是大名鼎鼎的勝
光王（《大正藏》，4: 801）。至於羅什所傳，我疑其原爲注釋《維摩
詰經》而譯，蓋現存的後書〈方便品〉的經注中仍保有羅什的同一故
事一則，用意在解釋其中「身如丘井」一詞，「口講」的痕跡十分清
楚 61。方之羅什此一譯場的直接產品，《眾經撰雜譬喻經》的本子「書
寫」的跡象明白，內容也有出入，可能是道略參酌他譯筆削而成。道
略收之於《眾經撰雜譬喻經》，抹除了大部分的語境。不過羅什逍遙
園內的譯場係以講經爲主 62，座下自有聽眾。他們當非天竺古尊，而

（續）────────────

此外，西元一六九五年左右，黃檗宗的高泉性潡(1633-1695)在日本江戶也
曾取典〈空井喻〉而作偈一首，可作詩文上的聯繫看：「老漢生來快活，
胸中雲度天空。一旦井藤嚙斷，何妨南北西東？」高泉此偈見《大丹廣慧
國師紀年錄》，在《高泉全集稿本》，第12冊(江府多賀井即源刻本，寶永
四年〔1707〕)，頁13乙。高氏此偈我因下文而得見：野川博之：〈談旅日華
僧高泉多作六言絕句的背景〉，演講稿(中央研究院中國文哲研究所，2003
年7月5日)，頁3。

61 〔後秦〕僧肇選：《注維摩詰經》，見《大正藏》，38: 342。羅什的「口述」
如下：「昔有人有罪於王，其人怖罪逃走。王令醉象逐之。其人怖急，自
投枯井。半井得一腐草，以手執之。下有惡龍吐毒向之，傍有五毒蛇，復
欲加害。二鼠嚙草，草復將斷。大象臨其上，復欲取之。其人危苦，極大
恐怖。上有一樹，樹上時有蜜滴落其口中，以著味故而忘怖畏。丘井，生
死也。醉象，無常也。毒龍，惡道也。五毒蛇，五陰也。腐草，命根也。
黑白二鼠，白月(日)黑月也。蜜滴五，欲樂也。得蜜滴而忘怖畏者，喻眾
生得五欲蜜滴，不畏苦也。」有趣的是，座下似為助譯的僧肇在解〈方便
品〉中「為老所逼」一句時，起而呼應羅什的譬喻，可見此喻的修辭力量
確強：「神之處身為老所逼，猶危人之在丘井，為龍蛇所逼，緣在他經也。」
有關羅什這段講經的研究，見Yuet Keung Lo, "Persuasion and Entertainment
at Once: Kumārajiva's Buddhist Storytelling in His Commentary on the
Vimalakīrti-sūtra," *Bulletin of the Institute of Chinese Literature and Philosophy,
Academia Sinica* 21 (Sept 2002): 101-102。

62 有關講經譯場的規模，參見王文顏：《佛典漢譯之研究》(臺北：天華出版
公司，1984)，頁131-140。或見曹仕邦：《中國佛教譯經史》(臺北：東初
出版社，1992)，頁1-19。

是包括僧肇在內的中國信眾。《眾經撰雜譬喻經》的本子果然出自《注維摩詰經》，則其翻譯或譯述的目的更清楚，當在譬喻，自是又無殊於義淨或求譯的本意。《眾經撰雜譬喻經》雜收譬喻而成，較諸西方中世紀的文化遺澤，或可稱之為佛教版的中文證道故事集。

佛教有「三法印」之說，其一乃「諸行無常」。丁敏以為上引什譯的啟示在此[63]。有趣的是，我在利瑪竇的《畸人十篇》裡也看到一個兼集羅什與義淨寓義，而且情節與用字幾乎一模一樣的故事。《畸人十篇》是篇中利氏和徐光啟對談生命，所論者正是人世無常這個宗教主題，而利氏用以命篇的西方證道學術語又有如在回應世尊法印的呼籲：「常念死候。」（李編，1: 153）此喻開講之前，利瑪竇所設的內容前提有片段近乎羅什的「囚犯說」，謂「吾人在世，若已結證罪案犯人，從囹圄中將往市曹行刑。」然而道上一遇喜樂，「猶堪娛玩」，則吾人可能就會以苦海為天堂。緣此「死候隨處逐人，如影於形」之故，「若翰聖人」乃「設一喻」，狀世人輕忽無常而「取非禮之樂也。」其喻曰：

> 嘗有一人，行於壙野。忽遇一毒龍欲攫之，無以敵。即走，龍便逐之。至大阱，不能避。遂匿阱中，賴阱口旁有微土，土生小樹，則以一手持樹技，以一足踵微土而懸焉。俯視阱下，則見大虎狼，張口欲翕之。復俛視其樹，則有黑白蟲多許，齕樹根，欲絕也。其窘如此，倏仰而見蜂窩在上枝，即不勝喜。便以一手取之，而安食其蜜，都忘其險矣。惜哉，食蜜未盡，樹根絕，而人入阱，為虎狼食也[64]。（李編，1:

63　丁敏：《佛教譬喻文學研究》，頁328。

64　這一條，松原秀一：《中世ヨーロッパの説話──東と西の出會い》，頁147及小堀桂一郎：〈日月の鼠──説話流傳の一事例〉，頁51-52亦曾道及，不過我見之於覓獲二氏的著作之前。此外，二氏所論誠然仔細，但重點在

157-158）

利瑪竇這個比喻當然不是抄自佛經，因為他自己已經說得很明白：這是「若翰聖人」所設之喻，亦即出自「大馬士革的聖約翰」的《巴蘭與約撒法》。什譯本中的「聖人」自然亦非利譯所本的「聖人」，雖則兩者間這種巧合頗堪玩味。《巴蘭與約撒法》中，上引故事乃前述五個主喻中的第一個（*BI*, 187-114），然而利氏所本若非一般的證道故事集，無疑便是《巴蘭與約撒法》的拉丁文譯本，而且可能還不是取自足本，而是佛拉津的亞可伯（下稱「亞可伯」）收在《聖傳金庫》中的簡本（*LA*, 811-823）。如其如此，那麼上述「聖人」另有可能指《聖傳金庫》本中的同一位「聖約翰」。

《聖傳金庫》和耶穌會的關係千絲萬縷，據傳依納爵在世即因此書而投身教門，終而創立耶穌會。歐洲中世紀迄文藝復興，《聖傳金庫》也是通俗文學的暢銷名著[65]。約翰所講的故事更因拉丁化之故而在聖壇風行不輟，證道大師如德維崔和謝理登的奧朵都曾用過。其時迄十七世紀的各類證道故事集中，同樣廣見收錄[66]。由於這種種緣故，利瑪竇在中國所說的〈空井喻〉基本上應該和《聖傳金庫》本是遠親近鄰，何況後者開篇就是這麼一句話：「巴蘭的事跡，乃大馬士革的聖約翰案牘勞形纂集而成。」（*LA*, 811）就算利氏所本出自證道故事集，這個集子必然也和約翰本的拉丁系統有關，甚至可能直接摘自

（續）——————————————

日本耶穌會文獻之發展。中國耶穌會士的著作，他們所知似乎不出利瑪竇的《畸人十篇》。

65 William Granger Ryan, "Introduction" to Jacobus de Voragine, *The Golden Legend: Readings on the Saints*, trans. Ryan, vol 1 (Princeton: Princeton University Press, 1995), p. xiii.有關依納爵的經驗的資料，參見本書第一章，注10。

66 *Exempla*, 60; and John C. Jacobs, trans., *The Fables of Odo of Cheriton* (Syracuse: Syracuse University Press, 1985), pp. 120-121.

亞可伯的名著。

〈空井喻〉的寓言性強，本章所引迄今已二出，無足爲奇。就利瑪竇所傳而言，稍後高一志《天主聖教四末論》中也有衍本，除了故事收梢處那井中之人爲某毒龍吞噬外，餘者高氏幾乎逐字照搬[67]，可見其見重的程度。高氏以外，日本神道教學者平田篤胤(1776-1843)也曾將之收入所著《本教外篇》之中，學界一向以「伊索寓言」視之，論者不乏其人[68]。至於《畸人十篇》裡那位居「本尊」的本子，在中文學界可就運途稍舛，迄今似乎僅張錯的〈附會以敎化〉一文曾經提及。張文旨在陳說《伊索寓言》東傳的始末，〈空井喻〉雖爲「僞古典」，不屬歐洲傳統的伊索故事，張氏仍因其卓越無比的寓言成份而納入討論，廣事分析[69]。〈空井喻〉引人入勝，由此再得一證，更不

67　高一志：《天主聖教四末論》(法國國家圖書館藏明刊本，古朗氏編號：6857)，第4卷，頁29甲-29乙謂：「惜哉，食蜜未盡，樹根絕，而人落阱，爲毒龍食也。」此外，李九功下引《愼思錄》中的比喻，我相信也受到利瑪竇〈空井喻〉的影響：「凡蒙主牖，膺主眷之人」應「視己往罪愆如曾落深阱，遭毒螫，今旣獲捄脫，惟懼再陷而復罹其害。」李九功這裡所用，似乎已將利喻另作他指，不復其原來的旨意。李九功的話見《耶檔館》，6: 162。

68　見小堀：〈日月の鼠──說話流傳の一事例〉，頁47-48。另參閱Kobori Kei-ichiro, "Aesop in the East and West," trans. by Margaret Fittkau Mitsutani, *Tamkang Review* 14/1-4 (1983-1984): 101-113；以及Yuichi Midzunoe, "Aesop's Arrival in Japan in the 1590," in Peter Milward, ed., *The Mutual Encounter of East and West, 1492-1992* (Tokyo: The Renaissance Institute, Sophia University, 1992), pp. 35-43。

69　張錯：〈附會以敎化──《伊索寓言》中譯始末〉裡的分析妍媸互見。此文首先說〈空井喻〉裡「所謂死候，應即是死亡(death)，而『死候隨處逐人，如影於形也』宛如歐洲中世紀道德劇《凡人》序幕中上帝與死亡的對話」。這點甚是，但他因爲沒有看出「死候」有其原指，所涉乃中古證道的藝術，所以接下來的評論就難免背離史脈：「中世紀的道德劇……由於擬人化的大量應用，開啟出宗教寓言的另一扇門。那就是不再用抽象的擬人(abstract personification)如『凡人』、『善行』之類，而用世間眾生〔爲角色〕。」(見張著《利瑪竇入華及其他》，頁70-71)。後面的話顯然倒因爲果了，蓋所謂「世間眾生」在此指〈空井喻〉改以人類爲主角，有別於

談其廣邈衍本,早已形成跨國與跨洲的文學論述。

衍本既然層出不窮,〈空井喻〉當然各自互文,各有衍義。以利瑪竇和鳩摩羅什所傳為例,其中就有差異。即使義淨所出,亦有別於同門先賢。例如什本說「有一滴蜜墮此人口中」,義淨的本子即謂「五滴墮口,樹搖蜂散」。這種文本歧出可能因詮釋或翻譯底本不同而起,也可能不具意義,因為譬喻故事每以口傳,會因時因地制宜,彌散上的衍異性強烈無比。此所以松原秀一又指出:宋僧法雲所纂集的《翻譯名義集》中,〈空井喻〉的異本再出[70]。此書「四大」一條開目說:「昔有一人,避二醉象,緣藤入井。」(《大正藏》,54: 1141)這種敘寫有違傳統開篇的方式。此外,梁僧僧旻和寶唱集有《經律異相》,其中還可看到另一異本,結尾更是大唱傳統的反調。僧旻和寶唱把主喻之一的「蜜汁」由欲望惡業顛覆成救命仙丹,手法之奇令人嘆為觀止。該人墮井後「仰天求救,聲哀情至」,於是樹上蜜汁變成天降甘露,五滴其口:

> 始得一滴,二鼠去。得二滴,毒蛇捨之。得三滴,黑象自還。得四滴,蚊蛇除,得五滴,深谷自平。〔此人於是〕出在平地,〔而〕天化為道,將還天上[71]。

(續)————————————————————
《伊索寓言》的動物世界。但如本章所述,〈空井喻〉的西傳比《凡人》在歐洲上演的時間要早上七、八百年,怎可能先有《凡人》,後有〈空井喻〉呢?坦白說,《凡人》確實和《畸人十篇》中的伊索式寓言有關,不過「有關」者乃本章中我已指陳歷歷的〈三友〉,並非〈空井喻〉。

70 松原秀一:《中世ヨーロッパの説話——東と西の出會い》,頁126。

71 這裡我用的是《磧砂藏》版,見〔南朝‧梁〕僧旻、寶唱集:《經律異相》(上海:古籍出版社重印,1988),頁237-238。僧旻等人謂該喻採自某《譬喻經》第七卷,但我遍檢《大正藏》,卻一無所獲,故疑為僧旻、寶唱在前人譯本的基礎上自行改編而得。除松原氏的討論外,這方面的問題亦請參閱拙作〈故事新編〉,《聯合報》,第37版(聯合副刊),2001年6月11日。

這個結尾好像梅瑟杖分紅海，猶太人可經水底大道重返迦南之地。利瑪竇和鳩摩羅什等人所譯的生命悲劇，至此經僧旻和寶唱重演，已轉爲生命喜劇的比喻，而且還是但丁式「神聖的喜劇」。這種重編，〈空井喻〉史上可謂空前，意義別具。

傳抄者筆誤，抑或自作多情，同樣會導致文本生變。是以上述佛經和天主教兩大傳統之別，我們首先應該追問者仍在形成差別的原因。舉例言之，羅什譯本乃「狂象」逐人，而井中惡獸則爲「毒龍」一條，此同於義淨所出。然而利瑪竇的中文歐洲故事卻是人遭「毒龍」追逐，井內則見「虎狼」各一。天竺產象，羅什和義淨的「選擇」不難理解，而且醉象失鉤的比喻在佛經裡也比比皆是，無足爲奇[72]。然而這種情形若反過來看，是否也宜於解釋約翰、亞可伯，甚至是德維崔的故事，因爲他們都將情節改爲「獨角獸」逐人，井內則見一「龍」？約翰等人筆下的這些動物角色不僅和佛經不同，即使和出身歐洲的利瑪竇的文本也有大異，這種源衍間的三度隔離又是緣何發生，是因利氏記憶有誤或因他翻譯不實所致？

這個問題其實不難回答，蓋獨角獸乃西方神話動物，如果不用「麒麟」——這是中國傳說中最像「獨角獸」的靈獸——對譯，中國人根本無由得悉其形其貌，所以利瑪竇的翻譯當然得另覓文化替身。約翰的《巴蘭與約撒法》把印度「象」改成「獨角獸」，實則亦寓深意：在西方傳統中，獨角獸乃「黃金動物」，性好美女，所以有拜物與執迷「色」相的雙重象徵意涵，況且「追逐獨角獸」這句諺語還有「追逐金錢」的意思[73]。梵籍〈空井喻〉原本的寓旨之一是人以虛妄爲榮，

---

72 例如〔西晉〕安法欽譯：《阿育王傳》，在《大正藏》，50:106或142。印度人甚至有「象是死神的朋友」之說，見季羨林譯：《五卷書》（北京：人民文學出版社，1981），頁172。

73 見 Abraham H. Lass, et al., eds., *The Facts on File Dictionary of Classical, Biblical and Literary Allusions* (New York: Facts on File Publications, 1987), p.

追逐世樂，當然也包含上述諸樂在內。由是觀之，約翰及爾後的故事系統易「象」爲「獨角獸」，說來甚妥，堪稱譯論家奈達（Eugene Nida）倡議的「靈活等體」（dynamic equivalence）[74]。如今利瑪竇在不知情的情況下，要把拉丁本的約翰的比喻口度成中文，勢必也要慮及文化上象徵間的差別。「麒麟」是靈獸，中國人但知《春秋》三傳中「獲麟」的史典和《詩經》中的「麟趾」之喻[75]，利氏不可能取之以象拜物之風。「龍」誠然也是吉祥動物，可是中國史上也有不少「惡龍」的傳說，何況佛經裡的井中惡獸本來就是一條「毒龍」[76]！是以借一句埃科（Umberto Eco）的話，傳譯「若翰聖人」的比喻時，利瑪竇所應致力者「不是尋找獨角獸，而是努力理解龍的習性和語言」[77]。

埃科所謂「龍的習性和語言」，我這裡當然是取來轉喻利瑪竇在文化上適應中國國情的努力。佛經中的「狂象」或歐洲的「獨角獸」經他易容改裝，井內的惡獸當然可以變成「虎狼」，因爲後者才吻合

（續）───────────────

228; and J. E. Cirlot, A *Dictionary of Symbols*, trans. Jack Sage（New York: Philosophical Library, 1962）, pp. 337-338; and Ad de Vries, *Dictionary of Symbols and Imagery*（Amsterdam: North-Holland, 1974）, pp. 481-483。另請參閱沈大力：〈獨角獸與龍〉，在樂黛雲等編：《獨角獸與龍──在尋找中西文化普遍性中的誤讀》，頁76-77。

74 Eugene Nida, "Principles of Translation as Exemplified by Bible Translation," in Reuben Brower, ed., *On Translation*（Cambridge: Harvard University Press, 1959）, p. 19.

75 在這之外，中華文化當然還有其他的麒麟典故或民間傳說，參見陳燕：〈「麟」和漢民族歷史文化〉，《漢字文化》，第3期（2000），頁36-40。

76 參閱劉志雄、楊靜榮著：《龍與中國文化》（北京：人民出版社，1996），頁227以下，以及謝天振：《比較文學與翻譯研究》（臺北：業強出版社，1994），頁250-251。有關「龍」在印度的意象演變，參見下書：J. Ph. Vogel, *Indian Serpent-lore or the Nāgas in Hindu Legend and Art*（Rpt. Varanasi-5: Prithivi Prakashan, 1972）。

77 翁貝爾托・埃科（Umberto Eco）著，崩軼萍、俞國強譯：〈他們尋找獨角獸〉，在樂黛雲等編：《獨角獸與龍──在尋找中西文化普遍性中的誤讀》，頁12。

中國傳統中「豺狼虎豹」或「狼虎其行」等等負面的語言文化。《畸人十篇》雖然由汪汝淳校梓，但徐光啟卻是涉及〈空井喻〉一篇的對話者。他和楊廷筠一樣，都是明代著名的基督徒，不過入教前對佛典的認識非同泛泛[78]。「獨角獸」易說，我疑其曾與聞其事。

在羅什的譯本中，「聖人」——在義淨的本子裡則說是「世尊」——曾經解釋「獄」乃囚禁眾生的「三界」，「狂象」指「無常」而言。在利瑪竇筆下，則用「壙野」對比「牢獄」，故「人行壙野，乃汝與我生此世界也」。又說「毒龍逐我者」喻凡人難脫「死候」，聞之怵然。此外，利氏雖曾說過「深阱」係「地獄之憂淚苦谷」，和什本中「井，眾生宅也」的詮解看似略左，不過這只是皮相之異。我們若打開《皮爾斯農夫》（Piers Plowman）等中古夢境文學，會發現「憂淚苦谷」在天主教的語境中實和「人世」無異，都是天堂以外的幻滅他界。用佛語來說，這「苦谷」涵括凡夫生死往來的欲與有無等等色界[79]，在某種程度上早已和什譯桴鼓相應。羅什筆下的「毒龍」指「地獄」，利瑪竇的「虎狼」相去不遠，亦解為「地獄鬼魔也」。至於「草根」與「白鼠」，或義淨所謂的「黑白鼠」，在利氏的對話中均化為「黑白蟲齕樹根者」。如此差異仍非鑿枘，蓋其中重點乃「黑白」二

78　例見徐光啟：《毛詩六帖講義·國風》，在上海市文物保管委員會主編：《徐光啟著譯集》，下函，第1冊（上海：上海市文物保管委員會，1983），頁5-6。徐氏生前，《毛詩六帖講義》並未完稿，而且因書賈竊刻，徐氏曾「刻而毀」，最後才由孫輩徐爾默續成。不過書中前數卷，包括我這裡舉以為例的〈國風〉一卷，應該是徐光啟本人的箋注。上及毀書與續書等事，見徐爾默：《徐文定公集·引》，在王重民編：《徐光啟集》（臺北：明文書局，1986），頁600。

79　William Langland, Piers Plowman, in Thomas J. Garbáty, ed., Medieval English Literature (Lexington: D. C. Heath, 1984), p. 677. 利瑪竇的「憂淚苦谷」應屬中世紀天主教的典型隱喻，但丁《神曲·地獄篇》第廿章也是這樣用的，見Dante Alighieri, The Divine Comedy, trans. John Ciardi (New York: The New American Library, 1970), p. 104。「三界」之說，我從陳孝義編：《佛學常見詞彙》頁71。

字，而「黑」者「夜」也，「白」者「晝」也。兩鼠或兩蟲齕咬樹根
的意涵，我們若合羅什（《大正藏》，4: 533）與利氏（李編，1: 159）
的話來講，因此也就是「晝夜輪轉，克食人命，日日損減」之意。這
又關涉到故事主喻之一，亦即各篇篇末的「蜂窩」或是「蜂蜜」。什
本開篇以「世樂」解之，利瑪竇於文末則直接呼之爲「世之虛樂」。
兩者是二而一，都會因爲時間的流逝而溜走。

　　比較〈空井喻〉各本，我們所得的教訓因此是佛學天學字詞或異，
旨意則全然雷同。東、西或基、釋所傳的此一寓言不僅在此遙相呼應，
而且根本就是傳承，可見明末耶穌會士確實曾因「無心」而借用了佛
教的譬喻故事。

　　同樣的「借用」，僧旻和寶唱化之爲「故事新編」，但義淨卻譯
或易之爲「故事新詮」，因爲義淨本所強調的是「蜂蜜」，而故事走
到這裡也戛然而止。前面說過，什本中蜂蜜有「一滴」，義淨本卻說
是「五滴」。之所以如此，緣於後者擬借蜂蜜以喻「五欲」，以便在
修辭上和「四毒蛇」所喻的「四大」形成對比。像《西遊記》裡的「六
賊」或史賓賽（Edmund Spenser, c. 1552-1599）《仙后》（The Faerie
Queene）原擬的「十二武士」，這些都是數字寓言，在東西方早已蔚
爲文學與宗教等民俗傳統，源遠流長 [80]。就義淨全喻再言，四、五之
數又和其他動植物的數量形成結構對應，而彼此珠連成格的結果是篇
旨愈益凸顯。篇旨者何？佛門「五欲」指「色、聲、香、味、觸」，
乃「世之虛樂」基奠所在的感官幻覺。若要澆息五欲，方法唯見《畸
人十篇》涉及此喻的篇題：「常念死候」。

80　Cf. Annemarie Schimmel, *The Mystery of Numbers* (New York: Oxford
University Press, 1993), pp. 3-37; or Vincent Foster Hopper, *Medieval Number
Symbolism: Its Sources, Meaning, and Influence on Thought and Expression*
(Nineola: Dover, 2000), pp. 33ff.至於《西遊記》中的數字寓言，見中野美代
子：《西遊記の秘密》（東京：福武書店，1984），頁146-170。

　　義淨的譯文有其文脈，世尊給勝光王的忠告如次：「是故大王，當知生老病死。」同一寓義，什本中又是另一寫法：「是故行者當觀無常，以離痛苦。」所謂「無常」，「死」也；所謂「生老病死」，重點也在一個「死」字。語境走到了這一步，「佛學」似乎已和晚明耶穌會──甚或整個天主教證道故事──的「神學」糅合為一，而不僅是前後輝映而已。我們倘逆向而觀，這幾乎也等於說入華耶穌會士本來不以「新詮」為意，遑論「新編」。他們根本就在借用，其間有某種意義上的交互影響存在。

　　我想三度強調的是，在文體和語體上，金尼閣及張賡──甚至包括利瑪竇和汪汝淳或徐光啟──或許自覺地在師法佛喻的譯體，但利瑪竇或高一志的借用也好，金尼閣〈三友〉的沿襲也罷，相信都因「不自知」的跨文化與跨宗教滲透形成。無獨有偶，利、金二氏的證道故事均祖述約翰《巴蘭與約撒法》的拉丁系統，分屬《聖傳金庫》本五喻中的第一與第三條。而《巴蘭與約撒法》間從梵籍，殆成定論。易言之，在中國佛教或佛教的翻譯文學與西方天主教或耶穌會的翻譯文學之間早已架有一座橋樑，不但溝通了兩教理之所宗，也銜接了兩教賴以推展這個「理」的文學形式。這個形式，西人稱之為「比喻」，中國譯經僧則呼之為「譬喻」。從宗教修辭的角度看，兩者都是方便善巧，都可舉為邏輯上的例證之用，也都可以直接名之為「證道故事」。

　　在歐洲中世紀，這類故事所證者乃基督之「道」，亦即入華耶穌會士所謂「天學」；在東方的中國，所證者則為佛教之「道」，「佛法」是也。《巴蘭與約撒法》位處東西譬喻與宗教文化的匯通處[81]，上述可以一隅三反。《聖傳金庫》中的相關簡本又是中古拉丁文和晚

81　參見小堀桂一郎：〈バルラームとョァ一廾フ〉，《比較文學》（日本比較文學會），34(1991)，頁181-186。

明中文世界的交接處,地位之重要,不言而喻。然而話說回來,用中文爲此一譬喻或證道文化打下基樁者,仍非利瑪竇與金尼閣等明末耶穌會士莫屬。更巧的是,耶穌會士東來,每每隨身攜帶《巴蘭與約撒法》,至少攜有《聖傳金庫》或其中故事的簡本。利瑪竇的《中國傳教史》載,一六〇二年龍華民(1565-1655)在廣東韶州傳教,當地人士舉嘗佛《藏》之卷帙龐然爲例,譏諷基督徒所有僅《天主教要理》等少數教義問答而已,譾陋至極。龍華民爲證明此書之外,天主教的內典亦夥,乃傳譯《巴蘭與約撒法》的故事爲證,題爲《聖若撒法始末》(FR, 2: 229-233)。此譯的韶州刊本我迄今緣慳一面,但其隆武刻本我在梵帝岡和巴黎法國國家圖書館曾兩度細讀。自此澄清有關〈空井喻〉和〈三友〉的一些謎團,對於佛喻滲入明末耶穌會證道故事的來龍也輪廓始明。隆武本乃閩中(閩侯)重刻本,時間是一六四五年。意義別具的是其校訂者張賡也是前述金尼閣《況義》的筆受者[82]。由於隆武本的正文首行在「始末」之後又添上「述略」二字,我相信此書應非譯自約翰所著的拉丁全譯本,而是由亞可伯的《聖傳金庫》或其衍本三轉迻成[83]。

---

[82] 梵帝岡本編號爲Borg.Cinese.350(15),法國國家圖書館所庋藏者編號則爲古朗氏6758。Standaert, "The Jesuits' Preaching of the Buddha in China," p. 38據FR, 2: 232n66以爲龍華民譯於一六〇三年,這裡我則據徐宗澤:《明清閒耶穌會士譯著提要》(臺北:中華書局,1958),頁48改作一六〇二年。Standaert同文同頁雖認爲此書在龍武元年之前並無刻本行世,但徐著中此書書題卻作《聖若撒法行實》,徐宗澤似在原徐家匯藏書樓看過一六〇二年的稿本或刊本。

[83] 儘管如此,Standaert, "The Jesuits' Preaching of the Buddha in China," p. 39卻因H. Verhaeren, C.M., ed., Catalogue de la Bibliothèque du Pè-T'ang(Beijing: Imprimerie des Lazaristes, 1949),# 1871載有一題爲Historia de Vitis et Rebus gestis Sanctorum Barlaam Eremitae, & Josaphat Regis Indorum的拉丁文本,從而以爲龍華民或許據此譯成。Standaert的推斷當然不無可能,但未經證實之前,我以爲《聖傳金庫》本仍爲龍譯最可能的原本。相關論述見李奭學:〈翻譯的政治──龍華民譯《聖若撒法始末》析論〉,在東華大學中文系

　　細窺《聖若撒法始末》的內容，除了少數增刪外，實情大致也是
如此。書中巴蘭開示約撒法所講的五個故事一應俱全，當然涵括了本
章關懷所在的〈空井喻〉和〈三友〉。巴蘭之名，龍華民譯作「把臘
盎」。他說喻的體裁非駢非賦，而是稍帶古風的散體，至於寓義上的
提挈與總結也是樣樣不缺。且看〈空井〉一喻：

　　　　世人肉身之快樂皆虛偽有盡。死候險危，可畏可懼，反為貪
　　　　迷不覺。如有人焉，見虎狼而走，入一坎穴，陷下。但未到
　　　　底，牽掛一小樹，因兩手攀援，以足踏其根，頗似安隱。乃
　　　　見有兩鼠，一白一黑，嚙所攀樹根。將斷，再瞰穴底，見一
　　　　毒龍，口中吐火，兩目炫耀，直視此人而大張其口，若將吞
　　　　噬。又其足下所踐，則有毒蛇四條。爾時仰盼樹枝，忽有蜜
　　　　糖滴下，遂忘其上有虎狼之迫，下有龍蛇之猛，與夫樹根將
　　　　斷，肢體即墜。顧反安心快意，而食其所滴甘蜜。噫嘻，人
　　　　務眼前虛樂，亦復如是。所謂虎狼者，死也⋯⋯。（《始末》，
　　　　頁14甲-14乙）

比起佛經諸本，龍譯最顯著的特色仍屬語言，金尼閣等承自荀賦的佛經
譯體在此並非文體主力，亦即雅俗折衷的四字格顯然不多，可見十六、
七世紀之交的耶穌會書寫對梵典確有心防。龍華民入華的時間在利瑪竇
之後，比一六一○年才定其行止的金尼閣足足早了十三年[84]，所以天佛
之別，他自然念茲在茲。
　　在情節上，龍譯與利瑪竇的〈空井喻〉略有不同，但在刻畫上卻

　　　　編：《文學研究的新進路——傳播與接受》（臺北：洪葉文化公司，2004），
　　　　頁411-464。
84　龍氏傳記可見方豪：《人物傳》，1: 96-98。不過這篇傳記甚簡，甚至連《聖
　　　若撒法始末》這麼重要的譯作都付闕如。

更為細膩。譯本謂有人見「虎狼」而逃,所入係一「坎穴」,而穴底所居乃「毒龍」一條。利喻則反是,強調逐人者係一「毒龍」,井底則有「虎狼」眈視。我們若以「龍」為例再探,當會發現龍華民狀其形貌可謂不避瑣碎,謂之「口中吐火,兩目炫耀,直視此人而大張其口,若將吞噬」。這種摹寫之細之雅,其實已具高度的文學價值,若為韶州原本所有,那麼龍譯《聖若撒法始末》堪稱首部譯成中文的「歐洲文學」。中國翻譯史和文學史因此就得改寫,因為以往都以為《況義》才是那時間長流中拔得頭籌者[85]。如果再拿《聖傳金庫》本巴蘭故事比勘而讀,我們甚至發現龍譯從「坎穴」以下幾乎字字都呼應了其中的環節,乃至於細節(*LA*, 816-817)。兩者的淵源之深,由此可以想見。

由是再思,龍華民確實昧於梵典譬喻,以為所譯當出諸歐洲傳統。這點可從他所用的「坎穴」二字窺知一二,因為自利瑪竇到高一志的本子,此穴俱作「大阱」,雖然這也呼應了《巴蘭與約撒法》或《聖傳金庫》本中的「巨坎」或「大穴」(*barathrum magnum*)之說(*LA*, 616),更近佛經的用法[86]。利瑪竇對佛教的認識大抵不出輪迴茹素,所以徐光啓或汪汝淳的佛學素養可能又是他和佛教不自知的聯繫中那座意識上的橋樑。龍華民當然憻懂於此,心意所在也不是要在會內立下譯史首功,而是要舉〈空井〉和其他諸喻以攻佛。如此一來,他倒是立下耶穌會以完整的文學形式對抗外道的傳統,又化比喻為宗教政治的文字工具。

在中文裡,「井」和「阱」形義近似,既有「水井」之構,也有

---

85 參見陳蒲清:《中國古代寓言史》,增訂本(長沙:湖北教育出版社,1996),頁326。

86 另外有一點也值得我們細玩,亦即龍本和《聖傳金庫》本俱乏墮井前此人所在的地理位置,但利、高二本卻都明陳此人行於「曠野」,和多數的佛教〈空井喻〉幾乎如出一轍。如果不談佛喻可能的影響,利、高二本在地理上的強調倒呼應了〈福音書〉中耶穌曾在「曠野」受試探的故事,例如瑪4: 1-11。

「陷阱」之說。不過顯而易見，兩者皆乏「巨坎」或「大穴」在歐洲宗教語境中的「地獄」聯想，因爲後二詞在萊恩（William Granger Ryan）的英譯本《聖傳金庫》裡俱作「深淵」（deep abyss）解[87]。龍本裡的穴中火龍因此來得並非無稽，和中國傳統裡不論祥龍或夔龍的象徵意涵亦有所不同。何況歐龍和華龍長相亦異，根本就是兩種不同的「動物」！龍華民所述之龍，在天主教的神話中適居「淵獄」（abyssos）中央，和反叛天使及世間罪人共爲一丘之貉[88]，高一志《天主聖教四末論》在還原龍譯後故此推言道：「毒龍者，地獄鬼魔也。」[89]利瑪竇的〈空井喻〉因爲以「阱」代「穴」，所以在語言文化的聯想上似乎別開一境。他──甚至包括高一志在內──所用的字詞都帶有佛經的痕跡，「阱」字還可令人思及「井中撈月」及「井河」等隱喻「虛幻」和「倏忽塵世」的譬喻故事，佛教色彩之深可以想見[90]。即使我們懸置後一推論不談，利、高一脈和龍華民筆下的逐人惡獸所喻也一般無二。龍譯曰：「所謂虎狼者，死也」，而「吐火猛龍者」，亦「地獄吞人也」（《始末》，頁14乙-15甲）。利氏則謂：「毒龍逐我者，乃死候隨處逐人，如影於形也。」這裡的「我」或「人」，在世時當然食蜜，而據龍本，「蜜糖之滴，即世之倖獲欺人也」（《始末》，頁15甲）。龍華民譯本這裡的強調或說法，不論就〈空井喻〉的故事或就其寓義而言，其實都開啓了利瑪竇《畸人十篇》和高一志《天主聖教四末論》裡所用同喻的先河。後二書中敘述的同一比喻，著墨所在都是人世的虛妄，也就是都在批判世人以假爲真，以「虛樂」爲「真

87　Voragine, *The Golden Legend: Readings on the Saints*, p. 366.

88　J. C. J. Metford, *Dictionary of Christian Lore and Legend* (London: Thames and Hudson, 1983), p. 16.

89　高一志：《天主聖教四末論》，頁29乙。

90　Cf. William Edward Soothill and Lewis Hodous, comps., *A Dictionary of Chinese Buddhist Terms*, rev. Shih Sheng-kang, et al. (Kaohsiung: Fo-kung, 1988), p. 112.

福」的愚昧無明。

諷刺

　　龍華民的影響力既然擴及利瑪竇，當然也滲透進高一志的故事
中。不過在結束本章之前，有關利、高所傳的〈空井喻〉，我們倒應
該再凸顯其中文化翻譯上的努力。《聖傳金庫》中的「獨角獸」，他
們都改爲中國人可以望文生義的動物：不是「毒龍」，就是「虎狼」，
至少也是高一志籠統言之的「猛獸」[91]。在「毒龍」一「譯」上，這
些耶穌會內說故事的人都三緘其口，未曾解釋上文所及的外貌及文化
聯想上的落差。這點頗爲詭異，因爲「不解釋」反而顯示他們在譯事
上有文化考量，深知「獨角獸」乃中國人難以理解的奇獸，甚至是怪
獸。經過「毒龍」和「虎狼」一改，這些猛獸和「原本」的關係就變
得有如《況義》本〈三友〉和《聖若撒法始末》中同一故事的互動，
也就是都帶有某種強烈的諷意在內，值得深思。案《況義》中那第三
友乃佛語「功德」的化身，可是龍譯本卻「回復」其《聖傳金庫》本
的「真身原貌」，作「信望愛之德及一切善行」解（《始末》，頁16
甲；*LA*, 817）。這兩個說法的差別只有數字，卻已足以令龍譯本踅回
天主教的傳統和正統去。

　　龍譯本「回頭」這一走，反倒彰顯了金尼閣的更動有意向佛教妥
協。他的妥協所引發的問題，同樣又涉及本章開頭所謂翻譯史、文學
史和宗教史上的諷刺，因爲誠如前述，龍華民迻譯《聖若撒法始末》
除了有向韶州百姓炫耀的目的外，同時也有向佛教宣戰的意圖，會中
後學怎可「不戰而降」呢？龍華民一向視佛教如寇讎，此所以《聖若
撒法始末》的故事尚未轉入天主教的論述前，敘述者即跳出《聖傳金

---

[91]　高一志：《天主聖教四末論》，頁29甲。

庫》的文脈，公然撻伐若撒法的父親亞物尼爾（Auennir），說他生平信仰者唯「佛家諸異端」而已（《始末》，頁1乙），罪愆至深至重。《聖傳金庫》本確實顯示亞氏所信為異教（*LA*, 812），不過並未言明這是佛教。如此模糊在亞可伯似為無心，龍華民卻因此而獲發揮的空間，夾「譯」夾敘之際，一有機會就「無中生有」，對佛教大加譏刺。其火力之強與箝入的語境之突兀，平心而論，時而令人心生錯愕[92]。龍氏的攻勢在譯事與宗教政治上本寓「適應中國國情」之意，不意卻因此而在歷史的燭照下化為「不知中國國情」，而同一故事在不同的信仰間也因此產生了同室操戈的現象，鍍上一層前所未有的宗教意識形態。凡此種種之所以形成——容我最後再強調一次——其實都因《聖傳金庫》中巴蘭故事所出的《巴蘭與約撒法》若非本於釋迦生經，便是吸收了類如〈三友〉或〈空井〉等譬喻故事所致。慢說在《聖若撒法始末》譯就的一六〇二年，即使在前此千餘年的中國南北朝，這些故事也都已經「改梵為秦」了。

　　就《況義》本身的適應性修正而言，金尼閣在另一意義上也重蹈了龍華民的覆轍。他不避佛經漢譯譯體，一方面顛覆了會中前賢的作為，再方面也使〈三友〉與〈南北風相爭〉等證道故事在互文性上產生了雙重的反諷。前一故事尤甚，因為龍華民原本譯來反佛的比喻，如今金尼閣卻巧接佛語而連類之，致使〈三友〉譯來反具佛家味，讀來更像釋子為醒世而敲的暮鼓晨鐘。儘管如此，我仍然要指出這種種的諷刺之尤仍無過於耶穌會在晚明布教時所謂著書的「策略」，因為龍華民譯《聖若撒法始末》旨在杜中國佛徒的悠悠之口，係其傳教「策略」上的要著，怎料得譯出來的文本居然是雜湊梵籍而成的所謂「天

92　舉個例子，在講完通稱〈小鳥之歌〉的故事之後，龍華民即讓巴蘭「繇此觀之」，來一段《聖傳金庫》所無的加插：「信望佛者，其顯狂自欺，亦如射鳥之人。」見龍譯，頁13甲；另見李奭學：〈翻譯的政治——龍華民譯《聖若撒法始末》析論〉，頁440。

主教經典」[93]？外籍中譯史上的重要文本向來都是文學史的大事，《百喻經》等佛典入華可以爲證，不意晚明在這方面的努力卻因宗教攻防故而在歷史的反諷中開啓。

---

93 這種歷史諷刺早已發生於日本，因為《巴蘭與約撒法》的日譯本在一五九一年就出現了，譯者也是耶穌會士，見Ikegami, *Barlaam and Josaphat: A Transcription of MS Egerton 876 with Notes, Glossary, and Comparative Study of the Middle English and Japanese Versions* pp. 31-65和117ff。有關早期耶穌會士在日本的活動，見C. R. Boxer, *The Christian Century in Japan: 1549-1650* (Berkeley: University of California Press, 1967), pp. 41-247。或見戚印平：《日本早期耶穌會史研究》（上海：商務印書館，2003）一書。

重要書目

中日文

丁敏：《佛教譬喻文學研究》（臺北：東初出版社，1996）。

上海古籍出版社編：《中國古代蒙書精粹》（上海：古籍出版社，1996）。

大矢根文次郎：《世說新語と六朝文學》（東京：早稻田大學出版部，1983）。

小堀桂一郎：〈《エヴリマン》說話の根源と傳承──三人の友の話補說〉，《比較文學研究》，34(1978)，頁178-198。

────：〈三人の友の話──古活字本《伊曾保物語》下卷第卅三話と《エヴリマン》說話〉，《比較文學研究》，30(1976)，頁69-114。

────：〈日月の鼠──說話流傳の一事例〉，《紀要比較文化研究》，15(1976)，頁47-100。

中川芳雄解題，《古活字版伊曾保物語》（東京：勉誠社，1981）。

中野美代子：《西遊記の秘密》（東京：福武書店，1984）。

〔清〕方壔：《息妄類言》，在《徐家匯》，4: 1587-1804。

戈寶權：《中外文學因緣──戈寶權比較文學論文集》（北京：北京出版社，1992）。

《文淵閣四庫全書》（臺北：臺灣商務印書館，1983）。

方豪：《中西交通史》，5冊（臺北：華岡出版公司，1977）。

———：《中國天主教史人物傳》，3冊（香港：公教真理學會；臺中：光啓
　　　出版社，1967）。

———：《方豪六十自定稿》，2冊（臺北：作者自印，1969）。

———：《李之藻研究》（臺北：臺灣商務印書館，1965）。

王力：《漢語語音史》（北京：中國社會科學出版社，1985）。

王文顏：《佛典漢譯之研究》（臺北：天華出版公司，1984）。

王任光：〈《四庫提要》之論西學〉，《上智編譯館館刊》，第3卷第1期（1948
　　　年1月），頁25-30。

王安祈：《明代傳奇之劇場及其藝術》（臺北：臺灣學生書局，1986）。

王汎森：〈明末清初的人譜與省過會〉，《中央研究院歷史語言研究所集刊》，
　　　第63本第3分（1993年7月），頁679-712。

王重民編：《徐光啓集》（臺北：明文書局，1986）。

〔明〕王徵：《崇一堂日記隨筆》，在《三編》，2: 755-837。

《四庫全書總目‧雜家類存目二》（臺北：藝文印書館，1979）。

〔清〕白晉：《古今敬天鑑》，在鄭編，2: 215-296。

〔清〕全祖望編：《續甬上耆舊詩》（出版地不詳：四明文獻社，1918）。

安田樸、謝和耐等著，耿昇譯：《明清間入華耶穌會士和中西文化交流》（成
　　　都：巴蜀書社，1993）。

安田樸著，耿昇譯：《中國文化西傳歐洲史》（北京：商務印書館，2000）。

〔西晉〕安法欽譯：《阿育王傳》，在《大正藏》，50: 99-131。

朱天民：《從〈聖經〉看甲骨文》（臺北：道聲出版社，2000）。

〔清〕朱日濬：《朱氏訓蒙‧詩門》（1643）；中央研究院中國文哲研究所圖書
　　　館藏微卷。

朱維煥：《周易經傳象義闡釋》（臺北：臺灣學生書局，1986）。

朱維錚編：《利瑪竇中文著譯集》（上海：復旦大學出版社，2001）。

朱慶之：《佛典與中古漢語詞彙研究》（臺北：文津出版社，1992）。

〔宋〕朱熹編：《四書集注》（臺北：世界書局，1997）。

〔清〕江永：《善餘堂集》，上海圖書館藏抄本，編號：577021。

〔明〕艾儒略：《天主聖教四字經文》，梵帝岡圖書館藏本，編號：Borg.Cinese. 334(26)。

———：《西學凡》，在李編，1: 9-60。

———：《五十言餘》，在《三編》，1: 363-410。

———：《性學觕述》，在《耶檔館》，6: 45-378。

何俊，《西學與晚明思想的裂變》(上海：人民出版社，1996)。

何寅、許光華編：《國外漢學史》(上海：上海外語教育出版社，2002)。

佐伯好郎：《支那天主教の研究》，3卷(東京：春秋社，1943)。

余英時等著：《中國歷史轉型時期的知識分子》(臺北：聯經出版公司，1992)。

余國藩著，李奭學譯：《余國藩西遊記論集》(臺北：聯經出版公司，1989)。

余嘉錫：《世說新語箋疏》(臺北：華正書局，1989)。

〔明〕利瑪竇：《天主實義》，在李編，1: 351-636。

———：《西國記法》，在吳編，頁1-70。

———：《二十五言》，在李編，1: 325-350。

———：《交友論》，在李編，1: 291-324。

———：《畸人十篇》，在李編，1: 93-282。

———：《西琴曲意八章》，在李編，1: 288-290。

———：《齋旨》，在《徐家匯》，1: 36。

———等：《辯學遺牘》，在李編，2: 637-688。

吳相湘編：《天主教東傳文獻》(臺北：臺灣學生書局，1965)。

———編：《天主教東傳文獻續編》，3冊(臺北：臺灣學生書局，1966)。

———編：《天主教東傳文獻三編》，6冊(臺北：臺灣學生書局，1984)。

呂妙芬：《陽明學士人社群——歷史、思想與實踐》(臺北：中央研究院近代史研究所，2003)。

呂明濤、宋鳳娣：〈《天學初函》所折射出的文化靈光及其歷史命運〉，《中

國典籍與文化》，第4期(2002)，頁105-112。

呂澂：《中國佛學源流略講》(臺北：里仁書店，1985)。

宋嗣廉、黃毓文：《中國古代演說史》(長春：東北師範大學出版社，1991)。

〔明/清〕李九功：《慎思錄》，在《耶檔館》，9:119-237。

———編：《文行粹抄》，5卷，康熙年間榕城刻本，耶穌會羅馬檔案館藏
　　　本，編號：Jap.Sin.I.34.a。

———編：《勵脩一鑑》，在《三編》，1:413-529。

〔明/清〕李九標記：《口鐸日抄》，在《耶檔案》，第7冊。

〔明〕李之藻編：《天學初函》，6冊(1629；臺北：臺灣學生書局，1965)。

〔清〕李元音：《十三經西學通義》，光緒32年刻本，《四庫未收書輯刊》，
　　　第4輯第10冊(北京：北京出版社，1997)。

李天綱：《中國禮儀之爭》(上海：古籍出版社，1998)。

〔明/清〕李世熊：《史感‧物感》(寧化：寧化縣志局重印，1918)。

李聖華、劉楚堂：《耶穌基督在中國古籍中之發現》(香港：春秋雜誌社，
　　　1960)。

〔明〕李嗣玄：〈思及艾先生行蹟〉，在《徐家匯》，2: 919-937。

李奭學：〈翻譯的政治——龍華民譯《聖若撒法始末》析論〉，東華大學中
　　　文系編：《文學研究的新進路——傳播與接受》，頁411-464(臺北：
　　　洪葉文化公司，2004)。

———：〈天主教精神與歐洲古典傳統的合流——利瑪竇《西琴曲意八章》
　　　初探〉，初安民編：《詩與聲音——二○○一年臺北國際詩歌節詩
　　　學研討會論文集》，頁27-57(臺北：臺北市政府文化局，2001)。

———：《中西文學因緣》，臺北：聯經出版公司，1991.

〔明〕李贄：《初潭集》(北京：中華書局，1974)。

杜維運：《中西古代史學比較》(臺北：東大圖書公司，1988)。

沈善洪編：《黃宗羲全集》，第11冊(杭州：浙江古籍出版社，1993)。

〔明〕沈德符：《萬曆野獲編》，2冊(北京：中華書局，1997)。

赤塚忠：《中國古代の宗教と文化──殷王朝の祭祀》（東京：角川書店，1977）。

車錫倫：《信仰・教化・娛樂──中國寶卷研究及其他》（臺北：臺灣學生書局，2002）。

〔清〕阮元等編：《經籍纂詁》（臺北：宏業書局，1980年）。

───校刻：《十三經注疏》，2冊（北京：中華書局，1983）。

周作人：《自己的園地》（臺北：里仁書局，1982）。

周振鶴、游汝杰著：《方言與中國文化》（臺北：南天出版社，1990）。

周康燮編：《吳漁山（歷）研究論集》（香港：崇文書店，1971）。

周駬方編校：《明末清初天主教史文獻叢編》，5冊（北京：北京圖書館出版社，2001）。

季羨林：《季羨林佛教學術論文集》，（臺北：東初出版社，1995）。

───譯：《五卷書》（北京：人民文學出版社，1981）。

岡本さえ：《近世中國の比較思想：異文化との邂逅》（東京：東京大學東洋文化研究所，2000）。

───編：《アジアの比較文化名著解題》（東京：科學書院，2003）。

松原秀一：《中世ヨーロッパの說話──東と西の出會い》（東京：中央公論社，1992）。

法朗士（Peter France）著，梁永安譯：《隱士：透視孤獨》（*Hermits: The Insight of Solitude*）（臺北：立緒文化公司，2001）。

竺家寧：《中國的語言和文字》（臺北：臺灣書局，1988）。

〔明〕金尼閣：《況義》，在戈著，頁408-418。

───：《西儒耳目資》（北京：北京大學和北平圖書館，1933）。

金克木：《天竺詩文》（南昌：江西教育出版社，1999）。

───：《梵佛探》（南昌：江西教育出版社，1999）。

金岡照光：《佛教漢文の讀み方》（東京：春秋社，1983）。

───：《敦煌の繪物語》（東京：東方書店，1985）。

〔清〕阿傍：《才子牡丹亭》，雍乾年間刻木，柏克萊加州大學圖書館藏影本。

後藤基巳譯，《天主實義》（東京：明德出版社，1971）。

思高聖經學會譯釋：《千禧版聖經》（臺北：思高聖經學會出版社，2000）。

〔清〕胡兆鸞輯：《西學通考》，14冊，光緒23年長沙刻本，上海圖書館藏，
　　　　編號：501380-93。

胡適：《白話文學史》（臺北：文光圖書公司重印，1974）。

〔明〕范立本編：《〔重刊〕明心寶鑑》，洪武26年序，中國國家圖書館善本部
　　　　藏本，編號：17265。

范存忠：《中國文化在啓蒙時期的英國》（上海：上海外語教育出版社，1991）。

〔漢〕范曄：《後漢書》（北京：中華書局，1966）。

計翔翔：〈關於利瑪竇戴儒冠穿儒服的考析〉，在黃時鑑編：《東西交流論
　　　　譚》，第2集，頁1-15（上海：文藝出版社，2001）。

孫尚揚：《明末天主教與儒學的交流和衝突》（臺北：文津出版社，1992）。

孫紅梅：《伊索寓言在中國》，北京大學碩士論文，2001。

〔明〕徐光啓：《闢釋氏諸妄》，耶穌會羅馬檔案館藏1689年刊本，編號：
　　　　Jap.Sin.132.132a。

───：《增訂徐文定公集》（上海：徐家匯天主堂，1933）。

───：《徐光啓著譯集》，上海市文物保管委員會主編，20冊（上海：上
　　　　海市文物保管委員會，1983）。

徐宗澤：《明清間耶穌會士譯著提要》（臺北：中華書局，1958）。

徐海松：《清初士人與西學》（北京：東方出版社，2000）。

〔漢〕班固：《漢書》（北京：中華書局，1962）。

───：《白虎通》（臺北：藝文印書館，1996）。

祝善文：〈從《物感》一書看《伊索寓言》對中國寓言的影響〉，《文獻》，
　　　　第36期（1988），頁265-271。

翁紹軍：《漢語景教文典詮釋》（北京：生活·讀書·新知三聯書店，1996）。

袁暉、宗廷虎編：《漢語修辭學史》（合肥：安徽教育出版社，1990）。

酒井忠夫：《中國善書の研究》（東京：弘文堂，1960）。

〔清〕馬若瑟：《天學總論》，巴黎法國國家圖書館藏抄本，古朗氏編號7165。

馬祖毅：《中國翻譯史》，上卷（長沙：湖北教育出版社，1999）。

〔明〕高一志，《勵學古言》，崇禎5年（1632年）刻本，梵帝岡圖書館藏，編
　　　號：R. G. Oreiente III 223（7）。

───：《譬學》，在《三編》，2: 564-655。

───：《天主聖教四末論》，明刻本，巴黎法國國家圖書館藏，古朗氏編
　　　號：6857 R. 51.307。

───：《民治西學》（北京：西什庫，1935）。

───：《齊家西學》，在《徐家匯》，1: 491-598。

───：《童幼教育》，在《徐家匯》，1: 239-422。

───：《十慰》，閩中天主堂梓行明刊本，羅馬中央圖書館藏，編號：
　　　NBR72B.305。

───：《達道紀言》，在《三編》，2: 657-754。

高辛勇：《修辭學與文學閱讀》（北京：北京大學出版社，1997）。

高楠順次郎、渡邊海旭編：《大正新脩大藏經》，100卷（東京：一切經刊行
　　　會，1934）。

〔宋〕張載：《張子全書》，《四部備要》版（臺北：臺灣中華書局，1981）。

張西平：《中國與歐洲早期宗教和哲學交流史》（北京：東方出版社，2001）。

〔明〕張萱：《西園聞見錄》，周駿富輯：《明代傳記叢刊》，第116及117
　　　冊（臺北：明文書局，1991）。

───等著：《疑耀外五種》，叢書集選63（臺北：新文豐出版公司，1984）。

張錯：《利瑪竇入華及其他》（香港：城市大學出版社，2002）。

張鎧：《龐迪我與中國》（北京：北京圖書館出版社，1997）。

戚印平：《日本早期耶穌會史研究》（上海：商務印書館，2003）。

〔明〕曹于汴：《仰節堂集》，《文淵閣四庫全書》，集部232別集類，1293:
　　　669-851（臺北：臺灣商務印書館，1983）。

〔清〕梁廷枏：《海國四說》（北京：中華書局，1993）。

梁啓超：《佛學研究十八篇》（臺北：臺灣中華書局，1985）。

梁啓雄：《荀子簡釋》（上海：古籍出版社，1956）。

〔明〕畢方濟口授，徐光啓筆錄：《靈言蠡勺》，在李編，2: 1127-1268。

許地山：〈梵劇體例及其在漢劇上底點點滴滴〉，《小說月報》，第17卷號
　　　　外（鄭振鐸編：《中國文學研究》，下編；上海：商務印書館，1927），
　　　　頁16-28。

許章真譯：《西域與佛教文史論集》（臺北：臺灣學生書局，1989）。

〔漢〕許慎：《說文解字》（北京：中華書局，1981）。

連瑞枝：〈漢月法藏(1573-1635)與晚明三峰宗派的建立〉，《中華佛學報》，
　　　　第9期（1996年7月），頁167-208。

郭慕天：〈輕世金書原本考〉，《上智編譯館館刊》，第2卷第1期（1947年
　　　　1月及2月），頁37-38。

陳子展：《詩經直解》（臺北：書林出版公司，1992）。

陳占山：〈葡籍耶穌會士陽瑪諾在華事蹟考述〉，《文化雜誌》，38（1999
　　　　年春季），頁87-96。

陳永革：《晚明佛學的復興與困境》（高雄：佛光山文教基金會，2001）。

〔清〕陳立：《白虎通疏證》（臺北：廣文書局影印，1987）。

陳孝義：《佛學常見詞彙》（臺北：文津出版社，1984）。

陳垣等編：《民元以來天主教史論集》（臺北：輔仁大學重印，1985）。

───編：《康熙與羅馬使節關係文書》（臺北：臺灣學生書局，1986）。

陳村富編：《宗教文化》，第1輯（北京：東方出版社，1997）。

〔宋〕陳淳：《北溪大全集》，《景印文淵閣四庫全書》，集部第107冊（臺北：
　　　　臺灣商務印書館，1983）。

陳蒲清：《中國古代寓言史》，增訂版（長沙：湖南教育出版社，1996）。

陳錫勇：《老子校正》（臺北：里仁書局，2000）。

陳霞：《道教勸善書研究》（成都：巴蜀書社，1999）。

傑佛瑞・波頓・羅素（Jeffrey Burton Russell）著，張瑞林譯：《天堂的歷史》
　　　（*A History of Heaven: The Singing Silence*）（臺北：新新聞文化公司，
　　　2001）。

〔漢〕揚雄，《法言》，《四部備要》版（臺北：臺灣中華書局，1981）。

〔西晉〕竺法護譯：《普曜經》，在《大正藏》，3: 483-538。

〔明〕焦竑：《澹園集》，2冊（北京：中華書局，1999）。

〔明〕程大約編：《程氏墨苑》，1609年刻本；芝加哥大學圖書館藏微卷。

華瑋：《明清婦女之戲曲創作與批評》（臺北：中央研究院中國文哲研究所，
　　　2003）。

費賴之著，馮承鈞譯：《在華耶穌會士列傳及書目》，2冊（北京：中華書局，
　　　1995。

〔明〕陽瑪諾：《聖經直解》，在《三編》，第4-6冊。

———譯：《輕世金書》，1848年刻本，梵帝岡圖書館藏，編號：R. G. Oriente.
　　　III.1165。

〔清〕馮秉正：《朋來集說》，清仁愛聖所梓行，巴黎法國國家圖書館藏，古
　　　朗氏編號：7055。

黃進興：〈「文本」與「真實」的概念——試論德希達對傳統史學的沖擊〉，
　　　《新史學》，第13卷第3期（2002年9月），頁43-77。

《新標點和合本聖經》（香港：聯合聖經公會，1988）。

〔明〕楊廷筠：《代疑篇》，在吳編，頁471-631。

楊周翰：《鏡子和七巧板》，北京：中國社會科學出版社，1990。

楊揚：〈伊索寓言的明代譯義抄本——《況義》〉，《文獻》，第24期（1985），
　　　頁266-284。

楊適：〈「友誼」（friendship）觀念的中西差異〉，《北京大學學報》（哲學
　　　社會科學版），第1期（1993），頁31-38。

〔明〕葉盛：《水東日記》（臺北：漢京文化公司，1984）。

葉德祿纂：《合校本交友論》（北平：上智編譯館，1948）。

〔漢〕董仲舒著，賴炎元註譯：《春秋繁露今註今譯》（臺北：臺灣商務印書
　　　館，1984）。

〔梁〕僧伽婆羅譯：《阿育王經》，《大正藏》，50: 141-142。

〔梁〕僧旻、寶唱集：《經律異相》（上海：古籍出版社重印，1988）。

〔後秦〕僧肇選：《注維摩詰經》，在《大正藏》，38: 327-420。

寧稼雨：《中國志人小說史》（瀋陽：遼寧人民出版社，1991）。

廖肇亨：〈雪浪洪恩初探〉，《漢學研究》，第14卷第2期（1996年12月），
　　　頁35-57。

───：〈禪門說戲───一個佛教文化史觀的嘗試〉，《漢學研究》，第17
　　　卷第2期（1999年12月），頁277-298。

《熙朝崇正集》（《閩中諸公贈泰西諸先生詩》），在吳編，頁633-691。

石田幹之助：《支那文化と西方文化との交流》，在神田信夫編：《福田幹
　　　之助著作集》（東京：六星出版，1985）。

聞一多：《神話與詩》（臺中：藍燈文化公司，1975）。

褚斌杰：《中國古代文體概論》（北京：北京大學出版社，1990）。

趙爾巽編：《清史稿》（北京：清史館，1928）。

輔仁神學著作編譯會編：《神學辭典》，修訂版（臺北：光啓出版社，1998）。

鄭奠、譚全基編：《古漢語修辭學資料彙編》（臺北：明文書局，1984）。

劉人鵬：《近代中國女權論述》（臺北：臺灣學生書局，2000）。

〔漢〕劉向著，盧元駿註譯，陳貽鈺訂正：《說苑今註今譯》（臺北：臺灣商
　　　務印書館，1995）。

劉志雄、楊靜榮著：《龍與中國文化》（北京：人民出版社，1996）。

〔唐〕劉知幾撰，〔清〕浦起龍釋：《史通通釋》（臺北：里仁書店，1980）。

劉俊餘、王玉川合譯：《利瑪竇全集》，4冊（臺北：光啓與輔仁大學出版社，
　　　1986）。

〔南朝/宋〕劉義慶著，余嘉錫注：《世說新語箋疏》（臺北：華正書局，1989）。

〔梁〕劉勰著，周振甫編：《文心雕龍注釋》（臺北：里仁書局，1998）。

〔清〕劉凝：《覺斯錄》，巴黎法國國家圖書館藏本，古朗氏編號：7172。

德馬爾基、施禮嘉編：《衛匡國：一位在十七世紀中國的人文學家和科學家》（特蘭托〔義大利〕：特蘭托大學，1996）。

樂黛雲等編：《獨角獸與龍——在尋找中西文化普遍性中的誤讀》（北京：北京大學出版社，1995）。

〔西晉〕歐陽建：〈言盡意論〉，《藝文類聚》，上冊，頁348（上海：古籍出版社，1999）。

潘鳳娟：《西來孔子艾儒略——更新變化的宗教會遇》（臺北：基督教橄欖文化事業基金會/聖經資源中心，2002）。

〔明〕蓮池祩宏：《蓮池大師全集》（《雲棲法彙》），8冊，出版時地不詳。

〔明〕衛匡國：《逑友篇》，在《三編》，1: 1-88。

鄭安德：《明末清初天主教和佛教的護教辯論》（高雄：佛光山文教基金會，2001）。

———編：《明末清初耶穌會思想及文獻彙編》，5卷（北京：北京大學宗教研究所，2003）。

鄭志明：《中國善書與宗教》（臺北：臺灣學生書局，1988）。

鄭振鐸：《中國文學研究》（臺北：明倫出版社，1973）。

魯迅編，蓉生譯注：《百喻經譯注》（杭州：浙江古籍出版社，1987）。

錢南揚校點：《湯顯祖戲曲集》，2冊（上海：古籍出版社，1978）。

〔清〕錢謙益撰，〔清〕錢陸燦編：《列朝詩集小傳》，周駿富編：《明代傳記叢刊》，第11冊（臺北：明文書局，1991）。

駱其雅（Herbert Lockyer）著，詹正義、周天麒譯：《聖經中所有的比喻》（臺北：中國主日學協會，1987）。

默西亞・埃里亞德（Mircea Eliade）著，董強譯：《世界宗教理念史》（*Histoire des croyances et des idées religieuses*），3冊（臺北：商周出版，2002）。

〔明〕龍精華（華民）譯：《聖若撒法始末》，1602年譯；南明隆武元年（1645）閩中天主堂刊本，巴黎法國國家圖書館藏，古朗氏編號：6857。

戴璉璋、吳光主編：《劉宗周全集》，5冊（臺北：中央研究院中國文哲研究
　　　所，1996）。

〔明〕羅明堅：《天主聖教實錄》，在《續編》，2: 755-838。

〔明〕謝肇淛：《五雜俎》（北京：中華書局，1959）。

〔戰國〕韓非著，邵增華注譯：《韓非子今註今譯》，2冊（臺北：臺灣商務印
　　　書館，1992）。

韓琦：〈白晉的《易經》研究和康熙時代的「西學中源」說〉，《漢學研究》，
　　　第16卷1期（1998年6月），頁185-201。

〔明〕韓霖：《鐸書》，在《徐家匯》，2: 599-862。

韓霖、張賡：《聖教信證》，1647年，在《三編》，1: 267-362。

〔北齊〕顏之推著，程小銘譯注：《顏氏家訓全譯》（貴陽：人民出版社，1993）。

〔明〕龐迪我：《七克》，在李編，2: 689-1126。

羅光：《利瑪竇傳》（臺北：輔仁大學出版社，1982）。

羅香林：《唐元二代之景教》（香港：中國學社，1966）。

譚達先：《中國民間寓言研究》（臺北：臺灣商務印書館，1988）。

鐘鳴旦等編：《徐家匯藏書樓明清天主教文獻》，5冊（臺北：方濟出版社，
　　　1996）。

───著，何麗霞譯：《可親的天主：清初基督徒論「帝」談「天」》（臺
　　　北：光啓出版社，1998）。

───與杜鼎克編：《耶穌會羅馬檔案館明清天主教文獻》，12冊（臺北：
　　　利氏學社，2002）。

顧衛民：《中國天主教編年史》（上海：上海書店出版社，2003）。

西文

Aerts, W. J., and M. Gosman, eds. *Exemplum et Similitudo: Alexander the Great and Other Heroes as Points of Reference in Medieval Literature* (Groningen: Egbert Forsten, 1988).

Aeschylus. *The Suppliant Maidens*. In David Grene and Richmond Lattimore, eds., *Aeschylus II: Four Plays* (Chicago: University of Chicago Press, 1956), pp. 7-42.

Alan of Lille. *The Art of Preaching*. Trans. Gillian R. Evans (Kalamazoo: Cistercian Publications, 1981).

Alfonso, Pedro. *The Scholar's Guide (Disciplina Clericalis)*. Trans. Joseph Ramon Keller, Jones, and John Esten (Toronto: The Pontifical Institute of Mediaeval Studies, 1969).

Apollodorus. *The Library*. 2 vols (Cambridge: Harvard University Press, 1982).

Arendt, Hannah, ed. *Illuminations: Essays and Reflections* (New York: Schocken Books, 1968).

Armstrong, Edward C. *The French Metrical Versions of Barlaam and Josaphat, with Especial Reference to the Termination in Gui de Cambrai* (Princeton: Princeton University Press; Paris: Librairie Édouard Champion, 1922).

Arrian. *History of Alexander and Indica*. Trans. P. A. Brunt. 2 vols (Cambridge: Harvard University Press, 1989).

Auerbach, Erich. *Mimesis: The Representation of Reality in Western Literature*. Trans. Willard R. Trask (Princeton: Princeton University Press, 1953).

Augustine, Saint. *Confessions*. Trans. R. S. Pine-Coffin (Harmondsworth:Penguin, 1985).

———. *On Christian Doctrine*. Trans. D. W. Roberston, Jr. (New York: Macmillan, 1958).

———. *The City of God*. Trans. John Healey (London: J. M. Dent and Sons, 1962).

Aune, David E. "Pronouncement Stories and Jesus' Blessing of the Children: A Rhetorical Approach." *Semeia: An Experimental Journal for Biblical Criticism* 29 (1983): 109-115.

———, ed. *Greco-Roman Literature and the New Testament: Selected Forms and Genres* (Atlanta: Scholars Press, 1988).

Baker, Derek, ed. *Renaissance and Renewal in Christian History* (Oxford: Published for the Ecclesiastical History Society by Basil Blackwell, 1977).

Bakhtin, M. M. *The Dialogic Imagination: Four Essays*. Ed. Michael Holquist. Trans. Caryl Emerson and Holquist (Austin: University of Texas Press, 1981).

Banks, Mary Maclend, ed. *An Alphabet Tales*. 2 vols (London: Published for the Early English Text Society by Kegan Paul, Trench, Trübner, 1904).

Barnes, Jonathan, ed. *The Complete Works of Aristotle*. Revised Oxford Translation (Princeton: Princeton University Press, 1984).

Barrow, Robin. *Plato, Utilitarianism and Education* (London: Routledge and Kegan Paul, 1975).

Bayley, Peter. *French Pulpit Oratory, 1598-1650* (Cambridge: Cambridge University Press, 1980).

Benda, Jonathan. "The French Invention of Chinese Rhetoric?" Paper presented in the "Conference on East-West Identities: Globalisation, Localisation, and Hybridisation." Hong Kong Baptist University, Feb 26-27, 2004.

Berling, Judith A. *The Syncretic Religion of Lin Chao-en* (New York: Columbia

University Press, 1980).

Berlioz, Jacques, and Marie Anne Polo de Beaulieu, eds. *Les Exempla médiévaux* (Paris: Gare/Hesiode, 1992).

Bernard, Henri. "Les adaptation chinoises d'ouvrages europeens, 1514-1688." *Monumenta Serica* 10 (1945): 1-57 and 309-388.

———. "Whence the Philosophic Movement at the Close of the Ming?" *Bulletin of the Catholic University of Peking* 8 (December 1931): 67-73.

———. *Le P. Matteo Ricci et la société chinoise de son temps (1552-1610)*. 2 vols (Tianjin: n.p., 1937).

Bernardus Silvestris. *Commentary on the First Six Books of Virgil's Aeneid*. Trans. Earl G. Schreiber and Thomas E. Maresca (Lincoln: University of Nebraska Press, 1979).

Bertuccioli, Guliano. "Il Trattato sull'amicizia di Martino Martini (1614-1661)," Part I, *Rivista degli Studi Orientali* LXVI, Fasc. 1-2 (1992): 79-42; and Part II, *Rivista delgli Studi Orientali* LXVI, Fasc. 3-4 (1993): 331-379.

Bloom, Harold. *A Map of Misreading* (Oxford: Oxford University Press, 1975).

Bonner, Stanley F. *Education in Ancient Rome* (Berkeley: University of California Press, 1977).

Born, Lester Kruger. "The *Integumenta* on the *Metamorphoses* of Ovid by John of Garland—First Edited Introduction and Translation." Ph.D. dissertation, University of Chicago, 1929.

———. "Ovid and Allegory." *Spectrum* 9/4 (Oct. 1934): 362-379.

Bouchard, Donald F., ed. *Language, Counter-memory, Practice: Selected Essays and Interviews by Michel Foucault* (Ithaca: Cornell University Press, 1977).

Bovie, Smith Palmer, trans. *Satires and Epistles of Horace* (Chicago: University of Chicago Press, 1959).

Boxer, C. R. *The Christian Century in Japan: 1549-1650* (Berkeley: University of California Press, 1967).

Bräm, Toni. *La verion provencale de "Barlaam et Iosaphat"----une oeuvre cathare?* (Konstanz: Hartung-Gorre, 1990).

Brandeis, Arthur, ed. *Jacob's Well, An Englisht Treatise on the Cleansing of Man's Conscience* (London: Paul, Trench, Trübner, 1900).

Brokaw, Cynthia J. *The Ledgers of Merit and Demerit: Social Change and Moral Order in Late Imperial China* (Princeton: Princeton University Press, 1991).

Brower, Reuben, ed. *On Translation* (Cambridge: Harvard University Press, 1959).

Brown, Raymond E., S.S., et al., eds. *The New Jerome Biblical Commentary* (Englewood: Prentice Hall, 1990).

Brumble, H. David. *Classical Myths and Legends in the Middle Ages and Renaissance: A Dictionary of Allegorical Meanings* (Westport: Greenwood Press, 1998).

Bullock, Marcus, and Michael W. Jennings, eds. *Walter Benjamin: Selected Writings*, vol I: 1913-1926 (Cambridge: Harvard University Press, 1997).

Burnett, Charles S. F. "A Note on the Origins of the Third Vatican Mythographer." *Journal of the Warburg and Courtauld Institutes* 44 (1981): 160-166.

Busch, Heinrich. "The Tunglin Academy and Its Political and Philosophical Significance." *Monumenta Serica* 14 (1949-1955): 156-163。

Butts, James R. "The *Progymnasmata* of Theon: A New Text with Translation and Commentary." Ph.D. dissertation, Claremont Graduate School, 1986.

Caplan, Harry. "Classical Rhetoric and the Medieval Theory of Preaching." *Classical Philology* 28/2 (April 1933): 73-96.

Carnes, Pack, ed. *Proverbia in Fabula: Essays on the Relationship of the Proverb and the Fable* (New York: Peter Lang, 1988).

Carruthers, Mary. *The Book of Memory: A Study of Memory in Medieval Culture* (Cambridge: Cambridge University Press, 1996).

Carter, Minnie Luella. "Studies in the *Scala celi* of Johannes Gobii Junior." Ph.D. dissertation, University of Chicago, 1928.

Cary, George. *The Medieval Alexander*. Ed. D. J. A. Ross (Cambridge: Cambridge University Press, 1967).

Cassian, John. *Conferences*. Trans. Colm Luibheid (New York: Paulist Press, 1985).

Chan, Albert. "Michele Ruggieri, S.J. (1543-1607) and His Chinese Poems." *Monumenta Serica* 41 (1993): 129-176.

———. "Two Chinese Poems Written by Hsü Wei (1521-1593) on Michele Ruggieri, S.J. (1543-1607)." *Monumenta Serica* 44 (1996): 317-337.

———. *Chinese Books and Documents in the Jesuit Archives in Rome: A Descriptive Catalogue, Japonica-Sinica 1-IV* (New York: M. E. Sharpe, 2002).

Chance, Jane, ed. *Classical Fable and the Rise of the Vernacular in Early France and England* (Gainesville: University of Florida Press, 1990).

———. *Medieval Mythography* (Gainesville: University Press of Florida, 1994).

Charbonneau-Lassay, Louis. *The Bestiary of Christ*. Trans. D. M. Dooling (New York: Arkana Books, 1992).

Cherniss, Michael D. "Two New Approaches to (some) Medieval Vision Poems." *Modern Language Quarterly* 49/3 (September 1988): 285-291.

Cicero. *Ad Herennium*. Trans. H. Caplan (Cambridge: Harvard University Press, 1989).

———. *Cicero XXI: De Officiis*. Trans. Walter Miller (Cambridge: Harvard

University Press, 1990).

———. *De Amicitia*. In William Armistead Falconer, trans., *Cicero XX* (Cambridge: Harvard University Press, 1992), pp. 101-211.

———. *De Inventione*. In H. M. Hubbell, ed. and trans., *Cicero II* (Cambridge: Harvard University Press, 1996), pp. 2-345.

———. *Cicero III: De Oratore*. Trans. E. W. Sutton and H. Rackham (Cambridge: Harvard University Press, 1996).

———. *Cicero XVIII: Tusculan Disputations*. Trans. King, J. E. (Cambridge: Harvard University Press, 1996).

Clark, Donald Lemen. "The Rise and Fall of Progymnasmata in Sixteenth and Seventeenth Century Grammar Schools." *Speech Monographs* 19/2 (March 1952): 259-263.

———. *Rhetoric in Greco-Roman Education* (New York: Columbia University Press, 1957).

Collingwood, R. G. *The Idea of History*. Trans. Jan van der Dussen (Oxford: Oxford University Press, 1993).

Colson, F. H. "Quintilian I. 9 and the 'Chria' in Ancient Education." *The Classical Review* 35/7-8 (1921): 150-154.

Conley, Thomas M. *Rhetoric in the European Tradition* (Chicago: University of Chicago Press, 1990).

Cooke, John Dantel. "Euhemerism: A Mediaeval Interpretation of Classical Paganism." *Spectrum* 2 (1927): 397-410.

Copper, Geoffrey, and Christopher Wortham, eds. *The Summoning of Everyman* (Nedlands: University of Western Australia Press, 1980).

Courant, Maurice, ed. *Catalogues des livres chinois, coréens, japonais, etc.* 8 vols (Paris: Ernest Leroux, 1902-1912).

Cowen, Jill Sanchia, trans. *Kalila wa dimna: An Animal Allegory of the Mongol*

Court (New York and Oxford: Oxford University Press, 1989).

Crane, Thomas F., ed. *The Exempla or Illustrative Stories from the Seromons Vulgares of Jacques de Vitry* (London: The Folk-lore Society, 1890).

———. "Medieval Sermon-Books and Stories." *Proceedings of the American Philosophical Society* 21/114 (1983): 49-78.

Criveller, Gianni. *Preaching Christ in Late Ming China: The Jesuits' Presentation of Christ from Matteo Ricci to Giulio Aleni* (Taipei: Ricci Institute, 1997).

Curley, Michael, J., trans. *Physiologus* (Austin: University of Texas Press, 1979).

Curtius, Ernst Robert. *European Literature and the Latin Middle Ages.* (Trans. Willard R. Trask. (Princeton: Princeton University Press, 1973).

Curtius, Quintus. *History of Alexander I.* Trans. John C. Rolfe (Cambridge: Harvard University Press, 1992).

d'Acuto, Giacomo Affinati. *The dvmbe divine speaker, or: Dumbe speaker of diuinity* (Trans. A. M. London: Printed for W. Leake, 1605).

D'Elia, Pasquale M., S. I., ed. *Fonti Ricci*, 3 vols (Rome: La Libreria dello stato, 1942).

———. *Le Generalita sulle Scienze Occidentali di Giulio Aleni. Rivista degli Studi Orientali* 25/1-4 (1950): 58-76.

———. "Il Trattato *sull' Amicizia*: Primo Libro scritto in cinese da Matteo Ricci S.I. (1595)." *Studia Missionalia* 7 (1952): 449-515.

———. "Sunto poetico-ritmico di *I Deici Paradossi* di Matteo Ricci S. I." *Rivisita degli Studi Orientali* 27 (1952): 111-138.

———. "Musica e canti italiani a Pechino." *Rivisita degli Studi Orientali* 30 (1955): 131-145.

Dante Alighieri. *The Divine Comedy*. Trans. John Ciardi (New York: The New American Library, 1970).

D'Avray, D. L. "Philosophy in Preaching: The Case of a Franciscan Based in Thirteenth-Century Florence (Servasanto da Faenza)." In Richard G. Newhauser and John A. Alford, eds., *Literature and Religion in the Late Middle Ages: Philological Studies in Honor of Siegfried Wenzel* (Binghamton: Center for Medieval and Renaissance Texts and Studies, State University of New York at Binghamton, 1995), pp. 263-273.

de Beaulieu, Marie-Anne Polo, ed. *La Scala Coeli de Jean Gobi* (Paris: Édition du Centre Nationale de la Recherche Scientifique, 1991).

de Prémare, Joseph. *Antiquae traditionis selecta vestigial, ex Sinarum monumenta eruta*. Manuscript kept in Bibliothèque Nationale, Paris (Chinois 9248).

de Stella, F. Diego. *The Contempte of the VVorld, and the Vanitie Thereof*. Douai, 1584; microfilm kept in Center for Research Library.

Derrida, Jacques. "Des Tours de Babel." Translated by Joseph F. Graham. In Graham ed., *Difference in Translation* (Ithaca: Cornell University Press, 1985), pp. 165-207.

———. *Politics of Friendship*. Translated by George Gollins (London: Verso, 1997).

Desan, Philip, ed. *Humanism in Crisis: The Decline of the French Renaissance* (Ann Arbor: University of Michigan Press, 1991).

Diogenes Laertius. *Lives of Eminent Philosophers*. Trans. R. D. Hicks. 2 vols (Cambridge: Harvard University Press, 1995).

Dudley, Donald R. *A History of Cynicism: From Diogenes to the 6th Century A.D.*(Hildesheim: Georg Olms Verlagsbuchhand-lung, 1967).

Duff, J. Wight, and Arnold M. Duff, eds. and trans. *Minor Latin Poets*. 2 vols (Cambridge: Harvard University Press, 1990).

Eber, Iren, et al., eds. *Bible in Modern China: The Literary and Intellectual Impact* (Sankt Augustin: Institut Monumenta Serica, 1999).

Elias, Julius A. *Plato's Defense of Poetry* (Albany: State University of New York

Press, 1984).

Elliott Kathleen O. "Text, Authorship and Use of the First Vatican Mythographer."
Ph. D. dissertation, Radcliffe College, 1942.

———, and J. P. Elder. "A Critical Edition of Vatican Mythographers." *Transactions of the American Philological Association* 78 (1947): 189-207.

Evans, G. R. *The Thought of Gregory the Great* (Cambridge: Cambridge University Press, 1986).

Farrell, Joseph. *Latin Language and Latin Culture: From Ancient to Modern Times* (Cambridge: Cambridge University Press, 2001).

Fitzgerald, John T., ed. *Greco-Roman Perspectives on Friendship* (Atlanta: Scholars Press, 1997).

Fitzpatrick, E. A., ed. *St. Ignatius and the Ratio Studiorum* (New York: McGraw-Hill, 1933).

Flynn, Lawrence J., S.J. "The *De Arte Rhetorica* (1568) by Cyprian Soarez, S.J.: A Translation with Introduction and Notes." Ph.D. dissertation, University of Florida, 1955.

Foster, B. O. trans. *Livy I* (Cambridge: Harvard University Press, 1988).

Foucault, Michel. *The Archaeology of Knowledge and the Discourse on Language*. Trans. A. M. Sheridan Smith (New York: Pantheon Books, 1972).

Fowler, Robert L. ed. *Early Greek Mythography*, vol 1: *Text and Introduction* (Oxford: Oxford University Press, 2000).

Fox, Robin Lane. *Pagans and Christianity* (New York: Alfred A. Knopf, 1987).

Fremantle, W. H., trans. *The Principle Works of St. Jerome*. (Rpt. Peabody: Hendrickson, 1995).

Friedman, John Block. *Orpheus in the Middle Ages* (Syracuse: Syracuse University Press, 2000).

Gadamer, Hans-Georg. *Truth and Method*. Trans. William Glen-Doepel (New York: Continuum, 1975).

Ganss, George E., S.J. *Ignatius of Loyola: The Spiritual Exercises and Selected Works* (New York: Paulist Press, 1991).

Gatty, Janette. "Les Recherches de Joachim Bouvet (1656-1730)." *Actes du Colloque international de Sinologie: La Mission française de Pekin aux XVIIe et XVIIIe siècles, Centre de Rechereches interdisciplinare de Chantilly* (Paris: Les Belles Lettres, 1976), pp. 141-162.

Gelley, Alexander, ed., *Unruly Examples: On the Rhetoric of Exemplarity* (Stanford: Stanford University Press, 1995).

Gernet, Jacques. *China and the Christian Impact*. Trans. Janet Lloyd (Cambridge: Cambridge University Press, 1986).

Glenn, John R., ed. *A Critical Edition of Alexander Ross's 1647 Mystagogus Poeticus, or the Muses Interpreter* (New York: Garland, 1987).

Golden, Leon, and O. B. Hardison, Jr. *Aristotle's Poetics: A Translation and Commentary for Students of Literature* (Tallahassee: Florida State University Press, 1981).

Goulet-Cazé, M.-O., eds. *The Cynics: The Cynic Movement in Antiquity and Its Legacy* (Berkeley and Los Angeles: University of California Press, 1996).

Grant, Mary, trans. *The Myths of Hyginus* (Lawrence: University of Kansas Press, 1960).

Gregg, Joan Young. "The Narrative Exempla of *Jacob's Well*: A Source Study with an Index for *Jacob's Well* to *Index Exemplorum*." Ph.D. dissertation, New York University, 1973.

————. *Devils, Women, and Jews: Reflections of the Other in Medieval Sermon Stories* (Albany: State University of New York Press, 1997).

Grendler, Paul F. *Schooling in Renaissance Italy: Literacy and Learning, 1300-1600* (Baltimore: Johns Hopkins University Press, 1989).

Haight, Elizabeth Hazelton. *The Roman Use of Anecdotes in Cicero, Livy, and the Satirists* (New York: Lomans, Green and Co., 1940).

Hall, David L., and Roger T. Ames. *Thinking through Confucius* (Albany: State University of New York Press, 1987).

Hamilton, Edith, and Huntington Cairns, eds. *Plato: The Collected Dialogues* (Princeton: Princeton University Press, 1961).

Hampton, Timothy. *Writing from History: The Rhetoric of Exemplarity in Renaissance Literature* (Ithaca: Cornell University Press, 1990).

Harbsmeier, Christopher. "Chinese Rhetoric." *T'oung Pao* 85 (1999): 114-126.

Harris, J. Rendel. "Scylla and Charybdis." *Bulletin of the John Rylands Library* 9 (1925): 87-118.

Head, Thomas, ed. *Medieval Hagiography: An Anthology* (New York and London: Routledge, 2001).

Henderson, Arnold Clayton. "Animal Fables as Vehicles of Social Protest and Satire: Twelfth Century to Henryson." In Jan Goossens and Timothy Sodmann, eds., *Third International Beast Epic, Fable and Fabliau Colloquium, Münster 1979: Proceedings*, pp. 160-173 (Köln: Böhlau, 1981).

———. "Medieval Beasts and Modern Cages: The Making of Meaning in Fables and Bestiaries." *PMLA* 97/1(1982): 40-49.

Heraclitus. *Allégories d'Homère*. Ed. Félix Buffière (Paris: Société d'édtion, 1962).

Herbert, John. A., and Harry Ward, eds. *Catalogue of Romances in the Department of Manuscripts in the British Museum*, vol 3 (London: Printed by Order of the Trustees, 1910).

Herodotus. *The History*. Trans. David Grene (Chicago: University of Chicago Press, 1987).

Herrtage, Sidney, J. H., ed. *The Early English Version of the Gesta Romanorum* (Oxford: Oxford University Press, 1879).

Hervieux, Léopold, ed. *Les Fabulistes latins despuis le siècle d'Auguste jusqua'à la fin du moyen âge*. 5 vols (Paris Librairie de Firmin-Didot, 1884).

———. *Notice historique et critique sur les fables latines de Phedre et de ses anciens imitateurs directs et indirects* (Paris: Librairie de Firmin Didot, 1884).

Hesiod. *Hesiod: Theogony, Works and Days, Shield*. Trans. Apostolos N. Athanassakis (Baltimore: Johns Hopkins University Press, 1983).

Hinnebusch, William A. *The Early English Friars Preachers* (Rome: Institutum Historicum FF. Praedicatorum, 1951).

Hock, Ronald F., and Edward N. O'Neil, eds. *The Chreia in Ancient Rhetoric*, vol 1: The *Progymnasmata* (Atlanta: Scholars Press, 1986).

Holy Bible (New York: American Bible Society, 1984).

Hooks, Bell. *Languages and Cultures: Translation and Cross-Cultural Texts* (Pittsburgh: University of Pittsburgh Press, 1995).

Hopper, Vincent Foster. *Medieval Number Symbolism: Its Sources, Meaning, and Influence on Thought and Expression* (Nineola: Dover, 2000).

Iamblichus. *On the Pythagorean Way of Life*. Trans. John Dillon and Jackson Hershbell (Atlanta: Scholars Press, 1991).

Ikegami, Keiko. *Barlaam and Josaphat: A Transcription of MS Egerton 876 with Notes, Glossary, and Comparative Study of the Middle English and Japanese Versions* (New York: AMS Press, 1999).

Jocobi a Voragine (Jacobus de Voragine). *Legenda aurea*. Ed. Th. Graesse (Vratislaviae: Apud Guilemum Koebnner, 1890).

———. *The Golden Legend: Readings on the Saints*. Trans. William Granger Ryan. 2 vols (Princeton: Princeton University Press, 1993).

Jacobs, John C., trans. and ed. *The Fables of Odo of Cheriton* (Syracuse: Syracuse University Press, 1985).

Jacobs, Joseph, trans. *Barlaam and Josaphat: English Lives of Buddha* (London: David Nutt, 1896).

Jaeger, Werner. *Paideia: The Ideas of Greek Culture*. Trans. Gilbert Highet. 3 vols (New York: Oxford University Press, 1971).

Jami, Catherine, and Hubert Delahaye, ed. *L'Europe en Chine* (Paris: Institut des Hautes Études Chinoises Collège de France, 1993).

Javary, Genévier, trans. "Hou Ji, Prince Millet, l'agriculteur divin: Interprétation du mythe chinois par le R. P. Joachim Bouvet s.j." *Neue Zeitschrift für Missionswissenschaft* 39 (1983): 16-41 and 107-119.

———. "Hou Ji, Prince Millet, interprétation du mythe chinois par le Père Joachim Bouvet." *Actes du IIIe colloque international de sinology, Chantilly 1980: Appréciation par l'Europe de la tradition chinoise à partir du XVLLe siècle*, pp. 93-106 (Paris: Les Belles Lettres, 1983).

Jebb, R. C. *The Attic Orators from Antiphon to Isaeos*. 2 vols (London: Macmillan, 1876).

Jerome, St., trans. *The Vulgagte*. Http://www.fourmilab.ch/etexts/www/Vulgate.

John Damascene, St. *Barlaam and Ioasaph*. Trans. G. R. Woodward, et al. (Cambridge: Harvard University Press, 1983).

Johnson, Francis R. "Two Renaissance Textbooks of Rhetoric: Aphthonius' *Progymnasmata* and *Rainolde's A booke called the Foundacion of Rhetorike*." *Huntington Library Quarterly* 6 (1943): 427-444.

Jones, Julian Ward, Jr. "The So-Called Silvestris Commentary on the *Aeneid* and Two Other Interpretations." *Spectrum* 64/4 (Oct. 1989): 835-848.

Kaufmann, Hanna Wanda. "The *Exemplum*: Its Morphology, Function, Evolution and Transmission." Ph.D. dissertation, University of Texas, 1994.

Keith-Falconer, Ion G. N., trans. *Kalilah and Dimah or the Fables of Bidpai* (Amsterdam: Philo Press, 1970).

Kemmler, Fritz. *"Exempla" in Context: A Historical and Critical Study of Robert Mannyng of Brunne's "Handlyng Synne"* (Tübingen: Gunter Narr Verlag, 1984).

Kennedy, George A., trans. *Aristotle on Rhetoric: A Theory of Civic Discourse* (New York and Oxford: Oxford University Press, 1991).

———. *Comparative Rhetoric: An Historical and Cross-Cultural Introduction* (Oxford: Oxford University Press, 1998).

Kindstrand, Jan Fredrik. "Diogenes Laertius and the Chreia Tradition." *Elenchos* 71-72 (1986): 226-242.

Kloppenborg, John S. *The Formation of Q: Trajectories in Ancient Wisdom Collections* (Philadelphia: Fortress Press, 1987).

Konstan, David. *Friendship in the Classical World* (Cambridge: Cambridge University Press, 1997).

Kramer, Casper J., Jr., ed. and trans. *The Complete Works of Horace* (New York: Modern Library, 1936).

Kratz, Dennis M., trans. *The Romances of Alexander* (New York: Garland, 1991).

Kratzmann, Gregory, and Elizabeth Gee, eds. *The Dialogues of Creatures Moralysed: A Critical Edition (Dialogus creaturarum)* (Leiden: E. J. Brill, 1988).

Krill, Richard M. "The Vatican Mythographers: Their Place in Ancient Mythography." *Manuscripta* 23/3 (November 1979): 173-177.

Kulcsár, Péter, ed. *Mythographi Vaticani I et II* (Turnhout: Brepols, 1987).

la Marche, A. Lecoy de, ed. *Anecdotes historiques: légends et apologues d'Étienne de*

Bourbon（Paris: Librairie Renouard, 1877）.

Lancashire Douglas, and Peter Hu Kuo-chen, S.J., trans. *The True Meaning of the Lord of Heaven*（St. Louis: The Institute of Jesuit Sources, in cooperation with Taipei: The Ricci Institute, 1985）.

Lang, David Marshall, trans. *The Balavariani: A Tale from the Christian East Translated from the Old Georgian*（Berkeley and Los Angeles: University of California Press, 1966）.

Lang, Robert T. "The Teaching of Rhetoric in French Jesuit Colleges, 1556-1762." *Speech Monographs* 19/4（November 1952）: 286-298.

le Goff, Jacques, and Jean-Claude Schmitt. *L' "exemplum"*（Turnhout: Berpols, 1996）.

Leaman, Oliver, ed. *Friendship East and West: Philosophical Perspectives*（Richmond Surrey: Curzon Press, 1996）.

Lee, Thomas H. C., ed. *China and Europe: Images and Influences in Sixteenth to Eighteenth Centuries*（Hong Kong: Chinese University Press, 1991）.

Lenaghan, R. T., ed. *Caxton's Aesop*（Cambridge: Harvard University Press, 1967）.

Liddell, Henry George, and Robert Scott, eds. *Greek-English Lexicon*（Oxford: Oxford University Press, 1996）.

Lieu, Samuel N. C. *Manichaeism in the Later Roman Empire and Medieval China: A Historical Survey*（Manchester: Manchester University Press, 1985）.

Lo, Yuet Keung. "Persuasion and Entertainment at Once: Kumārajiva's Buddhist Storytelling in His Commentary on the *Vimalakīrti-sūtra*." *Bulletin of the Institute of Chinese Literature and Philosophy, Academia Sinica* 21（Sept 2002）: 89-114.

Lu, Xing. *Rhetoric in Ancient China, Fifth to Third Century BCE: A Comparison with Classical Greek Rhetoric*（Columbia: University of South Carolina

Press, 1998).

Luk, Bernard Hung-kay. "Thus the Twain Did Meet? The Two Worlds of Giulio Aleni." Ph.D. dissertation, Indiana University, 1977.

Lundbæk, Kund. *Joseph de Prémare (1666-1736), S.J.: Chinese Philology and Figurism* (Aarhus: Aarhus University Press, 1991).

Lynch, Cyprian J. "A Bio-bibliographical Study of Diego de Estella, O.F.M. (1524-1578)." MA thesis, St. Bonaventure College, 1949.

MacDonald, Dennis Ronald. *Christianizing Homer: The Odyssey, Plato, and the Acts of Andrew* (Oxford: Oxford University Press, 1994).

Mack, Peter, ed. *Renaissance Rhetoric* (New York: St. Martin's Press, 1994).

Macrobii Ambrosii Theodosii (Macrobius, Ambrosius Aurelius). *Opera.* Ed. Ludovicus Ianus (Quedlinburgi et Lipsiae: Typis et Sumptibus Godofredi Bassii, 1848).

———. *Commentary on the "Dream of Scipio."* Trans. William Harris Stahl (New York: Columbia University Press, 1952).

Major, Johann, ed. *Magnum specvlvm exempolorum.* Douai, 1603; microfilm, Ohio State University Library.

Martianus Felix Capella. *The Marriage of Philology and Mercury.* In William Harris Stahl and E. L. Burge, trans., *Martianus Capella and the Seven Liberal Arts*, vol 2 (New York: Columbia University Press, 1971).

Matarasso, Pauline, ed. *The Cistercian World: Monastic Writings of the Twelfth Century* (Harmondsworth: Penguin, 1993).

McGinn, Bernard. *The Foundations of Mysticism: Origins to the Fifth Century* (New York: Crossroad, 1994).

McGinness, Frederick J. *Right Thinking and Sacred Oratory in Counter-Reformation Rome* (Princeton: Princeton University Press, 1995).

McGuire, Brian Patrick. "The Cistercians and the Rise of the Exemplum in Early

Thirteenth Century France: A Reevaluation of *Paris BN Ms lat.* 1592." *Classica et Mediaevalia* 34 (1983): 211-267.

Menner, Robert J. "Two Notes on Medieval Euhermerism." *Spectrum* 3/2 (April 1928): 246-248.

Migne, J.-P. ed. *Patrologia cursus completus. Series Latina.* 222 vols (Paris: J.-P. Migne, 1844-1864).

Miller, Joseph M., et al., eds. *Readings in Medieval Rhetoric* (Bloomington: Indiana University Press, 1974).

Mitsakis, K. *Der Byzantinische Alexanderroman nach dem Code Vindob* (Munich: Institut für byzantinische und neugriechische Philologie der Universität Munchen, 1967).

Mosher, Joseph Albert. *The Exemplum in the Early Religious and Didactic Literature of England* (New York: Columbia University Press, 1911).

Mote, Frederick W., and Denis Twitchett, eds. *The Cambridge History of China*, vol 7: *The Ming Dynasty, 1368-1644*, Part I (Cambridge: Cambridge University Press, 1988).

Mungello, D. E. *Curious Land: Jesuit Accommodation and the Origins of Sinology* (Honolulu: University of Hawaii Press, 1985).

Murphy, James J. *Rhetoric in the Middle Ages: A History of Rhetorical Theory from Saint Augustine to the Renaissance* (Berkeley and Los Angeles: University of California Press, 1974).

Murray, A. T. trans. *Odyssey* (Cambridge: Harvard University Press, 1995).

New American Bible, The (New York: Catholic Book, 1970).

Niranjana, Tejaswini. *Siting Translation: History, Post-Structuralism and the Colonial Context* (Berkeley: University of California Press, 1992).

Norris, Richard A., Jr., ed. *The Christological Controversy* (Philadelphia: Fortress Press, 1980).

Oldfather, W. A., trans. *Epictetus II* (Cambridge: Harvard University Press, 1996).

Oliver, Robert T. *Communication and Culture in Ancient India and China* (Syracuse: Syracuse University Press, 1971).

Olivia and Robert Temple, trans. *Aesop: The Complete Fables* (Harmondsworth: Penguin, 1998).

O'Malley, John W. *The First Jesuits* (Cambridge: Harvard University Press, 1993).

Origen. *On First Principles*. Trans. G. W. Butterworth (Gloucester: Peter Smith, 1973).

Ovid. *Metamorphoses*. Trans. Frank Justus Miller. 2nd ed. 2 vols (Cambridge: Harvard University Press, 1984).

Owen, D. D. R., trans. *The Romance of Reynard the Fox* (Oxford: Oxford University Press, 1994).

Pappas, Nicolas. *Plato and the "Republic"* (London: Routledge, 1995).

Pausanias. *Description of Greece*. 5 vols (Cambridge: Harvard University Press, 1982).

Pelikan, Jaroslav. *The Christian Tradition: A History of the Development of Doctrine*, vol 1: *The Emergence of the Catholic Tradition (100-600)* (Chicago: University of Chicago Press, 1971).

―――. *Christianity and Classical Culture: The Metamorphosis of Natural Theology in the Christian Encounter with Hellenism* (New Haven: Yale University Press, 1993).

Perry, Ben Edwin, ed. *Aesopica*. vol 1 (Urbana: University of Illinois Press, 1952).

―――, ed. and trans., *Babrius and Phaedrus* (Cambridge: Harvard University Press, 1965).

Pfander, H. G. "The Mediæval Friars and Some Alphabetical Reference-Books for Sermons." *Medium Ævum* 3 (1934): 19-29.

Pfister, Louis. *Notices biographiques et bibliographiques sur les Jesuites de*

L'ancienne mission de China, 1552-1773. 2 vols (Shanghai: Imprimerie de la Mission Catholique, 1932-1934).

Plutarch. *Moralia I*. Trans. Frank Cole Babbitt (Cambridge: Harvard University Press, 1986).

———. *Moralia III*. Trans. F. C. Babbitt (Cambridge: Harvard University Press, 1989).

———. *Moralia VI*. Trans. W. C. Helmbold (Cambridge: Harvard University Press, 1993).

———. *Lives*. Trans. John Dryden. 2 vols (New York: Modern Library, 1992).

Pratt, Mary Louise. *Toward a Speech Act Theory of Literary Discourse* (Bloomington: Indiana University Press, 1977).

Propp, Vladimir. *Morphology of the Folktale*. Trans. Laurence Scott. 2nd ed. (Austin: University of Texas Press, 1996).

———. *Theory and History of Folklore*. Trans. Ariadna Y. Martin. Eds. Richard P. Martin and Anatoly Liberman (Minneapolis: University of Minnesota Press, 1984).

Quintilian. *Institutio oratoria*. Trans. H. E. Butler (Cambridge: Harvard University Press, 1996).

Rahner, Hugo, S.J. *Greek Myths and Christian Mystery*. Trans. Brian Battershaw (New York: Harper and Row, 1963).

Ramsey, S. Robert. *The Languages of China* (Princeton: Princeton University Press, 1987).

Reynolds, William Donald. "The *Ovidius Moralizatus* of Petrus Berchorius: An Introduction and Translation." Ph. D. dissertation, University of Illinois at Urbana, 1971.

Ricoeur, Paul. *Oneself as Another*. Trans. Kathleen Blamey (Chicago: University of Chicago Press, 1992).

Rienstra, M. Howard, ed. and trans. *Jesuit Letters from China, 1584-85* (Minneapolis: University of Minnesota Press, 1986).

Riginos, Alice Swift. *Platonica: The Anecdotes Concerning the Life and Writings of Plato* (Leiden: E. J. Brill, 1976).

Robinson, J. Armitage, ed. *Texts and Studies*, vol I: *The Apology of Aristides*. 2nd ed. (Cambridge: Cambridge University Press, 1893).

Rodeles, Caecilius Gomes, et al., eds. *Monumenta Paedagogica Societatis Iesu quae primam rationem studiorum anno 1586 editian praecessere.* (Madrid: n.p., 1901).

Rollinson, Philip. *Classical Theories of Allegory and Christian Culture* (Pittsburgh: Duquesne University Press; Brighton: Harvester Press, 1981).

Ronan, Charles E., and Bonnie B. C. Oh, eds. *East Meets West: The Jesuits in China, 1582-1773* (Chicago: Loyola University Press, 1988).

Rounder, Leroy S. *The Changing Face of Friendship* (Notre Dame: University of Notre Dame Press, 1994).

Rusch, William G., ed. *The Trinitarian Controversy* (Philadelphia: Fortress Press, 1980).

Salisbury, Joyce E. *The Beast Within: Animals in the Middle Ages* (New York and London: Routledge, 1994).

Sánchez, Clemente. *The Book of Tales by A. B. C. (Libro de los enxienplos por a.b.c.).* Trans. John E. Keller, L. Clark Keating, and Eric M. Furr (New York: Peter Lang, 1992).

Sandys, George, trans. *Ovid's Metamorphosis Englished, Mythologized and Represented in Figures.* Ed. Karl K. Hulley and Stanley T. Vandersall (Lincoln: University of Nebraska, 1970).

Scanlon, Larry. *Narrative, Authority, and Power: The Medieval Exemplum and the*

Chaucerian Tradition (Cambridge: Cambridge University Press, 1994).

Schimmel, Solomon. *The Seven Deadly Sins: Jewish, Christian, and Classical Reflections on Human Nature* (New York: The Free Press, 1992).

Schollmeier, Paul. *Other Selves: Aristotle on Personal and Political Friendship* (Albany: State University of New York Press, 1994).

Schwartz, Stuart B., ed. *Implicit Understandings: Observing, Reporting, and Reflecting on the Encounters Between Europeans and Other Peoples in the Early Modern Era* (Cambridge: Cambridge University Press, 1994).

Sencea. *De Beneficiis*. In J. W. Basore, ed. and trans., *Seneca: Moral Essays*, vol 3 (Cambridge: Harvard University Press, 1989).

Seznec, Jean. *The Survival of the Pagan Gods: The Mythological Tradition and Its Place in Renaissance Humanism and Art*. Trans. Barbara F. Sessions (Princeton: Princeton University Press, 1972).

Shakespeare, William. *The Merchant of Venice*. Edited by Jay L. Halio (Oxford: Oxford University Press, 1993).

Smalley, Beryl. "Exempla in the Commentaries of Stephen Langton." *Bulletin of the John Rylands Library, Manchester* 17/1 (January 1933): 121-129.

Spalatin, Christopher, S.I. *Matteo Ricci's Use of Epictetus* (Waegwan: Pontificia Universitas Gregoriana, 1975).

Spence, Jonathan D. *The Memory Palace of Matteo Ricci* (London and Boston: Faber and Faber, 1984).

———. *Chinese Roundabout: Essays in History and Culture* (New York: W. W. Norton, 1992).

Spivak, Gayatri Chakravorty. *Outside the Teaching Machine* (New York and London: Routledge, 1993).

Standaert, Nicholas. "The Jesuits' Preaching of the Buddha in China." *Chinese Mission Studies (1550-1800) Bulletin* 9 (1987): 38-41.

————. *Yang Tingyun, Confucian and Christian in Late Ming China: His Life and Thought* (Leiden: E. J. Brill, 1988).

————, ed. *Handbook of Christianity in China*, vol I: 635-180 (Leiden: Brill, 2001).

Starnes, DeWitt T., and Ernest William Tabert. *Classical Myth and Legend in Renaissance Dictionary: A Study of Renaissance Dictionaries in Their Relation to the Classical Learning of Contemporary English Writers* (Chapel Hill: University of North Carolina Press, 1955).

Stern, Fritz. *The Varieties of History: From Voltaire to the Present* (New York: Meridian Books, 1956).

Stoneman, Richard, trans. *The Greek Alexander Romance* (Harmondsworth: Penguin, 1991).

————, trans. *Legends of Alexander the Great* (Harmondsworth: Penguin, 1994).

Strassler, Robert B., ed. *The Landmark Thucydides: A Comprehensive Guide to "The Peloponnesian War"* (New York: Free Press, 1996).

Sullivan, Sister Térèse. *S. Avreli Avgustini Hipponiensis episcopi de Doctrina christiana, Liber Qvartvs: A Commentary, with a Revised Text, Introduction, and Translation* (Washington, D. C.: Catholic University of America Press, 1930).

Swan, Charles, trans. *Gesta Romanorum or Entertaining Moral Stories* (London: George Bell and Sons, 1891).

Takahashi, Genji. "An Approach to the Plot of *Everyman*." *Eibungaku kenkyu* 18/4 (1938): 476-485.

Tarn, W. W. *Alexander the Great*. 2 vols (Cambridge: Cambridge University Press, 1948).

TeSelle, Sallie McFague. *Speaking in Parables: A Study in Metaphor and Theology* (Philadelphia: Fortress Press, 1975).

Thomas à Kempis. *The Imitation of Christ*. Trans. Leo Sherley-Price (New York:

Dorset Press, 1952).

Tolan, John. *Petrus Alfonsi and His Medieval Readers* (Gainesville: University Press of Florida, 1993).

Tubach, Frederic C. "Exempla in the Decline." *Traditio: Studies in Ancient and Medieval History, Thought and Religion* 18 (1962): 407-417.

————, ed. *Index Exemplorum: A Handbook of Medieval Religious Tales* (Helsinki: Academia Scientiarum Fennica, 1969).

Tylenda, Joseph N. trans. *A Pilgrim's Journey: The Autobiography of Ignatius of Loyola* (Collegeville: Liturgical Press, 1985).

Valerius Maximus. *Collections of the Memorable Acts and Sayings of the Ancient Romans and Other Foreign Nations.* Trans. Samuel Speed (London: Printed for Benjamin Crayle at the Lamb, 1684).

van Zoeren, Stephen J. *Poetry and Personality: Reading, Exegesis, and Hermeneutics in Trational China* (Stanford: Stanford University Press, 1991).

Venuti, Lawrence. *The Translator's Invisibility: A History of Translation* (London: Routledge, 1995).

Verhaeren, H., C.M., ed. *Catalogue de la Bibliothèque du PèT'ang* (Beijing: Imprimerie des Lazaristes, 1949).

Vološinov, V. N. *Marxism and the Philosophy of Language.* Trans. Ladislav Matejka and I. R. Titunik (Cambridge: Harvard University Press, 1973).

von Collani, Claudia. *Die Figuristen in der Chinamission* (Frankfurt and Bern: Peter Lang, 1981).

Waddell, Helen, *The Desert Fathers* (London: Constable, 1987).

Wan, Sze-Kar. "Allegorical Interpretation East and West: A Methodological Enquiry into Comparative Hermeneutics." In Daniel Smith-Christopher, ed., *Text and Experience: Towards a Cultural Exegesis of the Bible*

（Sheffield: Academic Press, 1995）, pp. 154-179.

Welter, J.-Th., ed. *Le Speculum laicorum* （Paris: Libraire des Archives Nationales et de la Société de l'Ecole des Chartes, 1914）.

——. *L'Exemplum dans la litterature religieuse et didactique du moyen age* （Paris: Occitania, 1927）.

Wenzel, Siegfried. *Verses in Sermons: "Fasciculus Morum" and Its Middle English Poems* （Cambridge: The Medieval Academy of America, 1978）.

——. "The Joyous Art of Preaching, or the Preacher and the Fabliau." *Anglia* 97 （1979）: 304-325.

——, ed. *Summa Virtutum de Remedies Anime* （Athens: University of Georgia Press, 1984）.

——, ed. and trans. *Fasiculus Morum: A Fourteen-Century Preacher's Handbook* （University Park: Pennsylvania State University Press, 1989）.

Whitbread, Leslie George, trans. *Fulgentius the Mythographer* （Athens: Ohio State University Press, 1971）.

White, Hayden. *Tropics of Discourse: Essays in Cultural Criticism* （Baltimore: Johns Hopkins University Press, 1978）.

White, T. H., trans. *The Book of Beasts* （New York: Dover, 1984）.

Whitesell, F. "Fables in Mediaeval Exempla." *Journal of English and Germanic Philology* 46 （1974）: 348-366.

Wright, Thomas, ed. *A Selection of Latin Stories from Manuscripts of the Thirteenth and Fourteenth Centuries* （London: Richards, 1843）.

Yu, Anthony C. *Rereading the Stone: Desire and the Making of Fiction in "Dream of the Red Chamber"* （Princeton: Princeton University Press, 1997）.

Ziolkowski, Jan M. *Talking Animals: Medieval Latin Beast Poetry, 750-1150* （Philadelphia: University of Pennsylvania Press, 1993）.

Zürcher, Erik. "Renaissance Rhetoric in Late Ming China: Alfonso Vagnoni's Introduction to His *Science of Comparison.*" In Federico Masini, ed., *Western Humanistic Culture Presented to China by Jesuit Missionaries (XVII-XVIII Centuries): Proceedings of the Conference Held in Rome, Octber 25-27, 1993* (Rome: Institutum Historicum S. I., 1996), pp. 331-360.

———. "The Lord of Heaven and the Demons: Strange Stories from a Late Ming Christian Manuscript." In G. Naundorf, et al, eds., *Religion und Philosophiein Asien* (Wurzburg: Konigshauaen and Neumann, 1985), pp. 357-376.

———, Nicholas Standaert, and Adrian Dudink, eds. *Bibliography of the Jesuit Mission in China (ca. 1580-ca. 1680)* (Leiden: Centre of Non-Western Studies, Leiden University, 1991).

索引

十二劃

十三劃

中央研究院叢書③
中國晚明與歐洲文學
——明末耶穌會古典型證道故事考詮

2005年6月初版　　　　　　　　　　　　　定價：新臺幣680元
2009年10月初版第二刷
2019年8月二版
有著作權・翻印必究
Printed in Taiwan.

著　　　者	李	奭	學
叢書主編	沙	淑	芬
校　　　對	李	倩	萍
封面設計	胡	筱	薇
編輯主任	陳	逸	華

出　版　者	中　央　研　究　院	總　編　輯　胡　金　倫
	聯經出版事業股份有限公司	總　經　理　陳　芝　宇
地　　　址	新北市汐止區大同路一段369號1樓	社　　長　羅　國　俊
編輯部地址	新北市汐止區大同路一段369號1樓	發　行　人　林　載　爵
叢書主編電話	(0 2) 8 6 9 2 5 5 8 8 轉 5 3 1 0	
台北聯經書房	台 北 市 新 生 南 路 三 段 9 4 號	
電　　　話	(0 2) 2 3 6 2 0 3 0 8	
台中分公司	台 中 市 北 區 崇 德 路 一 段 1 9 8 號	
暨門市電話	(0 4) 2 2 3 1 2 0 2 3	
郵 政 劃 撥 帳 戶 第 0 1 0 0 5 5 9 - 3 號		
郵 撥 電 話 (0 2) 2 3 6 2 0 3 0 8		
印　刷　者	世 和 印 製 企 業 有 限 公 司	
總　經　銷	聯 合 發 行 股 份 有 限 公 司	
發　行　所	新北市新店區寶橋路235巷6弄6號2F	
電　　　話	(0 2) 2 9 1 7 8 0 2 2	

行政院新聞局出版事業登記證局版臺業字第0130號

國家圖書館出版品預行編目資料

中國晚明與歐洲文學：明末耶穌會古典型證
道故事考詮 / 李奭學著 . 二版 . 新北市 . 中央研究院 .
聯經 . 2019.07 . 480面；17×23公分 .（中央研究院叢書：3）
ISBN　978-957-08-5352-0（精裝）
[2019年8月二版]

1.宗教文學　2.比較研究

815.6　　　　　　　　　　　　　　　　108010896